FÚRIAS
DESPERTADAS

Série Carbono Alterado:

Carbono Alterado
Anjos Partidos
Fúrias Despertadas

RICHARD MORGAN

FÚRIAS DESPERTADAS

Tradução
Marcia Men

1ª edição

Rio de Janeiro | 2019

Copyright © Richard Morgan 2005
Publicado originalmente por Gollancz, Londres.

Título original: *Woken Furies*

Texto revisado segundo o novo
Acordo Ortográfico da Língua Portuguesa

2019
Impresso no Brasil
Printed in Brazil

CIP-BRASIL. CATALOGAÇÃO NA PUBLICAÇÃO
SINDICATO NACIONAL DOS EDITORES DE LIVROS, RJ

M846f

Morgan, Richard
Fúrias despertadas / Richard Morgan; tradução Márcia Men. –
1ª ed. – Rio de Janeiro: Bertrand Brasil, 2019.

Tradução de: Woken furies
Sequência de: Anjos partidos
ISBN 978-85-286-2412-0

1. Ficção inglesa. I. Men, Márcia. II. Título.

CDD: 823
CDU: 82-3(410.1)

19-56556

Vanessa Mafra Xavier Salgado – Bibliotecária – CRB-7/6644

Todos os direitos reservados. Não é permitida a reprodução total ou parcial desta obra, por quaisquer meios, sem a prévia autorização por escrito da Editora.

Direitos exclusivos de publicação em língua portuguesa somente para o Brasil adquiridos pela:
EDITORA BERTRAND BRASIL LTDA.
Rua Argentina, 171 – 3º andar – São Cristóvão
20921-380 – Rio de Janeiro – RJ
Tel.: (21) 2585-2000 – Fax: (21) 2585-2084

Atendimento e venda direta ao leitor:
sac@record.com.br

Este livro é para minha esposa,
Virginia Cottinelli,
que sabe de impedimento

Fúria (s.f.):

1. Raiva intensa, desordenada e frequentemente destrutiva [...]
2. Força ou atividade desordenada ou turbulenta
3. Qualquer uma das três divindades vingadoras que, na mitologia grega, puniam crimes
4. Uma mulher raivosa ou vingativa

NOVO DICIONÁRIO PENGUIN DA LÍNGUA INGLESA, 2001

PRÓLOGO

O lugar onde eles me acordaram teria sido cuidadosamente preparado.

Idem para a câmara de recepção onde o acordo foi explicado. A família Harlan não faz nada pela metade e, como qualquer um que já tenha sido Recepcionado pode lhe contar, eles gostam de causar uma boa impressão. Decoração em preto salpicado de dourado para combinar com os brasões da família nas paredes, ambientes subsônicos para engendrar uma noção emocionante de que se está na presença da nobreza. Um artefato marciano em um canto, sugerindo silenciosamente a transição da custódia global de nossos benfeitores inumanos, há tanto desaparecidos, para a mão firmemente moderna da oligarquia das Primeiras Famílias. A inevitável holoescultura do velho Konrad Harlan em pessoa, em seu triunfal modo "descobridor planetário". Uma das mãos erguida bem alto, a outra escudando seu rosto contra o brilho de um sol alienígena. Coisas assim.

Então aqui vem Takeshi Kovacs, saindo de uma banheira de imersão cheia de gel de tanque, encapado em sabe lá deus que carne nova, gaguejando sob a suave luz pastel e sendo levantado por modestas atendentes da corte em roupas de natação. Toalhas muito fofas para limpar o grosso do gel e um robe de tecido similar para a curta caminhada até a sala seguinte. Uma ducha, um espelho — é melhor se acostumar com essa cara, soldado —, um novo conjunto de roupas para acompanhar a capa, e daí à câmara de audiências para uma entrevista com um membro da família. Uma mulher, é claro. De jeito nenhum eles utilizariam um homem, conhecendo o meu histórico. Abandonado por um pai alcoólatra aos dez anos, criado junto com duas irmãs mais novas, uma vida toda de reações psicóticas esporádicas quando exposto a figuras de autoridade patriarcais. Não, era uma mulher. Alguma tia executiva urbana, uma cuidadora do serviço secreto para os assuntos menos públicos da família Harlan. Uma beldade discreta em uma capa clone customizada, provavelmente no começo dos quarenta anos, cálculo padrão.

— Bem-vindo de volta ao Mundo de Harlan, Kovacs-san. Confortável?

— Tô, sim. E você?

Insolência presunçosa. O treinamento Emissário condiciona a absorver e processar detalhes ambientais a uma velocidade incomparável. Olhando ao redor, o Emissário Takeshi Kovacs sabe em frações de segundo — sabe desde o despertar do banho de imersão — que alguém o quer por algum motivo.

— Eu? Você pode me chamar de Aiura. — A linguagem é amânglico, não japonês, mas a incompreensão lindamente construída da pergunta, a elegante evasão da ofensa sem recorrer ao ultraje, traça uma linha clara que remonta às raízes culturais das Primeiras Famílias. A mulher gesticula, com igual elegância. — Embora minha identidade não seja muito importante. Acho que você sabe quem eu represento.

— Sim, sei, sim.

Talvez sejam os subsônicos, talvez apenas a resposta sóbria da mulher à minha leveza baste para abrandar a arrogância em meu tom. Emissários absorvem os arredores e, até certo ponto, este é um processo contagioso. É comum se flagrar aderindo a um comportamento observado por instinto, especialmente se a intuição de Emissário percebe esse comportamento como vantajoso no cenário atual.

— Então estou em destacamento.

Aiura tosse, delicadamente.

— De certa forma, sim.

— Mobilização solo?

Não incomum por si só, mas também nada muito divertido. Ser parte de uma equipe de Emissários dá uma sensação de confiança que não se obtém trabalhando com seres humanos normais.

— Sim. Isto é, você será o único Emissário envolvido. Recursos mais convencionais estão à sua disposição em grande número.

— Parece bom.

— Esperemos que sim.

— E então, o que vocês querem que eu faça?

Outro pigarrear delicado.

— *Tudo a seu devido momento. Eu poderia perguntar, mais uma vez, se a capa está confortável?*

— *Parece que sim, bastante.* — *Compreensão súbita. Reações muito eficientes, em níveis impressionantes mesmo para alguém acostumado às customizações de combate do Corpo. Um corpo lindo, por dentro, pelo menos.* — *Isso é alguma novidade da Nakamura?*

— *Não.* — *O olhar da mulher acabou de se desviar para cima e para a esquerda? Ela é uma executiva de segurança, provavelmente está programada com display de dados retiniano.* — *Neurossistemas Harkany, desenvolvidos sob licença extramundo para a Khumalo.*

Emissários não devem ficar surpresos. Qualquer franzir de cenho que eu fizesse teria que ser por dentro.

— *Khumalo? Nunca ouvi falar deles.*

— *Não, é esperado que não.*

— *Perdão?*

— *Basta dizer que nós o equipamos com a melhor biotecnologia disponível. Duvido que eu precise enumerar as capacidades da capa para alguém com o seu histórico. Se você desejar os detalhes, há um manual básico acessível através do display de dados no campo esquerdo da sua visão.* — *Um leve sorriso, talvez um traço de fadiga.* — *A Harkay não estava cultivando especificamente para uso de Emissários e não houve tempo de arranjar nada personalizado.*

— *Você tem uma crise para resolver?*

— *Muito astuto, Kovacs-san. Sim, a situação pode ser descrita razoavelmente como crítica. Gostaríamos que você entrasse em ação imediatamente.*

— *Bem, é para isso que me pagam.*

— *Sim.* — *Será que é agora que ela vai abordar o assunto de quem, exatamente, está pagando? Acho que não.* — *Como você sem dúvida adivinhou, essa será uma operação secreta. Muito diferente de Xária. Embora você tenha tido um pouco de experiência em lidar com terroristas mais para o fim daquela campanha, se não me engano.*

— *Sim.* — *Depois de termos destruído a frota, embaralhado os sistemas de transmissão de dados, acabado com a economia e, de modo geral, neutralizado a capacidade deles para representar ameaça global, ainda havia alguns irredutíveis que não tinham entendido a mensagem do Protetorado. Então os caçamos. Infiltrar, aliciar, subverter, trair. Assassinato em becos.* — *Fiz isso por algum tempo.*

— *Bom. Este serviço não é muito diferente.*

— *Vocês estão com problemas de terrorismo? Os quellistas estão dando trabalho de novo?*

Ela faz um gesto desdenhoso. Ninguém mais leva o quellismo a sério. Isso já faz alguns séculos. Os poucos quellistas genuínos ainda à solta no Mundo trocaram seus princípios revolucionários por crime de alta rentabilidade. Os mesmos riscos, porém mais lucrativo. Eles não são nenhuma ameaça para esta mulher ou a oligarquia que ela representa. Este é o primeiro sinal de que as coisas não são o que parecem ser.

— *A natureza dessa missão é mais parecida com uma caçada, Kovacs-san. Um indivíduo, não uma questão política.*

— *E você está convocando apoio Emissário. — Mesmo por trás da máscara de controle isso deve merecer uma sobrancelha arqueada. Minha voz provavelmente também subiu um pouco. — Deve ser um indivíduo extraordinário.*

— *Sim. Ele é. Um ex-Emissário, na verdade. Kovacs-san, antes de prosseguirmos, acho que algo deve ser deixado claro para você, uma questão que...*

— *Algo sem dúvida precisa ser deixado claro para o meu oficial comandante. Porque, para mim, parece que você está desperdiçando o tempo dos Corpos de Emissários. Nós não fazemos esse tipo de serviço.*

— *... pode soar como um choque para você. Você, hã, sem dúvida acredita que foi reencapado pouco tempo após a campanha Xária. Talvez até apenas alguns dias após sua transmissão por agulha de lá.*

Dei de ombros. Frieza Emissária.

— *Dias ou meses, não faz muita diferença para m...*

— *Dois séculos.*

— *Como é?!*

— *Como eu disse. Você ficou armazenado por pouco menos de dois séculos. Em termos reais...*

A frieza Emissária voa pela janela rapidamente.

— *Mas que* porra *aconteceu com...*

— *Por favor, Kovacs-san. Me escute. — Uma nota afiada de comando. Em seguida, enquanto o condicionamento me cala outra vez, descascado até o ponto de ouvir e aprender, num tom mais baixo: — Depois eu lhe darei a quantidade de detalhes que você quiser. Por enquanto, basta saber que você não é mais parte dos Corpos de Emissários propriamente dito. Você pode se considerar contratado em caráter particular pela família Harlan.*

Ilhado a séculos dos últimos momentos de experiência viva dos quais se lembra. Encapado fora do próprio tempo. Uma vida de distância de todos e tudo o que conhecia. Como uma porra de criminoso. *Bem, a técnica de assimilação Emissária vai conter um pouco disso por enquanto, mas ainda assim...*

— *Como vocês...*

— *Seu arquivo digitalizado de personalidade foi adquirido pela família há algum tempo. Como eu disse, posso fornecer mais detalhes depois. Você não precisa se preocupar demais com isso. O contrato que estou aqui para lhe oferecer é lucrativo e, sentimos, em última análise, recompensador. O que é importante é que você compreenda até que ponto suas habilidades de Emissário serão colocadas à prova. Este não é o Mundo de Harlan que você conhece.*

— *Posso lidar com isso. — Impaciente. — É o que eu faço.*

— *Bom. Agora, você com certeza vai querer saber...*

— *Sim. — Refrear o choque, como um torniquete em um membro sangrando. Mais uma vez, desenterrar competência e uma ausência de preocupação. Agarrar-me ao óbvio, ao ponto saliente em tudo isso. — E quem é essa merda de ex-Emissário que vocês querem tanto que eu capture?*

Talvez tenha rolado desse jeito.

Por outro lado, talvez não. Estou deduzindo por suspeitas e conhecimento fragmentado após o evento. Reconstruindo do que posso adivinhar, usando intuição de Emissário para preencher os vazios. Mas eu poderia estar totalmente enganado.

Eu não saberia.

Eu não estava lá.

E nunca vi a cara dele quando lhe contaram onde eu estava. Quando lhe contaram que eu existia e o que ele teria que fazer a respeito.

PARTE 1
ESSE É QUEM VOCÊ É

"Faça com que seja pessoal..."

— QUELLCRIST FALCONER
Coisas que eu já deveria ter aprendido
Volume II

CAPÍTULO 1

Dano.

O ferimento ardia pra caralho, mas não era tão ruim quanto outros que eu já tinha sofrido. O raio atravessou minhas costelas às cegas, já enfraquecido pela porta que precisou atravessar para chegar até mim. Padres, junto à porta fechada e tentando um tiro rápido nas entranhas. Amadores de merda. Eles provavelmente receberam a mesma quantia de dor por conta do ricochete do feixe à queima-roupa na porta. Do outro lado, eu já estava me esquivando. O que restou do disparo abriu um rasgo comprido e raso pela minha caixa torácica e saiu, fumegando nas dobras do meu casaco. Um frio súbito desceu por aquele lado do meu corpo, mais o fedor abrupto de sensores e pele tostados. Aquela efervescência de rachar os ossos, que é quase um sabor, quando o disparo rasgou o revestimento de biolubrificante nas costelas.

Dezoito minutos depois, segundo informou o display que cintilava suavemente no campo superior esquerdo da minha visão, a mesma efervescência continuava a me assombrar enquanto eu disparava pela rua iluminada, tentando ignorar o ferimento. Vazamento discreto de fluidos sob o casaco. Não muito sangue. Uma capa sintética tinha suas vantagens.

— Procurando diversão, sam?

— Já me diverti — respondi, me afastando da porta.

Ele piscou as pálpebras tatuadas com ondas em um tremular arrogante que dizia *que seja* e reclinou sua silhueta compactamente musculosa nas sombras de um jeito lânguido. Atravessei a rua e assumi posição na esquina, postando-me entre outro par de putas, uma delas uma mulher, a outra de gênero indeterminado. A mulher era alterada, a língua bipartida de dragão vibrando ao redor de seus lábios excessivamente preênseis, talvez saboreando meu ferimento no ar noturno. Seus olhos dançaram sobre mim, depois se desviaram. Do outro lado, a/o profissional de gênero impreciso mudou levemente de posição e me lançou um olhar intrigado, mas não disse nada. Nenhum interesse ali. As ruas estavam desertas e molhadas de chuva, e elas tiveram mais tempo para ver eu me aproximar do que o porteiro. Eu já tinha me limpado depois de deixar a fortaleza, mas algo a meu respeito deve ter telegrafado a ausência de oportunidade para negócios.

Pelas minhas costas, ouvi o par conversando em faijap. Escutei a palavra para *pobre*.

Elas podiam se dar ao luxo de ser exigentes. Desde a Iniciativa Mecsek, os negócios estavam em alta. Tekitomura estava lotada naquele inverno, cheia de corretores selvagens e as equipes de Desarmadores que os atraíam como o rastro de uma traineira atrai rasgasas. *Tornando Nova Hok Segura para um Novo Século*, diziam as propagandas. Da doca recém-construída para cargueiros flutuantes na ponta Kompcho da cidade até as praias de Nova Hokkaido era menos de mil quilômetros em linha reta, e os cargueiros funcionavam dia e noite. Fora um lançamento aéreo, não há jeito mais rápido para atravessar o mar Andrassy. E no Mundo de Harlan, não se sobe ao ar se for possível evitar. Qualquer tripulação carregando equipamento pesado — e todas estavam — ia para Nova Hok em um cargueiro saído de Tekitomura. Os que sobrevivessem voltavam desse mesmo jeito.

A cidade, uma explosão de nova vida. Esperança nova e brilhante e entusiasmo briguento conforme o dinheiro Mecsek jorrava. Claudiquei por ruas repletas dos detritos da alegria consumida por humanos. Em meu bolso, os cartuchos corticais recém-removidos chocalhavam como dados.

Havia uma luta rolando na interseção entre a Rua Pencheva e a Praça Muko. As casas de cachimbo na Muko tinham acabado de fechar e seus clientes, com as sinapses fritas, haviam trombado com os estivadores do turno da noite vindo do silêncio decaído do quarteirão de armazéns. Razão mais do que suficiente para violência. Agora, uma dúzia de figuras embriagadas tropeçavam de um lado para outro na rua, agitando-se e atacando de forma inexperiente uns aos outros, enquanto uma multidão reunida gritava incentivos. Um corpo já jazia inerte sobre o pavimento de vidro fundido, e outra pessoa arrastava o corpo, meio metro de cada vez, para fora do combate, sangrando. Faíscas azuis saltaram de um soco inglês elétrico sobre-carregado; em outro ponto, o reluzir de uma lâmina. Mas todo mundo que ainda estava de pé parecia se divertir e a polícia ainda não havia aparecido.

É, parte de mim zombou. *Provavelmente estão todos ocupados lá no alto da ladeira.*

Eu me desviei da ação o melhor que pude, protegendo meu lado ferido. Por baixo do casaco, minhas mãos se fecharam na curva lisa da última granada alucinógena e o cabo levemente grudento da faca Tebbit.

Nunca entre numa briga se você pode matar depressa e desaparecer.

Virgínia Vidaura — treinadora dos Corpos de Emissários, posterior-mente criminosa de carreira e ocasional ativista política. Algo como um exemplo para mim, embora já faça várias décadas desde que a vi. Em uma dúzia de mundos diferentes, ela se esgueirava em minha mente sem convite e eu devi a minha vida àquele fantasma na cabeça mais de uma dúzia de vezes. Dessa vez, eu não precisava dela nem da faca. Passei pela luta sem fazer contato visual, dobrei a esquina da Pencheva e me mesclei às sombras que atravessavam as bocas das vielas do lado da rua voltado para o mar. O chip temporal em meu olho disse que eu estava atrasado.

Acelere aí, Kovacs. Segundo meu contato em Porto Fabril, Plex não era muito confiável na melhor das conjunturas, e eu não tinha pagado o sufi-ciente para mantê-lo muito tempo esperando.

Desci quinhentos metros e então dobrei à esquerda nas apertadas espirais fractais da Seção Belalgodão Kohei, nomeada séculos atrás em homenagem ao conteúdo habitual e à família proprietária e operadora original cujas fachadas de armazéns muravam o labirinto recurvado de vielas. Com a Descolonização e a subsequente perda de Nova Hokkaido como mercado de qualquer tipo, o comércio local de belalga praticamente desmoronou e famílias como os Kohei faliram bem depressa. Agora as janelas do nível superior de suas fachadas, cobertas com um filme de imundície, espiavam tristemente umas para as outras sobre entradas para docas de carga escan-caradas como bocas, suas portas de enrolar todas travadas em algum ponto indeciso entre aberto e fechado.

Havia conversas de restauração, é claro, de reabrir unidades como essas e reequipá-las como laboratórios Desarmadores, centros de treinamento e depósitos de hardware. Em sua maioria, era tudo somente conversa — havia crescido o entusiasmo nas unidades da linha do cais em frente às rampas de cargueiros mais a oeste, mas até o momento ele não se espalhara em qualquer direção mais do que se podia confiar num cabudo com o seu fone. A essa distância do cais e tão a leste, o chilrear das finanças Mecsek ainda era praticamente inaudível.

As vantagens da expansão gradual.

Belalgodão Kohei Nove Ponto Vinte e Seis exibia um leve clarão em uma das janelas superiores e as longas línguas intranquilas das sombras na luz que escorria por debaixo da porta de enrolar da doca de carga semiaberta davam ao prédio a aparência de um maníaco babão e caolho. Deslizei para a parede e aumentei os circuitos auditivos da capa sintética ao máximo, o que não era muito. Vozes vazaram para a rua, espasmódicas como as sombras a meus pés.

— ... te falando, eu não vou ficar esperando aqui para ver *isso*.

Era um sotaque de Porto Fabril, o som nasalado e arrastado metropolitano do amânglico do Mundo de Harlan carregado em um denteado aborrecido. A voz de Plex, resmungando abaixo da faixa em que seria possível decifrar seu sentido, fez um contraponto suave e provinciano. Ele parecia estar fazendo uma pergunta.

— Como caralhos eu vou saber disso? Acredite no que quiser. — O companheiro de Plex estava se movimentando, manejando coisas. Sua voz desvaneceu nos ecos da doca de carga. Eu captei as palavras *kaikyo, importa,* e uma risada entrecortada. E então de novo, aproximando-se da porta: — ...importa é o que a família acredita, e eles vão acreditar no que a tecnologia lhes contar. A tecnologia deixa um rastro, meu amigo. — Uma tosse aguda e uma inspiração que soava como químicas recreativas sendo absorvidas. — Esse cara tá atrasado pra caralho.

Franzi o cenho. *Kaikyo* tem muitos significados, mas todos eles dependem do quanto você é velho. Geograficamente, é um estreito ou um canal. Esse é o uso dos anos no início do Colonização, ou apenas pretensão hipereducada e pretensiosa das Primeiras Famílias. Esse cara não soava como alguém das Primeiras Famílias, mas também não havia motivos para que ele não pudesse ter estado *por aí* na época em que Konrad Harlan e seus camaradas bem-conectados transformavam Brilho VI em seu quintal particular. Havia muitas dessas personalidades HD ainda em cartucho daquela época distante, só esperando para serem baixadas em uma capa funcional. Nesse aspecto, não seria preciso reencapar mais de meia dúzia de vezes seguidas para ter vivido por toda a história humana do Mundo de Harlan, afinal de contas. Ainda não faz muito mais de quatro séculos, pelo padrão terrestre, desde que as barcaças colonizadoras aterrissaram no planeta.

A intuição de Emissário se contorceu em minha cabeça. Parecia errado. Eu já conheci homens e mulheres com séculos de vida contínua, e eles não falavam como esse cara. Esta não era a sabedoria de eras falando relaxadamente na noite de Tekitomura em meio às emanações do cachimbo.

Nas ruas, reaproveitada no stripjap dois séculos depois, *kaikyo* significa um contato que pode repassar mercadoria roubada. Um gerente de fluxo secreto. Em algumas partes do Arquipélago de Porto Fabril, ainda é um uso comum. Em outros locais, o significado está mudando para descrever consultores financeiros, às claras.

É, e mais ao sul ela significa um homem santo possuído por espíritos, ou um escoadouro de esgoto. Chega dessa merda de detetive. Você ouviu o sujeito — tá atrasado.

Coloquei a parte inferior da palma de uma das mãos sob a borda da porta e empurrei para cima, bloqueando o rasgo de dor partindo do meu ferimento tão bem quanto o sistema nervoso da minha capa sintética me permitia. A porta abriu matraqueando até o teto. A luz se derramou para a rua e sobre mim.

— Boa noite.

— Jesus! — O sotaque de Porto Fabril recuou um passo, abruptamente. Ele estava a apenas uns dois metros da porta quando ela subiu.

— Tak.

— Oi, Plex. — Meus olhos continuaram sobre o recém-chegado. — Quem é o *tan*?

A essa altura eu já sabia. Pálido, uma boa aparência sob medida, vinda diretamente de algum filme de expéria de baixo orçamento, em algum ponto entre Micky Nozawa e Ryu Bartok. Capa bem proporcionada de lutador, volumosa nos ombros e no peito, membros compridos. Cabelo em camadas, como estão fazendo nas passarelas de bioware hoje em dia, aquela coisa retorcida para cima pela estática que deveria parecer que tinham acabado de puxar a capa para fora de um tanque de clones. Um terno frouxo e drapeado para sugerir armas escondidas, uma postura que dizia que ele não possuía nenhuma que não estivesse pronto para usar. Pernas dobradas como um artista marcial que tinha mais mordida do que preparo para morder. Ele ainda tinha o microcachimbo descarregado na mão curvada e suas pupilas estavam totalmente dilatadas. A concessão a uma tradição antiga colocou arabescos tatuados com ilumínio em um canto de sua testa.

Aprendiz da yakuza de Porto Fabril. Bandido de rua.

— Você não me chama de *tani* — sibilou ele. — Você é o forasteiro aqui, Kovacs. *Você* é o intruso.

Eu o mantive na minha visão periférica e me voltei para Plex, que estava nas bancadas, remexendo com um nó de correias teladas e tentando um sorriso que não queria ficar em seu rosto de aristo dissipado.

— Olha, Tak...

— Essa era uma festa estritamente particular, Plex. Eu não lhe pedi para terceirizar o entretenimento.

O yakuza deu um passo à frente, mal se contendo. Fez um ruído irritado no fundo da garganta. Plex pareceu apavorado.

— Espera, eu... — Ele largou as correias com um esforço evidente. — Tak, ele está aqui por outro motivo.

— Ele tá aqui no meu horário — falei, calmamente.

— *Escuta,* Kovacs. Seu porra de...

— *Não.* — Olhei para ele enquanto dizia isso, esperando que ele pudesse ler e interpretar direito a energia em meu tom. — Você sabe quem eu sou, então fique longe do meu caminho. Estou aqui para ver Plex, não você. Agora, cai fora.

Eu não sei o que o segurou, a reputação dos Emissários, as notícias recém-saídas da fortaleza — *porque eles vão estar por todo lado lá agora, você fez uma bela de uma bagunça por lá* — ou apenas uma cabeça mais fria do que sua persona punk em um terno barato sugeria. Ele ficou impávido no portal de sua própria fúria por um momento, depois recuou e a deslocou, despejando tudo em uma olhada para as unhas da sua mão direita e um sorriso.

— Claro. Vá em frente e faça sua transação com o Plex aqui. Vou esperar lá fora. Não deve demorar.

Ele até deu o primeiro passo na direção da rua. Voltei a olhar para Plex.

— De que caralhos ele tá falando?

Plex se encolheu.

— Nós, hã, precisamos remarcar, Tak. Não podemos...

— Ah, não. — Porém, olhando para o recinto ao nosso redor, eu já podia ver os padrões de redemoinho na poeira onde alguém tinha usado um elevador gravitacional. — Não, não, você me disse...

— E-eu sei, Tak, mas...

— Eu *te paguei.*

— Eu vou te dar o dinheiro...

— Eu *não quero* a porra do dinheiro, Plex. — Eu o encarei, lutando contra o impulso de rasgar sua garganta. Sem Plex, não havia como fazer o upload. Sem o upload... — *Eu quero a porra do meu corpo de volta.*

— Tá legal, tá legal. Você vai pegá-lo de volta. É só que, neste exato momento...

— É só que, neste exato momento, Kovacs, estamos usando as instalações. — O yakuza voltou para meu campo de visão, ainda sorrindo. — Porque, para dizer a verdade, elas são basicamente nossas, para começo de conversa. Por outro lado, o Plex aqui ainda não deve ter te contado isso, contou?

Meu olhar foi de um para o outro. Plex parecia envergonhado.

É de dar dó do cara. Isa, minha intermediária em Porto Fabril, de apenas quinze anos, cabelo violeta navalhado e plugs de datarrata de um arcaísmo brutalmente evidente, ainda estava trabalhando em sua expressão reflexiva e cansada da vida quando expôs o acordo e o custo. *Olha só para a história, cara. Fodeu com ele, de verdade.*

A história, de fato, não parecia ter feito nenhum favor a Plex. Nascido três séculos antes com o nome *Kohei,* ele teria sido um caçula mimado e burro sem nenhuma necessidade particular de fazer algo além de exercer sua óbvia inteligência em alguma ocupação de cavalheiros como a astrofísica ou a ciência arqueológica. Acontece que, a família Kohei tinha deixado para suas gerações pós-Descolonização nada além das chaves para dez ruas cheias de armazéns vazios e um charme de aristo decadente que, nas palavras autodepreciativas do próprio Plex, tornavam mais fácil do que se imaginava arrumar alguém com quem transar quando se estava sem grana. Chapado de fumo, ele me contou toda a história desprezível menos de três dias depois de nos conhecermos. Ele parecia precisar contar a alguém, e Emissários são bons ouvintes. Eles ouvem, arquivam a informação como particularidade local e absorvem tudo. Mais tarde, relembrar esse detalhe talvez possa ser a diferença entre a vida e a morte.

Impulsionados pelo terror de uma única vida e nenhum reencape, os ancestrais recém-empobrecidos de Plex aprenderam a trabalhar para viver, mas a maioria deles não era muito boa nisso. As dívidas se acumularam; as aves de rapina se aproximaram. Quando Plex nasceu, a família já estava tão envolvida com a yakuza que a criminalidade nos círculos mais baixos era apenas um fato da vida. Ele deve ter crescido em torno de engravatados agachados agressivamente como esse aqui. Talvez tenha aprendido aquele sorriso envergonhado, de ceda-o-terreno, ainda no colo do pai.

Ele não ia querer chatear os patrões de jeito nenhum.

Já eu não ia querer de jeito nenhum embarcar num cargueiro de volta a Porto Fabril nessa capa.

— Plex, tenho passagem para sair daqui no *Rainha do Açafrão*. Isso é daqui a quatro horas. Você vai me reembolsar a passagem?

— A gente troca a passagem, Tak. — A voz dele estava cheia de súplica. — Tem outro cargueiro indo para PF amanhã à noite. Eu tenho uns negócios, digo, os caras do Yukio...

— ... use o meu *nome, caralho* — gritou o yakuza.

— Eles podem te transferir para a saída noturna, ninguém vai ficar sabendo. — O olhar suplicante se voltou para Yukio. — Né? Você vai fazer isso, né?

Juntei meu olhar ao dele.

— Né? Considerando-se que é você quem está fodendo com os meus planos de saída no momento?

— Você já fodeu com o seu plano, Kovacs. — O yakuza franzia a testa e balançava a cabeça. Fingindo ser um *senpai* com maneirismos e uma solenidade superficial que provavelmente copiava do próprio *senpai*, não muito distante no noviciado. — Você sabe quanta merda tá na sua cola agora mesmo? Os policiais colocaram esquadrões farejadores por todo o centro, e meu palpite é de que eles vão estar por toda a doca dentro de uma hora. O DPT todo saiu para brincar. Sem mencionar nossos amigos stormtroopers barbados da fortaleza. Porra, cara, você acha que podia ter deixado um *pouquinho mais* de sangue por lá?

— Eu te fiz uma pergunta. Não pedi uma crítica. Você vai me transferir para a próxima partida ou não?

— Tá, tá. — Ele acenou, dispensando a pergunta. — Considere feito. O que você não parece entender aqui, Kovacs, é que algumas pessoas têm negócios sérios a tratar. Quando você vem aqui em cima e agita os caras da lei com violência irracional, é possível que eles fiquem todos empolgados e saiam prendendo gente de quem *precisamos*.

— Precisam pra quê?

— Não é da sua conta. — A imitação de *senpai* foi desativada e ele voltou a ser puro malandro de rua de Porto Fabril. — Você só tem que manter a porra da cabeça baixa pelas próximas cinco ou seis horas e tentar não matar mais ninguém.

— E depois disso?

— E depois disso a gente liga pra você.

Balancei a cabeça.

— Você vai ter que se esforçar um pouco mais.

— Esforçar um pouco... — A voz dele se elevou. — Com quem *caralhos* você acha que tá falando, Kovacs?

Eu medi a distância, o tempo que levaria para chegar até ele. A dor que me custaria. Servi as palavras que o forçariam a agir.

— Com quem eu tô falando? Eu tô falando com um *chimpira* viciado em bafejar, um punkzinho de merda de Porto Fabril que escapou da coleira do *senpai,* e isso já tá me cansando, Yukio. Me dá a porra do telefone. Quero falar com alguém que tenha autoridade.

A fúria explodiu. Os olhos se arregalando, a mão procurando por seja lá o que ele tivesse dentro do paletó. Tarde demais.

Eu o atingi.

Atravessando o espaço entre nós, os ataques se desdobrando do meu lado ileso. De lado na garganta e no joelho. Ele caiu, sufocando. Agarrei um braço, torci e coloquei a faca Tebbit na palma de sua mão para que ele pudesse ver.

— Essa é uma lâmina de bioware — expliquei, a voz baixa. — Febre Hemorrágica de Adoración. Se eu te corto com isso, todos os vasos sanguíneos do seu corpo se rompem em três minutos. *É isso que você quer?*

Ele se agitou sob o meu aperto, lutando para recobrar o fôlego. Eu pressionei com a faca e vi o pânico em seus olhos.

— Não é um jeito bom de morrer, Yukio. *Telefone.*

Ele mexeu no paletó e o telefone caiu, quicando no concreterno. Eu me debrucei, próximo o bastante para ter certeza de que não se tratava de uma arma, então empurrei o aparelho de volta para a mão livre de Yukio. Ele se atrapalhou com o objeto, a respiração ainda escapando em recortes ásperos através de sua garganta cada vez mais roxa.

— Bom. Agora ligue para alguém que possa ajudar e passe para mim.

Ele apertou a tela algumas vezes e me ofereceu o telefone, o rosto suplicante como o de Plex estivera alguns minutos antes. Eu fixei meus olhos nele por um longo instante, apostando na infame imobilidade das feições sintéticas baratas, depois soltei o braço travado, peguei o telefone e me afastei, saindo de alcance. Ele rolou para longe de mim, ainda segurando a própria garganta. Levei o telefone ao ouvido.

— Quem é? — perguntou uma voz masculina urbana em japonês.

— Meu nome é Kovacs. — Segui a mudança na linguagem automaticamente. — Seu *chimpira* Yukio e eu estamos tendo um conflito de interesses que achei que você talvez fosse gostar de resolver.

Um silêncio frígido.

— Eu gostaria que você resolvesse isso em algum momento de hoje — falei, gentil.

Houve um chiado de alguém inspirando do outro lado da linha.

— Kovacs-san, você está cometendo um erro.

— É mesmo?

— Não seria prudente nos envolver em seus assuntos.

— Olha, eu não envolvi ninguém. No momento, estou de pé em um armazém, olhando para um espaço vazio onde havia equipamento meu antes. Tenho ótimos motivos para crer que a razão pela qual ele sumiu é porque vocês o pegaram.

Mais silêncio. Conversas com a yakuza eram invariavelmente pontuadas com longas pausas, durante as quais você deveria refletir e escutar com atenção o que não estava sendo dito.

Eu não estava no clima para isso. Meu ferimento doía.

— Me disseram que vocês vão terminar de utilizá-lo em cerca de seis horas. Posso viver com isso. Mas quero a sua palavra de que, no final desse período, o equipamento vai estar aqui e em perfeito funcionamento, pronto para mim. Quero a sua palavra.

— Hirayasu Yukio é a pessoa que...

— Yukio é um *chimp*. Vamos ser honestos nisso. O único trabalho dele aqui é se certificar que eu não mate o nosso prestador de serviços mútuo. Coisa que ele não anda fazendo muito bem, aliás. Eu já estava meio sem paciência quando cheguei e não espero recuperar meu estoque tão cedo. Não estou interessado em Yukio. Eu quero *a sua* palavra.

— E se eu não a der?

— Então alguns de seus escritórios centrais vão acabar parecidos com o interior da fortaleza esta noite. Você tem a *minha palavra* nisso.

Silêncio. E então:

— Nós não negociamos com terroristas.

— Ah, *faça-me o favor*. O que você quer, fazer um discurso ideológico? Pensei que eu estivesse lidando com o nível executivo. Vou ter que fazer estrago aqui?

Outro tipo de silêncio. A voz do outro lado da linha parecia ter pensado em outra coisa.

— Hirayasu Yukio está ferido?

— Nada muito notável. — Olhei friamente para o yakuza. Ele já tinha voltado a respirar e começava a se sentar. Gotas de suor cintilavam nas bordas da tatuagem. — Mas tudo isso pode mudar. Está em suas mãos.

— Muito bem. — Mal se passaram alguns segundos antes da resposta. Pelo padrão yakuza, era uma pressa indecorosa. — Meu nome é Tanaseda. Você tem a minha palavra, Kovacs-san, de que o equipamento requerido estará no devido lugar e disponível para você no momento especificado. Em adição a isso, você será pago pelo incômodo.

— Obrigado. Isso...

— Eu não terminei. Você tem também a minha palavra de que, se cometer qualquer ato de violência contra meu pessoal, eu vou emitir uma ordem global para sua captura e subsequente execução. Estou falando de uma Morte Real bastante desagradável. Está compreendido?

— Parece justo. Mas acho que é melhor você dizer ao *chimp* para se comportar. Ele parece ter delírios de competência.

— Deixe-me falar com ele.

Yukio Hirayasu já estava sentado a essa altura, encolhido sobre o concreterno, chiando, ofegante. Sibilei para ele e lhe joguei o telefone. Ele o pegou com uma das mãos, desajeitado, ainda massageando o pescoço com a outra.

— Seu *senpai* quer uma palavrinha.

Ele me encarou mal-humorado, com olhos cheios de ódio e manchados de lágrimas, mas levou o fone ao ouvido. Sílabas japonesas comprimidas gotejaram dele, como alguém tocando um refrão em um cilindro de gás rachado. Ele se enrijeceu, a cabeça baixou. Suas respostas saíam mordidas, monossilábicas. A palavra *sim* surgiu com frequência. Uma coisa era preciso admitir sobre a yakuza: eles disciplinam suas fileiras como ninguém.

A conversa unilateral terminou e Yukio me ofereceu o telefone sem olhar nos meus olhos. Eu o apanhei.

— Essa questão está resolvida — disse Tanaseda em meu ouvido. — Por favor, faça os arranjos para ficar em outro lugar pelo resto da noite. Você pode voltar daqui a seis horas, quando o equipamento e sua indenização estarão à sua espera. Não conversaremos de novo. Essa... confusão... foi lastimável.

Ele não soava tão chateado.

— Você recomenda algum lugar bom para tomar café? — perguntei.

Silêncio. Um pano de fundo estático educado. Pesei o telefone na palma da mão por um momento e então o joguei de volta para Yukio.

— Então. — Olhei do yakuza para Plex e de volta para o outro. — Algum de vocês dois conhece um lugar bom para tomar café?

CAPÍTULO 2

Antes que Leonid Mecsek liberasse sua beneficência sobre as economias claudicantes do Arquipélago Açafrão, Tekitomura se virava alugando barcos de passeio para caçadores e pescadores ricos de Porto Fabril ou das Ilhas Ohrid e da captura de teias-vivas para aproveitar seus óleos internos. A bioluminescência facilitava a captura delas à noite, mas as tripulações de traineiras que faziam isso tendiam a não ficar no mar por mais de duas horas de cada vez. Caso se demorassem mais, as antenas ferroantes das teias-vivas, finas como se tecidas por aranhas, se emplastravam tanto sobre a superfície das roupas e do barco que era possível perder muita produtividade devido à inalação da toxina e queimaduras na pele. A noite toda, os garis chegavam para lavar a tripulação e os conveses com biossolvente barato. Por trás do clarão da lâmpada Angier da estação de limpeza, um curto desfile de bares e lanchonetes operava até o amanhecer.

Plex, derramando desculpas como um balde furado, me levou pelo distrito dos armazéns até o atracadouro, para um lugar sem janelas chamado Corvo de Tóquio. Não era muito diferente de um bar de capitães na parte mais barata de Porto Fabril — esboços murais de Ebisu e Elmo nas paredes manchadas, intercalados com as placas votivas padrão escritas em kanji ou amânglico: MAR CALMO, POR FAVOR, E REDES CHEIAS. Os monitores mais acima, atrás do bar de madeira-espelho, davam a cobertura do tempo local, padrões de comportamento climático orbitais e as recentes notícias globais. O inevitável holopornô em uma base de projeção ampla na extremidade do salão. Garis forravam o bar e se agrupavam em torno das mesas, os rostos borrados de cansaço. Era um público escasso, majoritariamente masculino, majoritariamente infeliz.

— Deixa que eu pago — disse Plex, apressado, quando entramos.

— Claro que vai pagar, caralho.

Ele me deu uma olhada encabulada.

— Hum. Tá. O que você quer, então?

— Quero o que passe por uísque aqui. Forte pra cacete. Algo cujo gosto eu consiga sentir mesmo com os circuitos de paladar dessa porra de capa.

Ele partiu para o bar e eu encontrei uma mesa num canto por puro hábito. Vistas para a porta e toda a clientela. Abaixei-me em um banco, fazendo uma careta com o movimento em minhas costelas atingidas pelos raios.

Que merda de bagunça.

Na verdade, não. Toquei os cartuchos através do tecido do bolso em meu casaco. *Peguei o que vim buscar.*

Algum motivo especial para você não ter simplesmente cortado a garganta deles enquanto dormiam?

Eles precisavam saber. Eles precisavam ver que aconteceria.

Plex voltou do bar carregando copos e uma bandeja de sushi meio velho. Ele parecia inexplicavelmente satisfeito consigo mesmo.

— Olha, Tak. Você não precisa se preocupar com aqueles esquadrões de farejadores. Em uma capa sintética...

Olhei para ele.

— Sim, eu sei.

— E, bem, sabe... São só seis horas.

— E o dia inteiro de amanhã, até o cargueiro partir. — Peguei meu copo. — Acho que é melhor você só calar a boca, Plex.

Ele se calou. Depois de alguns minutos taciturnos, descobri que isso também não era o que eu queria. Eu estava nervoso em minha pele sintética, com tiques como se estivesse saindo de um barato de meta, desconfortável com meu ser físico. Precisava de uma distração.

— Faz tempo que você conhece o Yukio?

Ele ergueu os olhos, emburrado.

— Achei que você queria...

— É. Desculpe. Eu levei uns tiros essa noite, e isso não me deixou com um humor muito bom. Eu estava só...

— Você *levou tiros*?

— *Plex.* — Eu me debrucei por cima da mesa, atento. — Você pode manter *a porra da voz* baixa?

— Ah. Desculpe.

— Digo. — Fiz um gesto desamparado. — Como você consegue continuar nesse ramo, cara? É para você ser um criminoso, pelo amor de Deus.

— Não fui eu que escolhi isso — disse ele, rígido.

— Não? E como é que funciona, então? Eles têm algum tipo de alistamento obrigatório por aqui?

— Muito engraçado. Suponho que você tenha escolhido o exército, né? Aos dezessete anos padrão, porra?

Dei de ombros.

— Eu fiz uma escolha, sim. O exército ou as gangues. Eu vesti um uniforme. Pagava melhor do que as coisas criminosas que eu já andava fazendo.

— Bem, eu nunca *fiz parte* de uma gangue. — Ele tomou uma parte de seu drinque. — A yakuza se certificou disso. Perigo demais de corromper o investimento. Eu frequentei os tutores certos, passei um tempo nos círculos sociais certos, aprendi a fazer e falar as coisas certas e aí eles me colheram como a porra de uma cereja.

O olhar dele caiu na madeira marcada do tampo da mesa.

— Eu me lembro do meu pai — disse ele, amargo. — O dia em que tive acesso aos cartuchos de dados da família. Logo após minha festa de maioridade, na manhã seguinte. Eu ainda estava de ressaca, ainda todo frito, e Tanaseda e Kadar e Hirayasu no escritório dele, como umas porras de uns vampiros. Ele chorou naquele dia.

— *Aquele* Hirayasu?

Ele balançou a cabeça.

— Aquele é o filho. Yukio. Você quer saber há quanto tempo eu conheço o Yukio? Nós crescemos juntos. Pegamos no sono nas mesmas aulas de kanji, enchemos a cara com o mesmo *take*, namoramos as mesmas garotas. Ele foi embora para Porto Fabril mais ou menos na época em que comecei as minhas aulas práticas de HD e biotec e voltou depois de um ano com aquela porra de terno. — Ele olhou para mim. — Você acha que eu gosto de viver pelas dívidas do meu pai?

Aquilo não parecia precisar de uma resposta. E eu não queria mais escutar aquele papo. Tomei um pouco mais do uísque forte, me perguntando qual seria a potência dele em uma capa com papilas gustativas reais. Gesticulei com o copo.

— Então, como é que eles foram precisar que você desativasse e reativasse o equipamento hoje à noite? Deve haver mais do que um kit de triagem humana digital na cidade.

Ele deu de ombros.

— Alguma merda aí. Eles têm o próprio equipamento, mas foi contaminado. Água marinha nos transmissores de gel.

— Crime "organizado", hein.

Havia uma inveja ressentida no modo como ele me encarou.

— Você não tem família, né?

— Não que se possa notar. — Isso foi um pouco grosseiro, mas ele não precisava saber a verdade bem próxima. Dê a ele outra coisa. — Eu andei distante.

— Em armazenamento?

Balancei a cabeça.

— Extramundo.

— Extramundo? Aonde você foi? — A empolgação na voz dele era inconfundível, mal contida pelo fantasma da educação. O sistema Brilho não tem nenhum planeta habitável, exceto o Mundo de Harlan. Terraformação hesitante na planície do eclíptico em Brilho V só renderia resultados úteis dali a um século. Extramundo, para um harlanita, significa uma transmissão por agulha de alcance estelar, abandonar seu eu físico e reencapar em algum ponto a anos-luz de distância, sob um sol alienígena. É tudo muito romântico e, no imaginário popular, pessoas que passaram por uma transmissão por agulha recebem o status de celebridades, semelhante ao que ocorria com pilotos na Terra durante a época do voo espacial intrassistema.

O fato de que, ao contrário dos pilotos, essas celebridades recentes não tinham que efetivamente *fazer nada* para viajar pelo feixe, o fato de que, em muitos casos, elas não tinham nenhuma habilidade ou estatura real além da fama em si não parecia impedir sua conquista triunfante da imaginação do público. A Velha Terra é o melhor destino, é claro, mas no fim, não parece fazer muita diferença para onde se vá, desde que volte. É a técnica favorita para alavancar astros da expéria em declínio ou cortesãos de Porto Fabril caídos em desgraça. Se você conseguir, de alguma forma, juntar o valor da transmissão, tem praticamente a garantia de anos de cobertura bem-paga nas revistas de celebridade.

Isso, claro, não se aplicava a Emissários. Nós íamos silenciosamente, esmagávamos uma revolta planetária aqui, derrubávamos um regime ali, e então colocávamos no lugar algo submisso a ONU e que funcionasse. Matança e supressão por todas as estrelas, para o bem geral — *naturalmente* — de um Protetorado unificado.

Eu já saí dessa.

— Você foi para a Terra?

— Entre outros lugares. — Sorri ante a memória que surgia um século atrasada. — A Terra é uma merda, Plex. Uma porra de uma sociedade estática, classe dirigente imortal e hiper-rica, massas acovardadas.

Ele deu de ombros e cutucou o sushi com os palitinhos, rabugento.

— Parece igualzinho a aqui.

— É. — Beberiquei mais uísque. Havia muitas diferenças sutis entre o Mundo de Harlan e o que eu tinha visto na Terra, mas eu não ia me dar ao trabalho de explicá-las agora. — Vendo por esse lado...

— Então o que você é? Ah, *caralho!*

Por um momento, achei que ele estivesse apenas se atrapalhando com o sushi de golfinho-costas-de-garrafa. Reação hesitante da capa sintética esburacada ou talvez apenas um cansaço trêmulo devido à proximidade do amanhecer. Levei segundos para levantar os olhos, rastrear o ponto para onde ele fitava, na porta do bar, e encontrar sentido no que vi ali.

A mulher parecia banal à primeira vista — magra e de aparência competente, um macacão cinza e uma jaqueta acolchoada sem nada que a distinguisse, cabelo inesperadamente comprido, rosto entre pálido e desbotado. Arestas agudas demais para equipe de limpeza, talvez. Em seguida notava-se o modo como ela se postava, os pés enfiados em botas levemente separados, as mãos pressionadas retas contra o bar de madeira-espelho, o rosto inclinado para a frente, o corpo sobrenaturalmente imóvel. E então o olhar voltava para aquele cabelo e...

Emoldurado na porta a menos de cinco metros do flanco dela, um grupo de padres da casta sênior da Nova Revelação analisavam a clientela frigidamente. Eles devem ter percebido a mulher mais ou menos ao mesmo tempo que os vi.

— Ah, *merda, caralho!*

— Plex, cala a boca — murmurei entre dentes, os lábios imóveis. — Eles não conhecem a minha cara.

— Mas ela é...

— Apenas. Espere.

A gangue do bem-estar espiritual avançou para dentro do salão. Nove deles, no total. Barbas de patriarca caricaturais e cabeças raspadas, rostos funestos e resolutos. Três oficiantes, as cores dos evangelicais eleitos drapejados sobre seus mantos de um ocre enfadonho e os escópios de bioware usados como um tapa-olho de pirata antigo sobre um dos olhos. Eles estavam fixados na mulher no bar, dobrando em sua direção como gaivotas em um vento soprando para a terra. Do outro lado do salão, aquele cabelo descoberto devia ser um farol de provocação.

Se estavam vasculhando as ruas à minha procura não vinha ao caso. Eu tinha entrado na fortaleza mascarado, com uma capa sintética. Não deixei rastros.

Entretanto, desenfreados por todo o Arquipélago Açafrão, gotejando sobre os limites nortenhos do continente mais próximo como veneno de uma teia-viva estourada e agora, me disseram, lançando raízes em pequenos bolsões que chegavam ao sul, até na própria Porto Fabril, os Cavaleiros da Nova Revelação brandiam sua ginofobia recém-regenerada com um entusiasmo de dar orgulho aos seus ancestrais islamo-cristãos. Uma mulher sozinha num bar já era ruim, uma mulher descoberta, ainda pior, mas *isso*...

— Plex — falei, baixinho. — Pensando bem, acho que é melhor você dar o fora daqui.

— Tak, escuta...

Eu preparei a granada alucinógena para o intervalo máximo, puxei o pino e deixei que rolasse gentilmente para longe por baixo da mesa. Plex a ouviu e soltou um ganido minúsculo.

— Vai — falei.

O oficiante principal chegou ao bar. Ele se postou a meio metro da mulher, talvez esperando que ela se encolhesse.

Ela o ignorou. Ignorou, aliás, tudo o que estava além da superfície do bar sob suas mãos e, me ocorreu, do rosto que ela podia ver refletido ali.

Eu me levantei sem pressa.

— Tak, *não vale a pena*, cara. Você não sabe o que...

— Eu disse pra dar no pé, Plex. — Vagando para dentro agora, para dentro da fúria que se acumulava como um esquife abandonado na beira de um redemoinho. — Você não vai querer estar aqui.

O oficiante se cansou de ser ignorado.

— Mulher — ladrou ele. — Você vai se cobrir.

— Por que — rebateu ela com uma clareza mordaz — você não vai se foder com algo afiado?

Fez-se uma pausa quase cômica. Os bebuns mais próximos se agitaram em uma expressão coletiva de espanto: *ela disse mesmo...*

Em algum lugar, alguém deixou escapar uma risada.

O golpe já estava chegando. Um tapa com as costas da mão, os dedos frouxos e nodosos, que deveria ter catapultado a mulher do bar para o chão em um montinho. Em vez disso...

A imobilidade travada se dissolveu. Mais rápido do que qualquer coisa que eu tinha visto desde o combate em Sanção IV. Algo em mim esperava por isso, e ainda assim perdi os movimentos exatos. Ela pareceu piscar como algo saído de uma virtualidade mal editada, de lado, e sumiu. Eu me aproximei do grupinho, a fúria do combate afunilando minha visão sintética nos alvos. De relance, vi a mulher estender a mão para trás e segurar o pulso do oficiante. Escutei o estalo quando o cotovelo se dobrou. Ele berrou e se contorceu. Ela empurrou com força, e ele caiu.

Uma arma reluziu. Raio e trovão nas trevas, na altura do apoio para os pés do bar. Sangue e cérebro explodiram pelo salão. Nacos superaquecidos respingaram no meu rosto e queimaram.

Engano.

Ela matou o que estava no chão, deixou os outros em paz naquele momento. O padre mais próximo se aproximou, atacou com um soco inglês eletrônico, e ela caiu, girando, em cima do cadáver arruinado do oficiante. Os outros se acercaram, as botas com ponteira metálica aparecendo sob os mantos da cor de sangue seco. Alguém nas mesas começou a aplaudir.

Estendi a mão, puxei uma barba para trás e cortei a garganta sob ela até a coluna. Empurrei o corpo de lado. Retalhei um manto e senti a lâmina se enterrar em carne. Girei e retirei. Sangue quente escorreu sobre minha mão. A faca Tebbit aspergiu gotículas ao se soltar. Estendi a mão outra vez, como num sonho. Apalpar e agarrar, apoiar e estocar, chutar para o lado. Os outros estavam se virando, mas não eram lutadores. Rasguei uma bochecha até o osso, abri uma palma voltada em minha direção do dedo médio até o pulso, afastei-os da mulher no chão, sorrindo, o tempo todo sorrindo feito um demônio dos recifes.

Sarah.

Uma barriga esticando o manto se ofereceu. Eu me aproximei e a faca Tebbit saltou para o alto, abrindo-a como zíper. Fiquei olho no olho com o homem a quem estava eviscerando. Um rosto enrugado e barbudo me encarou de volta. Eu podia cheirar seu hálito. Nossos rostos estavam a centímetros de distância pelo que pareceram ser minutos, antes que a percepção do que eu tinha feito detonasse por trás dos olhos dele. Assenti num gesto brusco, senti a contração de um sorriso em um canto da minha boca travada. Ele se afastou de mim, vacilando, gritando, as tripas caindo para fora.

Sarah...

— *É ele!*

Outra voz. A visão clareou, e vi o padre com a mão ferida segurando seu machucado como alguma prova obscura de fé. A palma gotejava, escarlate, os vasos sanguíneos mais perto do corte já se rompendo.

— *É ele! O Emissário! O transgressor!*

Com um baque suave atrás de mim, a granada alucinógena detonou.

A maioria das culturas não gosta muito quando alguém assassina seus homens de fé. Eu não sabia para que lado o salão cheio de equipes de garis durões se inclinaria — o Mundo de Harlan não costumava ter a reputação de fanatismo religioso, mas muita coisa tinha mudado enquanto eu estava longe, boa parte para pior. A fortaleza que assomava sobre as ruas de Tekitomura era uma das várias com que eu havia trombado nos últimos dois anos, e, em qualquer lugar que eu fosse a norte de Porto Fabril, eram os pobres e os exaustos que inchavam as fileiras dos devotos.

Melhor não arriscar.

A explosão da granada jogou de lado uma mesa como um fantasma mal-humorado, mas, junto com a cena de sangue e fúria no bar, isso passou praticamente despercebido. Meia dúzia de segundos se passou antes que os estilhaços moleculares ventilados entrassem em pulmões, decaíssem e começassem a fazer efeito.

Gritos para afogar a agonia dos padres morrendo ao meu redor. Berros confusos, entrelaçados com riso iridescente. É uma experiência intensamente individual, estar na ponta receptora de uma granada-A. Eu já vi homens se agitarem, batendo em coisas invisíveis que pareciam cercá-los na altura da cabeça. Outros fitavam as próprias mãos, achando graça, ou se enfiavam nos cantos estremecendo. Em algum lugar, ouvi um choro rouco. Minha própria respiração havia se interrompido automaticamente na hora da detonação, uma relíquia de décadas em um ou outro contexto militar. Virei-me para a mulher e a encontrei se apoiando contra o bar. Seu rosto estava machucado.

Arrisquei inspirar para poder gritar por cima do alvoroço geral.

— Consegue ficar de pé?

Um gesto de concordância tenso. Indiquei a porta.

— Por ali. Tente não respirar.

Aos poucos, conseguimos passar pelos restos dos comandos da Nova Revelação. Aqueles que ainda não tinham começado a sangrar pela boca e os olhos estavam ocupados demais alucinando para oferecer qualquer ameaça. Eles tropeçavam e escorregavam em seu próprio sangue, lamuriando-se e estapeando o ar diante de seus rostos. Eu estava razoavelmente seguro de que tinha dado conta de todos, de um jeito ou de outro, mas na remota chance de que eu tivesse errado a conta, parei ao lado de um que não exibia nenhum ferimento visível. Um oficiante. Eu me debrucei sobre ele.

— Uma luz — tagarelou ele, a voz aguda e admirada. Sua mão se ergueu na minha direção. — Uma luz nos céus, o anjo está sobre nós. Quem pode clamar *renascimento* quando eles não o fazem, quando eles aguardam?

Ele não saberia o nome dela. Qual era o sentido daquilo?

— O anjo.

Levantei a faca Tebbit. A voz tensa com a falta de fôlego.

— Olhe de novo, oficiante.

— O an... — E então algo deve ter atravessado os alucinógenos. Sua voz se tornou subitamente estridente e ele se arrastou de costas para longe de mim, os olhos arregalados na lâmina. — Não! Eu *vejo* o antigo, o renascido. *Eu vejo o destruidor.*

— Agora você entendeu.

O bioware da faca Tebbit está codificado no desbaste, meio centímetro para dentro do fio da lâmina. Um corte acidental geralmente não chega fundo a ponto de tocar nele.

Abri a cara dele e fui embora.

Fundo o suficiente.

* * *

Do lado de fora, uma torrente de minúsculas mariposas cabeça de crânio iridescentes desceu planando da noite e circundou minha cabeça. Pisquei para afastá-las e respirei fundo algumas vezes, com força. Bombear essa merda. Recompor-se.

O corredor do cais por trás da estação de lavagem estava deserto nas duas direções. Nem sinal de Plex. Nem sinal de ninguém. O vazio parecia prenhe, pleno de potencial aterrador. Eu absolutamente esperava ver um par imenso de garras reptilianas rasgar as costuras na parte inferior do prédio e o arrancar do lugar.

Bem, não espere isso, Tak. Se você esperar ver isso nesse estado, vai acontecer, caralho.

O pavimento...

Mexa-se. Respire. Saia daqui.

Uma chuva fina começara a peneirar do céu nublado, enchendo o brilho das lâmpadas Angier como uma interferência suave. Sobre o telhado achatado da estação de lavagem, os conveses superiores de uma superestrutura de limpeza deslizaram na minha direção, engastado de luzes de navegação. Leves gritos cruzavam o vão entre navio e atracadouro e o chiado-baque das garras automáticas disparando de volta para seus soquetes no cais. Havia uma súbita calma enviesada na cena toda, algum momento incomumente pacífico subindo das memórias da minha infância em Novapeste. Meu terror anterior evaporou e senti um sorriso divertido escapar.

Controle-se, Tak. São só as químicas.

Do outro lado do atracadouro, sob uma grua robótica parada, uma luz perdida cintilou no cabelo dela enquanto ela se virava. Conferi mais uma vez por cima do ombro em busca de sinais de perseguição, mas a entrada do bar estava firmemente fechada. Ruídos baixos vazavam dali nos limites mais baixos da minha audição sintética barata. Podia ser risada, choro, basicamente qualquer coisa. Granadas-A são inofensivas no longo prazo, mas, enquanto duram, a pessoa afetada tende a perder o interesse em pensamentos ou ações racionais. Eu duvidava que alguém fosse decifrar onde ficava a porta na próxima meia hora, quanto mais como passar por ela.

A gari subiu para o atracadouro, apertado pelos cabos das garras automáticas. Silhuetas saltaram para o chão firme, trocando provocações. Eu atravessei para a sombra da grua sem ser notado. O rosto dela flutuava fantasmagórico nas trevas. Uma beleza pálida, lupina. O cabelo que o emoldurava parecia estalar com energias semivistas.

— Mandou bem com aquela faca.

Dei de ombros.

— Prática.

Ela me olhou de cima a baixo.

— Capa sintética, aço biocodificado. Você é Desarmador?

— Não. Nada do tipo.

— Bem, você realmente... — O olhar especulativo parou, preso na porção do meu casaco que cobria o ferimento. — Merda, eles te pegaram.

Balancei a cabeça.

— Foi em outra parada, essa aqui. Já aconteceu há um tempinho.

— É? Me parece que um médico te seria útil. Eu tenho alguns amigos que...

— Não vale a pena. Vou sair dessa em algumas horas.

As sobrancelhas se ergueram.

— Reencape? Bem, certo, você tem amigos melhores que os meus. Está dificultando bastante para eu pagar o meu *giri* aqui.

— Deixa pra lá. Fica por conta da casa.

— Por conta *da casa?* — Ela fez algo com os olhos que eu gostei. — O quê, você tá vivendo em alguma coisa tipo expéria? Aquele do Micky Nozawa? De um samurai robô com coração humano?

— Acho que não vi esse.

— Não? É um filme de retorno, tem uns dez anos.

— Perdi. Eu estava fora.

Comoção lá atrás, do outro lado do atracadouro. Dei meia-volta de súbito e vi a porta do bar se abrir, figuras com roupas pesadas contornadas pela iluminação do interior. Nova clientela dos garis, entrando de fininho na festa da granada. Gritos e berros agudos passaram fervendo por eles. Ao meu lado, a mulher ficou silenciosamente tensa, a cabeça inclinada em um ângulo que mesclava sensual e lupino de um jeito indefinível, acelerando minha pulsação.

— Eles estão fazendo uma convocação — disse ela, sua postura se destravando de novo com tanta rapidez e tão pouco esforço como havia se retesado. Ela pareceu fluir de volta para dentro das sombras. — Tô fora. Olha, hã, obrigada. Muito obrigada. Me desculpe se estraguei a sua noite.

— Ela já não tava lá grande coisa mesmo.

Ela deu mais uns passos e parou. Debaixo dos vagos gemidos vindos do bar e do barulho da estação de lavagem, pensei poder ouvir algo imenso sendo ligado, um lamento minúsculo e insistente por trás do tecido da noite, uma sensação de potencial mudando, como monstros de parquinho se postando em seus lugares por trás da cortina do palco. Luz e sombra em meio aos pilares lá no alto faziam do rosto dela uma máscara branca lascada. Um dos olhos brilhava, prateado.

— Você tem onde ficar, Micky-san? Disse algumas horas. O que planeja fazer até lá?

Abri as mãos. Percebi que ainda segurava a faca e a guardei.

— Tô sem planos.

— Sem planos, hum? — Não havia brisa alguma vinda do mar, mas achei ter visto o cabelo dela se mexer um pouco. Ela assentiu. — Sem lugar também, então?

Dei de ombros de novo, combatendo a irrealidade ondulante advinda do fim do barato da granada-A, talvez de algo mais.

— Por aí.

— Então... Seus planos são brincar de pega-pega com o DPT e os Barbas pelo resto da noite, tentar ver o sol nascer ainda inteiro. É isso?

— Ei, você devia estar escrevendo expéria. Falando assim parece até uma ideia atraente.

— É. Românticos do caralho. Escuta, se você quiser um lugar onde ficar até os seus amigos da pesada estarem prontos, eu consigo arranjar. Se quiser fingir ser Micky Nozawa nas ruas de Tekitomura, bom... — Ela tornou a inclinar a cabeça. — Eu vou assistir ao filme quando ele sair.

Sorri.

— Fica longe?

Os olhos dela se moveram para a esquerda.

— Por aqui.

Do bar, os gritos dos insanos, uma única voz gritando assassinato e vingança divina.

Nós deslizamos entre as gruas e as sombras.

CAPÍTULO 3

Kompcho estava cheia de luz, rampa após rampa de concreterno enxameada de atividade de lâmpadas Angier em torno das silhuetas caídas e amarradas dos cargueiros, que se esparramavam sobre saias murchas na extremidade das garras automáticas, como arraias gigantes presas, arrastadas para a praia. Portinholas de carga cintilavam abertas nos flancos rodados e veículos pintados de ilumínio manobravam de um lado para outro nas rampas, oferecendo pás de empilhadeira cheias de equipamentos. Havia um pano de fundo constante de ruído de máquinas e gritos que afogava vozes individuais. Era como se alguém tivesse pegado o minúsculo aglomerado radiante da estação de lavagem, quatro quilômetros a leste, e o cultivado para um crescimento massivo, viral. Kompcho devorava a noite em todas as direções com brilho e som.

Abrimos caminho pelo emaranhado de máquinas e gente, atravessando a área do cais atrás das rampas do cargueiro. Vendedores de hardware com descontos em corredores de pilhas altas de mercadorias brilhavam em neon pálido na base das fachadas reaproveitadas do atracadouro, intercalados com o clarão mais visceral de bares, puteiros e clínicas de implantes. Todas as portas estavam abertas, fornecendo acesso em degraus na maioria dos casos tão amplos quanto a própria fachada. Grupos de clientes se espalhavam dentro e fora. Uma máquina à minha frente executou um círculo pequeno, dando ré com uma carga de bombas inteligentes de solo Pilsudski, um alarme berrando *cuidado, cuidado, cuidado*. Alguém se desviou pela lateral, passando por mim, sorrindo com um rosto que era metade metal.

Ela me levou para dentro através de um dos estúdios de implantes, passando por oito cadeiras onde homens e mulheres de músculos esguios se sentavam com os dentes cerrados, vendo a si mesmos sendo aumentados no grande espelho do lado oposto e nas fileiras de monitores em close mais acima. Provável que não fosse dor, exatamente, mas não devia ser muito divertido assistir sua carne ser fatiada e descascada e empurrada de lado para abrir espaço para seja lá que novo brinquedo interno seus patrocinadores tenham te contado que *todas* as tripulações de Desarmadores estavam usando nessa temporada.

Ela parou junto a uma das cadeiras e olhou no espelho para o gigante de cabeça raspada que mal cabia ali. Eles estavam fazendo algo com os ossos do ombro direito — uma aba desdobrada de pescoço e do colo pendurada em uma toalha ensopada de sangue em frente a ele. Tendões do pescoço, pretos como carbono, se dobravam inquietos no interior sangrento.

— Oi, Orr.

— Oi, Sylvie! — Os dentes do gigante pareciam não estar cerrados, os olhos um pouco vagos devido às endorfinas. Ele ergueu a mão lânguida do lado que ainda se encontrava intacto e bateu o punho contra o da mulher. — Como vai?

— Saí para dar uma volta. Tem certeza de que isso vai sarar até amanhã cedo?

Orr espetou um polegar.

— Ou eu faço o mesmo com esse bisturi antes de irmos embora. Sem as químicas.

O agente de implantes abriu um sorrisinho tenso e prosseguiu com o que estava fazendo. Ele já tinha ouvido isso antes. Os olhos do gigante passaram para mim no espelho. Se ele reparou no sangue em mim, não pareceu incomodá-lo. Por outro lado, ele mesmo não estava impecável.

— Quem é o sintético?

— Amigo — disse Sylvie. — Falo com você lá em cima.

— Subo daqui a dez minutos. — Ele olhou para o agente. — É isso?

— Meia hora — disse o agente, ainda trabalhando. — A cola do tecido precisa de tempo para assentar.

— Merda. — O gigante disparou um olhar para o teto. — O que aconteceu com Urushiflash? Aquela coisa cola em segundos.

Ainda trabalhando. Uma agulha tubular fez ruídos baixos de sucção.

— Você solicitou a tarifa padrão, sam. Bioquímica militar não está disponível nessa faixa.

— Mas que caralho, e quanto vai me custar fazer um upgrade para a versão de luxo?

— Mais ou menos cinquenta por cento a mais.

Sylvie riu.

— Esqueça, Orr. Já tá quase pronto. Você nem vai poder aproveitar as endorfinas.

— Que se foda, Sylvie. Eu tô rígido de tédio aqui. — O gigante cuspiu no polegar e o estendeu. — Pode me cobrar.

O agente de implantes ergueu os olhos, encolheu os ombros minimamente e soltou suas ferramentas na paleta de operação.

— Ana — chamou ele. — Pegue o Urushiflash.

Enquanto a atendente se ocupava em um armário com as novas bioquímicas, o agente pegou um leitor de DNA em meio à bagunça na prateleira espelhada e esfregou a ponta absorvente pelo polegar de Orr. O display coberto da máquina se acendeu e mudou de posição. O agente voltou a olhar para Orr.

— Essa transação vai te deixar no vermelho — disse ele baixinho.

Orr o encarou carrancudo.

— Esquece, porra. Tô de partida amanhã, eu vou pagar e você sabe.

O agente hesitou.

— É exatamente *porque* você está de partida amanhã — começou ele — que...

— Ah, puta que o pariu. Leia a tela do patrocinador, tá? Fujiwara Havel. Tornando Nova Hok Segura para um Novo Século. Não somos um bando de amadores imprestáveis. Se eu não voltar, o pagamento da *enka* cobre. Você sabe disso.

— Não é...

Os tendões expostos no pescoço de Orr se retesaram e levantaram.

— Quem é você, *caralho? Meu contador?* — Ele se levantou apoiado na cadeira e encarou o agente no rosto. — Apenas *complete a transação,* sim? E me arrume um pouco dessas endorfinas militares, por falar nisso. Vou tomá-las mais tarde.

Continuamos ali tempo suficiente para ver o agente de implantes ceder, antes de Sylvie me dar um cutucão na direção dos fundos.

— Vamos lá pra cima — disse ela.

— Tá. — O gigante estava sorrindo. — Te vejo em dez minutos.

O andar superior era um conjunto de cômodos espartanos embrulhados em torno de uma combinação de cozinha-sala de estar com janelas dando para o atracadouro. O isolamento acústico era bom. Sylvie tirou seu casaco e o jogou nas costas de uma espreguiçadeira. Ela olhou para mim enquanto passava para a cozinha.

— Fique à vontade. O banheiro é ali no fundo, caso queira se limpar.

Captei a indireta e lavei o grosso do sangue de minhas mãos e rosto em uma pia espelhada minúscula antes de voltar para a sala principal. Ela estava no balcão da cozinha, procurando algo nos gabinetes.

— Vocês realmente fazem parte da Fujiwara Havel?

— Não. — Ela encontrou uma garrafa e a abriu, segurando dois copos na outra mão. — Somos um bando de amadores imprestáveis. E como. Orr só tem uma entrada pelos fundos para os códigos de passagem da FH. Bebida?

— O que é?

Ela olhou para a garrafa.

— Sei lá. Uísque.

Estendi a mão para pegar um dos copos.

— Uma entrada dessas deve sair caro, para começo de conversa.

Ela balançou a cabeça.

— Benefício extra de ser Desarmador. Todos nós estamos mais bem programados para o crime do que a porra dos Emissários. Temos equipamento de intrusão eletrônica saindo pelo cu. — Ela me entregou o copo e serviu para nós dois. O gargalo da garrafa deu um único retinido baixinho no silêncio do cômodo a cada vez que tocou nos copos. — Orr passeou pela cidade nas últimas 36 horas só puteando e usando químicas, pagando tudo com créditos e promessas de pagamento de *enka*. É a mesma coisa toda vez que partimos. Ele vê isso como uma forma de arte, acho. Saúde.

— Saúde. — Era um uísque bem grosseiro. — Hã... Faz tempo que você está na mesma tripulação que ele?

Ela me deu uma olhada estranha.

— Um bocadinho. Por quê?

— Desculpa, força do hábito. Eu era pago para absorver informações locais. — Ergui o copo outra vez. — Um brinde a seu retorno seguro, então.

— Isso dá azar. — Ela não ergueu o próprio copo. — Você esteve mesmo longe daqui, né?

— Por um tempo.

— Importa-se de falar a respeito?

— Não se a gente se sentar.

A mobília barata não era nem automoldável. Eu me abaixei cuidadosamente em uma espreguiçadeira. O ferimento na lateral do meu corpo parecia estar se curando, na extensão em que carne sintética conseguia fazê-lo.

— Então. — Ela se sentou defronte a mim e afastou o cabelo do rosto. Algumas mechas mais grossas se curvaram e estalaram de leve com a intrusão. — Quanto tempo você ficou distante?

— Trinta anos, mais ou menos.

— Pré-Barba, hein? — Uma amargura súbita.

— Antes dessa parada pesada, sim. Mas eu vi a mesma coisa em muitos outros lugares. Xária. Latimer. Partes de Adoración.

— Ah. *Olha só* esses nomes.

Dei de ombros.

— Foi onde estive.

Atrás de Sylvie, uma porta interior se desdobrou e uma mulher pequena e de aparência arrogante entrou no cômodo bocejando, embrulhada em um macacão leve de poliga preta meio descosturado. Ela inclinou a cabeça de lado quando me viu e veio se debruçar nas costas da espreguiçadeira de Sylvie, me analisando com uma curiosidade descarada. Havia kanjis raspados em seu cabelo curtíssimo.

— Arrumou companhia?

— Fico contente de ver que você finalmente conseguiu aqueles upgrades no visor.

— *Cala a boca.* — Ela deu um peteleco à toa no cabelo da outra com as unhas pintadas, sorrindo quando as mechas estalaram e se afastavam do toque. — Quem é? Meio tarde para romance de marinheira, não?

— Este é Micky. Micky, esta é Jadwiga. — A pequenina fez uma careta ante o nome completo, cochichando a sílaba *Jad*. — E Jad. A gente não tá trepando. Ele só tá passando um tempo aqui.

Jadwiga assentiu e nos deu as costas, desinteressada no mesmo instante. Desse ângulo, dava para ler os kanjis em seu crânio: NÃO VÁ ERRAR, CARALHO.

— Sobrou algum tremor?

— Acho que você e Las tomaram tudo na noite passada.

— *Tudinho?*

— Deus do céu, Jad. A festa não era minha. Procura na caixa que tá na janela.

Jadwiga foi até a janela em passos impulsionados pelos calcanhares, como uma dançarina, e virou a caixa em questão de ponta-cabeça. Um frasquinho minúsculo caiu em sua mão. Ela o ergueu contra a luz e chacoalhou, de modo que o líquido vermelho no fundo estremeceu de um lado para o outro.

— Bem — disse ela, meditativa. — É o bastante para algumas piscadas. Em geral eu ofereceria, mas...

— Mas em vez disso, vai ficar com tudo só pra você — previu Sylvie.

— Aquela coisa da velha hospitalidade de Novapeste. Sempre me deixa comovida.

— Ah, olha só quem tá falando, vadia — disse Jadwiga, sem irritação.

— Com que frequência, fora das missões, você concorda em nos conectar a essa sua juba?

— Não é a mesma...

— Não, é *melhor*. Sabe, para uma Renunciante, você é bem muquirana com a sua capacidade. Kiyoka diz...

— Kiyoka não...

— Gente, *gente*. — Gesticulei em busca de atenção, rompendo a tensão que trazia Jadwiga para o outro lado da sala, na direção de Sylvie, dois passos de cada vez. — Tudo bem. Eu não tô a fim de química recreativa no momento.

Jad se animou.

— Viu só? — disse a Sylvie.

— Mas se eu pudesse mendigar um pouco das endorfinas do Orr quando ele subir para cá, ficaria muito agradecido.

Sylvie anuiu, sem desviar o olhar de sua companheira de pé. Claramente ainda estava irritada, fosse com a quebra da etiqueta de anfitriã ou a menção de seu passado de Renunciante. Não consegui saber qual dos dois.

— Orr tá com *endorfinas?* — perguntou Jadwiga, alto.

— Sim — disse Sylvie. — Ele tá lá embaixo. Sendo cortado.

Jad fez uma careta de deboche.

— Porra de moda. Ele não vai aprender nunca.

Ela enfiou a mão dentro de seu traje descosturado e tirou dali uma hipodérmica ocular. Os dedos, programados por um hábito óbvio, encaixaram o mecanismo na ponta do frasco; em seguida, ela inclinou a cabeça para trás e, com a mesma destreza automática, puxou as pálpebras de um olho e enfiou a hipodérmica nele. Seu equilíbrio de acrobata se afrouxou e o estremecimento característico da droga percorreu seu corpo, partindo dos ombros e descendo.

O tremor é um negócio bastante inofensivo — cerca de seis décimos de análogo a betatanatina, misturados com alguns extratos de *take* que deixavam objetos domésticos comuns oniricamente fascinantes e faziam de manobras coloquiais inocentes algo absolutamente hilário. Era divertido se todos no mesmo recinto estivessem tomando e irritante para qualquer um que estivesse de fora. Seu maior efeito era o de desacelerar a pessoa, que era o que eu imagino que Jad, junto com a maioria dos Desarmadores, estava procurando.

— Você é de Novapeste — perguntei a ela.

— Uhum.

— Como está a área, hoje em dia?

— Ah, linda. — Um sorriso malicioso mal contido. — O melhor pântano de todo o hemisfério sul. Vale a visita.

Sylvie sentou-se mais adiante.

— Você é de lá, Micky?

— Sim. Muito tempo atrás.

A porta do apartamento chilreou e se desdobrou para revelar Orr, ainda despido até a cintura, o ombro direito e o pescoço manchados generosamente com cola alaranjada de tecido. Ele sorriu ao ver Jadwiga.

— Então você tá acordada, hein?

Avançando para dentro da sala, largou um punhado de roupas na espreguiçadeira ao lado de Sylvie, que franziu o nariz. Jad balançou a cabeça e agitou o frasco vazio para o gigante.

— Estou apagando. Apagando mesmo. Praticamente morta.

— Alguém já te falou que você tem um problema com drogas, Jad?

A pequenina babou risos, tão mal contidos quanto o sorriso malicioso anterior. O sorriso de Orr se ampliou. Ele imitou um tremor viciado, um tique nervoso, uma expressão idiota. Jadwiga irrompeu em uma gargalhada. Era contagiante. Vi o sorriso no rosto de Sylvie e me peguei rindo.

— E então, cadê Kiyoka? — indagou Orr.

Jad indicou o quarto nos fundos de onde ela tinha saído.

— Dormindo.

— E o Lazlo ainda tá atrás daquela mina das armas com o decotão, né?

Sylvie ergueu a cabeça.

— Como é?

Orr piscou, surpreso.

— Ah, cê sabe. Tamsin, Tamita, sei lá qual era o nome dela. Aquela do bar em Muko. — Ele fez um biquinho e apertou os peitorais com força um contra o outro com as palmas das mãos, depois fez uma careta e parou quando a pressão alcançou sua cirurgia recente. — Pouco antes de você sair de lá sozinha. Jesus, você *tava lá,* Sylvie. Não achei que alguém pudesse se esquecer daqueles peitos.

— Ela não está equipada para registrar esse tipo de armamento — disse Jadwiga, sorrindo. — Nenhum interesse de consumo. *Eu,* por outro lado...

— Algum de vocês ouviu falar da fortaleza? — perguntei, descontraído.

Orr grunhiu.

— Sim, passou no noticiário lá embaixo. Algum psicopata matou metade dos líderes dos Barbas em Tekitomura, pelo jeito. Dizem que há cartuchos faltando. O cara saiu cortando as colunas dos caras como se tivesse feito isso a vida toda, pelo que parece.

Vi o olhar de Sylvie viajar até o bolso do meu casaco, depois subir para encontrar meus olhos.

— Um negócio bem selvagem — disse Jad.

— É, mas também inútil. — Orr apanhou a garrafa de onde ela se encontrava, no tampo do balcão da cozinha. — Aqueles caras não podem ser reencapados mesmo. Faz parte da fé deles.

— Degenerados do caralho. — Jadwiga deu de ombros e perdeu o interesse. — Sylvie diz que você arranjou umas endorfinas lá embaixo.

— Arranjei, sim. — O gigante se serviu de um copo de uísque com cuidado exagerado. — Obrigado.

— Ah, Orr. *Que é isso...*

Mais tarde, com as luzes reduzidas e o clima no apartamento suavizado quase até o coma, Sylvie empurrou a silhueta amontoada de Jadwiga para fora do caminho na espreguiçadeira e se debruçou para o ponto onde eu me encontrava, sentado, desfrutando da ausência de dor em meu flanco. Orr tinha passado discretamente para outro quarto havia muito tempo.

— Você fez aquilo? — perguntou ela baixinho. — Aquelas coisas lá na fortaleza?

Assenti.

— Algum motivo em particular?

— Sim.

Um pequeno silêncio.

— Então — disse ela por fim. — Não foi exatamente o resgate de Micky Nozawa que aparentou ser, hein? Você já estava no pique.

Sorri, levemente chapado de endorfina.

— Chame de um feliz acaso.

— Certo. Micky Acaso, soa bem. — Ela franziu o cenho olhando para as profundezas de seu copo, que, como a garrafa, já estava vazio havia algum tempo. — Tenho que dizer, Micky, gosto de você. Não sei apontar o porquê. Mas gosto.

— Eu também gosto de você.

Ela agitou um dedo, talvez o que ela não conseguisse apontar para o porquê de minhas qualidades apreciáveis.

— Isso não é. Sexual. Sabe?

— Sei. Você viu o tamanho do buraco nas minhas costelas? — Balancei a cabeça, confuso. — Claro que viu. Chip de visão espectroquímica, né?

Ela assentiu, complacente.

— Você veio mesmo de uma família Renunciante?

Uma expressão azeda.

— É. *Vim* é a palavra-chave aqui.

— Eles não têm orgulho de você? — Gesticulei para o cabelo dela. — Eu imaginaria que isso se qualifica como um passo bastante sólido na estrada para o Upload. Logicamente...

— É, logicamente. É de uma religião que você tá falando. Renunciantes têm tanta lógica quanto os Barbas, se pensar bem.

— Então eles não são favoráveis?

— As opiniões — disse ela, com uma delicadeza debochada — estão divididas quanto a isso. Os aspirantes a linha-dura não gostam; eles não gostam de nada que plante raízes dos sistemas de construtos firmemente no plano físico. A ala preparante da fé só quer se dar bem com todo mundo. Eles dizem que qualquer interface com a virtualidade é, como você diz, um passo no rumo certo. Eles não esperam que o Upload ocorra em seu tempo de vida, de qualquer maneira; nós todos somos apenas aias para o processo.

— Então, de que lado está a sua família?

Sylvie moveu seu corpo na espreguiçadeira de novo, franziu a testa e deu outro empurrão em Jadwiga para abrir espaço.

— Eles eram preps moderados, essa foi a fé com a qual cresci. Mas, nas últimas décadas, com os Barbas e toda essa coisa anticartucho, muitos moderados estão virando aspirantes a linha-dura. Minha mãe provavelmente seguiu esse caminho. Ela sempre foi a mais devota. — Ela deu de ombros. — Não faço ideia, na verdade. Faz anos que eu não vou para casa.

— Nesse nível, então?

— É, nesse nível. Não faz sentido, porra. Tudo o que eles fariam seria tentar me casar com algum solteirão de lá. — Ela fungou, rindo. — Como se isso fosse acontecer comigo carregando essas coisas.

Eu me levantei um pouco, meio tonto com as drogas.

— Que coisas?

— *Isso.* — Ela puxou um punhado de cabelos. — Essa porra desse negócio.

Ele estalou baixinho em torno da mão dela, tentou se livrar e se afastar como milhares de cobrinhas minúsculas. Sob a massa enrugada preta e prateada, os cabos mais espessos se moviam furtivamente, como músculos sob a pele.

Tecnologia de dados do comando Desarmador.

Eu tinha visto algumas pessoas como ela antes — um protótipo em Latimer, onde o centro da nova indústria de interface com as máquinas marcianas fervilhava em uma sobrecarga de P&D. Mais dois utilizados como caça-minas no sistema do Lar Huno. Nunca demora muito para o exército deturpar tecnologia de ponta para uso próprio. Faz sentido. Com bastante frequência, são eles que pagam pela P&D.

— Isso não é repugnante — falei, cauteloso.

— Ah, *claro.* — Ela deslizou a mão pelos cabelos e separou o cabo central até que ele pendesse livre do resto, uma cobra de ébano segura em seu punho. — Isso é atraente, né? Porque, afinal, *qualquer* machão vai adorar um membro com o dobro do tamanho de um caralho se debatendo na cama perto da cabeça dele, né? Ansiedade de competição e homofobia dissimulada, tudo junto.

Gesticulei.

— Bem, as mulheres...

— É. Infelizmente, eu sou hétero.

— Ah.

— É. — Ela deixou o cabo cair e chacoalhou a cabeça para que o resto de sua juba prateada se rearrumasse como estava antes. — Ah.

Há um século, eles eram mais difíceis de distinguir. Oficiais de sistemas militares podiam ter um treinamento virtual extensivo em como empregar os suportes de hardware de interface instalados em suas cabeças, mas o hardware era interno. Externamente, os profissionais de interface com a máquina nunca eram muito diferentes de qualquer capa humana — um pouco pálidos, talvez, quando ficavam no campo por tempo de mais, mas isso valia para qualquer rato de dados com superexposição. Você aprende a lidar com isso, dizem.

As descobertas arqueológicas feitas na vizinhança do sistema Latimer mudaram tudo isso. Pela primeira vez em quase seiscentos anos cavoucando por todo o quintal interestelar dos marcianos, a Guilda enfim tirou a sorte grande. Eles descobriram naves. Centenas, talvez milhares de naves, travadas na silenciosa rede de antigas órbitas estacionárias em torno de uma minúscula estrela atendente chamada Sanção. As evidências sugeriam que elas eram o resquício de uma batalha naval massiva e que ao menos algumas delas tinham capacidade para impulsão mais rápida que a luz. Outras provas, destacadamente a vaporização de todo um habitat de pesquisa da Guilda Arqueológica e sua tripulação de mais de setecentas pessoas, sugeriam que os sistemas motrizes das naves eram autônomos e se encontravam plenamente despertos.

Até aquele ponto, as únicas máquinas autônomas de verdade que os marcianos haviam nos deixado eram os guardiões orbitais daqui do Mundo de Harlan, e ninguém se aproximava deles. Outras coisas eram automatizadas, mas não o que se poderia chamar de inteligentes. Agora os arqueólogos especializados em sistemas estavam subitamente recebendo pedidos para formar uma interface com inteligências de comandos navais astutos com idade estimada em meio milhão de anos.

Algum tipo de upgrade era necessário. Com certeza.

Agora esse upgrade estava sentado à minha frente, compartilhando um barato de endorfina de fabricação militar e fitando um copo de uísque vazio.

— Por que você se alistou? — perguntei a ela, para preencher o silêncio.

Ela deu de ombros.

— Por que alguém se alista para essa merda? Pelo dinheiro. Você imagina que vai quitar a hipoteca da capa nas primeiras duas missões, e daí é só crédito se acumulando.

— E não é?

Um sorriso irônico.

— É, sim. Mas, sabe, tem todo um estilo de vida que vem com o alistamento. E aí tem, bem, os custos de manutenção, upgrades, consertos. É estranha a rapidez com que o dinheiro some. Empilhe a grana, queime tudo de novo. Meio difícil poupar o bastante para sair.

— A Iniciativa não pode durar para sempre.

— Não? Ainda tem muito continente para limpar por lá, sabe. Nós mal nos afastamos cem quilômetros de Drava em alguns lugares. E mesmo então é preciso fazer limpeza constante em todo canto por onde você passa, impedir que as mementas voltem escondidas. Estão falando de no mínimo mais uma década antes que possam começar o reassentamento. E vou te contar, Micky, pessoalmente acho que mesmo isso já é um otimismo desenfreado, exclusivo para consumo público.

— Ah, o que é isso... Nova Hok não é tão grande assim.

— Bom, dá pra ver quem é o estrangeiro aqui! — Ela pôs a língua para fora em um gesto que lembrava mais um desafio maori do que infantilidade. — Pode não ser grande para os seus padrões. Tenho certeza que você viu continentes com cinquenta mil quilômetros de extensão por onde passou. Por aqui, é um pouco diferente.

Sorri.

— Eu *sou daqui*, Sylvie.

— Ah, é. Novapeste. Você disse. Então não me diga que Nova Hok é um continente pequeno. Tirando Kossuth, é o maior que nós temos.

Na verdade, havia mais terra firme no Arquipélago de Porto Fabril do que em Kossuth ou Nova Hokkaido, mas, assim como ocorria com a maioria dos grupos de ilhas que compunha o grosso do mercado imobiliário disponível no Mundo de Harlan, boa parte dela era um terreno montanhoso e de uso difícil.

Era de se imaginar, considerando-se que é um planeta com nove décimos de sua superfície cobertos por água e um sistema solar sem nenhuma outra biosfera habitável, que as pessoas seriam *cuidadosas* com esse mercado imobiliário. Era de se pensar que desenvolveriam uma abordagem inteligente para localização e uso de terreno. Era de se pensar que não travariam guerrinhas idiotas por causa de grandes áreas de terreno útil, não empregariam armamentos que deixassem o teatro de operações inútil para habitação humana pelos séculos vindouros.

Não *era?*

— Eu vou para a cama — engrolou Sylvie. — Dia puxado amanhã.

Dei uma espiada nas janelas. Lá fora, o amanhecer se esgueirava sobre o brilho da lâmpada Angier, empapando-a em uma mancha de cinza pálido.

— Sylvie, já é amanhã.

— É. — Ela se levantou e se alongou até algo estalar. Na espreguiçadeira, Jadwiga resmungou alguma coisa e desdobrou os membros no espaço que Sylvie tinha deixado vago. — O cargueiro só parte na hora do almoço e nós estamos praticamente carregados com a parte pesada. Olha, se você quiser dormir, use o quarto do Las. Parece que ele não vai voltar. À esquerda do banheiro.

— Obrigado.

Ela me deu um sorriso apagado.

— Ei, Micky. É o mínimo que posso fazer. Boa noite.

— Boa noite.

Observei-a ir até seu quarto, conferi meu chip temporal e decidi não dormir. Mais uma hora e eu podia voltar para o ponto do Plex sem perturbar a dança noh em que seus colegas da yakuza estivessem envolvidos. Olhei especulativamente para a cozinha e me perguntei se haveria café.

Esse foi meu último pensamento consciente.

Capas sintéticas de merda.

CAPÍTULO 4

O som de marteladas me acordou. Alguém quimicamente chapado demais para se lembrar como operar uma portaflex, revertendo às táticas neandertais. *Pá, pá, pá.* Pisquei os olhos grudentos de sono e lutei para me sentar na espreguiçadeira. Jadwiga continuava estendida à minha frente, ainda em coma pelo visto. Um fiozinho de baba escorria do canto de sua boca e umedecia parte da capa de belalgodão gasto da espreguiçadeira. Do outro lado da janela, ofuscante luz solar invadia a sala e deixava o ar na cozinha desfocado de tanta luminescência. Fim da manhã, no mínimo.

Merda.

Pá, *pá.*

Fiquei de pé e a dor lampejou, enferrujada, pela lateral do meu corpo. As endorfinas de Orr pareciam ter se esvaído enquanto eu dormia.

Pá, pá, pá.

— Mas que *porra* é essa? — gritou alguém de dentro de um cômodo.

Jadwiga se moveu na espreguiçadeira ao som da voz. Ela abriu um olho, me viu de pé sobre ela e se agitou, assumindo depressa uma pose de combate e relaxando ao se lembrar de mim.

— Porta — falei, me sentindo bobo.

— Tá, tá — resmungou ela. — Tô ouvindo. Se for aquele merda do Lazlo que esqueceu o código dele outra vez, vai tomar um chute no saco.

As batidas na porta tinham parado, presumivelmente por causa do som de vozes vindo de dentro. Agora recomeçavam. Senti uma pontada afiada no interior da minha cabeça.

— Será que dá pra *alguém atender?* — Era uma voz feminina, mas não uma que eu conhecesse. Provável que fosse Kiyoka, acordada finalmente.

— *Tô indo* — gritou Jadwiga de volta, tropeçando pela sala. Sua voz caiu para um resmungo. — Alguém já desceu e checou a embarcação? Não, claro que não. Tá, tá. *Tô indo.*

Ela apertou o painel e a porta se dobrou para cima, abrindo.

— Você tem alguma disfunção motora, caralho? — perguntou ela, ácida, para seja lá quem estivesse do lado de fora. — Nós te ouvimos das primeiras noventa e sete ve... *ei!*

Houve uma breve luta e então Jadwiga saltitou de volta à sala, brigando para não cair. Seguindo-a para dentro vinha a figura que lhe golpeara, analisando a sala com um único olhar, reconhecendo minha presença com um gesto de cabeça quase imperceptível e balançando um dedo de aviso para Jad. Ele exibia um sorriso feio cheio de dentes pontudos como ditava a moda, um par de lentes de visão aprimorada de um amarelo fosco que mal tinham um centímetro de cima a baixo, e asas abertas tatuadas sobre os malares.

Não era preciso muita imaginação para adivinhar o que viria a seguir.

Yukio Hirayasu passou pela porta. Um segundo capanga o seguiu para dentro, idêntico feito um clone do primeiro, o que empurrou Jad de lado, exceto pelo fato de que o segundo não sorria.

— Kovacs. — Yukio tinha acabado de me ver. Seu rosto era uma máscara tensa de raiva contida a muito custo. — Que *caralhos* exatamente você acha que tá fazendo aqui?

— Essa é a minha fala.

A visão periférica me fez perceber uma minúscula contração no rosto de Jadwiga que parecia ser uma transmissão interna.

— Você foi *instruído* — disparou Yukio — a ficar fora do caminho até que estivéssemos prontos para você. Para ficar longe de encrencas. Isso é tão difícil assim?

— Esses são os seus amigos poderosos, Micky? — Era a voz de Sylvie, escorrendo da porta à minha esquerda. Ela se postava ali envolta em um robe e fitava curiosamente os recém-chegados.

Meu sentido de proximidade me dizia que Orr e mais alguém tinham aparecido em outro ponto, atrás de mim. Vi o movimento refletido nas lentes de visão aprimorada dos clones mestiços de Yukio, vi o registro disso com cada tensão minúscula em seus rostos por baixo do vidro fosco.

Assenti.

— Pode-se dizer que sim.

Os olhos de Yukio se desviaram para a voz feminina e ele franziu a testa. Talvez a referência a Micky o tenha confundido; talvez fosse apenas a desvantagem de cinco contra três em que ele tinha se metido.

— Você sabe quem eu sou — começou ele. — Então não vamos complicar as coisas ainda m...

— Eu não sei quem caralhos é você — disse Sylvie, sem se alterar. — Mas sei que você está no nosso apartamento sem ser convidado. Então, acho melhor você dar o fora daqui.

O rosto do yakuza exibiu incredulidade.

— É, some daqui, *porra.* — Jadwiga ergueu as duas mãos em algo que se encontrava no meio do caminho entre uma pose de combate e um gesto obsceno de expulsão.

— Jad... — comecei a dizer, mas a essa altura tudo já tinha ido longe demais.

Jad já estava atacando, o queixo empinado, claramente decidida a empurrar o capanga yakuza para fora, como ele fizera com ela. O sujeito estendeu o braço, ainda sorrindo. Jad se desviou dele, *muito depressa,* deixou-o estendendo o braço e o derrubou com um golpe de judô. Alguém gritou atrás de mim. Em seguida, sem estardalhaço, Yukio sacou uma arma de raios minúscula e disparou em Jad.

Ela caiu, paralisada e iluminada pelo clarão pálido da rajada. O odor de carne queimada rolou pela sala. Tudo parou.

Eu devo ter me movido à frente, porque o segundo guarda-costas yakuza me bloqueou, o rosto chocado, as mãos cheias com um par de armas Szeged. Congelei, erguendo as mãos vazias como proteção à minha frente. No chão, o outro capanga tentou se levantar e tropeçou nos restos de Jad.

— Certo. — Yukio olhou para o resto da sala ao seu redor, balançando a arma de raios principalmente na direção de Sylvie. — Já chega. Não sei que porra tá rolando aqui, mas vocês...

Sylvie cuspiu uma única palavra.

— Orr.

Um trovão explodiu de novo no espaço reduzido. Dessa vez, foi ofuscante. Tive uma breve impressão de gotas entrelaçadas de fogo branco, passando por mim e se ramificando, enterrando-se em Yukio, no capanga defronte a mim e no sujeito ainda tentando se levantar do chão. O capanga jogou os braços para fora, como se abraçasse a rajada que o afogou do peito para baixo. Sua boca se escancarou. As lentes de sol lampejaram, incandescentes com o reflexo do clarão.

O fogo se espalhou, deixando imagens persistentes de colapso ensopando minha visão em tons de violeta. Pisquei enquanto ele durava, apalpando em busca de detalhes.

O capanga era agora duas metades separadas fumegando no chão, as Szeged ainda seguras em seus punhos. O excesso da descarga havia fundido suas mãos às armas.

O que estava se levantando não conseguiu terminar. Estava caído de novo perto de Jad; tudo o que havia de seu peito para cima tinha desaparecido.

Yukio tinha um buraco atravessando-o, tendo removido basicamente todos os órgãos internos. Pontas calcinadas de costelas projetavam-se da parte superior de um ferimento perfeitamente ovalado, através do qual se podia ver o assoalho do apartamento como um efeito especial barato de expéria.

A sala se encheu com o fedor abrupto de intestinos se esvaziando.

— Bem. Parece que funcionou.

Orr passou por mim, olhando para o que era, ao que parecia, obra dele. O sujeito ainda estava despido até a cintura, e vi o ponto onde as aberturas de descarga tinham rasgado uma linha vertical de um dos lados de suas costas. Elas pareciam guelras imensas, ainda se agitando nas bordas com a dissipação do calor. Ele foi direto até Jadwiga e se agachou ao lado dela.

— Facho estreito — diagnosticou. — Arrancou o coração e a maior parte do pulmão direito. Não há muito o que a gente possa fazer.

— Alguém feche a porta — sugeriu Sylvie.

Como conselho de guerra, foi bastante precipitado. A equipe Desarmadora tinha alguns anos de tempo operacional de um passado bem próximo, e eles se comunicavam em abreviações rápidas compostas tanto de alertas internos e gestos simbólicos comprimidos quanto da fala propriamente dita. Intuição condicionada de Emissário em força total me dava uma compreensão quase insuficiente para acompanhar o que estava acontecendo.

— Relatar isso? — Kyioka, uma mulher pequenina no que parecia ser uma capa maori sob medida, quis saber. Ela ficava olhando para Jadwiga no chão e mordendo o lábio.

— Para? — Orr lançou-lhe um gesto rápido com o polegar e o mindinho. A outra mão traçou a tatuagem em seu rosto.

— Ah. E ele?

Sylvie fez algo com seu rosto, gesticulou embaixo. Perdi o gesto, chutei o que fosse e captei.

— Eles estavam aqui por minha causa.

— É, não diga. — Orr olhava para mim com algo que roçava a hostilidade aberta. As aberturas em suas costas e seu peito tinham se fechado, mas, olhando para a massiva silhueta musculosa, não era difícil imaginá-las se abrindo para outra rajada. — Que amigões esses seus.

— Eu não acho que eles teriam apelado para a violência se Jad não tivesse se precipitado. Foi um mal-entendido.

— Mal-entendido... *caralho.* — Os olhos de Orr se arregalaram. — Jad tá *morta,* seu cuzão.

— Ela não sofreu Morte Real — falei, teimoso. — Vocês podem retirar o cartucho e...

— Retirar? — A palavra escapou letalmente suave. Ele se aproximou, erguendo-se diante de mim. — Você quer que eu *corte* a minha amiga?

Revisando a posição dos tubos metálicos de descarga em minha memória, supus que a maior parte de seu lado direito fosse protética, carregando as cinco aberturas em uma bateria enterrada em algum lugar na parte inferior de sua caixa torácica. Considerando os avanços recentes em nanotecnologia, era possível fazer com que grandes manchas de energia fossem para basicamente qualquer lugar desejado, a uma distância limitada. Os fragmentos-guias de nanocon simplesmente navegavam pela rajada como surfistas, sugando energia e puxando o campo de contenção para onde os dados de lançamento os direcionavam.

Tomei nota mentalmente: se eu precisasse atacá-lo, teria que bater do lado esquerdo.

— Me desculpe, mas não consigo ver outra solução no momento.

— Seu...

— Orr. — Sylvie fez um gesto de corte lateral. — Tats, esse lugar, *momento.* — Ela balançou a cabeça. Outro sinal, polegar e indicador separados pelos dedos da outra mão. Pela expressão no rosto dela, tive a impressão de que também estava emitindo dados pela rede da equipe. — Cache, o mesmo. Três dias. Fantochada. Queimar e limpar, *agora.*

Kiyoka assentiu.

— Sentido, Orr. Las? Ah.

— É, não podemos fazer isso. — Orr não estava totalmente plugado nisso. Ele ainda estava bravo, falando devagar. — Sim, digo. Certo.

— 'Ware? — Kiyoka de novo, uma contagem complexa com uma das mãos, uma inclinação da cabeça. — Jato?

— Não, tem tempo. — Sylvie fez um movimento com a palma aberta. — Orr e Micky. Fácil. Você vai em branco. Isso, isso, talvez isso. Embaixo.

— Entendido. — Kiyoka checava uma tela retinoica enquanto falava, os olhos para cima e à esquerda para ler rapidamente os dados que Sylvie lhe mandara. — Las?

— Ainda não. Eu te aviso. *Vá.*

A mulher na capa maori desapareceu de volta no quarto, emergindo um segundo depois vestindo uma jaqueta cinza volumosa, e saiu pela porta principal. Ela se permitiu um único olhar para trás, para o cadáver de Jadwiga, e então se foi.

— Orr. Cortador. — Um polegar na minha direção. — *Guevara.*

O gigante me deu um último olhar devastador e foi até uma valise no canto da sala, de onde retirou uma vibrofaca com lâmina pesada. Retornando, ficou na minha frente com a arma, de maneira deliberada o bastante para me deixar tenso. Apenas um fato óbvio — o de que Orr não precisava de uma faca para me arrebentar — me impediu de atacá-lo. Minha reação física deve ter sido bem evidente, porque arrancou um grunhido de desprezo do gigante. Em seguida, ele girou a faca em sua mão e a ofereceu para mim com o cabo voltado em minha direção.

Eu a peguei.

— Quer que eu corte?

Sylvie foi até o cadáver de Jadwiga e ficou ali, olhando para o estrago.

— Quero que você desencave os cartuchos dos seus dois amigos ali, sim. Acho que você tem prática nisso. A Jad você pode deixar.

Pisquei.

— Vai deixar ela para trás?

Orr bufou de novo. A mulher olhou para ele e fez um gesto em espiral. Ele reprimiu um suspiro e foi para seu quarto.

— Deixe que eu me preocupo com ela. — O rosto de Sylvie estava anuviado e distante, engajado em níveis que eu não podia sentir. — Apenas comece a cortar. E enquanto faz isso, quer me contar quem, exatamente, a gente matou aqui?

— Claro. — Fui até o cadáver de Yukio e o virei sobre o que restava da sua parte da frente. — Este é Yukio Hirayasu: yakuza local, mas é filho de alguém importante, pelo visto.

A faca ligou e zumbiu em minha mão, as vibrações subindo de um jeito desagradável até o ferimento no meu flanco. Afastei um tremor de bater os dentes, coloquei uma das mãos na nuca de Yukio para firmá-lo e comecei a cortar a coluna. O fedor de carne queimada misturado ao de merda não ajudou.

— E o outro? — perguntou ela.

— Capanga dispensável. Nunca o vi antes.

— Vale a pena levá-lo com a gente?

Dei de ombros.

— Melhor que deixá-lo aqui, acho. Você pode jogá-lo pela amurada no meio do caminho para Nova Hok. Esse aqui eu pediria resgate, se estivesse no seu lugar.

Ela assentiu.

— Foi o que pensei.

A faca perpassou os últimos milímetros da coluna e penetrou rapidamente no pescoço mais abaixo. Eu a desliguei, mudei o modo como a segurava e comecei um novo corte, duas vértebras abaixo.

— Esses são yakuzas da pesada, Sylvie. — Senti um frio nas entranhas ao me lembrar da conversa telefônica com Tanaseda. O *senpai* tinha feito um acordo comigo puramente com base no valor de Yukio vivo e intacto. E, se as coisas não continuassem assim, ele fora bem explícito sobre o que aconteceria. — Com conexões em Porto Fabril, talvez até com as Primeiras Famílias. Eles vão vir atrás de vocês com força total.

Os olhos dela eram indecifráveis.

— Eles vão atrás de você também.

— Deixe que eu me preocupo com isso.

— Muito generoso de sua parte. Entretanto... — ela fez uma pausa quando Orr voltou de seu quarto totalmente vestido e saiu pela porta após um gesto breve com a cabeça — ... acho que a gente cuidou disso. Ki está limpando nossos traços eletrônicos agora. Orr pode torrar todos os quartos desse lugar em mais ou menos meia hora. Isso os deixa sem nada além de...

— Sylvie, é da yakuza que estamos falando.

— Nada além de testemunhas oculares, dados de vídeo periféricos, e, além do mais, estaremos a caminho para Drava em cerca de duas horas. E ninguém vai nos seguir até lá. — Havia um orgulho súbito, rígido em sua voz. — Nem a yakuza, nem as Primeiras Famílias, nem a porra dos Emissários. Ninguém quer mexer com as mementas.

Como a maioria das bravatas, esta era equivocada. Para começo de conversa, fiquei sabendo seis meses atrás, por meio de um velho amigo, que o Comando Emissário *tinha* oferecido uma proposta para o contrato de Nova Hokkaido — eles só não tinham sido baratos o suficiente para se adequarem à recém-descoberta fé do governo de Mecsek nas forças do mercado livre. Um sorriso debochado cruzou o rosto esguio de Todor Murakami enquanto dividíamos um cachimbo na balsa de Akan a Nova Kanagawa. A fumaça perfumada no ar invernal do Alcance e o suave triturar do redemoinho como pano de fundo. Murakami estava deixando seu cabelo crescer, abandonando o corte curto do Corpo, e os fios se moviam levemente na brisa que vinha da água. Ele não deveria estar ali, falando comigo, mas é difícil dizer a Emissários o que fazer. Eles conhecem seu próprio valor.

Ei, foda-se o Leo Mecsek. A gente disse quanto custaria. Se ele não pode pagar, de quem é o problema? E por acaso a gente devia ficar economizando e arriscando a vida de Emissários para ele poder devolver pras Primeiras Famílias mais dos impostos que elas pagam? Foda-se. Nós não somos locais, porra.

Você é um local, Tod, me senti impelido a apontar. *Nascido e criado em Porto Fabril.*

Você sabe o que quero dizer.

Eu sabia o que ele queria dizer. O governo local não tem o direito de mandar no Corpo de Emissários. Os Emissários vão aonde o Protetorado precisa deles, e a maioria dos governos locais reza para quaisquer deuses que adorem que jamais se encontrem na necessidade de invocar essa contingência. As consequências de uma intervenção do Corpo podem ser bem desagradáveis para todos os envolvidos.

Essa coisa toda de licitação é zoada, de qualquer forma. Todor soltou fumaça fresca sobre a amurada. *Ninguém pode nos bancar, ninguém confia na gente. Não vejo qual o sentido disso. Você vê?*

Pensei que fosse algo para compensar custos não operacionais enquanto vocês estivessem esquentando cadeira, não mobilizados.

Ah, sim. E quando é isso?

Sério? Eu ouvi falar que estava tudo bem sossegado no momento. Desde o Lar Huno, digo. Vai me contar algumas histórias de insurgências secretas?

Ei, sam. Ele me passou o cachimbo. Você não tá mais na equipe. Lembra?

Eu lembrava.

Innenin!

Explode nas bordas da memória como uma bomba predadora submersa detonando ao longe, mas não longe o bastante para ser seguro. Disparos vermelhos de laser e os gritos de homens morrendo enquanto o vírus Rawling devorava suas mentes ainda em vida.

Estremeci um pouco e traguei o cachimbo. Com a sensibilidade apurada de Emissário, Todor percebeu e mudou de assunto.

E então, que golpe é esse? Pensei que você tava andando com o Radul Segesvar hoje em dia. Nostalgia pela cidade natal e crime organizado barato.

É. Olhei para ele, pessimista. *E onde foi que você ouviu isso, então?*

Um dar de ombros.

Por aí. Você sabe como é. Mas então, por que está indo para o norte de novo?

A vibrofaca penetrou carne e músculo de novo. Eu a desliguei e comecei a alavancar a seção cortada da coluna para fora do pescoço de Yukio Hirayasu.

Aristocrata da yakuza, morto e sem cartucho. Cortesia de Takeshi Kovacs, porque era assim que o rótulo seria lido, fosse lá o que eu fizesse agora. Tanaseda empreenderia uma caça a mim. O Hirasaya sênior também, presumo. Talvez ele próprio visse o filho como o frouxo do caralho que ele evidentemente era, mas, de algum modo, eu duvidava muito. E ainda que visse, todas as regras de comportamento pelas quais a yakuza do Mundo de Harlan se guiava o forçariam a corrigir a situação. O crime organizado é assim. Sendo a máfia *haiduci* de Radul Segesvar em Novapeste ou a yakuza, norte ou sul, elas eram tudo a mesma coisa. Porra de viciados em laços de sangue.

Guerra com a yakuza.

Por que você está indo para o norte de novo? Olhei para o segmento de coluna retirado e o sangue em minhas mãos. Não era o que eu tinha em mente quando peguei o cargueiro para Tekitomura, três dias antes.

— Micky? — Por um momento, o nome não significou nada para mim. — Ei, Mick, cê tá bem?

Olhei para cima. Ela me observava com uma preocupação reduzida. Forcei-me a assentir.

— Sim. Tô bem.

— Bom, você acha que dá para acelerar um pouco? Orr vai voltar e querer começar logo.

— Claro. — Eu me voltei para o outro cadáver. A faca zumbiu de volta à vida. — Ainda estou curioso com o que você planeja fazer com a Jadwiga.

— Você vai ver.

— Um truque, hã?

Ela não disse nada, apenas caminhou até a janela e fitou para a luz e o clamor de um novo dia lá fora. Em seguida, enquanto eu começava a segunda incisão na coluna, ela tornou a olhar para a sala.

— Por que você não vem com a gente, Micky?

Escorreguei e enterrei a lâmina da faca até o cabo.

— Como é?

— Vem com a gente.

— Para *Drava?*

— Ah, você vai me dizer que tem uma chance melhor enfrentando a yakuza aqui em Tekitomura?

Soltei a lâmina e terminei a incisão.

— Preciso de um novo corpo, Sylvie. Este aqui não está à altura de encarar as mementas.

— E se eu pudesse arranjar um pra você?

— Sylvie. — Grunhi com o esforço enquanto o segmento ósseo era alavancado para cima. — Onde diabos você vai encontrar um corpo para mim em Nova Hokkaido? O lugar mal permite vida humana do jeito que está. Onde você vai encontrar as instalações para isso?

Ela hesitou. Eu parei o que estava fazendo, a intuição de Emissário despertando para a percepção de que havia algo acontecendo ali.

— Da última vez que fomos para lá — disse ela, lentamente —, trombamos com um bunker do comando do governo nas colinas a leste de Sopron. As fechaduras inteligentes eram complexas demais para decifrar no tempo de que a gente dispunha, estávamos muito ao norte, de qualquer forma, e é território ruim de mementa, mas penetrei fundo o bastante para fazer um inventário rápido. Há uma instalação de labmed completa, unidade completa de reencapamento e bancos de criocápsulas de clones. Cerca de duas dúzias de capas, com biotecnologia de combate, pelos traços de assinatura.

— Bem, faria sentido. É para lá que você vai levar Jadwiga?

Ela assentiu.

Olhei pensativo para o naco de coluna na minha mão, o ferimento de bordas desiguais de onde ele tinha saído. Pensei no que a yakuza faria comigo se me apanhasse nessa capa.

— Quanto tempo vocês vão passar lá?

Ela deu de ombros.

— O tempo que for necessário. Estamos provisionados para três meses, mas da última vez preenchemos nossa cota em metade desse tempo. Você poderia voltar antes, se quiser. Tem cargueiro saindo de Drava o tempo todo.

— E você tem certeza de que esse negócio no bunker ainda funciona?

Ela sorriu e balançou a cabeça.

— Que foi?

— É Nova Hok, Micky. Por lá, *tudo* ainda funciona. Esse é o problema com aquela porra de lugar.

CAPÍTULO 5

O cargueiro flutuante *Canhões Para Guevara* era exatamente o que nome dava a entender: um tubarão discreto e pesadamente blindado, com pontas de artilharia ao longo de suas costas como se fossem espinhos dorsais. Em contraste marcado com os cargueiros comerciais que faziam as rotas entre Porto Fabril e Arquipélago Açafrão, ele não tinha nenhum convés ou torre externos. A ponte era uma bolha desprezada na face dianteira da superestrutura cinzenta e opaca, e seus flancos recuavam para trás e para fora em curvas suaves e sem graça. As duas escotilhas de carga, abertas de cada lado de sua proa, pareciam construídas para expelir esquadrilhas de mísseis.

— Tem certeza de que vai funcionar? — perguntei a Sylvie quando chegamos na descida da rampa de carga.

— Relaxa — rosnou Orr atrás de mim. — Isso aqui não é a Linhas Açafrão.

Ele tinha razão. Para uma operação que o governo declarava estar sendo gerenciada sob estrita segurança, a embarcação Desarmadora se revelou extremamente desleixada. Do lado de cada escotilha, um comissário em uniforme azul manchado recebia documentação *impressa* e passava as insígnias de autorização por um leitor que não pareceria deslocado em um filme passado na época do Colonização. As filas abarrotadas de pessoal com bagagem de mão até não poder mais embarcando serpenteavam de um lado para o outro pela rampa. Garrafas e cachimbos passavam de um para o outro no ar frio e claro. Havia uma hilaridade tensa e lutas de mentira por todas as filas, piadas repetitivas sobre o leitor antigo. Os comissários sorriam em resposta, exaustos.

— E onde caralhos está o Las? — quis saber Kiyoka.

Sylvie deu de ombros.

— Ele vai aparecer. É sempre assim.

Nós nos juntamos ao final da fila mais próxima. O grupinho de Desarmadores à nossa frente olhou para trás por um instante, gastou algumas espiadas comedidas no cabelo de Sylvie, depois voltou à discussão. Ela não era incomum entre esse pessoal. Uma capa negra e alta a alguns grupos de nós tinha uma juba de dreadlocks de proporções similares, e havia outros, menos imponentes, aqui e ali.

Jadwiga estava de pé em silêncio ao meu lado.

— Essa coisa do Las é patológica — contou-me Kiyoka, olhando para tudo, menos para Jad. — Ele sempre se atrasa pra caralho.

— Está na programação dele — disse Sylvie, distraída. — Você não vira um improvisador de carreira sem uma tendência à diplomacia arriscada.

— Ei, *eu* sou um improvisador e chego na hora.

— Você não é um improvisador líder — disse Orr.

— Ah, sim. Escutem, todos nós somos... — Ela deu uma olhada para Jadwiga e mordeu o lábio. — Líder é só a posição do jogador. A programação do Las não é diferente da minha ou da...

Olhando para Jad, era impossível adivinhar que ela estivesse morta. Nós a havíamos limpado no apartamento — armas de feixe cauterizam, não costumam deixar nenhum sangramento —, a colocamos em um traje de combate justinho dos fuzileiros e uma jaqueta que cobriam os ferimentos, encaixamos lentes de VA pesadas sobre seus olhos abertos chocados. Em seguida Sylvie acessou a rede da equipe e ligou os sistemas motores de Jad. Eu diria que isso requeria certa concentração, mas nada comparado ao foco que ela precisaria ter quando estava online e mobilizava a equipe contra as mementas em Nova Hok. Ela botou Jad caminhando à sua esquerda e nós formamos uma falange em torno delas. Comandos simples para músculos faciais fecharam a boca da Desarmadora morta e a palidez acinzentada — bem, com as lentes VA e uma grande mochila cinza impermeável jogada sobre um ombro, Jad não parecia pior do que se encontraria com ressaca de tremor mais o colapso de endorfina. Acho que o resto de nós também não estava com uma aparência muito boa.

— Autorização, por favor.

Sylvie entregou as folhas impressas e o comissário começou a passá-las no leitor, uma de cada vez. Ela deve ter enviado ao mesmo tempo um pequeno choque pela rede para os músculos do pescoço de Jadwiga, porque a morta inclinou a cabeça, um tanto rigidamente, como se analisasse o flanco blindado do cargueiro. Belo toque, muito natural.

— Sylvie Oshima. Equipe de cinco — disse o comissário, erguendo a cabeça para contar. — Equipamento já guardado.

— Isso mesmo.

— Local da cabine. — Ele espremeu os olhos para a tela do leitor. — Definida. P-dezenove até P-vinte e dois, convés inferior.

Houve uma comoção no topo da rampa. Todos olhamos para trás, menos Jadwiga. Divisei mantos ocre e barbas, gestos raivosos e vozes levantadas.

— O que tá acontecendo? — perguntou Sylvie, casualmente.

— Ah... Barbas. — O comissário reuniu a documentação escaneada em um maço só. — Eles estão rondando pelo cais a manhã toda. Pelo jeito, tiveram um arranca-rabo com dois Desarmadores em algum lugar a leste daqui. Sabe como eles são com essas coisas.

— É. Porra de gente atrasada. — Sylvie apanhou a papelada e guardou tudo na jaqueta. — Eles têm descrições ou qualquer par de Desarmadores serve?

O comissário deu um sorriso malicioso.

— Nenhum vídeo, dizem. O lugar estava gastando toda a capacidade em holopornô. Mas eles têm a descrição de uma testemunha. Uma mulher. E um homem. Ah, sim, e a mulher tinha cabelo.

— Meu Deus, podia ser *eu* — riu Sylvie.

Orr lhe lançou um olhar estranho. Atrás de nós, o clamor se intensificou. O comissário deu de ombros.

— É, podia ser qualquer um das dúzias de comandantes que passaram por mim hoje. Ei, o que eu quero saber é: o que um bando de padres estava fazendo em um lugar que roda holopornô, afinal?

— Batendo uma? — sugeriu Orr.

— Religião — disse Sylvie, com um clique súbito em sua garganta como se fosse vomitar. Do meu lado, Jadwiga oscilou, instável, e virou a cabeça de maneira mais abrupta do que as pessoas costumam fazer. — Será que ocorreu a alguém que...

Ela grunhiu do fundo de suas entranhas. Lancei um olhar para Orr e Kiyoka, vi seus rostos se retesarem. O comissário observava, curioso, mas ainda despreocupado.

— ... que todo sacramento humano é uma evasão barata, que...

Outro ruído engasgado. Como se as palavras estivessem sendo arrancadas de algum lugar soterrado em lodo compacto. O cambaleio de Jadwiga piorou. Agora o rosto do comissário começou a mudar, conforme percebeu o odor de angústia. Até os Desarmadores na fila atrás de nós estavam desviando sua atenção da briga no topo da rampa, focando na mulher pálida e no discurso que jorrava dela.

— ... que *toda a história humana* pode ser apenas *uma porra de uma desculpa* para a inabilidade de fornecer *um orgasmo feminino decente.*

Pisei no pé dela com força.

— Deveras.

O comissário riu de nervoso. Sentimentos quellistas, mesmo os primeiros, poéticos, ainda estavam marcados com MANIPULE COM CUIDADO no cânone cultural do Mundo de Harlan. Havia perigo de mais de que qualquer entusiasmo por eles pudesse escorrer para teoria política e, é claro, para a prática. Você podia batizar seus cargueiros em homenagem a heróis revolucionários se quisesse, mas eles precisavam estar distantes o bastante na história para que ninguém pudesse se lembrar pelo que eles tinham lutado.

— Eu... — disse Sylvie, confusa. Orr se moveu para apoiá-la.

— Vamos deixar essa discussão para depois, Sylvie. É melhor a gente embarcar antes. Olha. — Ele a cutucou. — Jad tá *morta em pé,* e eu mesmo não tô muito melhor. Será que a gente pode...

Ela captou. Endireitou-se e assentiu.

— Tá, depois — disse ela. O cadáver de Jadwiga parou de oscilar e até ergueu uma das mãos até a testa de modo realista.

— A deprê da ressaca — falei, piscando para o comissário. O nervosismo dele desapareceu e ele sorriu.

— Já passei por isso, cara.

Aplausos vindos do alto da rampa. Ouvi o grito de *abominação,* depois o som de descarga elétrica. Provavelmente um soco inglês elétrico.

— Acho que eles deram uma mordida maior que a boca ali em cima — disse o comissário, olhando para um ponto mais além. — Deveriam ter vindo em peso, se vão bater boca desse jeito com um cais cheio de Desarmadores. Certo, é a nossa vez. Vocês podem passar.

Nós chegamos à escotilha sem mais nenhum tropeço e descemos por corredores metálicos e ecoantes em busca das cabines. Atrás de mim, o cadáver de Jad manteve o ritmo mecânico. O resto da equipe agiu como se nada tivesse acontecido.

— E então, que porra foi aquela? — Pude finalmente fazer a pergunta, mais ou menos meia hora depois.

A equipe de Sylvie estava distribuída na cabine, parecendo pouco à vontade. Orr precisava se encolher debaixo das vigas de reforço do teto. Kiyoka fitava pela vigia minúscula, encontrando algo de grande interesse na água lá fora. Jadwiga jazia de barriga para baixo em um beliche. Nem sinal de Lazlo ainda.

— Foi um lapso — disse Sylvie.

— Um lapso. — Assenti. — Esse tipo de lapso acontece com frequência?

— Não. Não com frequência.

— Mas já aconteceu antes.

Orr se abaixou sob uma viga para se postar junto a mim.

— Por que você não dá um tempo, Micky? Ninguém te forçou a vir com a gente. Se não gosta dos termos, pode apenas dar no pé, não é?

— Só estou curioso para saber o que a gente faz se a Sylvie sai do roteiro e começa a soltar quellismos no meio de um encontro com mementas, apenas isso.

— Deixe que a gente se preocupe com as mementas — disse Kiyoka, sem entonação.

— É, Micky — zombou Orr. — É como a gente ganha a vida. Você só relaxa e aproveita o passeio.

— Tudo o que eu queria...

— Cala a porra da boca se...

— Olha. — Ela falou muito baixo, mas Orr e Kiyoka deram meia-volta ao som de sua voz. — Por que vocês dois não me deixam sozinha com o Micky para a gente conversar sobre isso?

— Ah, Sylvie, ele é só...

— Ele tem o direito de saber, Orr. Agora, quer nos dar um pouco de espaço?

Ela os observou sair, esperou até a porta da cabine se fechar e em seguida passou por mim, voltando para seu assento.

— Obrigado — falei.

— Olha. — Levei um momento para perceber que ela estava falando literalmente dessa vez. Ela enfiou a mão na massa de cabelos e ergueu o cabo central. — Você sabe como isso funciona. Isto aqui tem mais capacidade de processamento do que as bases de dados da maioria das cidades. Precisa ter.

Ela soltou o cabo e chacoalhou o cabelo para cobri-lo. Um sorrisinho lampejou ao redor de sua boca.

— Lá fora, podemos receber um ataque viral com força suficiente para extrair uma mente humana como se fosse polpa de fruta. Ou só códigos interativos de mementas tentando se autorreplicar, sistemas de intrusão de máquinas, fachadas de personalidades nos construtos, detritos de transmissão, o que você puder imaginar. Eu tenho que ser capaz de conter isso, separar tudo, utilizar essas coisas e não deixar que nada vaze para a rede. É o que eu faço. De novo e de novo. E não importa o quanto a limpeza que você compre depois seja boa, um pouco dessa merda fica para trás. Resquícios de código duros de matar, traços. — Ela estremeceu de leve. — Fantasmas de coisas. Tem coisas enfiadas lá no fundo, para lá dos defletores, em que não quero nem pensar.

— Parece que tá na hora de um novo hardware.

— É. — Ela deu um sorriso azedo. — Só que eu tô sem dinheiro pra isso agora. Sabe como é.

Eu sabia.

— Tecnologia recente. É foda, né?

— É. Tecnologia recente, preço indecente. Eles pegam os subsídios da Guilda, o financiamento de defesa do Protetorado e depois repassam todo o custo dos laboratórios de P&D de Sanção para gente como eu.

Encolhi os ombros.

— O preço do progresso.

— É, eu vi a propaganda. Cuzões. Olha, o que aconteceu lá foi só limo nas engrenagens, nada com que se preocupar. Talvez tenha algo a ver com tentar ativar a Jad por ligação direta. Isso é algo que não faço normalmente, é uma capacidade inexplorada. Em geral é aí que os sistemas de administração de dados jogam qualquer porcaria de traços. Rodar o sistema nervoso central de Jad deve ter exposto aquilo.

— Você lembra o que estava dizendo?

— Não muito. — Ela esfregou a lateral do rosto, pressionou as pontas dos dedos contra um olho fechado. — Algo sobre religião? Sobre os Barbas?

— Bem, sim. Você partiu daí, mas aí começou a citar Quellcrist Falconer, início da carreira. Você não é quellista, é?

— Eu, hein, não.

— Foi o que pensei.

Ela pensou a respeito por um tempo. Sob nossos pés, os motores do *Canhões Para Guevara* começaram a vibrar de leve. A partida para Drava era iminente.

— Pode ser algo que peguei de um drone de disseminação. Ainda há muitos deles lá no leste; não valem o preço da desativação, então são deixados em paz a menos que estejam fodendo com as conexões de comunicação locais.

— Algum deles seria quellista?

— Ah, sim. Pelo menos quatro ou cinco das facções que foderam Nova Hok eram inspiradas pelo quellismo. Merda, pelo que ouvi falar, ela mesma estava lutando por lá quando o Descolonização teve início.

— É o que dizem.

A campainha da porta tocou. Sylvie assentiu para mim e fui abrir. No corredor levemente trêmulo encontrava-se uma figura baixinha e rija, com cabelo comprido preto preso em um rabo de cavalo. Ele suava em profusão.

— Lazlo — chutei.

— É. E quem caralhos é você?

— Longa história. Quer conversar com a Sylvie?

— Seria legal. — A ironia era pesada. Coloquei-me de lado e deixei-o entrar. Sylvie lhe deu uma olhada cansada de cima a baixo.

— Eu me enfiei no lançador de botes salva-vidas — anunciou Lazlo. — Algumas sacudidas em desvios e sete metros rastejando por uma chaminé de aço polido. Sem problemas.

Sylvie suspirou.

— Não é grandioso, Las, não é esperto, e algum dia você vai perder a porra do navio. E aí, como a gente faz sem um líder?

— Bem, me parece que você já tá arranjando substitutos. — Uma espiada em minha direção. — Quem, exatamente, é esse aí?

— Micky, Lazlo. — Um gesto vago indo de um para o outro. — Lazlo, este é Micky Acaso. Companheiro temporário de viagem.

— Você o colocou a bordo com as minhas credenciais?

Sylvie deu de ombros.

— Você nunca as utiliza mesmo.

Lazlo enxergou a silhueta de Jadwiga na cama e um sorriso iluminou seu rosto ossudo. Ele atravessou a cabine e deu-lhe um tapa na bunda. Quando ela não reagiu, ele franziu a testa. Fechei a porta.

— Meu Deus, o que foi que ela tomou ontem à noite?

— Ela tá morta, Las.

— *Morta?*

— No momento, sim. — Sylvie olhou para mim. — Você perdeu boa parte do baile desde ontem.

Os olhos de Lazlo acompanharam os de Sylvie para o outro lado da cabine.

— E tudo isso tem algo a ver com o sujeito alto, misterioso e sintético ali?

— É isso aí — falei. — Como eu disse, é uma longa história.

Lazlo foi até o nicho da pia e deixou a água escorrer para suas mãos em concha. Abaixou a cabeça para dentro da água e fungou. Em seguida, jogou o resto da água pelo cabelo, endireitou-se e me olhou pelo espelho. Ele se virou diretamente para Sylvie.

— Certo, comandante. Sou todo ouvidos.

CAPÍTULO 6

Levamos um dia e uma noite para chegar a Drava.

Desde a metade da travessia do Mar Andrassy, o *Canhões Para Guevara* navegou devagar, a rede de sensores jogada o mais amplamente possível, os sistemas de armas em prontidão. A linha oficial adotada pelo governo de Mecsek era de que as mementas haviam sido projetadas para uma guerra terrena e, portanto, não tinham como sair de Nova Hok. No local, equipes de Desarmadores relataram ver máquinas para as quais não existia descrição no arquivo de Inteligência de Máquinas Militares, o que sugeria que no mínimo parte dos armamentos ainda rondando o continente tinha encontrado modos de evoluir para além de seus parâmetros originais de programação. Os boatos eram de que a nanotecnologia experimental tinha rolado solta. O discurso oficial dizia que sistemas de nanotecnologia eram rudimentares demais e muito mal compreendidos na época do Descolonização para terem sido empregados como armas. Os boatos eram descartados como alarmismo antigovernista, o discurso oficial era escarnecido em todo lugar onde se podia encontrar conversa inteligente. Sem cobertura por satélite ou apoio aéreo, não havia jeito de provar nenhuma das afirmações. O mito e a desinformação reinavam.

Bem-vindo ao Mundo de Harlan.

— Difícil acreditar — resmungou Lazlo enquanto atravessávamos os últimos quilômetros estuário acima, passando pelos estaleiros desertos de Drava. — Quatro séculos nesta porra de planeta e nós ainda não conseguimos subir ao ar.

De alguma forma, ele tinha dado um jeito de entrar em uma das galerias de observação ao ar livre que o cargueiro tinha feito brotar da coluna blindada depois que estávamos no interior do escâner da base de Drava. De alguma forma ainda, ele nos convenceu por insistência a subir até lá com ele, e agora todos nós nos postávamos ali, tremendo no frio úmido do início da manhã, enquanto os cais silenciosos de Drava passavam deslizando em ambos os lados. Lá no alto, o céu exibia um cinza pouco promissor em todas as direções.

Orr levantou o colarinho de sua jaqueta.

— Quando você der um jeito de desarmar um orbital, Las, é só nos avisar.

— É, pode contar comigo — disse Kiyoka. — Derrube um orbital e fariam Mitzi Harlan te pagar um boquete toda manhã pelo resto da vida.

Era uma conversa comum entre as equipes de Desarmadores, algo como as histórias de golfinho-costas-de-garrafa de cinquenta metros que os capitães de barcos de passeio contavam nos bares de Porto Fabril. Não importava o tamanho da recompensa que se trouxesse de Nova Hok, tudo ainda era em *escala humana*. Não importava quanto as mementas fossem hostis, no fim, elas eram coisas que nós mesmos havíamos construído e mal chegavam a três séculos de idade. Não se podia comparar isso com a atração do equipamento que os marcianos tinham aparentemente abandonado na órbita em torno do Mundo de Harlan, cerca de quinhentos mil anos atrás. Equipamento que, por razões que só eles conheciam, derrubavam basicamente qualquer coisa que fosse aos céus com uma lança de fogo angelical.

Lazlo soprou nas mãos.

— Já dava para ter derrubado os orbitais a essa altura, se o governo quisesse.

— Ah, cara, lá vamos nós de novo. — Kiyoka revirou os olhos.

— Falam muita merda sobre eles — disse Lazlo, teimoso. — Tipo, como eles atacam qualquer coisa maior ou mais rápida do que um helicóptero, mas, de alguma maneira, há quatrocentos anos nós conseguimos passar tranquilamente com as barcaças colonizadoras. Tipo...

Orr fungou. Vi Sylvie fechar os olhos.

— ... como o governo tem esses hiperjatos enormes que mantém sob o polo e nada sequer chega a *encostar* neles quando voam. Tipo todas as vezes que os orbitais atacam algo com base na superfície, só que eles nunca falam sobre isso. Acontece *o tempo todo,* cara. Aposto que você não ouviu falar daquela traineira que encontraram despedaçada ontem em Ponto Sanshin...

— Ouvi falar disso aí — disse Sylvie, irritada. — Captei a notícia enquanto esperávamos você aparecer ontem de manhã. Os relatos diziam que ela tinha encalhado. Você tá procurando conspiração, mas tudo o que tem ali é incompetência.

— Comandante, foi o que eles *disseram*, claro. Era o que eles *diriam* mesmo.

— Ah, pelo amor de Deus.

— Lars, filhote. — Orr deixou um braço pesado cair em torno dos ombros do improvisador líder. — Se tivesse sido fogo angelical, não teria restado nada para encontrar. Você sabe disso. E sabe muito bem que tem uma porra de buraco na cobertura dos orbitais lá perto do equador, grande o bastante para deixar passar uma frota inteira de barcaças colonizadoras, se a pessoa fizer as contas certinho. Agora, por que não dá um descanso pra essas conspirações de merda e dá uma olhada no cenário que nos arrastou até aqui para ver?

Era uma visão bem impressionante. Drava, na sua época, era tanto um portal comercial quanto um porto naval para todo o interior de Nova Hokkaido. O cais recebia embarcações de todas as principais cidades do planeta, e a arquitetura dispersa atrás das docas se estendia por doze quilômetros na direção do sopé das montanhas, fornecendo moradias para quase cinco milhões de pessoas. No auge de sua potência comercial, Drava rivalizava com Porto Fabril em riqueza e sofisticação, e a guarnição da marinha era uma das mais fortes no hemisfério norte.

Agora navegávamos por fileiras de armazéns esmagados da época da Colonização, contêineres e gruas caídos por toda a doca como brinquedos de criança e navios mercantes naufragados até a âncora, de ponta a ponta. Havia manchas químicas alarmantes na água ao nosso redor, e a única vida à vista era uma ninhada de rasgasas de aparência miserável batendo as asas no teto corrugado e inclinado de um armazém. Um deles jogou o pescoço para trás e emitiu uma algaravia em desafio quando passamos por ele, mas dava para ver que ele não estava resoluto.

— Não dá mole perto deles — disse Kiyoka, sombria. — Não parecem grande coisa, mas são espertos. Já acabaram com os corvos-marinhos e as gaivotas na maioria dos lugares dessa costa, e, pelo que dizem, também atacam humanos.

Dei de ombros.

— Bem, o planeta é deles.

As bases fortificadas dos Desarmadores entraram no campo de visão. Centenas de metros de cabovivo afiado de alta tensão rastejando incansavelmente por seus parâmetros de patrulha, fileiras denteadas de bloqueios de aranhas agachadas no chão e sentinelas robôs empoleiradas pensativas nas lajes ao redor. Na água, um par de minissubmarinos automáticos espetava torres de observação acima da superfície, enquadrando a curva do estuário. Pipas de vigilância voavam em intervalos regulares, presas a pilhas de gruas e um mastro de comunicação no coração da base.

Canhões para Guevara desligou os motores e boiou ao largo entre os dois submarinos. Na lateral da doca, algumas figuras pararam o que estavam fazendo e vozes flutuaram pelo vão que se fechava até os recém-chegados. A maior parte do trabalho era feito por máquinas, em silêncio. A segurança da base interrogou a inteligência navegacional do cargueiro e lhe deu passagem. O sistema de garras automáticas se comunicou com os soquetes no atracadouro, concordou com a trajetória e disparou para lá. Os cabos se esticaram e puxaram a embarcação para dentro. Um corredor de embarque articulado despertou, flexionando, e subiu até a escotilha de carga do atracadouro. Flutuação antigravitacional foi acionada com um tremor, completando a anexação. As portas se destrancaram.

— Hora de ir — disse Lazlo, sumindo ao descer como um rato em um buraco.

Orr fez um gesto obsceno.

— Para que você nos trouxe aqui pra começo de conversa, se tá com tanta pressa pra dar no pé?

Uma resposta indistinta flutuou para o alto. O ruído de passos ecoou pelo corredor.

— Ah, deixa ele — disse Kiyoka. — Ninguém vai sair até conversar com o Kurumaya, mesmo. Vão formar fila em torno da cabine.

Orr olhou para Sylvie.

— O que vamos fazer sobre a Jad?

— Deixá-la aqui. — A comandante fitava o assentamento de cabines-bolha cinzentas e feias com uma expressão curiosamente arrebatada no rosto. Difícil acreditar que fosse pela vista; talvez ela estivesse ouvindo as máquinas se comunicando, os sentidos abertos e distraídos com o marulho do tráfego de transmissão. Ela despertou abruptamente da distração e se virou de frente para a equipe. — Temos as cabines até o meio-dia. Não faz sentido tirá-la dali até sabermos o que fazer.

— E o equipamento?

Sylvie deu de ombros.

— A mesma coisa. Eu não vou carregar aquele negócio por Drava o dia todo enquanto esperamos Kurumaya nos dar um encaixe.

— Acha que ele vai passar a gente na frente?

— Depois da última vez? Duvido muito.

No convés inferior, os corredores estreitos estavam lotados de Desarmadores se empurrando, equipamentos portáteis jogados sobre ombros ou carregados sobre cabeças. As portas das cabines estavam abertas, os ocupantes em seu interior organizando a bagagem antes de se lançarem no trânsito. Gritos turbulentos ricocheteavam de um lado para outro acima das cabeças e caixas equilibradas. O movimento se arrastava para a frente e a bombordo, na direção da escotilha de desembarque. Nós nos enfiamos na multidão e seguimos o fluxo, com Orr à frente. Solavancos ocasionais nos agitavam. Eu suportava tudo com os dentes cerrados.

Depois do que pareceu ser uma espera interminável, nos derramamos para fora do corredor de desembarque — estávamos parados em meio às cabines-bolha. O enxame Desarmador pairava à nossa frente, entre as cabines e no sentido do mastro central. No meio do caminho, Lazlo nos aguardava sentado em um caixote plástico vazio. Ele sorria.

— Por que demoraram tanto?

Orr fingiu um ataque, rosnando. Sylvie suspirou.

— Pelo menos me diga que pegou uma ficha da fila.

Lazlo abriu a mão com a solenidade de um conjurador e apresentou um pequeno fragmento de cristal preto na palma. O número cinquenta e sete surgiu de um ponto borrado de luz no interior da coisinha. Uma sequência de impropérios escapou de Sylvie e seus companheiros ao ver aquilo.

— É, vai levar um tempinho. — Lazlo deu de ombros. — Restos de ontem. Eles ainda estão distribuindo o que ficou acumulado. Ouvi dizer que rolou algo sério dentro da Zona Segura na noite passada. A gente pode até ir comer.

Ele nos levou pelo acampamento até um trailer prateado e comprido encostado contra uma das cercas do perímetro. Mesas e cadeiras moldadas baratas brotavam no espaço em torno da portinhola de atendimento. Havia uma clientela dispersa, quieta e com cara de sono acima de seus cafés e desjejum em pratos de papel alumínio. Na portinhola, três atendentes iam de um lado para outro como se se movessem sobre trilhos. Vapor e o cheiro de comida sopraram em nossa direção, pungente o bastante para disparar até o precário sentido olfativo/gustativo da capa sintética.

— Missô e arroz para todos? — perguntou Lazlo.

Grunhidos de concordância dos Desarmadores enquanto ocupavam um par de mesas. Neguei com a cabeça. Para as papilas gustativas sintéticas, até o melhor dos missôs tem gosto de lavagem. Fui até a portinhola com Lazlo para conferir o que mais eles ofereciam. Acabei optando por café e alguns pães pesados no carboidrato. Eu estava procurando por uma ficha de crédito quando Lazlo ergueu a mão.

— Ei. Esse é por minha conta.

— Obrigado.

— De nada. Bem-vindo aos Escorregadios da Sylvie. Acho que esqueci de falar isso ontem. Desculpe.

— Bem, havia muita coisa acontecendo.

— É. Quer mais alguma coisa?

Havia um dispenser no balcão com adesivos dermais analgésicos. Peguei duas fileiras e as agitei para a atendente. Lazlo assentiu, desencavou uma ficha de crédito e a jogou no balcão.

— Então você foi atingido.

— É. Costelas.

— Foi o que pensei, pelo jeito como você se movia. Nossos amigos de ontem?

— Não. Antes disso.

Ele arqueou uma sobrancelha.

— Sujeito ocupado.

— Você nem acreditaria. — Arranquei uma dosagem de uma das tiras, empurrei uma das mangas para cima e colei o adesivo. Uma onda quente de bem-estar químico subiu pelo meu braço. Nós reunimos a comida em bandejas e a carregamos até as mesas.

Os Desarmadores comeram em um silêncio concentrado que contrastava com as discussões anteriores. Ao nosso redor, as outras mesas começaram a se encher. Algumas pessoas cumprimentaram a equipe de Sylvie com um aceno de cabeça ao passar, mas, na maioria, prevalecia a norma dos Desarmadores de ser esquivo. As equipes se mantinham em seus próprios grupinhos e reuniões. Fiapos de conversa passavam por nós, cheios de jargão e do mesmo estilo picotado que eu percebera em meus companheiros no último dia e meio. Os atendentes gritaram números de pedidos e alguém pegou um radiorreceptador sintonizado em um canal tocando jazz dos anos da Colonização.

Relaxado e anestesiado por conta do adesivo dermal, captei o som e o senti me chutar de volta à minha juventude em Novapeste. Noites de sexta--feira no estabelecimento de Watanabe — o velho Watanabe tinha sido um grande fã dos gigantes do jazz da era da Colonização e tocava material deles incessantemente, sob os resmungos de seus clientes mais jovens que logo se tornaram parte do ritual. Passe tempo suficiente no Watanabe e seja lá qual for sua preferência musical, ele vence pelo cansaço. Você acabava com uma apreciação entalhada pelos ritmos levemente descompassados.

— Isso é velho — falei, indicando os autofalantes afixados no trailer.

Lazlo grunhiu.

— Bem-vindo a Nova Hok.

Sorrisos e uma troca de gestos de dedos se tocando.

— Você gosta desse negócio, é? — perguntou Kyioka, a boca cheia de arroz.

— Coisa do tipo. Eu não reconheci...

— Dizzy Csango e Grande Cogumelo Risonho — disse Orr, inesperadamente. — "Descendo o Eclíptico". Mas é um cover de um original de Blackman Taku. Taku nunca deixaria esse violino aí.

Lancei um olhar estranho para o gigante.

— Não dê ouvidos a ele — falou Sylvie, coçando sob o cabelo, distraída. — Se você for olhar as coisas do começo de Taku e Ide, eles têm essa pegada cigana aparecendo em todo canto. Eles só deixaram isso para trás nas *Sessões em Porto Fabril*.

— Isso não é...

— Oi, Sylvie! — Um comandante de aparência jovem com cabelo empilhado para cima pela estática parou na mesa. Havia uma bandeja de cafés equilibrada em sua mão esquerda e uma espiral grossa de cabovivo jogado sobre seu ombro direito, contorcendo-se, irrequieto. — Vocês já estão de volta?

Sylvie sorriu.

— Oi, Oishii! Sentiu saudade de mim?

Oishii fez uma mesura exagerada. A bandeja em seus dedos abertos nem se mexeu.

— Como nunca. Mais do que se pode dizer de Kurumaya-san. Você planeja vê-lo hoje?

— Você não?

— Não, nós não vamos sair. Kasha pegou um respingo de contrainformação ontem à noite, vai precisar de uns dois dias para estar pronta para a ação. Estamos relaxando. — Oishii deu de ombros. — Tudo pago. Fundo de contingência.

— A porra do fundo de *contingência?* — Orr se aprumou. — O que foi que houve aqui ontem?

— Vocês não tão sabendo? — Oishii olhou em torno da mesa, os olhos arregalados. — Da noite passada? Não ouviram falar?

— Não — disse Sylvie, paciente. — É por isso que estamos te perguntando.

— Ah, tá bem. Pensei que todo mundo estaria sabendo a esta altura. Tem um grupo de cooperativos rondando. Dentro da Zona Segura. Na noite passada, eles começaram a reunir artilharia. Canhão de propulsão própria, um dos grandes. Chassis de escorpião. Kurumaya teve que esparramar todo mundo antes que fôssemos bombardeados.

— Sobrou alguma coisa? — perguntou Orr.

— Eles não sabem. Nós derrubamos os montadores primários junto com o canhão, mas muitas das coisas menores se espalharam. Drones, secundários, esse tipo de merda. Alguém disse ter visto karakuri.

— Ah, *balela* — fungou Kiyoka.

Oishii voltou a dar de ombros.

— Foi só o que eu ouvi.

— Fantoches mecânicos? De jeito nenhum, porra. — Kiyoka estava pegando gosto pelo assunto. — Não aparece nenhum karakuri na ZA já faz mais de um ano.

— Também não havia aparecido nenhuma máquina cooperativa — destacou Sylvie. — Às vezes essas coisas acontecem. Oishii, você acha que existe alguma chance de sermos alocados hoje?

— Vocês? — O sorriso de Oishii reapareceu. — De jeito nenhum, Sylvie. Não depois da última vez.

Sylvie assentiu, chateada.

— Foi o que pensei.

O jazz se desvaneceu em uma nota ascendente. Uma voz se elevou, rouca, feminina, insistente. Havia um sotaque arcaico nas palavras que ela usava.

— E essa foi a versão de Dizzy Csango da clássica "Descendo o Eclíptico", lançando nova luz sobre um tema antigo, do mesmo jeito que o quellismo ilumina as antigas iniquidades de ordem econômica que carregamos conosco por todo o caminho sombrio desde as praias da Terra. Naturalmente, Dizzy foi um quellista confirmado sua vida toda, e como ele mesmo disse muitas vezes...

Grunhidos se elevaram dos Desarmadores reunidos.

— É, e um viciado em meta do caralho a vida toda também — gritou alguém.

A DJ de propaganda trinou em meio às zombarias. Ela vinha cantando a mesma música programada havia séculos. Mas as reclamações dos Desarmadores soavam confortáveis, um hábito tão aconchegante quanto nossos protestos no estabelecimento de Watanabe. O conhecimento detalhado que Orr possuía sobre o jazz dos anos da Colonização começavam a fazer sentido.

— Tenho que correr — disse Oishii. — Talvez a gente se fale na Não Autorizada, tá?

— É, talvez. — Sylvie o observou sair, depois se inclinou na direção de Lazlo. — Como estamos de tempo?

O improvisador procurou no bolso e mostrou a ficha da fila. Os números tinham mudado para cinquenta e dois. Sylvie exalou, indignada.

— Então... o que são os karakuri? — perguntei.

— Fantoches mecânicos. — Kiyoka estava desdenhosa. — Não se preocupe, você não vai ver nenhum por aqui. Nós limpamos a área deles no ano passado.

Lazlo enfiou a ficha de volta no bolso.

— Eles são unidades facilitadoras. Vêm em todas as formas e tamanhos. Os pequenos são do tamanho de um rasgasa, mas não voam. Têm braços e pernas. Às vezes estão armados, são ligeiros. — Ele sorriu. — Não são muito divertidos.

Uma tensão súbita e impaciente tomou conta de Sylvie. Ela se levantou.

— Vou conversar com Kurumaya — anunciou ela. — Acho que está na hora de oferecer os nossos serviços para a faxina.

Protestos gerais, mais altos do que a DJ de propaganda tinha gerado.

— ...*não pode* estar falando sério.

— O pagamento da faxina é uma merda, capitã.

— Ficar cavoucando por aí de porta em porta...

— Gente. — Ela ergueu as mãos. — Eu não ligo, tá? Se nós não furarmos a fila, só vamos sair daqui amanhã. E isso não é bom, porra. Caso qualquer um de vocês tenha se esquecido, em breve a Jad vai começar a feder.

Kiyoka desviou o olhar. Lazlo e Orr resmungaram nos restos de sua sopa missô.

— Alguém vem comigo?

Silêncio e olhares desviados. Olhei ao redor, em seguida me forcei até ficar de pé, regozijando na nova ausência de dor.

— Claro. Eu vou. Esse Kurumaya não morde, né?

Na verdade, ele parecia que talvez fosse morder.

Em Xária, havia um líder nômade com quem tratei uma vez, um xeique com fortunas guardadas em bases de dados por todo o planeta que escolheu passar seus dias pastoreando rebanhos de bisões semidomesticados e geneticamente adaptados de um lado para outro da estepe de Jahan, vivendo em uma tenda alimentada por energia solar. Direta e indiretamente, quase cem mil nômades calejados da estepe lhe deviam aliança, e quando você se sentava com ele em um conselho naquela tenda, dava para sentir o comando retesado dentro do sujeito.

Shigeo Kurumaya era uma edição mais pálida da mesma figura. Ele dominava a cabine de comando com a mesma intensidade, boca fechada, olhar severo, apesar de estar sentado atrás de uma escrivaninha cheia de equipamento de monitoração e cercado por uma falange de Desarmadores de pé, à espera de uma missão. Ele era um comandante como Sylvie, o cabelo preto e grisalho preso em uma trança, revelando o cabo central preso em estilo samurai que saíra de moda mil anos antes.

— Destacamento especial passando. — Sylvie abriu caminho a empurrões para nós em meio aos outros Desarmadores. — Passando. Destacamento especial. Droga, me deem um espacinho aqui. *Destacamento especial.*

Eles cederam espaço a contragosto e nós chegamos à frente. Kurumaya mal desviou o olhar da conversa com uma equipe de três Desarmadores encapados daquele jeito de coisinha-jovem-e-esguia que eu começava a identificar como o padrão dos improvisadores. O rosto dele estava impassível.

— Você não está em nenhum destacamento especial que eu saiba, Oshima-san — disse ele em voz baixa, e à nossa volta os Desarmadores explodiram em uma reação furiosa. Kurumaya fitou de um para outro, e o barulho se aquietou.

— Como eu dizia...

Sylvie fez um gesto conciliatório.

— Eu sei. Shigeo, eu sei que eu *não tenho* um destacamento especial. Eu *quero* um. Estou oferecendo os Escorregadios como voluntários para faxina karakuri.

Aquilo criou algumas ondas de burburinho, mas contidas dessa vez. Kurumaya franziu a testa.

— Você está *pedindo* para fazer faxina?

— Tô pedindo uma credencial. Os rapazes deixaram uma dívida braba para trás e querem começar a ganhar dinheiro pra ontem. Se isso significa ir de porta em porta, a gente tá dentro.

— Entra na porra da fila, vagabunda — disse alguém atrás de nós.

Sylvie se enrijeceu de leve, mas não se virou.

— Eu devia ter adivinhado que você veria as coisas assim, Anton. Vai se voluntariar também, é? Levar a turma de casa em casa. Acho que eles não vão te agradecer por isso.

Olhei para trás, para os Desarmadores reunidos, e encontrei Anton, grande e encorpado, debaixo de uma juba de comando tingida de meia dúzia de cores violentamente contrastantes. Ele tinha os olhos cobertos por lentes, de modo que suas pupilas pareciam rolamentos de aço, e havia traços de circuitos sob a pele de seus zigomas. Ele teve alguns tiques, mas não se moveu na direção de Sylvie. Seus olhos metálicos e opacos foram para Kurumaya.

— Vai, Shigeo. — Sylvie sorriu. — Não me diga que essas pessoas estão todas enfileiradas para pegar o serviço de limpeza. Você vai mandar os recrutas fazerem isso, porque por esse dinheiro, ninguém mais vai. Estou te oferecendo uma barbada aqui e você sabe.

Kurumaya a analisou de cima a baixo, depois indicou com um gesto da cabeça que os três improvisadores se afastassem. Eles recuaram com expressões emburradas. O holomapa se apagou. Kurumaya se recostou na cadeira e encarou Sylvie.

— Oshima-san, da última vez que te passei na frente do cronograma, você negligenciou as tarefas designadas e sumiu no norte. Como eu vou saber que não fará a mesma coisa dessa vez?

— Shig, você me mandou vasculhar *destroços*. Alguém chegou lá antes de nós e não tinha restado nada. Eu já falei.

— Sim, quando finalmente ressurgiu.

— Ah, seja razoável. Como eu deveria desarmar o que já havia sido destruído? Nós fomos embora porque não tinha nada lá, caralho.

— Isso não responde à minha pergunta. Como posso confiar em você dessa vez?

Sylvie deu um suspiro performático.

— Deus do céu, Shig. Você tem o rabo de cavalo com potência excessiva, faça as contas. Estou te oferecendo um favor em troca da chance de ganhar um dinheiro rápido. Se não, preciso esperar a fila acabar, em algum momento de depois de amanhã, você fica sem nada além de varredores recrutas, e todo mundo sai perdendo. Qual o sentido disso, caralho?

Por um longo instante, ninguém se moveu. Em seguida, Kurumaya olhou de relance para uma das unidades na mesa. Uma bobina de dados despertou acima dela.

— Quem é o sintético? — perguntou ele, casualmente.

— Ah. — Sylvie fez um gesto de *apresento-lhe*. — Novo recruta. Micky Acaso. Reserva de artilharia.

Kurumaya ergueu uma sobrancelha.

— E desde quando Orr quer ou precisa de ajuda?

— É só uma experiência. Ideia minha. — Sylvie sorriu, animada. — Pra mim, toda reserva é pouca lá fora.

— Pode até ser. — Kurumaya voltou seu olhar para mim. — Mas o seu novo amigo aqui está danificado.

— É só um arranhão — falei para ele.

As cores mudaram na bobina de dados. Kurumaya olhou de lado e números se formaram perto do vértice. Ele deu de ombros.

— Muito bem. Estejam no portão principal em uma hora, levem seu equipamento. Vocês vão receber a taxa de manutenção padrão diária, mais um incremento de dez por cento por senioridade. É o melhor que posso fazer. Bônus por qualquer morte que vocês causem, valores da tabela MMI.

Ela lhe deu outro sorriso brilhante.

— Isso já serve muito bem. Estaremos prontos. É bom fazer negócios com você de novo, Shigeo. Vamos, Micky.

Quando nos virávamos para sair, o rosto dela se contraiu com tráfego de informações chegando. Ela se voltou de supetão para olhar para Kurumaya, irritada.

— Pois não?

Ele sorriu gentilmente para ela.

— Só para que fique muito claro, Oshima-san. Vocês estarão inseridos num padrão de varredura com os outros. Se tentarem se afastar de novo, eu vou saber. Vou retirar sua autorização e te trarei de volta para cá, mesmo que tenha que usar todos os varredores para isso. Você vai ser presa por um punhado de recrutas e trazida para cá à força; não me teste.

Sylvie soltou outro suspiro, balançou a cabeça tristemente, e saiu em meio à multidão de Desarmadores enfileirados. Quando passamos por Anton, ele mostrou os dentes.

— Taxa de manutenção, Sylvie — zombou ele. — Parece que você encontrou o seu nível, finalmente.

Então ele recuou, os olhos reviraram para cima e sua expressão se esvaziou enquanto Sylvie invadia e revirava algo dentro da mente dele. Ele oscilou, e o Desarmador a seu lado teve que agarrar seu braço para estabilizá-lo. Anton fez um ruído como o de uma aberração lutadora levando um soco pesado. A voz engrolada, espessa de ultraje.

— Porra de...

— Cai fora, moleque do pântano.

A frase ficou para trás dela, lacônica, conforme saíamos da cabine.

Ela nem tinha olhado para ele.

CAPÍTULO 7

O portão era uma única placa de liga blindada cinza com seis metros de largura por dez de altura. Elevadores antigravitacionais dos dois lados corriam sobre trilhos presos à superfície interna de duas torres de vinte e quatro metros, encimadas por equipamento sentinela robô. Se a pessoa ficasse perto o bastante do metal cinza, podia ouvir os arranhões inquietos dos fios de alta tensão do outro lado.

Os voluntários de Kurumaya para a faxina se postavam em grupinhos diante do portão, a conversa resmungada cheia de breves erupções de bravata em altos brados. Como Sylvie havia previsto, a maioria era gente jovem e inexperiente, as duas qualidades telegrafadas claramente na falta de jeito com que eles manejavam o equipamento e fitavam os arredores com olhos arregalados. O parco sortimento que possuíam também não era nada impressionante. O armamento parecia ser esmagadoramente composto por sobras militares, e não podia haver ali mais de uma dúzia de veículos no total — transporte para talvez metade dos cerca de cinquenta Desarmadores presentes, alguns deles sem nem alterações gravitacionais. O resto parecia que ia fazer a varredura a pé.

Cabeças de comando eram poucos e raros.

— É como se faz — disse Kiyoka, complacente. Ela se recostou no nariz do módulo gravitacional em que eu estava montado e cruzou os braços. O pequeno veículo balançou de leve sobre sua almofada de estacionamento aumentei o campo para compensar. — Sabe, a maioria dos recrutas não tem nenhuma grana, eles entram no jogo praticamente às cegas. Tentam ganhar dinheiro para os upgrades com serviço de varredura e talvez alguma recompensa fácil nas fronteiras da Insegura. Se tiverem sorte, fazem um bom trabalho e alguém repara neles. Talvez alguma equipe que tenha sofrido baixas os adote.

— E se não?

— Aí eles podem cultivar o próprio cabelo. — Lazlo sorriu, erguendo a cabeça do cesto aberto de um dos outros módulos onde vasculhava. — Certo, capitã?

— É, simples assim. — Havia um traço de azedume na voz de Sylvie.

Ela estava de pé junto ao terceiro módulo com Orr como companhia, mais uma vez tentando fazer Jadwiga parecer um ser humano vivo, e o esforço era aparente. Eu mesmo não estava gostando muito do processo — nós tínhamos colocado a Desarmadora morta montada em um dos módulos, mas pilotar o veículo indiretamente estava além das opções de controle de Sylvie, de modo que Jad ficou no banco do carona atrás de mim. Teria parecido bem estranho se eu desmontasse e ela continuasse ali sentada durante a espera, então também continuei a bordo. Sylvie fez o cadáver jogar um braço afetuosamente sobre meu ombro e deixou o outro repousado na minha coxa. De quando em quando a cabeça de Jadwiga se virava e suas feições, encobertas pelas lentes escuras, se flexionavam em algo que se aproximava de um sorriso. Tentei parecer descontraído.

— Você não deve dar ouvidos ao Las — aconselhou-me Kiyoka. — Em vinte recrutas, nem um vai ter o que é preciso para chegar ao comando. Claro, eles podem conectar aquelas coisas na sua cabeça, mas você simplesmente ficaria louco.

— É, como a capitã aqui. — Lazlo terminou com o cesto, fechou-o e vagou até o outro lado.

— O que acontece — disse Kiyoka, paciente. — Você procura por alguém que consiga segurar o rojão e forma uma cooperativa. Vocês juntam fundos até que possam pagar para que a pessoa arranje o cabelo mais o encaixe básico para todos os outros, e pronto. Uma equipe novinha em folha. O que é que você tá olhando?

Essa última frase foi para um Desarmador jovem que tinha se aproximado para encarar invejosamente os módulos gravitacionais e o equipamento montado neles. Ele recuou um pouco ante o tom de Kiyoka, mas a voracidade permaneceu em seu rosto.

— Linha Dracul, né? — disse ele.

— Isso mesmo. — Kiyoka batucou com os nós dos dedos na carapaça do módulo. — Dracul, série Quarenta e Um, saído das linhas de fabricação de Porto Fabril há apenas três meses, e *tudo* o que você ouviu a respeito deles é cem por cento verdadeiro. Propulsores ocultos, PEM interno e bateria de feixe de partículas, blindagem reativa fluida, sistemas inteligentes integrados Nuhanovic. Se você pensou em alguma coisa, eles colocaram aqui.

Jadwiga virou a cabeça na direção do jovem Desarmador e supus que a boca morta exibia seu sorriso de novo. A mão dela saiu do meu ombro e desceu pela lateral do meu corpo. Eu me remexi de leve no meu banco.

— Quanto custou? — perguntou nosso novo fã. Atrás dele, um pequeno agrupamento de outros entusiastas de hardware estava se aglomerando.

— Mais do que qualquer um de vocês vai ganhar este ano. — Kiyoka gesticulou, aérea. — O pacote básico começa a partir de cento e vinte mil. E este aqui *não é* o pacote básico.

O jovem Desarmador se aproximou mais alguns passos.

— Eu posso...

Eu o cortei com um olhar.

— Não, não pode. Estou sentado neste aqui.

— Vem cá, rapaz. — Lazlo bateu na carapaça do módulo em que estava mexendo no momento. — Deixa esses pombinhos em paz; ressaca demais para ter modos. Eu te mostro este aqui. Vou te dar algo a que aspirar na temporada que vem.

Risos. O pequeno grupo de recrutas vagou na direção do convite. Troquei um olhar aliviado com Kiyoka. Jadwiga deu tapinhas na minha coxa e aninhou a cabeça no meu ombro. Eu olhei feio para Sylvie. Atrás de nós, um sistema de autofalantes pigarreou.

— O portão se abre em cinco minutos, senhoras e senhores. Chequem suas identificações.

O lamento dos motores gravitacionais, o arranhar mínimo de rodas mal encaixadas nos trilhos. O portal se ergueu aos solavancos até o topo de seus dez metros e os Desarmadores passaram, a pé ou em seus veículos, de acordo com suas finanças, pelo espaço abaixo. Os metros de cabovivo se enrolavam e serpenteavam, recuando do campo aberto por nossas identificações, empilhando-se em sebes nervosas altas. Passamos por um caminho cujas laterais ondulavam como algo saído de um pesadelo gravado.

Mais ao longe, os blocos-aranha se mexiam sobre suas múltiplas juntas conforme detectavam os campos de identificações se aproximando. Quando chegamos mais perto, eles lançaram seus imensos corpos poliédricos pelo concreterno rachado e se afastaram rastejando em uma imitação reversa de sua função programada de bloquear e esmagar. Passei entre eles com cautela. Lá em Lar Huno, passei toda uma noite atrás das fortificações do Palácio Kwan ouvindo os gritos enquanto máquinas como essas massacravam uma onda de ataque inteira composta de tecninjas insurgentes. Apesar de todo o seu volume e sua lentidão cega, elas não levaram muito tempo.

Depois de quinze minutos de cuidadosa negociação, nós tínhamos ultrapassado as defesas da base e sido expelidos de modo desorganizado nas ruas de Drava. A superfície do cais deu espaço a ruas cheias de destroços e prédios de apartamentos esporadicamente intactos com altura média de vinte andares. O estilo era o utilitário padrão dos anos de Colonização — tão perto da água, a acomodação tinha sido erguida para servir ao porto nascente, com pouca consideração por estética. Fileiras de janelas pequenas e recuadas espiavam na direção do mar de modo míope. As paredes de concreterno puro eram marcadas por bombardeios e desgastadas por séculos de negligência. Retalhos azul-acinzentados de líquen marcavam os lugares onde o revestimento antibacteriano tinha falhado.

Lá no alto, a luz aquosa do sol vazava através da cobertura das nuvens e penetrava nas ruas silentes mais à frente. Um sopro de vento vinha do estuário, parecendo nos apressar adiante. Dei uma espiada para trás e vi os fios de alta tensão e os blocos-aranha se reunirem atrás de nós como um ferimento se fechando.

— Melhor começar logo, eu acho. — A voz de Sylvie no meu ombro. Orr tinha colocado o outro módulo paralelo ao meu e a comandante estava sentada atrás dele, a cabeça indo de um lado para o outro como se procurasse um rastro odorífero. — Pelo menos não tá chovendo.

Ela tocou um controle na túnica de comunicação que vestia. Sua voz saltou no silêncio, reverberando nas fachadas desertas. Os Desarmadores se viraram ante aquele som, ansiosos e inquietos como uma matilha de cães de caça.

— Certo, pessoal. Escutem. Sem querer roubar nenhum comando aqui... — Ela pigarreou. Murmurou. — Mas alguém, se não eu, então... — Outra tosse. — *Alguém* tem que fazer alguma coisa. Isso não é outro exercício de... de... — Ela balançou a cabeça de leve. Sua voz ganhou força, ecoou nas paredes outra vez. — Isso não é alguma porra de fantasia de masturbação política por que estamos lutando aqui, isso são fatos. Quem está no poder formou alianças, mostrou lealdade ou falta dela, fez escolhas. E nossas escolhas, por sua vez, foram tomadas de nós. Eu não quero, eu *não quero*...

Ela engasgou. Abaixou a cabeça.

Os Desarmadores estavam imóveis, esperando. Jadwiga relaxou contra minhas costas, depois começou a escorregar do banco do carona. Estendi um braço para trás e a segurei. Fiz uma careta sob um lampejo de dor em meio ao cinza suave e lanudo dos analgésicos.

— *Sylvie!* — sibilei pelo espaço entre nós. — Se controla, Sylvie, caralho. Sai dessa.

Ela olhou para mim em meio à bagunça emaranhada de seu cabelo e, por um longo instante, foi como se eu fosse um total desconhecido.

— Controle-se — repeti, baixinho.

Ela estremeceu. Endireitou-se e pigarreou de novo. Agitou um braço, distraída.

— Política — declamou ela, e a multidão de Desarmadores à espera riu. Ela esperou o riso cessar. — Não é *por isso* que estamos aqui, senhoras e senhores. Estou ciente de que não sou a única aqui com cabos na cabeça, mas devo ser a que tem mais experiência nisso, então... Para aqueles que não têm certeza de como isso funciona, eis a minha sugestão. Um padrão de busca radial, separando-se em cada junção até que cada equipe motorizada tenha uma rua para si. O resto de vocês pode seguir quem quiser, mas eu aconselharia não menos do que meia dúzia em cada linha de busca. Equipes motorizadas lideram em cada rua, aqueles de vocês azarados o bastante para estarem a pé vão conferir os prédios. Uma pausa longa em cada busca nos prédios, os caras motorizados *não se adiantam* ao padrão, os caras de busca interna pedem reforço dos motorizados lá fora se encontrarem *qualquer coisa* que possa ser atividade de mementa. Qualquer coisinha mesmo.

— Tá, e a recompensa? — gritou alguém.

Um murmúrio de concordância se erguendo.

— O que eu derrubar é meu, não tô aqui pra dividir — concordou outra pessoa em voz alta.

Sylvie assentiu.

— Vocês vão descobrir — sua voz amplificada esmagou a dissensão — que um Desarmamento bem-sucedido tem três estágios. Primeiro, você acaba com a sua mementa. Em seguida, registra seu requerimento por ela. *Em seguida,* você tem que sobreviver para voltar à base e buscar o dinheiro. Os dois últimos estágios são *especialmente* difíceis de fazer se você estiver caído na rua com as entranhas para fora e sem cabeça. O que é mais do que provável que aconteça se um de vocês tentar desarmar um ninho karakuri sem ajuda. A palavra *equipe* tem conotações. Àqueles de vocês que aspiram a estar em uma *equipe* em algum ponto, eu sugiro que reflitam sobre isso.

O barulho se reduziu a resmungos. Atrás de mim, o cadáver de Jadwiga se aprumou e retirou o peso do meu braço. Sylvie analisou sua plateia.

— Certo. Agora, o padrão radial vai nos espalhar bem depressa, então mantenham seu equipamento localizador on-line o tempo todo. Marquem todas as ruas quando tiverem terminado, mantenham-se em contato uns com os outros, e estejam preparados para cobrir os vãos conforme o padrão se abrir. Análise espacial. Lembrem-se, as mementas são cinquenta vezes melhores do que nós nisso. Se deixarem um vão, elas o encontrarão e o utilizarão.

— Se é que elas estão aqui — veio outra voz da multidão.

— Se é que elas estão aqui — concordou Sylvie. — O que pode ou não ser verdade. Bem-vindos a Nova Hok. Agora. — Ela se levantou nos estribos do módulo gravitacional e olhou em torno. — Alguém tem algo *construtivo* a dizer?

Silêncio. Alguns movimentos.

Sylvie sorriu.

— Bom. Então vamos prosseguir com essa varredura, sim? Procura radial, como concordamos. *Escaneiem tudo.*

Um aplauso irregular surgiu e punhos se ergueram, brandindo equipamentos. Algum idiota disparou uma arma de raios para o céu. Gritos se seguiram, entusiasmo vulcânico.

— ...botar pra quebrar com essas porras de mementas...

— Vou fazer uma *pilha,* cara. Uma pilha foda.

— Drava, *lá vamos nós!*

Kiyoka se aproximou pelo meu outro flanco e deu uma piscadinha.

— Eles vão precisar de tudo isso — disse ela. — E muito mais. Você vai ver só.

Depois de uma hora, eu entendi.

Era um trabalho lento e frustrante. Mova-se cinquenta metros por uma rua a passo de teia-viva, desviando de destroços caídos e carros de solo acabados. Observe os escâneres. Pare. Espere os varredores a pé penetrarem os prédios dos dois lados e abrirem caminho por cerca de vinte andares, um passo arrastado de cada vez. Escute a transmissão das comunicações mal-estrutradas deles. Espere os varredores a pé descerem. Observe os escâneres. Siga em frente, mais uma faixa vacilante de cinquenta metros. Observe os escâneres. Pare.

Nós não encontramos nada.

O sol travava uma batalha perdida contra a cobertura das nuvens. Logo começou a chover.

Observe os escâneres. Mova-se pela rua. Pare.

— Não é nada do que aparece nas propagandas, hein? — Kiyoka estava sentada sob o respingo mágico da chuva, fora das telas invisíveis de seu módulo, e indicou os varredores a pé com o queixo enquanto eles desapareciam no interior da fachada mais recente. Eles já estavam ensopados, e a empolgação tensa e de olhos irrequietos de uma hora atrás desaparecia depressa. — Oportunidade e aventura na terra devoluta de Nova Hok. Não esqueça o guarda-chuva.

Sentado atrás dela, Lazlo sorriu e bocejou.

— Para com isso, Ki. Todo mundo tem que começar de algum lugar.

Kiyoka se recostou em seu assento, olhando por cima do ombro.

— Ei, Sylvie! Quanto tempo ainda vamos...

Sylvie fez um sinal, um dos gestos codificados sucintos que eu tinha visto em ação na esteira do tiroteio com Yukio. O foco de Emissário me fez perceber o estremecimento de uma pálpebra de Kiyoka enquanto ela assimilava os dados da cabeça de comando. Lazlo assentiu, satisfeito.

Batuquei o dedo no comunicador que eles tinham me dado no lugar de uma linha direta com o crânio da cabeça de comando.

— Alguma coisa acontecendo que eu deveria saber, Sylvie?

— Nah. — A voz de Orr me respondeu, arrogante. — A gente te inclui quando você precisar saber de alguma coisa. Né, Sylvie?

Olhei para ela.

— Né, Sylvie?

Ela sorriu um tanto cansada.

— Agora não é hora pra isso, Micky.

Observe os escâneres. Mova-se pelas ruas estragadas, úmidas pela chuva. As telas dos módulos formavam guarda-chuvas ovalados e cintilantes de borrifos da chuva acima da nossa cabeça; os varredores a pé xingavam e ficavam molhados.

Não encontramos nada.

Ao meio-dia, estávamos dois quilômetros cidade adentro e a tensão operacional tinha dado lugar ao tédio. As equipes mais próximas estavam a meia dúzia de ruas em qualquer direção. Seus veículos apareciam no equipamento localizador em formações estacionadas preguiçosamente de lado e, se você sintonizasse o canal geral, podia ouvir os varredores a pé resmungando enquanto subiam e desciam dos prédios, todos os traços do entusiasmo de vou-ganhar-uma-grana-preta desaparecidos.

— Ah, olha — disse Orr, de súbito.

A rua em que estávamos trabalhando virava à direita e então se abria imediatamente em uma praça circular contornada por terraços em estilo de pagode chinês, bloqueada na extremidade mais distante por um templo de vários andares sustentado em pilastras amplamente espaçadas. Do outro lado do espaço aberto, a chuva caía em poças vastas onde o pavimento tinha sido danificado. Tirando os escombros enormes e inclinados de um canhão escorpião incendiado, não havia nenhuma cobertura.

— Esse foi o que eles mataram na noite passada? — perguntei.

Lazlo balançou a cabeça.

— Nah, tá aí faz anos. Além disso, pelo que Oishii falou, o da noite passada nunca chegou a construir nada além do chassi antes de ser frito. Aquele ali era uma filha da puta de uma mementa ambulante e falante, propulsão própria, antes de morrer.

Orr lhe lançou um olhar franzido.

— É melhor trazer os recrutas aqui para baixo — sugeriu Kiyoka.

Sylvie assentiu. Pelo canal local, ela apressou os varredores a sair dos últimos prédios e os reuniu atrás dos módulos gravitacionais. Eles enxugaram a chuva do rosto e fitaram o outro lado da praça, ressentidos. Sylvie se pôs de pé sobre os estribos na traseira do módulo e ligou a comunicação.

— Certo, escutem — disse. — Isso parece razoavelmente seguro, mas não há como ter certeza, então vamos usar um novo padrão. Os módulos vão seguir até o lado oposto e checar o nível inferior do templo. Digamos, dez minutos. Depois, um módulo recua e fica de sentinela enquanto os outros dois abrem caminho, dando a volta por lados opostos da praça. Quando eles voltarem a salvo até vocês, todos se adiantam em cunha e os varredores a pé sobem para verificar os níveis superiores do templo. Todo mundo entendeu?

Uma onda taciturna de concordância por toda a fileira. Eles não podiam ter se importado menos. Sylvie assentiu para si mesma.

— Tá bom. Então, vamos lá. Escaneiem.

Ela se virou no módulo e se sentou de novo atrás de Orr. Quando se inclinou para junto dele, vi seus lábios se moverem, mas a capa sintética não conseguia ouvir o que fora dito. O murmúrio dos propulsores dos módulos subiu um pouco e Orr os levou para a praça. Kiyoka guiou o módulo em que ela e Lazlo viajavam para uma posição no flanco à esquerda e o acompanhou. Eu me inclinei sobre meus controles e peguei o flanco direito.

Depois da pressão relativa das ruas entulhadas de detritos, a praça parecia ao mesmo tempo menos opressiva e mais exposta. O ar parecia mais leve, o batucar da chuva no escudo do módulo, menos intenso. Sobre o campo aberto, os módulos chegaram de fato a ganhar velocidade. Havia uma sensação ilusória de progresso...

e risco.

O condicionamento Emissário, buscando atenção. Problemas logo além do horizonte perceptual. Alguma coisa se preparando para explodir.

Difícil dizer quais traços de detalhes subconscientes podem ter disparado o condicionamento dessa vez. As funções intuitivas de Emissário são um conjunto temperamental de habilidades mesmo nas melhores condições, e a cidade toda tinha passado a impressão de ser uma armadilha desde que deixáramos a base.

Mas não se ignora esse tipo de coisa.

Não se ignora essas coisas quando elas salvaram a sua vida quinhentas vezes antes, em mundos tão distantes e diferentes como Xária e Adoración. Quando elas estão programadas no cerne de quem você é, mais profundas do que as lembranças da infância.

Meus olhos rodaram uma análise constante pelos terraços em estilo pagode chinês. Minha mão direita pousava de leve no console de armas.

Aproximando-se do canhão escorpião destruído.

Quase no meio do caminho.

Ali!

Um disparo de análogo de adrenalina, áspero no organismo sintético. Minha mão desceu no controle de disparos...

Não.

Apenas cabeças de flores assentindo em um caso de vida vegetal brotando através da carapaça despedaçada do canhão. Os respingos da chuva batiam em cada flor, forçando-as a se curvarem gentilmente contra o caule.

Minha respiração voltou. Passamos pelo canhão escorpião e o marco do meio do caminho. A sensação de impacto iminente continuou.

— Tudo bem aí, Micky? — A voz de Sylvie no meu ouvido.

— Sim. — Balancei a cabeça. — Não foi nada.

Atrás de mim, o cadáver de Jadwiga se agarrou um pouco mais.

Chegamos às sombras do templo sem incidentes. O edifício inclinado assomava sobre nossas cabeças, conduzindo o olhar para cima, na direção das imensas estátuas de tocadores de *taiko*. Estruturas de apoio feito pilastras, com inclinação acentuada e sustentando o peso como bêbadas, se fundiam perfeitamente com o piso de vidro fundido. A luz inundava no interior vinda de aberturas laterais, e a chuva gotejava do teto em fluxos incessantes e barulhentos mais além, na escuridão. Orr entrou com seu módulo com o que me pareceu uma falta de devido cuidado.

— Já dá — avisou Sylvie, a voz alta o bastante para ecoar no espaço que havíamos penetrado. Ela se pôs de pé, apoiou-se no ombro de Orr e se contorceu com agilidade até o solo ao lado do módulo. — Vamos rápido, gente.

Lazlo saltou da traseira do módulo de Kiyoka e caminhou por ali por algum tempo, aparentemente analisando a estrutura de suporte do templo. Orr e Kiyoka começaram a desmontar.

— O que nós vamos... — comecei a dizer, parando ao sentir o link de comunicação mudo no ouvido. Freei o módulo, puxei o comunicador e o fitei. Meu olhar se desviou para os Desarmadores e o que eles estavam fazendo. — *Ei!* Alguém quer me dizer que porra tá rolando aqui?

Kiyoka me ofereceu um sorriso ocupado. Ela carregava um cinto com explosivos suficientes para...

— Aguenta aí, Micky — disse ela, tranquila. — Vai acabar já já.

— Aqui — Lazlo dizia. — Aqui. E aqui. Orr?

O gigante agitou uma das mãos do outro lado do espaço deserto.

— Na mão. Os mapas são exatamente como você imaginou, Sylvie. Mais uns dois, no máximo.

Eles estavam posicionando os explosivos.

Encarei a arquitetura apoiada e abobadada.

— Ah, não. Ah, não, vocês têm que estar me *zoando, caralho.* — Eu me movi para sair do veículo e os braços de Jadwiga se enroscaram em volta do meu peito. — Sylvie!

Ela ergueu os olhos brevemente de onde estava, ajoelhada diante de uma unidade em uma mochila preta no piso de vidro. Monitores protegidos mostravam pilhas de dados multicoloridos, mudando conforme os dedos dela se mexiam no compartimento.

— Só alguns minutos, Mick. É tudo de que precisamos.

Apontei um polegar para Jadwiga atrás de mim.

— Tire essa porra de cima de mim antes que eu a arrebente, Sylvie.

Ela suspirou e se levantou. Jadwiga me largou e afundou. Eu me virei no banco do módulo e a peguei antes que ela desabasse. Sylvie me alcançou ao mesmo tempo. Ela assentiu para si mesma.

— Tá. Quer ser útil?

— Eu quero saber que caralho está acontecendo.

— Depois. Agora, você pode pegar aquela faca que eu te dei em Tekitomura e tirar o cartucho da Jad para mim. Parece ser uma habilidade básica sua e eu não sei se mais alguém de nós quer esse serviço.

Olhei para a mulher morta nos meus braços. Ela tinha caído de rosto para baixo, e as lentes escuras tinham escorregado. Um olho morto captava a pouca luz.

— *Agora* você quer que eu faça a excisão?

— Sim, agora. — Os olhos dela se voltaram para cima para checar um monitor retiniano. Estávamos seguindo um cronograma. — Em até três minutos, porque é tudo o que temos.

— Tudo pronto desse lado — avisou Orr.

Eu desci do módulo e abaixei Jadwiga sobre o vidro fundido. A faca veio para a minha mão como se ali fosse o seu lugar. Cortei a roupa do cadáver na nuca e descasquei as camadas para revelar a carne pálida mais abaixo. Aí liguei a faca.

Por todo o piso do templo, os outros levantaram os olhos por causa do som. Eu os encarei de volta e eles desviaram o olhar.

Sob minhas mãos, o topo da coluna de Jad se desfez com um par de cortes hábeis e um curto movimento de alavanca. O cheiro que veio não era agradável. Limpei a faca nas roupas dela e a guardei, examinei as vértebras obstruídas por tecido enquanto me endireitava. Orr me alcançou com longas passadas e estendeu a mão.

— Eu fico com isso.

Dei de ombros.

— O prazer é todo meu. Aqui.

— Estamos prontos. — De volta à unidade na mochila, Sylvie dobrou algo, fechando-o com um gesto que fedia a caráter definitivo. Ela se levantou. — Ki, quer fazer as honras?

Kiyoka veio e se postou ao meu lado, olhando para o cadáver mutilado de Jad. Havia um ovo liso e cinza em sua mão. Pelo que pareceu um longo tempo, todos nós ficamos ali em silêncio.

— Vamos logo, Ki — disse Lazlo, baixinho.

Com muita gentileza, Kiyoka se ajoelhou junto à cabeça de Jadwiga e colocou a granada no espaço que eu tinha aberto em sua nuca. Quando tornou a se levantar, algo se moveu no rosto dela.

Orr tocou o braço de Kiyoka gentilmente.

— Vai ficar como nova — ele lhe disse.

Olhei para Sylvie.

— E então, vocês querem partilhar os seus planos agora?

— Claro. — A cabeça de comando indicou a mochila com o queixo. — Cláusula de fuga. A mina de dados ali explode em dois minutos, dá uma pane nos comunicadores e escâneres de todo mundo. Mais um par de minutos, o troço barulhento explode. Pedacinhos da Jad em todo canto e aí a casa cai. E a gente some. Pela porta dos fundos. Com os propulsores ocultos, dá para rodar durante o pulso eletromagnético, e quando os recrutas conseguirem ligar os escâneres de novo já vamos estar na periferia, invisíveis. Eles vão encontrar o bastante de Jad para que pareça que nós ativamos sem querer um ninho karakuri ou uma bomba inteligente e fomos vaporizados na detonação. O que nos torna agentes livres mais uma vez. Como a gente gosta.

Balancei a cabeça.

— Esse é a pior porra de plano que eu já ouvi. E se...

— Ei. — Orr me deu uma olhada inamistosa. — Se não gostou, pode ficar aqui, caralho.

— Capitã. — Lazlo outra vez, agora com um certo tom cortante na voz.
— Talvez, em vez de conversar a respeito, a gente podia só *fazer,* sabe? Nos próximos dois minutos? O que você acha?

— É. — Kiyoka olhou de relance o cadáver esparramado de Jadwiga e desviou os olhos. — Vamos cair fora daqui. Agora.

Sylvie assentiu. Os Escorregadios montaram nos veículos e nos movemos em formação na direção do som da água caindo no fundo do templo.

Ninguém olhou para trás.

CAPÍTULO 8

Até onde podíamos saber, funcionou perfeitamente.

Estávamos a uns bons quinhentos metros de distância do templo quando ele explodiu. Houve uma série abafada de detonações e então um ronco que se transformou num rugido. Eu me revirei no meu assento — agora que Jadwiga estava no bolso de Orr, em vez de sentada no banco do carona, a vista se encontrava desobstruída — e, na estreita moldura da rua que tínhamos seguido, vi toda a estrutura desabar sem cerimônia para o chão em meio a uma nuvem fervilhante de poeira. Um minuto depois, uma passagem subterrânea nos levou para baixo do nível da rua e perdi até mesmo essa fração de vista.

Eu estava rodando na mesma linha que os outros módulos.

— Você tinha tudo isso mapeado? — perguntei. — O tempo todo, você sabia que era isso que ia fazer?

Sylvie assentiu, séria, sob a luz fraca do túnel. Ao contrário do templo, aqui o efeito não era intencional. Painéis deteriorados de ilumínio no teto lançavam um último suspiro de cintilar azulado sobre tudo, mas era menos do que se obteria em uma noite de lua tripla com o céu limpo. Luzes de navegação brotaram nos módulos em resposta. A passagem subterrânea revelou uma curva para a direita, e nós perdemos o jorro de luz diurna que vinha da boca do túnel atrás de nós. O ar começou a ficar gelado.

— Já passamos por aqui umas cinquenta vezes — disse Orr, a fala arrastada. — Aquele templo sempre foi um esconderijo dos sonhos. Só que nunca precisamos fugir de ninguém antes.

— É, bom, valeu por dividir isso.

Uma marola de humor Desarmador sob o brilho azul.

— O negócio — disse Lazlo — é que não podíamos deixar você por dentro sem comunicação auditiva em tempo real, e isso é desajeitado. A capitã nos informou e instruiu pela rede da equipe em quinze segundos. Para você teríamos que falar, sabe, com palavras. E com a quantidade de equipamento de comunicação top de linha circulando pela base, não dá pra saber quem tá escutando.

— Não tivemos escolha — disse Kiyoka.

— Não tivemos escolha — ecoou Sylvie. — Corpos queimados e céus gritando e eles me dizem, eu digo para mim mesma... — Ela pigarreou. — Desculpem, gente. Porra de deslize de novo. Preciso mesmo dar um jeito nisso quando voltarmos para o sul.

Indiquei a direção de onde viemos com a cabeça.

— E então, quanto tempo antes que aqueles caras consigam botar os sistemas pra funcionar de novo?

Os Desarmadores olharam uns para os outros. Sylvie deu de ombros.

— Dez, quinze minutos, depende de qual software de backup eles tenham.

— Uma pena se os karakuris aparecerem nesse meio-tempo, né?

Kiyoka bufou. Lazlo ergueu uma sobrancelha.

— É isso mesmo — resmungou Orr. — Uma pena. A vida em Nova Hok, melhor ir se acostumando.

— Enfim, olha. — Kiyoka, paciente e razoável. — Não tem nenhuma merda de karakuri em Drava. Eles não...

Uma agitação metálica mais adiante.

Outra troca tensa de olhares. Os consoles das armas em todos os três módulos se iluminaram, levados à prontidão, presumivelmente pelo controle da cabeça de comando de Sylvie, e o pequeno comboio parou com um solavanco. Orr se aprumou em seu banco.

Defronte a nós, um veículo abandonado se avultava na penumbra. Nenhum sinal de movimento. Os sons frenéticos de colisões passaram por ele de algum lugar mais além na próxima curva do túnel.

Lazlo sorriu na luz baixa, tenso.

— Você dizia, Ki?

— Ei — protestou ela, debilmente. — Estou aberta a evidências em contrário.

A agitação parou. Recomeçou.

— Que porra é essa? — murmurou Orr.

O rosto de Sylvie estava indecifrável.

— Seja lá o que for, a mina de dados deveria ter captado. Las, quer começar a fazer valer o seu salário de improvisador?

— Claro. — Lazlo me lançou uma piscadela e saiu de seu assento atrás de Kiyoka. Ele entrelaçou os dedos e os alongou até os nós estalarem. — Tá ligado aí, grandão?

Orr assentiu, já descendo do módulo. Ele abriu o espaço de armazenagem, embaixo dos estribos, e tirou de lá um pé de cabra de meio metro. Lazlo sorriu de novo.

— Então, senhoras e senhores, apertem os cintos e mantenham distância. *Escanear.*

E lá foi ele, trotando ao longo da parede curva do túnel, atendo-se à cobertura que ela representava até chegar ao veículo destruído, quando então se moveu de lado, parecendo, na luz baixa, ter tão pouca substância quanto a própria sombra. Orr andava pisando duro atrás, uma figura simiesca brutal com o pé de cabra na mão esquerda, carregado baixo. Dei uma olhada para o módulo onde Sylvie se encontrava agachada, os olhos semicerrados, o rosto inexpressivo na curiosa mistura de determinação e distração que indicava uma entrada na rede.

Era como poesia em movimento.

Lazlo se segurou em uma parte dos destroços com uma das mãos e se jogou, com uma despreocupação símia, para cima do teto do veículo. Ele congelou, imóvel, a cabeça levemente inclinada. Orr ficou para trás, na curva. Sylvie resmungou consigo mesma algo inaudível, e Lazlo se moveu. Um único salto, diretamente de volta ao chão do túnel, e ele aterrissou correndo — em diagonal, do outro lado da curva na direção de algo que eu não podia ver. Orr atravessou, os braços abertos para dar equilíbrio, o tronco rígido de frente para onde o improvisador tinha ido. Outra fração de segundo, meia dúzia de passos rápidos e deliberados adiante, e ele também desapareceu de vista.

Segundos se passaram. Nós ficamos ali sentados e esperamos sob o brilho azul.

Segundos se passaram.

E...

— ...mas que caralho é...?

A voz de Sylvie, intrigada. Aumentando em volume conforme ela emergia da conexão e devolvia a dominância a seus sentidos reais. Ela piscou algumas vezes e olhou de esguelha para Kiyoka.

A mulher esguia deu de ombros. Só então me dei conta de que ela tinha feito parte daquilo, sintonizada com o balé ao qual eu acabava de assistir em prontidão, o corpo levemente rígido no banco do módulo enquanto seus olhos corriam com o resto da equipe no ombro de Lazlo.

— Não faço ideia, Sylvie.

— Certo. — O olhar da líder se voltou para mim. — Parece seguro. Venha, vamos dar uma espiada.

Rodamos cautelosamente com os módulos em torno da curva no túnel e descemos para encarar o que Lazlo e Orr tinham encontrado.

A figura de joelhos no túnel era humanoide apenas nos termos mais vagos. Havia uma cabeça, montada sobre o chassi principal, mas a única razão pela qual ela exibia alguma semelhança com um ser humano era que algo tinha arrebentado a carcaça e deixado uma estrutura interior mais delicada parcialmente exposta. No ponto mais superior, um aro de escora tinha sobrevivido, como uma auréola, flutuando em uma moldura esquelética acima do resto da cabeça.

Ela também tinha membros, aproximadamente nas posições que era de se esperar em um ser humano, mas em quantidade suficiente para sugerir uma forma de vida mais semelhante a um inseto. De um lado do tronco principal, dois dos quatro braços disponíveis estavam inertes, pendendo frouxos e, em um caso, queimado e retalhado até virar sucata. Do outro lado, um tinha sido arrancado, com danos massivos à carcaça ao redor, e outros dois encontravam-se claramente fora de funcionamento. Eles continuavam tentando se dobrar, mas, a cada tentativa, faíscas rasgavam com selvageria os circuitos expostos até que o movimento sofria um espasmo e congelava. Os clarões de luz lançavam sombras instáveis nas paredes.

Não estava claro se os quatro membros inferiores da coisa se encontravam funcionais ou não, mas ela não tentou se levantar conforme nos aproximamos. Os três braços apenas redobraram seus esforços para alcançar algo indefinível nas entranhas do dragão de metal caído no piso do túnel.

A máquina tinha quatro pernas de aparência potente montadas nas laterais terminando em pés com garras, uma cabeça comprida e angulosa cheia de armamentos auxiliares multicanos e uma cauda cheia de espinhos que se escorava no chão para aumentar a estabilidade. A coisa tinha até asas — uma moldura de berços de lançamento curvados para o alto com teias, projetada para levar a principal carga de mísseis.

Estava morta.

Algo tinha aberto imensos rasgos paralelos em seu flanco esquerdo e as pernas abaixo do dano tinham desmoronado. Os berços de lançamento tinham se retorcido e ficado desalinhados, e a cabeça estava torcida para um lado.

— Lançador komodo — disse Lazlo, dando a volta na cena com cautela.

— E uma unidade cuidadora karakuri. Você perdeu essa, Ki.

Kiyoka balançou a cabeça.

— Não faz sentido, porra. O que essa coisinha está fazendo aqui embaixo? E o que caralhos ela tá *fazendo,* aliás?

O karakuri inclinou a cabeça para ela. Seus membros funcionais a arrastaram para fora do rombo no corpo do dragão e flutuaram sobre a massa danificada em um gesto que parecia estranhamente protetor.

— Reparos? — sugeri.

Orr soltou uma risada.

— Claro. Karakuri são cuidadores até certo ponto. Depois disso, viram necrófagos. Algo com tantos danos assim eles desmembrariam em um agrupamento cooperativo para transformar em algo novo. Não tentariam *consertar* nada.

— E tem outra coisa. — Kiyoka gesticulou ao nosso redor. — Os fantoches mecânicos não saem muito sozinhos. Cadê o resto deles? Sylvie, você não tá detectando nada, né?

— Nada. — A líder olhou de um lado para o outro do túnel, pensativa. A luz azulada se refletia nas mechas prateadas do cabelo dela. — Isso é tudo.

Orr ergueu o pé de cabra.

— Então vamos desligar isso aqui ou o quê?

— Não vale porra nenhuma como recompensa, mesmo — resmungou Kiyoka. — Ainda que pudéssemos pedir recompensa por ele, o que não podemos. Por que não deixamos aqui para os novatos encontrarem?

— Eu não vou caminhar o resto desse túnel com essa coisa ainda funcionando atrás de mim — disse Lazlo. — Desliga isso, grandão.

Orr mandou um olhar interrogativo para Sylvie. Ela deu de ombros e assentiu.

O pé de cabra girou. Desumanamente rápido, entrando dos restos da casca de ovo da cabeça do karakuri. O metal raspou e rasgou. A auréola se soltou, quicou no piso do túnel e rolou para longe, nas sombras. Orr libertou o pé de cabra e golpeou de novo. Um dos braços da máquina se ergueu em autodefesa, mas o pé de cabra o achatou junto às ruínas da cabeça. Sinistramente silencioso, o karakuri lutou para se levantar sobre os membros inferiores que, eu via agora, estavam irremediavelmente mutilados. Orr grunhiu, ergueu um dos pés e pisou com força, deixando a bota fazer estrago. A máquina caiu, se revirando no ar úmido do túnel. O gigante avançou, manejando o pé de cabra com uma selvageria econômica experiente.

Demorou um pouco.

Quando ele terminou, quando as faíscas tinham secado em meio aos escombros a seus pés, Orr se endireitou e enxugou a testa. Ele estava ofegante. Tornou a olhar para Sylvie.

— Já deu?

— Sim, tá desligada. — Ela retornou ao módulo que eles estavam compartilhando. — Venham, é melhor irmos embora.

Enquanto todos montávamos de novo, Orr me pegou fitando-o. Ele arqueou as sobrancelhas para mim, em deboche, e inflou as bochechas.

— Odeio quando a gente precisa acabar com eles à mão — declarou. — Especialmente logo depois de gastar uma fortuna em upgrades para as armas de raio.

Assenti lentamente.

— É, é duro.

— Ah, vai melhorar quando a gente chegar na Insegura, você vai ver. Bastante espaço para usar nosso equipamento, sem precisar esconder os respingos. Ainda assim. — Ele apontou para mim com o pé de cabra. — Se precisarmos acabar com outro à mão, você tá com a gente agora. Pode cuidar do próximo.

— Valeu.

— Ei, de nada. — Ele entregou o pé de cabra por cima do ombro para Sylvie, que o guardou. O módulo estremeceu sob as mãos dele e vagou adiante, passando pelos destroços do karakuri arrasado. As sobrancelhas se arquearam de novo, e um sorriso. — Bem-vindo aos Desarmadores, Micky.

PARTE 2
AQUI É OUTRA PESSOA

Vista a nova carne como luvas emprestadas
E queime seus dedos mais uma vez

— GRAFITE EM BAY CITY
Em um banco do lado de fora da
Unidade Central de Armazenagem Penal

CAPÍTULO 9

Chiado de estática. O canal geral estava totalmente aberto.

— Olha — tentou argumentar o canhão escorpião —, não há necessidade alguma disso. Por que vocês não nos deixam em paz?

Suspirei e remexi de leve os membros apertados no espaço reduzido da protuberância. Um vento polar gelado assoviava nos despenhadeiros erodidos, congelando meu rosto e minhas mãos. O céu lá no alto exibia um cinza padrão Nova Hok, a parca luz diurna de inverno já minguante. Trinta metros abaixo da face do rochedo a que eu me agarrava, uma longa trilha de seixos corria pelo fundo do vale propriamente dito, a curva do rio e o pequeno agrupamento de cabines pré-fabricadas retangulares e arcaicas que formavam o posto de escuta abandonado dos quellistas. Onde estivéramos uma hora antes. A fumaça ainda subia de uma estrutura esmagada onde o canhão de propulsão própria tinha lançado um último obus inteligente. Malditos parâmetros de programação.

— Deixem-nos em paz — repetiu ele. — E faremos o mesmo.

— Não vai rolar — murmurou Sylvie, a voz gentil e distante enquanto colocava o link da equipe em prontidão de batalha e vasculhava o sistema cooperativo de artilharia em busca de qualquer brecha. A mente estendida em uma rede finíssima de consciência que se assentava sobre a paisagem ao redor como seda deslizando até o chão. — Você sabe que não vai, vocês são perigosos demais. Todo o seu sistema de vida é inimigo do nosso.

— É. — Eu estava demorando um pouco para me acostumar à nova risada de Jadwiga. — Além disso, nós queremos a porra da terra.

— A essência do empoderamento — disse o drone de disseminação de um ponto seguro mais acima no rio — é que a terra não deveria ter nenhuma propriedade além dos parâmetros do bem comum. Uma constituição econômica comunitária...

— *Vocês* são os agressores aqui — interrompeu o canhão escorpião com um traço de impaciência. Ele tinha sido programado com um forte sotaque de Porto Fabril que lembrava vagamente o finado Yukio Hirayasu. — Pedimos apenas para existir como temos existido pelos últimos três séculos, imperturbados.

Kiyoka fungou.

— Ah, *corta essa*.

— Não funciona assim — disse Orr.

Certamente não. Nas cinco semanas desde que havíamos nos esgueirado dos subúrbios de Drava e entrado na Insegura, os Escorregadios de Sylvie tinham derrubado um total de quatro sistemas cooperativos e mais de uma dúzia de mementas autônomas individuais de vários tamanhos e formatos, sem mencionar a reivindicação da miríade de equipamentos inativos que encontramos no bunker de comando que rendeu meu novo corpo. A recompensa a retirar acumulada por Sylvie e seus amigos era imensa. Se conseguissem superar as desconfianças mal dissipadas de Kurumaya, ficariam temporariamente ricos.

E, de certa forma, eu também ficaria.

— ...aqueles que enriquecem através da exploração desse relacionamento não podem permitir a evolução de uma democracia verdadeiramente representativa...

Esse drone não cala a boca.

Aumentei a neuroquímica dos meus olhos e vasculhei o fundo do vale em busca de sinais das cooperativas. As capacidades da nova capa eram bem básicas, pelos padrões modernos — não havia, por exemplo, nenhum chip para indicador visual de horário, do tipo que agora vinha como padrão mesmo nas capas sintéticas mais baratas —, mas elas funcionavam com uma potência tranquila. A base quellista surgiu em foco, parecendo estar à distância de um toque. Observei os espaços entre os módulos pré-fabricados.

— ...em uma luta que ressurge sempre em todo lugar em que a raça humana encontra uma base, porque em todos esses lugares são encontrados os rudimentos de...

Movimento.

Feixes encolhidos de membros, como insetos enormes e envergonhados. A vanguarda dos karakuri se aproximando rapidamente. Alavancando portas dos fundos e janelas pré-fabricadas com a força de um abridor de latas, deslizando para dentro e de novo para fora. Contei sete deles. Cerca de um terço do poderio — Sylvie estimara que a força ofensiva das coops chegava a aproximadamente vinte fantoches mecânicos, além de três tanques-aranha, dois deles montados a partir de restos, e, é claro, a arma central, o canhão escorpião.

— Então vocês não me deixam escolha — disse ele. — Serei forçado a neutralizar sua incursão, com efeito imediato.

— É — disse Lazlo, bocejando. — Será forçado a tentar. Então vamos lá, amigão.

— Já está em andamento.

Um leve arrepio ao pensar na arma assassina rastejando pelo vale em nossa direção, os olhos sensíveis ao calor procurando nosso rastro. Vínhamos seguindo a cooperativa mementa por essas montanhas durante os últimos dois dias, e era uma reviravolta desagradável de repente se tornar a caça. O traje encapuzado de furtividade que eu estava usando camuflaria a radiação do meu corpo, e eu estava com o rosto e as mãos emplastrados abundantemente com um polímero camaleocrômico que tinha o mesmo efeito, mas, com a saliência abobadada mais acima e uma queda direta de vinte metros sob minhas botas que mal tinham um apoio, era difícil não me sentir encurralado.

É só a porra da vertigem, Kovacs. Contenha-se.

Era uma das ironias menos divertidas da minha nova vida na Insegura. Junto com a biotecnologia padrão de combate, minha capa recém-adquirida — Orgânica Eishundo, seja lá quem eles tenham sido — vinha equipada com genes de lagarto nas palmas das mãos e solas dos pés. Eu podia — se quisesse — escalar cem metros na face de um rochedo sem um esforço maior do que a maioria das pessoas precisava fazer para subir uma escada. Em um clima mais amigável, podia fazer isso descalço e dobrar a aderência, mas até do jeito que eu estava era capaz de ficar pendurado ali basicamente por um tempo indefinido. Os milhões de espinhos minúsculos projetados geneticamente nas mãos estavam plantados com firmeza na rocha, e o sistema muscular perfeitamente sintonizado, recém-saído do tanque, exigia apenas mudanças ocasionais na postura para combater as câimbras do esforço prolongado. Jadwiga, reencapada no tanque vizinho ao meu e agitada pela mudança, tinha soltado um grito ensurdecedor de comemoração ao descobrir a tecnologia genética e rastejado pelas paredes e o teto do bunker como um lagarto cheio de tetrameta pelo resto da tarde.

Já eu não gosto muito de altura.

Em um mundo onde ninguém sobe muito alto por medo do fogo angelical, é uma situação bem comum. O condicionamento de Emissário contém o medo com o poder fluido de um imenso triturador hidráulico, mas não arranca os inúmeros raminhos de cautela e aversão que usamos para nos amortecer contra nossas fobias no cotidiano. Eu já estava na face do rochedo havia quase uma hora e me considerava quase pronto para me entregar para o canhão escorpião se o tiroteio resultante me levasse lá para baixo.

Desviei o olhar, espiando o paredão norte do vale. Jad estava por lá em algum ponto, esperando. Descobri que quase podia imaginá-la. Igualmente preparada para infiltração, bem mais equilibrada, mas ainda sem a programação interna que a teria conectado a Sylvie e ao resto da equipe. Como eu, ela estava se virando com um comunicador externo e um canal de áudio de segurança ligado à rede da equipe de Sylvie. Não havia muita chance de que as mementas conseguissem infiltrar a rede — elas estavam duzentos anos atrasadas em relação a nós em criptografia e não precisaram lidar com os códigos da fala humana durante a maior parte desse tempo.

O canhão escorpião ficou à vista. Usava a mesma cor cáqui sem graça dos karakuri, mas era imenso o suficiente para ser claramente visível mesmo sem visão aprimorada. Ainda estava a um quilômetro da base quellista, mas já tinha cruzado o rio e agora rondava o planalto ao sul com uma linha clara de visão para os esconderijos improvisados pelo resto da equipe, rio abaixo. O módulo primário de armamentos na ponta da cauda que valera à máquina seu nome estava flexionado para disparar horizontalmente.

Eu liguei o canal embaralhado e murmurei no comunicador:

— Contato, Sylvie. É agora, ou recuamos.

— Pega leve, Micky — respondeu ela, muito calma. — Estou a caminho. E estamos bem protegidos por enquanto. Ele não vai começar a disparar aleatoriamente no vale.

— É, ele também não ia atirar em uma instalação quellista. Parâmetros programados. Lembra *disso?*

Uma breve pausa. Ouvi Jadwiga imitar um galináceo ao fundo. No canal geral, o drone de disseminação seguia o falatório.

Sylvie suspirou.

— Tá, eu errei ao calcular a programação política deles. Sabe quantas facções rivais lutavam por aqui durante a Descolonização? Todas com rixinhas do caralho entre elas no fim das contas, quando deveriam estar combatendo as forças do governo. Você sabe quanto é difícil identificá-las num nível de código retórico? Isso aí deve ser alguma blindagem governamental capturada, reprogramada por alguma porra de movimento quellista separatista depois de Alabardos. A Frente do Protocolo de Dezessete de Novembro, talvez, ou os Revisionistas de Drava. Quem é que sabe, caralho?

— E quem é que liga, caralho? — ecoou Jadwiga.

— Nós ligaríamos — apontei. — Se estivéssemos tomando o café da manhã duas tendas mais à direita, uma hora atrás.

Era injusto — se o obus inteligente tinha errado o alvo, só podíamos agradecer à nossa cabeça de comando por isso. Atrás dos meus olhos, a cena se reprisou em uma lembrança perfeita. Sylvie ficou de pé de súbito na mesa do café, o rosto inexpressivo, a mente lançada longe, estendendo-se para o tênue guincho eletrônico do ataque que apenas ela tinha percebido. Empregando transmissões virais de limalha em velocidade maquinal. Vários segundos depois, ouvi o assobio agudo do obus inteligente descendo pelo céu acima de nós.

— *Corrige!* — sibilou ela para nós, os olhos vazios, a voz um grito com sua amplificação roubada, destruído até atingir uma cadência inumana. Era puro reflexo cego, os centros de fala no cérebro cuspindo um análogo do que ela bombeava em níveis de transmissão, como um homem gesticulando furiosamente em um link de audiofone. — *Corrige os parâmetros, caralho!*

O obus caiu.

Um estrondo abafado quando o sistema primário de detonação explodiu, o matraquear de destroços leves sobre o teto acima de nossas cabeças e então — nada. Ela havia travado a carga principal do obus, isolando-a do detonador com protocolos de desativação de emergência roubados do próprio cérebro rudimentar do obus. Tinha selado totalmente e matado a bomba com plug-ins virais de Desarmador.

Nós nos esparramamos pelo vale como sementes de belalga saídas da vagem. Uma aproximação irregular de nossa configuração ensaiada para emboscadas, o improvisador bem espalhado na frente enquanto Sylvie e Orr ficavam para trás, no centro do padrão, com os módulos gravitacionais. Mascarar, se esconder e esperar, enquanto Sylvie organizava o armamento em sua cabeça e se estendia para o inimigo que se aproximava.

— ...nossos guerreiros emergirão da folhagem de suas vidas comuns para derrubar essa estrutura que por séculos vem...

Agora, do outro lado do rio, eu podia divisar o primeiro dos tanques--aranha. A torre girando à esquerda e à direita, postada na borda da vegetação, na margem da água. Montadas contra o volume pesado do canhão, eram máquinas de aparência frágil, menores até do que as versões pilotadas por humanos que eu havia assassinado em mundos como Xária e Adoración, mas eram alertas e cientes de uma forma que nenhuma tripulação humana poderia ser. Eu não estava ansioso pelos próximos dez minutos.

No fundo da capa de combate, a química da violência se agitou como uma cobra e me chamou de mentiroso.

Um segundo tanque, depois um terceiro, entrando delicadamente na corrente rápida do rio. Karakuri apressando-se pela margem ao lado deles.

— Aqui vamos nós, gente. — Um sussurro afiado, pensando em Jadwiga e em mim. O resto já devia saber, aconselhados na rede interna em menos tempo do que o necessário para formar um pensamento humano consciente. — Pelos defletores primários. Movam-se ao meu comando.

O canhão de propulsão própria tinha passado agora do pequeno agrupamento de pré-fabricadas. Lazlo e Kiyoka haviam tomado posições perto do rio, a menos de dois quilômetros rio abaixo da base. A guarda avançada dos karakuri já devia estar quase chegando neles agora. Os arbustos e a alta grama prateada ao longo do vale se mexeram em uma dúzia de lugares ante a passagem das máquinas. O resto manteve o ritmo das maiores.

— *Agora!*

O fogo aflorou, pálido e súbito em meio às árvores rio abaixo. Orr, disparando contra o primeiro dos fantoches mecânicos.

— *Vai! Vai!*

O tanque-aranha líder vacilou de leve na água. Eu já estava me movendo, uma rota de descida da rocha que eu mapeara algumas dúzias de vezes enquanto esperava sob a protuberância. Segundos caindo em cascata — a capa Eishundo assumiu o controle e colocou meus pés e minhas mãos no lugar com elegância projetada. Eu saltei os últimos dois metros e atingi a encosta de seixos. Um tornozelo quis se torcer no piso irregular — servotendões de emergência se estenderam e impediram a torsão. Eu me levantei e corri.

Uma torre de aranha girou. Os seixos se despedaçaram em xisto no ponto onde eu tinha estado. Lascas picaram a parte de trás da minha cabeça e rasgaram minha bochecha.

— *Ei!*

— Desculpa. — O esforço estava na voz dela como lágrimas não derramadas. — Cuidando disso.

O disparo seguinte passou bem acima da minha cabeça, talvez mirando alguma imagem de quando eu descia pela face do rochedo, segundos atrás, enfiada por ela no software de visão, talvez apenas um tiro cego feito pela máquina num momento equivalente ao pânico. Rosnei em alívio, saquei a Ronin de feixes de estilhaço da bainha nas minhas costas e me aproximei das mementas.

Seja lá o que for que Sylvie tivesse feito com os sistemas cooperativos, foi brutalmente eficaz. Os tanques-aranha balançavam como bêbados, disparando de forma aleatória para o céu e os penhascos ao lado do vale. Em torno deles, karakuri corriam para todo lado feito ratos em um navio naufragando. O canhão escorpião estava em meio a isso tudo, aparentemente imobilizado, agachado sobre suas ancas.

Alcancei o canhão em menos de um minuto, forçando a biotecnologia da capa até seus limites anaeróbicos. A quinze metros dele, um karakuri semifuncional tropeçou em meu caminho, os braços superiores se agitando, confusos. Atirei nele com a Ronin na mão esquerda, escutei a tosse suave do feixe e vi a tempestade de fragmentos monomoleculares despedaçar a máquina. A arma de estilhaços travou outro cartucho na câmara. Contra as mementas pequenas, era uma arma devastadora, mas o canhão escorpião era fortemente blindado e seus sistemas internos podiam ser difíceis de danificar com disparos direcionais.

Eu me aproximei, colei a mina ultravibratória contra um alto flanco metálico, depois tentei sair do caminho antes que ela explodisse.

E algo deu errado.

O canhão escorpião saltou de lado. Os sistemas de armas em sua espinha despertaram de súbito e rodopiaram. Uma perna massiva se flexionou para fora, chutando. De propósito ou não, o golpe raspou meu ombro, entorpecendo o braço abaixo dele, e me jogou longe no mato alto. Perdi a arma de estilhaços, os dedos repentinamente fracos.

— Porra.

O canhão se moveu de novo. Fiquei de joelhos, notei movimentos periféricos. No alto da carapaça, uma torre secundária tentava guiar suas metralhadoras para mirar em mim. Percebi a arma caída na grama e mergulhei para pegá-la. A química de batalha personalizada jorrou em meus músculos e a sensação voltou fervilhando pelo meu braço. Acima de mim, na carenagem do canhão de propulsão própria, a torre de metralhadoras-rifles disparou, e balas despedaçaram a grama. Agarrei a arma e rolei freneticamente na direção do canhão escorpião, tentando me colocar fora do ângulo dos tiros. A tormenta de metralhadora-rifle me rastreou, estrepitando sobre a terra retalhada e arbustos rotos. Protegi os olhos com um dos braços, joguei a Ronin com a mão direita e abri fogo cego na direção do ruído das armas. O condicionamento de combate deve ter lançado os tiros em algum lugar bem perto — a saraivada de balas engasgou.

E a mina ultravibratória foi ativada.

Foi como um enxame de besouros Fogo de Outono em frenesi alimentar, amplificado para um documentário de expéria na visão dos insetos. Uma explosão de som chilreante e estridente conforme a bomba fragmentava ligações moleculares e transformava uma esfera de máquina blindada com um metro de extensão em limalha de ferro. Poeira metálica esguichou como uma fonte da brecha onde eu tinha fixado a mina. Corri de costas ao longo do flanco do canhão escorpião, soltando da bandoleira uma segunda bomba. Elas não eram muito maiores do que as tigelas de lámen com que tanto se pareciam, mas, se você ficasse preso no raio de alcance da detonação, virava pasta.

O grito da primeira mina se interrompeu quando seu campo desmoronou, transformando-se em poeira. Fumaça escapava fervendo do talho enorme deixado por ela. Ativei o fuso de outra mina e a joguei no buraco. As pernas do canhão se flexionaram e pisaram duro, desconfortavelmente perto de onde eu estava agachado, mas pareceu algo espasmódico. A mementa parecia ter perdido o senso de direção de onde o ataque estava vindo.

— Ei, Micky. — Jadwiga no canal secreto, soando um pouco intrigada. — Precisa de ajuda aí?

— Acho que não. Você?

— Nah, você só devia ver... — Eu não ouvi o resto, perdido no grito quando a segunda mina interrompeu. O casco rompido vomitou poeira fresca e descargas elétricas violeta. Pelo canal geral, o canhão escorpião começou um lamento eletrônico agudo conforme a ultravibração mastigava suas entranhas, penetrando mais fundo. Senti cada pelo do meu corpo se arrepiar com esse som.

Ao fundo, alguém gritava. Parecia Orr.

Alguma coisa explodiu nas vísceras do canhão escorpião e isso deve ter derrubado a mina, porque o grito chilreante de inseto cessou quase no mesmo instante. O lamento desapareceu como sangue sendo absorvido pela terra ressequida.

— Como é?

— Eu *disse* — gritou Orr —, derrubaram a cabeça de comando. Repito, *derrubaram a Sylvie*. Caiam fora daí, caralho!

A sensação de algo massivo rolando...

— Falar é fácil, Orr. — Havia um sorriso rígido e tenso na voz de Jad. — Estamos um pouquinho pressionados no momento, porra.

— Idem — disse Lazlo entre dentes. Ele estava usando o link de áudio; o colapso de Sylvie deve ter derrubado a rede da equipe. — Traga a artilharia pesada para cá, grandão. A gente podia usar...

Kiyoka interrompeu:

— Jad, você aguenta...

Algo lampejou na periferia da minha visão. Virei exatamente quando o karakuri me atacava com os oito braços prontos para agarrar. Nenhum arrastar confuso dessa vez; o fantoche mecânico estava de pé, funcionando a plena capacidade. Tirei a cabeça do caminho bem a tempo de evitar um membro superior ceifador e apertei o gatilho da arma de estilhaços à queima-roupa. O tiro lançou o karakuri para trás em pedaços, a seção inferior retalhada. Atirei na metade superior de novo só para garantir, depois dei meia-volta e contornei o corpanzil morto do canhão escorpião, a Ronin aninhada nas duas mãos com força.

— Jad, cadê você?

— Na porra do rio. — Explosões curtas e triturantes atrás da voz dela no link. — Procure o tanque naufragado e o milhão de karakuris que querem recuperá-lo.

Corri.

* * *

Matei mais quatro karakuris no caminho até o rio, todos eles se movimentando depressa demais para estarem corrompidos. Seja lá o que havia acabado com Sylvie, não lhe dera tempo para acabar de rodar a invasão

No link de áudio, Lazlo gritou e praguejou. Soou como dano. Jadwiga gritava um fluxo constante de obscenidades para as mementas em contraponto aos estampidos secos de sua arma de estilhaços.

Fiz uma careta ao passar pelos destroços tombados do último fantoche mecânico e disparei a toda velocidade para a margem. Na beira da água, pulei. O impacto da água gelada respingou até a altura da virilha e, de repente, o som rodopiante do rio. Pedras musguentas sob os pés e uma sensação como suor quente em meus pés conforme os aprimoramentos genéticos tentavam se agarrar por instinto, mesmo dentro das minhas botas. Buscar equilíbrio. Eu quase caí, mas não cheguei a esse ponto. Dobrado como uma árvore sob um vendaval, por pouco superei meu próprio ímpeto e me mantive de pé, afundado até o joelho. Escaneei o ambiente, à procura do tanque.

Perto da outra margem eu o encontrei, desabado no que parecia ser um metro de água de corredeira. A visão aprimorada me deu Jadwiga e Lazlo amontoados a sotavento do naufrágio, karakuris rastejando pela margem sem, pelo jeito, muita disposição para se lançarem à correnteza do rio. Alguns já tinham saltado para o casco do tanque, mas não pareciam capazes de obter muita tração. Jadwiga estava atirando neles com uma das mãos, quase à esmo. Seu outro braço estava em volta de Lazlo. Havia sangue nos dois.

A distância era de cem metros — grande demais para tiros eficientes com a arma de estilhaços. Caminhei a duras penas pelo rio até ele chegar à altura do peito e eu ainda estar longe demais. A correnteza tentava me derrubar.

— Filho da puta...

Mergulhei e comecei a nadar desajeitadamente, agarrando a Ronin contra o peito com um dos braços. No mesmo instante, a correnteza começou a me puxar rio abaixo.

— Caraaaalho...

A água estava congelante, esmagando meus pulmões, trancando-os contra a necessidade de respirar, anestesiando a pele do rosto e das mãos. A correnteza parecia uma coisa viva, puxando com insistência minhas pernas e ombros enquanto eu me debatia. O peso da arma de estilhaços e a bandoleira de minas ultravibratórias tentava me arrastar para baixo.

E conseguiu.

Voltei à superfície me debatendo, ofegando em busca de ar, aspirando metade água, metade ar, afundei de novo.

Controle-se, Kovacs.

Pense.

CONTROLE-SE, porra.

Chutei as pernas na direção da superfície, forcei-me a subir e enchi os pulmões. Identifiquei a posição dos destroços do tanque aranha, retrocedendo rapidamente. E então me permiti ser arrastado para o fundo, estendi a mão e me agarrei ali.

As espinhas se agarraram. Consegui tração com os pés também, me sustentando contra a correnteza e comecei a rastejar pelo fundo do rio.

Levei mais tempo do que gostaria.

Em alguns pontos, as pedras que escolhi eram pequenas demais, ou estavam mal inseridas e se soltaram. Em outros, minhas botas não conseguiram atrito suficiente. Abri mão de segundos e metros de deslocamento a cada vez que isso ocorreu e recuei, me debatendo. Uma vez, quase perdi a arma de estilhaços. E com ou sem aprimoramento anaeróbico, eu tinha que subir a cada três ou quatro minutos em busca de ar.

Mas consegui.

Depois do que pareceu uma eternidade me agarrando e vasculhando aquele frio de dar câimbra, eu me icei na água que chegava até a cintura, cambaleei até a margem e me arrastei, ofegante e trêmulo, para fora do rio. Por alguns momentos, tudo o que pude fazer foi ficar ali de joelhos, tossindo.

Um zumbido mecânico crescente.

Levantei-me, vacilante, tentando segurar a arma de estilhaços em algo próximo de estabilidade com as duas mãos trêmulas. Meus dentes batiam como se algo tivesse sofrido curto-circuito nos músculos do maxilar.

— Micky.

Orr, sentado sobre um dos módulos, uma Ronin de cano longo em sua mão erguida. Despido até a cintura, as aberturas de descarga de raios ainda não totalmente fechadas do lado direito de seu peito, o calor ondulando no ar em volta delas. O rosto manchado com resquícios do polímero de infiltração e o que parecia ser poeira carbonizada. Ele sangrava um pouco de cortes feitos pelos karakuris no peito e no braço esquerdo.

Ele parou o módulo e me encarou, incrédulo.

— Que porra te aconteceu? Tô te procurando em todo canto.

— Eu-eu-eu... os kara-kara, os kara...

Ele assentiu.

— Já cuidei disso. Jad e Ki estão se limpando. Os aranhas também foram derrubados, os dois.

— E a Sssssssssssylvie?

Ele desviou o olhar.

CAPÍTULO 10

— Como ela está?

Kiyoka deu de ombros. Ela trouxe a camada isolante até o pescoço de Sylvie e limpou o suor do rosto da cabeça de comando com um biolenço.

— Difícil dizer. Ela tá com uma febre altíssima, mas isso não é insólito depois de um serviço desses. Tô mais preocupada com aquilo ali.

Ela apontou com o polegar para os monitores médicos ao lado da cama de campanha. Um holomonitor de bobina de dados se enrolava acima de uma das unidades, imbuída de cores e movimentos violentos. Reconhecível em um canto via-se um mapa rudimentar da atividade elétrica no cérebro humano.

— Aquele é o software de comando?

— É. — Kiyoka apontou para o monitor. Escarlate e laranja e um cinza brilhante rugiram em torno da ponta de seu dedo. — Essa é a conexão primária do cérebro com a capacidade de comando em rede. Também é o ponto onde se localiza o sistema de desconexão de emergência.

Olhei para o emaranhado multicolorido.

— Bastante atividade.

— É, atividade demais. Depois de um serviço, a maior parte daquela área deveria estar em preto ou azul. O sistema injeta analgésicos para reduzir inchaço nos caminhos neurais, e a conexão basicamente se fecha por algum tempo. Em geral, ela dorme até passar. Mas isso é... — Ela deu de ombros outra vez. — Nunca vi nada assim.

Eu me sentei na beirada da cama e fitei o rosto de Sylvie. Estava quente dentro da barraca, mas meus ossos ainda estavam gelados dentro da carne por causa do rio.

— O que deu errado hoje, Ki?

Ela balançou a cabeça.

— Não sei. Arrisco dizer que encontramos um antivírus que já conhecia nossos sistemas de invasão.

— Em um software com trezentos anos de idade? Ah, vá.

— Eu sei.

— Dizem que aquelas coisas estão evoluindo. — Lazlo estava de pé na porta, o rosto pálido, o braço atado na parte em que os karakuri o haviam aberto até o osso. Atrás dele, o dia em Nova Hok estava se dissipando em escuridão. — Estão saindo totalmente do controle. Essa é a única razão para estarmos aqui agora, sabem. Para acabar com elas. O governo tem um projeto ultrassecreto de procriação de IA...

Kiyoka sibilou entredentes.

— Agora não, Las. Pelo amor de Deus, porra! Você não acha que temos coisas mais importantes com que nos preocupar agora?

— ...e ele saiu do controle. É *com isso* que precisamos nos preocupar, Ki. Agora mesmo. — Lazlo entrou na cabana, gesticulando para a bobina de dados. — Aquilo ali é software clínico malicioso, e vai devorar a mente de Sylvie se não encontrarmos o código original dele. E isso é má notícia, porque os criadores originais estão todos *lá em Porto Fabril, caralho.*

— E *isso* — gritou Kiyoka — *é baboseira, caralho!*

— *Ei!* — Para meu espanto, ambos se calaram e olharam para mim. — Hã, escuta, Las. Eu não sei como algum software, mesmo evoluído, é capaz de mapear nossos sistemas particulares assim. Digo, qual é a probabilidade?

— Porque *são as mesmas pessoas,* Mick. Qual é? Quem escreve os códigos para os Desarmadores? Quem projetou todo o programa Desarmador? E quem está enterrado até as bolas no desenvolvimento de nanotecnologia maliciosa secreta? A porra da administração Mecsek, isso sim. — Lazlo abriu as mãos e me deu uma olhada exausta. — Você sabe quantos relatórios existem, quantas pessoas eu conheço e com quem conversei que viram mementas para as quais não existem descrições nos arquivos? Esse continente todo é uma experiência, cara, e nós somos apenas uma pequena parte dela. E a capitã aqui acaba de ser jogada nesse labirinto de ratos.

Mais movimento na porta: Orr e Jadwiga, vindo ver do que se tratava a gritaria. O gigante balançou a cabeça.

— Las, você tem mesmo que comprar aquela fazenda de criação de tartarugas em Novapeste de que sempre fala. Fique por lá e converse com os ovos.

— Vai se foder, Orr.

— Não, vai você, Las. Isso é sério.

— Ela não melhorou, Ki? — Jadwiga foi até o monitor e pousou uma das mãos no ombro de Kiyoka. A nova capa, assim como a minha, tinha sido criada sobre um chassi padrão do Mundo de Harlan. A ascendência mista, eslava e japonesa, resultava em malares selvagemente belos, dobras epicânticas sobre olhos de um jade claro e uma boca ampla. As necessidades de biotecnologia de combate arrastavam o corpo para algo musculoso e de membros longos, mas o material genético original guiava essa tendência para um resultado curiosamente espigado e delicado. O tom da pele era moreno, esmaecido pela palidez do tanque e cinco semanas sob o clima miserável de Nova Hok.

Observá-la do outro lado da sala era quase como passar diante de um espelho. Podíamos fingir que éramos irmãos. Fisicamente, *éramos* irmãos — o banco de clones no bunker dava em cinco módulos diferentes, uma dúzia de capas criadas do mesmo ramo genético em cada um. Tinha sido mais fácil para Sylvie fazer uma ligação direta em somente um módulo.

Kiyoka se moveu, segurando a nova mão de dedos longos de Jadwiga na sua, mas foi um movimento consciente, quase hesitante. É um problema padrão com os reencapes. A mistura dos feromônios nunca é a mesma, e muito dos relacionamentos baseados em sexo é resultado desse tipo de coisa.

— Ela tá fodida, Jad. Eu não posso fazer nada por ela. Não sei nem por onde começar. — Kiyoka indicou a bobina de dados outra vez. — Simplesmente não sei o que tá acontecendo ali.

Silêncio. Todos fitando a tempestade de cores na bobina.

— Ki. — Vacilei, considerando a ideia. Um mês de Desarmagem operacional compartilhada tinha ajudado um pouco a me integrar à equipe, mas pelo menos Orr ainda me via como um intruso. Com o resto, dependia do humor deles. Lazlo, em geral cheio de uma camaradagem tranquila, era inclinado a espasmos ocasionais de paranoia nos quais meu passado inexplicado de repente me tornava escuso e sinistro. Eu tinha certa afinidade com Jadwiga, mas boa parte disso talvez se devesse à correspondência tão semelhante das capas. E Kiyoka podia às vezes ser uma vaca de manhã. Eu não tinha certeza como qualquer um deles reagiria a isso. — Escuta, tem algum jeito de a gente acionar o sistema de desconexão?

— *Como é?* — questionou Orr, previsivelmente.

Kiyoka pareceu descontente.

— Eu tenho químicas que talvez consigam, mas...

— *Você não vai tirar o cabelo dela, porra!*

Eu me levantei da cama e encarei o gigante.

— E se o que está lá a matar? Você prefere que ela fique com o cabelo comprido e morta?

— Você cale a porra da sua b...

— Faz sentido, Orr. — Jadwiga se interpôs entre nós. — Se a Sylvie pegou alguma coisa daquela coop e os antivírus dela não conseguem combater, então é para isso que serve a desconexão, não?

Lazlo assentiu vigorosamente.

— Pode ser a única esperança para ela, cara.

— Ela já ficou assim antes — teimou Orr. — Aquele negócio no Cânion Iyamon, no ano passado. Ela apagou por horas, febre super alta, e acordou *bem*.

Eu vi o olhar trocado entre eles. *Não. Não exatamente bem.*

— Se eu induzir a desconexão — disse Kiyoka, devagar —, não sei dizer quanto dano isso vai causar a ela. Seja lá o que estiver rolando, ela está plenamente engajada com o software de comando. É daí que vem a febre: ela deveria estar fechando o link, mas não está.

— É. E tem um motivo para isso. — Orr olhou para todos nós, carrancudo. — Ela é uma lutadora e está lá, lutando. Se quisesse acabar com a conexão, já teria feito isso sozinha.

— É, e talvez seja lá o que ela está combatendo não esteja permitindo que ela faça isso. — Eu me voltei para a cama. — Ki, ela tem um backup, certo? O cartucho cortical não tem nada a ver com o software de comando?

— Sim, tem uma proteção de segurança.

— E enquanto ela está desse jeito, as atualizações do cartucho estão suspensas, certo?

— Hã, sim, mas...

— Então, mesmo que a desconexão cause danos, ainda temos Sylvie inteira no cartucho. Que ciclo de atualizações vocês usam?

Outra troca de olhares. Kiyoka franziu a testa.

— Não sei, deve ser perto do padrão, acho. A cada dois minutos, digamos.

— Então...

— É, isso seria conveniente pra você, né, Senhor Acaso? — Orr apontou um dedo na minha direção. — Matar o corpo, retirar a vida com a sua faquinha. Quantas merdas de cartuchos corticais você tá carregando a essa altura? Que negócio é esse? O que você planeja fazer com tudo isso?

— Isso não vem ao caso aqui — falei, calmamente. — Tudo o que estou dizendo é que, se Sylvie sair danificada da desconexão, podemos salvar o cartucho antes que ele atualize, voltar para o bunker e...

Ele oscilou na minha direção.

— *Você tá falando de matar Sylvie, caralho!*

Jadwiga o empurrou para trás.

— Ele está falando de salvar a vida dela, Orr.

— E essa cópia que está viva e respirando, aqui e agora? Você quer cortar a garganta dela *só porque ela está com danos cerebrais e nós temos uma cópia melhor salva?* Exatamente como você fez com todas essas outras pessoas sobre as quais não quer falar?

Eu vi Lazlo parar, piscar e olhar para mim com olhos outra vez cheios de suspeita. Ergui as mãos em resignação.

— Certo, esquece. Façam o que quiserem, eu só tô trabalhando pra pagar minha passagem.

— Não podemos fazer isso, de qualquer forma, Mick. — Kiyoka estava enxugando a testa de Sylvie de novo. — Se o dano fosse sutil, levaríamos mais do que dois minutos para perceber e aí seria tarde demais, o dano já estaria atualizado no cartucho.

Vocês podiam matar essa capa de qualquer jeito, não falei. *Limitar as perdas, cortar a garganta dela agora mesmo e retirar o cartucho para...*

Olhei de novo para Sylvie e contive o pensamento. Assim como olhar para a capa de Jadwiga, parente por clonagem, era um tipo de espelho, um rápido vislumbre de mim mesmo me surpreendeu.

Talvez Orr tivesse razão.

— Uma coisa é certa — disse Jadwiga, sombria. — Não podemos ficar aqui nesse estado. Com Sylvie fora de combate, estamos rodando pela Insegura sem uma chance maior de sobrevivência do que um punhado de recrutas. Precisamos voltar para Drava.

Mais silêncio enquanto a ideia era absorvida.

— Podemos movê-la? — perguntei.

Kiyoka fez uma careta.

— Vai ser necessário. Jad tem razão, não podemos arriscar ficar por aqui. Temos que bater em retirada, no mais tardar amanhã cedo.

— É, e seria útil ter alguma cobertura — resmungou Lazlo. — Fica a mais de seiscentos quilômetros de distância e não dá pra saber o que vamos encontrar no caminho. Jad, alguma chance de desencavarmos alguns amigos no caminho? Eu sei que é um risco.

Um gesto lento de aquiescência de Jad.

— Mas provavelmente vale a pena.

— Vai ser a noite toda — disse Lazlo. — Você tem meta?

— Mitzi Harlan é hétero?

Ela tocou o ombro de Kiyoka outra vez, a carícia hesitante virando um tapa amistoso nas costas, e saiu. Com um olhar pensativo para mim lançado sobre o ombro, Lazlo a seguiu. Orr se postou ao lado de Sylvie, os braços cruzados.

— Você não vai encostar nela, porra — alertou ele.

Da relativa segurança do posto de escuta quellista, Jadwiga e Lazlo passaram o resto da noite pesquisando os canais, vasculhando a Insegura por sinais de vida amistosa. Eles procuraram por todo o continente com delicados ramos eletrônicos, sentados, sem dormir e quimicamente ligados sob o reflexo de suas telas portáteis, em busca de traços. De onde eu me encontrava observando, parecia muito com as caçadas a submarinos que se vê em filmes antigos de expéria de Alain Marriott, como *Jazida polar* e *Perseguição profunda*. Fazia parte da natureza do trabalho que as equipes de Desarmadores não efetuassem muita comunicação de longo alcance. Risco muito alto de ser detectado por um sistema de artilharia mementa ou uma matilha saqueadora de karakuris necrófagos. A transmissão eletrônica à distância era cortada ao absoluto mínimo de esguichos de transmissão por agulha, geralmente para registrar uma declaração de morte. No resto do tempo, as equipes costumavam funcionar em silêncio.

Geralmente.

Mas, com habilidade, dava para sentir o sussurro do tráfego da rede local entre os membros de uma equipe, os traços tremeluzentes de atividade eletrônica que os Desarmadores carregavam consigo como o odor de cigarro nas roupas de um fumante. Com mais habilidade, dava para diferenciar esses traços dos rastros de mementas e, com os códigos corretos, era possível abrir comunicações. Levou quase até o amanhecer, mas, no final, Jad e Lazlo conseguiram obter uma fila com três outras equipes trabalhando na Insegura entre a nossa posição e a base em Drava. Transmissões por agulha codificadas cantaram de um lado para outro, estabelecendo identidades e autorizações, e Jadwiga recostou-se com um sorriso amplo de tetrameta no rosto.

— É bom ter amigos — disse para mim.

Uma vez informadas, as três equipes concordaram, embora com graus variados de entusiasmo, em fornecer cobertura para nossa retirada dentro de sua área de alcance operacional. Era basicamente uma regra não escrita da conduta Desarmadora na Insegura oferecer esse auxílio — nunca se sabe quando pode ser você do outro lado —, mas a distância competitiva da profissão significava uma aderência a contragosto a essa regra. As posições das duas primeiras equipes nos forçavam a uma retirada longa e troncha, e ambas estavam mal-humoradas e indispostas a se mover, fosse para nos recepcionar ou nos escoltar para o sul. Com a terceira, demos sorte. Oishii Eminescu estava acampado 250 quilômetros a noroeste de Drava com nove colegas pesadamente armados e equipados. Ele se ofereceu de imediato para nos encontrar e retirar do raio de cobertura da equipe anterior e em seguida nos levar até a base, o caminho todo.

— A verdade — disse-me ele, enquanto nos postávamos no centro de seu acampamento e observávamos a luz do dia desvanecer de outra tarde truncada de inverno — é que uma folga seria boa pra gente. Kasha ainda está meio danificada pelo respingo daquele negócio de emergência em que trabalhamos em Drava na noite antes de vocês chegarem. Ela diz que tá bem, mas dá para sentir que não está nas conexões quando estamos mobilizados. E os outros também estão muito cansados. Além disso, pegamos três agrupamentos e vinte e poucas unidades autônomas nesse último mês. Isso já nos basta por enquanto. Não faz sentido ficar forçando até arrebentar.

— Parece excessivamente racional.

Ele riu.

— Você não pode julgar todos nós pelo padrão da Sylvie. Nem todo mundo é tão motivado.

— Pensei que motivação fizesse parte da coisa. Desarmador até o fim e tudo mais.

— É, é o que diz a música. — Uma careta irônica. — Eles vendem a ideia pros recrutas assim, e aí, claro, tem o software, que vai inclinando a pessoa ao excesso. É por isso que a taxa de mortalidade está nas alturas. Mas, no final, é apenas software. Uma mera programação, filho. Se deixa as conexões ditarem o que você vai fazer, que tipo de ser humano você é?

Fitei o horizonte escurecendo.

— Não sei.

— Precisa pensar além dessas coisas, rapaz. Precisa. Isso vai te matar se você não pensar.

Do outro lado de uma das cabines-bolha, alguém passou nas trevas que se espessavam e gritou alguma coisa em Faijap. Oishii sorriu e respondeu com outro grito. Risos matraquearam de um lado para outro. Atrás de nós, captei o cheiro de fumaça de madeira quando alguém acendeu uma fogueira. Era um acampamento padrão Desarmador — cabines temporárias infladas e endurecidas de material que se dissolveria tão depressa quanto surgiu, assim que fosse o momento de seguir em frente. Tirando paradas ocasionais em prédios abandonados como o posto de escuta quellista, eu vinha vivendo em circunstâncias similares com a equipe de Sylvie pela maior parte das últimas cinco semanas. Entretanto, havia uma calidez relaxada em torno de Oishii Eminescu que destoava da maioria dos Desarmadores com que eu me encontrara até então. Uma ausência do nervosismo de cão de corrida usual.

— Há quanto tempo você vem fazendo isso? — perguntei a ele.

— Ah, faz um tempo. Um pouco mais do que eu gostaria, mas...

Um dar de ombros. Assenti.

— Mas paga bem. Né?

Ele deu um sorriso amargo.

— É. Eu tenho um irmão mais novo estudando tecnologia de artefatos marcianos em Porto Fabril, meus pais estão quase precisando de capas novas que não poderão bancar. Do jeito que a economia está no momento, não há mais nada que eu possa fazer que pague o suficiente para cobrir as despesas. E do jeito que o Mecsek acabou com o sistema educacional e o sistema de pensão de capas, hoje em dia, se você não paga, fica sem nada.

— É, eles foderam bem com as coisas desde a última vez em que estive aqui.

— Esteve longe, hein?

Ele não forçou o assunto como Plex havia feito. Cortesia do Mundo de Harlan à moda antiga: se eu quisesse contar que tinha ficado preso em depósito, ele provavelmente imaginava que eu contaria em algum momento. E se eu não quisesse, bem, então não era da conta dele.

— É, cerca de trinta ou quarenta anos. Muitas mudanças.

Outro dar de ombros.

— Já estava rolando há mais tempo do que isso. Tudo o que os quellistas conseguiram aproveitar do regime original do Harlan, aqueles caras estão retirando desde então. Mecsek é só a fase final da palhaçada toda.

— *Este inimigo vocês não podem matar* — murmurei.

Ele assentiu e terminou a citação para mim.

— *Vocês podem só empurrá-lo de volta às profundezas, ferido, e ensinar seus filhos a vigiar as ondas para impedir que retorne.*

— Então acho que alguém não andou vigiando as ondas com muito cuidado.

— Não é isso, Micky. — Ele olhava para a luz que se findava no ocidente, os braços cruzados. — Os tempos mudaram desde que ela esteve por aqui, só isso. Qual é o sentido de derrubar um regime das Primeiras Famílias, aqui ou em qualquer outro lugar, se o Protetorado simplesmente entra e descarrega os Emissários em cima de você como recompensa?

— Nisso você tem razão.

Ele sorriu de novo, mais humor real dessa vez.

— Rapaz, não é que eu *tenha razão.* Isso *é a razão.* É a única grande diferença entre aquela época e agora. Se o Corpo de Emissários tivesse existido durante a Descolonização, o quellismo teria durado cerca de seis meses. Não dá pra lutar com aqueles filhos da puta.

— Eles foram derrotados em Innenin.

— Sim, e quantas vezes foram derrotados desde então? Innenin foi um lapso, uma piscadinha no radar, só isso.

A memória rugiu brevemente dentro de mim. *Jimmy de Soto gritando e arranhando as ruínas de seu rosto com dedos que já tinham arrancado um olho e pareciam prestes a arrancar o outro se eu não...*

Reprimi aquilo.

Um lapso. Piscadinha no radar.

— Talvez você tenha razão — falei.

— Talvez eu tenha — concordou ele, baixinho.

Ficamos por algum tempo em silêncio depois disso, assistindo o escuro chegar. O céu havia limpado o bastante para mostrar uma Daikoku minguante espetada nas montanhas ao norte e uma Markanon cheia, mas distante como uma moeda de cobre jogada para o alto sobre nossas cabeças. A inchada Hotei ainda jazia abaixo do horizonte a oeste. Atrás de nós, a fogueira se consolidava. Nossas sombras se moldavam em solidez em meio ao brilho vermelho bruxuleante

Quando começou a fazer calor demais para continuar ali com conforto, Oishii ofereceu uma desculpa rebuscada e se afastou. Eu suportei o calor às minhas costas por outro minuto depois da partida dele, então me virei e fitei as chamas, os olhos semicerrados. Alguns membros da equipe de Oishii se agachavam do lado oposto da fogueira, esquentando as mãos. Figuras ondulantes e indistintas no ar aquecido e na escuridão. Tons baixos de conversação. Nenhum deles olhou para mim. Difícil dizer se era cortesia à moda antiga, como a de Oishii, ou apenas a panelinha comum aos Desarmadores.

Que diabos você tá fazendo aqui fora, Kovacs?

Sempre as perguntas mais fáceis.

Saí de perto da fogueira e voltei às cabines-bolha para o ponto onde havíamos plantado as nossas três, diplomaticamente separadas das do pessoal de Oishii. O frio imperturbado em meu rosto e minhas mãos conforme a pele percebia a súbita ausência de calor. O brilho lunar nas cabines as deixava parecidas com golfinhos-costas-de-garrafa em um mar de grama. Quando cheguei naquela em que Sylvie estava deitada, notei uma luz mais forte se derramando em torno da aba fechada. As outras estavam escuras. Ao lado dela, dois módulos estacionados em ângulos sobre as escoras, equipamento de condução e suportes de armas se ramificavam contra o céu. O terceiro módulo tinha sumido.

Toquei a campainha, abri a aba e entrei. No interior, Jadwiga e Kiyoka se separaram num pulo, levantando-se de um emaranhado de cobertas. Do lado oposto, ao lado de uma luminária de ilumínio abafada, Sylvie jazia como um cadáver em seu saco de dormir, o cabelo afastado cuidadosamente do rosto. Um aquecedor portátil cintilava a seus pés. Não tinha mais ninguém na cabine.

— Cadê o Orr?

— Não tá aqui. — Jad arrumou as roupas, contrariada. — Você podia ter batido, Micky. Porra.

— Eu bati.

— Certo, você podia ter batido *e esperado,* então, caralho.

— Desculpe, não era isso o que eu esperava. E então, cadê o Orr?

Kiyoka agitou um braço.

— Saiu no módulo com Lazlo. Eles se ofereceram para vigiar o perímetro. Precisamos demonstrar disposição, foi o que pensamos. Esse pessoal vai nos carregar para casa amanhã.

— Então por que vocês não usaram uma das outras cabines?

Jadwiga olhou para Sylvie do outro lado.

— Porque alguém precisa ficar de vigia aqui também — disse ela, baixinho.

— Eu fico.

As duas me olharam por um momento, inseguras, depois olharam uma para a outra. Em seguida, Kiyoka balançou a cabeça.

— Não podemos. Orr nos mataria.

— Orr não está aqui.

Outra troca de olhares.

— É, foda-se, por que não? — Ela se levantou. — Vamos, Ki. A troca de vigia é só daqui a quatro horas. Orr nem vai ficar sabendo.

Kiyoka hesitou. Ela se inclinou sobre Sylvie e colocou a mão na testa dela.

— Tudo bem, mas se alguma coisa...

— Sim, eu te chamo. Vá, dê o fora daqui.

— É, Ki... *vamos.* — Jadwiga insistiu, convidando a outra para a aba. Enquanto as duas saíam, ela fez uma pausa e sorriu para mim. — E, Micky? Eu vi o jeito como você olha para ela. Sem cutucar e investigar, tá? Nada de apertar as frutas. Mantenha seus dedos longe de tortas que não te pertencem.

Sorri de volta.

— Vai se foder, Jad.

— Bem que você queria. Só nos seus sonhos, cara.

Kiyoka cochichou um *obrigada* mais convencional e elas se foram. Eu me sentei ao lado de Sylvie e a encarei em silêncio. Depois de alguns momentos, estendi a mão e afaguei sua testa em um eco do gesto de Kiyoka. Ela não se mexeu. Sua pele estava quente e seca como papel.

— Vamos, Sylvie. Saia daí.

Nenhuma resposta.

Recolhi a mão e encarei a mulher mais algum tempo.

Que porra você tá fazendo aqui, Kovacs?

Ela não é Sarah. Sarah se foi. Que porra você tá...

Ah, cala a boca.

Não que eu tenha alguma escolha, né?

A lembrança dos momentos finais no Corvo de Tóquio veio e demoliu essa questão. A segurança da mesa com Plex, o anonimato afetuoso e a promessa de uma passagem de saída amanhã — eu me lembrei de me levantar e deixar tudo isso para trás, como se respondendo a um canto de sereia. Indo para o sangue e a fúria do combate.

Em retrospecto, foi um momento tão cheio de articulações, tão carregado de implicações de um destino volúvel, que deveria ter rangido para mim quando me mexi para vivê-lo.

Em retrospecto, eles sempre são.

Tenho que dizer, Micky, eu gosto de você. A voz dela estava borrada pela madrugada e pelas drogas. A manhã se esgueirava sobre nós de algum ponto além das janelas do apartamento. *Não sei dizer o porquê. Mas é. Eu gosto de você.*

Que bom.

Mas não é o bastante.

As palmas e os dedos de minhas mãos coçavam de leve, a programação genética ansiando por uma superfície áspera para agarrar e escalar. Eu tinha notado isso havia algum tempo nessa capa; a sensação ia e vinha, mas se manifestava principalmente em momentos de estresse e inatividade. Uma pequena irritação, parte do inevitável com o download. Mesmo uma capa recém-clonada vem com uma história. Cerrei os punhos algumas vezes, pus uma das mãos no bolso e encontrei os cartuchos corticais. Eles clicaram sob meus dedos, escorregadios, reunidos na palma da minha mão com o peso liso de componentes de valor elevado e Yukio Hirayasu e seu capanga acrescentados à coleção.

Ao longo da trilha levemente maníaca de busca e destruição que tínhamos talhado pela Insegura no último mês, eu havia encontrado tempo para limpar meus troféus com químicas e um limpador de placa de circuito. Quando abri minha mão sob a luz de ilumínio, eles cintilaram, todos os traços de osso e tecido removidos. Meia dúzia de cilindros metálicos brilhantes como seções fatiadas a laser de um implemento elegante de escrita, sua perfeição maculada apenas pelas minúsculas pontas de microconectores de filamentos em uma extremidade. O cartucho de Yukio se destacava entre os outros —

uma faixa amarela precisa em torno dele bem na metade, gravada com o código de hardware do fabricante. Mercadoria de grife. Típico.

Os outros, inclusive o capanga da yakuza, eram produtos padrão, instalados pelo governo. Sem marcas visíveis, por isso eu havia embrulhado o yakuza cuidadosamente em uma fita isolante preta para distingui-lo dos que eu retirara na fortaleza. Eu queria poder diferenciá-los. O sujeito não tinha nenhum valor de barganha como Yukio, mas eu não via motivos para despachar um gângster comum para o lugar aonde estava levando os padres. Eu não tinha certeza do que faria com ele, mas, no último momento, algo em mim se revoltou ante a minha própria sugestão a Sylvie para jogá-lo no Mar Andrassy.

Eu coloquei os dois de volta no meu bolso, olhei para os outros quatro reunidos na palma da minha mão e pensei.

Isso é o suficiente?

Certa vez, em outro mundo em volta de uma estrela que não se pode ver a partir do Mundo de Harlan, conheci um cara que ganhava a vida comercializando cartuchos corticais. Ele comprava e vendia por peso, medindo as vidas contidas como montes de temperos ou pedras semipreciosas, algo que as condições políticas locais tinham conspirado para que fosse muito lucrativo. Para assustar a concorrência, ele se moldou como uma versão local da Morte personificada e, embora a representação fosse exagerada, tinha ficado em minha memória.

Eu me perguntei o que ele pensaria se pudesse me ver agora.

Isso é...

Uma mão se fechou no meu braço.

O susto saltou por mim como uma corrente elétrica. Meu punho se fechou em torno dos cartuchos. Fitei a mulher à minha frente, agora apoiada no saco de dormir sobre um cotovelo, o desespero lutando com os músculos de seu rosto. Não havia nenhum sinal de reconhecimento em seus olhos. Seus dedos no meu braço apertavam como uma máquina.

— Você — disse ela, em japonês, e tossiu. — Me ajuda. *Me ajuda.*

Não era a voz dela.

CAPÍTULO 11

Havia neve no céu quando chegamos às colinas que davam para Drava. Flocos visíveis a intervalos e a mordida onipresente deles no ar entre eles. As ruas e o topo dos prédios na cidade lá embaixo pareciam polvilhados de inseticida e uma nuvem espessa se amontoava a leste com a promessa de mais. Em um dos canais gerais, um drone de disseminação pró-governo emitia alertas de micronevascas e culpava os quellistas pelo mau tempo. Quando entramos na cidade e nas ruas despedaçadas por explosões, encontramos geada em tudo e poças de água da chuva já congeladas. Em meio aos flocos de neve, pairava um silêncio inquietante.

— Feliz Natal, porra — resmungou alguém da equipe de Oishii.

Risos, mas não muitos. O silêncio era avassalador, os ossos descarnados de Drava, lúgubre demais.

Passamos por sistemas de sentinela recém-instalados na entrada, a reação de Kurumaya à incursão de cooperativas seis semanas atrás. Tratavam-se de armas robôs de foco único, muito abaixo do limite de inteligência para máquinas permitido sob a carta Desarmadora. Ainda assim, Sylvie se encolheu enquanto Orr guiava o módulo por cada silhueta agachada e, quando um deles se dobrou, endireitando-se levemente e repassando nossas identificações uma segunda vez, com um chilrear curto, ela desviou seu olhar vazio e escondeu o rosto contra o ombro do gigante.

A febre não tinha cedido, apenas retrocedido como a maré, deixando-a exposta e úmida de suor. E no limite distante do terreno que ela cedera, minúscula e quase inaudível, ainda dava para ver como as ondas se chocavam. Dava quase para adivinhar o rugido minúsculo que ainda deviam estar emitindo nas veias das têmporas dela.

Não tinha acabado. Nem de longe.

Atravessamos as ruas emaranhadas e abandonadas da cidade. À medida que nos aproximávamos da base, os sentidos refinados da minha nova capa captaram o cheiro leve do mar sob o frio. Uma mistura de sais e vários traços orgânicos, o travo sempre presente de belalga e o fedor plástico incisivo dos produtos químicos derramados pela superfície do estuário. Percebi pela primeira vez o quanto o sistema olfativo da capa sintética era mínimo — nada disso tinha chegado a mim na jornada vinda de Tekitomura.

As defesas da base despertaram quando chegamos. Blocos aranha se agitaram de lado; os cabos de alta tensão recuaram. Sylvie encolheu os ombros ao passarmos entre eles, abaixou a cabeça e estremeceu. Até seu cabelo pareceu encolher.

Superexposição, foi a opinião do médico da equipe de Oishii, espremendo os olhos para seu kit de imagem enquanto Sylvie jazia, imóvel e impaciente, sob o escâner. *Você ainda não está fora de perigo. Eu recomendaria uns meses de descanso em algum lugar mais quente e civilizado. Porto Fabril, talvez. Vá até uma clínica de conexão, faça um checkup completo.*

Ela ferveu de raiva. *Uns meses? Porto Fabril? Mas que caralho?*

O médico Desarmador, desinteressado, deu de ombros. *Ou você vai dar branco de novo. No mínimo, você precisa voltar para Tekitomura e ser examinada em busca de traços virais. Não dá para sair para brincar nesse estado.*

O resto dos Escorregadios concordou. Apesar do súbito retorno de Sylvie à consciência, o plano era voltar.

Torrar um pouco do crédito acumulado, disse Jadwiga, sorrindo. *Festejar. Vida noturna de Tek'to, aqui vamos nós!*

O portão da base se abriu para nós, trepidando, e entramos no complexo. Em comparação com a última vez que eu o vira, o local parecia quase deserto. Algumas silhuetas esparsas vagavam entre as cabines-bolha, carregando equipamento. Estava frio demais para qualquer outra coisa. Um par de pipas de vigilância esvoaçava loucamente do mastro de comunicação, soprado pelo vento e pela neve. Parecia que o resto tinha sido retirado em antecipação às nevascas. Visível acima do topo das cabines, a superestrutura de um grande hovercargueiro aparecia no cais coberta de neve, mas as gruas que a serviam estavam paradas. Havia um senso de desolação e retração pelo acampamento.

— É melhor ir falar com Kurumaya agora mesmo — disse Oishii, desmontando de seu módulo surrado individual enquanto o portão tornava a descer. Ele olhou ao redor para sua equipe e a nossa. — Procurar algumas camas. Meu palpite é de que não vai haver muito espaço. Não imagino que nenhum dos que chegaram hoje vá se mobilizar até que esse tempo melhore. Sylvie?

Sylvie puxou o casaco mais para junto de seu corpo. Seu rosto estava exausto. Ela não queria conversar com Kurumaya.

— Eu vou, capitã — ofereceu Lazlo. Ele se apoiou no meu ombro desajeitadamente com o braço intacto e desceu do módulo que estávamos compartilhando. Neve congelada estalou sob seus pés. — O resto de vocês pode ir tomar um café ou algo assim.

— Legal — disse Jadwiga. — E não deixe o velho Shig perguntar demais, Las. Se ele não gostar da nossa história, ele que se foda.

— Tá, eu vou falar isso para ele. — Lazlo revirou os olhos. — Nem a pau. Ei, Micky, quer ir comigo e me dar um apoio moral?

Pisquei, surpreso.

— Hum, tá. Claro. Ki, Jad, uma de vocês pode levar o módulo?

Kiyoka deslizou de seu banco e se aproximou. Lazlo se juntou a Oishii e olhou para mim. Inclinou a cabeça na direção do centro do acampamento.

— Vamos lá, então. Vamos acabar logo com isso.

Kurumaya, talvez previsivelmente, não ficou nada feliz em ver membros da equipe de Sylvie. Ele fez nós dois esperarmos em uma câmara externa mal aquecida na cabine de comando enquanto processava Oishii e alocava boletos. Cadeiras plásticas baratas estavam empilhadas ao longo das divisórias e uma tela montada no canto da parede dava a cobertura global do noticiário em um volume de pano de fundo. Uma mesa baixa continha uma bobina de dados de acesso livre para os viciados em informações, um cinzeiro para idiotas. Nossa respiração formava nuvens tênues no ar.

— E então, sobre o que você queria falar comigo? — perguntei a Lazlo, soprando em minhas mãos.

— Como é?

— Ah, vá. Você precisa de apoio moral como Jad e Ki precisam de um pau. O que tá pegando?

Um sorriso brotou no rosto dele.

— Bem, sabe, eu sempre me pergunto sobre aquelas duas. É o tipo de coisa que dá pra manter um cara acordado à noite.

— Las.

— Tá bom, tá bom. — Ele apoiou o cotovelo bom na cadeira, botou os pés sobre a mesa baixa. — Você tava lá com a Sylvie quando ela acordou, certo?

— Certo.

— O que ela te disse? De verdade.

Eu me movi para olhar para ele.

— O que eu contei pra vocês todos ontem à noite. Nada de mais. Pediu ajuda. Chamou pessoas que não estavam lá. Bobagem. Ela estava delirante na maior parte do tempo.

— Tá. — Ele abriu a mão e examinou a palma como se pudesse ser um mapa de alguma coisa. — Sabe, Micky, eu sou um improvisador. Um improvisador líder. Eu me mantenho vivo reparando em coisas periféricas. E o que notei, perifericamente, é que você não olha para a Sylvie como costumava olhar.

— É mesmo? — mantive meu tom calmo.

— É mesmo. Até a noite passada, quando você olhava para ela, era como se estivesse faminto e achasse que ela talvez tivesse um gosto bom. Agora, bem... — Ele se virou para sustentar meu olhar. — Você perdeu o apetite.

— Ela não tá bem, Las. Eu não me sinto atraído por doença.

Ele balançou a cabeça.

— Não bate. Ela estava doente desde o serviço no posto de escuta, mas você ainda tinha aquela fome. Mais suave, talvez, mas ainda estava lá. Agora, olha para ela como se estivesse esperando algo acontecer. Como se ela fosse algum tipo de bomba.

— Estou preocupado com ela. Como todos os outros.

E sob essas palavras, o pensamento correu como uma termoclina. *Então reparar nessas coisas te mantém vivo, é, Las? Bom, só para você saber, conversar sobre isso desse jeito provavelmente vai te matar. Sob outras circunstâncias comigo, já teria matado.*

Nós nos sentamos lado a lado em um silêncio breve. Ele assentiu para si mesmo.

— Não vai me contar, né?

— Não há nada para contar, Las.

Mais silêncio. Na tela, os noticiários continuavam. Morte acidental (cartucho recuperável) de algum herdeiro menor de Harlan no distrito do cais de Porto Fabril, um furacão se formando no Golfo de Kossuth, Mecsek prevê corte nos gastos com saúde pública até o final do ano. Assisti sem interesse.

— Olha, Micky. — Lazlo hesitou. — Eu não tô dizendo que confio em você, porque não confio. Mas não sou o Orr. Não tenho ciúme da Sylvie. Para mim, sabe, ela é a capitã e só. E eu confio em você para cuidar dela.

— Obrigado — falei, seco. — E a que eu devo essa honra?

— Ah, ela me contou um pouco sobre como vocês se conheceram. Os Barbas e tudo mais. O bastante para entender que...

A porta se dobrou e Oishii emergiu. Ele sorriu e apontou o polegar para a direção de onde tinha vindo.

— Todo seu. Vejo vocês no bar.

Entramos. Eu nunca descobri o que Lazlo tinha entendido ou o quanto ele podia estar distante da verdade.

Shigeo Kurumaya estava em sua escrivaninha, sentado. Ele nos observou entrar sem se levantar, o rosto indecifrável e o corpo travado em uma imobilidade que telegrafava sua raiva tão claramente quanto um grito. À moda antiga. Atrás dele, um holo dava a ilusão de uma alcova na parede da cabine onde as sombras e a luz da lua se arrastavam de um lado para outro sobre um rolo quase invisível. Na mesa, a bobina de dados estava junto a seu cotovelo, lançando estampas tempestuosas de luz colorida sobre a superfície de trabalho impecável.

— Oshima está doente? — perguntou ele, sem emoção.

— Sim, ela pegou alguma coisa de um agrupamento cooperado no planalto. — Lazlo coçou a orelha e olhou ao redor para a câmara vazia. — Não tem muita coisa acontecendo por aqui, né? Tudo travado para a micronevasca?

— O planalto. — Kurumaya não seria distraído. — Quase setecentos quilômetros ao norte de onde vocês concordaram em operar. De onde vocês foram *contratados* para fazer a faxina.

Lazlo deu de ombros.

— Bom, olha, isso foi uma decisão da capitã. Você teria que...

— Vocês estavam sob contrato. Mais importante, sob a obrigação. Vocês deviam *giri* para a base e para mim.

— Nós ficamos sob fogo, Kurumaya-san. — A mentira saiu com a lisura dos Emissários. Um rápido deleite enquanto o condicionamento para dominância levantava voo; já fazia um tempinho que eu não fazia isso. — Depois da emboscada no templo, nosso software de comando foi comprometido, nós sofremos danos orgânicos graves em mim mesmo e em outro membro da equipe. Estávamos fugindo às cegas.

O silêncio se abriu na esteira das minhas palavras. Ao meu lado, Lazlo se remexeu com algo que queria dizer. Eu lhe lancei um olhar de alerta e ele parou. Os olhos do comandante da base passaram entre nós dois e finalmente se assentaram sobre meu rosto.

— Você é Acaso?

— Sim.

— O novo recruta. Você se oferece como porta-voz?

Identifique o ponto de pressão, persiga-o.

— Eu também devo *giri* nessa circunstância, Kurumaya-san. Sem o apoio de meus companheiros, teria morrido e sido desmembrado pelos karakuris em Drava. Em vez disso, eles me carregaram para fora de lá e encontraram um novo corpo para mim.

— Sim. Estou vendo. — Kurumaya abaixou a cabeça para sua mesa por um instante e depois retornou para mim. — Muito bem. Até aqui, vocês não me contaram mais do que o relatório que sua equipe transmitiu da Insegura, que é mínimo. Poderia me explicar, por favor, por que, fugindo às cegas como vocês estavam, escolheram não voltar à base?

Isso era mais fácil. Nós tínhamos conversado em torno de fogueiras na Insegura por mais de um mês, refinando a mentira.

— Nossos sistemas estavam embaralhados, mas ainda funcionavam parcialmente. Eles indicavam atividade de mementas atrás de nós, impossibilitando uma retirada.

— E, portanto, presumivelmente ameaçavam os varredores que vocês tinham jurado proteger. Porém não fizeram nada para ajudá-los.

— Deus do céu, Shig, nós estávamos *cegos*, caralho!

O comandante da base voltou o olhar para Lazlo.

— Eu não pedi sua interpretação dos eventos. Fique calado.

— Mas...

— Nós recuamos para o nordeste — falei, com outro olhar de aviso para o improvisador ao meu lado. — Até onde sabíamos, era uma área segura. E continuamos nos movendo até o software de comando ficar on-line de novo. A essa altura, estávamos quase fora da cidade, e eu estava morrendo de hemorragia. Da Jadwiga, tínhamos só o cartucho cortical. Por motivos óbvios, tomamos a decisão de entrar na Insegura e localizar um bunker previamente mapeado e identificado com instalações de banco de clonagem e recapeamento. Como o senhor sabe pelo relatório.

— Nós? Você esteve envolvido nessa decisão?

— Eu estava morrendo de hemorragia — repeti.

O olhar de Kurumaya voltou-se para baixo de novo.

— Você talvez se interesse em saber que, após a emboscada descrita por vocês, não houve mais nenhum avistamento de atividade mementa naquela área.

— Sim, isso porque nós derrubamos a casa em cima delas — disparou Lazlo. — Vá desencavar aquele templo e você vai encontrar os pedaços. Tirando duas que tivemos que lutar mano a mano em um túnel na saída.

Outra vez, Kurumaya brindou o improvisador com um olhar frio.

— Não houve tempo nem pessoal para escavar. Sensores remotos indicam traços de máquinas no interior das ruínas, mas a explosão que vocês detonaram convenientemente obliterou a maior parte da estrutura no nível inferior. Se houvesse...

— *Se? Se*, caralho?

— ...mementas, como vocês afirmam, elas teriam sido vaporizadas. As duas no túnel foram encontradas, e parecem corroborar a história que vocês nos transmitiram quando se retiraram em segurança para a Insegura. No meio-tempo, vocês também podem estar interessados em saber que os varredores que deixaram para trás *encontraram, sim,* ninhos de karakuris várias horas depois, dois quilômetros mais a oeste. Na supressão que se seguiu, houve 27 mortes. Nove delas reais, cartuchos irrecuperáveis.

— Isso é uma tragédia — falei, sem emoção. — Mas não teríamos sido capazes de evitá-la. Se tivéssemos retornado com nossos feridos e nossos sistemas de comando danificados, teríamos sido apenas um fardo. Sob as circunstâncias, procuramos uma forma de voltar à plena força operacional o mais rápido possível.

— Sim. O relatório diz isso.

Ele refletiu por alguns instantes. Lancei outro olhar a Lazlo, caso ele estivesse prestes a abrir a boca de novo. Os olhos de Kurumaya se levantaram para encontrar os meus.

— Muito bem. Vocês estão acantonados junto com a equipe de Eminescu, por enquanto. Vou mandar um médico de software examinar Oshima, e vocês serão cobrados por isso. Se a condição dela for estável, haverá uma investigação completa sobre o incidente no templo, assim que o tempo melhorar.

— Como é? — Lazlo deu um passo adiante. — Você espera que a gente fique por aqui enquanto desenterra aquela bagunça? De jeito nenhum, caralho. Nós vamos dar no pé. De volta para Tek'to naquela porra de cargueiro ali.

— Las...

— Eu não *espero* que vocês fiquem em Drava, não. Eu estou ordenando que fiquem. Há uma hierarquia aqui, gostem disso ou não. Se tentarem embarcar no *Aurora Daikoku,* serão impedidos. — Kurumaya franziu a testa. — Eu preferiria não ser tão direto, mas, se me forçarem a isso, farei com que sejam confinados.

— Confinados? — Por alguns segundos, foi como se Lazlo nunca tivesse ouvido essa palavra antes e esperasse que o cabeça de comando lhe explicasse o significado. — Porra, *confinados?* Nós acabamos com cinco coops no último mês, mais de uma dúzia de mementas autônomas, deixamos seguro um bunker inteiro de hardware pesado, e *esse* é o agradecimento que recebemos na volta?

Nesse momento ele soltou um ganido e tropeçou para trás, a mão aberta sobre um dos olhos como se Kurumaya tivesse acabado de cutucá-lo ali. O cabeça de comando se levantou atrás da escrivaninha. Sua voz sibilava com uma fúria subitamente ilimitada.

— Não. Isso é o que acontece quando não posso mais confiar nas equipes pelas quais sou responsável. — Ele lançou um olhar para mim. — Você. Acaso. Tire-o daqui e repasse minhas instruções para o resto de seus companheiros. Espero não ter essa conversa de novo. Dêem o fora, vocês dois.

Las ainda estava com a mão em um dos olhos. Eu coloquei uma das mãos em seu ombro para guiá-lo para fora e ele se desvencilhou com uma sacudida raivosa. Resmungando, ergueu um dedo trêmulo para apontar para Kurumaya, depois pareceu pensar melhor e deu meia-volta, alcançando a porta a passos largos.

Eu o segui. Na porta, voltei-me para olhar para o cabeça de comando. Era difícil ler qualquer coisa no rosto retesado, mas pensei ter captado um bafejo vindo dele, mesmo assim — fúria ante a desobediência, mas pior, remorso ante o fracasso em controlar tanto a situação quanto a si mesmo. Repulsa pelo modo como as coisas tinham degringolado, na cabine de comando, bem aqui e agora, e talvez no clima de salve-se quem puder de toda a Iniciativa Mecsek. Repulsa, podia até ser, pela forma como as coisas estavam rolando para todo o maldito planeta.

À moda antiga.

Comprei um drinque para Las no bar e fiquei escutando enquanto ele xingava Kurumaya de merda intransigente do caralho, depois fui procurar os outros. Eu o deixei em boa companhia — o lugar estava lotado de Desarmadores irritados saídos do *Aurora Daikoku,* reclamando em alta voz sobre o tempo e o subsequente entrave à mobilização. Jazz antiquado de carregamento rápido formava um pano de fundo adequadamente estridente e, por piedade, despido do DJ de disseminação que eu viera a associar ao ritmo ao longo do último mês. Fumaça e ruído enchiam a cabine-bolha até o teto.

Encontrei Jadwiga e Kiyoka sentadas em um canto, mergulhadas profundamente nos olhos uma da outra e em uma conversa que parecia um tanto intensa para que eu tentasse me juntar. Jad me disse, impaciente, que Orr tinha ficado com Sylvie na cabine de acomodação e que Oishii estava por ali em algum lugar, talvez no bar, conversando com alguém da última vez que ela o vira, em algum ponto na direção que seu braço indicava vagamente. Captei as múltiplas insinuações e deixei as duas em paz.

Oishii não estava de fato na direção que Jadwiga apontara, mas estava no bar e conversava com um par de outros Desarmadores, dos quais apenas um eu reconheci como pertencendo à equipe dele. Ele me recebeu com um sorriso e um copo levantado. A voz se ergueu acima do ruído:

— Sofreu um interrogatório, não foi?

— Tipo isso. — Ergui minha mão para chamar a atenção atrás do bar. — Tive a impressão de que os Escorregadios de Sylvie vêm forçando a amizade faz um tempo. Quer um refil?

Oishii olhou ponderadamente para o nível de sua bebida.

— Não, tô bem. Forçando a amizade... é, tipo isso. Não é a equipe mais voltada para o bem comum, vou te contar. Ainda assim, eles estão quase sempre no topo das paradas. Dá para viver disso por algum tempo, mesmo com um cara como o Kurumaya.

— É bom ter reputação.

— Sim, o que me lembra: tem alguém te procurando.

— Ah, é? — Ele estava olhando nos meus olhos enquanto me dizia isso. Sufoquei a reação e ergui uma sobrancelha para combinar com o interesse estudadamente casual em minha voz. Pedi um single malt de Porto Fabril ao barman e me voltei para Oishii. — Te deram um nome?

— Não fui eu quem falou com ele. — O cabeça de comando assentiu para seu companheiro que não pertencia à equipe. — Este é o Simi, improvisador líder dos Interruptores. Simi, aquele cara que tava perguntando sobre a Sylvie e o recruta novo, você pegou o nome?

Simi estreitou os olhos por um momento, franzindo o cenho. Então sua expressão clareou e ele estalou os dedos.

— É, peguei sim. Kovacs. Ele disse que o nome dele era Kovacs.

CAPÍTULO 12

Tudo pareceu parar.

Foi como se todo o barulho no bar tivesse sido abruptamente congelado em sedimentos árticos em meus ouvidos. A fumaça parou de se mover; a pressão das pessoas atrás de mim pareceu retroceder. Foi uma reação de choque que eu não tivera até então com a capa Eishundo, mesmo quando travei combate com as mementas. Do outro lado do silêncio onírico do momento, vi Oishii me observando com atenção e ergui o copo aos meus lábios no piloto automático. O single malt desceu queimando, e, quando o calor atingiu o fundo do meu estômago, o mundo voltou a girar, tão de repente quanto havia parado. A música, o ruído, o aperto movimentado das pessoas ao meu redor.

— Kovacs — falei. — É mesmo?

— Você o conhece? — perguntou Simi.

— Já ouvi falar. — Não fazia sentido contar uma mentira completa. Não com o jeito como Oishii estava observando. Beberiquei de novo. — Ele mencionou o que queria com a gente?

— Nah. — Simi balançou a cabeça, claramente não muito interessado. — Ele estava só perguntando por você, se tinha saído com os Escorregadios. Faz uns dois dias, então falei para ele que sim, vocês todos estavam na Insegura. Ele...

— Ele... — Eu me interrompi. — Desculpe, você dizia?

— Ele parecia bastante preocupado em falar com você. Persuadiu alguém, acho que foi o Anton e a Gangue do Crânio, a levá-lo até a Insegura para dar uma olhada. Então você conhece esse cara, é? Ele é problema pra você?

— Bem, claro — disse Oishii, baixinho —, pode também não ser o mesmo Kovacs que *você* conhece. É um nome bem comum.

— Tem isso — admiti.

— Mas você acha que é?

Dei de ombros.

— Parece que sim. Ele está procurando por mim, ouvi falar dele. O mais provável é que seja o mesmo sujeito.

Simi e o colega de equipe de Oishii assentiram de um jeito bêbado, indiferente. Já Oishii pareceu ainda mais intrigado.

— E o que você ouviu falar dele, desse tal Kovacs?

Dessa vez foi mais fácil dar de ombros.

— Nada de bom.

— É — concordou Simi, efusivo. — Isso é verdade. Me pareceu um psicopata daqueles.

— Ele veio sozinho? — perguntei.

— Nah, tava acompanhado por toda uma equipe de executores. Cerca de quatro ou cinco. Galera com sotaque de Porto Fabril.

Meu Deus. Então isso não era mais uma questão regional. Tanaseda estava cumprindo aquela promessa. *Um decreto global pela sua captura.* E de onde esses caras teriam desenterrado...?

Você não tem certeza disso. Não ainda.

Ah, fala sério. Tem que ser isso. Por que mais usar o nome? Isso parece o senso de humor de quem para você?

A menos que...

— Simi, escuta. Ele não mencionou o nome, por acaso, mencionou?

Simi piscou, pensando.

— Não sei, qual é o seu nome?

— Certo. Deixa pra lá.

— O cara estava perguntando da Sylvie — explicou Oishii. — O nome dela ele sabia. Conhecia os Escorregadios, pelo visto. Mas ele parecia mais interessado era em um tal novo recruta que a Sylvie pudesse ter na equipe. E desse nome ele não tinha certeza. Não foi, Simi?

— Tipo isso, sim. — Simi olhou para o fundo de seu copo vazio. Gesticulei para o barman e pedi para encher os copos de todos.

— Então. Esses caras de Porto Fabril. Acha que algum deles ainda está por aqui?

Simi apertou os lábios.

— Pode ser. Não sei, não vi a Gangue do Crânio sair, não sei quanto peso extra eles levaram.

— Mas faria sentido — disse Oishii, baixinho. — Se esse Kovacs fez o dever de casa, vai saber o quanto é difícil rastrear movimentação na Insegura. Faria sentido deixar uns dois caras para trás, para o caso de você voltar. — Ele fez uma pausa, observando meu rosto. — E para transmitir as novidades por feixe de agulha, assim que acontecesse.

— É. — Sequei meu copo e estremeci de leve. Fiquei de pé. — Acho que preciso conversar com meus colegas de equipe. Se vocês me derem licença, cavalheiros.

Abri caminho pela multidão até alcançar o canto de Jadwiga e Kiyoka outra vez. Elas tinham se enrolado em torno uma da outra em um enlace boca a boca, indiferentes ao entorno. Deslizei para a cadeira perto delas e cutuquei Jadwiga no ombro.

— Parem com isso, vocês duas. Estamos com problemas.

— Bom — disse Orr. — Acho que tudo isso aí é baboseira.

— Jura mesmo? — Eu mantive o controle do meu temperamento com esforço, desejando ter optado pelo efeito total da persuasão de Emissário em vez de confiar nos meus colegas Desarmadores para tomarem as decisões por meio das próprias faculdades. — É da yakuza que estamos falando aqui.

— Você não tem certeza disso.

— Faça as contas. Seis semanas atrás, fomos coletivamente responsáveis pela morte do filho de alguém do alto escalão da yakuza e seus dois capangas. Agora, tem alguém procurando a gente.

— Não. Tem alguém procurando *você*. Ainda precisamos confirmar se ele tá procurando o resto de nós.

— Escutem aqui. Todo mundo. — Um olhar inclusivo em torno do alojamento sem janelas que eles arranjaram para Sylvie. Uma cama de solteiro bem austera, armários embutidos nas paredes, uma cadeira em um canto. Com a cabeça de comando aninhada na cama e sua equipe de pé ao redor, era um espaço apertado e tenso. — Eles conhecem Sylvie, ligaram ela a mim. O colega do Oishii disse isso.

— Cara, nós deixamos aquele quarto mais limpo do que...

— Eu sei, mas não bastou. Eles têm testemunhas que viram nós dois, talvez vídeo periférico ou alguma outra coisa. O negócio é que eu conheço esse Kovacs e, acreditem, se a gente enrolar aqui até ele nos alcançar, vocês vão descobrir que não importa muito se ele tá procurando por mim, pela Sylvie ou por nós dois. O cara é um ex-Emissário. Ele vai apagar todo mundo aqui, só para evitar complicação.

Aquele velho terror dos Emissários — Sylvie estava adormecida, derrubada pelas químicas de recuperação e por pura exaustão, e Orr estava empolgado demais pelo confronto, mas o resto deles se encolheu. Sob a frieza blindada de Desarmadores, eles tinham crescido com as histórias de horror de Adoración e Xária, como todo mundo. Os Emissários vinham e estraçalhavam o mundo. Não era tão simples assim, é claro; a verdade era muito mais complexa e, no fim das contas, muito pior. Mas quem nesse universo quer a verdade?

— E se a gente impedir isso logo de antemão? — perguntou Jadwiga. — A gente encontra os parceiros do Kovacs à espera na base e acaba com eles antes que possam transmitir informações.

— Provavelmente já foi, Jad. — Lazlo balançou a cabeça. — Nós já estamos aqui há algumas horas. Qualquer um que quisesse saber já sabe a esta altura.

Ganhando impulso. Continuei em silêncio e observei a coisa se desenrolar do jeito que eu queria. Kiyoka deu a opinião, franzindo a testa:

— De qualquer forma, não temos como encontrar esses filhos da puta. Sotaque de Porto Fabril e cara de durão são o padrão básico por aqui. No mínimo, precisaríamos analisar os bancos de dados da base e — ela indicou a silhueta de Sylvie em posição fetal — não estamos em condição de fazer isso.

— Mesmo com a Sylvie on-line, seríamos expulsos — disse Lazlo, lúgubre. — Do jeito que o Kurumaya está desconfiado, ele vai dar um pulo se a gente ligar uma escova de dente sequer na voltagem errada. Suponho que aquela coisa seja à prova de invasão.

Ele indicou o embaralhador de ressonância de espaço pessoal empoleirado sobre a cadeira. Kiyoka assentiu, levemente exausta, achei.

— Tecnologia de ponta, Las. De verdade. Comprei na Direto pra Rua da Reiko antes de embarcarmos. Micky, o negócio é: estamos virtualmente presos aqui. Você diz que esse Kovacs está vindo atrás da gente. O que sugere que a gente faça?

— Sugiro que eu saia daqui esta noite no *Aurora Daikoku* e que leve a Sylvie comigo.

O silêncio abalou o quarto. Rastreei olhares, analisei emoções, estimei para onde se dirigiam.

Orr rolou a cabeça sobre o pescoço, como um lutador se aquecendo.

— Você — disse ele, muito deliberadamente — pode ir se foder.

— Orr... — disse Kiyoka.

— De jeito nenhum, Ki, caralho. *Nem a pau* ele vai levar a Sylvie pra lugar nenhum. Não comigo aqui.

Jadwiga olhou para mim, estreitando os olhos.

— E o resto de nós, Micky? O que a gente deve fazer quando o Kovacs aparecer querendo sangue?

— Escondam-se — respondi a ela. — Cobrem alguns favores, coloquem-se fora de vista em algum lugar na base ou na Insegura com a equipe de outra pessoa, se puderem persuadir alguém. Merda, vocês podem até convencer o Kurumaya a prender vocês, se confiam nele para mantê-los a salvo.

— Ei, cabeça de merda, podemos fazer tudo isso sem entregar a Sylvie para vo...

— Podem mesmo, Orr? — Sustentei o olhar do gigante. — *Podem mesmo?* Conseguem voltar para a Insegura com a Sylvie do jeito que está agora? Quem vai carregá-la por lá? Que equipe? Que equipe pode se dar ao luxo do peso morto?

— Ele tem razão, Orr. — Lazlo deu de ombros. — Nem mesmo Oishii vai voltar lá fora nessas condições.

Orr olhou ao seu redor, os olhos piscando encurralados.

— Podemos escondê-la aqui, no...

— Orr, você não está me escutando. O Kovacs vai despedaçar esse lugar para pegar a gente. *Eu conheço ele.*

— Kurumaya...

— Esquece. Ele vai passar por Kurumaya como fogo angelical, se precisar. Orr, tem uma única coisa que vai impedi-lo: saber que Sylvie e eu fomos embora. Porque aí ele não vai ter tempo de ficar enrolando, procurando o resto de vocês. Quando chegarmos a Tek'to, garantimos que a notícia chegue até Kurumaya, e quando Kovacs chegar aqui já vai ser de conhecimento comum na base que nós demos no pé. Isso vai ser suficiente para mandá-lo para fora daqui no próximo cargueiro.

Mais silêncio, dessa vez como uma contagem regressiva. Observei enquanto eles compravam a ideia, um por um.

— Faz sentido, Orr. — Kiyoka deu um tapinha no ombro do gigante. — Não é legal, mas faz sentido.

— Pelo menos assim a capitã fica fora da linha de fogo.

Orr se agitou.

— Eu não acredito em vocês, porra. Vocês não conseguem ver que ele tá tentando assustar *todo mundo*?

— É, ele *tá conseguindo* me assustar — disparou Lazlo. — A Sylvie tá fora de combate. Se a yakuza tá contratando Emissários, estamos em uma desvantagem fodida.

— Precisamos mantê-la a salvo, Orr. — Jadwiga encarava o chão como se cavar um túnel fosse uma boa saída. — E não podemos fazer isso aqui.

— Então eu também vou.

— Temo que isso não seja possível — falei, baixinho. — Imagino que Lazlo possa nos colocar em um dos lançadores de botes salva-vidas, como ele embarcou em Tek'to. Mas com o equipamento que você tá carregando, se a fonte de energia penetrar no casco sem autorização, você vai disparar todos os alarmes de vazamento do *Aurora Daikoku*.

Foi um palpite inspirado, um salto cego dos andaimes ligeiros de intuição de Emissário, mas me pareceu acertar na mosca. Os Escorregadios olharam uns para os outros, e finalmente Lazlo anuiu.

— Ele tem razão, Orr. De jeito nenhum eu conseguiria te colocar ali sem disparar nada.

O gigante de artilharia me encarou pelo que pareceu um longo tempo. Por fim, ele desviou o olhar para a mulher na cama.

— Se você a ferir de qualquer forma...

Suspirei.

— O melhor jeito que conheço para feri-la, Orr, é deixá-la aqui. O que não pretendo fazer. Então poupe a sua raiva para o Kovacs.

— É — disse Jadwiga, sombria. — E isso é uma promessa. Assim que Sylvie estiver de volta on-line, vamos pegar aquele filho da puta e...

— Admirável — concordei. — Mas um tanto prematuro. Planeje sua vingança mais tarde, tá bem? Agora, vamos nos concentrar apenas em sobreviver.

* * *

Claro, não foi tão simples assim.

Quando pressionado, Lazlo admitiu que a segurança em torno das rampas dos cargueiros em Kompcho era frouxa, beirando o risível. Na base de Drava, com ataques de mementas sendo um temor constante, as docas estariam bem fechadas, com contramedidas para invasão eletrônica.

— Então... — Eu tentei falar com uma calma paciente. — Você nunca fez esse negócio de entrar pela saída de botes salva-vidas em Drava?

— Bom, fiz, uma vez. — Lazlo coçou a orelha. — Mas tive um pouco de ajuda de Suki Bajuk para embaralhar.

Jadwiga riu.

— Aquela putinha!

— Ei, ciumenta! Ela é uma porra de uma boa comandante de Desarmadores. Mesmo chapada, ela lubrificou os códigos de entrada como...

— Não foi tudo o que ela lubrificou naquele fim de semana, pelo que eu ouvi falar.

— Cara, só porque ela não...

— Ela está *aqui*? — perguntei em voz alta. — Agora, na base?

Lazlo tornou a coçar a orelha.

— Não sei. Podemos checar, acho, mas...

— Vai levar um tempão — previu Kiyoka. — E no final das contas, ela pode não estar disposta a outra ensebada nos códigos, se descobrir do que se trata. Ajudar você a se divertir é uma coisa, Las. Contrariar o toque de recolher do Kurumaya pode não ter tanto apelo, sabe como é.

— Ela não precisa saber — disse Jadwiga.

— Não seja uma vaca, Jad. Eu não vou colocar a Suki na reta sem...

Pigarreei.

— E Oishii?

Todos eles se voltaram para olhar para mim. O cenho de Orr se franziu.

— Talvez. Ele e Sylvie se conhecem dos velhos tempos. Foram contratados como recrutas juntos.

Jadwiga sorriu.

— Claro que ele topa. Se o Micky pedir.

— Como é?

Havia sorrisos surgindo na boca de todo mundo agora, pelo visto. Um alívio bem-vindo à tensão crescente. Kiyoka riu por trás da mão pressionada sobre o nariz. Lazlo olhou cuidadosamente para o teto. Fungadas contidas de hilaridade. Apenas Orr estava raivoso demais para se juntar à diversão.

— Você não reparou nesses últimos dois dias, Micky? — Jadwiga, esticando a piada até ela estalar. — Oishii gosta de você. Digo, ele *gosta muito* de você.

Olhei ao meu redor para o quarto lotado com meus companheiros e tentei exibir a mesma ausência de divertimento expressada por Orr. Pela maior parte, eu estava irritado comigo mesmo. Eu *não tinha* notado, ou ao menos não identificara a atração pelo que ela era — segundo Jadwiga. Para um Emissário, essa era uma falha séria em perceber um benefício explorável.

Ex-Emissário.

Sim, obrigado.

— Isso é bom — falei, sem emoção. — É melhor eu ir falar com ele, então.

— É — conseguiu dizer Jadwiga, a cara séria. — Vê se ele quer te dar uma mãozinha.

A risada irrompeu, explosiva, no espaço reduzido. Um sorriso indesejado forçou seu caminho até minha boca.

— Seus filhos da puta.

Não ajudou. A hilaridade só aumentou. Na cama, Sylvie se mexeu e abriu os olhos ante aquele som. Ela se apoiou em um cotovelo e tossiu dolorosamente. O riso fugiu do quarto tão rapidamente quanto havia entrado.

— Micky? — A voz dela saiu fraca e enferrujada.

Eu me voltei para a cama. Peguei, pelo canto do olho, a carranca venenosa com que Orr me fitava. Inclinei-me sobre ela.

— Sim, Sylvie. Tô aqui.

— Por que vocês estão rindo?

Balancei a cabeça.

— Essa é uma ótima pergunta.

Ela agarrou meu braço com a mesma intensidade daquela noite no acampamento de Oishii. Eu me preparei para o que ela podia dizer em seguida. Em vez disso, ela apenas estremeceu e encarou os próprios dedos onde eles afundavam na manga da jaqueta que eu estava vestindo.

— Eu... — ela murmurou. — Aquilo *me conhecia*. Aquilo. Como um velho amigo. Como um...

— Deixe ela em paz, Micky. — Orr tentou me empurrar de lado, mas a mão de Sylvie no meu braço conteve seu movimento.

Ela olhou para ele, sem entender.

— O que tá acontecendo? — implorou.

Olhei de soslaio para o gigante.

— Quer contar para ela?

CAPÍTULO 13

A noite caía sobre Drava em faixas de escuridão e nevasca, assentando-se como um cobertor gasto em torno das cabines agrupadas da base e em seguida nas ruínas mais elevadas e angulares da cidade em si. A frente da micronevasca veio e foi embora com o vento, trazendo consigo a neve em faixas espessas e rodopiantes que engessavam o rosto das pessoas e entravam pelo colarinho das roupas antes de se afastarem girando, minguando até quase desaparecer, e voltavam a dançar no clarão afunilado das lâmpadas Angier do acampamento. A visibilidade oscilava, caía a cinquenta metros e depois clareava, caía de novo. Era um clima para ficar dentro de casa.

Agachado à sombra de um contêiner de carga em uma extremidade do cais, perguntei-me por um instante como o outro Kovacs estava se virando, lá fora na Insegura. Como eu, ele devia ter a mesma aversão dos nativos comuns de Novapeste pelo frio, e, como eu, ele devia estar...

Você não pode ter certeza disso, não sabe que ele é quem...

Ah, vá.

Olha, onde caralhos a yakuza ia conseguir botar as mãos numa cópia--reserva da personalidade de um ex-Emissário? E por que caralhos correriam esse risco? Por baixo de toda aquela merda de verniz de ancestrais na Antiga terra, no final, eles não passam de uns criminosos filhos da puta. De jeito nenhum...

Tá, claro.

Esse é um incômodo com que todos nós temos que conviver, o preço da era moderna. *E se?* E se, em algum ponto inominável da sua vida, eles fizerem uma cópia sua? E se você estiver guardado em algum lugar, na barriga de alguma máquina, vivendo sabe lá que existência virtual paralela ou simplesmente adormecido, esperando para ser liberado no mundo real?

Ou se já tiver sido liberado e estiver à solta por aí em algum lugar? Vivendo?

Você vê isso nos filmes de expéria, ouve as lendas urbanas de amigos de amigos, aqueles que, por algum erro esquisito das máquinas, acabam se encontrando consigo mesmos na virtualidade ou, com menos frequência, na realidade. Ou nas teorias da conspiração ao estilo do Lazlo, contos de encapamento múltiplo autorizado por militares. Você escuta isso e desfruta do calafrio existencial que a história faz correr pela sua espinha. De vez em quando, rarissimamente, você ouve uma história em que pode acreditar.

Eu já tinha conhecido e precisado matar um homem duplamente encapado.

Eu já tinha encontrado comigo mesmo uma vez, e não tinha acabado nada bem.

Eu não tinha a menor pressa de fazer isso de novo.

E eu tinha mais do que o suficiente para me preocupar.

Cinquenta metros à frente, nas docas, o *Aurora Daikoku* se erguia indistintamente na tempestade. Era um navio maior do que o *Canhões para Guevara* e, a julgar pela aparência, era um antigo cargueiro comercial, retirado da aposentadoria e reequipado para transporte de Desarmadores. Um sopro do antigo esplendor ainda pendia sobre a embarcação. A luz cintilava das vigias, aconchegante, e se amontoava sobre as constelações brancas e vermelhas da superestrutura mais acima. Anteriormente, tinha havido luzes na rampa de embarque e um gotejamento esporádico de figuras subindo pelos corredores enquanto os Desarmadores de saída subiam a bordo; no entanto, agora as escotilhas estavam fechando e o cargueiro se erguia, isolado, no frio da noite de Nova Hok.

Silhuetas em meio ao redemoinho de branco sobre preto à minha direita. Toquei o cabo da faca Tebbit e ampliei minha visão.

Era Lazlo, liderando com uma inflexão de improvisador em seu passo e um sorriso feroz em seu rosto gelado pela neve. Oishii e Sylvie o seguiam. A química aplainou as feições dela, um controle mais intenso no comportamento do outro cabeça de comando. Eles atravessaram o campo aberto ao longo do cais e deslizaram para dentro do abrigo do contêiner. Lazlo esfregou o rosto com as mãos e em seguida as chacoalhou para se livrar da neve derretendo nos dedos abertos. Ele tinha atado o braço ferido com uma servotala e não parecia estar sentindo dor. Detectei a presença de álcool em seu hálito.

— Tudo bem?

Ele assentiu.

— Todos que estivessem interessados, e alguns que provavelmente não estavam, agora sabem que Kurumaya nos prendeu aqui. Jad ainda tá lá, reclamando em altos brados, puta da vida, para qualquer um que queira ouvir.

— Oishii? Você tá pronto?

O cabeça de comando me observou, sério.

— Quando você estiver. Como eu disse, vocês terão no máximo cinco minutos. É tudo o que posso fazer sem deixar rastros.

— Cinco minutos tá ótimo — disse Lazlo, impaciente.

Todos olharam para Sylvie. Ela conseguiu abrir um sorriso vago sob o escrutínio.

— Bom — repetiu ela. — Escaneie. Vamos lá.

O rosto de Oishii assumiu a introversão abrupta de quem entrava em rede. Ele anuiu para si mesmo em um gesto mínimo.

— Eles estão rodando os sistemas de navegação em modo de espera. Vai haver um teste dos propulsores e sistemas em 220 segundos. É melhor vocês já estarem na água quando começar.

Sylvie reuniu um interesse profissional de olhos vazios e uma tosse contida.

— Segurança do casco?

— É, tá acionada. Só que os trajes de furtividade devem repelir a maioria dos escâneres. E quando vocês chegarem ao nível da água, eu vou fazer com que passem por um par de rasgasas esperando por pesca fácil na esteira de turbulência. Assim que o ciclo de testes do sistema começar, subam naquela abertura. Eu vou fazer com que desapareçam dos escâneres internos, e o equipamento de navegação vai presumir que perdeu os pássaros na esteira. A mesma coisa vale para quando você for sair, Lazlo. Então fique na água até o navio estar bem distante no estuário.

— Ótimo.

— Você conseguiu uma cabine para nós? — perguntei.

O canto da boca de Oishii se curvou.

— É claro. Não poupei nenhum luxo para nossos amigos fugitivos. A maioria das inferiores a estibordo está vazia. A S-37 é toda de vocês. É só empurrar.

— Hora de ir — sibilou Lazlo. — Um de cada vez.

Ele deixou a cobertura do contêiner com o mesmo trote talentoso de improvisador que eu tinha visto sendo empregado na Insegura, ficou exposto por um momento no cais, e então se lançou agilmente pela borda do ancoradouro e desapareceu de novo. Olhei de esguelha para Sylvie e assenti.

Ela partiu, com menos calma do que Lazlo, mas ecoando a mesma elegância. Pensei ter ouvido um leve respingo dessa vez. Contei cinco segundos e a segui, atravessando o espaço aberto envolto pela nevasca, agachado para pegar o primeiro degrau da escada de inspeção e desci, uma mão após a outra, depressa, até o fedor químico do estuário mais abaixo. Quando estava imerso até a cintura, soltei a escada e caí na água.

Mesmo com o traje de furtividade e as roupas que eu vestia por cima, o choque da entrada foi forte. O frio passou apunhalando, atingiu minha virilha e meu peito e me fez perder o ar por trás de dentes cerrados. As células de lagarto nas palmas das mãos flexionaram seus filamentos em comiseração. Eu inspirei fundo e procurei pelos outros na água.

— Aqui.

Lazlo gesticulou de uma seção corrugada na doca onde ele e Sylvie se agarravam a um gerador de amortecimento corroído. Deslizei pela água na direção deles e deixei minhas mãos geneticamente modificadas me segurarem direto no concreterno. Lazlo tinha a respiração entrecortada e falou comigo em meio a dentes batendo de frio.

— Vá at-t-té a p-p-popa e boie ent-t-t-tre a d-d-doca e o casco. V-v-você verá os lançad-d-dores. Não b-b-b-beba a água, hein?

Trocamos um sorriso tenso e eu parti.

Foi difícil nadar contra um instinto físico que só queria se encolher contra o frio e tremer. Antes de chegarmos ao meio do caminho, Sylvie já estava ficando para trás e tivemos que voltar para buscá-la. Sua respiração saía em ofegos ásperos, seus dentes estavam cerrados, e os olhos começavam a revirar.

— Não c-c-consig-g-go me c-c-cont-t-trolar — murmurou ela, enquanto eu me virava na água e Lazlo ajudava a arrastá-la para junto do meu peito. — Não me d-digga que est-t-tamos g-g-ganhando... g-g-ganhando o q-q-quê?

— Fica bem — consegui dizer, minha mandíbula também travada com força. — Aguente firme. Las, siga em frente.

Ele assentiu em um gesto convulsivo e se afastou. Eu parti atrás dele, desajeitado com o fardo em meu peito.

— *Não tem outra opção, não, caralho?* — gemeu ela, as palavras pouco mais do que um suspiro.

De alguma forma, chegamos até a imensa popa do *Aurora Daikoku*, onde Lazlo estava à nossa espera. Nadamos até entrar na greta de água entre o casco do cargueiro e a doca e eu bati uma das mãos contra o concreterno para me estabilizar.

— M-m-menos d-d-de um m-minuto — disse Lazlo, presumivelmente depois de conferir um indicador de tempo retiniano. — V-v-vamos torcer p-p-pro Oishii est-t-tar p-p-plugado.

O cargueiro despertou. Primeiro veio uma vibração profunda conforme o sistema antigravitacional passava da flutuabilidade para impulsão, depois, o zunido estridente dos pontos de captação de ar e a trepidação ao longo do casco conforme as saias inflavam. Senti o puxão lateral da água se agitando em torno da embarcação. Respingos explodiram da popa e me deram um banho. Lazlo me ofereceu outro sorriso escancarado e apontou.

— Lá em cima — gritou ele, acima do ruído do motor.

Segui a direção de seu braço e vi uma bateria de três aberturas circulares para ventilação, escotilhas saindo em pétalas espiraladas. Luzes de manutenção apareciam dentro dos lançadores, uma escada composta por degraus de correntes subia pela saia do cargueiro até a borda da primeira abertura.

O tom dos motores ficou mais grave, se acalmando.

Lazlo foi na frente, subindo pelos degraus até alcançar o ressalto pequeno e curvado para baixo oferecido pelo topo da saia. Apoiado contra o casco mais acima, ele gesticulou para mim. Empurrei Sylvie para a escada, gritei em seu ouvido para subir e vi, com alívio, que ela ainda não tinha piorado a ponto de não conseguir. Lazlo a agarrou assim que ela chegou ao topo e, depois de manobrar um pouco, os dois desapareceram dentro do poço. Subi pela escada o mais rápido que minhas mãos dormentes conseguiram me puxar, me enfiei para dentro do poço e para longe do ruído.

Alguns metros acima de mim, vi Sylvie e Lazlo, os membros esparramados entre protuberâncias no interior do tubo de lançamento. Eu me lembrei de como ele se gabou na primeira vez em que o vi — *sete metros rastejando por uma cha-*

miné de aço polido. Sem problemas. Era um alívio ver que, como boa parte da conversa de Lazlo, aquilo tinha sido um exagero. O tubo não era nem de longe tão liso assim, e havia vários apoios de mão embutidos no metal. Segurei um suporte acima da minha cabeça, testando-o, e descobri que podia me lançar pela subida sem muito esforço. Mais para cima, encontrei calombos redondos e lisos no metal onde meus pés podiam sustentar um pouco do peso do corpo. Descansei contra a superfície levemente trêmula do tubo por um instante, me lembrei do limite máximo de cinco minutos de Oishii e voltei ao trabalho.

No alto do poço, encontrei Sylvie e Lazlo sujos e molhados, apoiados em uma borda da espessura de um dedo sob uma portinhola aberta e cheia de lona sintética alaranjada e murcha. O improvisador me deu um olhar exaurido.

— É isso. — Ele bateu na superfície flexível acima de sua cabeça. — Esse é o bote do nível mais baixo. O primeiro a cair. Vocês se apertam ali, ficam em cima do bote e vão encontrar uma escotilha de inspeção que leva ao vão entre os níveis. É só abrir o painel de acesso mais próximo e vão dar num corredor. Sylvie, é melhor você ir na frente.

Nós afastamos o bote de lona sintética de um lado da portinhola e sentimos um sopro de ar quente e estático passar pelo poço. Eu ri com um prazer involuntário ante a sensação. Lazlo assentiu, azedo.

— É, aproveite. Alguns de nós vão ter que voltar para a porra da água agora.

Sylvie se espremeu pela passagem e eu estava prestes a segui-la quando o improvisador puxou meu braço. Eu me virei. Ele hesitou.

— Las? O que é isso, cara, estamos ficando sem tempo.

— Você. — Ele ergueu um dedo como alerta. — Tô confiando em você, Micky. Cuida dela. Mantenha-a a salvo até que a gente possa entrar em contato com vocês. Até ela estar de volta on-line.

— Tudo bem.

— Tô confiando em você — repetiu ele.

Em seguida se virou, soltou a mão com que se segurava à portinhola e deslizou rapidamente pela curva do lançador de botes. Enquanto ele desaparecia no fundo, ouvi um grito de empolgação baixinho subir até onde eu estava.

Fitei aquele ponto pelo que me pareceu muito tempo, depois me virei e abri caminho, irritado, pela barreira de lona sintética que se interpunha entre mim e minhas novas responsabilidades.

A memória voltou a se despejar sobre mim.

* * *

Na cabine-bolha...

— Você. Me ajuda! Me ajuda!

Os olhos dela me prendem. Os músculos de seu rosto estão tensos de desespero, a boca ligeiramente aberta. É uma visão que faz uma excitação profunda e inesperada borbulhar em minhas entranhas. Ela afastou o saco de dormir e se inclinou para tentar me segurar e, sob a luz baixa da lâmpada abafada de ilumínio, debaixo do braço estendido, posso ver as elevações esparramadas de seus seios. Não é a primeira vez que a vejo desse jeito — os Escorregadios não sofrem de recato e, depois de um mês de acampamento em espaço reduzido pela Insegura, eu poderia provavelmente desenhar a maioria deles nu de memória —, mas algo no rosto e na postura de Sylvie é, de súbito, profundamente sexual.

— Toque-me — sugere a voz que não é dela, rouca, arrepiando os pelos do meu pescoço. — Diga que você é real, porra.

— Sylvie, você não tá...

A mão dela passa do meu braço ao meu rosto.

— Acho que eu te conheço — diz ela, pensativa. — Eleito da Brigada Preta, certo? Batalhão de Tetsu. Odisej? Ogawa?

O japonês que ela está usando é arcaico, desatualizado há séculos. Eu combato o fantasma de um calafrio e continuo em amânglico.

— Sylvie, me escuta...

— O seu nome é Silivi? — O rosto cheio de dúvida. Ela troca de linguagem para me encontrar no meio do caminho. — Eu não lembro... eu... é... eu não consigo...

— Sylvie.

— Sim, Silivi.

— Não — digo, com lábios que parecem amortecidos. — O seu nome é Sylvie.

— Não. — Há um pânico súbito nela agora. — Meu nome é... Meu nome é... Eles me chamam de... me chamavam... eles...

A voz dela para e seus olhos se desviam para a lateral, afastando-se dos meus. Ela tenta se levantar e sair do saco de dormir. Seu cotovelo escorrega no tecido liso do forro e ela desliza na minha direção. Eu estico os braços e eles se enchem repentinamente com o torso quente e musculoso dela. O punho que eu havia fechado enquanto ela falava se abre de forma involuntária, e os cartuchos corticais contidos dentro dele despencam. Minhas palmas pressio-

nam carne tensa. O cabelo dela se move e roça meu pescoço, e posso sentir o cheiro dela, o calor e o suor femininos subindo do saco de dormir aberto. Algo dispara outra vez no fundo do meu estômago, e talvez ela também possa sentir, porque emite um gemido baixo junto à minha garganta. Mais embaixo, no espaço confinado do saco de dormir, as pernas dela se movem, impacientes, e se abrem para a minha mão, que desliza sobre o quadril e entre as coxas dela. Estou acariciando a boceta dela antes que me dê conta do que estou fazendo, e ela está úmida ao toque.

— Sim. — A palavra sai dela como um suspiro. — Sim, isso. Bem aí.

Dessa vez, quando as pernas dela se movem, seu corpo todo se eleva, do quadril para cima, e suas coxas se separam até onde o saco de dormir permite. Meus dedos escorregam para dentro e ela sibila, tensa, recua do abraço em torno do meu pescoço e me encara, mal-humorada, como se eu a tivesse apunhalado. Os dedos dela se engancham no meu ombro e na parte de cima do braço. Eu esfrego meu dedo dentro dela em um gesto ovalado lento e longo e sinto seus quadris se agitarem em protesto contra o ritmo deliberado do movimento. A respiração dela começa a se acelerar e encurtar.

— Você é real — murmura ela. — Ah, é real, sim.

E agora suas mãos se movem sobre mim, os dedos se prendendo nos fechos da minha túnica, esfregando o ponto em que minha calça fica cada vez mais apertada, agarrando meu rosto pelo maxilar. Ela parece incapaz de decidir o que fazer com o corpo que está tocando e lentamente sou invadido pela percepção de que, enquanto ela desliza irrecuperavelmente na fenda de seu orgasmo, está testando aquela afirmação que cai cada vez mais depressa de seus lábios: você é real, você é real, você é real, é, sim, seu filho da puta, você é real, sim, sim, você é real, você é real, porra...

A voz dela trava na garganta com sua respiração e sua barriga se flexiona, quase dobrando-a ao meio com a força do clímax. Ela se enrola em torno de mim como as fitas longas e letais de belalga para lá do Recife Hirata, as coxas apertadas na minha mão, o corpo dobrado acima e junto do meu peito e meu ombro. De algum lugar eu sei que ela está encarando um ponto além daquele ombro, nas sombras do outro lado da cabine-bolha.

— Meu nome é Nadia Makita — diz ela, baixinho.

E de novo, é como um choque percorrendo meus ossos. Como o momento em que ela agarrou meu braço, o susto do nome. A litania dispara em minha mente. Não é possível, não é possível...

Eu a solto de meu ombro e puxo-a para trás, o movimento deslocando uma nova onda de feromônios. Nossos rostos estão a alguns centímetros um do outro.

— Micky — murmuro. — Acaso.

A cabeça dela se move para a frente rapidamente, como a de um pássaro, e sua boca se apega à minha, calando as palavras. Sua língua é quente e febril e suas mãos estão trabalhando em minhas roupas de novo, dessa vez com determinação. Eu luto para tirar minha túnica, abro a grossa calça de lona sintética, e a mão dela já está se enfiando no vão conforme a calça se abre. Com semanas na Insegura quase sem privacidade nem para me masturbar, um corpo mantido no gelo por séculos, eu mal consigo me segurar para não gozar quando a mão dela se fecha em torno do meu pau. Ela sente isso e sorri em meio ao beijo, os lábios se desprendendo dos meus, um leve roçar dos dentes e um riso arranhando no fundo de sua garganta. Ela se ajoelha no saco de dormir, equilibrando-se com um braço em meu ombro enquanto o outro continua entre as minhas pernas, trabalhando. Seus dedos são compridos, esguios, quentes e grudentos de suor, curvando-se em um aperto experiente e bombeando gentilmente para cima e para baixo. Forço a calça para baixo, passando de meus quadris, e me recosto para trás para lhe dar espaço. A polpa de seu polegar roça minha glande de um lado para o outro como um metrônomo. Solto todo o ar de meus pulmões em um gemido e no mesmo instante ela reduz o ritmo até quase parar. Ela pressiona a mão livre contra meu peito, me empurrando para o chão enquanto aperta minha ereção até quase a esmagar. Os músculos retesados em minha barriga me mantêm afastado do chão contra a pressão que ela exerce e sufocam a necessidade pulsante de gozar.

— Você quer me penetrar? — pergunta ela, séria.

Eu balanço a cabeça.

— Você que sabe, Sylvie. Você que sabe...

Um puxão forte na base do meu pau.

— Meu nome não é Sylvie.

— Nadia. Você que sabe.

Eu a seguro por uma nádega, uma coxa longa e rija, e a arrasto para a frente, sobre mim. Ela tira a mão do meu peito, leva-a para baixo e se abre, depois afunda lentamente sobre o cacete. Nossos arquejos se misturam com esse contato. Busco dentro de mim um pouco do controle de Emissário, coloco *minhas mãos nos quadris dela e a ajudo a se erguer e se mover, para cima e para baixo. Mas isso não vai durar muito. Ela segura minha cabeça e a arrasta para um seio intumescido, pressiona meu rosto na carne e me guia até o mamilo. Eu o chupo e agarro o outro seio com a mão, enquanto ela se levanta sobre os joelhos e cavalga, nos levando a um clímax que escurece minha visão conforme explode dentro de nós.*

Desabamos apoiados um no outro na cabine-bolha mal iluminada, escorregadios de suor e estremecendo. O aquecedor lança um brilho avermelhado sobre nossos membros emaranhados e corpos pressionados um contra o outro e há um pequeno som nas trevas que poderia ser essa mulher chorando ou talvez só o vento lá fora, tentando encontrar um jeito de entrar.

Eu não quero olhar no rosto dela para descobrir qual dos dois.

Nas entranhas do *Aurora Daikoku*, vibrando continuamente, nós nos retiramos do vão para um corredor pela parte de cima e abrimos caminho, pingando, até a S-37. Conforme prometido, a porta se abriu com um empurrão. Lá dentro, as luzes se acenderam em um espaço inesperadamente luxuoso. Eu vinha me preparando para algo na linha de uma acomodação espartana com duas camas de campanha, como o que tivemos no *Canhões para Guevara*, mas Oishii fizera um ótimo trabalho. A cabine era uma classe executiva bem equipada, com espaço para uma cama autoforma que podia ser programada para inflar como duas de solteiro ou uma ampla, de casal. As instalações exibiam certo desgaste, mas um leve cheiro de naftalina bactericida pendia no ar e fazia tudo parecer intacto.

— M-m-m-muito bom — gaguejei enquanto fechava a porta e a trancava.

— Muito bem, Oishii. Ap-p-p-provado.

As instalações do banheiro eram quase do tamanho de outra cabine e contavam com secador a jato de ar no box do chuveiro. Nós nos despimos e nos livramos de nossa roupa ensopada, em seguida nos revezamos tirando o frio dos nossos ossos, primeiro com uma cascata de água quente, depois com uma gentil rajada de ar quente. Levou algum tempo indo um de cada vez, mas não havia nenhum traço de convite no rosto de Sylvie quando ela entrou no box; assim, fiquei para trás, esfregando a pele gelada. Em dado momento, observando-a enquanto ela se virava com água escorrendo por seus seios e sua barriga, gotejando entre as pernas e repuxando a minúscula moita de pelos púbicos, senti uma ereção surgindo. Eu me movi depressa para apanhar a túnica do meu traje de furtividade e me sentei sem jeito, com ela cobrindo minha virilha. A mulher no chuveiro captou o movimento e me olhou com curiosidade, mas não disse nada. Não havia motivo para que dissesse. Da última vez que eu vira Nadia Makita, ela estava caindo no sono pós-coito em uma cabine-bolha nas planícies de Nova Hok. Um sorriso pequeno e confiante em seus lábios, um braço jogado frouxamente em volta da minha coxa. Quando enfim me soltei, ela apenas se virou no saco de dormir e resmungou.

Ela não tinha voltado desde então.

E enquanto isso, você se vestiu e se arrumou antes que os outros voltassem, como um criminoso tentando apagar os rastros.

Sustentou o olhar desconfiado de Orr com a fachada tranquila de Emissário.

Esgueirou-se para fora com Lazlo para a própria cabine, para deitar e ficar acordado até o amanhecer, sem acreditar no que tinha visto, ouvido e feito.

Por fim Sylvie saiu do box, praticamente seca pelo jato de ar. Com esforço, eu me contive e não encarei a vista subitamente sexual de seu corpo e troquei de lugar com ela. Ela não disse nada, apenas tocou de leve meu ombro com um punho fechado e franziu a testa. Em seguida, desapareceu na cabine adjacente.

Fiquei sob o chuveiro por quase uma hora, virando de um lado para o outro na água quase escaldante, masturbando-me vagamente e tentando não pensar muito no que eu teria que fazer quando chegássemos a Tekitomura. O *Aurora Daikoku* vibrava ao meu redor enquanto seguia rumo ao sul. Quando saí do chuveiro, joguei nossa roupa ensopada no box e coloquei o jato de ar em força total, depois vaguei para a cabine. Sylvie dormia profundamente sob a colcha de um espaço-cama que ela tinha programado para se moldar como casal.

Fiquei de pé e observei-a dormir por um longo tempo. Sua boca estava aberta e o cabelo era uma bagunça caótica em torno de sua cabeça. O cabo central preto tinha se retorcido de um jeito que caía falicamente sobre uma bochecha. Uma imagem de que eu não precisava. Empurrei-o para trás com o resto do cabelo até que o rosto dela estivesse livre. Ela resmungou durante o sono e moveu o mesmo punho frouxo com que tinha me socado até a própria boca. Eu me levantei e observei-a mais um pouco.

Ela não é.

Eu sei *que ela não é. Não é possí...*

O quê? Do mesmo jeito que não é possível que haja outro Takeshi Kovacs por aí caçando você? Cadê o seu senso de imaginação, Tak?

Fiquei de pé e observei.

No final, dei de ombros, irritado, me deitei na cama ao lado dela e tentei dormir.

Demorou.

CAPÍTULO 14

A travessia de volta a Tekitomura foi muito mais rápida do que nossa viagem de ida tinha sido no *Canhões para Guevara*. Chicoteando firme pelo mar gelado distante da costa de Nova Hok, o *Aurora Daikoku* não era constrangido por nenhuma parte da cautela de sua embarcação gêmea e correu a toda velocidade pela maior parte do tempo. De acordo com Sylvie, Tekitomura ficou visível no horizonte não muito depois que o sol surgiu e a despertou através das vigias que tínhamos nos esquecido de bloquear. Menos de uma hora depois disso, já estávamos lotando as rampas em Kompcho.

Acordei em uma cabine iluminada pelo sol, motores parados e Sylvie vestida e me encarando, os braços cruzados sobre a parte de trás de uma cadeira na qual ela se sentava ao contrário ao lado da cama. Pisquei, quieto.

— Que foi?

— O que caralhos você tava fazendo ontem à noite?

Eu me sentei apoiado sob as cobertas e bocejei.

— Você quer explicar um pouco melhor isso aí? E me dar alguma ideia do que você tá falando?

— Eu tô falando — disparou ela — de acordar com o seu pau enfiado nas minhas costas que nem um cano de arma de estilhaços.

— Ah... — Esfreguei um olho. — Foi sem querer.

— Claro que foi. Desde quando a gente dorme junto?

Dei de ombros.

— Desde que você resolveu moldar o espaço-cama como uma cama de casal, acho. O que eu devia ter feito, dormido no chão que nem uma foca, porra?

— Ah... — Ela desviou o olhar. — Eu não me lembro de ter feito isso.

— Bom, mas fez. — Tentei sair da cama, notando de súbito que a ereção ofensiva ainda estava bem evidente, e resolvi ficar onde estava. Apontei com o queixo para o que ela estava vestindo. — As roupas estão secas, pelo que vejo.

— Hum, sim. Obrigada. Por fazer isso. — Apressadamente, talvez adivinhando minha situação, acrescentou: — Eu vou pegar a sua pra você.

Deixamos a cabine e encontramos nosso rumo até a escotilha de desembarque mais próxima sem encontrar ninguém. Do lado de fora, sob a luz brilhante do sol de inverno, um punhado de oficiais de segurança se postava na rampa conversando sobre a pesca de costas-de-garrafa e a explosão imobiliária no litoral. Eles mal nos dedicaram uma olhada de relance quando passamos. Chegamos ao topo da rampa e nos infiltramos no fluxo das multidões matinais de Kompcho. A uns dois blocos de distância e três ruas para trás do cais, encontramos um hotel barato sórdido demais para ter vigilância e alugamos um quarto que dava para um pátio interno.

— É melhor cobrirmos você — falei a Sylvie, cortando uma faixa de uma das cortinas rotas com a faca Tebbit. — Não temos como saber quantos maníacos religiosos ainda estão nas ruas por aqui com uma foto sua no bolso do peito. Aqui, experimente colocar isso.

Ela apanhou o véu improvisado e o examinou com repugnância.

— Pensei que a ideia era deixar rastros.

— Sim, mas não para os valentões da fortaleza. Não vamos complicar a vida sem necessidade, né?

— Tudo bem.

O quarto ostentava um dos terminais de holodados mais surrados que eu já tinha visto, selado em uma mesa junto à cama. Eu o liguei e desativei a opção de emissão de vídeo na minha ponta. Em seguida, fiz uma ligação para o mestre do cais de Kompcho. Como previsto, fui atendido por um construto de resposta — uma loira em uma capa de vinte e poucos anos, um pouquinho bem-cuidada demais para ser real. Ela sorriu como se pudesse me ver.

— Em que posso lhe ser útil?

— Eu tenho informações vitais para você — falei para ela. Eles com certeza imprimiriam a voz, mas em uma capa sem uso havia três séculos, quais eram as chances de que houvesse um rastro? Nem mesmo a empresa que tinha construído esse negócio existia mais. E sem nenhum rosto com que trabalhar, eles teriam dificuldade em me rastrear através de filmagens incidentais. Isso deveria manter o rastro apagado o suficiente para que ficássemos seguros por algum tempo. — Tenho motivos para crer que o cargueiro *Aurora Daikoku* foi invadido por passageiros clandestinos antes de sua partida de Drava.

O construto sorriu outra vez.

— Isso é impossível, senhor.

— Ah, é? Então vá conferir a cabine S-37.

Interrompi a ligação, desliguei o terminal e assenti para Sylvie, que lutava para enfiar o resto do cabelo rebelde dentro do véu feito de cortina.

— Muito atraente. Ainda vamos fazer de você uma donzela modesta e temente a Deus.

— Vai se foder. — O volume natural da juba da cabeça de comando ainda empurrava as bordas do véu. Ela tentou empurrar o tecido para trás, para fora da visão periférica. — Você acha que eles vão vir até aqui?

— Em algum momento. Mas vão ter que conferir a cabine, o que não estão com pressa nenhuma de fazer, com uma ligação anônima dessas. Aí vão conferir as coisas com Drava, depois rastrear a ligação. Vai levar o resto do dia todo, talvez até mais.

— Então estamos a salvo saindo daqui sem queimar o local?

Olhei para o quartinho vagabundo ao nosso redor.

— O esquadrão de farejadores não vai conseguir muita coisa do que nós tocamos que não esteja borrado com a última dúzia de ocupantes. Talvez apenas o suficiente para confirmar os traços na cabine. Não vale a pena se preocupar com isso. De qualquer forma, estou sem material incendiário no momento. E você?

Ela apontou para a porta com o queixo.

— Consigo isso em qualquer lugar no cais de Kompcho por uns duzentos a caixa.

— Tentador. Mas um pouco rude com os outros hóspedes, acho.

Ela deu de ombros. Eu sorri.

— Cara, usar esse negócio está realmente te deixando puta, né? Vamos, a gente interrompe o rastro em algum outro lugar. Vamos dar o fora daqui.

Descemos por degraus tortos de plástico, encontramos uma saída lateral e nos esgueiramos para a rua sem fazer o check-out. De volta à corrente pulsante do comércio e passeio dos Desarmadores. Grupos de recrutas fazendo palhaçada nas esquinas em busca de atenção, equipes gingando por ali do jeito sutilmente integrado que eu tinha começado a notar em Drava. Homens, mulheres e máquinas carregando equipamento. Cabeças de comando. Traficantes de químicas pirateadas e aparelhinhos inovadores trabalhando sobre folhas plásticas estendidas que brilhavam ao sol. Um ou outro maníaco religioso declamando sob zombaria dos transeuntes. Artistas de rua arremedando as modas locais como piada, rodando contações holográficas de histórias baratas e fantoches ainda mais baratos, as bandejas de doação abertas para o esparso depósito de chips de crédito quase exauridos e a esperança de que não muitos espectadores jogariam chips exauridos por completo. Nós cortamos de um lado para o outro por um tempo, um hábito de evasão de vigilância de minha parte e um interesse vago em alguns dos artistas se apresentando.

— ... a história horripilante da Louca Ludmila e o Homem-Retalho...

— ... filmagem hardcore das clínicas de Desarmadores! Vejam as últimas novidades em cirurgia e corpos sendo testados até os *limites,* senhoras e senhores, até os *limites mais extremos...*

— ... a tomada de Drava por heroicas equipes de Desarmadores totalmente em cores...

— ... Deus...

— ... reprodução pirateada com todos os sentidos! *Cem por cento* genuína, garantimos! Josefina Hikari, Mitzi Harlan, Ito Marriott e muitas mais. Molhe o biscoito com os corpos mais lindos das Primeiras Famílias em ambientes que...

— ... lembrancinhas de Desarmadores. Fragmentos de karakuris...

Em uma esquina, uma placa torta em ilumínio anunciava ARMAS em letras amânglicas imitando kanji. Passamos por uma cortina feita de milhares de conchas minúsculas e entramos no calor de aquecedor do empório. Atiradores de balas de alto calibre e armas de raios estavam expostos nas paredes, junto com esquemas ampliados em holo e filmagem em looping de batalhas com mementas nas paisagens desoladas de Nova Hok. Música ambiente de mergulho nos recifes tocava baixinho em autofalantes escondidos.

Atrás de um balcão alto perto da entrada, uma mulher de rosto esquelético com cabelo de cabeça de comando nos cumprimentou com um gesto de cabeça e voltou a desmontar uma carabina velha de fragplasma para o recruta que parecia estar querendo comprá-la.

— Escuta, você puxa isso para trás até o limite e a carga reserva se encaixa. Certo? Aí você tem mais ou menos uma dúzia de disparos antes que precise recarregar. Bastante prático em um tiroteio. Se você topar com um daqueles enxames de karakuris de Nova Hok, vai ficar agradecido por poder contar com isso.

O recruta resmungou algo inaudível. Eu vaguei por ali, procurando armas fáceis de esconder, enquanto Sylvie continuou parada, coçando o véu em sua cabeça, irritada. Finalmente, o recruta pagou e saiu com a compra pendurada debaixo do braço. A mulher voltou sua atenção para nós.

— Viu algo de que tenha gostado?

— Na verdade, não. — Fui até o balcão. — Não estou de saída. Procuro algo que cause muito prejuízo orgânico. Algo que eu possa carregar para festinhas, sabe?

— Aha. Matador de carne, hein? — A mulher deu uma piscadinha. — Bom, isso não é tão incomum quanto se pensa por aqui. Agora vejamos...

Ela puxou um terminal da parede atrás do balcão e acionou a bobina de dados. Agora que eu prestava atenção, vi que seu cabelo não tinha o cabo central e algumas das mechas associadas, mais espessas. O que sobrava pendia, frouxo e imóvel, contra a pele pálida, sem esconder por completo uma cicatriz grande e curvada em um canto de sua testa. A cicatriz cintilava sob a luz do monitor. Seus movimentos eram rígidos e despidos da elegância de Desarmador que eu vira em Sylvie e nos outros.

Ela sentiu meu olhar e riu sem se desviar da tela.

— Não vê muitos como eu, hein? É como diz a música: *olha só os Desarmadores pisando leve.* Ou sem nem pisar, certo? O negócio é que, para aqueles como eu, acho que em geral não gostamos de ficar por perto de Tek'to e relembrar como era ser inteiro. Se você tem uma família, volta para ela; se tem uma cidade natal, volta para lá. E se eu pudesse *lembrar* se tenho um dos dois, ou onde estão, eu iria. — Ela riu de novo, baixinho, como água borbulhando em um cachimbo. Seus dedos trabalharam na bobina de dados. — Matadores de carne. Aqui vamos nós. Que tal uma fragmentadora? Ronin MM-86. Detonadora de estilhaços com cano serrado, transforma um homem em purê a vinte metros de distância.

— Eu disse algo que eu possa carregar.

— Disse mesmo. Disse mesmo. Bem, a Ronin não faz nada muito menor do que a 86 na faixa monomol. Talvez você queira uma arma de balas?

— Não, a fragmentadora serve, mas tem que ser menor. O que mais você tem?

A mulher sugou o lábio superior, o que a fez parecer uma velha.

— Bem, também temos *algumas* das marcas do Lar Antigo: H&K, Kalashnikov, General Systems. A maioria é usada, sabe. Trocas dos recrutas por equipamento para arrasar mementa. Olha. Pega essa GS Rapsodia. Indetectável em escâneres e muito esguia, fica bem achatada quando presa sob a roupa, infla para se encaixar ao seu punho. Que tal?

— Qual o alcance?

— Depende da dispersão. Dispersão estreita, eu diria que você pode derrubar um alvo a quarenta, cinquenta metros, se as suas mãos não tremerem. Dispersão ampla não tem tanto alcance, mas desocupa um cômodo inteiro.

Assenti.

— Quanto?

— Ah, podemos chegar a um acordo. — A mulher piscou, atrapalhada. — A sua amiga também vai comprar?

Sylvie estava do outro lado do empório, a uns seis metros de distância. Ela ouviu e olhou através da bobina de dados.

— Sim, vou levar essa arma de pressão Szeged que você está oferecendo aí na sua lista. Isso é toda a munição de que você dispõe para ela?

— Ah... sim. — A mulher mais velha piscou para ela, depois voltou para o monitor. — Mas ela também aceita a carga da Ronin SP-9, eles fizeram as duas compatíveis. Posso acrescentar dois ou três clipes de brinde se você...

— Pode ser. — Sylvie olhou nos meus olhos com algo em seu rosto que eu não consegui identificar. — Vou esperar lá fora.

— Boa ideia.

Ninguém falou mais nada até que Sylvie tivesse roçado contra a cortina de conchas e saído. Nós dois fitamos o ponto por onde ela tinha passado por alguns momentos.

— Essa conhece códigos de dados — chilreou a mulher, por fim.

Olhei para o rosto enrugado e me perguntei se havia alguma coisa por trás dessas palavras. Como uma demonstração gritante do poder Desarmador que sua cabeça tinha sido coberta para disfarçar, Sylvie lendo os detalhes da bobina de dados à distância basicamente gritava por atenção. Mas não estava claro em que capacidade a mente dessa mulher estava rodando, ou mesmo se ela se importava com qualquer coisa além de uma venda rápida. Ou, ainda, se ela sequer se lembraria de nós daqui a duas horas.

— É um truque — falei debilmente. — Vamos, hum, conversar sobre o preço?

Do lado de fora, na rua, encontrei Sylvie de pé na borda de uma multidão que havia se reunido em frente ao contador de histórias em holoshow. Ele era um velho, mas suas mãos eram ágeis nos controles do monitor e um sistema sintético colado à sua garganta modulava sua voz para se adequar aos diferentes personagens dessa história. O holo era um orbe pálido cheio de formas indistintas junto aos pés dele. Ouvi o nome *Quell* enquanto puxava o braço de Sylvie.

— Deus do céu, você acha que podia ser *um pouquinho* mais óbvia ali atrás?

— Shh, cala a boca. Escuta.

— Aí Quell saiu da casa do mercador de belalga e viu que uma multidão tinha se juntado no cais, *gritando* e *gesticulando furiosamente*. Ela não conseguia enxergar com muita clareza o que estava acontecendo. Lembrem-se, meus amigos, isso foi em *Xária*, onde o sol é um *clarão violento e actínico,* e...

— E onde não existe belalga nenhuma — resmunguei no ouvido de Sylvie.

— Shh.

— ... e então ela estreitou e estreitou os olhos, mas, vejam bem. — O contador de histórias colocou seus controles de lado e soprou em seus dedos. No holomonitor, sua figura de Quell congelou e a cena ao redor dela começou a esmorecer. — Talvez eu termine aqui por hoje. Está bem frio e já não sou mais um jovem, meus ossos...

Um coro de protestos vindo da multidão. Chips de crédito cascatearam na peneira de teia-viva virada para cima aos pés do contador. Ele sorriu e apanhou os controles outra vez. O holo se iluminou.

— Vocês são muitos gentis. Bem, vejam, então. Quell entrou no meio da multidão aos berros e, no meio dela, o que ela viu, se não uma jovem prostituta, a roupa toda rasgada e esfarrapada, de modo que seus *seios perfeitos, inchados, com mamilos cor de cereja* se erguiam *orgulhosos* no ar cálido para todos verem, e os pelos macios e escuros entre suas *coxas compridas e lisas* eram como um minúsculo animal assustado embaixo da curva de um *rasgasas selvagem.*

O holo mudou para um close obsequioso. No nosso entorno, as pessoas se ergueram nas pontas dos pés. Suspirei.

— E de pé sobre ela, *de pé sobre ela* estavam dois dos *infames* policiais da religião, vestidos de preto, *padres barbudos* segurando *facas compridas.* Os olhos deles *brilhavam* com sede de sangue e seus dentes *cintilavam* nas barbas conforme eles sorriam ante o *poder* que detinham sobre a *carne jovem e indefesa* dessa mulher.

"Mas Quell se postou entre as pontas dessas facas e a *carne exposta* da jovem prostituta e disse com uma voz retumbante: *o que é isso?* E a multidão ficou em silêncio ao ouvir a voz dela. Outra vez ela perguntou: *o que é isso, por que vocês estão perseguindo essa mulher?* E mais uma vez todos se mantiveram em silêncio, até que por fim um dos dois padres vestidos de preto declarou que a mulher tinha sido flagrada cometendo o pecado da *prostituição,* e que, pelas leis de Xária, ela deveria ser *levada à morte, sangrada* na areia do deserto, e sua carcaça, jogada ao mar."

Por apenas um segundo, o luto e a fúria piscaram nos limites da minha mente. Eu travei a sensação e expirei fundo e com força. Os ouvintes ao meu redor estavam pressionando para se aproximar, abaixando e esticando o pescoço para uma visão melhor do monitor. Alguém me cutucou e eu dei uma cotovelada brutal nas costelas da pessoa. Um grito e um praguejar irritado que outra pessoa silenciou.

— Em seguida, Quell se virou para a multidão e perguntou: *quem dentre vocês não pecou com uma prostituta uma ou outra vez?,* e a multidão ficou mais quieta e não sustentou o olhar dela. Mas um dos padres a censurou com raiva por sua interferência em uma questão das leis sagradas, e, assim, ela perguntou diretamente a ele: *você nunca esteve com uma prostituta?,* e muitos dos presentes na multidão, por conhecê-lo, riram, de modo que ele teve que admitir que estivera. *Mas é diferente,* disse ele, *porque eu sou homem. Então,* disse Quell, *você é um hipócrita,* e de seu longo casaco cinzento ela tirou um revólver de grosso calibre e atirou *nos dois joelhos* do padre. E ele desmoronou no chão *gritando.*

Dois estalos pequeninos e gritos minúsculos, estridentes, vieram do holomonitor. O contador de histórias assentiu e pigarreou.

— *Alguém o leve embora,* comandou Quell, e com isso, duas pessoas da multidão levantaram o padre e o carregaram dali, ainda gritando. E eu diria que eles ficaram felizes pela chance de ir embora, porque aquelas pessoas ficaram quietas e temerosas quando viram a arma na mão de Quell. E conforme os gritos se acabavam a distância, fez-se um silêncio rompido apenas pelo *gemido* do vento marítimo ao longo do cais e o *lamento* da *bela prostituta* aos pés de Quell. E Quell se virou para o segundo padre e apontou o revólver de grosso calibre para ele. *Agora você,* disse ela. *Vai me dizer que nunca esteve com uma prostituta?* E o padre se levantou e a olhou nos olhos e disse: *Eu sou um padre e nunca estive com uma mulher na minha vida, pois jamais macularia a sacralidade da minha carne.*

O contador de história assumiu uma pose dramática e aguardou.

— Ele está forçando a barra com esse negócio — murmurei para Sylvie. — A fortaleza fica logo ali, subindo a colina.

Mas ela estava enlevada, fitando o pequeno globo do holomonitor. Enquanto eu olhava, ela oscilou um pouco.

Ah, merda.

Agarrei seu braço e ela se livrou de mim, irritada.

— Bem, Quell olhou para esse homem vestido de preto e, enquanto encarava seus *olhos brilhantes e ardentes,* soube que ele dizia a verdade, que aquele era um homem de palavra. Então ela olhou para o revólver na mão e de novo para o homem. E ela disse: *Então você é um fanático e não tem como aprender,* e atirou na cara dele.

Outro disparo, e o holomonitor se respingou de um vermelho vívido. Um close no rosto arruinado do padre. Aplausos e gritos entre a multidão. O contador de histórias esperou a manifestação arrefecer com um sorriso modesto. Ao meu lado, Sylvie se moveu como alguém despertando. O contador de histórias escancarou o sorriso.

— Bem, agora, meus amigos, como vocês devem imaginar, essa *jovem e bela prostituta* ficou *extremamente* grata à sua salvadora. E quando a multidão havia carregado o corpo do segundo padre para longe, ela convidou Quell para a *sua casa,* onde... — O contador de histórias soltou os controles outra vez e abraçou o próprio corpo. Estremeceu espetacularmente e esfregou as duas mãos na parte superior dos braços. — Mas realmente está frio demais para continuar, temo eu. Não conseguiria...

E meio a um novo coro de protestos, peguei Sylvie pelo braço outra vez e a levei para longe. Ela não disse nada pelos primeiros passos; a seguir, olhou vagamente para trás, para o contador de histórias, e de volta para mim.

— Eu nunca estive em Xária — disse ela, em uma voz intrigada.

— Não, e posso apostar que ele também nunca esteve. — Olhei cuidadosamente para os olhos dela. — E Quell quase com certeza também nunca chegou a ir para lá. Mas rende uma boa história, né?

CAPÍTULO 15

Comprei um kit de telefones descartáveis de um mercador em um nicho à beira-mar e usei um deles para ligar para Lazlo. A voz dele soou titubeante pela briga entre o embaralhamento e contraembaralhamento antigos no sinal, coisa que flutuava acima de Nova Hok como névoa de alguma cidade da Terra do início do milênio. Os ruídos do cais ao meu redor não ajudavam muito. Prendi o fone com força contra a orelha.

— Você precisa falar mais alto — gritei para ele.

— ... *disse* que ela ainda não tá bem o bastante para usar a rede, então?

— Ela diz que não. Mas está se virando bem. Escuta, eu deixei um rastro. Você pode esperar um Kurumaya muito puto batendo na sua porta hoje mesmo, mais tarde. É melhor começar a ensaiar os álibis.

— Quem, eu?

Sorri mesmo a contragosto.

— Algum sinal desse Kovacs, então?

A resposta dele foi inaudível por trás de um súbito espessamento na estática e flutuação.

— Como é?

— ... hoje cedo, disse que ele viu a Gangue do Crânio perto de Sopron ontem com alguns caras que ele não conhecia, parecia... sul a toda velocidade. Provavelmente chegam essa noite, em algum momento.

— Tudo bem. Quando Kovacs aparecer, vocês se cuidem. O cara é um merdinha bem perigoso. Você se proteja. Escaneie tudo.

— Vou fazer isso. — Uma pausa longa, repleta de estática. — Ei, Micky, você tá cuidando bem dela, né?

Funguei.

— Não, estou prestes a escalpelá-la e vender as peças para um comerciante de dados. *O que é que você acha?*

— Eu sei que você po... — Outra onda de distorção abafou a voz dele. — ...então, então leve-a para alguém que possa ajudar.

— É, estamos trabalhando nisso.

— ... Porto Fabril?

Chutei qual seria o conteúdo da mensagem.

— Não sei. Ainda não, pelo menos.

— Se isso for o que é preciso, cara. — A voz dele estava sumindo agora, tênue pela distância e distendida pelo embaralhamento. — *O que quer que seja preciso.*

— Las, tô perdendo o sinal. Tenho que desligar.

— ...otou, Micky.

— Tá, você também. Eu entro em contato.

Desliguei a conexão, afastei o telefone do ouvido e o pesei em minha mão. Fitei o mar por um longo tempo. Em seguida, peguei um novo telefone e disquei outro número, desencavando-o de uma memória de décadas atrás.

Como muitas cidades no Mundo de Harlan, Tekitomura se agarra ao sopé de uma cordilheira enfiada até a cintura no oceano. O espaço disponível para construção é escasso. Por volta da época em que a Terra estava se preparando para entrar na era do gelo do Pleistoceno, parece que o Mundo de Harlan sofreu uma rápida mudança climática na direção oposta. Os polos se derreteram até os restos esfarrapados e os oceanos se elevaram, afogando tudo, exceto dois dos continentes do pequeno planeta. Seguiram-se extinções em massa, entre elas, uma raça muito promissora de habitantes litorâneos dotados de presas que, segundo sugerem algumas evidências, havia desenvolvido ferramentas rudimentares de pedra, fogo e uma religião baseada na complicada dança gravitacional das três luas do Mundo de Harlan.

Pelo visto, não foi o suficiente para salvá-los.

Os colonizadores marcianos, quando chegaram, não pareceram ter dificuldades com o terreno limitado. Eles construíram ninhos intrincados, altíssimos, diretamente na rocha das encostas das montanhas mais íngremes e ignoraram em grande parte os pequenos cernes e bordas de terra disponíveis no nível do mar. Meio milhão de anos mais tarde, os marcianos tinham desaparecido, mas as ruínas de seus ninhos perduravam, para que a nova onda de colonizadores humanos encarasse, boquiaberta, e deixasse majoritariamente intacta. As cartas de astronavegação desencavadas em cidades abandonadas em Marte tinham nos trazido até aqui, mas, depois que chegamos, ficamos por conta própria. Sem asas e sem boa parte de nossa tecnologia aérea devido aos orbitais, a humanidade se satisfez com cidades convencionais em dois continentes, uma metrópole espalhada em várias ilhas no coração do Arquipélago de Porto Fabril e portos pequenos e estrategicamente localizados em outros pontos para fornecer ligação. Tekitomura era uma faixa de dez quilômetros de orla densamente construída, recuando até onde as montanhas ameaçadoras mais atrás permitiam e depois se esgarçando até acabar. Em um sopé rochoso, a fortaleza cintilava sobre a paisagem, talvez aspirando, em sua elevação, ao status semimístico de uma ruína marciana. Mais para trás, as estreitas trilhas montanhosas abertas por expedições arqueológicas humanas se enredavam para cima até chegar nos sítios arqueológicos.

Não havia mais arqueólogos trabalhando nas ruínas de Tekitomura. Os subsídios para qualquer coisa não relacionada com decifrar o potencial militar dos orbitais tinham sido cortados até o osso e os Mestres da Guilda que não tinham sido absorvidos pela terceirização militar havia muito tinham partido para o sistema Latimer via transmissão por agulha. Bolsões de talentos brutos, teimosos e largamente autofinanciados ainda resistiam em alguns pontos promissores perto de Porto Fabril e mais ao sul; contudo, na ladeira acima de Tekitomura, os acampamentos das escavações encontravam-se tão desprezados, vazios e abandonados quanto as torres marcianas esqueléticas junto às quais tinham sido construídos.

— Parece bom demais para ser verdade — falei, enquanto comprávamos provisões em uma loja no cais que dava para a rua. — Você tem certeza de que não vai dividir esse lugar com um punhado de namoradinhos adolescentes e cabudos ferrados?

Como resposta, ela me lançou um olhar cheio de significado e puxou a única mecha de seu cabelo que havia escapado do aperto do véu. Eu dei de ombros.

— Tudo bem, então. — Peguei um engradado de refrigerante de anfetamina. — Pode ser sabor cereja?

— Não, o gosto é uma merda. Pega o tradicional.

Compramos mochilas para carregar as provisões, escolhemos uma subida saindo do distrito do cais mais ou menos aleatoriamente e caminhamos. Em menos de uma hora, o ruído e os prédios começaram a ficar para trás e a inclinação se acentuou. Fiquei olhando para Sylvie conforme nosso ritmo desacelerava e nossos passos se tornavam mais deliberados, mas ela não demonstrou nenhum sinal de esmorecimento. Na verdade, o ar fresco e a luz fria do sol pareciam estar lhe fazendo bem. O cenho franzido e tenso que ocupara seu rosto de forma intermitente durante toda a manhã se alisou e ela até sorriu uma ou duas vezes. Conforme subimos mais, o sol emitia reflexos nos traços de minério das rochas em torno de nós e a vista virava algo digno de parar para observar. Descansamos algumas vezes para tomar água e fitar a linha litorânea de Tekitomura e o mar mais além.

— Deve ter sido legal ser um marciano — disse ela, a certa altura.

— Acho que sim.

O primeiro ninho ficou à vista do outro lado de um imenso pilar de pedra. Ele assomava por quase um quilômetro de altura, cheio de reviravoltas e dilatações que davam desconforto ao olhar diretamente. Rebordos de pouso se estendiam como línguas das quais se havia cortado fatias; pináculos ostentavam tetos amplos e ventilados, de onde pendiam poleiros e outras projeções menos identificáveis. As entradas se escancaravam em uma variedade anárquica de aberturas ovaladas, desde as mais compridas, esguias e vaginais até outras em formato de coração gordinho e tudo o que se podia imaginar entre as duas. Cabos pendurados em todo canto. Dava a impressão fugaz, mas reiterada de que toda a estrutura cantaria quando soprasse uma ventania, e talvez, de algum modo, se reviraria como um sino de vento colossal.

Na trilha que levava até lá, as estruturas humanas se agrupavam, pequenas e sólidas, como filhotes feiosos aos pés de uma princesa de conto de fadas. Cinco cabines em um estilo não muito mais recente do que as relíquias em Nova Hok, todas exibindo a leve luz azulada interior de sistemas automáticos dormentes. Paramos na primeira que alcançamos e largamos nossas mochilas. Estreitei os olhos, espiando de um lado para outro enquanto analisava ângulos de disparo e potenciais esconderijos para nos defender de qualquer atacante, pensando em soluções para cada possibilidade. Era um processo mais ou menos automático, o condicionamento Emissário passando o tempo do mesmo jeito que algumas pessoas assoviam entredentes.

Sylvie arrancou seu véu e chacoalhou a cabeça, soltando o cabelo com alívio evidente.

— Um minutinho — disse ela.

Considerei minha análise semi-instintiva do potencial defensivo da escavação. Em qualquer planeta onde fosse possível subir ao ar com desembaraço, seríamos alvo fácil. Entretanto, no Mundo de Harlan, as regras normais não se aplicam. O limite máximo em máquinas voadoras é um helicóptero com seis lugares funcionando com um motor de rotores, *sem* sistemas inteligentes e *nenhum* armamento instalado. Qualquer outra coisa vira cinza em pleno ar. Pode-se dizer o mesmo de voadores individuais em arneses antigravitacionais ou nanocópteros. As restrições do fogo angelical dizem respeito, aparentemente, tanto ao nível de tecnologia utilizado quanto à massa física. Considerando ainda a altura limite de cerca de quatrocentos metros, da qual já nos encontrávamos muito acima, era seguro presumir que o único jeito que alguém poderia se aproximar de nós seria a pé, subindo pela trilha. Ou escalando o paredão ao lado, o que podiam ficar à vontade para tentar.

Atrás de mim, Sylvie grunhiu, satisfeita, e eu me virei para ver a porta da cabine se abrir. Ela gesticulou ironicamente.

— Depois de você, professor.

A luz azul dormente tremeluziu e piscou branca quando carregamos nossas mochilas para dentro e, de algum lugar, ouvi o sussurro do ar-condicionado sendo acionado. Uma bobina de dados espiralou, despertando na mesa em um canto. O ar fedia a bactericida, mas dava para perceber o cheiro mudando conforme os sistemas registravam ocupantes. Empurrei minha mochila para um canto, tirei minha túnica e peguei uma cadeira.

— As instalações da cozinha estão em uma das outras cabines — disse Sylvie, vagando por ali e abrindo portas internas. — Mas a maioria dessas coisas que a gente comprou é autoaquecível. E tudo o mais que precisamos, já temos. O banheiro é ali. Camas ali, ali e ali. Não é automoldável, desculpa. Segundo as especificações que encontrei enquanto abria as portas, cabem seis pessoas. Os sistemas de dados são conectados, ligados diretamente à rede global pelo cartucho da Universidade de Porto Fabril.

Assenti e passei minha mão à toa pela bobina de dados. À minha frente, uma jovem vestida severamente cintilou, ganhando vida de repente. Ela fez uma reverência peculiar e formal.

— Professor Acaso.

Olhei de relance para Sylvie.

— Muito engraçado.

— Eu sou o Sítio 301. Em que posso lhe ser útil?

Bocejei e olhei para o quarto ao meu redor.

— Esse lugar roda algum sistema defensivo, Sítio?

— Se você está se referindo a armas — disse o construto —, temo que não. O disparo de projéteis ou energia desgovernada tão perto de um local de tanta importância xenológica seria imperdoável. Entretanto, todas as unidades se trancam com um sistema de código extremamente difícil de infiltrar.

Dei outra olhada para Sylvie. Ela sorriu. Pigarreei.

— Certo. E vigilância? Até que ponto da montanha seus sensores alcançam?

— Minha amplitude de prontidão cobre apenas o ponto da escavação e os prédios secundários. No entanto, através da totalidade da conexão de dados global, posso acessar...

— Tá, obrigado. Isso é tudo.

O construto se apagou, fazendo com que o recinto parecesse momentaneamente sombrio e imóvel em sua esteira. Sylvie foi até a porta principal e a fechou. Ela gesticulou para o espaço em torno de nós.

— Acha que estamos seguros aqui?

Dei de ombros, relembrando a ameaça de Tanaseda. *Um mandado global pela sua captura.*

— Tão seguros quanto em qualquer outro lugar em que eu consiga pensar no momento. Pessoalmente, eu estaria de partida para Porto Fabril esta noite mesmo, mas é exatamente por isso que...

Parei. Ela olhou para mim com curiosidade.

— Exatamente por isso que o quê?

Exatamente por isso que estamos aderindo a uma ideia que você teve, e não eu. Porque qualquer coisa que possa me ocorrer, há uma boa chance de que também ocorra a ele.

— É exatamente o que eles vão esperar que a gente faça — corrigi. — Se tivermos sorte, eles vão passar direto por nós no transporte mais veloz que puderem arranjar rumo ao sul.

Ela pegou a cadeira à minha frente e a virou, sentando-se ao contrário nela.

— Sim. E isso nos deixa o que para fazer, nesse meio-tempo?

— Isso é um convite?

Escapou antes que eu me desse conta de ter dito. Os olhos dela se arregalaram.

— Você...

— Desculpa. Me desculpa, isso foi... Uma piada.

Como mentira, aquilo teria me expulsado do Corpo de Emissários com uivos de desprezo. Eu quase podia ver Virgínia Vidaura balançando a cabeça em incredulidade. Aquilo não teria convencido um monge Loyko cheio de sacramento da crença para a Quinzena de Aceitação. E certamente não convenceu Sylvie Oshima.

— Olha, Micky — disse ela, devagar. — Eu sei que tô te devendo por aquela noite com os Barbas. E eu gosto de você. Muito. Mas...

— Não, é sério. Era brincadeira, tá? Uma piada ruim.

— Não tô dizendo que não pensei nisso. Acho que até sonhei a respeito, umas duas noites atrás. — Ela sorriu e algo se agitou em minha barriga. — Acredita?

Consegui dar de ombros outra vez.

— Se você tá dizendo.

— É só que... — Ela balançou a cabeça. — Eu não te conheço, Micky. Eu não te conheço melhor do que conhecia duas semanas atrás e isso é um pouco assustador.

— É, bem; troquei de capa. Isso pode...

— Não, não é isso. Você é travado, Micky. É mais fechado do que todo mundo que já conheci e, acredite, já encontrei gente fodida nessa nossa linha de trabalho. Você entrou naquele bar, o Corvo de Tóquio, sem nada além daquela faca que tá sempre carregando e matou todo mundo como se fosse rotina. E o tempo todo você estava com um sorrisinho. — Ela tocou o cabelo, meio sem jeito, ao que me pareceu. — Dessas coisas eu me lembro com precisão total quando quero. Vi o seu rosto. Posso vê-lo agora mesmo. Você tava sorrindo, Micky.

Eu não disse nada.

— Eu acho que não quero ir para a cama com alguém assim. Bem — ela sorriu um pouco —, isso é uma mentira. Uma parte de mim quer, uma parte de mim quer *muito*. Mas é uma parte em que aprendi a não confiar.

— Provavelmente muito sábio de sua parte.

— É. Provavelmente. — Ela balançou o cabelo para longe do rosto e experimentou dar um sorriso mais firme. Seus olhos voltaram aos meus.

— Então você foi até a fortaleza e retirou os cartuchos corticais deles. Para que, Micky?

Devolvi o sorriso. Levantei da cadeira.

— Sabe, Sylvie, uma parte de mim quer muito te contar. Mas...

— Tá bem, tá bem...

— ... é uma parte em que aprendi a não confiar.

— Muito espertinho.

— Eu tento. Olha, vou conferir algumas coisas lá fora antes que comece a escurecer. Volto daqui a pouco. Se você acha que ainda me deve pelos Barbas, faça-me um favorzinho enquanto eu estiver fora. Tente se esquecer de que passei uma cantada tão grosseira como fiz agora há pouco. Eu agradeceria muito.

Ela desviou o olhar para a bobina de dados. Sua voz saiu muito baixa.

— Claro. Sem problema.

Não, tem problema, sim. Eu contive as palavras enquanto ia até a porta. Tem um problema fodido. E eu ainda não tenho ideia do que fazer a respeito.

A segunda ligação é atendida quase de imediato. Uma voz masculina brusca, sem interesse em conversar com ninguém.

— Sim?

— Yaroslav?

— Sim. — Impaciente. — Quem tá falando?

— Um insetinho azul.

O silêncio se abre como uma facada depois dessas palavras. Nem a estática disfarça. Comparada com a conexão que obtive com Lazlo, essa linha é clara como água. Posso ouvir o choque na outra ponta.

— Quem é? — A voz dele havia mudado completamente. Endurecido como concreterno tratado. — Ligue a transmissão de vídeo, quero ver um rosto.

— Não ajudaria muito. Não estou usando nada que você reconheça.

— Eu te conheço?

— Digamos apenas que você não tinha muita fé em mim quando fui para Latimer e fiz jus a essa falta de fé.

— Você! Você tá de volta no Mundo?

— Não, tô ligando da órbita. O que você acha, caralho?

Uma pausa longa. Respiração na linha. Olho para os dois lados do cais de Kompcho com cautela reflexiva.

— *O que você quer?*

— *Você sabe o que eu quero.*

Outra hesitação.

— *Ela não tá aqui.*

— *Aham, sei. Coloca ela na linha.*

— *Tô falando sério. Ela foi embora.* — *Há um engasgo na garganta quando ele diz isso, o bastante para me fazer acreditar.* — *Quando foi que você voltou?*

— *Faz um tempinho. Aonde ela foi?*

— *Não sei. Se eu tivesse que chutar...* — *A voz dele desaparece em um sopro através de lábios frouxos. Lanço um olhar para o relógio que pilhei do bunker na Insegura. Ele vinha dando a hora certa havia trezentos anos, indiferente à ausência humana. Depois de anos de indicadores de tempo embutidos, ainda parecia um pouco esquisito, um pouco arcaico.*

— *Você tem que chutar. Isso é importante.*

— *Você nunca disse a ninguém que ia voltar. Nós achamos...*

— *É, eu não gosto muito de festinhas de recepção. Agora chuta. Aonde ela foi?*

Posso ouvir o modo como os lábios dele se retesam.

— *Tenta Vchira.*

— *A praia de Vchira? Ah, vá.*

— *Acredite se quiser. Pegar ou largar.*

— *Depois de todo esse tempo? Eu achei...*

— *É, eu também. Mas depois que ela foi embora, eu tentei...* — *Ele para. Ouço um clique em sua garganta quando ele engole seco.* — *Nós ainda tínhamos contas conjuntas. Ela comprou uma passagem barata para o sul em um cargueiro veloz, comprou uma capa nova quando chegou lá. Especificações de surfista. Limpou a conta para poder bancar o preço. Torrou tudo. Ela tá, eu sei que ela tá lá com a porra do...*

Ele se sufoca. Um silêncio espesso. Algum vestígio corroído de decência me força a fazer uma careta. Mantém minha voz gentil.

— *Então você acha que o Brasil ainda tá por aí, hein?*

— *O que muda na Praia de Vchira?* — *pergunta ele, amargo.*

— *Tá bem, Yaros. Isso é tudo de que preciso. Valeu, cara.* — *Uma sobrancelha arqueada ao ouvir minhas próprias palavras.* — *Pega leve, tá?*

Ele grunhe. Quando estou prestes a desligar, ele pigarreia e começa a falar·

— *Escuta, se você a vir. Diga a ela...*
Espero.
— *Ah, que se foda.* — *E ele desliga.*

A luz diurna se apagando.

Abaixo de mim, as luzes começavam a se acender por Tekitomura conforme a noite soprava do mar. Hotei se encontrava largada e gorda no horizonte ocidental, tingindo um caminho sarapintado de laranja pela água até a praia. Marikanon pendia lá no alto, acobreada e mordida numa borda. No mar, os faróis de varredores já pintalgavam as trevas mais profundas. Os sons do porto flutuavam vagamente até mim. Não havia sono com os Desarmadores.

Olhei de relance para a cabine do arqueólogo e o ninho marciano capturou o canto da minha visão. Ele se erguia, massivo e esquelético, no céu que escurecia à minha direita, como os ossos de algo morto há muito tempo. A mistura cobre-alaranjada da luz das luas caía por aberturas na estrutura e emergia em ângulos por vezes surpreendentes. Uma brisa fria chegava com a noite e os cabos pendurados se agitaram de leve com ela.

Nós os evitamos porque não temos muito uso para eles em um mundo como este, mas eu me pergunto se isso é tudo. Conheci uma arqueóloga que me disse que os padrões de assentamento humano evitam as relíquias da civilização marciana, como esta, em todos os mundos do Protetorado. *É instintivo,* disse-me ela. *Um medo atávico. Até as cidades das escavações começam a esvaziar assim que as escavações param. Ninguém fica por perto por escolha própria.*

Encarei o labirinto de luz despedaçada e sombra junto ao ninho e senti um pouco daquele medo atávico se infiltrar em mim. Era fácil demais imaginar, sob a luz débil, o bater de asas amplas em ritmo lento e uma espiral de silhuetas de raptor girando contra o céu noturno lá no alto, maiores e mais angulares do que qualquer coisa que tenha voado na Terra durante a memória humana.

Livrei-me do pensamento com um dar de ombros, irritado.

Vamos nos concentrar somente nos problemas reais que temos, hein, Micky? Não é como se eles já não fossem numerosos o suficiente.

A porta da cabine se abriu e a luz se derramou para fora, deixando-me abruptamente consciente de quanto o ar tinha esfriado.

— Você vai entrar para comer alguma coisa? — perguntou ela.

CAPÍTULO 16

O tempo na montanha não ajudou muito.

Na primeira manhã eu dormi até tarde, mas isso me deixou com dor de cabeça e hesitante quando enfim me aventurei para fora do quarto. A Eishundo não projetava suas capas para a ostentação, pelo visto. Sylvie não estava por perto, porém a mesa estava cheia de itens de café da manhã de vários tipos, a maioria deles já abertos. Revirei os restos e encontrei uma lata de café ainda intacta, puxei a aba e o tomei de pé junto à janela. Sonhos lembrados pela metade saltitaram pelo fundo de minha mente, a maioria deles coisa em nível celular sobre afogamento. Legado do tempo excessivamente longo que a capa tinha passado guardada no tanque — eu tinha passado pela mesma coisa no começo, na Insegura. As batalhas com mementas e o rápido fluxo da vida com os Escorregadios de Sylvie tinham abafado isso em troca de cenários mais convencionais de fuga ou luta e baboseira reconstituída das memórias da minha própria consciência sobreposta.

— Você está acordado — disse Sítio 301, ganhando vida e brilhando nos limites da minha visão.

Olhei para ela e levantei minha lata de café.

— Quase, chegando lá.

— Sua colega deixou uma mensagem para você. Quer ouvir?

— Acho que sim.

— *Micky, vou dar uma volta na cidade.* — A voz de Sylvie saiu da boca do construto com a devida mudança no visual. Em meu estado fragilizado de vigília, aquilo me atingiu com mais força do que deveria. Espinhosamente incongruente, além de uma lembrança inconveniente do meu problema central. — *Vou me enterrar nos respingos de dados por lá. Quero ver se consigo botar essa rede pra funcionar, talvez usá-la para entrar em contato com Orr e os outros. Ver o que tá rolando por lá. Eu vou trazer umas coisinhas.* Fim da mensagem.

O súbito ressurgimento da voz do construto me fez piscar. Assenti e levei meu café até a mesa. Limpei um pouco do lixo do café, afastando-o da bobina de dados, e refleti por algum tempo. Sítio 301 pairou atrás de mim.

– Então posso contatar a Universidade de Porto Fabril através disso aqui, né? Vasculhar os arquivos gerais deles?

– Vai ser mais rápido se você me pedir — disse o construto, modestamente.

– Certo. Faça uma busca précis para... — Suspirei. — Quellcrist F...

— Iniciando. — Fosse por tédio pelos anos de desuso ou apenas um mau reconhecimento da entonação, o construto já estava rodando. A bobina de dados se iluminou e expandiu. Uma cópia em miniatura da cabeça e dos ombros da Sítio 301 apareceu junto ao topo e começou a précis. Imagens ilustrativas rolaram no espaço abaixo. Assisti, bocejando, e deixei a busca rodar. — Encontrado: um, quellcrist, também chamada qualgrist, uma erva anfíbia nativa do Mundo de Harlan. A quellcrist é uma espécie de alga marinha de água rasa de cor ocre, encontrada principalmente em zonas de clima temperado. Apesar de conter alguns nutrientes, ela perde nesse aspecto quando comparada à espécie original da Terra ou às híbridas criadas propositalmente, não sendo, portanto, considerada uma cultura alimentar suficientemente rentável para cultivo.

Assenti. Não era por onde eu queria começar, mas...

— Certas substâncias medicinais podem ser extraídas de alguns tipos de quellcrist maduras, mas, exceto por determinadas comunidades pequenas ao sul do Arquipélago de Porto Fabril, a prática é rara. Quellcrist é, na verdade, notável apenas por seu ciclo de vida incomum. Caso permaneça sem água por longos períodos, as vagens da planta secam, virando um pó preto que pode ser carregado pelo vento por centenas de quilômetros. O resto da planta morre e apodrece, mas o pó de quellcrist, após voltar a entrar em contato com a água, se reconstitui em microfrondes das quais uma planta inteira pode crescer em questão de semanas.

"Encontrado: dois, Quellcrist Falconer, *nom de guerre* da líder insurgente e pensadora política da era da Colonização Nadia Makita, nascida em Porto

Fabril em 18 de abril de 47 (Cômputo Colonial), morta em 33 de outubro de 105. Filha única do jornalista Stefan Makita e da engenheira marinha Fusako Kimura, ambos de Porto Fabril. Makita estudava demodinâmica na Universidade de Porto Fabril e publicou uma tese de mestrado polêmica, *A Nova Mitologia e a Permeabilidade do Papel dos Gêneros*, além de três coletâneas de poesia em faijap, que logo alcançaram o status *cult* entre os *literati* de Porto Fabril. Ao final da vida...

— Pode me dar um foco mais estreito aqui, Sítio?

— No inverno de 67, Makita abandonou o meio acadêmico, famosamente recusando tanto uma oferta generosa para um cargo em pesquisa no corpo docente das ciências sociais quanto um patrocínio literário vindo de um membro de alto escalão das Primeiras Famílias. Entre outubro de 67 e maio de 71, ela viajou pelo Mundo de Harlan, sustentada em parte pelos pais e em parte por vários empregos como trabalhadora braçal, entre eles cortadora de belalga e colhedora de frutaborda. De modo geral, considera-se que as experiências de Makita em meio a esses trabalhadores ajudaram a endurecer suas convicções políticas. O salário e as condições de ambos os grupos eram uniformemente ruins, com doenças debilitantes sendo comuns entre as fazendas de belalga e altas taxas de acidentes por quedas entre os trabalhadores de frutaborda.

"De qualquer maneira, no começo de 69, Makita estava publicando artigos nos jornais radicais *Nova Estrela* e *Mar de Mudança*, através dos quais pode-se rastrear um afastamento evidente das tendências reformistas liberais que ela tinha demonstrado enquanto estudante (e propagadas por seus pais). Em seu lugar, ela propunha uma nova ética revolucionária que pegava emprestados alguns princípios de pensadores extremistas já existentes, mas se destacava pelo veneno com que esses princípios eram, eles mesmos, criticados selvagemente, quase tanto quanto as políticas da classe governante. Essa abordagem não a aproximou da *intelligentsia* radical do período e ela se viu, embora reconhecida como uma pensadora brilhante, cada vez mais isolada da corrente revolucionária dominante. Na falta de um adjetivo com que descrever sua nova teoria política, ela a chamou de quellismo no artigo 'A Revolução Ocasional', em que argumentou que os revolucionários modernos *devem, quando privados de alimento por forças opressivas, soprar sobre a terra como pó de quellcrist, onipresente e sem deixar rastros, mas levando dentro de si o poder da regeneração revolucionária até o ponto e o momento em que novo sustento possa surgir.* É aceito de forma geral que sua adoção do nome *Quellcrist* tenha ocorrido pouco depois, derivada dessa mesma fonte inspiradora. A origem do sobrenome *Falconer,* contudo, ainda é controversa.

"Com a eclosão dos levantes da belalga em Kossuth, em maio de 71, e a repressão que se seguiu, Makita fez sua primeira aparição como guerrilheira em..."

— Espera. — O café em lata não era muito bom e o ritmo estável dos fatos confortavelmente familiares tinha virado algo hipnótico enquanto eu ficava ali sentado. Bocejei de novo e me levantei para jogar a lata fora. — Certo, talvez seja melhor um foco um pouco menos estreito. Podemos saltar um pouco adiante?

— Uma revolução — disse Sítio 301, obediente — que os quellistas recém-ascendentes não tinham esperança alguma de vencer enquanto enfrentavam oposição interna...

— Um pouco mais adiante. Vamos até o segundo front.

— Vinte e cinco anos depois, aquela ostentação aparentemente retórica enfim se concretizava como um axioma funcional. Como diria a própria Makita, o pó de quellcrist, que a angustiante tempestade de justiça provocada por Konrad Harlan tinha soprado para todos os lados na esteira de derrota quellista, agora brotava uma nova resistência em uma dúzia de locais diferentes. O segundo front de Makita começou exatamente quando ela havia previsto que aconteceria, mas, dessa vez, a dinâmica da insurgência tinha se transformado, ficando irreconhecível. No contexto de...

Vasculhando nas mochilas em busca de mais café, deixei a narrativa me banhar. Isso eu também sabia. Na época do segundo front, o quellismo já não era mais o peixe mais novo no arrecife. Uma geração de incubação silenciosa sob o jugo da repressão harlanita o havia transformado na única força radical que restava no Mundo. Outras tendências brandiam armas ou vendiam a alma e eram derrubadas da mesma forma, espoliadas, um amontoado amargo e desiludido de gente superada por forças governamentais apoiadas pelo Protetorado. Enquanto isso, os quellistas simplesmente se afastaram, desapareceram, abandonaram a luta e seguiram com suas vidas, como Nadia Makita sempre argumentou que eles deveriam estar preparados para fazer. *A tecnologia nos deu acesso a uma escala de tempo de vida a que nossos ancestrais podiam apenas aspirar — nós devemos estar preparados para usar essa escala de tempo, para viver nessa escala, se quisermos realizar nossas próprias aspirações.* E 25 anos depois, eles voltaram, suas carreiras construídas, famílias formadas, filhos criados, voltaram para lutar outra vez, não bem envelhecidos, mas experientes, mais sábios, mais duros, mais fortes, mantendo vivo em seu cerne aquele sussurro que persistia no coração de cada levante individual: o sussurro de que a própria Quellcrist Falconer estava de volta.

Se a natureza semimística de sua existência de 25 anos como fugitiva havia sido difícil de aceitar para as forças de segurança, o retorno de Nadia Makita foi ainda pior. Ela tinha 53 anos de idade, mas estava encapada em uma nova pele, impossível de identificar até mesmo para conhecidos mais íntimos. Ela avançou pelas ruínas da revolução anterior como um fantasma vingativo e suas primeiras vítimas foram os traidores e delatores que popularam as fileiras da antiga aliança. Dessa vez, não havia picuinhas de facções para difratar o foco, paralisar a liderança quellista e vendê-la para os harlanitas. Os neomaoístas, os comunitários, o Caminho do Novo Sol, os Gradualistas do Parlamento e os Libertários Sociais: ela os procurou enquanto eles sossegavam em sua senilidade, resmungando sobre as tentativas atrapalhadas de tomar o poder, e matou todos.

Quando ela se voltou para as Primeiras Famílias e sua assembleia mansa, aquilo já não era mais uma revolução.

Era a Descolonização.

Era uma guerra.

Três anos depois, o ataque final a Porto Fabril.

Abri o segundo café e o bebi enquanto Sítio 301 lia a história até o final. Ouvi essa história inúmeras vezes na infância, sempre torcendo por uma reviravolta no último minuto, um indulto da tragédia inevitável.

— Com Porto Fabril firmemente nas mãos das forças do governo, o ataque quellista desmontado e um meio-termo moderado sendo acertado na assembleia, Makita talvez tenha acreditado que seus inimigos tivessem outras questões mais urgentes para resolver antes de sair em sua perseguição. Makita havia, acima de tudo, acreditado no amor deles pela conveniência, mas informações equivocadas a levaram a avaliar mal o papel vital que sua captura ou eliminação desempenharia no acordo de paz. Quando ela se deu conta de seu erro, a fuga já era praticamente impossível...

Apague o *praticamente*. Harlan enviou mais belonaves para cercar a Cratera Alabardos do que havia empregado em qualquer batalha naval daquela guerra. Exímios pilotos de helicóptero levaram as naves aos limites da barreira de quatrocentos metros de elevação com temeridade quase suicida. Franco-atiradores das operações especiais se amontoavam dentro deles, equipados com as armas mais pesadas que os parâmetros dos orbitais permitiam, segundo se pensava. Foram dadas ordens para derrubar qualquer aeronave de fuga utilizando qualquer meio possível, inclusive, se necessário, colisão direta.

— Em uma tentativa final e desesperada para salvá-la, os seguidores de Makita arriscaram um voo de alto nível em um jatocóptero minimalista que, acreditava-se, as plataformas orbitais talvez ignorassem. No entanto...

— Tá, tá bem, Sítio. Já deu.

Acabei com meu café. No entanto, eles fizeram merda. No entanto, o plano tinha defeitos ou, quem sabe, uma traição deliberada. No entanto, uma lança de fogo angelical desceu dos céus acima de Alabardos e tisnou em pleno ar uma imagem negativa do jatocóptero. No entanto, Nadia Makita flutuou gentilmente até o oceano como moléculas orgânicas randomizadas em meio a cinzas metálicas. Eu não precisava ouvir isso de novo.

— E as lendas de fuga?

— Assim como ocorre com todas as figuras heroicas, há muitas lendas sobre a fuga secreta de Quellcrist Falconer da Morte Real. — A voz da Sítio 301 parecia vagamente tingida de censura, mas aquilo podia ser minha imaginação grogue. — Há quem creia que ela nunca chegou a embarcar no jatocóptero, para começo de conversa, e que, mais tarde, fugiu de Alabardos disfarçada entre as tropas que ocupavam o terreno. Teorias mais críveis derivam da ideia de que, em algum ponto antes de sua morte, foi efetuado um backup da consciência de Falconer e ela foi revivida depois que a histeria do pós-guerra arrefeceu.

Assenti.

— Então, onde teriam armazenado essa consciência?

— Isso varia. — O construto ergueu a mão elegante e estendeu os dedos esguios em sequência. — Alguns afirmam que ela foi transmitida por feixe de agulha para fora do Mundo de Harlan, para um depósito de dados no espaço profundo...

— Ah, sim, isso é bem provável.

— ...ou para outro dos Mundos Assentados, onde tinha amigos. Adoración e Terra de Nkrumah são os favoritos. Outra teoria sugere que ela foi armazenada depois de sofrer um ferimento em combate em Nova Hokkaido, ao qual se acreditava que ela não fosse sobreviver. Que, quando ela se recuperou, seus seguidores abandonaram ou se esqueceram da cópia...

— É. Como se faz com a consciência da sua líder e heroína.

Sítio 301 franziu o cenho com a interrupção.

— A teoria pressupõe combates generalizados e caóticos, várias mortes súbitas e o colapso das comunicações em geral. Esses destaques ocorreram em vários estágios das campanhas em Nova Hokkaido.

— Humm.

— Porto Fabril é outra localização envolvida nessas teorias. Historiadores do período argumentam que a família Makita tinha conexões suficientes para ter tido acesso a instalações de armazenagem discretas. Muitas empresas de comércio de dados travaram batalhas legais e foram bem-sucedidas nelas para manter o anonimato desses cartuchos. A capacidade total de armazenagem discreta na zona metropolitana de Porto Fabril está estimada em...

— E então, em que teoria você acredita?

O construto parou tão abruptamente que sua boca continuou aberta. Uma ondulação piscou pela presença projetada. Minúsculas especificações em código cintilaram brevemente no lado direito do quadril dela, em seu seio esquerdo e sobre seus olhos. Sua voz assumiu o tom inexpressivo da rotina.

— Sou um construto de serviço da Sistemas de Dados Harkany, habilitada em nível básico de interação. Não posso responder a essa pergunta.

— Não acredita em nada, hein?

— Compreendo apenas dados e os gradientes de probabilidade fornecidos por eles.

— Me parece bom. Faça as contas. Qual é a maior probabilidade nesse caso?

— O resultado de maior probabilidade com os dados disponíveis é que Nadia Makita estava a bordo do jatocóptero quellista em Alabardos, foi vaporizada com ele pelo fogo orbital e não existe mais.

Assenti outra vez e suspirei.

— Certo.

* * *

Sylvie voltou algumas horas depois, trazendo frutas frescas e uma marmita cheia de tortas de camarão apimentadas. Comemos sem conversar muito.

— Você conseguiu contato? — perguntei em dado momento.

— Não. — Ela balançou a cabeça, mastigando. — Tem alguma coisa errada. Posso sentir. Eu posso senti-los lá fora, mas não consigo definir o bastante para obter um link de transmissão.

Seus olhos se abaixaram, apertados em uma expressão que parecia de dor.

— Tem alguma coisa errada — repetiu ela, baixinho.

— Você não tirou o véu, né?

Ela olhou para mim.

— Não, eu não tirei o véu. Isso não afeta minha funcionalidade, Micky. Só me deixa puta da vida.

Dei de ombros.

— Você e eu.

Os olhos de Sylvie rastrearam o bolso onde eu mantinha os cartuchos corticais retirados, mas ela não disse nada.

Evitamos um ao outro pelo resto do dia. Sylvie se sentou junto à bobina de dados a maior parte do tempo, de vez em quando induzindo mudanças no monitor colorido sem tocar nele nem falar. Em certo momento, ela foi até o quarto e ficou lá por uma hora, olhando para o teto. Dando uma espiada quando passei para o banheiro, vi os lábios dela se movendo em silêncio. Tomei um banho, fiquei junto à janela, comi uma fruta e tomei café o qual não me apetecia. No fim, fui para o lado de fora e vaguei pelas margens da base do ninho, falando esporadicamente com Sítio 301, que, por algum motivo, tinha assumido a incumbência de me acompanhar. Talvez para garantir que eu não desfigurasse nada.

Uma tensão indefinida residia no ar frio da montanha. Como sexo não feito, como mau tempo chegando.

Não podemos continuar assim para sempre, eu sabia. *Alguma coisa tem que acontecer.*

Em vez disso, escureceu, e depois de outra refeição monossilábica, fomos cedo para camas separadas. Fiquei deitado no silêncio morto da cabine à prova de som, imaginando sons noturnos que pertenciam, em sua maioria, a um clima muito mais ao sul. De repente me ocorreu que eu devia estar lá quase dois meses atrás. O condicionamento Emissário — concentre-se em seus arredores mais próximos e supere — tinha me impedido de pensar muito a respeito disso nas últimas semanas, mas sempre que eu tinha tempo, minha mente voltava a Novapeste e à Vastidão da Erva. Não que alguém estivesse exatamente sentindo a minha falta, mas compromissos tinham sido marcados e agora rompidos, e Radul Segesvar estaria se perguntando se meu desaparecimento silencioso podia, na verdade, significar detecção e captura, com todos os problemas associados que isso lhe traria na Vastidão. Segesvar estava me devendo, mas era um débito de valor discutível e, com as máfias sulistas, não valia a pena reforçar esse detalhe. Os *haiduci* não tinham a disciplina ética da yakuza. E com um atraso silencioso de dois meses, eu já estava forçando a barra até o limite.

Minhas mãos estavam coçando de novo. Cacoete genético do desejo de agarrar uma superfície rochosa e escalar, deixando para trás essa merda de lugar.

Encare, Micky. Tá na hora de se livrar disso. Seus dias de Desarmador acabaram. Foi divertido enquanto durou e você arranjou um rosto novo e essas mãos de lagartixa, mas já deu. Tá na hora de voltar aos trilhos. Voltar ao serviço pendente.

Virei de lado e encarei a parede. Do outro lado, Sylvie devia estar deitada no mesmo silêncio, no mesmo isolamento. Talvez até o mesmo atracadouro de sono perturbado.

O que eu deveria fazer? Abandoná-la?

Você já fez coisa pior.

Vi o olhar acusador de Orr. *Não encosta nela, ouviu?*

Escutei a voz de Lazlo. *Tô confiando em você, Micky.*

É, minha voz zombou, dentro de mim. *Ele tá confiando no Micky. O Takeshi Kovacs ele nem conheceu ainda.*

E se ela for quem diz ser?

Ah, vá! Quellcrist Falconer? Você ouviu a máquina. Quellcrist Falconer virou cinzas ao vento a setecentos metros de altitude de Alabardos.

Então quem é ela? O fantasma no cartucho. Talvez não seja Nadia Makita, mas com certeza acha que é. E com certeza não é Sylvie Oshima. Então, quem é?

Não faço ideia. Isso deveria ser problema meu?

Não sei, deveria?

O grande problema é que a yakuza contratou você mesmo, retirado de algum arquivo de cartuchos, para te apagar. Poético pra porra, e sabe do que mais? Ele provavelmente não vai fazer um serviço ruim. Deve ter os recursos para isso — um mandado global, lembra? E pode apostar que o pacote de incentivos deve ser do caralho. Você conhece as leis sobre duplo encapamento.

E no momento, a única coisa ligando tudo a essa capa que você tá usando é a mulher na porta ao lado e os coleguinhas mercenários dela. Então, quanto antes você se livrar deles, for para o sul e prosseguir com o trabalho pendente, melhor será para todos os envolvidos.

O trabalho pendente. É, isso vai resolver todos os problemas, Micky.

E para de me chamar por esse nome, caralho.

Impaciente, afastei as cobertas e saí da cama. Abri a porta um pouquinho e vi uma sala vazia. A mesa e a bobina de dados se retorcendo, brilhando na escuridão. O volume de nossas duas mochilas apoiadas juntas em um canto. A luz de Hotei pintava as silhuetas das janelas de um laranja pálido no chão. Caminhei nu sob a luz das luas e me agachei junto às mochilas, procurando por uma lata de refrigerante de anfetamina.

Foda-se o sono.

Escutei-a atrás de mim e me virei com uma inquietação fria e desconhecida roçando meus ossos. Sem saber com quem eu daria de cara.

— Você também, hein?

Era a voz de Sylvie, o olhar levemente intrigado e lupino de Sylvie Oshima enquanto ela me encarava com os braços em torno do próprio corpo. Ela também estava nua, os seios unidos e pressionados no V formado por seus braços como um presente que ela planejava me dar. Os quadris enviesados no movimento de um passo, uma coxa curvada levemente atrás da outra. Sob a luz de Hotei, sua pele pálida assumia um tom mais cálido, acobreado como o brilho do fogo. Ela sorriu, incerta.

— Fiquei acordando toda hora. Parece que a minha cabeça está rodando em sobrecarga. — Ela indicou a lata na minha mão. — Isso aí não vai ajudar, sabe?

— Eu não tô a fim de dormir. — Minha voz saiu um pouco rouca.

— Não. — O sorriso sumiu, dando lugar a uma súbita seriedade. — Eu também não tô a fim de dormir. Tô a fim de fazer o que você falou antes.

Ela descruzou os braços e seus seios penderam livres. Um tanto envergonhada, ela ergueu os braços e empurrou para trás a massa de seu cabelo, pressionando as mãos na nuca. Moveu as pernas de modo que suas coxas roçaram uma contra a outra. Entre os ângulos de seus cotovelos erguidos, ela me observava cuidadosamente.

— Você gosta de mim assim?

— Eu... — A postura levantava seus seios, deixando-os mais destacados. Eu podia sentir o sangue fluindo para o meu pau. Pigarreei. — Gosto muito de você assim.

— Que bom.

E ela ficou imóvel, me observando. Larguei a lata de refrigerante em cima da mochila de onde ela tinha saído e dei um passo na direção dela. Seus braços se soltaram, pendurando-se nos meus ombros, apertando em volta das minhas costas. Enchi uma das mãos com o peso suave de seu seio, estendendo a outra para baixo até a junção de suas coxas e a umidade da qual me lembrava, que...

— Não, espera. — Ela empurrou a mão mais abaixo para longe. — Aqui não, ainda não.

Foi um minúsculo momento dissonante, um sobressalto da expectativa mapeada na cabine-bolha dois dias antes. Eu me livrei dele com um gesto e levei as duas mãos ao seio que eu segurava, apertando o mamilo para a frente e sugando-o para dentro da boca. Ela estendeu a mão e pegou minha ereção, afagando-a com um toque que parecia sempre prestes a me soltar. Franzi a testa, relembrando um toque anterior, mais forte, mais confiante, e fechei sua mão com a minha em torno, fazendo mais força. Ela riu.

— Ah, desculpa.

Tropeçando um pouco, eu a empurrei para a beira da mesa, me libertei de sua mão e ajoelhei no chão em frente a ela. Ela murmurou algo no fundo da garganta e abriu um pouco as pernas, recostando-se e se apoiando no tampo da mesa com as duas mãos.

— Quero a sua boca em mim — falou, a voz espessa.

Subi minhas mãos abertas por suas coxas e pressionei os polegares dos dois lados de sua boceta. Um tremor a percorreu e seus lábios se separaram. Abaixei a cabeça e deslizei minha língua para dentro dela. Sylvie emitiu um som tenso, abafado, e eu sorri. De alguma forma, ela sentiu o sorriso e uma de suas mãos me estapeou o ombro.

— Cretino. Não ouse parar, seu cretino.

Abri mais suas pernas e fui ao trabalho com determinação. Sua mão voltou para meu ombro, dessa vez para apertá-lo, enquanto ela se movia na borda da mesa, irrequieta, os quadris se movendo para a frente e para trás, acompanhando o movimento da minha língua. A mão foi se meter em meu cabelo. Consegui dar outro sorriso contra a pressão que ela exercia, mas, dessa vez, ela estava distraída demais para me dizer qualquer coisa coerente. Sylvie começou a murmurar, eu não sabia dizer se para mim ou para ela mesma. No começo, eram simplesmente sílabas repetidas de aprovação; depois, conforme ela se retesou rumo ao clímax, outra coisa começou a emergir. Perdido no que eu estava fazendo, levei algum tempo para reconhecer o que era aquilo. Nos estertores do orgasmo, Sylvie Oshima cantarolava uma meada de código de informática.

Ela terminou com um tremor forte e as duas mãos esmagando minha cabeça na junção de suas coxas. Eu levei minhas mãos às dela e gentilmente me soltei de seu aperto, me colocando de pé diante dela e sorrindo.

E me encontrei cara a cara com outra mulher.

Era impossível definir o que havia mudado, mas os sentidos de Emissário leram para mim e o conhecimento absoluto por trás daquilo foi como um elevador caindo em meu estômago.

Nadia Makita estava de volta.

Ela estava ali, nos olhos estreitados e na curvatura profunda de um dos cantos da boca que não pertenciam a nenhuma expressão do repertório de Sylvie Oshima. Em uma sofreguidão que consumia seu rosto como chamas, e em uma respiração que escapava em explosões curtas e ásperas como se o orgasmo, uma vez passado, estivesse agora se esgueirando de volta em uma repetição, uma imagem-espelho.

— Olá, Micky Acaso — ciciou ela.

Sua respiração se desacelerou e a boca se contorceu em um sorriso, substituindo aquele que havia acabado de desaparecer do meu rosto. Ela escorregou para fora da mesa, estendeu a mão e me tocou entre as pernas. Era o toque antigo e confiante do qual eu me lembrava, mas eu tinha perdido boa parte de minha ereção com o choque.

— Alguma coisa errada? — murmurou ela.

— Eu... — Ela usava as duas mãos em mim como alguém gentilmente puxando uma corda. Eu me senti ficando duro de novo. Ela observava meu rosto.

— Alguma *coisa errada?*

— Não tem nada errado — falei depressa.

— Que bom.

Ela deslizou com elegância até ficar de joelho com uma das pernas, os olhos ainda presos aos meus, e enfiou a cabeça do meu cacete em sua boca. Uma das mãos continuou no pau, bombeando, enquanto a outra abriu caminho até minha coxa direita e se curvou em torno do músculo ali, segurando forte.

Isso é loucura, caralho, me disse um caco frio de mim mesmo, da época das missões como Emissário. *Você tem que parar com isso agora mesmo.*

E os olhos dela ainda estavam sobre os meus, enquanto sua língua e seus dentes e sua mão me guiavam até o clímax.

CAPÍTULO 17

Mais tarde, ficamos deitados molemente de frente um com o outro na minha cama, as mãos ainda enganchadas numa versão mais frouxa do último aperto frenético. Nossas peles tinham áreas grudentas devido à mistura dos fluidos que havíamos derramado e os orgasmos repetidos deixaram nossos músculos relaxados e submissos. Lampejos do que tínhamos feito um ao outro e um com o outro se repetiam atrás de minhas pálpebras. Eu a vi agachada em cima de mim, as mãos abertas sobre o meu peito, pressionando com força a cada movimento. Eu me vi penetrando-a por trás com força. Vi sua boceta descendo sobre meu rosto. Eu a vi se retorcendo embaixo de mim, sugando loucamente o cabo central de seu próprio cabelo enquanto eu metia entre as pernas que ela enredava em torno dos meus quadris como uma prensa. Eu me vi levando o cabo, molhado com a saliva dela, até minha própria boca, enquanto ela ria na minha cara e gozava com uma contração muscular potente que me arrastou com ela.

Entretanto, quando ela começou a falar comigo, o cantarolar alterado de seu amânglico fez um calafrio descer por minha espinha.

— Que foi?

Ela deve ter sentido o tremor que me percorreu.

— Nada.

Ela girou a cabeça para me encarar. Pude sentir seu olhar fixo naquele lado do meu rosto; era como um foco de calor.

— Eu te fiz uma pergunta. Qual é o problema?

Fechei os olhos brevemente.

— Nadia, certo?

— Sim.

— Nadia Makita.

— Sim.

Olhei de soslaio para ela.

— Como, caralhos, você veio parar aqui, Nadia?

— O que é isso, uma pergunta metafísica?

— Não. Tecnológica. — Eu me apoiei em um braço e gesticulei para seu corpo. Resposta condicionada de Emissário ou não, a maior parte de mim estava espantada com a sensação distanciada de calma que eu conseguia exibir agora. — É impossível que você não esteja ciente do que tá rolando aqui. Você mora no software de comando e, às vezes, você escapa. Pelo que já vi, diria que você sai pelos canais dos instintos básicos, pegando carona na sobrecarga. Sexo, talvez medo e fúria também. Coisas desse tipo borram muitas das funções da mente consciente e isso lhe daria espaço. Mas...

— Você é algum tipo de especialista, é?

— Já fui. — Eu a observei em busca de uma reação. — Já fui Emissário.

— O quê?

— Não importa. O que eu quero saber é, enquanto você tá aqui, o que acontece com Sylvie Oshima?

— Quem?

— Você está usando a porra do corpo dela, Nadia. Não se faça de sonsa comigo.

Ela se deitou de costas e fitou o teto.

— Não quero falar sobre isso.

— Não, não deve querer. E sabe do que mais? Eu também não quero. Mas, mais cedo ou mais tarde, vamos precisar falar. Você sabe.

Um longo silêncio. Ela abriu as pernas e esfregou uma área da pele na parte interna da coxa, distraída. Estendeu a mão e apertou meu pau mole. Peguei sua mão e a afastei com gentileza.

— Esqueça, Nadia. Tô exausto. Nem a Mitzi Harlan conseguiria arrancar outra ereção de mim esta noite. Tá na hora de conversar. Agora, onde está Sylvie Oshima?

Ela rolou para longe de mim outra vez.

— Eu deveria ser vigia dessa mulher? — perguntou ela, amarga. — Você acha que estou no controle disso?

— Talvez não. Mas você tem que ter alguma ideia.

Mais silêncio, porém, dessa vez, cheio de tensão. Aguardei. Finalmente, ela rolou até ficar de frente para mim, os olhos desesperados.

— Eu *sonho* com essa porra de Oshima, sabia? — sibilou ela. — Ela é *uma porra de um sonho*, como é que eu vou saber para onde ela vai quando eu acordo?

— É, ela também sonha com você, ao que parece.

— Isso deveria me fazer sentir melhor?

Suspirei.

— Conte-me o que você sonha.

— Por quê?

— Porque eu tô tentando ajudar, Nadia! Caralho.

Os olhos dela lampejaram.

— Tá bem — disparou ela. — Eu sonho que você a assusta. Que tal isso? Eu sonho que ela se pergunta que porra você tá fazendo com as almas de tantos padres mortos. Que ela se pergunta quem diabos é Micky Acaso de verdade e se é perigoso ficar perto dele. Se ele vai ferrar com ela na primeira oportunidade. Ou apenas trepar com ela e a deixar para trás. Se você estava pensando em meter seu pau nessa mulher, Micky, ou seja lá quem caralhos é você, esquece. Você tá melhor comigo.

Eu deixei essa resposta de molho no silêncio por um momento. Ela curvou um sorriso para mim.

— É esse tipo de coisa que você queria ouvir?

Dei de ombros.

— Vai ter que bastar, para começar. Você a forçou a querer sexo? Para ter acesso?

— Bem que você queria saber.

— Eu provavelmente consigo descobrir com ela.

— Você tá presumindo que ela vá voltar. — Outro sorriso, com mais dentes dessa vez. — Eu não faria isso se fosse você.

E a coisa prosseguiu nessa linha. Nós rosnamos e ameaçamos um ao outro por mais algum tempo, mas, sob o peso da química pós-coito, nenhuma dessas bravatas chegou a lugar nenhum. Por fim, desisti e fiquei sentado na borda da cama, olhando fixamente para a sala principal e os painéis iluminados por Hotei no chão. Alguns minutos depois, senti a mão dela em meu ombro.

— Desculpa — disse ela, baixinho.

— É? Pelo quê?

— Acabo de perceber que fui eu que pedi por isso. Digo, perguntei no que você estava pensando. Se eu não queria saber, por que perguntar, certo?

— Tem isso.

— É só que... — Ela hesitou. — Escuta, Micky, eu tô ficando com sono aqui. E eu menti, não tenho como saber se ou quando Sylvie Oshima vai voltar. Eu não sei se vou acordar amanhã ou não. Isso é o bastante para deixar qualquer um nervoso, né?

Fitei o piso manchado de laranja do outro cômodo. Pigarreei.

— Bom, há sempre a opção da anfetamina-cola — falei, rouco.

— Não. Mais cedo ou mais tarde, vou precisar dormir. Pode muito bem ser agora. Tô cansada, e pior, tô feliz e relaxada. Parece que se eu tenho que ir, isso vai servir. É só química, eu sei, mas não consigo resistir contra isso para sempre. E acho que vou voltar. Algo me diz isso. Mas no momento, não sei quando, e não sei para onde estou indo. E isso me assusta. Você podia... — Outra pausa. Ouvi o clique quando ela engoliu seco no silêncio. — Você se incomodaria em me abraçar enquanto eu pego no sono?

A luz alaranjada do luar em um piso desgastado e escuro.

Estendi a mão para segurar a dela.

Como a maioria das capas customizadas de combate que eu já tinha usado, a capa Eishundo vinha equipada com um despertador interno. No horário que eu havia fixado em minha cabeça, os sonhos que eu estivesse tendo assumiam a forma da orla de um sol tropical se erguendo sobre águas tranquilas. O cheiro de frutas e café vindo de algum lugar não visto e o alegre murmúrio de vozes pouco mais além. O frio da areia no início da manhã sob meus pés descalços e uma brisa suave, mas persistente em meu rosto. O som de freios

Praia Vchira? Já?

Minhas mãos estavam fechadas em punhos nos bolsos das calças desbotadas de surf, restos de areia no forro dos bolsos que...

As impressões desapareceram abruptamente quando acordei. Sem café e sem praia. Sem areia sob meus pés ou meus dedos se abrindo. Havia a luz do sol, mas era bem mais rala do que nas imagens do despertar, peneiradas de forma incolor pelas janelas na outra sala sobre um silêncio cinzento e pesado.

Eu me virei cautelosamente e olhei para o rosto da mulher dormindo perto de mim. Ela não se moveu. Lembrei-me do medo nos olhos de Nadia

Makita na noite anterior enquanto ela se permitia gradativamente cair no sono. Incrementos de consciência escorriam por suas mãos como corda esticada para longe, parando depois quando ela piscava e acordava de novo. E então o momento, abrupto e inesperado, quando ela se largou completamente e não voltou. Agora eu estava deitado, observando a paz em seu rosto enquanto ela dormia, e isso não ajudava.

Saí da cama e me vesti no outro quarto, quieto. Não queria estar por ali quando ela despertasse.

Eu definitivamente não queria ser a causa de seu despertar.

Sítio 301 ligou em frente a mim e abriu a boca. A neuroquímica de combate chegou antes. Fiz um gesto de corte ao longo da minha garganta e apontei para o quarto com o polegar. Peguei a minha túnica das costas de uma cadeira, vesti a peça e indiquei a porta.

— Lá fora — murmurei.

O dia lá fora estava se moldando para ser melhor do que a primeira impressão. O sol era invernal, mas dava para se esquentar se a pessoa ficasse diretamente sob seus raios, e a cobertura de nuvens começava a se abrir. Daikoku se postava no céu como o fantasma de uma cimitarra a sudoeste e havia uma coluna de manchas circulando lentamente acima do oceano — rasgasas, supus. Mais abaixo, um par de navios era visível nos limites de minha visão sem auxílio. Tekitomura era um resmungo de pano de fundo no ar parado. Bocejei e olhei para a anfetamina-cola em minha mão, guardando-a em seguida na túnica. Eu estava tão acordado quanto queria no momento.

— E então, o que você queria? — perguntei ao construto ao meu lado.

— Pensei que você fosse querer saber que o sítio tem visitas.

A neuroquímica entrou on-line com tudo. O tempo virou um borrão ao meu redor enquanto a capa Eishundo entrava em prontidão de combate. Eu fitava Sítio 301, incrédulo, quando a primeira rajada passou raspando por mim. Vi o clarão do ar expulso por onde ela atravessou a presença projetada do construto e então eu já estava rodopiando de lado enquanto minha túnica pegava fogo.

— Filho da pu...

Sem arma, sem faca. Eu tinha deixado as duas lá dentro. Sem tempo para chegar à porta, e o instinto Emissário me afastou dela, de qualquer forma. Mais tarde, eu me daria conta do que a intuição situacional já sabia: voltar para dentro era um suicídio, seria me enfiar em um buraco. Com a túnica ainda em chamas, rolei para a proteção da parede da cabine. A rajada da arma lampejou de novo, longe de mim. Eles estavam atirando na Sítio 301 outra vez, confundindo-a com um alvo humano sólido.

Não são exatamente habilidades de combate ninja, passou pela minha mente. *Esses caras são os mercenários da região.*

É, mas eles têm armas e você, não.

Hora de trocar de arena.

O tecido resistente a chamas da minha túnica tinha abafado o fogo até virar fumaça e calor sobre minhas costelas. As fibras tostadas vazavam polímero umedecedor. Respirei fundo e saí correndo.

Gritos atrás de mim, passando imediatamente da descrença para a raiva incandescente. Talvez eles pensassem que tinham me derrubado com o primeiro tiro; talvez apenas não fossem muito inteligentes. Levaram um par de segundos para recomeçarem a atirar. A essa altura, eu já estava quase na cabine seguinte. Disparos de rajadas estalaram em meus ouvidos. O calor soprou perto do meu quadril, e minha carne se encolheu. Fiz um movimento lateral, botei a cabine para trás de mim e analisei o terreno adiante.

Outras três cabines, reunidas em um arco grosseiro no chão extraído pelos arqueólogos originais. Mais além delas, o ninho marciano se erguia para o céu a partir de suportes cantiléver, como um vasto foguete pré--milenar pronto para o lançamento. Eu não tinha visitado o interior deles ontem; havia muito espaço abrupto abaixo e uma queda direta de quinhentos metros para a encosta da montanha seguinte. No entanto, eu sabia, por experiência prévia, o que as perspectivas alienígenas da arquitetura marciana podiam fazer com as percepções humanas, e sabia que o condicionamento Emissário aguentava.

Mercenários daqui. Agarre-se a essa ideia.

Eles entrariam atrás de mim no máximo com hesitação, confusos pela precipitação entontecedora do interior, talvez até tocados por certo terror supersticioso, se eu tivesse sorte. Estariam desequilibrados, estariam com medo.

Cometeriam erros.

O que tornava o ninho um local perfeito para o abate.

Disparei pelo espaço aberto restante, deslizei entre duas das cabines e parti para o afloramento mais próximo da liga marciana, onde ela se erguia da pedra como uma raiz de árvore com cinco metros de espessura. Os arqueólogos tinham deixado um conjunto de degraus metálicos presos ao chão ao lado. Subi por eles, três de cada vez, e alcancei o afloramento, as botas escorregando em uma liga da cor de hematomas. Eu me estabilizei segurando em um tecnoglifo em baixo-relevo que formava a lateral do suporte cantiléver mais próximo e se estendia para fora pelo ar. O apoio ficava a pelo menos dez metros de altura, mas a uns dois metros à minha esquerda ficava uma escada presa por epóxi à superfície em baixo-relevo. Agarrei um dos degraus verticais e comecei a subir.

Mais gritos vindos de trás em meio às cabines. Nenhum tiro. Parecia que eles estavam conferindo os cantos, mas eu não tinha tempo para ampliar a neuroquímica e ter certeza. O suor escorria das minhas mãos conforme a escadinha rangia e balançava sob meu peso. O epóxi não tinha aderido muito bem à liga marciana. Dobrei minha velocidade, alcancei o topo e saí da escada com um pequeno grunhido de alívio. Em seguida, fiquei deitado em cima do suporte cantiléver, respirando e escutando. A neuroquímica me trouxe os ruídos de uma busca mal organizada se movimentando mais abaixo. Alguém tentava atirar na fechadura de uma das cabines. Fitei o céu e pensei a respeito por um momento.

— Sítio? Você tá aí? — Minha voz era um murmúrio.

— Estou na faixa de comunicação, sim. — As palavras do construto pareciam vir do ar ao lado do meu ouvido. — Você não precisa falar mais alto do que está falando agora. Presumo, pelo contexto da situação, que você não quer que eu fique visível nos seus arredores.

— Presumiu corretamente. O que eu gostaria que você fizesse é: sob o meu comando, fique visível dentro de uma das cabines trancadas lá embaixo. Melhor ainda, mais de uma, se você conseguir dar conta de projeções múltiplas. Pode fazer isso?

— Sou habilitada a interação pessoal com cada um dos membros da equipe original do Sítio 301 a qualquer momento, além de potencialmente sete convidados. — Era difícil dizer a esse volume, mas parecia haver um traço de divertimento na voz do construto. — Isso me dá a capacidade total para sessenta e duas representações separadas.

— É, bem, três ou quatro já devem bastar por enquanto. — Rolei com cuidado para ficar de barriga para baixo. — E, escuta, você pode se projetar como se fosse eu?

— Não. Posso escolher entre um índice de personalidades para projeção, mas não consigo alterá-las de forma alguma.

— Você tem alguma forma masculina?

— Sim, embora sejam menos opções do que...

— Tudo bem, tá bom. Apenas escolha algumas desse índice que pareçam comigo. Masculinas, com meu tipo físico.

— Quando deseja que isso comece?

Coloquei as mãos em posição abaixo de mim.

— Agora.

— Iniciando.

Levou alguns segundos e então o caos irrompeu entre as cabines lá embaixo. Rajadas de disparos estalaram de um lado para outro, pontuados por gritos de alerta e o som de pés correndo. Quinze metros acima de tudo isso, empurrei com força com as mãos, assumi uma posição agachada e então explodi em uma corrida.

O braço do cantiléver se estendia cerca de cinquenta metros sobre o espaço vazio, depois, se enterrava de maneira uniforme no corpo principal do ninho. Entradas ovaladas amplas se escancaravam na junção. A equipe da escavação tinha tentado anexar um corrimão de segurança ao longo da parte de cima desse braço, mas assim como ocorreu com a escada, o epóxi não tinha resistido bem à passagem do tempo. Em alguns lugares os cabos tinham se soltado e agora pendiam das laterais; em outros, eles haviam simplesmente sumido. Fiz uma careta e estreitei o foco para o rebordo amplo no final, onde o braço se unia à estrutura principal. Mantive o ritmo da corrida.

A neuroquímica captou uma voz gritando acima das outras...

— ... da puta burros, cessar fogo! Cessar fogo! *Cessar fogo, caralho!* Lá em cima, ele tá *lá em cima!*

Um silêncio sinistro. Acrescentei incrementos desesperados de velocidade. E aí o ar foi rasgado com jatos de raios. Escorreguei, quase caindo em um vão do corrimão. Me joguei adiante outra vez.

Sítio 301 no meu ouvido, trovejando sob a ampliação da neuroquímica:

— Porções desse sítio são atualmente consideradas inseguras...

Meu próprio rosnado sem palavras.

Uma rajada de calor nas minhas costas e o fedor de ar ionizado.

A nova voz de novo lá embaixo, aproximada pela neuroquímica.

— Me dá essa porra, faz favor. Eu vou te mostrar como é que se...

Me lancei de lado pelo rebordo. A rajada que eu sabia que se aproximava abriu uma rasgo escaldante por minhas costas e ombro. Um tiro muito bom, daquela distância e com uma arma tão desajeitada. Caí, rolei da forma correta, me levantei e mergulhei na abertura ovalada mais próxima.

Disparos de raios me seguiram para o interior.

Eles levaram quase meia hora para entrar atrás de mim.

Enfurnado na descomunal arquitetura marciana, eu forcei a neuroquímica para acompanhar a discussão o melhor que pude. Não consegui encontrar um refúgio num ponto tão rebaixado na estrutura que me desse uma vista para o exterior — *construtores marcianos de merda* —, mas os efeitos acústicos peculiares à estrutura interna do ninho me traziam o som das vozes em ondas. O cerne do que era dito não era difícil de distinguir. Os mercenários queriam ir para casa; seu líder queria a minha cabeça numa bandeja.

Não dava para culpá-lo. Se eu estivesse no lugar dele, não seria diferente. Não se volta para a yakuza com meio contrato cumprido. E certamente não se dá as costas para um Emissário. Ele sabia disso melhor do que qualquer um ali.

Ele soava mais jovem do que eu esperava.

— ... acredito que vocês tão com medo desse lugar, porra. Pelo amor de Deus, vocês todos cresceram logo ali, descendo o morro. É só uma merda de uma *ruína*.

Olhei de relance para as curvas e vãos que se inflavam ao meu redor, senti o modo gentil, mas insistente com que suas linhas atraíam o foco para cima até seus olhos começarem a doer. A luz forte da manhã caía de aberturas invisíveis no alto, mas de alguma forma, no caminho para baixo, ela se suavizava e mudava. As superfícies azuladas e nubladas da liga pareciam absorver a luz, e o reflexo que escapava era estranhamente abrandado. Abaixo do nível do mezanino aonde eu tinha subido, áreas de sombra se alternavam com rasgos e buracos no piso em pontos nos quais nenhum arquiteto humano sensato os teria colocado. Bem mais abaixo, a encosta exibia rochas cinzentas e vegetação esparsa.

Só uma ruína. Certo.

Ele *era* mais jovem do que eu esperava.

Pela primeira vez, comecei a me perguntar de forma construtiva quanto mais jovem, exatamente. No mínimo, com certeza lhe faltavam algumas das experiências formativas que eu tivera com artefatos marcianos.

— Olhem, ele nem tá *armado, caralho.*

Falei alto o suficiente para minha voz ressoar lá fora.

— Oi, Kovacs! Se você tá tão confiante, por que não vem cá e me tira daqui você mesmo, cacete?

Um silêncio repentino. Alguns resmungos. Pensei ter captado uma risada abafada de um dos locais. Em seguida a voz dele, erguida para se equiparar à minha.

— Te equiparam com uma bela capacidade de escuta aí.

— Não é?

— Tá planejando enfrentar a gente ou só escutar escondido e gritar xingamentos?

Sorri.

— Só tentando ser útil. Mas você pode arranjar uma briga se quiser, é só chegar mais. Traga os capangas também, se precisar.

— Tenho uma ideia melhor. Que tal eu deixar meus capangas brincarem de trenzinho com a sua companheira de viagem, abrindo todos os orifícios possíveis e imagináveis, pelo tempo que levar para você sair daí? Você pode usar sua neuroquímica para escutar o que rolar, se quiser. Embora, para ser honesto, o som deve chegar até aí mesmo sem ela. Eles são entusiasmados, esses rapazes.

A fúria me dominou, rápido demais para o pensamento racional. Músculos no meu rosto saltaram e tremeram e a silhueta da capa Eishundo se esticou, rígida. Por duas pulsações lentíssimas, ele prendeu minha atenção. Em seguida, os sistemas de Emissário empaparam a emoção com frieza, descorando tudo para análise.

Ele não vai fazer isso. Se o Tanaseda te rastreou através da Oshima e dos Escorregadios, é porque ele sabe que ela está implicada na morte de Yukio Hirayasu. E se ele sabe disso, vai querer deixá-la intacta. Tanaseda é antiquado e prometeu uma execução à moda antiga. Ele não vai querer mercadoria danificada.

Além disso, é de você que estamos falando. Você sabe do que é capaz, e isso não está na lista.

Eu era mais jovem nessa época. Agora. Eu sou. Combati a ideia em minha mente. *Lá fora. Eu sou mais jovem lá fora. Não há como saber...*

Há, sim. Isso é um blefe de Emissário e você sabe disso, você mesmo já o usou várias vezes.

— Nenhum comentário?

— Nós dois sabemos que você não vai fazer isso, Kovacs. Nós dois sabemos para quem você tá trabalhando.

Dessa vez a pausa antes de ele responder foi quase imperceptível. Boa recuperação, muito impressionante.

— Você parece consideravelmente bem-informado para um fugitivo.

— É o meu treinamento.

— Absorver os modos locais, né?

As palavras de Virgínia Vidaura na indução de Emissários, há um século subjetivo. Eu me perguntei quanto tempo fazia que ela tinha dito isso para ele.

— Algo do tipo.

— Me diz uma coisa, cara, porque fiquei mesmo curioso. Com todo esse treinamento, como é que você acabou virando um assassino sorrateiro barato para ganhar a vida? Como plano de carreira, devo dizer que isso me intriga.

Um conhecimento gelado rastejou pelo meu corpo enquanto eu ouvia. Fiz uma careta e mudei minha posição de leve. Não falei nada.

— Acaso, certo? É Acaso?

— Bom, tenho outro nome — gritei de volta. — Mas um bostinha o roubou. Até o conseguir de volta, Acaso serve.

— Talvez você não o consiga de volta.

— Gentileza sua se preocupar, mas conheço o filho da puta em questão. Ele não vai ser um problema por muito mais tempo.

O tique foi minúsculo, mal interrompeu o ritmo da conversa. Apenas o sentido Emissário pôde perceber a raiva, contida tão depressa quanto havia surgido.

— Ah, é?

— É, o que eu falei. Um bostinha mesmo. É uma coisa de bem curto prazo.

— Isso me parece excesso de confiança. — A voz dele havia mudado minimamente. Em algum ponto lá dentro, ele havia sentido a alfinetada. — Talvez você não conheça esse cara tão bem quanto pensa.

Soltei uma gargalhada.

— Tá brincando? Eu ensinei tudo o que ele sabe, caralho. Sem mim...

Ali. A figura que eu sabia que estava a caminho. Aquela à qual eu não pude prestar atenção com a neuroquímica enquanto trocava insultos velados com a voz lá fora. Uma silhueta agachada, vestida de preto, entrando pela abertura cinco metros abaixo de mim, um equipamento de operações especiais formado por óculos, máscara e sensores virando a cabeça insetoide e inumana. Imagens térmicas, sonar, alerta de movimentos, no mínimo...

Eu já estava caindo. Peguei impulso na borda, os calcanhares das botas alinhados para atingir o pescoço abaixo da máscara e quebrá-lo.

Alguma coisa no equipamento o alertou. Ele pulou de lado, olhando para cima, virando a arma de raios na minha direção. Sob a máscara, sua boca se abriu de súbito para gritar. A rajada cortou o ar por onde eu tinha acabado de cair. Cheguei ao chão já agachado, a um fio de cabelo do cotovelo direito dele. Bloqueei o movimento do cano da arma que tentava girar. O grito escapou da boca dele, trêmulo com o choque. Dei uma pancada para cima e atingi sua garganta com a lateral da mão, sufocando o som e transformando-o em ânsia de vômito. Ele tropeçou. Eu me aprumei, fui atrás dele e o golpeei de novo.

Havia mais dois.

Emoldurados na abertura, lado a lado. A única coisa que me salvou foi a incompetência deles. Enquanto o líder do trio caiu a meus pés, sufocando até a morte, qualquer um dos dois podia ter atirado em mim — em vez disso, ambos tentaram ao mesmo tempo e se enroscaram. Corri na direção deles.

Eu já estive em alguns mundos onde você pode atirar em um homem portando uma faca a dez metros de distância e declarar que foi em legítima defesa. O argumento legal é de que não se leva muito tempo para cruzar essa distância e esfaquear alguém.

Isso é verdade.

Se você sabe o que está fazendo, não precisa nem da faca.

Aqui eram cinco metros, até menos. Cheguei com uma chuva de pancadas, pisando em canelas e pés, bloqueando armas como podia, dando cotoveladas em um rosto. Uma arma se soltou e eu a peguei. Disparei em um arco selvagem à queima-roupa.

Berros abafados e uma breve explosão de sangue enquanto carne era aberta e então cauterizada. O vapor subiu, e os corpos caíram para longe de mim. Eu tive tempo para uma inspiração funda, uma olhada de relance para a arma em minhas mãos — *porcaria de Szeged Incandess* — e então outra rajada ricocheteou na superfície de liga ao lado da minha cabeça. Eles estavam chegando com tudo.

Com todo esse treinamento, como é que você acabou virando um assassino sorrateiro barato para ganhar a vida?

Sendo incompetente pra caralho, acho.

Recuei. Alguém enfiou a cabeça na abertura ovalada e eu o expulsei com um disparo quase sem fazer mira.

E narcisista demais para meu próprio bem.

Agarrei uma projeção com uma das mãos e me puxei para cima, prendendo as pernas na ampla rampa espiralada que levava de volta para meu esconderijo inicial no mezanino. Os espinhos de lagartixa da capa Eishundo falharam na liga. Escorreguei, tentei em vão me agarrar de novo e caí. Dois novos comandos irromperam de um vão à esquerda daquele que eu estava cobrindo. Disparei aleatoriamente com a Szeged para baixo, tentando voltar lá para cima. O raio cortou fora um pé da mercenária à direita. Ela gritou e cambaleou, segurou a perna ferida, desequilibrou-se sem elegância alguma e caiu por um vão no piso. Seu segundo grito flutuou para cima através dessa abertura.

Eu saí do chão e me lancei sobre seu colega.

Foi uma luta atabalhoada, ambos atrapalhados pelas armas que segurávamos. Eu ataquei com a coronha da Szeged; ele bloqueou o golpe e tentou mirar com sua arma de raios. Eu a afastei com uma pancada e chutei um joelho. Ele devolveu o golpe com um chute na minha canela. Consegui encaixar a coronha da Szeged embaixo do queixo dele e empurrei para cima com tudo. Ele largou sua arma e me socou com força na lateral da garganta e na virilha simultaneamente. Eu me afastei, de alguma forma mantendo a Szeged na mão, e de repente percebi que tinha distância para utilizá-la. Meu senso de proximidade me lançou um alerta em meio à dor. O comando arrancou uma arma secundária e apontou. Eu me desviei para o lado, ignorando a dor e o alerta de proximidade disparando em minha mente, e apontei a arma de raios.

Um respingo cortante da arma na mão do comando. O abraço frio de uma rajada de atordoante.

Minha mão se abriu num espasmo e a Szeged caiu para longe com um retinido.

Eu oscilei para trás e o piso desapareceu de debaixo dos meus pés.

...caralho de construtores marcianos...

Caí do ninho como uma bomba, desabando sem asas para longe da íris de minha própria consciência em rápida contração.

CAPÍTULO 18

— Não abra os olhos, não abra a mão esquerda, não se mova nem um pouquinho.

Era como um mantra, um encantamento, e alguém parecia estar cantando aquilo para mim havia horas. Eu não sabia se poderia ter desobedecido de qualquer maneira — meu braço esquerdo era um galho gelado de dormência, do punho ao ombro, e minhas pálpebras pareciam coladas uma na outra. Meu ombro parecia torcido, talvez deslocado. Todo o resto do meu corpo latejava com a dor mais geral de uma ressaca de disparo de atordoamento. Eu sentia frio em tudo.

— Não abra os olhos, não abra a mão esquerda, não...

— Eu ouvi da primeira vez, Sítio. — Minha garganta parecia bloqueada. Tossi e uma tontura alarmante me balançou. — Onde estou?

Uma breve hesitação.

— Professor Acaso, talvez seja melhor lidar com essa informação mais tarde. Não abra sua mão esquerda.

— Tá, entendi. Mão esquerda, não abrir. Ela tá fodida?

— Não — disse o construto com relutância. — Aparentemente não. Mas é a única coisa te segurando.

Um choque me atingiu como uma estaca no peito. Em seguida, uma onda imensa de calma falsa quando o condicionamento entrou em ação. Emissários deveriam ser bons nesse tipo de coisa — acordar em lugares inesperados é parte do programa. Você não entra em pânico, apenas reúne dados e lida com a situação. Engoli em seco com força.

— Entendo.

— Pode abrir os olhos agora.

Lutei contra a dor do atordoamento e consegui separar as pálpebras. Pisquei algumas vezes para limpar minha visão e então desejei não ter feito isso. Minha cabeça estava pendendo sobre o ombro direito e a única coisa que eu conseguia ver abaixo dela eram quinhentos metros de espaço desocupado e o fundo da montanha. O frio e a sensação atordoante de balanço subitamente fizeram sentido. Eu estava pendurado pela minha própria mão esquerda feito um enforcado.

O espanto me despertou de novo. Eu o guardei com esforço e virei a cabeça, desajeitado, para olhar para cima. Meu punho estava envolto em torno de um laço de cabo esverdeado que desaparecia sem emendas nas duas pontas em uma capota de liga cinzenta. Pilares e pináculos em ângulos esquisitos da mesma liga se acumulavam por todo lado ao meu redor. Ainda grogue da rajada de atordoamento, levei alguns momentos para identificar a face inferior do ninho. Pelo visto, eu não tinha caído muito.

— O que tá pegando, Sítio? — perguntei, rouco.

— Enquanto caía, você conseguiu se segurar em um cabo pessoal marciano que, seguindo o que supúnhamos ser sua função, retraiu-se e te trouxe para uma baía de convalescença.

— Baía de convalescença? — Procurei em meio às projeções ao meu redor algum sinal de um lugar seguro para ficar de pé. — E aí, como é que isso funciona?

— Não temos certeza. Parece, pela posição em que você está agora, que um marciano, um adulto pelo menos, ficaria confortável usando a estrutura que você vê no seu entorno para alcançar as aberturas na face inferior do ninho. Existem várias delas em...

— Certo. — Fitei sombriamente meu punho fechado. — Quanto tempo eu fiquei apagado?

— Quarenta e sete minutos. Parece que seu corpo é altamente resistente a armas de frequência neurônica. Além de ter sido projetado para sobrevivência em ambientes de altitude elevada e alto risco.

Não me diga.

Eu não entendia como a Eishundo tinha cessado suas atividades. Eu escreveria uma carta de recomendação em um piscar de olhos. Eu já tinha visto programação subconsciente de sobrevivência antes, mas isso aqui era uma amostra de pura genialidade biotecnológica. Uma vaga memória do evento se agitou em minha lembrança nublada pelo atordoamento. O terror desesperado da vertigem a todo vapor e a compreensão da queda. Agarrando-me a algo semivisto enquanto os efeitos da rajada atordoante me envolviam em um manto preto congelante. Um último puxão quando a consciência se apagava. Salvo por algum laboratório cheio de biotecnólogos e seu entusiasmo no projeto, três séculos atrás.

Um sorriso débil se apagou enquanto eu tentava supor o que quase uma hora de músculos travados e esforço para suportar o peso deviam ter feito com as juntas e tendões do meu braço. Eu me perguntei se haveria algum dano permanente. Se, aliás, eu ainda seria capaz de fazer aquele membro funcionar.

— Onde estão os outros?

— Foram embora. Estão agora além do raio dos meus sensores.

— Então eles acham que eu caí até embaixo?

— Parece que sim. O homem a quem você se referiu como Kovacs separou alguns de seus empregados para começar uma busca na base da montanha. Pelo que entendi, eles vão tentar recuperar o seu cadáver junto com o da mulher que você mutilou no tiroteio.

— E a Sylvie? Minha colega?

— Eles a levaram. Eu tenho tudo filmado...

— Agora não. — Pigarreei, notando pela primeira vez como minha garganta estava ressequida. — Olha, você disse que havia aberturas. Modos de entrar no ninho a partir daqui. Onde fica a mais próxima?

— Atrás do pináculo triplo invertido à sua esquerda, há uma entrada com noventa e três centímetros de diâmetro.

Estiquei meu pescoço e consegui ver a abertura da qual presumia que a Sítio 301 estivesse falando. O pináculo invertido lembrava muito um chapéu de bruxa de cabeça para baixo, amassado por punhos massivos em três lugares diferentes. Sua superfície, azulada e irregular, refletia a luz abafada embaixo do ninho e cintilava como se estivesse molhada. A deformação no ponto mais baixo tinha sua ponta numa posição quase horizontal e oferecia algo como uma sela onde eu pensei que talvez pudesse me segurar. Ela ficava a menos de dois metros de onde eu estava pendurado.

Fácil. Sem problema.

Se você conseguir dar esse salto com um braço estropiado, digo.

Se o truque na sua mão se agarrar melhor à liga marciana do que conseguiu fazer uma hora atrás, lá em cima.

Se...

Estendi meu braço direito para o alto e peguei o laço do cabo, perto da minha outra mão. Com muita gentileza, passei a tensão para o lado direito e comecei a me puxar para cima desse lado. Meu braço esquerdo deu uma pontada conforme o peso o deixou e uma fisgada de calor atravessou o torpor. Meu ombro estalou. O calor se espalhou pelos ligamentos sofridos e começou a se transformar em algo que parecia dor. Tentei flexionar minha mão esquerda, mas não consegui nada além de uma sensação de formigamento nos dedos. A dor no meu ombro inchou e começou a empapar os músculos do braço. Parecia que, quando ela pegasse o ritmo mesmo, ia doer bastante.

Tentei de novo os dedos da mão esquerda. Dessa vez, o formigamento deu lugar a uma dor latejante, profunda, que trouxe lágrimas aos meus olhos. Os dedos não respondiam. Minha mão estava fundida no lugar.

— Quer que eu chame os serviços de emergência?

Serviços de emergência: a polícia de Tekitomura, acompanhada de perto pela segurança Desarmadora com a maré do descontentamento de Kurumaya, a yakuza local alertada com o novo eu na liderança e, quem é que ia saber, talvez até os Cavaleiros da Nova Revelação, se pudessem bancar as propinas da polícia e estivessem atualizados sobre os presentes eventos.

— Valeu — falei fracamente. — Acho que dou conta.

Olhei para cima, para minha mão esquerda fechada, de volta para o pináculo invertido de três pontas, de novo para a queda. Respirei fundo com força. Em seguida, lentamente, arrastei a mão direita pelo cabo até ela encostar em sua companheira travada. Outra inspiração e dobrei meu corpo para cima a partir da cintura. Os nervos exauridos dos músculos de minha barriga emitiram protestos. Tentei enganchar meu pé esquerdo, errei, me atrapalhei e tentei de novo. Meu tornozelo passou pelo cabo. Mais peso escapou do meu braço esquerdo. A dor veio com tudo, semeando explosões pelas juntas, descendo pelos músculos.

Mais uma inspiração, mais uma olhada para bai...

Não, não olhe *para baixo, caralho.*

Mais uma inspiração, os dentes cerrados.

Aí comecei, com o polegar e o indicador, a desprender fisicamente do cabo meus dedos paralisados, um de cada vez.

* * *

Deixei as amplas sombras azuladas do interior do ninho meia hora depois, ainda à beira de uma risadinha impulsiva persistente. O humor da adrenalina continuou comigo por todo o caminho pelo ramo em cantiléver, descendo pela escadinha arqueológica capenga — nada fácil com um braço quase não funcionando — e, em seguida, os degraus. Cheguei em terra firme ainda sorrindo feito um idiota e abri caminho entre as cabines com cautela arraigada e pequenas fungadas explosivas de hilaridade. Mesmo quando voltei à cabine que tínhamos usado, mesmo lá dentro, fitando a cama vazia onde havia deixado Sylvie, eu podia sentir restos do sorriso da descida surgindo e sumindo em meus lábios e o riso ainda borbulhava de leve em meu estômago.

Foi por um triz.

Soltar meus dedos do cabo não tinha sido nada divertido, mas, comparado com o resto da fuga, tinha sido uma alegria. Assim que se desprendeu, meu braço esquerdo caiu e pendeu do encaixe do meu ombro, que doía como um dente podre. Ele me foi tão inútil quanto um peso morto em torno do meu pescoço. Um minuto inteiro de xingamentos até que eu pudesse me forçar a soltar o pé direito, balançasse com a mão direita e usasse o impulso para dar um salto deselegante de lado para o pináculo invertido. Eu me agarrei, arranhando; descobri que os marcianos, pelo menos uma vez na vida, tinham construído com um material que oferecia algo que se aproximava de uma fricção decente e me aderi, ofegante, à sela no fundo. Fiquei desse jeito por uns bons dez minutos, a bochecha apertada contra a liga fria.

Inclinações exploratórias cuidadosas e espiadas me mostraram a abertura no piso prometida por Sítio 301, a uma distância alcançável se eu ficasse de pé na ponta do pináculo invertido. Dobrei o braço direito, obtive alguma resposta acima do cotovelo e pensei que podia servir, se não para mais nada, ao menos como calço para abrir a escotilha. Daquela posição, eu provavelmente poderia levar as pernas para cima e para dentro.

Mais dez minutos e eu estava suado e pronto para tentar.

Um minuto e meio de tensão depois e eu estava caído no piso do ninho, gargalhando silenciosamente para mim mesmo e ouvindo a cascata de ecos na arquitetura alienígena que tinha salvado a minha vida.

Sem problema.

No final, eu me levantei e saí.

Na cabine, eles tinham arrombado todas as portas internas que pudessem oferecer ameaça e, no quarto que Sylvie e eu tínhamos compartilhado, havia alguns sinais de luta. Olhei para a cabine ao meu redor, massageando o braço perto do ombro. A cama leve estava virada, os lençóis bagunçados e caindo da cama para o chão. Nos outros lugares, eles não tinham tocado em nada.

Não havia sangue. Não havia o cheiro insistente de disparos.

No chão do quarto, encontrei minha faca e a GS Rapsodia. Lançada da superfície da cama quando ela virou, escorregando para cantos dispersos. Eles não tinham se incomodado com elas.

Estavam com muita pressa.

Muita pressa para quê? Para descer a montanha e apanhar o cadáver de Takeshi Kovacs?

Franzi a testa de leve enquanto reunia as armas. Estranho eles não terem virado o lugar de ponta-cabeça. De acordo com Sítio 301, alguém foi destacado para descer e recuperar meu corpo despedaçado, mas aquilo não exigia a equipe toda. Faria sentido conduzir ao menos uma busca superficial do local aqui.

Eu me perguntei que tipo de busca eles estavam executando agora, na base da montanha. Imaginei o que fariam quando não conseguissem encontrar meu corpo, por quanto tempo continuariam procurando.

Eu me perguntei o que *ele* faria.

Voltei para o espaço principal de convivência na cabine e me sentei à mesa. Fitei as profundezas da bobina de dados. Senti que a dor no meu cotovelo esquerdo talvez estivesse diminuindo.

— Sítio?

Ela apareceu, surgindo do outro lado da mesa. Informaticamente perfeita como sempre, intocada pelos acontecimentos das últimas duas horas.

— Professor Acaso?

— Você disse que tinha vídeo do que aconteceu aqui? Essa filmagem cobre o sítio todo?

— Sim, os circuitos de entrada e saída rodam com o mesmo sistema de imagem. Existem microcâmeras para cada oito metros cúbicos do sítio. No interior dos complexos do ninho, a gravação às vezes tem qualidade ru...

— Isso não vem ao caso. Eu quero que você me mostre Kovacs. Filmagem de tudo o que ele fez e disse aqui. Rode no monitor.

— Iniciando.

Eu depositei a Rapsodia e a faca Tebbit cuidadosamente na mesa perto da minha mão direita.

— E, Sítio? Se alguém subir por aquela trilha, diga-me assim que eles aparecerem.

* * *

Ele tinha um corpo bom.

Adiantei a filmagem para os melhores trechos, peguei um quando os intrusos surgiram pela trilha da montanha na direção da cabine. Congelei nele e fitei por algum tempo. Ele tinha um pouco do volume que se esperaria de algo customizado para o campo de batalha, mas havia certa cadência ali, um jeito de caminhar e ficar imóvel, de pé, que se inclinava mais para o teatro do Corpo Total do que para o combate. O rosto era uma mistura harmoniosa de mais variáveis raciais do que se obteria normalmente no Mundo de Harlan. Cultivada sob encomenda, então. Códigos genéticos trazidos de outros mundos. A pele bronzeada da cor do âmbar antigo, os olhos de um azul espantoso. Zigomas amplos e protuberantes, uma boca vasta e de lábios cheios e cabelos pretos compridos e crespos, presos em uma trança estática. Muito bonito.

E bem caro, mesmo para a yakuza.

Abafei o leve arranhar de inquietação e pedi para a Sítio 301 abrir o vídeo, mostrando um pouco mais dos invasores. Outra figura chamou minha atenção. Alto e forte, com uma juba multicolorida. As microcâmeras do sítio puxaram um close bem próximo de olhos com lentes de aço e circuitos subcutâneos em um rosto implacável e pálido.

Anton.

Anton e pelo menos um par de improvisadores esguios que o precediam na trilha com a coordenação relaxada nos passos dos operativos Desarmadores. Um deles era a mulher cujo pé eu tinha arrancado com um tiro no ninho. Dois, não, três mais vinham atrás do cabeça de comando, destacando-se claramente do resto da equipe agora que eu estava de olho naquele padrão característico, espalhado-mas-misturado.

Em algum ponto dentro de mim, uma sensação cinzenta de perda se preparou para o reconhecimento.

Anton e a Gangue do Crânio.

Kovacs tinha trazido seus cães de caça de Nova Hok consigo.

Eu me lembrei da confusão do tiroteio entre as cabines e o ninho e aquilo fez um pouco mais de sentido. Um monte de capangas da yakuza e uma equipe de Desarmadores, misturados e atrapalhando uns aos outros. Uma logística bem ruim para um Emissário. De jeito nenhum eu teria cometido esse erro na idade dele.

Do que é que você tá falando? Você acabou de cometer esse erro na idade dele. Aquele ali fora é você.

Um leve calafrio desceu por minha espinha.

— Sítio, passe para o quarto de novo. De onde eles a retiraram.

A bobina saltou e cintilou. A mulher com o cabelo embaraçado e hiperligado acordou, piscando, em meio a lençóis revirados. Os estouros do tiroteio lá fora a haviam despertado. Os olhos se arregalaram quando ela percebeu o que era aquilo. Em seguida, a porta se abriu de súbito e o quarto se encheu de silhuetas volumosas brandindo equipamentos e gritando. Quando eles viram o que tinham nas mãos, os gritos diminuíram para risadinhas. Armas foram largadas e alguém estendeu a mão para tentar segurá-la. Ela deu-lhe uma porrada na cara. Uma breve luta brotou e morreu conforme o peso dos números esmagava os reflexos rápidos dela. Os lençóis foram arrancados, golpes incapacitantes e eficientes administrados contra sua coxa e seu plexo solar. Enquanto ela chiava no chão, um brutamontes sorridente agarrou um seio, apalpou entre as pernas dela e fez movimentos de bombear com os quadris acima dela. Alguns de seus companheiros riram.

Eu estava assistindo a isso pela segunda vez. Ainda assim, a fúria saltou dentro de mim como chamas. Nas palmas das minhas mãos, os espinhos de lagartixa despertaram, suando.

Um segundo brutamontes apareceu na porta, viu o que estava acontecendo e gritou em um japonês encolerizado. O capanga saltou para longe da mulher no chão. Ele fez uma mesura nervosa, um pedido de perdão gaguejante. O recém-chegado se aproximou e estapeou o sujeito com as costas da mão três vezes com uma força esmagadora. O agressor se acovardou contra a parede. Mais gritos do recém-chegado. Em meio aos insultos mais criativos que eu já tinha ouvido em japonês, ele dizia a alguém para trazer roupas para a cativa.

Quando Kovacs voltou de supervisionar a caçada a si mesmo, eles a tinham vestido e sentado em uma cadeira no centro do espaço principal de convivência da cabine. As mãos dela repousavam em seu colo, os pulsos presos organizadamente, um sobre o outro, com um adesivo de constrição invisível. O yakuza estava de pé a uma distância cuidadosa dela, as armas ainda nas mãos. Aquele outro pretendente se encontrava amuado em um canto, desarmado, um lado da boca inchado, o lábio superior aberto. Os olhos de Kovacs passearam sobre o ferimento e ele se virou para o capanga ao lado dele. Uma conversa resmungada que as microcâmeras não estavam ampliadas o suficiente para captar. Ele assentiu, olhou de novo para a mulher à frente. Li uma curiosa hesitação em sua postura.

Depois ele se virou para a porta da cabine.

— Anton, você quer entrar aqui?

O cabeça de comando da Gangue do Crânio entrou no recinto. Quando a mulher o viu, sua boca se contorceu.

— Seu merdinha, vendido do caralho.

Os lábios de Anton se curvaram, mas ele não disse nada.

— Vocês se conhecem, creio eu. — Mas havia uma pergunta discreta na voz de Kovacs, que ainda observava a mulher.

Sylvie voltou seu olhar para ele.

— É, eu conheço esse cuzão. E daí? Você tem algo a ver com isso, hein, filho da puta?

Ele a encarou e eu me retesei na cadeira. Esse segmento era a primeira vez que eu via, e não sabia o que ele faria. O que eu teria feito naquela idade? Não, apague isso. O que eu estava prestes a fazer, na minha idade? Minha mente voou para as décadas sedimentadas em violência e fúria, tentando prever.

Mas ele apenas sorriu.

— Não, senhorita Oshima. Isso não tem mais nada a ver comigo. Você é um pacote que preciso entregar em boas condições, isso é tudo.

Alguém resmungou; outra pessoa riu. Ainda ampliada ao máximo, minha neuroquímica auditiva captou uma piada grosseira sobre pacotes. No monitor, meu eu mais jovem fez uma pausa. Seus olhos voejaram para o homem com o lábio cortado.

— Você. Vem cá.

O capanga não queria ir. Dava para ver em sua postura. Mas ele era um yakuza, e, no final, aparência é tudo para eles. Ele se endireitou, sustentou o olhar de Kovacs e adiantou-se com um sorriso zombeteiro cheio de dentes. Kovacs o observou de forma neutra e assentiu.

— Me mostra a mão direita.

O yakuza inclinou a cabeça de lado, o olhar ainda travado no de Kovacs. Era um gesto de pura insolência. Ele ergueu a mão, os dedos estendidos, fazendo dela uma lâmina dobrada frouxamente. Ele tornou a inclinar a cabeça na outra direção, ainda encarando profundamente os olhos daquele merdinha *tani*.

Kovacs se moveu como uma chicotada de cabo rompido de traineira.

Ele pegou a mão oferecida pelo pulso e a torceu para baixo, bloqueando as opções de reação do sujeito com o corpo. Segurou o braço capturado diretamente para fora e sua outra mão arqueada sobre os dois corpos travados em batalha, a arma apontada. Uma rajada.

O capanga gritou ao ter a mão engolfada por chamas. A arma devia ter tido a potência reduzida — a maioria arrancava um membro por completo, vaporizando-o na amplitude do raio. Essa tinha apenas queimado pele e carne até chegar aos ossos e tendões. Kovacs segurou o sujeito mais um momento, depois o soltou com uma cotovelada na lateral da cabeça. O capanga desabou no chão com a mão calcinada presa debaixo do sovaco e as calças visivelmente manchadas. Ele chorava incontrolavelmente.

Kovacs controlou a respiração e olhou para o recinto ao seu redor. Rostos pétreos o encararam. Sylvie desviou o dela. Eu quase podia sentir o fedor de carne queimada.

— A menos que ela tente fugir, vocês não encostam nela nem falam com ela. Nenhum de vocês. Ficou claro? Nesse esquema, vocês são menos importantes do que a sujeira embaixo das minhas unhas. Até chegarmos a Porto Fabril, essa mulher é *uma deusa* para vocês. *Ficou claro?*

Silêncio. O capitão da yakuza berrou em japonês. Uma concordância resmungada escapou na esteira da bronca. Kovacs assentiu e voltou-se para Sylvie.

— Senhorita Oshima. Se puder me acompanhar, por favor.

Ela o fitou por um instante, depois se levantou e o seguiu para fora da cabine. Os yakuza se enfileiraram atrás deles, deixando seu capitão e o sujeito no chão. O capitão encarou seu capanga por um momento, depois deu-lhe um chute violento nas costelas, cuspiu nele e saiu pisando duro.

Lá fora, eles tinham carregado os três homens que eu tinha matado no ninho em uma estrutura dobrável de macas gravitacionais. O capitão yakuza destacou um homem para dirigir o veículo, depois assumiu a dianteira de uma falange de proteção em torno de Kovacs e Sylvie. Ao lado e atrás das macas, Anton e os quatro membros remanescentes da Gangue do Crânio formaram uma retaguarda frouxa. As microcâmeras externas da Escavação acompanharam a pequena procissão até sair de vista, seguindo a trilha que descia para Tekitomura.

Tropeçando cinquenta metros atrás de todos eles, ainda aninhando sua mão arruinada e, até ali, ainda não tratada, vinha o capanga que tinha ousado tocar em Sylvie Oshima.

Eu assisti enquanto eles se afastavam, tentando encontrar sentido naquilo. Tentando fazer as coisas se encaixarem.

Ainda estava tentando quando Sítio 301 perguntou se eu tinha terminado, se eu queria ver alguma outra coisa. Eu lhe disse que não, distraído. Em minha mente, a intuição de Emissário já estava fazendo o que precisava ser feito.

Botando fogo em minhas pré-concepções e as queimando até não restar nada.

CAPÍTULO 19

As luzes estavam todas apagadas em Belalgodão Kohei 9.26 quando cheguei lá, mas em uma unidade meia dúzia de baías mais adiante à direita, as janelas do nível superior brilhavam intermitentemente, como se o lugar estivesse pegando fogo na parte de dentro. Havia um ritmo frenético, híbrido de mergulho no recife e neotranqueira, escapando pela noite mesmo com o portão da doca de carga fechado e três figuras encorpadas se encontravam por ali em casacos escuros, exalando vapor e agitando os braços contra o frio. Plex Kohei podia ter o espaço para abrigar grandes grupos de dança, mas não parecia poder bancar segurança de máquinas na porta. Isso ia ser mais fácil do que eu esperava.

Sempre presumindo que Plex estivesse, de fato, ali.

Está de brincadeira? O desprezo cheio do sotaque de Porto Fabril da voz adolescente de Isa escorreu pelo telefone quando liguei para ela no final da tarde. É claro *que ele vai estar lá. Que dia é hoje?*

Hã. Fiz as contas. *Sexta?*

Certo, sexta. E o que os caipiras locais fazem por aí numa sexta?

Como é que eu vou saber, caralho? E não seja uma esnobe urbana.

Dã, sexta? Hello? Comunidade de pescadores? É noite de Ebisu.

Ele tá dando uma festa.

Ele tá é arrancando um pouco de crédito de um salão de dança barato e boas conexões de take, *é isso o que ele tá fazendo,* disse ela. *Todos aqueles galpões. Todos aqueles amigos da família na yakuza.*

Você, por acaso, não saberia exatamente em qual galpão, né?

Pergunta idiota. Caminhar pelo planejamento urbano fractal do distrito de galpões não era lá muito divertido, mas assim que cheguei à Seção de Belalgodão Kohei, não foi difícil encontrar a festa — dava para ouvir a música a meia dúzia de ruelas de distância.

Por acaso, não. Isa bocejou do outro lado da linha. Acho que ela não tinha saído da cama havia muito tempo. *E então, Kovacs? Andou deixando o povo puto por aí?*

Não. Por quê?

É, bem, eu provavelmente não deveria te contar isso de graça. Mas como a gente se conhece há muito tempo...

Contive um sorriso. Isa e eu nos conhecíamos havia um ano e meio. Quando se tem 15 anos, acho que isso é muito tempo.

Sim?

Sim, então, tá rolando uma porrada de gente por aqui perguntando de você. Pagando bem pelas respostas, também. Então se você já não tá fazendo isso, eu começaria a dormir de olho aberto com essa nova capa de voz grave que você arranjou por aí.

Franzi o cenho e pensei a respeito. *Que tipo de gente?*

Se eu soubesse, você teria que me pagar para saber. Mas, por acaso, eu não sei. Os únicos que falaram comigo foram policiais corruptos de Porto Fabril, do tipo que se compra pelo preço do boquete de um Anjo do Cais. Qualquer um pode tê-los enviado.

E você não contou nada a meu respeito para eles, acredito.

Acredite que não. Você planeja alugar essa linha por muito mais tempo, Kovacs? Eu não sou como você. Eu tenho vida social, sabe?

Não, já vou. Valeu pela notícia, Isa.

Ela grunhiu. *O prazer foi todo meu. Continue inteiro e talvez possamos fazer mais negócios pelos quais eu possa cobrar.*

Apertei a selagem de foca perto do colarinho do meu casaco recém--adquirido, dobrei as mãos dentro das luvas de poliga preta — uma breve pontada de agonia veio da esquerda — e assumi uma postura gângster ao virar a curva da ruela. Yukio Hirayasu no auge de sua arrogância juvenil. Ignorando o fato de que o casaco não era feito sob medida — algo de marca, mas pronto para vestir era o melhor que eu podia fazer em tão curto prazo, um traje em que o Hirayasu de verdade não seria apanhado nem morto. Porém era um preto muito intenso, combinando com as luvas pintadas e, sob essa iluminação, devia passar. A capacidade ilusória de Emissário daria conta.

Cogitei brevemente entrar de penetra na festa de Plex do jeito mais radical. Arrombar a porta ou talvez escalar os fundos do galpão e abrir uma entrada pela claraboia. No entanto, meu braço esquerdo ainda doía da ponta dos dedos até o pescoço, e eu não sabia até que ponto eu podia confiar nele para fazer o que eu quisesse numa situação crítica.

Os seguranças na entrada me viram chegar e se aproximaram um do outro. A visão neuroquímica os calibrou para mim a distância: brutamontes baratos da frente do cais, talvez alguma noção muito básica de combate na forma como se moviam. Um deles tinha uma tatuagem de fuzileiro tático no rosto, mas isso podia ser uma imitação, cortesia de algum estúdio com software militar excedente. Ou, como muitos táticos, ele podia simplesmente ter tido algumas dificuldades pós-mobilização. Cortes. O catecismo e cláusula genérica universal no Mundo de Harlan hoje em dia. Nada era mais sagrado do que cortes nos custos, e mesmo o serviço militar não estava cem por cento a salvo.

— Espera aí, cara.

Era o sujeito com a tatuagem. Eu lhe dirigi um olhar fulminante e parei, por pouco.

— Tenho uma reunião com Plex Kohei. Não tenho a intenção de ficar esperando.

— Reunião? — O olhar dele se ergueu e deslizou à esquerda, conferindo uma lista de convidados retiniana. — Esta noite, não tem, não. Ele tá ocupado.

Deixei meus olhos se arregalarem, acumulando a pressão vulcânica da fúria como tinha visto o capitão da yakuza fazer na filmagem da Sítio 301.

— Você sabe quem eu sou? — disparei.

O porteiro tatuado deu de ombros.

— Eu sei que não vi seu rosto na lista. E por aqui isso significa que você não entra.

Ao meu lado, os outros estavam me olhando de cima a baixo com interesse profissional. Vendo o que poderiam quebrar com facilidade. Reprimi o impulso de assumir uma postura de combate e, em vez disso, olhei para eles com um desdém educado. Soltei meu blefe.

— Muito bem. Vocês poderiam por favor informar a seu patrão que recusaram a passagem de Yukio Hirayasu por esta porta e que, graças à sua diligência nessa questão, ele agora conversará comigo na presença de Tanaseda-*senpai* amanhã cedo, desavisado e, assim, despreparado.

Olhares foram trocados entre os três. Foram os nomes, o aroma de autêntica influência yakuza. O porta-voz hesitou. Eu dei-lhe as costas. Estava apenas no meio desse movimento quando ele se decidiu e cedeu.

— Tudo bem. Hirayasu-san. Só um momentinho, por favor.

O lado bom do crime organizado era o nível de medo que ele gostava de nutrir entre os capangas e aqueles com os quais se associava. Hierarquia de delinquentes. Era possível distinguir o mesmo padrão em qualquer um dos vários diferentes: as tríades do Lar Huno, as *famílias vigilantes* de Adoración, as Equipes Provo em Terra de Nkrumah. Variações regionais, mas todos eles plantavam a mesma safra de respeito por meio do terror como retaliação. E todos colhiam a mesma vindima de iniciativa atrofiada em suas fileiras. Ninguém quer arriscar tomar uma decisão independente quando uma ação independente corre o risco de ser reinterpretada como falta de respeito. Esse tipo de merda pode te fazer ser Morto de Verdade.

Era muito melhor, de longe, confiar na hierarquia. O porteiro desenterrou seu telefone e chamou seu chefe.

— Escuta, Plex, nós...

Ele escutou por um momento, o rosto imóvel. Sons insetoides raivosos vindo do telefone. Eu não precisava de neuroquímica para adivinhar o que estava sendo dito.

— Hã, sim, eu sei que você disse isso, cara. Mas eu tô com Yukio Hirayasu aqui fora querendo uma palavrinha, e...

Outra interrupção, mas dessa vez o porteiro pareceu mais feliz. Ele assentiu umas duas vezes, me descreveu e o que eu tinha acabado de dizer. Do outro lado da linha, pude ouvir Plex vacilando. Eu lhe dei alguns momentos, depois estalei os dedos, impaciente, e gesticulei para pedir o telefone. O porteiro cedeu e o entregou. Reuni os padrões de fala de Hirayasu das lembranças de dois meses antes, preenchi o que eu não conhecia com expressões típicas de gângsteres de Porto Fabril.

— Plex. — Impaciência dura.

— Hã. Yukio? É você mesmo?

Engatei o tom agudo do grito de Hirayasu.

— Não, é um traficante de *poeira da borda*. O que é que você acha? Temos negócios a tratar, Plex. Você sabe quanto estou perto de levar a porra da sua segurança para dar um passeiozinho por aqui? Você não me deixa esperando na porta, caralho.

— Tá bom, Yukio, tá bom. É só que... Cara, todos nós pensamos que você tava *morto*.

— É, bem. Ó a novidade, caralho. Tô de volta. Por outro lado, o Tanaseda provavelmente não te contou isso, contou?

— Tana... — Plex engoliu em seco audivelmente. — Tanaseda está por aqui?

— Esqueça o Tanaseda. Meu palpite é que temos cerca de quatro ou cinco horas antes que o departamento de polícia de Tekitomura esteja em cima disso.

— Em cima do quê?

— Em cima *do quê?* — Soltei o agudo de novo. — O que é que você acha, porra?

Ouvi a respiração dele por um momento. Uma voz feminina ao fundo, abafada. Algo se ergueu em meu sangue por um instante, sumindo em seguida. Não era Sylvie nem Nadia. Plex soltou algo para ela, irritado com seja lá quem ela fosse, depois retornou ao telefone.

— Pensei que eles...

— *Caralho, você vai me deixar entrar ou não?*

O blefe funcionou. Plex pediu para falar com o porteiro e, três monossílabos depois, o sujeito abriu uma portinhola estreita recortada no portão metálico. Ele passou por ali e gesticulou para que eu o seguisse.

Lá dentro, o clube de Plex tinha basicamente a aparência que eu imaginara. Ecos baratos da cena *take* de Porto Fabril — divisórias de liga translúcida servindo como paredes, holos de alucinações de cogumelos rabiscadas no ar sobre uma multidão de dançarinos vestindo pouco mais do que sombras e tinta corporal. O som *fusion* afogava todo o local em seu volume, forçava caminho ouvido adentro e fazia os painéis translúcidos tremerem visivelmente com a batida. Eu podia sentir aquilo vibrando em minhas cavidades corporais como uma bomba. Acima da multidão, um par de pseudos Corpo Total flexionava sua carne perfeitamente tonificada no ar em um orgasmo coreografado no modo como arrastavam as mãos abertas sobre si mesmos. Entretanto, quando se observava com atenção, via-se que eles eram mantidos lá em cima por cabos, não por aparelhos antigravitacionais. E os holos alucinógenos eram óbvias gravações, não a amostra cortical direta que se vê nos clubes de *take* em Porto Fabril. Isa, supus, não ficaria impressionada.

Uma equipe de revista formada por duas pessoas se aprumou de má vontade, levantando-se de cadeiras surradas de plástico colocadas contra a parede de contenção. Com o local lotado, eles obviamente achavam que tinham terminado por hoje. Ambos me olharam de mau humor e brandiram seus detectores. Atrás deles, através da translucidez, alguns dançarinos viram e imitaram os gestos com sorrisos amplos e chapados. Meu acompanhante fez os dois se sentarem outra vez com um gesto brusco da cabeça e nós passamos, dando a volta no painel da parede e entrando no meio da dança. A temperatura subiu. A música ficou ainda mais alta.

Nós passamos pela pista de dança lotadíssima sem incidentes. Algumas vezes tive que empurrar com força para fazer algum progresso, mas nunca recebi nada além de sorrisos de desculpas ou apenas dopados demais. A cena *take* é bem tranquila em qualquer lugar a que se vá em Mundo de Harlan — um cultivo cuidadoso postou as espécies mais populares firmemente no campo eufórico do espectro psicotrópico e o pior que se pode esperar daqueles sob sua influência é ser abraçado e babado em meio a declarações incoerentes de amor eterno. Existem variedades alucinógenas piores para se tomar, mas em geral ninguém além dos militares as quer.

Um punhado de carícias e uma centena de sorrisos alarmantemente largos depois, alcançamos o começo de uma rampa metálica e subimos para onde um par de contêineres do estaleiro tinham sido montados sobre andaimes e emoldurados em painéis de madeira-espelho. A luz refletida dos holos batia em suas superfícies marcadas e amassadas. Meu acompanhante me levou ao contêiner da esquerda, pressionou a mão em um painel de campainha e abriu uma porta espelhada antes invisível. Abriu mesmo, como a portinhola que dava para a rua. Não havia portais flexíveis aqui, pelo jeito. Ele ficou de lado para me deixar passar.

Entrei e analisei a cena. Na frente, um Plex corado, vestido até a cintura e lutando para colocar uma blusa de seda violentamente psicodélica. Atrás dele, duas mulheres e um homem se refestelavam em uma massiva cama automoldável. Todos eles tinham físicos muito jovens e belos; todos exibiam sorrisos vagos, tinta corporal bastante borrada e não muito além disso. Não era difícil decifrar de onde Plex os havia tirado. Monitores para microcâmeras para buscas no clube lá fora forravam a parede dos fundos do contêiner. Uma troca constante de imagens do espaço de dança marchava por elas. O ritmo *fusion* atravessava as paredes, abafado, mas reconhecível o bastante para dançar. Ou fazer qualquer outra coisa.

— Ei, Yukio, cara! Deixa eu dar uma olhada em você. — Plex se adiantou, ergueu os braços. Sorriu, inseguro. — Essa é uma bela capa, cara. Onde foi que você arranjou isso? É cultivada sob medida?

Indiquei os companheiros dele com um gesto da cabeça.

— Livre-se deles.

— Hã, claro. — Ele se virou para a automoldável e bateu palmas. — Vamos, vamos, menino e meninas. A diversão acabou. Tenho que falar de negócios com esse cara aqui.

Eles saíram a contragosto, como criancinhas a quem foi negada uma noitada. Uma das mulheres tentou tocar meu rosto quando passou. Eu me afastei com um esgar, irritado, e ela fez um beicinho para mim. O porteiro os acompanhou para fora, depois lançou um olhar de dúvida para Plex, que ecoou o olhar para mim.

— É, ele também.

O porteiro saiu, trancando parte do volume da música lá fora. Olhei para Plex, que se movia na direção de um módulo de hospitalidade com baixa iluminação montado contra a parede lateral. Seus movimentos eram uma mistura curiosa entre lânguidos e nervosos, *take* e perturbação situacional lutando em sua corrente sanguínea. Ele estendeu a mão para o brilho da prateleira superior do módulo, as mãos abobalhadas em meio a frascos ornamentados de cristal e pacotes delicados de papel.

— Hã... quer um cachimbo, cara?

— Plex. — Lancei a última cartada do blefe com toda a força. — *Que porra você acha que tá havendo?*

Ele se encolheu. Gaguejou.

— Eu, hã, eu pensei que o Tanaseda teria...

— *Foda-se* isso, Plex. Fala comigo.

— Olha, cara, não é culpa minha. — O tom dele tentava soar ofendido. — Eu não falei pra vocês desde o começo que ela tava com a cabeça fodida? Toda aquela merda *kaikyo* que ela estava despejando. Algum de vocês me escuta, porra? Eu *conheço* biotecnologia, cara, e eu sei quando tá fodida. E aquela vaca com cabo na cabeça tava *fo-di-da.*

Então...

Minha mente voltou de súbito para dois meses atrás, para a primeira noite do lado de fora do galpão, a capa sintética, as mãos manchadas com o sangue dos padres e uma rajada de raios nas costelas, escutando Plex e

Yukio escondido sem razão. *Kaikyo:* um escape, um gerente de mercadorias roubadas, um consultor financeiro, uma saída de esgoto. E um homem santo possuído por espíritos. Ou talvez uma mulher, possuída pelo fantasma de uma revolucionária de trezentos anos atrás. Sylvie, carregando Nadia. Carregando Quell.

— Aonde eles a levaram? — perguntei, baixinho.

Não era mais o tom de Yukio, mas eu não chegaria muito mais longe como Yukio mesmo. Eu não sabia o bastante para sustentar a mentira ante o conhecimento de uma vida toda de Plex.

— Para Porto Fabril, acho. — Ele estava montando um cachimbo para si mesmo, talvez para equilibrar o borrão do *take*. — Digo, Yukio, será que o Tanaseda realmente não...

— Aonde em Porto Fabril?

E então ele se deu conta. Vi o conhecimento ser absorvido por ele, que subitamente enfiou a mão sob a prateleira superior do módulo. Talvez tivesse programação neuroquímica em algum ponto debaixo daquele corpo pálido e aristocrático que ele usava, mas, para ele, aquilo seria pouco mais do que um acessório. E a química que ele havia usado o deixava tão mais lerdo que era risível.

Deixei que ele pusesse uma das mãos na arma, deixei que tivesse quase a arrancado da prateleira sob a qual ela estava presa. Aí chutei sua mão para longe, derrubei-o de volta na automoldável com um soco e pisoteei a prateleira. Vidros ornamentados se despedaçaram, pacotes de papel saíram voando e a prateleira rachou no meio. A arma caiu no chão. Parecia uma arma de estilhaços compacta, a irmã maior da GS Rapsodia embaixo do meu casaco. Eu a apanhei e a virei a tempo de flagrar Plex correndo para apertar um alarme na parede.

— Não.

Ele congelou, fitando a arma, hipnotizado.

— Sente-se ali.

Ele afundou na automoldável, segurando o braço que eu tinha chutado. Ele tinha era sorte que eu não tivesse quebrado aquele braço, pensei, com uma brutalidade que quase no mesmo instante me pareceu esforço demais.

Botado fogo naquela porra ou algo assim.

— Quem... — Ele moveu a boca, sem som. — Quem é você? Você não é Hirayasu.

Levei a mão aberta em frente ao meu rosto e imitei o gesto de tirar uma máscara de *noh* com um floreio. Fiz uma leve mesura.

— Muito bem. Não sou o Yukio. Embora eu esteja com ele no meu bolso.

Seu rosto se vincou.

— De que porra você tá falando?

Enfiei a mão no casaco e retirei de lá um dos cartuchos corticais aleatoriamente. Não era de fato o cartucho de grife de Hirayasu, com a faixa amarela, mas pela expressão no rosto de Plex, ele pareceu ter captado.

— Caralho. Kovacs?

— Bom chute. — Guardei o cartucho novamente. — O original. Recuse imitações. Agora, a menos que você queira dividir meu bolso com seu amigo de infância aqui, sugiro que siga respondendo minhas perguntas como estava fazendo quando achava que eu fosse ele.

— Mas você... — Ele balançou a cabeça. — Você nunca vai escapar dessa, Kovacs. Eles botaram... Eles botaram *você* pra te caçar, cara.

— Eu sei. Devem estar desesperados, né?

— Não é engraçado, cara. Ele é psicótico, caralho. Eles ainda tão contando os corpos que deixou para trás em Drava. Morte Real. Os cartuchos se foram e tudo mais.

Senti uma breve pontada de choque, mas foi quase distante. Por trás dele, havia o gelo sinistro que tinha vindo com minha visão de Anton e da Gangue do Crânio na filmagem registrada por Sítio 301. Kovacs tinha ido para Nova Hok e feito o trabalho de campo com intensidade de Emissário. Tinha trazido consigo o material de que precisava. Corolário. O que não podia utilizar, deixara em uma ruína fumegante atrás de si.

— Então, quem foi que ele matou, Plex?

— Eu... Não sei, cara. — Ele lambeu os lábios. — Um monte de gente. A equipe toda dela, todos com quem ela...

Ele parou. Assenti, a boca tensa. Um arrependimento distante por Jad, Kiyoka e os outros, preso e abafado onde o sentimento não fosse me atrapalhar.

— Sim. Ela. Próxima pergunta.

— Olha, cara, eu não posso te ajudar. Você nem deveria...

Eu me movi na direção dele, impaciente. A fúria me consumindo pelas beiradas como papel aceso. Ele se encolheu de novo, mais do que tinha feito quando pensava que eu fosse Yukio.

— Tá bem, tá bem. Eu te conto. Só me deixa em paz. O que você quer saber?

Mãos à obra. Absorva tudo.

— Em primeiro lugar, quero saber o que *você* sabe, ou acha que sabe, sobre Sylvie Oshima.

Ele suspirou.

— Cara, eu te falei para não se envolver. Naquele bar. Eu te avisei.

— É, a mim e ao Yukio, pelo visto. Muito no espírito de utilidade pública de sua parte, sair por aí avisando todo mundo. Por que ela te assusta tanto, Plex?

— Você não sabe?

— Vamos supor que não. — Ergui uma das mãos, um gesto para deslocamento conforme a raiva ameaçava escapar. — E vamos supor também que se você tentar mentir para mim, eu vou torrar sua cabeça com um raio.

Ele engoliu em seco.

— Ela... ela diz ser Quellcrist Falconer.

— Pois é. — Assenti. — E aí, ela é mesmo?

— Porra, cara, como é que eu vou saber?

— Na sua opinião profissional, ela pode ser?

— Não sei. — Ele soou quase queixoso. — O que você quer de mim? Você foi com ela para Nova Hok, você sabe como é por lá. Suponho que sim, é, suponho que ela *poderia ser*. Ela pode ter tropeçado em uma versão cache de personalidades salvas em backup. Ter se contaminado de alguma forma.

— Mas você não acredita nisso?

— Não parece muito provável. Não consigo ver por que um depósito de personalidades estaria preparado para vazar de forma viral, para começo de conversa. Não faz nenhum sentido, mesmo para um punhado de quellistas burros pra caralho. Qual o valor nisso? E menos ainda um backup do precioso ícone revolucionário e sonho erótico deles.

— Então... — falei, inexpressivo. — Você não é muito fã dos quellistas, pelo jeito.

Pela primeira vez que eu pudesse me lembrar, Plex pareceu abandonar seu escudo de reserva apologética. Uma fungada engasgada de humor lhe escapou — alguém com menos estirpe teria cuspido, supus.

— Olhe ao seu redor, Kovacs. Acha que eu estaria vivendo desse jeito se a Descolonização não tivesse atingido o comércio de erva de Nova Hok do jeito que atingiu? A quem você acha que eu devo agradecer por isso?

— Essa é uma questão histórica complexa...

— O caralho que é.

— ... que eu não estou realmente qualificado para responder. Mas posso entender por que você estaria puto da vida. Deve ter sido duro ter que arrancar dos seus coleguinhas salões de dança de segunda como esse aqui. Não ser capaz de bancar a regra de vestimenta do circuito de festas das Primeiras Famílias. Meus pêsames.

— Ha-ha-ha. Muito engraçado, porra.

Senti o modo como minha própria expressão ficou gelada. Evidentemente, ele também viu, e a fúria súbita escapou quase de forma visível. Eu falei para me impedir de surrá-lo e feri-lo.

— Eu cresci em uma favela de Novapeste, Plex. Minha mãe e meu pai trabalhavam nos moinhos de belalga, que nem todo mundo. Contratos temporários, pagamento diário, sem benefícios. Havia épocas em que tínhamos sorte se comêssemos duas vezes por dia. E isso não era nenhuma queda no comércio, porra, era só a vida como ela era. Filhos da puta como você e a sua família ficavam ricos assim. — Eu respirei fundo e me controlei, voltando para uma ironia mortal. — Então você vai ter que perdoar minha falta de comiseração por suas circunstâncias de aristocrata tragicamente decaído, porque estou com muito pouca para distribuir no momento. Tá bem?

Ele umedeceu os lábios e assentiu.

— Tá bem. Tá, cara, tá legal.

— É. — Assenti de volta. — Agora. Não há nenhum motivo para uma cópia guardada de Quell ser usada de forma viral, era o que você dizia.

— É... Certo, tá certo. — Ele estava ansioso para voltar a um terreno seguro. — E, de qualquer jeito, ela tá... a Oshima tá carregada até o talo para barrar a entrada de coisas virais pela conexão, como todo tipo de defletor. Aquela merda de comando Desarmador é de última geração.

— Tá, e isso nos traz de volta ao início. Se ela não é realmente a Quell, por que você tem tanto medo dela?

Ele piscou para mim, mudo.

— Por que eu...? Caralho, cara, porque ela sendo ou não a Quell, ela *pensa* que é. Isso é uma bela duma psicose. Você colocaria alguém psicótico no comando daquele software?

Dei de ombros.

— Pelo que vi em Nova Hok, metade dos Desarmadores se qualificaria para esse diagnóstico. Eles não são muito equilibrados, no geral.

— Sim, mas duvido que muitos deles pensem ser a reencarnação de uma líder revolucionária morta há três séculos. Duvido que possam citar...

Ele parou. Eu olhei para ele.

— Citar o quê?

— Coisas. Sabe como é. — Ele desviou o olhar, irrequieto. — Coisas antigas da guerra, da Descolonização. Você deve ter ouvido o jeito como ela fala às vezes, aquele japonês de filme de época que ela solta.

— É, ouvi, sim. Mas não era isso o que você ia dizer, Plex. Não é?

Ele tentou se levantar da automoldável. Eu me aproximei e ele congelou. Olhei para ele com a mesma expressão que exibi quando falei sobre minha família. Nem ergui a arma de estilhaços.

— Citar o quê?

— Cara, o Tanaseda...

— O Tanaseda não tá aqui. Eu estou. Citar. O. Quê?

Ele cedeu. Gesticulou debilmente.

— Eu nem sei se você entenderia do que eu tô falando, cara.

— Tente.

— Bem, é complicado.

— Não, é simples. Deixe-me te ajudar a começar. Na noite em que eu vim buscar minha capa, você e o Yukio estavam conversando sobre ela. Um palpite: você andava negociando com ela; um segundo palpite: você ia se encontrar com ela naquela birosca na doca aonde me levou para tomar café, certo?

Ele assentiu, relutante.

— Tá bem. Então a única coisa que não consigo entender é por que você ficou tão surpreso em vê-la ali.

— Eu não pensei que ela fosse voltar — resmungou ele.

Eu me lembrei da primeira vez que a vi naquela noite, a expressão fascinada no rosto dela enquanto olhava para si mesma na madeira-espelho do bar. A memória de Emissário desenterrou um fragmento da conversa ocorrida no apartamento de Kompcho mais tarde. Orr, falando das palhaçadas de Lazlo:

... ainda tá atrás daquela mina das armas com o decotão, né?

E a Sylvie: *Como é?*

Ah, cê sabe. Tamsin, Tamita, sei lá qual era o nome dela. Aquela do bar em Muko. Pouco antes de você sair de lá sozinha. Jesus, você tava lá, Sylvie. Não achei que alguém pudesse se esquecer daqueles peitos.

E Jad: *Ela não está equipada para registrar esse tipo de armamento.*

Estremeci. Não, não estava equipada. Não estava equipada para se lembrar de muita coisa, perambulando perdida pela noite de Tekitomura dividida entre Sylvie Oshima e Nadia Makita, também conhecida como Quellcrist Falconer, porra. Não estava equipada para fazer muita coisa além de talvez navegar por fragmentos resgatados de lembranças e sonhos e acabar em algum bar do qual tenha uma vaga lembrança onde, exatamente quando você tenta se recompor, uma gangue sem escrúpulos de escória barbada com uma licença para matar concedida por Deus chega para esfregar a cara na presumida inferioridade do seu gênero.

Eu me lembrei de Yukio quando ele irrompeu no apartamento de Kompcho na manhã seguinte. A fúria no rosto.

Kovacs, que caralhos *exatamente você acha que tá fazendo aqui?*

E as palavras dele para Sylvie quando ele a viu.

Você sabe quem eu sou.

Não foi uma referência casual à sua evidente filiação com a yakuza. *Ele achava que ela o conhecia.*

E a resposta calma de Sylvie. *Eu não sei quem caralhos é você.* Porque, naquele momento, ela não sabia. A memória congelou quadro a quadro para mim a incredulidade no rosto de Yukio. Não era vaidade ferida, afinal de contas. Ele estava genuinamente chocado.

Nos parcos segundos do confronto, na carne e sangue queimados do rescaldo, não me ocorreu imaginar por que ele estava tão bravo. A raiva era uma constante. A companhia constante dos últimos dois anos e ainda mais; a fúria voltada para mim mesmo e a fúria refletida daqueles ao meu redor. Eu não a questionava mais, ela era um estado de consciência. Yukio estava zangado porque sim. Porque era um machão idiota com delírios de status exatamente como meu pai, exatamente como o resto deles, e eu o humilhara na frente de Plex e Tanaseda. Porque ele era um machão idiota como o resto deles, na verdade, e a fúria era a configuração básica.

Ou:

Porque ele tinha acabado de se meter em um acordo complicado com uma mulher perigosamente instável com uma cabeça lotada de software de batalha de ponta e uma linha direta com...

O quê?

— O que ela estava vendendo, Plex?

Ele perdeu o ar. Pareceu murchar.

— Não sei, Tak. De verdade, não sei. Era algum tipo de arma, algo da Descolonização. Ela chamava aquilo de Protocolo Qualgrist. Algo biológico. Eles tiraram o negócio das minhas mãos assim que fiz a conexão entre eles e a Oshima. Assim que eu disse a eles que os dados preliminares batiam. — Ele desviou o olhar de novo, dessa vez sem nenhum resquício de nervosismo. Sua voz assumiu uma amargura arrastada. — Disseram que era importante demais para mim. Não podiam confiar em mim para manter a boca fechada. Trouxeram especialistas de Porto Fabril. A porra do Yukio veio com eles. Eles me tiraram da jogada.

— Mas você estava lá. Você a viu naquela noite.

— Sim, ela estava entregando a eles coisas em chips de Desarmador apagados. Um pouquinho de cada vez, sabe, porque ela não confiava na gente. — Ele soltou uma risada. — Não mais do que a gente confiava nela. Eu deveria acompanhar a cada vez e checar os códigos de rolagem preliminares. Garantir que fossem antiguidades genuínas. Tudo o que eu autorizava, Yukio pegava e entregava para a equipe Emepê de estimação dele. Eu nunca vi nada. E sabe quem a encontrou, para começo de conversa, caralho? Eu. Ela me procurou primeiro. E tudo o que consigo é ser despejado com honorários de descobridor.

— Como ela te encontrou?

Ele deu de ombros, derrotado.

— Pelos canais de sempre. Ela vinha perguntando em Tekitomura havia semanas, aparentemente. Procurando alguém para movimentar essa mercadoria para ela.

— Mas ela não te contou o que era?

Ele cutucou uma mancha de tinta corporal na automoldável, mal--humorado.

— Não.

— Plex, que é isso? Ela causou uma impressão forte o bastante em você para que chamasse seus colegas da yakuza, mas nem te mostrou o que tinha?

— Foi ela quem pediu pela porra da yakuza, não eu.

Franzi o cenho.

— *Ela* pediu?

— É. Disse que eles se interessariam, que era algo que eles podiam usar.

— Ah, mas que *baboseira*, Plex. Por que a yakuza estaria interessada em uma arma de biotecnologia de três séculos atrás? Eles não estão travando uma guerra.

— Talvez ela soubesse que eles poderiam vendê-la para o exército. Por uma porcentagem.

— Mas ela não disse isso. Você acaba de me dizer que ela disse que isso seria algo que eles poderiam *usar.*

Ele me encarou.

— É, talvez. Não sei. Não sou equipado para essa merda de memória total de Emissário que nem você. Eu não lembro exatamente o que ela falou. E não tô nem aí, caralho. Como eles disseram, não tem mais nada a ver comigo.

Eu me afastei um passo. Recostei-me na parede do contêiner e examinei a arma de estilhaços, distraído. A visão periférica me disse que ele não se movia de onde ficara encolhido na automoldável. Suspirei e aquilo pareceu um peso saindo de meus pulmões, apenas para retornar.

— Certo, Plex. Só mais algumas perguntas, mais fáceis, e eu te deixo em paz. Essa nova edição de mim que eles têm estava procurando Oshima, né? Não eu?

Ele estalou a língua, quase inaudível sobre a batida do *fusion* lá fora.

— Vocês dois. Tanaseda quer a sua cabeça em uma bandeja pelo que você fez com Yukio, mas você não é o prato principal.

Assenti, pessimista. Por algum tempo, pensei que Sylvie devia ter de alguma forma se entregado em Tekitomura ontem. Falado com a pessoa errada, sido pega na câmera de vigilância errada, feito algo para fazer com que a equipe de busca caísse em cima da gente como fogo angelical. Mas não foi isso. Era mais simples e bem pior: eles tinham vetorizado minha própria estupidez desprotegida ao vascular os arquivos de Quellcrist Falconer. Devia haver uma vigilância global nos fluxos de dados desde que toda essa bagunça tinha estourado.

E você caiu bem no meio dela. Bom trabalho.

Fiz uma careta.

— E é o Tanaseda quem está mandando nisso tudo?

Plex hesitou.

— Não? Então quem está puxando essa linha?

— Eu não...

— Não tente me enganar, Plex.

— Olha, eu não sei, caralho. Não sei. Mas está bem no topo da cadeia alimentar, disso eu sei. As Primeiras Famílias, foi o que ouvi, alguma cortesã espiã de Porto Fabril.

Tive uma leve sensação de alívio. Não a yakuza, então. Bom saber que meu valor de mercado não tinha caído *tanto*.

— Essa cortesã espiã tem nome?

— Tem. — Ele se levantou abruptamente e foi até o módulo de hospitalidade. Fitou para o interior esmagado. — O nome é Aiura. Durona, segundo os relatos.

— Você não a conheceu?

Ele cutucou os destroços que eu tinha deixado, encontrou um cachimbo sem danos.

— Não. Nem posso mais ver o Tanaseda hoje em dia. De jeito nenhum iam me deixar entrar em algo do nível das Primeiras Famílias. Mas tem coisas rodando no circuito de fofocas da corte sobre essa Aiura. Ela tem reputação.

Soltei um risinho.

— Todas têm, não é?

— Tô falando sério, Tak. — Ele acendeu o cachimbo e olhou para mim cheio de censura através da fumaça repentina. — Tô é tentando te ajudar aqui. Lembra aquela bagunça há mais ou menos sessenta anos, quando Mitzi Harlan acabou em um pornô de Kossuth?

— Vagamente.

Eu andava ocupado na época, roubando bioware e títulos de dados na companhia de Virgínia Vidaura e os Besourinhos Azuis. Criminalidade de alta rentabilidade mascarada de compromisso político. Nós assistíamos aos noticiários para ver os esforços policiais em nosso encalço, não muito mais do que isso. Não sobrava muito tempo para se preocupar com os escândalos incessantes e contravenções das larvas aristocráticas do Mundo de Harlan.

— É, bem, dizem que essa Aiura cuidava de controle de danos e da limpeza para a família Harlan. Ela fechou o estúdio com violência e caçou todos os envolvidos. Ouvi dizer que a maioria deles foi de carona para o céu. Ela os levou para os Penhascos de Rila à noite, os prendeu cada um em uma mochila gravitacional e simplesmente ligou a propulsão.

— Muito elegante.

Plex encheu os pulmões de fumaça e gesticulou. Sua voz saiu em um guincho.

— É o jeito dela, aparentemente. À moda antiga, sabe?

— Você tem alguma ideia de onde ela arranjou uma cópia minha?

Ele balançou a cabeça.

— Não, mas eu chutaria que foi do depósito militar do Protetorado. Ele é bem jovem, muito mais do que você. Do que você é agora, quero dizer.

— Vocês se viram?

— Sim, eles me arrastaram para uma entrevista no mês passado, quando ele chegou aqui de Porto Fabril. Dá pra deduzir muita coisa sobre alguém pelo jeito como essa pessoa fala. Ele ainda fica se chamando de Emissário.

Fiz outra careta.

— Ele tem uma energia também, parece que mal pode esperar para fazer as coisas, para começar tudo. É confiante, não tem medo de nada, nada é um problema. Fica rindo de tudo...

— É, ele é jovem. Já entendi. Chegou a dizer alguma coisa sobre mim?

— Não, só fez perguntas e ouviu. Só que... — Plex tragou o cachimbo de novo. — Eu tive a impressão de que ele estava, não sei, desapontado ou algo assim. Com o rumo que a sua vida tomou.

Senti meus olhos se estreitarem.

— Ele disse isso?

— Não, não. — Plex agitou o cachimbo, soltando fumaça pelo nariz e a boca. — Foi só uma impressão que eu tive.

Assenti.

— Certo, uma última pergunta. Você disse que eles a levaram para Porto Fabril. Onde?

Outra pausa. Eu lancei-lhe um olhar curioso.

— Ah, vamos lá, o que você tem a perder agora? Para onde eles a estavam levando?

— Tak, deixa pra lá. Isso é igualzinho ao bar dos varredores. Você está se metendo em algo que não...

— Eu já tô metido, Plex. Tanaseda cuidou disso.

— Não, escuta. Tanaseda vai negociar. Você tá com o cartucho do Yukio, cara. Pode negociar pela devolução segura dele. Ele vai topar, eu *conheço* o sujeito. Ele e o pai de Hirayasu são amigos há um século ou mais. E ele é o *senpai* do Yukio, praticamente o tio adotivo. Ele vai ter que topar um trato.

— E você acha que essa Aiura vai deixar por isso mesmo?

— Claro, por que não? — Plex gesticulou com o cachimbo. — Ela tem o que quer. Desde que você fique de fora de...

— Plex, pensa. Eu estou duplamente encapado. Isso é uma infração à ONU, com penalidades pesadas para todo mundo. Sem mencionar a questão de se eles ao menos têm autorização para manter guardada uma cópia de um Emissário da ativa, para começo de conversa. Se o Protetorado descobrir sobre isso, Aiura, a cortesã-espiã, vai ter que encarar um belo tempo no depósito, tendo ou não conexões nas Primeiras Famílias. O sol vai ser a porra de um pontinho vermelho quando eles finalmente a soltarem.

Plex fungou uma risada.

— Você acha? Você acha mesmo que a ONU vai vir até aqui e arriscar aborrecer a oligarquia local só por causa de um duplo encape?

— Se isso vier a público, sim. Eles não vão ter escolha, porque não podem ser vistos fazendo qualquer outra coisa. Acredite em mim, Plex, eu sei, eu fazia isso para ganhar a vida. Todo o sistema do Protetorado é mantido em ordem pela presunção de que ninguém vai ousar sair da linha. Se alguém faz isso e escapa ileso, não importa o quanto essa transgressão inicial seja pequena, é a primeira rachadura na muralha. Se o que foi feito aqui se tornar de conhecimento geral, o Protetorado vai ter que exigir o cartucho cortical de Aiura em uma bandeja. E se as Primeiras Famílias não obedecerem, a ONU manda os Emissários, porque uma recusa pela oligarquia local em obedecer só pode ser compreendida como uma insurreição. E insurreições são sufocadas, onde quer que ocorram, a qualquer custo, sem falha.

Eu o observei, vi a compreensão ser absorvida como tinha ocorrido comigo quando ouvi as notícias em Drava. A compreensão do que tinha sido feito, do passo que havia sido dado, e a sequência de inevitabilidades na qual estávamos todos presos agora. O fato de que não havia saída dessa situação que não envolvesse alguém chamado Takeshi Kovacs morrendo de vez.

— Essa Aiura — falei, baixinho — se colocou contra a parede. Eu adoraria saber o porquê, por que caralhos isso é importante a ponto de valer a pena arriscar tanto. Mas, no fim das contas, não importa. Um de nós tem que morrer, ele ou eu, e o jeito mais fácil para ela fazer com que isso aconteça é continuar mandando o outro Kovacs vir atrás de mim até um de nós matar o outro.

Ele olhou para mim, as pupilas dilatadíssimas com a mistura de bafo e cogumelos, o cachimbo esquecido e soltando leves baforadas em sua mão em concha. Como se isso tudo fosse demais para absorver. Como se fosse um naco de alucinação de *take* que se recusava a morfar em algo mais agradável ou apenas se dissipar.

Balancei a cabeça. Tentei tirar os Escorregadios de Sylvie de lá.

— Então, como eu disse, Plex, preciso saber. Eu preciso *mesmo* saber. Oshima, Aiura e Kovacs. Onde encontro essas pessoas?

Ele balançou a cabeça.

— Não adianta nada, Tak. Digo, eu vou te contar. Se você quer mesmo saber, eu te conto. Mas não vai ajudar. Não há nada que você possa fazer a respeito. Não há como você...

— Por que você simplesmente não me conta, Plex? Tire isso do peito. Deixe que eu me preocupo com a logística.

Então ele me contou. Calculei a logística e fiquei preocupado.

Enquanto saía, remoí o pensamento, mordiscando-o mentalmente como um lobo com a pata presa em uma armadilha. Até sair, o caminho todo. Para lá dos dançarinos chapados e iluminados pela luz estroboscópica, as alucinações gravadas e os sorrisos químicos. Para além dos painéis translúcidos pulsando onde uma mulher despida até a cintura encontrou meus olhos e se pressionou contra o vidro para que eu pudesse vê-la. Para lá dos detectores e seguranças baratos na porta, os últimos ramos do calor do clube e do ritmo de mergulho no recife, e lá fora, no frio da noite do distrito de galpões, onde começava a nevar.

PARTE 3
ISSO FOI HÁ ALGUM TEMPO

Aquela Quell, claro, cara, ela tinha algo rolando, algo em que você
precisa pensar. O negócio é que algumas coisas duram, outras não,
mas às vezes você tem algo que não dura não porque se foi, mas
porque está esperando seu momento chegar de novo, talvez
esperando por uma mudança. Com a música é assim,
e com a vida também, cara, com a vida também.

— Dizzy Csango
De uma entrevista à revista *Novo Céu Azul*

CAPÍTULO 20

Havia alertas de tempestade por todo o sul.

Em alguns planetas onde estive, eles administram os furacões. Rastreamento por satélite mapeia e modela o sistema da tempestade para ver aonde ela está indo e, se necessário, armas de raios de precisão associada podem ser utilizadas para neutralizar o coração da tempestade antes que ela cause qualquer prejuízo. Esta não é uma opção disponível aqui em Mundo de Harlan: ou os marcianos não acharam que valia a pena programar esse tipo de coisa em seus próprios orbitais naquela época, ou os próprios orbitais deixaram de se dar ao trabalho desde então. Talvez tenham ficado obscuramente amuados por terem sido deixados para trás. De qualquer forma, isso nos deixou na Idade das Trevas, com monitoramento baseado na superfície e um ou outro olheiro em helicóptero de baixa altitude. IAs meteorológicas ajudam com as previsões, mas três luas e uma gravidade de 0.8 G resultam em sistemas climáticos seriamente bagunçados e, assim, as tempestades são famosas por fazerem coisas bem estranhas. Quando um furacão do Mundo de Harlan pega impulso, há muito pouco que se possa fazer além de se afastar o máximo de seu caminho e ficar por lá.

Essa vinha crescendo já havia algum tempo — eu me lembrava de noticiários sobre ela na noite em que saímos escondidos de Drava — e aqueles que podiam se deslocar já estavam fazendo isso. Por todo o Golfo de Kossuth as jangadas urbanas e fábricas marítimas arrastavam suas quilhas para o oeste na velocidade que conseguissem. Traineiras e caçadores de arraias, presas muito a leste, procuravam pontos para ancorar nos cais relativamente protegidos entre os Baixios de Irezumi. O tráfego de cargueiros vindos do

Arquipélago Açafrão foi desviado para a costa ocidental do Golfo. Aquilo acrescentou um dia à viagem.

O capitão do *Filha de Haiduci* encarou isso filosoficamente.

— Já vi piores — disse ele, espiando os monitores cobertos na ponte. — Nos anos noventa, a temporada de tempestades foi tão ruim que a gente teve que ficar parado em Novapeste por mais de um mês. Não havia nenhum tráfego seguro rumo ao norte.

Grunhi, indiferente. Ele desviou o olhar espremido do monitor para mim.

— Você estava fora nessa época, certo?

— É, extramundo.

Ele riu, cheio de pigarro.

— Ah, é, isso mesmo. Todas aquelas viagens exóticas que você andou fazendo. E aí, quando consigo ver a sua carinha bonita na KossuthNet, então? Já tem uma reunião cara a cara com a Maggie Sugita arranjada para quando chegarmos?

— Me dá um tempo, cara.

— Mais tempo? Você já não teve *tempo suficiente*?

Essa era a linha das provocações que trocávamos desde Tekitomura. Como boa parte dos capitães de carga que eu tinha conhecido, Ari Japaridze era um homem astuto, mas relativamente desprovido de imaginação. Ele não sabia quase nada a meu respeito, o que, disse-me ele, era como gostava que as coisas ficassem entre ele e seus passageiros, mas não era nenhum tonto. E não era preciso um arqueólogo para decifrar que se um sujeito embarca no seu velho cargueiro surrado uma hora antes de ele partir e oferece por uma cabine apertada da tripulação o mesmo que pagaria numa cabine da Linha Açafrão — bem, esse sujeito provavelmente não estava em termos amistosos com as forças da lei. Para Japaridze, os buracos que ele encontrara em meu conhecimento das últimas duas décadas no Mundo de Harlan tinham uma explicação muito simples. Eu estive fora, no sentido da expressão consagrado pelos criminosos. Contrapus essa presunção com a verdade simples da minha ausência e recebi a risada roufenha todas as vezes.

O que me servia bem. As pessoas acreditam no que querem acreditar — era só olhar para aqueles bostas dos Barbas — e eu tive a distinta impressão de que existia um tempo de depósito no passado de Japaridze. Eu não sei o que ele viu quando olhou para mim, mas recebi um convite para subir à ponte na nossa segunda noite longe de Tekitomura e, quando deixamos

Erkezes, na ponta mais ao sul do Arquipélago Açafrão, estávamos trocando impressões sobre nossos locais preferidos para beber em Novapeste e qual o melhor jeito para assar filés de golfinho.

Tentei não deixar que o tempo me incomodasse.

Tentei não pensar no Arquipélago de Porto Fabril e no longo arco a oeste que estávamos fazendo para longe dele.

Dormir estava sendo difícil.

A ponte do *Filha de Haiduci* à noite oferecia uma alternativa viável. Eu me sentava com Japaridze e bebia uísque barato de Porto Fabril, observando enquanto o cargueiro abria caminho rumo ao sul em mares mais quentes e um ar fragrante com o cheiro de belalga. Eu conversava de modo tão automático quanto as máquinas que mantinham o navio em seu curso curvo, contando histórias de sexo e de viagem, memórias de Novapeste e do interior de Kossuth. Massageei os músculos do braço esquerdo, que ainda doíam e latejavam. Dobrei minha mão esquerda contra a dor que isso me causou. Por baixo disso tudo, pensei em formas de matar Aiura e eu mesmo.

Durante o dia, eu rondava os conveses e me misturava o mínimo possível com os outros passageiros. Eles eram um grupo pouco atraente de qualquer jeito: três Desarmadores exauridos e amargurados indo para o sul, talvez para casa, talvez apenas em busca de um pouco de sol; um empreendedor de teiageleias de olhos duros e seu guarda-costas, acompanhando um carregamento de óleo para Novapeste; um jovem padre da Nova Revelação e sua esposa cuidadosamente embrulhada, que se juntaram ao navio em Erkezes. Outra meia dúzia de homens e mulheres menos memoráveis que se mantinham ainda mais isolados do que eu e desviavam o olhar sempre que alguém lhes dirigia a palavra.

Era inevitável um grau de interação social. O *Filha de Haiduci* era um navio pequeno, em essência não muito mais do que um rebocador fundido na proa de quatro módulos de carga duplex e um potente motor de hover-cargueiro. Havia pórticos de acesso em dois níveis a partir dos conveses dianteiros, entre os módulos e ao longo deles, até chegar a uma estreita bolha de observação soldada à popa. O pouco espaço de convivência que existia estava lotado. Aconteceram algumas brigas logo no começo, inclusive uma por causa de roubo de comida que Japaridze teve que apartar com ameaças de expulsar passageiros em Erkezes, mas quando deixamos o Arquipélago Açafrão para trás, todos já tinham basicamente se ajeitado. Eu tive algumas conversas forçadas com os Desarmadores durante as refeições, tentando demonstrar interesse em suas histórias de azar e gabolices quanto à vida na Insegura. Do comerciante de óleo de teiageleia, recebi palestras repetitivas sobre os benefícios econômicos que emergiriam do programa de austeridade do regime Mecsek. Com o padre eu não cheguei a conversar, porque não queria ter que esconder o cadáver dele depois.

Fomos de Erkezes ao Golfo com boa velocidade e não havia nenhum sinal de tempestade quando chegamos lá. Eu me vi expulso de meus lugares habituais de meditação conforme outros passageiros saíam para desfrutar da novidade do tempo quente e do sol forte o bastante para se bronzear. Não se podia culpá-los — o céu era de um azul sólido de uma ponta à outra do horizonte, Daikoku e Hotei aparecendo claramente e bem no alto. Uma brisa forte vinda do noroeste mantinha o calor agradável e erguia respingos da superfície agitada do mar. A oeste, as ondas quebravam em espuma branca quase inaudivelmente sobre os grandes recifes curvados que anunciavam a subida da linha costeira do Golfo de Kossuth mais ao sul.

— É lindo, né? — disse uma voz, baixinho, ao meu lado na amurada.

Olhei de lado e vi a esposa do padre, ainda coberta por um véu e um manto, apesar do tempo. Ela estava sozinha. O rosto dela, o que eu podia enxergar, se inclinava na minha direção em meio ao círculo apertado do véu que a cobria abaixo da boca e acima da testa. Gotejava de suor devido ao calor inabitual, mas não parecia desprovida de confiança. Ela tinha puxado o cabelo para trás de modo que nenhum traço dele escapasse do tecido. Era muito jovem, provavelmente ainda não saída da adolescência. Também estava, dei-me conta, grávida de vários meses.

Desviei o olhar, a boca subitamente tensa.

Concentrei-me na vista para lá da amurada do convés.

— Eu nunca viajei tão ao sul antes — prosseguiu ela, quando viu que eu não morderia sua primeira isca. — Você já?

— Já.

— É sempre calor assim?

Olhei para ela outra vez, sombrio.

— Não está calor, você só não está vestida para o clima.

— Ah. — Ela colocou as mãos enluvadas na amurada e pareceu examiná--las. — Você não aprova?

Dei de ombros.

— Não tenho nada com isso. Vivemos em um mundo livre, não sabia? É o que diz Leo Mecsek.

— Mecsek. — Ela fez um ruído como se fosse cuspir. — Ele é tão corrupto quanto todos os outros. Como todos os materialistas.

— Sim, mas a gente tem que admitir que, se a filha dele algum dia for estuprada, é improvável que ele a espanque até a morte por tê-lo desonrado. Ela se encolheu.

— Você está falando de um incidente isolado, isso não é...

— Quatro. — Levantei meus dedos, rígidos, na frente do rosto dela. — Tô falando de *quatro* incidentes isolados. E isso, só nesse ano.

Vi a cor subir ao rosto dela. Ela parecia estar olhando para baixo, para sua barriga levemente protuberante.

— A Nova Revelação nem sempre é servida da forma mais honesta por aqueles que são mais ativos em sua defesa — murmurou ela. — Muitos de nós...

— Muitos de vocês obedecem e acompanham, acanhados, torcendo para arrancar algo de valor das diretrizes menos psicóticas do seu sistema de crença genocida porque não têm o juízo ou a coragem para construir algo totalmente novo. Eu sei.

Agora ela estava corada até a raiz dos cabelos meticulosamente escondidos.

— Está me julgando mal. — Ela tocou o véu que usava. — Eu escolhi isso. Escolhi de livre e espontânea vontade. Acredito na Revelação, tenho minha fé.

— Então você é mais burra do que parece.

Um silêncio ultrajado. Eu o usei para colocar a fúria em meu peito sob controle outra vez.

— Então eu sou burra? Porque escolho a modéstia na feminilidade, eu sou burra. Porque não exibo e me deprecio em todas as oportunidades possíveis, como aquela puta da Mitzi Harlan e a sua laia, porque...

— Olha — falei friamente. — Por que você não exercita um pouco dessa modéstia e simplesmente cala sua boquinha feminina? Eu não dou a mínima para o que você pensa.

— Viu? — disse ela, a voz ficando levemente estridente. — Você a cobiça, como todos os outros. Você cedeu aos truques sensuais baratos dela e...

— Ah, *faça-me o favor*. Para mim, Mitzi Harlan é uma vadia burra e superficial, mas sabe o que eu penso? Ao menos ela vive a vida dela como se lhe pertencesse, em vez de ficar se humilhando aos pés de qualquer babuíno de merda que consiga cultivar uma barba e genitália externa.

— Você está chamando o meu marido de...

— Não. — Eu me virei de frente para ela. Pelo visto, eu não tinha conseguido controlar nada. Minhas mãos se estenderam e a agarraram pelos ombros. — Não, estou chamando *você* de covarde e traidora do seu sexo. Posso entender o ponto de vista do seu marido, ele é homem, ele tem tudo a ganhar com essa baboseira. Mas *você?* Você jogou fora séculos de luta política e avanço científico só para poder se sentar no escuro e resmungar as suas superstições indignas para si mesma. Você vai permitir que a sua vida, a coisa mais preciosa que você tem, lhe seja roubada hora a hora, dia a dia, desde que possa sobreviver em sua existência do jeito que os homens de vocês lhes permitam. E então, quando você enfim morrer, e eu espero que seja logo, minha irmã, eu espero *mesmo*, então por fim vai desprezar seu próprio potencial e abrir mão do poder definitivo que conquistamos para nós mesmos de voltar e tentar de novo. Você vai fazer tudo isso por causa do caralho da sua fé, e se essa criança no seu ventre for menina, então você vai condená-la *a fazer a mesma coisa, porra.*

Então senti a mão de alguém em meu braço.

— Ei, cara. — Era um dos Desarmadores, acompanhado pelo guarda--costas do empreendedor. Ele parecia atemorizado, mas resoluto. — Já chega. Deixe-a em paz.

Olhei para os dedos dele onde pendiam em meu cotovelo. Pensei brevemente em quebrá-los, travando o braço atrás deles e...

Uma memória lampejou dentro de mim. Meu pai sacudindo minha mãe pelos ombros como um galho de belalga que não se soltava de onde tinha grudado, gritando xingamentos e baforando uísque no rosto dela. Com sete anos, eu o havia atacado pelo braço, tentado puxá-lo para longe.

Ele me bateu quase distraído daquela vez, jogando-me do outro lado da sala para um cantinho. E voltou para ela.

Desprendi minhas mãos dos ombros da mulher. Soltei-me dos dedos do Desarmador. Mentalmente me sacudi pelo pescoço.

— Agora se afaste, cara.

— Claro — falei, baixinho. — Como eu disse, minha irmã. É um mundo livre. E eu não tenho nada com isso.

* * *

A tempestade nos pegou de jeito duas horas depois. Uma echarpe comprida e arrastada de tempo ruim que escurecia o céu no exterior da minha vigia e pegou o *Filha de Haiduci* de costado. Eu estava deitado de costas em minha cama de campanha naquela hora, fitando o teto cinza de metal e dando uma bronca furiosa em mim mesmo pelo envolvimento indesejável. Ouvi a vibração do motor aumentar um pouco e supus que Japaridze estivesse exigindo mais flutuabilidade do sistema gravitacional. Alguns minutos depois, o espaço estreito da cabine pareceu se inclinar para o lado; na mesa oposta à cama, um copo deslizou alguns centímetros antes que a superfície antiderramamento o segurasse no lugar. A água que ele continha oscilou de modo alarmante e se derramou por cima da borda. Suspirei e saí da cama, segurando-me pela cabine e abaixando para espiar pela vigia. Uma chuva súbita estapeava o vidro.

Em algum ponto do cargueiro, um alarme disparou.

Franzi o cenho. Parecia uma reação exagerada ao que não passava de águas agitadas. Coloquei uma jaqueta leve que tinha comprado de um dos membros da tripulação do cargueiro, guardei a faca Tebbit e a Rapsodia embaixo dela e me esgueirei para o corredor.

Estamos nos envolvendo de novo, hein?

Nem de longe. Se essa banheira vai afundar, eu quero um alerta adiantado.

Segui os alarmes até o nível do convés principal e saí para a chuva. Uma tripulante passou por mim carregando uma arma de raios de cano longo desajeitada.

— Que tá pegando? — perguntei para ela.

— Sei lá, cara. — Ela me lançou um olhar sombrio, apontando para a popa com um gesto da cabeça. — A placa principal está mostrando uma invasão na área de carga. Talvez seja um rasgasa tentando entrar e se esconder da tempestade. Talvez não.

— Quer uma mãozinha?

Ela hesitou, a desconfiança passando por seu rosto, depois tomou uma decisão. Talvez Japaridze tivesse dito algo para ela a meu respeito, talvez ela só gostasse do meu rosto recém-adquirido. Ou talvez ela só estivesse com medo e apreciasse a companhia.

— Claro. Obrigada.

Nós voltamos para os módulos de carga e acompanhamos um dos pórticos, nos segurando a cada vez que o cargueiro oscilava. A chuva batia em ângulos estranhos, gerados pelo vento. O alarme gritava queixosamente acima do mau tempo. Lá adiante, nas sombras súbitas e caprichosas da ventania, uma fileira de luzes vermelhas piscava ao longo de uma área do módulo de carga do lado esquerdo. Abaixo delas, uma luz pálida transparecia da beira de uma portinhola entreaberta. A tripulante sibilou e gesticulou com o cano da arma de raios.

— É ali. — Ela começou a se adiantar. — Tem alguém ali.

Lancei um olhar para ela.

— Ou alguma coisa. Rasgasas, certo?

— É, mas é preciso um rasgasa bem espertinho para descobrir como os botões funcionam. Normalmente eles só dão curto circuito no sistema com uma pancada do bico e torcem para que consigam entrar. E eu não tô sentindo cheiro de queimado.

— Nem eu. — Calibrei o espaço do pórtico, a subida dos módulos de carga em comparação com a nossa altura. Saquei a Rapsodia e a ajustei para dispersão máxima. — Certo, vamos fazer isso direito. Deixe eu entrar na frente.

— Eu devia...

— Sim, eu sei que devia. Mas eu fazia isso para ganhar a vida. Que tal você deixar essa por minha conta? Fique aqui e atire em qualquer coisa que saia daquela portinhola, a menos que me ouça avisar antes.

Aproximei-me da portinhola com todo o cuidado que consegui sobre o piso instável e examinei o mecanismo da fechadura. Não parecia haver dano. A portinhola pendia aberta alguns centímetros para fora, talvez por causa do movimento do cargueiro na ventania.

Depois do pirata ninja ter aberto a fechadura, digo.

Obrigado por isso.

Eu me desliguei da ventania e do alarme. Tentei ouvir sinais de movimento do outro lado, ampliei a neuroquímica o bastante para captar uma respiração pesada.

Nada. Ninguém ali.

Ou alguém com treinamento de combate e furtividade.

Dá pra calar a boca?

Coloquei um pé contra a beira da portinhola e dei um empurrão cauteloso. As dobradiças estavam equilibradas por pouquíssimo — a coisa toda girou pesadamente para fora. Sem me dar tempo para pensar, girei e entrei no vão, a Rapsodia procurando por um alvo.

Nada.

Barris de aço que chegavam à minha cintura postavam-se em fileiras brilhantes do lado oposto da área de carga. Os vãos entre eles eram pequenos demais para esconder uma criança, quanto mais um ninja. Fui até o mais próximo e li o rótulo. FINÍSSIMO EXTRATO DE AÇAFRÃO DE XENOMEDUSA LUMINISCENTE DO MAR, FILTRADO A FRIO. Óleo de teiageleia, marcado com grife para agregar valor. Cortesia do nosso empreendedor especialista em austeridade.

Eu ri e senti a tensão escapar de mim, formando uma poça.

Nada além de...

Farejei.

Havia um cheiro efêmero no ar metálico do módulo de carga.

E sumiu.

Os sentidos da capa de Nova Hok eram afiados apenas o suficiente para saber que ele tinha estado ali, mas com o conhecimento e o esforço consciente, desapareceu. Do nada, senti um súbito lampejo de lembrança da infância, uma imagem incomumente feliz de afeto e risos cuja origem eu não conseguia encontrar. Fosse lá o que fosse o cheiro, era algo que eu conhecia intimamente.

Guardei a Rapsodia e voltei para a portinhola.

— Não tem nada aqui. Eu tô saindo.

Voltei para debaixo da torrente quente da chuva e tornei a fechar a portinhola. Ela trancou com um impacto sólido das travas de segurança, expulsando qualquer rastro do odor do passado que eu tivesse captado. A radiância avermelhada acima da minha cabeça se apagou e o alarme, que tinha virado uma constante distante no pano de fundo, silenciou de repente.

— O que você estava fazendo aí?

Era o empreendedor, o rosto tenso e ficando zangado. Ele estava com o segurança a reboque. Um punhado de tripulantes se amontoava atrás. Suspirei.

— Conferindo o seu investimento. Tudo selado e seguro, não se preocupe. Parece que as trancas dos módulos deram defeito. — Olhei para a tripulante com a arma de raios. — Ou talvez aquele rasgasa ultrainteligente tenha aparecido, afinal, e a gente o assustou. Olha, isso é uma chance remota, eu sei, mas será que vocês têm um kit farejador a bordo?

— Um kit *farejador*? Tipo o da polícia, você quer dizer? — Ela balançou a cabeça. — Acho que não. Você pode perguntar para o capitão.

Assenti.

— É, bem, como eu disse...

— Eu te fiz uma pergunta.

A tensão nas feições do empreendedor tinha completado o trajeto até a raiva. Ao lado dele, seu segurança fitava, ameaçador, em apoio.

— Sim, e eu respondi. Agora, se me der licença...

— Você não vai a lugar nenhum. Tomas.

Lancei um olhar ao guarda-costas antes que ele pudesse obedecer ao comando. Ele congelou e mudou os pés de posição. Desviei o olhar para o empreendedor, combatendo um forte impulso de levar o confronto até seu limite. Desde meu encontro com a esposa do padre eu estava irrequieto com a necessidade de cometer algum ato violento.

— Se o seu capanga aqui encostar em mim, ele vai precisar de uma cirurgia. E se você não sair da minha frente, vai precisar também. Eu já te disse, a sua carga está a salvo. Agora acho que você pode dar um passo para o lado e nos poupar de uma cena embaraçosa.

Ele olhou para Tomas e evidentemente leu algo instrutivo na expressão dele. E se moveu.

— Obrigado. — Passei por entre a tripulação reunida atrás dele. — Alguém viu o Japaridze?

— Na ponte, provavelmente — disse alguém. — Mas a Itsuko tem razão, não temos equipamento farejador no *Duci*. Não somos *policiais marítimos,* porra.

Risos. Alguém cantou a música característica do seriado expéria com o mesmo nome e o resto continuou por alguns acordes. Dei um sorrisinho fraco e abri caminho por eles. Enquanto saía, ouvi o empreendedor exigindo em altos brados que a portinhola fosse reaberta imediatamente.

Bom...

Parti à procura de Japaridze mesmo assim. Ele no mínimo podia me fornecer um gole de bebida.

A ventania passou.

Eu me sentei na ponte e a observei desaparecer rumo ao leste nos escâneres do clima, desejando que o nó dentro de mim fizesse o mesmo. Lá fora, o céu clareou e as ondas pararam de jogar o *Filha de Haiduci* de um lado para outro. Japaridze desligou o motor de emergência dos motores gravitacionais e o cargueiro se assentou em sua estabilidade anterior.

— Então, me conta a verdade, cara. — Ele me serviu outra dose de blended de Porto Fabril e se ajeitou de volta na cadeira diante da mesa de navegação. Não havia mais ninguém na ponte. — Você tá fazendo reconhecimento da carga de teiageleia, né?

Arqueei uma sobrancelha.

— Bom, se eu estiver, essa é uma pergunta bem perigosa de se fazer para mim.

— Nah, não acho. — Ele deu uma piscadela e tomou seu drinque de uma vez só. Como tinha ficado claro que o clima nos deixaria em paz, ele se permitiu ficar um pouquinho bêbado. — Aquele idiota do caralho, por mim você pode ficar com a carga dele. Desde que não tente levá-la enquanto ela estiver no *Duci*.

— Certo. — Ergui o copo em um brinde a ele.

— Então, quem é?

— Desculpe, como é?

— Para quem você está bancando o radar? A yakuza? Gangues da Vastidão da Erva? A coisa é...

— Ari, tô falando sério.

Ele me olhou, mudo.

— O quê?

— Pensa. Se eu faço parte de um esquadrão de pesquisa da yakuza e você sai fazendo esse tipo de pergunta, você vai acabar sofrendo Morte Real.

— Ah, droga. Você não vai me matar. — Ele se levantou, inclinou-se sobre a mesa na minha direção e fitou meus olhos. — Você não tem os olhos de quem faz algo assim. Dá pra ver.

— É mesmo?

— É. Além do mais... — Ele afundou de novo na cadeira e gesticulou com o copo, desajeitado. — Quem é que vai capitanear essa banheira até o cais de Novapeste se eu estiver morto? Ela não é como aqueles bebezinhos de IA da Linha Açafrão, sabe. De vez em quando, ela requer um toque humano.

Dei de ombros.

— Acho que eu poderia assustar alguém da tripulação o bastante para fazer isso. Mostrar a eles seu cadáver fumegante como incentivo.

— Bem pensado. — Ele sorriu e apanhou a garrafa de novo. — Eu não tinha considerado isso. Porém, como disse, não vejo isso nos seus olhos.

— Conheceu muita gente como eu, é?

Ele encheu os nossos copos.

— Cara, *eu era* você. Cresci em Novapeste exatamente como você e fui um pirata, exatamente como você. Eu praticava roubos de rota com os Anjos dos Sete por Cento. Só porcarias, porcentagens de carga vindas da Vastidão. — Ele fez uma pausa e me olhou nos olhos. — Fui pego.

— Uma pena.

— É, foi mesmo uma pena. Eles retiraram a minha carne e me jogaram no depósito por três décadas, quase. Quando saí, tudo o que eles tinham para me reencapar era um corpo todo viciado em meta, programado para tudo quanto é merda. Minha família estava toda crescida ou tinha se mudado ou, sabe, morrido. Eu tinha uma filha, ela tinha sete anos quando eu entrei, e usava uma capa dez anos mais velha do que a capa que eu estava usando quando saí. Ela tinha a própria vida e a própria família. Mesmo que eu soubesse como me relacionar com ela, ela não queria saber de mim. Eu era só um vazio de trinta anos aos olhos dela. Assim como a mãe dela, que havia conhecido outro cara, tido filhos, bom, você sabe como é. — Ele tomou sua bebida, estremeceu e me fitou com os olhos subitamente marejados de lágrimas. Serviu-se de outra dose. — Meu irmão morreu em um acidente de módulo uns dois anos depois que me levaram, sem seguro, sem nenhum jeito de arranjar um reencape. Minha irmã foi pro armazenamento uns dez anos depois de mim e só ia sair dali a mais vinte. Eu tinha outro irmão, mas nascido uns dois anos depois que entrei, eu nem sabia o que dizer para ele. Meu pai e minha mãe tinham se separado; ele morreu primeiro, conseguiu que sua apólice de reencape fosse aprovada e foi embora para outro lugar para ser jovem, livre e solteiro de novo. Não quis esperar por ela. Fui visitá-la, mas tudo o que ela fazia era olhar pela janela com um sorrisinho no rosto, repetindo *em breve, em breve, vai ser minha vez, em breve.* Aquilo me deu calafrios.

— E então você voltou para os Anjos.

— Bom palpite.

Assenti. Não era um palpite, era uma versão das vidas de uma dúzia de conhecidos da minha própria juventude em Novapeste.

— É, os Anjos. Eles me aceitaram de volta, tinham subido um ou dois degraus no esquema geral. Alguns dos mesmos caras com quem eu andava. Eles estavam derrubando cargueiros nos ataques a Porto Fabril, mas por dentro. Uma grana boa, e com um vício em meta pra sustentar, eu precisava disso. Andei com eles por uns dois ou três anos. Fui pego de novo.

— Ah, é? — Fiz um esforço, tentei parecer levemente surpreso. — Quanto tempo dessa vez?

Ele sorriu como um homem em frente a uma fogueira.

— Oitenta e cinco anos.

Nós nos sentamos em silêncio por algum tempo. Por fim, Japaridze despejou mais uísque e bebericou seu drinque como se não o quisesse realmente.

— Dessa vez, perdi todos eles. Seja lá que segunda vida minha mãe conseguiu, eu a perdi. E ela optou por não ter uma terceira, apenas se guardou com instruções para um reencape de aluguel em uma lista de ocasiões especiais para a família. A soltura de seu filho Ari do armazenamento penal não estava na lista, então entendi o recado. Meu irmão ainda estava morto, a irmã saiu do depósito enquanto eu estava lá, foi para o norte décadas antes de eu voltar a sair, não sei para onde. Talvez à procura do pai dela.

— E a família da sua filha?

Ele riu e deu de ombros.

— Filha, netos. Cara, a essa altura eu já estava mais duas gerações desencontrado deles, nem tentei entrar em contato.

— E isso foi quando? — Fiz um gesto com a cabeça. — Com essa capa?

— É, essa capa. Pode-se dizer que eu dei sorte. Pertencia a um capitão caçador de arraias que foi preso por pescar em uma propriedade marinha das Primeiras Famílias. Uma capa boa e sólida, bem cuidada. Alguns softwares úteis de navegação embutidos e umas merdas instintivas bem esquisitas para o clima. Meio que pintou uma carreira para mim por si só. Peguei um empréstimo para comprar um barco, ganhei uma grana. Peguei uma embarcação maior, ganhei mais. Peguei o *Duci*. Arranjei uma mulher em Novapeste agora. E filhos que estou vendo crescer.

Levantei meu copo sem ironia.

— Parabéns.

— É, bem, como eu disse. Dei sorte.

— E você tá me contando isso porque...

Ele se debruçou sobre a mesa e olhou para mim.

— Você sabe por que eu tô te contando isso.

Contive um sorriso. Não era culpa dele, ele não sabia. Estava fazendo o melhor que podia.

— Tudo bem, Ari. Vou te falar uma coisa: vou deixar sua carga em paz. Vou tomar jeito, abrir mão da pirataria e começar uma família. Obrigado pela dica.

Ele balançou a cabeça.

— Não tô te falando nada que você não saiba, cara. Só te relembrando, isso é tudo. Essa vida é como o mar. Tem uma maré alta de três luas lá fora e, se você deixar, ela vai te separar de tudo e todos com que você já se importou.

Ele estava certo, claro.

Como mensageiro, ele também estava um tanto atrasado.

A noite chegou duas horas mais tarde. O sol se abriu como um ovo quebrado dos dois lados de uma Hotei ascendente, e a luz avermelhada ensopou o horizonte em ambas as direções. A baixa elevação da linha costeira do Golfo de Kossuth pintava uma grossa base preta para a imagem. Lá no alto, uma rala cobertura de nuvens cintilava como uma pá cheia de moedas aquecidas.

Evitei os conveses da proa, onde o resto dos passageiros se agrupou para assistir ao pôr do sol — eu duvidava que seria bem-vindo entre eles, depois das minhas várias performances. Em vez isso, abri caminho ao longo de um dos pórticos de carga, encontrei uma escadinha e subi até o topo do módulo. Havia um passadiço estreito ali, e me sentei de pernas cruzadas em sua área diminuta.

Eu não tinha desperdiçado minha juventude como Japaridze, mas o resultado não era muito diferente. Eu havia evitado as armadilhas dos crimes estúpidos e do armazenamento em tenra idade, mas por pouco. Ao final da adolescência, tinha trocado minha afiliação a uma gangue de Novapeste por uma nomeação junto aos fuzileiros táticos do Mundo de Harlan — se é para fazer parte de uma gangue, melhor que seja a maior, e ninguém se metia com os táticos. Por algum tempo, pareceu a decisão mais inteligente.

Sete anos uniformizados depois, os recrutadores do Corpo vieram atrás de mim. Uma triagem de rotina me botou no topo de uma lista de finalistas, e fui convidado a me oferecer para o condicionamento Emissário. Não era o tipo de convite que se recusa. Alguns meses depois eu já estava fora do mundo, e os vãos na minha vida começaram a aumentar. Tempo longe, transmissão por agulha por todos os Mundos Assentados, tempo passado em depósito militar e em ambientes virtuais entre isso. O tempo acelerou, desacelerou, tornou-se algo sem sentido devido à distância interestelar. Comecei a perder a noção da minha vida anterior. As licenças para voltar para casa eram infrequentes e traziam consigo uma sensação de deslocamento a cada vez que ocorriam, o que me desencorajava de ir para lá com a assiduidade que eu poderia ter ido. Como Emissário, eu tinha todo o Protetorado como meu quintal — *posso muito bem aproveitar para conhecer uma parte dele,* pensei na época.

E então veio Innenin.

Opções de carreira para um ex-Emissário são muito limitadas. Ninguém confia o suficiente em um para emprestar capital, e o sujeito fica oficialmente proibido, pela lei da ONU, de ocupar cargos corporativos ou governamentais. As escolhas, além da pobreza total, são virar criminoso ou mercenário. O crime é mais seguro e mais fácil. Junto com alguns colegas que também se demitiram do Corpo depois do fiasco em Innenin, acabei voltando ao Mundo de Harlan, operando às margens das forças da lei e dos criminosos de segunda com quem elas se envolviam. Esculpimos nossas reputações, mantivemos nossa vantagem, rasgamos qualquer um que se opusesse a nós como fogo angelical.

Uma tentativa de reunião familiar começou mal e foi ladeira abaixo. Terminou em gritos e lágrimas.

Foi tanto culpa minha quanto dos outros. Minha mãe e minhas irmãs já eram semidesconhecidas ou completas estranhas, memórias do nosso vínculo foram borradas e se tornaram indistintas junto com as funções afiadas e brilhantes da minha lembrança total de Emissário. Eu tinha perdido o contato, não sabia em que ponto elas se encontravam em suas vidas. A novidade mais destacada foi o casamento da minha mãe com um executivo de recrutamento do Protetorado. Eu me encontrei com ele uma vez só e fiquei com vontade de matá-lo. O sentimento provavelmente foi recíproco. Aos olhos da minha família, eu tinha cruzado um limite em algum momento. Ainda pior, eles tinham razão: só discordávamos de quando. Para eles, o momento estava quase colado à fronteira entre meu serviço militar ao Protetorado e minha passagem para a criminalidade não sancionada para ganhos pessoais. Para mim, tinha sido muito menos específico, em algum momento despercebido durante minha época no Corpo.

Mas tente explicar isso para alguém que não esteve lá.

Eu tentei, brevemente. A dor imediata e óbvia que isso causou à minha mãe foi o bastante para me fazer parar. Era uma merda da qual ela não precisava.

No horizonte, o sol tinha deixado apenas resquícios derretidos. Olhei para o sudeste, onde a escuridão se acumulava, mais ou menos na direção de Novapeste.

Eu não ia visitar ninguém em minha passagem.

Um bater de asas coriáceas acima de meu ombro. Olhei para o alto e vi um rasgasa cercando o módulo de carga, o preto se transformando em tons iridescentes de verde sob os últimos raios de sol. Ele deu algumas voltas em torno de mim, depois aterrissou no corredor, a meia dúzia de metros insolentes de distância. Dei meia-volta para observá-lo. Em Kossuth, eles se agrupam menos e crescem mais do que os que eu tinha visto em Drava, e este espécime tinha bem um metro desde as garras com membranas até o bico. Era grande o suficiente para me deixar contente por estar armado. Ele dobrou as asas com um chiado, ergueu um ombro em minha direção e me analisou com um olho só, sem piscar. Parecia estar à espera de alguma coisa.

— Que porra você tá olhando?

Por um longo momento, o rasgasa ficou em silêncio. Em seguida, arqueou o pescoço, dobrou as asas e gritou para mim algumas vezes. Quando eu não me movi, ele se tranquilizou e inclinou a cabeça em um ângulo questionador.

— Eu não vou visitá-los — falei, depois de um tempo. — Então nem tente me convencer. Faz muito tempo.

Ainda assim, nas trevas que cresciam depressa em torno de mim, aquela coceirinha de familiaridade que senti no módulo. Como um calor vindo do passado.

Como não estar sozinho.

O rasgasa e eu ficamos ali, encolhidos, seis metros entre nós, observando um ao outro em silêncio enquanto a escuridão caía.

CAPÍTULO 21

Entramos no cais de Novapeste pouco depois do meio-dia do dia seguinte e nos aproximamos de um amarradouro com extremo cuidado. O porto todo estava lotado de cargueiros e outros navios fugindo da ameaça de mau tempo no Golfo oriental e o software de administração do cais os arranjou de acordo com algum esquema matemático contraintuitivo com o qual o *Filha de Haiduci* nem mesmo tinha uma interface para interagir. Japaridze colocou os sistemas em manual, xingando máquinas de modo geral e a IA da Autoridade Portuária em particular enquanto fazíamos várias curvas, abrindo caminho pelos grupos aparentemente aleatórios de navios.

— Porra de upgrade nisso, upgrade naquilo. Se eu quisesse ser um merda de um desses viciados em tecnologia, teria arranjado emprego com os Desarmadores.

Assim como eu, ele estava com uma leve, porém insistente, ressaca.

Nós nos despedimos na ponte e desci para o convés de proa. Joguei minha mochila no cais enquanto as garras automáticas ainda nos ancoravam e saltei pelo vão que se fechava entre o navio e o cais por cima da amurada. Isso me rendeu alguns olhares de transeuntes, mas nenhuma atenção uniformizada. Com uma tempestade rodeando no horizonte e um porto lotado até seus limites, a segurança portuária tinha outras coisas com que se preocupar além de um desembarque descuidado. Apanhei a mochila, joguei-a sobre um ombro e me misturei ao esparso fluxo de pedestres ao longo do ancoradouro. O calor se assentou sobre mim, úmido. Em alguns minutos eu já estava longe da beira da água, jorrando suor e chamando um autotáxi.

— Porto do interior — falei para ele. — Terminal de fretados, e depressa.

O veículo deu meia-volta e mergulhou de novo nas principais vias de tráfego da cidade. Novapeste se desdobrou ao meu redor.

A cidade havia mudado muito nos dois séculos em que eu a visitava. A Novapeste em que eu cresci era baixa, como a terra em que tinha sido construída, espalhando-se em unidades de perfil arrebitado resistentes a tempestades e superbolhas do outro lado do istmo, entre o mar e o grande lago obstruído que mais tarde se tornaria a Vastidão da Erva. Naquela época, o cenário urbano carregava a fragrância de belalga e o fedor dos vários processos industriais a que ela era sujeitada, como a mistura de perfume e suor de uma puta barata. Não dava para fugir de nenhum dos dois sem deixar a cidade.

Bela reminiscência de juventude.

Conforme a Descolonização recuava na história, um retorno à relativa prosperidade trouxe novo crescimento, ao longo da praia interna da Vastidão e da longa curva da linha costeira, subindo para o céu tropical. A altura dos prédios na Novapeste central disparou, crescendo nas costas da confiança cada vez maior da tecnologia de gerenciamento de tempestades e de uma classe média florescente e endinheirada que precisava morar perto de seus investimentos, mas não queria ser obrigada a sentir o cheiro deles. Quando eu me juntei aos Emissários, a legislação ambiental tinha começado a atenuar o ar no nível do chão, e havia arranha-céus no centro que rivalizavam com qualquer coisa que se pudesse encontrar em Porto Fabril.

Depois disso, minhas visitas foram rareando e eu não prestei atenção suficiente para reparar quando, exatamente, a tendência começou a se reverter e por quê. Tudo o que eu sabia era que agora havia quarteirões no sul da cidade onde o fedor estava de volta, e os admiráveis novos desenvolvimentos imobiliários ao longo da costa e da Vastidão vinham ruindo, quilômetro a quilômetro, em um longo processo de favelização. No centro, havia mendigos nas ruas e seguranças armados do lado de fora da maioria dos grandes edifícios. Olhando pela janela do autotáxi, captei um eco de tensão irritada na forma como as pessoas se moviam que não existia quarenta anos antes.

Atravessamos o centro em uma via elevada prioritária que fez os dígitos no taxímetro rodarem tão depressa que viraram um borrão. Não demorou muito — exceto por uma ou duas limusines e um punhado de táxis, tínhamos a estrada abobadada toda para nós e, quando pegamos a principal rodovia da Vastidão do outro lado, a contagem do valor da corrida voltou para uma taxa razoável. Fizemos uma curva, afastando-nos da zona dos arranha-céus e indo na direção das favelas. Habitações de baixo nível pressionadas contra a rodovia. Essa história eu já sabia graças a Segesvar. Os espaços limpos nas margens dos dois lados da estrada tinham sido vendidos enquanto eu estive fora; as restrições quanto a questões de saúde e segurança, revogadas. Vi de relance uma criança de dois anos, nua, agarrando a cerca de arame em torno de um teto reto, mesmerizada pelas rajadas do tráfego a dois metros de seu rosto. Em outro teto mais adiante, duas crianças não muito maiores jogavam projéteis improvisados que erraram seu alvo e caíram atrás de nós, quicando.

A saída para o porto do interior surgiu de repente. O autotáxi fez a curva a uma velocidade maquinal, derrapou por duas pistas e reduziu, alcançando uma velocidade mais humana conforme seguíamos a curva em espiral pela vizinhança da favela, descendo para as fronteiras da Vastidão da Erva. Não sei por que o programa rodava assim — talvez eu devesse estar admirando a paisagem. O terminal em si era bonito: com ossos protuberantes de aço, cromado em ilumínio azul e vidro. A rodovia passava por ele como linha em boia de pesca.

Entramos sem percalços e o táxi apresentou o custo da corrida em numerais malva brilhantes. Enfiei um chip na máquina, esperei as portas se destrancarem e desembarquei em um local resfriado por ar-condicionado e abobadado. Figuras espalhadas perambulavam de um lado para outro ou encontravam-se sentadas, mendigando ou esperando por alguma coisa. Balcões de empresas de fretamento se alinhavam ao longo de uma parede do edifício, sustentados e coroados com uma gama de holos multicoloridos que, na maioria dos casos, incluía um construto virtual de atendimento ao cliente. Escolhi um com uma pessoa real, um garoto no fim da adolescência que estava sentado encolhido sobre o balcão, mexendo com os soquetes de implante rápido em seu pescoço.

— Você está livre?

Ele voltou os olhos apagados para mim sem erguer a cabeça.

— Mamãe.

Eu estava prestes a estapeá-lo quando me dei conta de que isso não era algum insulto obscuro. Ele estava programado para autofalantes internos, só não tinha se dado ao trabalho de subvocalizar. Seus olhos se voltaram por um instante a uma distância média enquanto ele escutava a resposta, em seguida olhou para mim com um pouquinho mais de foco.

— Aonde você quer ir?

— Praia Vchira. Somente ida, você pode me deixar lá.

Ele deu um sorrisinho afetado.

— Ah, sim, Praia Vchira. São setecentos quilômetros de uma ponta à outra, cara. *Aonde* na Praia Vchira?

— Ponta Sul. A Faixa.

— Fontenópolis. — Seu olhar me analisou em dúvida. — Você é surfista?

— Eu tenho cara de surfista?

Evidentemente, não havia uma resposta segura para isso. Ele deu de ombros emburrado e desviou o olhar, as pálpebras estremecendo para cima enquanto se conectava à rede interna outra vez. Alguns instantes depois, uma loira de aparência durona em uma bermuda cortada de fazendeira e uma camiseta desbotada surgiu do lado do pátio do terminal. Ela estava na casa dos 50, e a vida a esgarçara em torno dos olhos e da boca, mas a bermuda exibia pernas esguias de nadadora, e ela tinha um porte muito ereto. A camiseta declarava QUERO O EMPREGO DA MITZI HARLAN — EU PODIA FAZER O MESMO DEITADA. Havia um leve suor em sua testa e restos de graxa nas pontas dos dedos. Seu aperto de mãos foi seco e calejado.

— Suzi Petkovski. Este aqui é o meu filho, Mikhail. Então você quer que eu te leve até a Faixa?

— Micky. Isso, quando podemos partir?

Ela deu de ombros.

— Eu tô desmontando uma das turbinas, mas é serviço de rotina. Em uma hora, digamos, ou meia hora se você não ligar para verificações de segurança.

— Uma hora está bom. Eu tenho que me encontrar com uma pessoa antes de ir, mesmo. Quanto vai me custar?

Ela sibilou entre dentes. Olhou o longo corredor de balcões da concorrência e a ausência de clientela.

— Fontenópolis é uma viagem longa. Até o final da Vastidão e mais um pouco. Você tem bagagem?

— Só o que você está vendo.

— Faço por 275. Eu sei que é só de ida, mas tenho que voltar, mesmo que você não volte. E nisso vai o dia todo.

O preço era alto, implorando para ser regateado para algo abaixo dos 250. Mas duzentos não era muito mais do que eu tinha acabado de pagar pelo meu táxi prioritário para atravessar a cidade. Dei de ombros.

— Claro. Parece bem razoável. Quer me mostrar o veículo?

* * *

O deslizador de Suzi Petkovski era basicamente o pacote padrão — um equipamento de vinte metros, com nariz achatado e duas turbinas que merecia o nome *cargueiro flutuante* mais do que qualquer um dos imensos navios singrando as pistas-mar do Mundo de Harlan. Não havia sistema antigravitacional para ampliar a flutuação, só os motores e a saia blindada, uma variante da máquina básica que vinham construindo desde os dias anteriores à diáspora na Terra. Existia uma cabine com dezesseis lugares na proa e um suporte de armazenamento de carga na popa, com passadiços acompanhados por corrimão em ambos os lados da superestrutura, da cabine à popa. No teto, logo atrás da cúpula do piloto, um canhão de ultravibrações de aparência sinistra estava preso a um torreão automático vagabundo.

— Aquilo ali tem muito uso? — perguntei, indicando o focinho duplo da arma.

Ela se jogou para cima e entrou no suporte da turbina aberta com uma elegância acostumada, depois olhou para mim seriamente.

— Ainda existem piratas na Vastidão, se é disso que você tá falando. Mas eles são, na maioria, molecada, a maior parte deles cheia de meta até os olhos ou... — uma espiada involuntária na direção do prédio do terminal — ...cabudos. Os projetos de reabilitação se encolheram com os cortes no orçamento; temos um problemão nas ruas e ele acaba se derramando em banditismo aí fora. Mas eles não são nada assustadores, nenhum deles. Normalmente a gente os espanta com um par de tiros de alerta. Eu não me preocuparia com isso, se fosse você. Quer deixar a mochila na cabine?

— Não, tá tudo bem, não é pesada. — Eu a deixei com a turbina e me retirei para uma área sombreada no final do ancoradouro, onde latas e caixotes vazios tinham sido empilhados sem muito cuidado. Sentei-me em um dos mais limpos e abri minha mochila. Procurei entre meus telefones e encontrei um ainda sem uso. Disquei um número local.

— Empresas Lado Sul — disse uma voz sintética andrógina. — Devido a...

Eu disparei o código discreto de catorze dígitos. A voz mergulhou em um chiado estático e então, silêncio. Houve uma pausa longa, e então outra voz, dessa vez, humana. Masculina e inconfundível. As sílabas mastigadas e as vogais esmagadas do amânglico com sotaque de Novapeste, tão cruas quanto eram quando o conheci nas ruas da cidade, toda uma vida atrás.

— Kovacs, onde *caralhos* você se enfiou?

Sorri, mesmo contra a vontade.

— Oi, Rad. Também é muito bom falar com você.

— Faz quase três meses, cara. Eu não tô gerenciando um hotelzinho de animais por aqui. Cadê o meu dinheiro?

— Faz *dois meses,* Radul.

— Faz mais de dois.

— Nove semanas, e essa é minha última oferta.

Ele riu do outro lado da linha, um som que me lembrava do guincho de uma traineira reclamando da velocidade.

— Tá bom, Tak. Como foi a sua viagem? Pegou algum peixe?

— Peguei, sim. — Toquei o bolso onde tinha guardado os cartuchos corticais. — Estou com alguns para você bem aqui, como prometi. Enlatados para facilitar o transporte.

— É claro. Eu não esperava que você fosse trazê-los frescos. Imagine o fedor... Especialmente depois de três meses.

— Dois.

O guincho de traineira de novo.

— Nove semanas, achei que a gente tinha concordado. Então você enfim tá na cidade?

— Bem perto, sim.

— Vai passar para uma visita?

— É, aí é que tá o problema, sabe? Apareceu um negócio e não vou poder. Mas não quero que você perca seus peixes...

— Não, nem eu perderia. Sua última remessa não se conservou bem. Mal estava apropriada para o consumo atual. Meus rapazes acham que eu sou louco por ainda servir aquilo, mas eu disse a eles. Falei, Takeshi Kovacs é alguém à moda antiga. Ele paga as dívidas. Nós fazemos o que ele pede e quando ele reaparecer, *finalmente,* vai fazer o que é certo.

Hesitei. Calibrei.

— Não posso arranjar seu dinheiro agora, Rad. Eu não ouso me aproximar de uma grande transação de crédito. Não seria bom nem para você, nem para mim. Vou precisar de tempo para dar um jeito. Mas pode ficar com os peixes, se enviar alguém para coletá-los dentro da próxima hora.

O silêncio rastejou de volta à linha. Eu estava forçando o elástico da dívida até o ponto de estourar, e nós dois sabíamos disso.

— Olha, eu estou com quatro. Um a mais do que esperávamos. Você pode ficar com eles agora, todos eles. Pode servi-los sem mim, use-os como quiser, ou nem use, se o meu crédito realmente acabou.

Ele não falou nada. Sua presença na linha era opressiva, como o calor úmido vindo da Vastidão da Erva. Meu sentido Emissário me disse que esse era o ponto de ruptura, e o sentido Emissário raramente se enganava.

— O dinheiro está vindo, Rad. Pode me multar, se achar necessário. Assim que eu terminar com essa outra merda, voltamos aos negócios como sempre. Isso é estritamente temporário.

Nada ainda. O silêncio começava a cantar, a minúscula canção letal de um cabo preso e sob tensão. Eu fitei a Vastidão como se pudesse encontrá-lo e fazer contato visual.

— Ele teria te apanhado — falei, sem rodeios. — Você sabe disso.

O silêncio durou mais um momento, depois estourou. A voz de Segesvar soou cheia de turbulência falsa.

— Do que você tá falando, Tak?

— Você sabe do que eu tô falando. Nosso amigo traficante de meta, lá atrás. Você fugiu com os outros, Rad, mas do jeito que a sua perna estava, não teria tido chance. Se ele tivesse passado por mim, teria te apanhado. Você sabe disso. Os outros fugiram, eu fiquei.

Da outra ponta da linha eu o ouvi expirar, como algo se afrouxando.

— Então... — disse ele. — Uma multa. Digamos, trinta por cento?

— Me parece razoável — menti para nós dois.

— Sim. Mas acho que o seu peixe anterior vai ter que ser retirado do cardápio agora. Por que você não vem até aqui para dar seu discurso de despedida tradicional, e a gente discute os termos desse... refinanciamento?

— Não posso fazer isso, Rad. Eu te disse, tô só de passagem. Daqui a uma hora eu vou estar longe de novo. Vai ser uma semana ou mais até que eu possa voltar.

— Então... — Eu quase podia vê-lo dar de ombros. — Você vai perder o discurso de despedida. Não achei que quisesse perder isso.

— E não quero. — Isso era uma punição, outra multa além dos trinta por cento oferecidos. Segesvar tinha me decifrado; era uma habilidade fundamental no crime organizado, e ele era bom no que fazia. Os *haiduci* de Kossuth podiam não ter a chancela e a sofisticação da yakuza mais ao norte, mas era essencialmente o mesmo jogo. Se você vai ganhar a vida praticando extorsão, é bom que saiba como atingir as pessoas. E o modo para atingir Takeshi Kovacs estava pintado como sangue por todo o meu passado recente. Não devia ter sido muito difícil de adivinhar.

— Então venha — disse ele, caloroso. — Vamos tomar um porre juntos, talvez até visitar o Watanabe em nome dos velhos tempos. Em nome dos velhos *bebos*, hein? Hein? E um cachimbo. Eu preciso olhar nos seus olhos, meu amigo. Para saber que você não mudou.

Do nada, o rosto de Lazlo.

Tô confiando em você, Micky. Cuida dela.

Olhei de relance para onde Suzi Petkovski abaixava a cobertura de novo sobre a turbina.

— Desculpa, Rad. Isso é importante demais para arriscar. Se você quer o seu peixe, mande alguém para o porto do interior. Terminal de frete, rampa sete. Estarei aqui por uma hora.

— Sem discurso de despedida?

Fiz uma careta.

— Sem discurso de despedida. Não tenho tempo.

Ele ficou em silêncio por um momento.

— Acho — disse ele, por fim — que eu gostaria muito de olhar nos seus olhos agora mesmo, Takeshi Kovacs. Talvez eu vá pessoalmente.

— Claro. Seria bom te ver. É só chegar aqui dentro dessa hora.

Ele desligou. Cerrei os dentes e soquei um punho contra o caixote ao meu lado.

— Caralho. *Caralho!*

Você cuida dela, tá? Mantenha-a a salvo.

Tá, tá. Tudo bem.

Tô confiando em você, Micky.

Tudo bem, eu te ouvi, porra.

A campainha de um telefone.

Por um momento, levantei estupidamente o aparelho que eu estava usando até a orelha. Então me dei conta de que o som tinha vindo da mochila aberta ao meu lado. Eu me debrucei e empurrei três ou quatro fones até encontrar o que estava com a tela acesa. Era um que eu já tinha usado antes, com o lacre rompido.

— Alô?

Nada. A linha estava aberta, mas não havia nenhum som nela. Nem sequer estática. Um perfeito silêncio negro se arreganhando em meu ouvido.

— Alô?

E algo sussurrou no escuro, algo pouco mais audível do que a tensão que senti na chamada anterior.

depressa

E então, apenas o silêncio outra vez.

Abaixei o telefone e o encarei.

Eu tinha feito três ligações em Tekitomura, usando três telefones da mochila. Eu tinha ligado para Lazlo, para Yaroslav, para Isa. Podia ser qualquer um dos três ligando para mim. Para ter certeza, eu precisaria conferir o registro para ver com quem o telefone tinha se conectado antes.

Mas eu não precisava fazer isso.

Um sussurro vindo do silêncio sombrio. Uma voz a uma distância impossível de medir.

depressa

Eu sabia que telefone era esse.

E eu sabia quem estava me ligando.

CAPÍTULO 22

Segesvar cumpriu a palavra. Quarenta minutos depois de desligar o telefone, um deslizador esportivo conversível e chamativo em vermelho e preto saiu uivando da Vastidão e entrou no porto a uma velocidade ilegal. Todas as cabeças do cais se viraram para assistir. Era o tipo de nave que, no lado litorâneo de Novapeste, teria gerado instantaneamente uma anulação da permissão pela Autoridade Portuária e uma encalhada vergonhosa na água, ali mesmo. Não sei se o porto do interior era mal equipado, se Segesvar tinha um software caro instalado naquele brinquedinho de rico para combater o embaralhamento, ou se as gangues da Vastidão da Erva simplesmente tinham subornado a Autoridade Portuária do Interior. De qualquer forma, o Vastidão-móvel não encalhou. Em vez disso, ele deu a volta, levantando respingo, e fez uma linha direta para o vão entre as rampas seis e sete. A uma dúzia de metros de distância, ele desligou os motores e continuou se movendo pelo impulso. Atrás do volante, Segesvar me viu. Assenti e levantei uma das mãos. Ele acenou de volta.

Suspirei.

Isso nos acompanha ao longo de décadas, mas não é como o borrifo que a chegada de Radul Segesvar cortava da água no porto. Ele não cai de volta sem deixar rastros. Em vez disso, ele só flutua por aí, como a poeira erguida que se obtém na esteira de um cruzador do deserto de Xária, e, se você der meia-volta e retornar para o próprio passado, vai se ver tossindo em meio a ela.

— Ei, *Kovacs!*

Era um grito, maliciosamente alto e alegre. Segesvar estava de pé na cabine do piloto, ainda manobrando. Óculos escuros enormes, com aros imitando asas de gaivota, cobriam seus olhos em uma rejeição consciente da moda de Porto Fabril, que pedia lentes ultraergonômicas da largura de um dedo. Uma jaqueta de pele de pantera-do-pântano, iridescente, lixada à mão e da espessura de uma folha de papel envolvia sua silhueta. Ele acenou de novo e sorriu. Da proa uma linha de ancoragem foi disparada com um clangor metálico. Ela tinha uma ponta de arpão, sem nenhuma afinidade com nenhum dos soquetes ao longo da borda da rampa, e abriu um buraco na fachada de concreterno do cais, meio metro abaixo do ponto onde eu me encontrava. O deslizador foi ancorado e Segesvar saltou da cabine para ficar de pé na proa, olhando para mim.

— Quer gritar meu nome mais algumas vezes? — perguntei a ele, calmamente. — Para o caso de alguém ainda não ter escutado.

— Oops. — Ele inclinou a cabeça em um ângulo e ergueu os braços abertos em um gesto de desculpas que não enganava ninguém. Ele ainda estava zangado comigo. — É só o meu temperamento naturalmente extrovertido, acho. E então, como é que estão te chamando hoje em dia?

— Deixa para lá. Vai ficar aí embaixo o dia todo?

— Não sei, você vai me dar uma mãozinha para subir?

Estendi a mão. Segesvar a segurou e se puxou. Pontadas desceram pelo meu braço enquanto eu o erguia, acalmando-se depois para uma dor ardente. Ainda estava pagando pela minha queda interrompida sob o ninho marciano.

O *haiduci* aprumou sua jaqueta imaculadamente costurada e passou uma mão exigente pelo cabelo preto na altura do ombro. Radul Segesvar tinha chegado longe e cedo o bastante para bancar cópias clonadas do corpo em que tinha nascido, e o rosto que vestia por baixo das lentes de sol era o seu próprio — pálido apesar do clima, estreito e de feições duras, sem nenhum traço visível da ascendência japonesa. Ele encimava um corpo igualmente esguio que, supus, estava chegando aos trinta anos. Segesvar em geral vivia cada clone desde o início da vida adulta até que, em suas próprias palavras, não pudesse mais foder ou lutar como devia. Eu não sabia quantas vezes ele tinha se reencapado, porque, nos anos desde nossa juventude compartilhada em Novapeste, perdi a conta de quanto tempo ele tinha de fato vivido. Como a maioria dos *haiduci* — e como eu —, ele tinha passado um tempinho no armazenamento.

— Bela capa — disse ele, completando um círculo em torno de mim. — Muito bacana. O que aconteceu com a outra?

— Longa história.

— Que você não vai me contar. — Ele completou a volta e tirou as lentes de sol. Fitou meus olhos. — Não é?

— É.

Ele suspirou, teatral.

— Isso é decepcionante, Tak. Muito decepcionante. Você está ficando tão cheio de segredos quanto todos aqueles filhos da puta nortenhos de olhos puxados com quem anda passando o tempo.

Dei de ombros.

— Eu mesmo sou metade filho da puta nortenho de olhos puxados, Rad.

— Ah, sim, é mesmo. Esqueci.

Não esqueceu, não. Ele só estava forçando a barra. Em alguns sentidos, nada havia mudado muito desde nossos dias no Watanabe. Era ele quem sempre nos metia em brigas naquela época. Até o lance com o traficante de meta tinha sido ideia dele.

— Tem uma máquina de café lá dentro. Quer?

— Se for necessário. Sabe, se você viesse até a fazenda, podia tomar café de verdade e fumar um baseado de erva do mar, feito à mão nas coxas das melhores atrizes de holopornô que o dinheiro pode comprar.

— Fica pra próxima.

— É, você é sempre tão centrado, não é? Se não são os Emissários ou os neoquellistas, é uma porra qualquer de vingança particular. Sabe, Tak, não é da minha conta, mas alguém precisa te dizer isso e parece que o serviço ficou para mim. Você precisa dar um tempo e cheirar as ervas, cara. Lembrar que está vivendo. — Ele colocou as lentes de sol de volta e indicou o terminal com um gesto da cabeça. — Certo, vamos lá então. Café de máquina, por que não? Vai ser uma novidade.

De volta à área refrigerada, nos sentamos em uma mesa perto dos painéis de vidro com vista para o porto. Meia dúzia de outros espectadores estavam sentados na mesma área com suas respectivas bagagens, esperando. Um homem de aparência devastada e vestindo trapos fazia a ronda entre eles, estendendo uma bandeja para recolher chips de crédito e uma história de má sorte para qualquer um que se mostrasse interessado. A maioria não estava. Havia um leve odor de bactericida barato no ar que eu não tinha notado antes. Os robôs de limpeza deviam ter passado pouco antes.

O café era tenebroso.

— Viu só — disse Segesvar, colocando o seu de lado com uma careta exagerada de desprezo. — Eu deveria mandar quebrar suas pernas só por me fazer tomar isso.

— Fique à vontade pra tentar.

Por um momento, nossos olhos se encontraram. Ele deu de ombros.

— Foi uma piada, Tak. Você tá perdendo o senso de humor.

— É, eu tô cobrando trinta por cento extra por ele. — Beberiquei meu próprio café, impassível. — Antes meus amigos podiam levar meu senso de humor de graça, mas os tempos mudaram.

Ele deixou aquilo no ar por um momento, depois inclinou a cabeça e me olhou nos olhos de novo.

— Você acha que eu tô te tratando de forma injusta?

— Acho que você tá convenientemente esquecido do significado real das palavras *você salvou meu pescoço ali, cara*.

Segesvar assentiu como se não esperasse nada menos que isso. Ele olhou para a mesa entre nós.

— Isso é uma dívida antiga — falou baixinho. — Questionável, também.

— Você não pensava assim na época.

Fazia tempo demais para trazer à mente com facilidade. Antes do condicionamento de Emissário entrar, antes, no ponto em que as coisas ficam borradas com a passagem das décadas. Eu me lembrava principalmente do fedor na ruela. Precipitação alcalina da fábrica de processamento de belalga e óleo lançado dos sistemas hidráulicos nos tanques de compressão. Os xingamentos do traficante de meta e o brilho do longo arpão curvo de caçar golfinho rasgando o ar úmido em minha direção. Os outros tinham sumido, seu entusiasmo de delinquente juvenil evaporando em um terror rápido quando aquele gancho de aço afiado apareceu e abriu a perna de Radul Segesvar do joelho até a coxa. Sumiram gritando e correndo para dentro da noite como demônios exorcizados, deixando Radul arrastando-se metro após metro, ganindo ao longo da ruela atrás deles, e me deixando, com 16 anos, para enfrentar o aço com mãos vazias.

Chega aqui, seu merdinha! O traficante sorria para mim nas trevas, quase cantarolando enquanto avançava, bloqueando minha rota de fuga. *Tenta me derrubar na minha casa, vai! Eu vou te quebrar no meio e te fazer comer as entranhas, moleque!*

E pela primeira vez na minha vida, eu percebi, com uma sensação similar a mãos frias em meu pescoço jovem, que aquele era um sujeito que ia me matar se eu não o impedisse.

Não me espancar, como o meu pai, não me cortar, como um dos arruaceiros incompetentes das gangues com quem brigávamos todos os dias nas ruas de Novapeste. Me matar. Me matar e depois provavelmente arrancar meu cartucho e jogá-lo nas águas cheias de lavagem do porto, onde ele ficaria por mais tempo do que a duração da vida de qualquer um que eu conhecia ou gostava. Foi aquela imagem, aquele terror de ser jogado e perdido em água envenenada, que me impulsionou, que me fez contar o golpe do aço afiado e golpeá-lo quando ele se desequilibrou no final do movimento para baixo.

E então nós dois caímos na lama e nos escombros e no fedor de amoníaco dos restos da fábrica de processamento, e lutei com ele ali pelo arpão.

Tomei a arma dele.

Ataquei e, mais por sorte do que por cálculo, abri a barriga dele com ela.

A vida se esvaiu dele como água escorrendo de uma pia. O cara soltou um gorgolejo alto, os olhos arregalados e colados nos meus. Eu o encarei de volta, a fúria e o medo ainda pulsando nas veias em minhas têmporas, cada interruptor químico em meu corpo na posição "ligado". Eu mal estava ciente do que tinha acabado de fazer. Em seguida, ele despencou para trás, na pilha de lama. Ficou sentado ali como se fosse uma poltrona da qual gostava. Lutei para me levantar, pingando lodo alcalino do rosto e do cabelo, ainda preso ao olhar dele, ainda agarrando o cabo do arpão. A boca do traficante se moveu, abrindo e fechando, sua garganta emitindo ruídos molhados e desesperados. Olhei para baixo e vi as vísceras dele ainda emaranhadas no gancho na minha mão.

Fui atingido pelo choque. Minha mão se abriu em um espasmo involuntário, e o gancho caiu. Cambaleei para longe, vomitando em jatos. Os sons fracos de súplica que ele fazia me seguiram até eu sair da ruela, e os noticiários do dia seguinte disseram que ele tinha sangrado até enfim morrer em algum momento perto do raiar do dia. Por outro lado, os mesmos sons me acompanharam por semanas a fio, sempre que eu ia a algum lugar quieto o bastante para ouvir meus próprios pensamentos. Pela maior parte do ano seguinte, acordei com eles coagulados em meus ouvidos, dia sim, dia não.

Desviei o olhar. Os painéis de vidro do terminal voltaram a entrar em foco. Do outro lado da mesa, Segesvar me observava com atenção. Talvez também estivesse se lembrando. Ele fez uma careta.

— Então você acha que não tenho o direito de ficar bravo? Você desaparece por nove semanas sem dizer nada, me deixa de olho na sua merda e com cara de tonto na frente dos outros *haiduci*. E agora quer remarcar a porra toda? Você sabe o que eu faria com qualquer outra pessoa que fizesse uma merda dessas?

Assenti. Relembrei com ironia minha própria fúria com Plex dois meses atrás enquanto me encontrava escorrendo fluidos corporais sintéticos em Tekitomura.

Nós, hã, precisamos remarcar, Tak.

Eu tive vontade de matá-lo só por ter dito isso daquele jeito.

— Você acha que trinta por cento é injusto?

Suspirei.

— Rad, você é um gângster e eu... — Fiz um gesto. — Não sou muito melhor. Eu não creio que algum de nós saiba direito o que é justo ou injusto. Faça o que quiser. Eu vou encontrar o dinheiro para você.

— Certo. — Ele ainda me encarava. — Vinte por cento. Isso se adequa a seu senso de adequação comercial?

Balancei a cabeça, não falei nada. Cavouquei em meu bolso os cartuchos corticais, mantive o punho fechado enquanto me debruçava para a frente com eles.

— Aqui. Foi para isso que você veio. Quatro peixes. Faça o que quiser com eles.

Ele afastou meu braço com um empurrão e espetou um dedo zangado na minha cara.

— Não, meu amigo. Eu faço *o que você quer* com eles. Este é um serviço que eu estou te fornecendo, não se esqueça, caralho. Agora, eu disse vinte por cento. Acha justo?

A decisão se cristalizou do nada, tão depressa que foi como um tapa na nuca. Ao tentar entendê-la depois, não pude decidir o que a havia disparado, apenas que a sensação era como ouvir de novo aquela voz minúscula saída da escuridão, me dizendo para ir *depressa*. Parecia uma súbita ardência de suor nas palmas das minhas mãos e o terror de que eu chegaria tarde demais para algo importante.

— Eu falei sério, Rad. Você decide. Se isso está te custando o respeito dos seus colegas *haiduci,* então deixa pra lá. Eu jogo isso aqui pela amurada em algum trecho da Vastidão e a gente encerra essa coisa toda. Você me manda a conta, eu dou um jeito de pagar.

Ele jogou as mãos para cima em um gesto que tinha copiado, quando ainda éramos jovens, de filmes expéria de *haiduci* como *Amigos de Ireni Cozma* e *Vozes Fora da Lei*. Precisei me esforçar para não sorrir. Ou talvez fosse apenas a sensação cada vez maior de movimento que me dominava agora, o aperto semelhante a um barato de droga de uma decisão tomada e do que isso significava. Na gravidade do momento, a voz de Segesvar era subitamente um zumbido nas margens da relevância. Eu o estava ignorando.

— Certo, *que se foda. Quinze* por cento. Vamos, Tak. Isso é justo. Menos que isso, meu próprio pessoal vai me expulsar por má gestão. Quinze por cento, tá?

Dei de ombros e estendi minha mão fechada outra vez.

— Tá certo, quinze por cento. Você ainda quer isto aqui?

Ele roçou meu punho com a palma de sua mão, tomou os cartuchos com um truque clássico de rua e os guardou.

— Você é um negociador da pesada, Tak — rosnou ele. — Alguém já te disse isso?

— Isso é um elogio, né?

Ele rosnou de novo, sem palavras dessa vez. Levantou-se e espanou suas roupas como se tivesse se sentado em uma doca de compactação. Enquanto eu o acompanhava, ficando de pé, o homem estropiado com a bandeja de esmolas se aproximou de nós.

— Veterano Desarmador — murmurou ele. — Fui fritado deixando Nova Hok segura para um novo século, cara, derrubei grandes agrupamentos cooperativos. Você tem...

— Não, eu não tenho dinheiro — disse Segesvar, impaciente. — Olha, você pode ficar com aquele café ali, se quiser. Ainda tá quente.

Ele percebeu meu olhar.

— Que foi? Eu sou uma porra dum gângster, tá? O que você esperava?

Na Vastidão da Erva, uma ampla quietude sustentava o céu. Até o ronco das turbinas do deslizador soava como algo em escala menor, absorvido pela paisagem vazia e achatada e pelas pilhas de nuvens úmidas lá no alto. Eu estava de pé na amurada, o cabelo emplastrado para trás pela velocidade de nossa passagem, e inspirei a fragrância característica de belalga crua. As águas da Vastidão eram entupidas com esse negócio e a passagem de qualquer navio trazia a erva rolando para a superfície. Deixamos para trás uma copiosa esteira de vegetação retalhada e turbulência cinza enlameada que levaria quase uma hora para se assentar.

À minha esquerda, Suzi Petkovski estava sentada na cabine e conduzia a embarcação com um cigarro em uma das mãos, os olhos estreitados contra a fumaça e o clarão do céu nublado. Mikhail estava no outro passadiço, largado sobre a amurada como um saco comprido de lastro. Ele tinha passado a viagem toda emburrado, expressando com eloquência seu ressentimento por ter que nos acompanhar, mas nada além. A intervalos, ele coçava morosamente os encaixes no pescoço.

Uma estação abandonada de enfardamento piscou a estibordo de nossa proa, não muito mais do que um par de galpões de cabines-bolha e um cais de madeira-espelho enegrecida. Tínhamos visto mais estações anteriormente, algumas ainda funcionando, iluminadas por dentro e depositando carga em grandes barcaças automáticas. Mas isso foi quando nossa trajetória ainda seguia a dispersão nas margens do lado de Novapeste. A essa distância, a pequena ilha de indústria parada apenas ampliou a impressão de desolação.

— O comércio de erva anda mal, hein? — gritei acima das turbinas.

Suzi Petkovski olhou de relance em minha direção.

— Como é?

— O comércio de erva — gritei de novo, gesticulando para a estação que já ficava para trás. — Anda mal recentemente, certo?

Ela deu de ombros.

— Nunca foi seguro, do jeito que o mercado de commodities oscila. A maioria dos independentes teve que dar no pé há muito tempo. Por aqui, a KosUnity administra esses grandes equipamentos móveis, faz todo o processamento e enfardamento. É difícil competir.

Não era uma atitude recente. Há quarenta anos, antes de eu ir embora, dava para ouvir as mesmas respostas indiferentes às dificuldades econômicas das Suzis Petkovski desse mundo. A mesma capacidade fixa e fumante para a tenacidade, o mesmo dar de ombros implacável, como se a política fosse algum tipo de sistema climático massivo e caprichoso sobre o qual não se podia fazer nada.

Voltei a observar o horizonte.

Depois de algum tempo, o telefone no meu bolso esquerdo tocou. Hesitei por um momento depois me contorci, irritadiço, puxei-o ainda tocando e pressionei-o contra meu ouvido.

— Sim, que foi?

O murmúrio surgiu como um espectro do silêncio eletrônico fechado, um movimento na quietude como um par de asas sombrias batendo na calmaria lá no alto. A sugestão de uma voz, palavras carregando um sussurro para dentro do meu ouvido

não resta muito tempo

— É, você já disse. Estou indo o mais rápido que posso.

não posso contê-los por muito tempo mais...

— Tá, eu *tô trabalhando nisso.*

trabalhando agora... Soou como uma pergunta.

— É, eu *disse...*

tem asas por aí... milhares de asas batendo e um mundo todo rachando...

Estava desaparecendo agora, como um canal mal sintonizado, oscilando, estremecendo até voltar ao silêncio

rachando e se abrindo, de ponta a ponta... é lindo, Micky...

E se foi.

Esperei, abaixei o telefone e o pesei na palma da minha mão. Fiz uma careta e o enfiei de volta no bolso.

Suzi Petkovski olhou na minha direção.

— Más notícias?

— É, pode-se dizer que sim. Podemos ir mais depressa?

Ela já estava observando a água adiante. Acendendo um novo cigarro com uma mão só.

— Não com segurança.

Assenti e pensei no comunicado que tinha acabado de receber.

— E quanto vai me custar ficar sem segurança?

— Mais ou menos o dobro?

— Certo. Aceito.

Um sorrisinho amargo flutuou até os lábios dela. Suzi deu de ombros, apagou o cigarro e o enfiou atrás da orelha. Estendeu a mão para os monitores do outro lado da cabine e espetou um par de telas. Imagens de radar foram maximizadas. Ela gritou algo para Mikhail em um dialeto magiar de rua que havia mudado tanto no tempo em que eu estive fora que não pude entender mais do que o cerne da mensagem. *Vá lá embaixo e mantenha suas mãos longe de...* alguma coisa? Ele lançou um olhar ressentido para ela, depois se desdobrou de cima da amurada e abriu caminho para o interior da cabine.

Ela se voltou para mim, mal desviando o olhar dos controles agora.

— Você também. É melhor arranjar um banco para você lá atrás. Se eu acelerar, você provavelmente vai ser jogado de um lado para outro.

— Eu consigo me segurar.

— Tá, mas eu prefiro que você vá lá pra trás com ele. Vai te dar alguém com quem conversar. Eu vou estar ocupada demais.

Pensei no equipamento que vi guardado na cabine. Plug-ins de navegação, um deque de entretenimento, modificadores de corrente de fluxo. Cabos e encaixes. Pensei também no comportamento do rapaz e sua mania de coçar os plugues em seu pescoço, o desinteresse largado no mundo todo. Fez um sentido do qual eu não tinha me dado conta antes.

— Claro — falei. — É sempre bom ter alguém com quem conversar, né?

Ela não respondeu. Talvez já estivesse imersa nas imagens em arco-íris sombrio de nosso caminho através da Vastidão, talvez apenas concentrada em outra coisa. Eu a deixei em paz e fui para a popa.

Acima da minha cabeça, as turbinas abriram um berro demente.

CAPÍTULO 23

Em algum ponto, o tempo para na Vastidão da Erva.

Você começa reparando nos detalhes — o sistema arqueado da raiz de uma moita tepes emergindo da água como os ossos semiapodrecidos de algum humanoide gigante afogado, estranhos trechos de água limpa onde a belalga não se atreveu a crescer e pode-se enxergar até embaixo, até um leito de areia esmeralda pálida, a subida disfarçada de um banco de lama, talvez um caiaque de colheita de dois séculos atrás abandonado, ainda não totalmente coberto por musgo de Sakate. Mas essas visões são esparsas e raras e, com o tempo, seu olhar é atraído para o grande horizonte achatado e, depois disso, não importa quantas vezes você tente se afastar para olhar para detalhes mais próximos, parece que existe uma maré arrastando sua visão de volta para lá.

Você se senta e escuta as cadências dos motores, porque não há mais nada a fazer. Você observa o horizonte e afunda em seus próprios pensamentos porque não há nenhum outro lugar aonde ir.

... depressa...

Tô confiando em você, Micky. Cuida dela, dela, dela, dela...

Ela. Sylvie, com a juba cinza-prateada. Seu rosto...

O rosto *dela*, sutilmente transformado pela mulher que tinha se esgueirado para fora e o roubado dela. A voz *dela*, sutilmente modulada...

Eu não tenho como saber se ou quando Sylvie Oshima vai voltar.

Nadia, eu tô tentando ajudar, caralho.

Ela se pergunta quem diabos é Micky Acaso de verdade e se é perigoso ficar perto dele. Se ele vai ferrar com ela na primeira oportunidade.

Ela se pergunta que porra você tá fazendo com as almas de tantos padres mortos.

As feições esguias e atentas de Todor Murakami na balsa. Fumaça de cachimbo, levada pelo vento.

E então, que golpe é esse? Pensei que você tava andando com o Radul Segesvar hoje em dia. Nostalgia pela cidade natal e crime organizado barato. Por que você está indo para o norte de novo?

Tá na hora de voltar aos trilhos. Voltar ao serviço pendente.

O serviço pendente. É, isso vai resolver todos os seus problemas, Micky.

Pare de me chamar assim, porra.

E gritos. E buracos escancarados abertos em espinhas na altura do pescoço. E o peso de cartuchos corticais na minha mão, ainda escorregadios com sangue grudado. E o vazio que jamais seria preenchido.

Sarah.

O serviço pendente.

Tô tentando ajudar, caralho.

... depressa...

Tô confiando em você...

Eu tô tentando, caralho...

... depressa...

Eu tô TENTANDO...

— Linha costeira. — A voz de Suzi Petkovski soou pelo autofalante da cabine, lacônica e firme o bastante para agarrar. — Estaremos chegando a Fontenópolis em quinze.

Larguei minha reflexão e olhei à esquerda, onde a costa de Kossuth rasgava em nossa direção. Ela se erguia como uma linha escura e esburacada no horizonte que, exceto por isso, era inexpressivo, depois parecia saltar e se resolver como uma procissão de colinas baixas e o ocasional lampejo de dunas brancas mais além e em seus intervalos. A parte traseira de Vchira, os nós afogados de uma antiga cordilheira desgastada havia muitas eras geológicas para uma curva de setecentos quilômetros de barreira para as marés contornada por pântanos de um lado e a mesma expansão de areia branca cristalina do outro.

Algum dia, um dos moradores antigos de Fontenópolis havia me informado quase meio século antes, *o mar vai invadir isso tudo aqui.* Invadir e se despejar na Vastidão da Erva como um exército invasor rompendo uma fronteira disputada. Vencer os últimos bastiões restantes e acabar com a praia. *Algum Dia, cara,* repetiu o fontenopolitano devagar, enfatizando a expressão e sorrindo para mim com o que eu já reconhecia como o típico desapego surfista, *Algum Dia, mas Ainda Não. E até que o Dia chegue, você só precisa continuar olhando para o mar, cara. Só continuar olhando para lá, não olhe para trás, não se preocupe com o que tá mantendo tudo isso no lugar.*

Algum Dia, mas Ainda Não. Só olhe para o mar.

Dava para chamar isso de filosofia, acho. Na Praia Vchira, aquilo se passava por uma. Limitada, talvez, mas eu já tinha visto maneiras muito piores de se relacionar com o universo em outros lugares.

O céu tinha clareado quando alcançamos as fronteiras mais ao sul da Vastidão, e eu começava a ver sinais de habitação sob a luz do sol. Fontenópolis não é um lugar de fato — é uma aproximação, um termo frouxo para uma faixa costeira de 170 quilômetros de serviços de apoio aos surfistas e a infraestrutura associada. Em seu formato mais tênue, ela existe como tendas espalhadas e cabines-bolha ao longo da praia, com círculos de fogueiras geracionais e pontos de churrasco, barracas e bares de belalga grosseiramente urdida. A permanência do assentamento aumenta e diminui conforme a Faixa se aproxima e passa dos lugares onde o surfe não é meramente bom, mas fenomenal. E então, nas zonas de Grande Surfe, a habitação engrossa até atingir uma densidade quase municipal. Ruas de fato aparecem nas colinas atrás das dunas, a iluminação das vias é enraizada ao longo delas e agrupamentos de plataformas de concreterno e molhes brotam na parte de trás da coluna de terra, adentrando na Vastidão da Erva. Da última vez que estive aqui, existiam cinco acréscimos desse tipo, cada um com sua turma de entusiastas que juravam que o melhor surfe do continente estava *bem aqui, porra, cara.* Até onde sei, qualquer um deles podia estar certo. Até onde sei, haveria mais cinco a essa altura.

Não menos sujeitos ao fluxo estavam os próprios habitantes. Havia ciclos populacionais em movimento preguiçoso por todo o caminho ao longo da Faixa — alguns deles orientados para a mudança das cinco estações do Mundo de Harlan, outros para o ritmo complicado das marés trilunares, e alguns ao pulso mais longo e lânguido do tempo de vida funcional de uma capa surfista. As pessoas iam e vinham e voltavam. Às vezes, suas lealdades locacionais a uma parte da praia perduravam de um ciclo para outro, de uma vida para outra; às vezes, elas mudavam. E às vezes, essa lealdade nem sequer existia para começo de conversa.

Encontrar alguém na Faixa nunca era fácil. Em muitos casos, esse era o motivo pelo qual as pessoas vinham para cá.

— Ponto Kem chegando. — A voz de Petkovski de novo, contra um pano de fundo de turbina reduzindo o giro. Ela soou cansada. — Aqui tá bom pra você?

— Sim, pode ser. Obrigado.

Dei uma espiada nas plataformas de concreterno que se aproximavam e a confusão de prédios baixos que elas sustentavam acima das águas da Vastidão, o alastramento desorganizado marchando colina acima e mais além. Havia um punhado de figuras sentadas à vista nas sacadas ou nos molhes, mas, em sua maioria, o pequeno assentamento parecia esvaziado de vida. Eu não fazia ideia se essa era a ponta correta de Fontenópolis ou não, mas era preciso começar de algum lugar. Agarrei uma correia de mão e me puxei até ficar de pé enquanto o deslizador atracava à esquerda. Olhei para meu companheiro silencioso do outro lado da cabine.

— Foi bom conversar com você, Mikhail.

Ele me ignorou, o olhar colado à janela. Ele não falou nada o tempo todo em que dividimos o espaço da cabine, apenas encarou a vasta ausência de cenário em torno de nós, de cara feia. Algumas vezes ele me pegou observando enquanto coçava os soquetes do pescoço e parou abruptamente com uma expressão tensa no rosto. Mesmo então, não disse nada.

Dei de ombros, prestes a saltar para o convés contornado pela amurada, aí mudei de ideia. Atravessei a cabine e me apoiei contra o vidro, entrando no campo de visão de Mikhail Petkovski. Ele me observou em silêncio, por um momento surpreso o bastante para escapar daquela abstração.

— Sabe — falei, alegre. — Você deu sorte na loteria das mães. Mas lá fora só tem caras como eu. E nós não damos a menor bola se você tá vivo ou morto. Se você não levantar e começar a se interessar por alguma coisa, ninguém mais vai fazer isso por você.

Ele fungou.

— Que porra isso tem a ver com...

Alguém mais experiente poderia ter lido a expressão em meus olhos, mas ele estava dominado demais pela vontade de se cabear, inflado demais pelo suporte maternal. Alcancei sua garganta com facilidade, enterrei os dedos e o arranquei daquele assento.

— Viu o que eu quero dizer? Quem é que vai me impedir de esmagar a sua laringe agora?

Ele coaxou.

— Ma...

— Ela não vai te ouvir. Tá ocupada lá fora ganhando a vida por vocês dois. — Eu o trouxe para perto. — Mikhail, você é infinitamente menos importante no esquema geral das coisas do que os esforços dela te fizeram acreditar.

Ele ergueu a mão e tentou soltar meus dedos. Eu ignorei as tentativas débeis e os enterrei mais fundo. Ele começou a parecer assustado de verdade.

— Do jeito que você tá — eu lhe disse em tom de conversa —, vai acabar em uma bandeja de peças sobressalentes. Essa é a única utilidade que você tem para homens como eu, e ninguém mais vai se intrometer quando viermos atrás de você, porque você não deu a ninguém motivo para se importar. É isso que quer ser? Peças sobressalentes e uma lavada de dois minutos, seguida de uma descarga?

Ele se agitou e retorceu, o rosto ficando roxo. Balançou a cabeça em uma negação violenta. Eu o segurei mais alguns momentos, depois afrouxei o aperto e o larguei de volta na cadeira. Ele engasgou e tossiu, os olhos arregalados sobre mim, cheios de lágrimas. Uma das mãos subiu para massagear a garganta onde eu havia deixado marcas. Assenti.

— Tudo isso, Mikhail? Tudo isso rolando em torno de você? Isso é a vida. — Eu me inclinei mais para perto e ele se encolheu. — Comece a se interessar por ela. Enquanto ainda pode.

O deslizador se chocou gentilmente contra alguma coisa. Eu me endireitei e saí para o convés lateral para o súbito calor e claridade. Estávamos flutuando em meio aos quebra-cabeças de molhes de madeira-espelho desgastados seguros a intervalos estratégicos por pesados pilares de amarração de concreterno. Os motores do deslizador mantiveram um resmungo baixo e uma pressão gentil contra a plataforma de aterrissagem mais próxima. O sol do fim da tarde refletia pesadamente na madeira--espelho. Suzi Petkovski estava de pé na cabine e estreitava os olhos contra a luz reverberada.

— Vai sair o dobro — ela me relembrou.

Eu entreguei um chip e esperei enquanto ela o passava. Mikhail preferiu não emergir da cabine. Talvez estivesse refletindo sobre as coisas. A mãe dele me devolveu o chip, fez sombra sobre os olhos e apontou.

— Eles têm um lugar onde você pode alugar módulos baratinho, a três ruas daqui. Perto daquele mastro de transmissão que dá pra ver daqui. Aquele com as bandeiras de dragão.

— Obrigado.

— Por nada. Espero que encontre o que tá procurando.

Pulei a parte do aluguel de módulo, pelo menos por enquanto, e vaguei pela cidadezinha, absorvendo meus arredores. Subindo até a crista da colina, eu podia estar em qualquer subúrbio na parte da Vastidão de Novapeste. Predominava a mesma arquitetura utilitária, a mesma mistura de fachadas de oficinas mecânicas e de software voltados para a água, entremeados com locais para comer e bares. As mesmas ruas de vidro fundido sujas e desgastadas e os mesmos odores básicos. Porém, olhando do topo para baixo, a semelhança terminava, como despertar de um sonho.

Abaixo de mim, a outra metade do assentamento caía em estruturas irregulares construídas de todo material que se pudesse pensar. Cabines-bolha dividiam espaço próximo com casas feitas com molduras de madeira, cabanas de madeira flutuante e, mais para o fundo, barracas de lona. As vias de pavimento fundido davam lugar a placas de concreterno mal colocadas, depois a areia, e por fim à ampla e pálida extensão da praia em si. Havia mais movimento nas ruas do que no lado da Vastidão, a maioria do qual era semidespido e vagando na direção da orla no sol da tarde. Uma a cada três figuras tinha uma prancha embaixo do braço. O mar em si ardia em uma cor de ouro sujo sob a luz em ângulo baixo, pintalgado de atividade: surfistas flutuando montados em pranchas ou de pé e manobrando sobre a superfície da água, que ondulava gentilmente. O sol e a distância transformavam todos eles em recortes de lata pretos e anônimos.

— Uma paisagem do caralho, hein, cara?

Era uma voz aguda e infantil, em contraste com as palavras que tinha dito. Olhei ao meu redor e vi um menino de mais ou menos dez anos me observando de uma porta. O corpo era magro feito uma costela e bronzeado, vestindo um par de calças de surfe, os olhos de um azul desbotado pelo sol. O cabelo era uma bagunça emaranhada pelo mar. Ele estava apoiado na porta, os braços cruzados com displicência sobre o peito nu. Atrás dele, na loja, vi pranchas sobre suportes. Monitores inconstantes exibindo software para aquatec.

— Já vi piores — admiti.

— Primeira vez em Vchira?

— Não.

A decepção marcou a voz dele.

— Não está procurando aulas, então?

— Não. — Parei por um instante, analisando o quanto era aconselhável dizer o que eu pretendia. — Faz tempo que você está na Faixa?

Ele sorriu.

— Todas as minhas vidas. Por quê?

— Tô procurando alguns amigos. Pensei que você talvez os conhecesse.

— Ah, é? Você é da polícia? Executor?

— Não recentemente.

Pareceu ser a resposta certa. O sorriso dele voltou.

— Eles têm nome, esses amigos?

— Tinham, da última vez em que estive aqui. Brasil. Ado, Tres. — Hesitei. — Vidaura, talvez.

Os lábios dele se retorceram e franziram e ele sugou o ar entre dentes. Todos eles gestos aprendidos em outro corpo, muito mais velho.

— Jack Soul Brasil? — perguntou ele, desconfiado.

Assenti.

— Você é um Inseto?

— Não recentemente.

— Equipe Multiflores?

Respirei fundo.

— Não.

— BaKroom Boy?

— Você tem nome? — perguntei a ele.

Ele deu de ombros.

— Claro. Milan. Por aqui, me chamam de Arranjarma.

— Bom, Milan — falei, calmamente. — Você tá começando a encher o saco. Agora, vai poder me ajudar ou não? Você sabe onde o Brasil está, ou está só ficando chapado com o vapor da reputação que ele deixou por aqui trinta anos atrás?

— Ei! — Os olhos azul-claros se estreitaram. Seus braços se descruzaram, os punhos retesados em pequenos martelos na lateral do corpo. — Sabe, *eu* tô na porra do meu lugar aqui, cara. Eu *surfo*. Tenho pegado tubos em Vchira desde antes de você ser uma porra de um *respingo* no tubo da sua mãe.

— Duvido muito, mas não vamos disputar isso. Estou procurando por Jack Soul Brasil. Eu vou encontrá-lo com ou sem você, mas talvez você possa poupar um pouco do meu tempo. A pergunta é: você vai?

Ele me encarou, ainda bravo, a postura ainda agressiva. Na capa de 10 anos, não era muito impressionante.

— A pergunta é, cara, quanto *vale* te ajudar?

— Ah.

Pago, Milan foi mais comunicativo, soltando fragmentos a contragosto projetados para disfarçar a natureza muito limitada de seu conhecimento. Comprei rum e café para ele em um café de rua defronte à loja da qual ele estava cuidando — *não dá pra simplesmente fechar a loja, cara, custaria mais do que o meu emprego* — e esperei pelo processo de contação de história. A maior parte do que ele me contou era prontamente identificável como lenda praieira bem conhecida, mas dadas algumas coisas que disse, resolvi que ele tinha mesmo se encontrado com Brasil algumas vezes, talvez até surfado com ele. O último encontro parecia ter ocorrido havia uma década, mais ou menos. Heroísmo ao combater lado a lado, desarmado, uma gangue invasora de surfistas Legalistas de Harlan, poucos quilômetros ao sul de Ponto Kem. Confronto e agressão generalizada, Milan se inocenta com uma selvageria modesta e sutil, coleciona alguns ferimentos — *você devia ter visto as porras das cicatrizes daquela capa, cara, às vezes eu ainda sinto saudade dela* —, mas os mais elevados elogios são reservados para Brasil. *Como uma porra de uma pantera-do-pântano, cara. Os filhos da puta o rasgaram no peito, ele nem notou. Ele acabou com todos eles. Tipo, quando ele acabou, não tinha sobrado nada. Ele os mandou de volta para o norte em pedacinhos.* Tudo foi seguido por uma celebração orgiástica — o brilho das fogueiras e os gritos das mulheres em orgasmos enlouquecidos sobre um pano de fundo de surfe.

Era uma imagem padrão, e encomendei uma pintura dela para mim no passado, feita por outros entusiastas de Vchira. Olhando além dos adornos mais óbvios, eu me concentrei em um pequeno detalhe útil. Brasil tinha dinheiro — *todos aqueles anos com os Azuis, certo. De jeito nenhum ele precisava ganhar a vida ensinando os moleirões, vendendo pranchas e trei-*

nando alguma porra de carne reserva de aristo de Porto Fabril cinco anos antes da hora —, mas o sujeito ainda não aceitava a reencarnação de clones. Ele estaria usando uma boa carne surfista, mas eu não o reconheceria de rosto. *Procure pelas porras de cicatrizes no peito, cara.* Sim, ele ainda usava o cabelo comprido. Rumores atuais diziam que ele estava enfurnado em um vilarejo praieiro sonolento em algum lugar do sul. Aparentemente, ele estava aprendendo a tocar saxofone. Havia um jazzista que tocava com Csango Jr., e ele tinha dito a Milan...

Paguei pelas bebidas e me levantei para ir embora. O sol tinha sumido, e o mar ouro-sujo estava praticamente manchado de metal cru. Do outro lado da praia abaixo de nós, as luzes estavam ganhando vida como vagalumes. Eu me perguntei se chegaria à loja de aluguel de módulos antes que ela fechasse.

— Então, esse aristo — falei, indiferente. — Você ensina o corpo dele a surfar por cinco anos, afia os reflexos para ele. O que você ganha?

Milan deu de ombros e bebericou o que restava de seu rum. Ele tinha amolecido com o álcool e o pagamento.

— Trocamos de capa. Eu fico com a que ele vem usando e devolvo essa, quando ela chegar aos 16 anos. Então eu ganho uma capa aristocrática com trinta e poucos anos, alterações cosméticas e troca testemunhada, de modo que eu não possa me passar por ele, mas, tirando isso, intacta como num catálogo. Material clonado top de linha, todos os periféricos ajustados como padrão. Um belo negócio, hã?

Assenti, distraído.

— É, se ele cuidar do que está usando, acho. O estilo de vida dos aristos pode causar um belo desgaste.

— Nah, esse cara tá em forma. Vem até aqui de vez em quando para checar o investimento, sabe, nadar e surfar um pouco. Estaria por aqui essa semana, mas aquele negócio da limusine de Harlan impediu. Ele tá com um peso extra que dava para viver sem e é uma merda no surfe, claro. Mas isso dá pra resolver com facilidade quando eu...

— Negócio da limusine de Harlan? — A prontidão de Emissário deslizou sobre meus nervos.

— É, sabe como é. O deslizador do Seichi Harlan. Esse cara é bem chegado desse ramo da família, teve que...

— O que aconteceu com o deslizador de Seichi Harlan?

— Você não ouviu falar? — Milan me olhou, sorrindo. — Onde é que você andou, cara? Isso esteve por toda a rede ontem. Seichi Harlan, levando os filhos e a nora para Rila, e o deslizador foi demolido lá na Extensão.

— Demolido como?

Ele deu de ombros.

— Ainda não sabem. A coisa toda simplesmente explodiu, a filmagem que mostraram parece ser do interior. Afundou em segundos, o que restou dele. Ainda estão procurando pelos pedaços.

Teriam sorte se conseguissem. O redemoinho se fazia sentir a uma longa distância nessa época do ano e as correntes da Extensão eram letalmente imprevisíveis. Fragmentos afundados de um naufrágio podiam ser carregados por quilômetros antes de se assentarem. Os restos decompostos de Seichi Harlan e de sua família podiam acabar em uma dúzia de lugares em meio às ilhotas e recifes do Arquipélago de Porto Fabril. A recuperação do cartucho seria um pesadelo.

Meus pensamentos voaram para Kohei Belalgodão e os resmungos empapados de *take* de Plex. *Não sei, Tak. Verdade, não sei. Era algum tipo de arma, algo da Descolonização.* Ele disse que era biológica, mas conforme sua própria admissão, seu conhecimento era incompleto. Ele tinha sido expulso pela alta hierarquia da yakuza e a serviçal da família Harlan, Aiura. Aiura, que fazia limite de danos e limpeza para a família.

Outro sussurro de detalhe se encaixou em seu lugar em minha mente. Drava envolta em neve. A espera na antecâmara de Kurumaya, fitando desinteressado a rolagem de notícias globais. A morte acidental de algum Harlan de baixo grau no distrito do cais de Porto Fabril.

Não era uma conexão em si, mas a intuição de Emissário não trabalha assim. Ela simplesmente vai acumulando dados até que você comece a ver a forma de algo na massa. Até que as conexões se façam. Eu não podia ver nada ainda, mas os fragmentos começavam a cantar para mim como sinos de vento em uma tempestade.

Isso e a minúscula pulsação insistente da batida ao fundo: *depressa, depressa, não há tempo.*

Troquei um aperto de mão de Vchira do qual me lembrava muito mal com Milan e parti para subir a colina, apressado.

* * *

A loja de aluguel de módulos ainda estava acesa e cuidada por um recepcionista de cara entediada e físico de surfista. Seus olhos despertaram o suficiente para descobrir que eu não era um surfista, aspirante ou não, e então se pôs no modo mecânico de atendimento ao cliente. O escudo do trabalho em torno do cerne brevemente vislumbrado que o mantinha em Vchira, o calor do entusiasmo embrulhado com cuidado para quando ele pudesse compartilhá-lo com alguém que entendesse. Mas ele me encaixou com um módulo de velocidade com um lugar só de cores berrantes e me mostrou o software de mapas de rua com os pontos de devolução que eu podia usar por toda a Faixa. Pedi e ele também me forneceu um macacão e um capacete de poliga pré-moldada contra acidentes, embora desse para ver sua opinião a meu respeito, já baixa, cair ainda mais quando solicitei isso. Parecia que ainda havia muita gente em Praia Vchira que não conseguia desvencilhar risco e idiotice.

É, isso talvez inclua você, Tak. Você mesmo fez algo seguro recentemente?

Dez minutos depois, eu estava de traje, acelerando e deixando Ponto Kem atrás de um cone de brilho da luz lá no alto sob as trevas do anoitecer.

Em algum lugar ao sul, tentando ouvir um saxofone mal tocado.

Eu já tive pistas melhores para seguir, mas havia uma coisa a meu favor. Eu conhecia Brasil e sabia que, se ele ouvisse falar que alguém o estava procurando, não era provável que se escondesse. Ele sairia para resolver isso do jeito que se remava na direção de uma onda grande. Do jeito que se enfrentava um grupo de Legalistas de Harlan.

Se eu fizesse barulho suficiente, não precisaria encontrá-lo.

Ele é que me encontraria.

Três horas depois, saí da rodovia e entrei na fria luz azulada das lâmpadas Angier infestadas de insetos em torno de um restaurante 24 horas e uma oficina de máquinas. Pensando em retrospecto, um tanto cansado, julguei ter feito barulho suficiente. Meu suprimento de chips de crédito com valor baixo estava esgotado, eu estava levemente embriagado pelo excesso de drinques e fumaça compartilhada ao longo da Faixa e os nós dos dedos da minha mão direita ainda doíam de leve por causa de um soco mal dado em uma taverna junto à praia, onde desconhecidos perguntando sobre lendas locais não eram muito benquistos.

Sob as lâmpadas Angier, a noite estava agradavelmente fresca, e havia grupinhos de surfistas brincando pelo estacionamento, garrafas e cachimbos na mão. Risos que pareciam ricochetear da distância escura ao redor do brilho da luz, alguém contando uma história sobre uma prancha quebrada em uma voz aguda e empolgada. Um ou dois grupos mais sérios se reuniam em volta das entranhas abertas de veículos em conserto. Cortadores laser piscavam, fazendo chover estranhas faíscas verdes ou roxas de ligas exóticas.

Eu comprei um café surpreendentemente bom no balcão e o levei para o lado de fora para observar os surfistas. Não era uma cultura à qual eu tivesse acesso durante minha juventude em Novapeste — os protocolos das gangues não permitiriam um compromisso sério com o mergulho e o surfe ao mesmo tempo, e o mergulho me encontrou primeiro. Nunca virei a casaca. Algo a respeito do mundo silêncio sob a superfície me atraía. Havia uma vasta calmaria lá embaixo, uma folga de toda a loucura das ruas e da minha própria vida doméstica, ainda mais conturbada.

Dava para se enterrar lá embaixo.

Terminei o café e voltei para dentro do restaurante. Cheiro de sopa e de lámen ondulava pelo ar e fisgava meu estômago. De súbito, me dei conta de que eu não tinha comido desde um café da manhã tardio na ponte do *Filha de Haiduci* com Japaridze. Sentei em um banquinho no balcão e assenti para o mesmo rapaz com olhos de meta de quem eu tinha comprado o café.

— Está cheirando bem. O que vocês têm aqui?

Ele apanhou um controle remoto surrado e o apontou na direção geral do autochef. Holomonitores surgiram acima de várias panelas. Eu os analisei e escolhi um prato tradicional e difícil de fazer errado.

— Quero o chili de arraia. Isso é arraia congelada, né?

Ele revirou os olhos.

— Você esperava que fosse fresca? Num lugar desses? A esse preço?

— Eu venho de longe.

Mas aquilo não gerou nenhuma reação em seu rosto atordoado pela meta. Ele simplesmente colocou o chef em movimento e se afastou para as janelas, fitando os surfistas como se eles fossem algum tipo de vida marinha rara e bela, presa em um aquário.

Eu estava no meio da minha tigela de lámen quando a porta se abriu atrás de mim. Ninguém falou nada, mas eu já sabia. Larguei a tigela e me virei devagar no banco.

Ele estava sozinho.

Não era o rosto de que eu me lembrava, nem de longe. Ele tinha sido encapado com feições mais belas e largas do que da última vez, uma cabeleira emaranhada de loiro misturado com grisalho e maçãs do rosto que deviam tanto a genes eslavos quanto à predileção dele pela customização de Adoración. Mas o corpo não era tão diferente — dentro do macacão largo que ele usava, ainda tinha a altura e a parca largura dos ombros e do peito, a cintura estreitando até as pernas, as mãos grandes. E seus movimentos ainda irradiavam a mesma postura casual.

Eu o reconheci com tanta certeza quanto se ele tivesse aberto o macacão para me mostrar as cicatrizes no peito.

— Ouvi dizer que você estava me procurando — disse ele, calmamente.

— Eu te conheço?

Sorri.

— E aí, Jack. Como é que anda a Virgínia?

CAPÍTULO 24

— Ainda não consigo acreditar que é você, rapaz.

Ela estava sentada na encosta da duna ao meu lado e desenhava triângulos na areia entre seus pés com uma vara de espicaçar golfinhos. Ela ainda estava molhada por ter nadado, a água formando pérolas na pele da capa surfista escurecida pelo sol, o cabelo preto cortado curto, espetado e irregular no alto da cabeça. O rosto delicado abaixo estava me exigindo algum tempo para me acostumar. Ela estava pelo menos dez anos mais jovem do que da última vez em que a vi. Por outro lado, provavelmente estava tendo o mesmo problema comigo. Ela fitava a areia enquanto falava, as feições indecifráveis. Falava de modo hesitante, do mesmo jeito que tinha usado para me acordar no quarto de visitas ao amanhecer, perguntando se eu queria descer até a praia com ela. Ela tivera a noite toda para superar a surpresa, mas ainda olhava para mim em relances, como se isso não fosse permitido.

Dei de ombros.

— Eu sou a parte crível, Virgínia. Não fui eu quem voltou dos mortos. E não me chame de *rapaz*.

Ela sorriu de leve.

— Todos nós voltamos dos mortos em algum ponto, Tak. São ossos do ofício, lembra?

— Você sabe o que eu quero dizer.

— Sei. — Ela olhou fixamente para a praia por algum tempo, onde o nascer do sol ainda era um rumor de sangue borrado em meio à névoa do início da manhã. — Então, você acredita nela?

— Que é a Quell? — Suspirei e ergui um punhado de areia. Observei-a escorrer por meus dedos e pelas laterais da minha mão. — Acredito que *ela* acha que é.

Virgínia Vidaura fez um gesto impaciente.

— Encontrei cabudos que acreditam ser Konrad Harlan. Não foi isso que eu te perguntei.

— Eu sei o que você me perguntou, Virgínia.

— Então lide com a porra da pergunta — disse ela, sem se exaltar. — Eu não te ensinei nada no Corpo?

— Ela é a Quell? — A umidade residual da natação tinha deixado pequenas linhas de areia ainda agarradas às palmas das minhas mãos. Espanei uma mão na outra bruscamente. — Como é que ela pode ser, né? Quell tá morta. Vaporizada. Por mais que seus colegas lá da casa gostem de desejar o contrário em seus sonhos eróticos políticos.

Ela olhou por cima do ombro, como se pensasse que eles podiam nos ouvir. Podiam ter acordado e vindo, se espreguiçando e bocejando, até a praia atrás de nós, repousados e prontos para se ofender violentamente com minha falta de respeito.

— Consigo me lembrar de uma época em que você também teria desejado isso, Tak. Uma época em que você talvez a quisesse de volta. O que aconteceu com você?

— Sanção IV.

— Ah, é. Sanção IV. A revolução exigia um pouco mais de compromisso do que você esperava, não foi?

— Você não estava lá.

Um pequeno silêncio se abriu na esteira dessas palavras. Ela desviou o olhar. O grupinho de Brasil era todo de quellistas — ou neoquellistas, pelo menos —, mas Virgínia Vidaura era a única entre eles com condicionamento Emissário. Ela tivera a capacidade para autoilusão arrancada de si de um jeito que não permitia apego emocional fácil a lendas ou dogmas. Ela teria, raciocinei, uma opinião que valia a pena ouvir. Teria perspectiva.

Esperei. Lá embaixo na praia, a arrebentação mantinha um ritmo lento e expectante.

— Desculpa — disse ela, por fim.

— Deixa pra lá. Todos nós temos nossos sonhos pisoteados de tempos em tempos, certo? E se não doesse, que sonhos de segunda seriam, né?

Os lábios dela se ergueram.

— Ainda a citando, percebo.

— Parafraseando. Olha, Virgínia, me corrija se eu estiver enganado, mas não há nenhum registro de que o backup de Nadia Makita tenha sido feito. Certo?

— Também não há nenhum registro de backup de Takeshi Kovacs. No entanto, parece que tem um por aí.

— É, nem me lembre. Mas isso é a porra da família Harlan, e dá para entender por que eles fariam algo assim. Dá para ver o sentido.

Ela me olhou de soslaio.

— Bem, é bom ver que o seu tempo em Sanção IV não danificou seu ego.

— Virgínia, o que é isso. Sou um ex-Emissário, sou um matador. Eu tenho *utilidades*. É meio difícil visualizar a família Harlan bancando a mulher que quase destruiu a oligarquia deles. E de qualquer forma, como diabos algo assim, uma cópia de alguém tão historicamente vital, é jogado no crânio de uma artista Desarmadora padrão plâncton?

— De jeito nenhum uma padrão plâncton. — Ela cutucou a areia mais um pouco. A pausa da conversa se estendeu. — Takeshi, você sabe que Yaros e eu...

— É, eu falei com ele. Foi quem me disse que você estava aqui. Ele disse para mandar um oi se eu te visse. Espera que você esteja bem.

— É mesmo?

— Bom, o que ele disse de fato foi *ah, que se foda,* mas estou lendo nas entrelinhas aqui. Então as coisas não deram certo?

Ela suspirou.

— Não, não deram.

— Quer conversar a respeito?

— Não vale a pena, foi tudo há muito tempo. — Uma pontada violenta na areia com a varinha. — Não consigo acreditar que ele ainda tá remoendo isso.

Dei de ombros.

— *Devemos estar preparados para viver em uma escala de tempo de vida a que nossos ancestrais podiam apenas aspirar, se queremos realizar nossas próprias aspirações.*

Dessa vez o olhar que ela me lançou estava entremeado com uma raiva feia que não combinava com suas novas feições delicadas.

— Tá tentando ser engraçadinho, caralho?

— Não, tô só observando que o pensamento quellista tem uma vasta gama de...

— Cala a boca, Tak.

O Corpo de Emissários nunca foi muito fã de modelos tradicionais de autoridade, ao menos não como a maioria dos humanos os reconheceria. Mas o hábito, a presunção de que meus técnicos mereciam ser ouvidos era difícil de romper. E quando se tinha sentimentos, isso equivalia a...

Bem, esquece.

Calei a boca. Escutei as ondas.

Pouco tempo depois, notas enferrujadas de saxofone começaram a flutuar até nós vindas da casa. Virgínia Vidaura se levantou e olhou para trás, a expressão um pouco suavizada, fazendo sombra sobre os olhos. Ao contrário de muitas das casas de surfistas que eu tinha visto enquanto passava por essa porção da Faixa na noite anterior, a casa de Brasil era uma estrutura construída, não soprada. Madeiras-espelho eretas captavam a luz do sol que se fortalecia rapidamente e cintilavam como imensas armas afiadas. As superfícies desgastadas pelo vento entre elas ofereciam tons repousantes de verde e cinza, mas até o alto dos quatro andares de quartos de frente para o mar, as janelas piscavam para nós, vastas.

Uma nota desafinada do sax comprometeu a forma da melodia hesitante.

— Ai. — Fiz uma careta, talvez exagerada. A súbita suavidade no rosto dela me pegou desprevenido.

— Pelo menos ele tá tentando — disse ela, misteriosa.

— É. Bom, acho que todo mundo tá acordado agora, de qualquer forma.

Ela me olhou de soslaio, o mesmo olhar não autorizado. Sua boca se curvou contra a vontade.

— Você é um filho da puta mesmo, Tak, sabia?

— Já me disseram isso uma ou duas vezes. E então, como é o café da manhã por aqui?

Surfistas.

Dava para encontrá-los praticamente em todo lugar no Mundo de Harlan, porque por toda parte no Mundo de Harlan existe um oceano que produz ondas de matar. E *matar* tem alguns significados aqui. A gravidade é de 0.8 G, lembre-se, e três luas — em algumas partes de Vchira, pode-se acompanhar uma onda por meia dúzia de quilômetros de cada vez, e a altura das coisas que alguns desses caras enfrentam é de ver para crer. Mas a baixa gravidade e o empuxo trilunar têm seu lado negativo, e os oceanos no Mundo de Harlan têm correntezas diferentes de tudo o que já foi visto na Terra. O conteúdo químico, a temperatura e o fluxo, tudo isso varia de modo alarmante, e o mar faz coisas safadas e imperdoáveis com pouquíssimo aviso. Os teóricos da turbulência ainda estão aceitando boa parte delas, lá em seus modelos de simulação. Na Praia de Vchira, estão fazendo outro tipo de pesquisa. Mais de uma vez vi o efeito Young se desenrolar à perfeição na face, à primeira vista, absolutamente estável de uma onda de nove metros de altura, como um mito prometeico quadro a quadro — a elevação perfeita da água redemoinha e tropeça ebriamente sob o surfista, depois se despedaça como se tivesse sido apanhada por disparos de fragmentação da artilharia. O mar escancara a bocarra, engole a prancha, engole o surfista. Ajudei a puxar os sobreviventes da correnteza algumas vezes. Vi os sorrisos atordoados, o brilho que parece emergir de seus rostos enquanto eles dizem coisas como *eu não achei que aquela vadia ia sair de cima do meu peito* ou *cara, você viu aquela merda se abrir embaixo de mim?* Ou, com mais frequência e urgência: *você conseguiu resgatar a minha prancha, cara?* Eu os observei voltar para lá, os que não tinham deslocado ou quebrado membros ou sofrido concussões nos crânios durante a queda, observei o desejo corrosivo nos olhos daqueles que tiveram que esperar para se curar.

Conhecia bem aquele sentimento. Só que eu costumava associá-lo com tentar matar outras pessoas, não a mim mesmo.

— Por que nós? — perguntou Mari Ado, com a franca ausência de modos que ela obviamente achava que combinava com seu nome extramundo.

Sorri e dei de ombros.

— Não consegui pensar em mais ninguém estúpido o bastante.

Ela se ofendeu de um jeito meio felino, dando de ombros de um lado só, e virou de costas para mim enquanto ia até a cafeteira ao lado da janela. Parecia ter optado por um clone de sua última capa, mas havia uma inquietação profunda nela da qual eu não me lembrava há quarenta anos. Ela também parecia mais magra, um pouco oca em torno dos olhos, e puxou os cabelos para trás em um rabo de cavalo cortado que parecia estar esticando demais suas feições. Seu rosto customizado em Adoración tinha a estrutura óssea para isso; seu nariz se curvava de um jeito que lembrava mais um falcão, os olhos escuros e líquidos ficavam mais escuros e o maxilar, mais determinado. Ainda assim, não caía bem nela.

— Bem, eu acho que você tem uma coragem do caralho, Kovacs. Voltar aqui assim, depois de Sanção IV.

Em frente a mim na mesa, Virgínia se remexeu. Balancei a cabeça minimamente.

Ado olhou de soslaio.

— Você não acha, Sierra?

Sierra Tres, como tendia a fazer, não disse nada. Seu rosto também era uma versão mais jovem daquele que eu me lembrava, as feições esculpidas com elegância no espaço entre japonesas de Porto Fabril e a ideia dos salões de genes de beleza inca. A expressão que ela exibia não revelava nada. Ela se recostava contra a parede lavada em azul ao lado da cafeteira, os braços cruzados sobre uma blusa mínima de poliga. Como a maioria dos moradores recém-despertos, ela vestia pouco mais do que trajes de praia pintados no corpo e joalheria barata. Uma meia-taça de café com leite já tomado pendia de um dedo com anel prateado, como se estivesse esquecida. Mas o olhar que ela passou de Mari para mim era a exigência de uma resposta.

Ao redor da mesa do café, os outros se agitaram em simpatia. Com quem, era difícil dizer. Eu absorvia as respostas com uma inexpressividade condicionada pelos Emissários, arquivando tudo para análise posterior. Tínhamos passado pela Averiguação na noite anterior; o interrogatório estilizado disfarçado de conversa de lembranças havia terminado, e fui confirmado em minha nova capa como a pessoa que afirmava ser. Não era esse o problema.

Pigarreei.

— Sabe, Mari, você sempre pode vir junto. Mas Sanção IV é um planeta completamente diferente, não tem marés e o oceano é tão reto quanto o seu peito, então é difícil ver qual seria a sua utilidade para mim.

Como insulto, era tão injusto quanto complexo. Mari Ado, ex-integrante dos Besourinhos Azuis, era criminosamente competente em vários papéis da insurgência que não tinham nada a ver com habilidades nas ondas e, no que dizia respeito a isso, não era menos dotada fisicamente do que vários outros corpos femininos no recinto, inclusive o de Virgínia Vidaura. Mas eu sabia que ela era sensível quanto à própria silhueta e, ao contrário de Virgínia ou de mim, nunca tinha estado extramundo. Eu a havia chamado de caipira local, nerd do surfe, fonte barata de serviços sexuais *e* de alguém desprovido de atração sexual, tudo de uma vez só. Sem dúvida Isa, se estivesse aqui para testemunhar, teria ganido de deleite.

Eu mesmo ainda sou um pouco sensível no que concerne a Sanção IV.

Ado me olhou do outro lado da mesa com a grande poltrona de carvalho na ponta.

— Jack, joga esse filho da puta pra fora.

— Não. — Foi uma fala arrastada, quase sonolenta. — Não há necessidade.

Ele estava jogado quase que na horizontal sobre o assento de madeira escura, as pernas estiradas para a frente, o rosto caído adiante, as mãos abertas pressionadas frouxamente uma em cima da outra em seu colo, quase como se estivesse tentando ler a palma da própria mão.

— Ele tá sendo grosseiro, Jack.

— Você também tava. — Brasil se curvou para cima e adiante na cadeira. Seus olhos encontraram os meus. Uma leve camada de suor lhe cobria a testa. Reconheci a causa. Apesar da capa nova, ele não tinha mudado tanto assim. Não tinha aberto mão de seus maus hábitos.

— Mas ela tem certa razão, Kovacs. Por que nós? Por que faríamos isso por você?

— Você sabe muito bem que isso não é por mim — menti. — Se a ética quellista não está viva em Vchira, então me diga onde mais posso procurar por ela, caralho. Porque o tempo está curto.

Um risinho de desdém veio de mais além na mesa. Um jovem surfista que eu não conhecia.

— Cara, você nem sabe se *é mesmo* da Quell que estamos falando. Olhe só, nem você mesmo acredita. Quer que a gente bata de frente com a família Harlan só por causa de uma falha na cabeça fodida de uma puta Desarmadora psicótica? *De jeito nenhum,* cara.

Soaram alguns resmungos que tomei como concordância. A maioria, porém, continuou em silêncio e me observou.

Sustentei o olhar do jovem surfista.

— E o seu nome é...?

— Que porra te importa, cara?

— Esse é o Daniel — disse Brasil, tranquilo. — Ele não está aqui há muito tempo. E, sim, você está olhando para a idade real dele aqui. Escutando também, temo eu.

Daniel corou e pareceu se sentir traído.

— O fato permanece, Jack. Estamos falando dos Penhascos de Rila aqui. Ninguém jamais entrou lá sem um convite.

Um sorriso disparou como um raio de Brasil para Virgínia Vidaura e seguiu para Sierra Tres. Até Mari Ado riu, amarga, em seu café.

— Que foi? Que porra?

Eu tive cuidado de não me juntar aos sorrisos enquanto olhava para Daniel. Talvez fôssemos precisar dele.

— Temo que você esteja denunciando a idade, Dan. Só um pouquinho.

— Natsume — disse Ado, como se explicasse algo a uma criança. — Esse nome te diz alguma coisa?

O olhar que ela recebeu de volta foi resposta suficiente.

— Nikolai Natsume. — Brasil sorriu outra vez, agora para Daniel. — Não se preocupe com isso, você é uns duzentos anos jovem demais para se lembrar dele.

— Aquela história é real? — Ouvi alguém resmungar e senti uma estranha tristeza me penetrar. — Pensei que fosse mito de propaganda.

Outra surfista que eu não conhecia se virou em seu lugar para olhar para Jack Soul Brasil, um protesto em seu rosto.

— Ei, Natsume nunca chegou a entrar.

— Entrou, sim — disse Ado. — Você não pode acreditar na merda que eles contam na escola hoje em dia. Ele...

— Podemos discutir as realizações de Natsume depois — disse Brasil, calmo. — Por enquanto, basta saber que, se tivermos que invadir Rila, já existe um precedente.

Fez-se uma breve pausa. O surfista que não acreditava na existência concreta de Natsume cochichava no ouvido de Daniel.

— Certo, tá bem — disse outra pessoa, por fim —, mas se a família Harlan tá com essa mulher, seja lá quem ela for, faz sentido montar uma invasão? Com a tecnologia de interrogatório que eles têm em Rila, já devem tê-la feito falar a esta altura.

— Não necessariamente. — Virgínia Vidaura inclinou-se sobre seu prato vazio. Os seios pequenos se moveram sob o traje pintado no corpo. Também era estranho vê-la no uniforme surfista. — Os Desarmadores usam equipamentos de ponta, com mais capacidade do que a maioria dos computadores centrais de IA. Eles são construídos com o máximo dos conhecimentos dos engenheiros de equipamentos navais. Dizem que são capazes de vencer os sistemas de inteligência naval marcianos, lembrem-se. Acho que até um bom software de interrogatório vai penar para superar isso.

— Eles podem simplesmente torturá-la — disse Ado, voltando ao assento.
— É dos Harlan que estamos falando.

Balancei a cabeça.

— Se eles tentarem, ela pode simplesmente se retrair para os sistemas de comando. Além do mais, os Harlan precisam dela coerente em níveis complicados. Infligir dor de curto prazo não vai levá-los a esse ponto.

Sierra Tres ergueu a cabeça.

— Você diz que ela tá falando com você?

— Acho que tá, sim. — Ignorei alguns ruídos de descrença vindos da mesa. — Se tivesse que chutar, diria que ela conseguiu usar seu equipamento Desarmador para se conectar com um telefone que usei para ligar para um integrante da equipe há um tempo. Provavelmente algum traço residual do sistema de rede da equipe, ela podia rodar uma busca por lá. Mas ele está morto agora e não é uma boa conexão.

Risos vindos de alguns da companhia, incluindo Daniel. Memorizei o rosto deles.

Talvez Brasil tenha notado. Ele gesticulou por silêncio.

— A equipe dela está toda morta, certo?

— Sim. Foi o que me disseram.

— Quatro Desarmadores em um acampamento cheio de outros Desarmadores. — Mari Ado fez uma careta. — Assassinados fácil assim? Duro de acreditar, não?

— Eu não...

Ela falou por cima de mim.

— Que eles fossem deixar acontecer, digo. Esse... qual era o nome dele? Kurumaya, não era? Um paizão Desarmador da velha guarda, ele permite que os harlanitas entrem e façam isso bem debaixo do nariz dele? E o resto dos Desarmadores? Isso não é uma visão muito boa do *esprit de corps* deles, né?

— Não — respondi tranquilamente. — Não é. Os Desarmadores funcionam com uma dinâmica de recompensas baseadas em competição, "mate e receba". As equipes são muito íntimas internamente. Fora isso, pelo que vi, não existe muita lealdade. E Kurumaya teria se curvado a qualquer pressão que a oligarquia fizesse, provavelmente após o evento. Os Escorregadios de Sylvie nunca gozaram das boas graças dele, com certeza não o bastante para que ele rejeitasse a hierarquia.

Ado retorceu o lábio.

— Parece encantador.

— Sinal dos tempos — disse Brasil, inesperadamente. Ele olhou para mim. — *Quando se retira todas as lealdades superiores, recaímos inevitavelmente no medo e na ganância.* Certo?

No rescaldo da citação, ninguém falou nada. Analisei as faces no recinto, tentando diferenciar entre apoio e rejeição e os tons de cinza intermediários. Sierra Tres ergueu uma sobrancelha expressiva e continuou em silêncio. Sanção IV, *a porra* de Sanção IV, pendia no ar ao meu redor. Dava para montar um bom exemplo dos meus atos por lá serem governados por medo e ganância. Alguns dos rostos que eu observava já tinham montado esse exemplo.

Por outro lado, nenhum deles estava lá.

Nenhum deles estava lá.

Brasil se levantou. Ele vasculhou os rostos em torno da mesa, talvez buscando pelas mesmas coisas que eu.

— Pensem nisso, todos vocês. Isso vai afetar todos nós, de um jeito ou de outro. Cada um de vocês está aqui porque confio em vocês para manter a boca fechada e porque há algo a ser feito e confio em vocês para me ajudar a fazer isso. Haverá outra reunião esta noite, ao pôr do sol. Haverá uma votação. Como eu disse, pensem um pouco a respeito.

Em seguida, ele apanhou seu saxofone em um banquinho ao lado da janela e saiu a passo lento da sala, como se não houvesse nada mais importante acontecendo em sua vida naquele momento.

Depois de alguns segundos, Virgínia Vidaura se levantou e saiu atrás dele.

Ela nem olhou para mim.

CAPÍTULO 25

Brasil me encontrou de novo mais tarde, na praia.

Ele saiu lentamente da água com a prancha debaixo de um braço, vestindo apenas um short, as cicatrizes e botas pintadas nos pés, penteando os cabelos com as mãos para tirar o excesso de água do mar. Ergui um braço em saudação e ele começou um trote na direção onde eu estava sentado na areia. Nada mau depois das horas que tinha passado na água. Quando me alcançou, sua respiração mal havia se acelerado.

Estreitei os olhos para observá-lo sob o sol.

— Parece divertido.

— Quer tentar? — Ele tocou a prancha de surfe, virou-a em um ângulo para mim. Surfistas não fazem isso, não com uma prancha que esteja em sua propriedade há mais do que dois dias. E essa parecia mais velha do que a capa que a carregava.

Jack Soul Brasil. Mesmo aqui em Praia de Vchira, não havia ninguém como ele.

— Valeu, mas não.

Ele deu de ombros, enterrou a prancha na areia e se largou ao meu lado. A água respingou dele em gotículas.

— Você é quem sabe. As ondas estão boas hoje. Nada muito assustador.

— Deve ser chato pra você.

Um sorriso amplo.

— Bem, aí é que tá a armadilha, né?

— É?

— É, sim. — Ele gesticulou para o mar. — Entrando na água, você aproveita cada onda o máximo possível. Se perder isso, pode muito bem voltar para Novapeste. Deixar Vchira de vez.

Assenti.

— Tem muita gente assim?

— Os desgastados? É, alguns. Mas não tem problema em ir embora. São os que ficam que dói olhar.

Olhei de relance para a cicatriz em seu peito.

— Você é um cara tão sensível, Jack.

Ele sorriu para o mar.

— Tô tentando ser.

— É por isso que não usa clones? Para aproveitar cada capa o máximo possível?

— *Aprender* cada capa ao máximo possível — corrigiu ele com gentileza. — É. Além disso, você não acredita quanto custa o depósito de clones hoje em dia, mesmo em Novapeste.

— Não parece incomodar Ado ou Tres.

Ele tornou a sorrir.

— Mari tem uma herança para gastar. Você sabe qual é o nome verdadeiro dela, não sabe?

— Sim, eu me lembro. E Tres?

— Sierra conhece gente do ramo. Quando o resto de nós largou os Insetos, ela trabalhou sob contrato para os *haiduci* por algum tempo. O pessoal em Novapeste lhe deve alguns favores.

Ele estremeceu, deixou aquilo crescer até virar um tremor que mexeu com seus ombros. De súbito, espirrou.

— Continuam com *aquela merda,* pelo que vejo. É por isso que Ado é tão magra?

Ele me olhou de um jeito esquisito.

— Ado tá magra porque quer ser magra. Como ela faz isso é da conta dela, você não acha?

Dei de ombros.

— Claro. Eu só fiquei curioso. Imaginei que vocês teriam se entediado da autoinfecção a essa altura.

— Ah, mas você nunca gostou disso para começo de conversa, não é? Eu me lembro da última vez que você esteve aqui, quando a Mari tentou te vender aquela leva de GLH que a gente tinha. Você sempre foi meio puritano quanto a isso.

— Eu só nunca vi sentido em ficar doente de propósito, por diversão. Pensei que, como médico treinado, você também seria esperto a esse respeito.

— Eu vou te relembrar disso da próxima vez que estivermos compartilhando uma ressaca de tetrameta. Ou de uísque single malt.

— Não é a mesma coisa.

— Tem razão. — Ele anuiu sabiamente. — Aquela merda química é da Idade da Pedra. Eu sujeitei um sistema imunológico bloqueado por especificações à gripe do Lar Huno durante dez anos, e tudo o que consegui foi um barato e uns delírios bem legais. Altas ondas, de verdade. Sem dor de cabeça, nenhum dano aos órgãos, nem mesmo um nariz escorrendo quando os inibidores e o vírus se enfrentavam. Diga-me uma droga que pode te dar isso.

— É isso que você tá vendendo hoje em dia? GLH?

Ele balançou a cabeça.

— Faz tempo que não. A Virgínia nos arranjou uma customizada de Adoración há um tempinho. Complexo de febre espinal projetado. Cara, você devia ver os meus sonhos agora. Às vezes acordo gritando.

— Bom pra você.

Por algum tempo, ficamos os dois observando as figuras na água. Algumas vezes Brasil grunhiu e apontou para algo no modo como um dos surfistas se movia. Nada disso significava muita coisa para mim. Uma vez ele aplaudiu baixinho quando alguém caiu, mas quando olhei não havia nenhuma zombaria aparente em seu rosto.

Pouco depois ele me perguntou de novo, gesticulando para a prancha enterrada.

— Tem certeza de que não quer tentar? Pegar a minha prancha? Cara, essa merda antiquada que você tá vestindo parece praticamente feita para isso. É estranha para algo customizado para os militares, parando para pensar. Meio leve. — Ele cutucou meu ombro displicentemente com dois dedos. — De fato, eu diria que é uma capa quase perfeita para a prática de esportes. Qual é a marca?

— Ah, um ramo já fechado, nunca tinha ouvido falar deles. Eishundo.

— *Eishundo?*

Olhei para ele, surpreso.

— É. Você conhece?

— Conheço, porra! — Ele recuou um pouco na areia e me encarou. — Tak, o que você tá usando é um clássico de grife. Eles só construíram uma única série e ela estava um século à frente de seu tempo, no mínimo. Coisas que ninguém tinha tentado antes. Aderência de réptil, estrutura muscular recabeada, sistemas autônomos de sobrevivência que não dá pra acreditar.

— Ah, eu acredito.

Ele não estava ouvindo.

— Flexibilidade e resistência até o teto, uma conexão de reflexos que não seria vista de novo até a Harkany começar nisso, no início dos anos trezentos. Cara, não se constroem mais coisas assim.

— Com certeza não. Eles foram à falência, não foram?

Ele balançou a cabeça em uma negativa veemente.

— Nah, aquilo foi político. A Eishundo era uma cooperativa de Drava, montada nos anos oitenta, típicos quellistas silenciosos, mas não acho que tenham feito muito segredo disso. Teria sido fechada provavelmente, mas todo mundo sabia que eles construíam as melhores capas esportivas do planeta e acabaram fornecendo para metade da molecada das Primeiras Famílias.

— Que útil para eles.

— É, bem... Como eu disse, não havia nada que chegasse nem perto. — O entusiasmo deixou seu rosto. — Aí, com a Descolonização, eles se declararam a favor dos quellistas. A família Harlan nunca os perdoou por isso. Quando acabou, fizeram uma lista com todo mundo que já tinha trabalhado para a Eishundo, chegaram até a executar alguns dos caras mais graduados na biotec como traidores e terroristas. Fornecendo armas para o inimigo, toda aquela merda de sempre. Além disso, do jeito que as coisas ficaram em Drava, eles já estavam fodidos de qualquer forma. Cara, não posso acreditar que você tá sentado aqui usando esse negócio. É uma porra de um pedaço da história, Tak.

— Bem, é bom saber.

— Tem certeza de que não quer...

— Vendê-la para você? Não, obrigado, eu vou...

— *Surfar,* cara. Tem certeza de que não quer surfar? Pegar a prancha e se molhar? Descobrir o que você pode fazer nessa coisa aí?

Balancei a cabeça.

— Eu vou viver com esse mistério.

Ele me olhou curiosamente por um tempo. Em seguida, assentiu e voltou a observar o mar. Dava para sentir como, só de observar, o mar mexia com ele. Equilibrava a febre que ele tinha ardendo em seu interior. Tentei, um tanto sombriamente, não sentir inveja.

— Então talvez em outra ocasião — disse ele, baixinho. — Quando você não estiver tão carregado.

— É. Talvez. — Não era uma ocasião que eu pudesse imaginar, a menos que ele estivesse falando sobre o passado, e eu não conseguia ver nenhuma forma de voltar para lá.

Ele pareceu desejar conversar.

— Você nunca fez isso, fez? Nem lá em Novapeste?

Dei de ombros.

— Eu sei como cair de uma prancha, se é isso que você quer dizer. Frequentei as praias locais por alguns verões quando era moleque. Aí comecei a andar com uma turma e eles eram estritamente subaquáticos. Você sabe como é.

Ele assentiu, talvez se recordando de sua própria juventude em Novapeste. Talvez relembrando da última vez que tivemos essa conversa, mas eu não contaria com isso. A última vez que conversamos a respeito foi mais ou menos cinquenta anos antes, e se a pessoa não dispõe de memória de Emissário, isso é um tempo longo demais, muitas conversas atrás.

— Burro pra caralho — resmungou ele. — Com quem você andava?

— Guerreiros do Arrecife. Secção Hirata, na maior parte. *Mergulhe Livre, Morra Livre. Deixe a Escória na Superfície.* Teríamos cortado caras como você assim que te víssemos, na época. E você?

— Eu? Ah, eu pensava que era uma porra de uma alma livre de verdade. Cavaleiros da Tempestade, Onda de Pé, Coro da Aurora de Vchira. Algumas outras, eu não lembro de todas agora. — Ele balançou a cabeça. — *Burro pra caralho mesmo.*

Observamos as ondas.

— Há quanto tempo você está aqui? — perguntei.

Ele se espreguiçou e inclinou a cabeça para trás na direção do sol, os olhos fechados com força. Um som parecido com o ronronar de um gato escapou de seu peito, saindo finalmente como uma risada.

— Aqui em Vchira? Sei lá, eu não mantenho registro. Deve ser quase um século agora, acho. Saindo de vez em quando.

— E a Virgínia disse que os Insetos acabaram há duas décadas.

— É, quase isso. Como eu disse, Sierra ainda sai por aí às vezes. Mas a maioria de nós não se mete em nada pior do que uma briga de praia há dez ou doze anos.

— Vamos torcer para que não estejam enferrujados, então.

Ele me lançou outro sorriso.

— Você já está dando por certo.

Balancei a cabeça.

— Não, eu só escuto com atenção. *Isso vai afetar todos nós, de um jeito ou de outro?* Você tem razão nisso. Você vai embarcar nessa, seja lá o que os outros façam. *Você* acha que o negócio é sério.

— Ah, é? — Brasil se deitou na areia de barriga para cima e fechou os olhos. — Bem, eis aqui algo em que você deve pensar, então. Algo que você provavelmente não sabe. Na época em que os quellistas estavam combatendo as Primeiras Famílias pela dominação continental de Nova Hokkaido, houve muitos rumores de esquadrões da morte governamentais planejando matar Quell e os outros participantes do Comitê de Contingência. Tipo um contragolpe às Brigadas Secretas. Então sabe o que fizeram?

— Sei, sim.

Ele abriu um dos olhos.

— Sabe?

— Não. Mas não gosto de perguntas retóricas. Se você vai me dizer algo, vá em frente e diga.

Ele tornou a fechar os olhos. Pensei ter visto algo parecido com dor passar por seu rosto.

— Certo. Você sabe o que são estilhaços de dados?

— Claro. — Era um termo antigo, quase obsoleto. — Vírus baratos. Coisa da Idade da Pedra. Pedaços de código padrão canibalizados em uma matriz de transmissão. Você os lança nos sistemas inimigos e eles tentam executar qualquer função para a qual tinham sido projetados originalmente, em loop. Isso entulha o código operacional com comandos inconsistentes. Em teoria, pelo menos. Ouvi falar que não funcionam muito bem.

Na verdade, eu conheci as limitações dessa arma em primeira mão. A resistência final em Adoración, 150 anos antes, tinha transmitido estilhaços de dados para retardar o avanço dos Emissários pela Bacia Manzana, porque era tudo que lhes restava. Aquilo não nos segurou muito. O combate mano a mano que se seguiu nas ruas cobertas de Neruda tinha nos ferido muito mais. Mas Jack Soul Brasil, com seu nome adotado e paixão por uma cultura cujo planeta ele nunca tinha visto, não precisava ouvir a respeito disso agora.

Ele mudou a posição de seu corpo comprido na areia.

— É, bem, o Comitê de Contingência de Nova Hokkaido não partilhava do seu ceticismo. Ou talvez estivessem apenas desesperados. Mas, enfim, eles criaram algo similar, baseado em transmissão digital por agulha. Eles construíram cascas de personalidades para cada membro do comitê, apenas uma reunião superficial de memória básica e ego...

— Porra, você só pode estar *de brincadeira!*

— ... e as carregaram em minas de dados de transmissão ampla, para serem utilizadas dentro dos setores quellistas e disparadas se fossem dominados. Não, eu não tô de brincadeira.

Fechei os meus olhos.

Caralho.

A voz de Brasil prosseguiu, desapiedada.

— É, o plano era, caso houvesse uma derrota, eles dispaririam as minas e deixariam algumas dúzias de seus próprios defensores, talvez até as unidades de vanguarda das forças que se aproximavam, cada um solidamente convencido de que *eles* eram Quellcrist Falconer. Ou seja lá quem fosse.

O som das ondas e gritos distantes pela água.

Você se incomodaria em me abraçar enquanto eu pego no sono?

Vi o rosto dela. Ouvi a voz alterada que não era a de Sylvie Oshima.

Toque em mim. Me diga que você é real, caralho.

Brasil ainda estava falando, mas dava para ouvir que ele chegava ao fim.

— Uma arma bem inteligente, quando se para pra pensar. Confusão generalizada, em quem diabos você pode confiar, quem você prende? O caos, na verdade. Talvez isso arrume tempo para que a Quell real escape. Talvez apenas... crie o caos. O golpe final. Quem sabe?

Quando voltei a abrir os olhos, ele estava sentado e fitava o mar novamente. A paz e o humor em seu rosto tinham desaparecido, retirados como maquiagem, como água do mar secando ao sol. Do nada, dentro do físico musculoso de surfista, ele pareceu subitamente amargo e zangado.

— Quem te contou tudo isso? — perguntei.

Ele olhou para mim e o fantasma de seu sorriso anterior cintilou.

— Alguém que você precisa conhecer — disse ele, baixinho.

Pegamos o módulo dele, um veículo de dois lugares bem básico, não muito maior do que o dispunha apenas de um lugar que eu tinha alugado, mas, como ficou claro, bem mais rápido. Brasil se deu ao trabalho de vestir um macacão surrado de pele de pantera, outra coisa que o marcava como diferente de todos os idiotas cruzando a estrada em trajes de banho a velocidades que podiam esfolar a pele até chegar ao osso se caíssem e saíssem rolando.

— É, bem — disse ele, quando mencionei esse fato. — Alguns riscos valem a pena. O resto é só pulsão de morte.

Apanhei meu capacete de poliga e o moldei no lugar. Minha voz saiu minúscula pelo autofalante.

— É preciso vigiar essa merda, né?

Ele assentiu.

— O tempo todo.

Ele acelerou o módulo, moldou o próprio capacete e então nos levou pela estrada a duzentos quilômetros por hora, estáveis, na direção norte. Voltando pelo caminho que eu já tinha traçado à procura dele. Para lá do restaurante 24 horas, para lá das outras paradas e grupinhos de população onde eu havia espalhado seu nome como sangue em torno de um pesqueiro de golfinhos, passando pelo Ponto Kem e indo mais além. À luz do dia, a Faixa perdia muito de seu romance. Os vilarejos diminutos de luzes nas janelas pelos quais eu havia passado indo para o sul na noite anterior se revelavam como prédios baixos e cabines-bolha banhados pelo sol. Placas holográficas ou de neon estavam desligadas ou apagadas pelo sol até quase se tornarem invisíveis. Os assentamentos nas dunas se desfaziam de sua atração aconchegante de "rua principal à noite" e se tornavam simples acréscimos de estruturas em ambos os lados de uma estrada lotada de detritos. Apenas o som do mar e as fragrâncias no ar eram os mesmos, e nós estávamos indo rápido demais para que eles fossem registrados.

Vinte quilômetros ao norte de Ponto Kem, uma estradinha secundária mal pavimentada levava para dentro das dunas. Brasil reduziu a velocidade para fazer a curva, não tanto quanto eu gostaria, e nos retirou da rodovia. A areia fervia embaixo do módulo, corroída dos nacos irregulares de concreterno ao redor e do leito de rochas sobre o qual a estrada tinha sido construída. Com veículos de efeito gravitacional, a pavimentação com frequência tem o objetivo duplo de sinalizar para onde segue o caminho e de oferecer uma superfície de fato. E pouco além da primeira fila de dunas, quem quer que tenha construído essa via abandonou o esforço em troca de postes sinalizadores de ilumínio e fibra de carbono enterrados no chão a intervalos de dez metros. Brasil foi reduzindo nossa velocidade e nós passamos tranquilamente pela trilha de postes que serpenteava para o mar pela paisagem de areia. Algumas cabines-bolha dilapidadas apareceram pela rota, inclinadas em ângulos improváveis nas encostas ao nosso redor. Não ficou claro se alguém morava nelas. Mais adiante, vi um deslizador preparado para combate estacionado sob a cobertura de uma tenda empoeirada em uma ravina rasa. Sistemas de vigia de aparência aracnídea, como mini-karakuri, se dobraram nas superfícies superiores, despertando ao som do motor do módulo ou talvez devido ao calor que nós emitíamos. Eles ergueram um par de membros em nossa direção, depois voltaram a se tranquilizar quando passamos.

Chegamos ao cume do último grupo de dunas e Brasil parou o módulo de lado em relação ao mar. Ele retirou seu capacete, debruçou-se sobre os controles e indicou a encosta com o queixo.

— Eis aí. Isso te diz alguma coisa?

Muito tempo atrás, alguém tinha dirigido um hovercargueiro para a praia até que sua proa se enterrasse na fila de dunas e, aparentemente, simplesmente o deixara ali. Agora o navio se esparramava sobre sua saia vazia como uma pantera-do-pântano que tivesse se agachado em preparação para uma presa que se aproximava e sido morta onde se encontrava. As palhetas de entrepontes na popa estavam estouradas no ângulo mais adequado ao vento que prevalecia naquele momento, e aparentemente tinha ficado presa assim. A areia tinha se esgueirado no interior do quebra-cabeças de linhas da blindagem e se acumulado ao longo da saia, de modo que os flancos blindados do cargueiro pareciam ser as superfícies superiores de uma estrutura enterrada muito maior. As vigias dos canhões do lado que eu podia ver ofereciam canos de descarga voltados para o céu, um sinal certeiro de que os reguladores hidráulicos estavam estragados. As portinholas dorsais estavam escancaradas, como se para uma evacuação.

Do lado da fuselagem central, perto da bolha da ponte, divisei restos de cor. Preto e vermelho, entretecidos juntos em um padrão familiar que roçou minha espinha com dedos frios: os traços desgastados pelo tempo de uma fronde quellcrist estilizada.

— Ah, não pode ser.

— É. — Brasil se remexeu no banco do módulo. — É isso mesmo.

— Isso tá aqui desde...?

— É, basicamente.

Descemos pela duna com o módulo e desmontamos perto da popa. Brasil desligou o motor e o veículo afundou na areia como uma foca obediente. O cargueiro assomava sobre nós, a blindagem inteligente de metal absorvendo o calor do sol, deixando, assim, uma leve friagem de perto. Em três pontos ao longo do flanco esburacado, escadinhas de acesso desciam da borda da saia e enterravam seus pés na areia. A da popa, onde o navio tinha entortado na direção do chão, fazia um ângulo quase horizontal para fora. Brasil a ignorou, segurou na amurada da saia e se puxou para o convés acima dela com uma elegância fácil. Revirei os olhos e o segui.

A voz me pegou quando eu me endireitava.

— Então ele é esse aí?

Pisquei com a luz do sol e consegui enxergar uma figura pequena à nossa frente no convés levemente inclinado. Ele chegava à altura do ombro de Brasil e vestia um macacão cinza simples, cujas mangas tinham sido cortadas na altura dos ombros. Pelas feições abaixo do cabelo branco e ralo, ele devia estar na casa dos sessenta, no mínimo, mas os braços expostos eram cheios de músculos e terminavam em mãos grandes e ossudas. E a voz suave detinha uma força entranhada por trás. Havia na pergunta uma tensão que beirava a hostilidade.

Dei um passo adiante para me juntar a Brasil. Espelhei o jeito como o velho se colocara, as mãos penduradas na lateral do corpo como armas de que ele podia precisar. Sustentei seu olhar sem curiosidade.

— Sim, ele é.

O olhar dele pareceu se desviar para baixo, mas não era isso. Ele estava me analisando. Houve um momento de silêncio.

— Você conversou com ela?

— Sim. — Minha voz se suavizou minimamente. Eu tinha interpretado mal a tensão nele. Não era hostilidade. — Conversei.

Dentro do cargueiro, havia uma sensação inesperada de espaço e luz natural. Naves de combate desse tipo em geral são bem lotadas de coisas, mas Soseki Koi tivera muito tempo para mudar tudo isso. Anteparos haviam sido arrancados e, em alguns pontos, o convés superior fora retirado para criar poços de luz de cinco metros. O sol se derramava através das poucas vigias e portinholas dorsais abertas, penetrando em outros lugres entre rachaduras na blindagem que poderiam ser danos de batalha ou modificações deliberadas. Uma explosão de vida vegetal se amontoava nessas áreas abertas, vertendo de cestas penduradas e se enroscando por vigas expostas no esqueleto da fuselagem. Painéis de alumínio tinham sido cuidadosamente substituídos em algumas áreas enquanto eram deixados para apodrecer em outras. Em algum ponto invisível, o fluxo de água sobre rochas chiava em um contraponto paciente à batida grave da arrebentação lá fora.

Koi nos colocou sentados em um tapete acolchoado ao redor de uma mesinha baixa e formalmente posta no fundo de um dos poços de luz. Ele nos serviu sem traços de cerimônia antiquada do autochef do cargueiro, que repousava em uma prateleira atrás dele e ainda parecia funcionar muito bem. À seleção de carne grelhada e macarrão frito, ele acrescentou um bule de chá de belalga e frutas das árvores mais acima — ameixas de vinho e correntinhas de Kossuth espessas, com trinta centímetros de comprimento. Brasil devorou tudo com o entusiasmo de um homem que tinha ficado na água o dia todo. Brinquei com a comida, consumindo apenas o suficiente para ser educado, exceto pelas correntinhas, que estavam entre as melhores que eu já tinha provado. Koi se manteve rigidamente distante, sem responder a nada enquanto comíamos.

Por fim, Brasil jogou no prato os últimos fiapos listrados de correntinha, enxugou os dedos em um guardanapo e assentiu para mim.

— Conte a ele. Eu contei os pontos altos, mas a história é sua.

— Eu... — Olhei para o outro lado da mesa de comida devastada e vi a fome que residia ali. — Bem. Faz algum tempo agora. Alguns meses. Eu estava em Tekitomura a... negócios. Eu estava em um bar perto do cais, Corvo de Tóquio. Ela estava...

Parecia estranho, contando. Estranho e, se eu fosse honesto, deveras distante. Ouvindo minha própria voz agora, de súbito tive dificuldade em acreditar no caminho que eu havia percorrido desde aquela noite de sangue respingado e alucinações cheias de gritos, cruzando os ermos de Nova Hok e de volta ao sul, fugindo de um doppelgänger. Cavalheirismo quixotesco em bares do porto, sexo frenético e esquizofrênico e repetidas fugas aquáticas na companhia de uma mulher misteriosa e abalada com cabelo de cabovivo, tiroteios na encosta de uma montanha com os estilhaços de mim mesmo em meio a ruínas de nosso patrimônio marciano. Sylvie tinha razão quando me batizou de Micky nas sombras da grua. Era pura expéria.

Não era de espantar que Radul Segesvar sentisse dificuldade em aceitar o que eu tinha feito. Contando essa história de lealdades nubladas e redirecionamento fora do curso original, o sujeito que o procurara dois anos antes para ser financiado teria rido alto em descrença.

Não, você não teria rido.

Você teria encarado, frio e distante, enquanto mal escutava, pensando em outra coisa. No próximo massacre da Nova Revelação, sangue na lâmina de uma faca Tebbit, um fosso escarpado na Vastidão da Erva e um grito estridente que continua, continua...

Você teria dado de ombros para a história, verdade ou não, contente com o que tinha em vez disso.

Mas Koi a recebeu sem nenhuma palavra. Quando fiz uma pausa e olhei, ele não fez nenhuma pergunta. Aguardou pacientemente e uma vez, quando eu parecia ter travado, ele fez um único gesto gentil para que eu prosseguisse. Enfim, quando terminei, ficou sentado por algum tempo e então assentiu para si mesmo.

— Você diz que ela te chamou de vários nomes quando voltou pela primeira vez.

— Sim. — A memória de Emissário os retirou das profundezas da memória inconsequente para mim. — Odisej. Ogawa. Ela achou que eu fosse um de seus soldados, do batalhão de Tetsu. Parte das Brigadas Secretas.

— Então... — Ele desviou o olhar, o rosto indecifrável. A voz suave. — Obrigado, Kovacs-san.

Quieto. Troquei um olhar com Brasil.

O surfista pigarreou.

— Isso é ruim?

Koi respirou fundo como se isso doesse nele.

— Não ajuda. — Ele tornou a olhar para nós e sorriu, triste. — Eu estava nas Brigadas Secretas. O batalhão de Tetsu não fazia parte delas, era um front separado.

Brasil deu de ombros.

— Talvez ela estivesse confusa.

— Sim, talvez. — Mas a tristeza jamais deixou seus olhos.

— E os nomes? — indaguei. — Você os reconhece?

Ele balançou a cabeça, negando.

— *Ogawa* não é um nome incomum no norte, mas eu não acho que tenha conhecido ninguém que se chamasse assim. É difícil ter certeza depois de tanto tempo, mas não me soa conhecido. E *Odisej*, bem... — Ele deu de ombros. — ...há a *sensei* de kendô, mas não acho que ela tenha um passado quellista.

Nós ficamos em silêncio por algum tempo. Finalmente, Brasil suspirou.

— Ah, merda.

Por algum motivo, a ínfima explosão pareceu animar Koi. Ele sorriu de novo, dessa vez com uma centelha que eu não tinha visto antes.

— Você parece desanimado, meu amigo.

— É, bem... Eu pensei que pudesse ser dessa vez, sabe. Pensei que iríamos mesmo fazer isso.

Koi estendeu a mão e começou a recolher os pratos, colocando-os no ressalto atrás de seu ombro. Seus movimentos eram fluidos e econômicos, e ele falava enquanto trabalhava.

— Vocês sabem que dia cai na semana que vem? — perguntou ele, como quem não quer nada.

Nós dois ficamos olhando para ele sem entender.

— Não? Que doentio. Com que facilidade nós nos embalamos em nossas próprias preocupações, hein? Com que facilidade nos desprendemos do esquema maior da vida como ela é vivida pela maioria. — Ele se inclinou adiante para coletar os pratos mais distantes e eu os entreguei para ele. — Obrigado. Semana que vem, no final dela, é o aniversário de Konrad Harlan. Em Porto Fabril, a celebração será obrigatória. Fogos de artifício e festividades sem piedade. O caos dos humanos em jogo.

Brasil entendeu antes de mim. Seu rosto se iluminou.

— Você quer dizer...?

Koi sorriu gentilmente.

— Meu amigo, até onde sei, pode muito bem ser *dessa vez,* como você descreveu de modo tão enigmático. Mas, sendo ou não, posso lhe dizer que *nós vamos mesmo* fazer isso. Porque, na verdade, não temos outra opção.

Era isso que eu queria ouvir, mas ainda não podia acreditar que ele tivesse dito. No caminho para o sul, eu havia imaginado que pudesse convencer Brasil ou Vidaura, talvez alguns outros dos fiéis neoquellistas, a ficar ao meu lado fossem quais fossem os vãos deixados em seus desejos. Porém a história dos estilhaços de dados de Brasil, o jeito como isso se encaixava com o destacamento de Nova Hok e a compreensão que isso tinha vindo de alguém que sabia, que tinha estado lá, a reunião com esse homem pequeno e autossuficiente e sua abordagem séria a jardinagem e comida — tudo isso me empurrava na direção do limiar vertiginoso da crença de que eu estivera desperdiçando meu tempo.

A compreensão de que não era o caso se revelou quase tão atordoante.

— Ponderem que — disse Koi, e algo parecia mudado em sua voz — talvez esse fantasma de Nadia Makita seja exatamente isso, um fantasma. Mas será que um fantasma despertado e vingativo não é o suficiente? Já não foi o bastante para que os oligarcas entrassem em pânico e desobedecessem a seus titereiros na Terra? Como, então, nós poderíamos *não fazer isso*? Como é que poderíamos *não retomar* das mãos deles esse objeto de seu terror e fúria?

Troquei outro olhar com Brasil. Levantei uma sobrancelha.

— Não vai ser fácil convencer o pessoal — disse o surfista com pessimismo. — A maioria dos ex-Insetos vai lutar se achar que é a Quell que eles vão buscar, e eles podem persuadir os outros. Mas não sei se fariam isso por um fantasma desperto, não importa quão vingativo seja.

Koi terminou de tirar os pratos, apanhou um guardanapo e examinou as mãos. Encontrou uma fita de sumo de correntinha presa em torno de um pulso e o limpou com atenção meticulosa. Seu olhar estava fixo na tarefa enquanto falava.

— Eu falo com eles, se você quiser. Mas, no final, se eles não tiverem suas próprias convicções, Quell não lhes pediria para lutar, e também não pedirei.

Brasil assentiu.

— Ótimo.

— Koi. — Subitamente, eu precisava saber. — *Você* acha que estamos perseguindo um fantasma?

Ele fez um ruído baixinho, algo entre um riso e um suspiro.

— Estamos todos perseguindo fantasmas, Kovacs-san. Vivendo por tanto tempo como vivemos hoje em dia, como é que poderíamos não estar?

Sarah.

Reprimi a lembrança, perguntando-me se ele viu a contração nos cantos dos meus olhos quando ela ocorreu. Perguntando para mim mesmo com uma paranoia súbita se ele, de alguma forma, já sabia. Minha voz saiu rascante.

— Não foi isso que perguntei.

Ele piscou e subitamente sorriu outra vez.

— Não, não foi. Você me perguntou se eu acreditava e me desviei da pergunta. Perdão. Na Praia de Vchira, a metafísica barata e a política barata convivem lado a lado, e ambas estão em demanda frequente. Com um pouco de esforço, pode-se ganhar a vida razoavelmente distribuindo-as, mas o costume se torna difícil de romper. — Ele suspirou. — Se eu acredito que estamos lidando com o retorno de Quellcrist Falconer? Com todas as fibras do meu ser, eu quero crer, mas, como qualquer quellista, sou impelido a encarar os fatos. E os fatos não apoiam aquilo em que quero acreditar.

— Não é ela.

— É improvável. Mas em um de seus momentos menos passionais, a própria Quell uma vez me ofereceu uma cláusula de fuga para situações como essa. Se os fatos estiverem contra você, ela disse, mas você não pode suportar deixar de acreditar... então ao menos suspenda o juízo. Espere para ver.

— Eu teria pensado que isso se atenua de forma bastante eficaz com ações.

Ele assentiu.

— Na maior parte do tempo, sim. Mas nesse caso, a questão do que eu quero que seja verdade não tem nenhuma relação com agirmos ou não. Porque nisso eu acredito: mesmo que esse fantasma não tenha nenhum valor além do de um talismã, seu momento chegou e seu lugar é no meio de nós. De um jeito ou de outro, há uma mudança a caminho. Os harlanitas reconhecem isso tão bem quanto nós, e já fizeram a jogada deles. Só nos resta fazer a nossa. Se no final eu tiver que lutar e morrer pelo fantasma e pela memória de Quellcrist Falconer e não pela mulher em si, ainda assim isso vai ser melhor do que não lutar.

Aquilo ficou ecoando na minha cabeça muito depois de termos deixado Soseki Koi para suas preparações e rodado com o módulo de volta pela Faixa. Isso, e a simples pergunta. A simples convicção por trás dela.

Será que um fantasma despertado e vingativo não é suficiente?

Mas não era assim para mim. Porque esse fantasma eu tinha abraçado, observado à luz das luas no piso de uma cabana nas montanhas enquanto ela se afastava de mim e adormecia, sem saber se despertaria de novo.

Se ela pudesse ser despertada outra vez, eu não queria ser aquele que lhe contaria o que ela era. Eu não queria estar lá para ver o rosto dela quando descobrisse.

CAPÍTULO 26

Depois disso, foi rápido.

Existe pensamento e existe ação, uma Quell jovem disse certa vez, roubando liberalmente, descobri mais tarde, do antigo patrimônio samurai do Mundo de Harlan. *Não confunda as duas coisas. Quando chega a hora de agir, seu pensamento já deve estar completo. Não existe espaço para ele quando a ação começa.*

Brasil voltou para os outros e apresentou a decisão de Koi como sendo dele. Houve um borbulhar de dissenção vindo de alguns dos surfistas que ainda não tinham me perdoado por Sanção IV, mas não durou. Até Mari Ado abandonou a hostilidade como um brinquedo quebrado quando ficou claro que eu estava na periferia da questão real. Um por um, sob a sombra e a luz pintados pelo pôr do sol na sala de estar comum, os homens e mulheres de Praia de Vchira deram sua concordância.

Parecia que um fantasma despertado seria suficiente.

Os componentes do ataque flutuaram na direção uns dos outros com uma facilidade e velocidade que, para os mais sugestionáveis, poderia ter implicado o favor dos deuses ou agentes do destino. Para Koi, era apenas o fluxo das forças históricas, algo tão inquestionável quanto as leis da gravidade ou da termodinâmica. Era uma confirmação de que o momento tinha chegado, de que o caldeirão político estava em ponto de ebulição. É claro que ele se derramaria, *é claro* que tudo cairia na mesma direção, o chão. Para onde mais poderia ir?

Eu lhe disse que eu achava que era sorte, e ele apenas sorriu.

E as coisas se encaixaram mesmo assim.

QUADRO:

Os Besourinhos Azuis. Eles praticamente não existiam mais como entidade real, mas havia o suficiente da antiga equipe por ali para formar um centro que correspondia, grosso modo, à lenda. Os recém-chegados, puxados ao longo dos anos pela atração gravitacional da lenda, esboçavam um peso delineado nos números e reclamavam a nomenclatura por associação. Ao longo de mais anos ainda, Brasil tinha aprendido a confiar em alguns deles. Ele os vira surfar e os vira lutar. Mais importante, ele tinha visto todos eles provarem sua habilidade de adotar a máxima de Quell e seguir em frente, levando uma vida plena quando a luta armada era inapropriada. Juntos, o velho e o novo, eles eram tão próximos de uma força-tarefa quellista quanto era possível chegar sem uma máquina do tempo.

ARMAS:

O deslizador militar casualmente estacionado no quintal de Koi era emblemático de uma tendência que se espalhava por toda a Faixa. Os Insetos não eram os únicos tipos experientes em golpes pesados a terem se abrigado em Praia de Vchira. Fosse lá o que tivesse atraído Brasil e outros como ele para as ondas, era uma fisgada geral que se manifestava com a mesma facilidade para a tendência a infringir as leis em uma dúzia de diferentes filosofias. Fontenópolis estava lotada de marginais e revolucionários aposentados e parecia que nenhum deles jamais sentira o ímpeto de abrir mão de seus brinquedos. Se chacoalhássemos a Faixa, armas cairiam de lá como parafernália de drogas e brinquedos eróticos cairiam dos lençóis de Mitzi Harlan.

PLANEJAMENTO:

Superestimado, no que tangia à maioria da equipe de Brasil. Os Penhascos de Rila eram quase tão infames quanto o velho quartel-general da polícia secreta no Boulevard Shimatsu, aquele que Iphigenia Deme, integrante da Brigada Secreta, tinha derrubado, transformando em destroços fumegantes quando eles tentaram interrogá-la no porão, conseguindo em vez disso disparar seus implantes de explosivos de enzima. O desejo de fazer a mesma coisa em Rila era um formigamento palpável no ar da casa. Levou algum tempo para convencer os mais passionais entre os Insetos recém-reconfigurados que um ataque frontal aos Penhascos seria um suicídio muito menos produtivo do que o de Deme.

— Não podemos culpá-los — disse Koi, seu passado na Brigada Secreta subitamente brilhando no fundo da voz. — Eles estão esperando há bastante tempo pela chance de fazer alguém pagar.

— Daniel não — falei, direto. — Ele mal está vivo há duas décadas.

Koi deu de ombros.

— A fúria ante a injustiça é um incêndio florestal: salta sobre todas as divisões, mesmo aquela entre as gerações.

Parei de caminhar na água e olhei para ele. Dava para ver como ele podia estar se deixando levar. Ambos éramos agora gigantes do mar saídos das lendas, afundados até os joelhos em um oceano virtual em meio às ilhas e recifes do Arquipélago de Porto Fabril em uma escala de um para dois mil. Sierra Tres tinha cobrado alguns favores dos *haiduci* e nos arranjado algum tempo com um construto de mapeamento em alta resolução que pertencia a uma firma de arquitetos marinhos cujas técnicas de gerenciamento comercial não suportariam um escrutínio legal minucioso demais. Eles não tinham ficado muito felizes com o empréstimo, mas isso é o que acontece quando você faz amizade com os *haiduci*.

— Você já chegou a ver um incêndio florestal de verdade, Koi?

Porque eles com certeza não eram tão comuns num mundo que é 95% oceano.

— Não. — Ele fez um gesto. — Era uma metáfora. Mas vi o que acontece quando a injustiça finalmente gera retaliação. E isso dura bastante.

— Sim, eu sei.

Fitei as águas da parte sul da Extensão. O construto havia reproduzido o redemoinho de lá em miniatura, gorgolejando e esmagando e puxando minhas pernas sob a superfície. Se a profundidade da água fosse da mesma escala que o resto do construto, provavelmente teria me arrastado.

— E você? Já viu um? Extramundo, talvez?

— Vi alguns, sim. Em Loyko, ajudei a dar início a um. — Prossegui olhando para o redemoinho. — Durante a Revolta dos Pilotos. Muitos dos navios danificados deles caíram no Estreito Ekaterina e eles travaram uma guerra de guerrilha a partir de um esconderijo por meses. Tivemos que expulsá-los com fogo. Eu era Emissário nessa época.

— Entendo. — A voz dele não mostrou nenhuma emoção. — Funcionou?

— Sim, por algum tempo. Nós certamente matamos muitos deles. Mas, como você disse, esse tipo de resistência sobrevive por gerações.

— Sim. E o incêndio?

Olhei de volta para ele e sorri, sombrio.

— Levou muito tempo para ser apagado. Escuta, o Brasil tá errado sobre esse vão. Há uma linha clara de visão para as varreduras de segurança de Nova Kanagawa assim que fizermos a curva do promontório aqui. Olha isso. E do outro lado tem um recife. Não podemos ir por aquele lado, viraríamos picadinho.

Ele atravessou até o outro lado e olhou.

— Presumindo que eles estejam esperando por nós, sim.

— Eles estão esperando por alguma coisa. Eles me conhecem, sabem que vou atrás dela. Caralho, eles estão comigo à disposição. Tudo o que precisam fazer é *perguntar pra mim*, porra, *perguntar pra ele*, e ele lhes dirá o que esperar, aquele porrinha.

A sensação de ser traído foi crua e imensa, como algo sendo arrancado do meu peito. Como Sarah.

— Então será que ele não sabe que deve vir para cá? — perguntou Koi, baixinho. — Para Vchira?

— Acho que não. — Repassei meu próprio raciocínio de segunda mão quando embarcara no *Filha de Haiduci* em Tekitomura, esperando soar tão convincente em voz alta. — Ele é jovem demais para saber sobre a minha época com os Insetos e não existe nenhum registro oficial que eles possam lhe passar. Vidaura ele conhece, mas, para ele, ela ainda é treinadora no Corpo. Ele não vai ter nenhum palpite do que ela poderia estar fazendo agora, ou qualquer conexão pós-serviço que possa existir entre nós. Essa vaca da Aiura vai fornecer o que souber a meu respeito, talvez sobre a Virgínia também. Mas eles não têm muita coisa, e o que têm é enganoso. Somos Emissários, ambos cobrimos nossos rastros e plantamos pistas falsas nos fluxos de dados a cada jogada que fazíamos.

— Bastante metódico da sua parte.

Analisei o rosto vincado dele em busca de ironia e não encontrei nada aparente. Dei de ombros.

— É o condicionamento. Somos treinados para desaparecer sem deixar traços em mundos que mal conhecemos. Fazer isso no lugar onde você cresceu é brincadeira de criança. Tudo o que esses filhos da puta têm é um rumor no submundo e uma série de sentenças no depósito. Isso não é muito em que se basear com todo um globo para cobrir, sem capacidade aérea. E a única coisa que ele provavelmente *acha que sabe* a meu respeito é que eu vou evitar Novapeste como se fosse a praga.

Contive o sopro de sentimento familiar que me penetrou no *Filha de Haiduci*. Soltei uma expiração comprimida.

— Então onde é que ele vai te procurar?

Indiquei o modelo de Porto Fabril em frente a nós, refletindo sobre as plataformas e ilhas densamente povoadas.

— Acho que ele provavelmente está procurando por mim bem ali. É onde eu sempre vinha quando não estava extramundo. E o maior ambiente urbano do planeta, o lugar mais fácil de desaparecer se você o conhece bem, e fica bem do outro lado da baía em relação a Rila. Se eu fosse um Emissário, era onde eu estaria. Escondido e a uma distância fácil de atacar.

Por um momento, meu insólito ponto de vista aéreo ficou estonteante quando olhei para as linhas do cais e das ruas lá embaixo, a memória desfocada pelos séculos sem conexão borrando o novo e o velho em uma familiaridade manchada.

E ele tá lá embaixo em algum lugar.

Vamos lá, não há como ter certeza de...

Ele tá lá embaixo em algum lugar como um anticorpo, perfeitamente moldado para combinar com o intruso pelo qual está procurando, fazendo perguntas suaves no fluxo da vida urbana, subornando, ameaçando, chantageando, quebrando, todas as coisas que eles nos ensinaram tão bem. Ele tá respirando fundo enquanto faz isso, vivendo por seu próprio bem, sombrio e exultante como alguma versão invertida da filosofia de vida de Jack Soul Brasil.

As palavras de Plex me voltaram a conta-gotas.

Ele tem uma energia também, parece que mal pode esperar para fazer as coisas, para começar tudo. É confiante, não tem medo de nada, nada é um problema. Fica rindo de tudo...

Pensei em minha cadeia de associados no ano passado, as pessoas que eu podia ter posto em risco.

Todor Murakami, se ele ainda estava por aí, desmobilizado. Meu eu mais jovem o conheceria? Murakami tinha se juntado ao Corpo quase ao mesmo tempo que eu, mas não nos vimos muito nos primeiros dias, não tínhamos sido mobilizados juntos até a Terra de Nkrumah e Innenin. Será que o Kovacs de estimação de Aiura faria a conexão? Será que ele seria capaz de enganar Murakami com sucesso? Se a coisa chegasse a isso, será que Aiura deixaria sua criação duplamente encapada chegar perto de um Emissário em serviço? Será que ousaria?

Provavelmente não. E Murakami, com todo o peso do Corpo por trás dele, sabia se cuidar.

Isa.

Ah, merda.

Isa, quinze anos, vestindo a aparência de mulher do mundo, dura feito titânio, como uma jaqueta de pele de pantera sobre uma criação tranquila e privilegiada em meio ao que havia restado da classe média de Porto Fabril. Afiada feito uma navalha e tão frágil quanto uma. Era como uma versão genérica da pequena Mito, pouco antes de eu ir embora para os Emissários. Se ele encontrasse Isa, então...

Relaxa, você tá coberto. O único lugar em que ela pode te colocar é Teki-tomura. Se eles pegarem a Isa, não pegaram nada.

Mas...

Eu levei esse tanto, essa pulsação, para me importar. A consciência desse intervalo era uma repugnância fria crescendo em mim.

Mas ele vai parti-la no meio se ela o atrapalhar. Ele vai passar por ela como fogo angelical.

Vai? Se ela te lembrou de Mito, será que não fará o mesmo com ele também? É a mesma irmã para vocês dois. Será que isso não vai impedi-lo?

Será?

Lancei minha mente de volta ao lodo dos dias operacionais com o Corpo e não soube dizer.

— Kovacs!

Era uma voz saída do céu. Pisquei e ergui o olhar do modelo das ruas de Porto Fabril. Acima de nossa cabeça, Brasil pendia no ar da virtualidade vestido em escandalosas bermudas de surfe cor de laranja e farrapos de uma nuvem baixa. Com seu físico e o longo cabelo loiro soprado pelos ventos estratosféricos, ele parecia um deus menor de má fama. Ergui uma das mãos em saudação.

— Jack, você tem que vir olhar para essa abordagem pelo norte. Não vai...

— Não tenho tempo para isso, Tak. Você precisa dar no pé. Agora mesmo.

Senti um aperto no peito.

— O que foi?

— Visitas — disse ele, enigmático, e desapareceu em um rodopio de luz branca.

O escritório da Dzurinda Tudjman Sklep, arquitetos marinhos e engenheiros de dinâmica de fluidos por nomeação, ficava em Fontenópolis, onde a Faixa começava a se transformar em complexos de resorts e praias com surfe seguro. Não era uma parte da cidade em que alguém da turma de Brasil seria flagrado sob circunstâncias normais, mas eles se misturavam de forma competente com as hordas de turistas. Apenas alguém que estivesse procurando pela postura do surfista hardcore os encontraria sob os trajes de praia de grife coloridos e violentamente descombinados que eles adotaram como camuflagem. Nos arredores sóbrios de uma câmara de conferência de nilvibra dez andares acima do calçadão, eles lembravam um surto de alguma exótica infecção fúngica anticorporativa.

— Um padre, uma *porra de um padre*?

— Temo que sim — disse-me Sierra Tres. — Aparentemente sozinho, o que entendo ser algo incomum para a Nova Revelação.

— A menos que eles estejam pegando emprestado alguns truques das brigadas de mártires de Xária — disse Virgínia Vidaura, sombria. — Assassinos solo santificados contra infiéis visados. O que é que você andou aprontando, Tak?

— É pessoal — murmurei.

— E quando não é?

Vidaura fez uma careta e olhou ao redor para a companhia reunida. Brasil deu de ombros, Tres não demonstrou mais emoção do que o usual. Ado e Koi pareciam bravos.

— Tak, acho que temos o direito de saber o que tá rolando. Isso pode colocar em risco tudo pelo que viemos trabalhando.

— Não tem *nada a ver* com o que estamos fazendo, Virgínia. É irrelevante. Esses barbudos de merda são burros e incompetentes demais para encostar na gente. Eles pertencem estritamente à base da cadeia alimentar.

— Burros ou não — apontou Koi —, um deles conseguiu rastrear você até aqui. E agora está perguntando a seu respeito em Ponto Kem.

— *Tá bem.* Eu vou até lá e dou cabo dele.

Mari Ado balançou a cabeça.

— Sozinho, não.

— Ei, esse merda é problema *meu*, Mari.

— Tak, acalme-se.

— *Eu tô calmo, caralho!*

Meu grito se afundou no isolamento nilvibra como dor mergulhada em endorfina IV. Ninguém falou nada por algum tempo. Mari Ado olhou para longe, pela janela. Sierra Tres arqueou uma sobrancelha. Brasil examinou o chão com uma cautela elaborada. Fiz uma careta e tentei de novo. Mais baixo.

— Gente, isso é um problema meu, e eu gostaria de lidar com ele por conta própria.

— Não. — Koi. — Não há tempo para isso. Já gastamos dois dias que mal tínhamos para nos preparar. Não podemos adiar mais. Sua vendeta pessoal vai ter que esperar.

— Não vai levar...

— Eu disse *não*. Até amanhã cedo o seu amigo barbudo vai estar procurando por você no lugar errado. — O ex-comando da Brigada Secreta me deu as costas, dispensando-me como Virgínia Vidaura fazia às vezes quando nos saíamos mal nas sessões de treinamento dos Emissários. — Sierra, vamos precisar aumentar a proporção do tempo real no construto. Embora eu não imagine que ele vá tão mais rápido, de qualquer forma. Ou vai?

Tres deu de ombros.

— As especificações arquitetônicas, sabe como são. O tempo não costuma ser o problema. Dá para chegar a quarenta, talvez cinquenta vezes o real em um sistema desses a pleno vapor.

— Que bom. — Koi estava pegando um ímpeto interno quase visível enquanto falava. Eu imaginei a Descolonização, reuniões clandestinas em salinhas escondidas nos fundos. A luz esparsa sobre planos rabiscados. — Vai servir. Mas vamos precisar disso rodando em dois níveis separados: o construto de mapeamento e uma suíte de hotel virtual com instalações para conferências. Precisamos ser capazes de nos transportar entre eles com facilidade, conforme quisermos. Algum gesto básico de acionamento, como uma piscada dupla. Eu não quero ter que voltar para o mundo real enquanto estamos planejando isso.

Tres assentiu, já se movimentando.

— Vou pedir ao Tudjman para providenciar.

Ela saiu da câmara de nilvibra. A porta se fechou gentilmente após sua passagem. Koi se voltou para o resto de nós.

— Agora, eu sugiro que tiremos alguns minutos para clarear as ideias, porque, assim que isso estiver funcionando, vamos viver no virtual até terminarmos. Com alguma sorte, poderemos completar isso antes que essa noite termine no tempo real e seguir em frente. E, Kovacs? Isso é só a minha opinião, mas acho que você deve uma explicação ao menos para alguns de nós aqui.

Sustentei o olhar dele, uma súbita inundação de repulsa por toda essa baboseira política de marcha da história me inundando de maneira bem útil.

— Você tem toda a razão, Soseki. Essa é só a sua opinião. Então que tal guardá-la pra você?

Virgínia Vidaura pigarreou.

— Tak, acho que deveríamos descer para tomar um café ou alguma outra coisa.

— É, acho que deveríamos.

Dei uma última olhada para Koi e me dirigi para a porta. Vi Vidaura e Brasil trocarem um olhar antes de ela me seguir para fora. Nenhum de nós disse nada enquanto descíamos no elevador transparente por um espaço central cheio de luz até o térreo. No meio do caminho, em um escritório grande com paredes de vidro, divisei Tudjman gritando de forma inaudível com uma Sierra Tres impassível. Claramente a demanda por um ambiente virtual em proporção maior não estava sendo bem-recebida.

O elevador nos deixou em um átrio aberto na frente e o som de uma rua lá fora. Atravessei o piso do saguão, saí na multidão de turistas no calçadão e chamei um autotáxi com um aceno. Virgínia Vidaura agarrou meu outro braço quando o táxi se assentava no chão.

— Aonde você pensa que vai?

— Você sabe.

— Não. — Ela apertou meu braço. — Não vai, não. Koi está certo, não temos tempo para isso.

— Não vou levar tempo suficiente para se preocupar.

Tentei me mover para a porta que se abria no autotáxi, mas, tirando um combate mano a mano, não havia como. E mesmo assim, contra Vidaura, essa era uma opção nada confiável. Virei-me para ela, exasperado.

— Virgínia, *me solta*.

— O que acontece se algo der errado, Tak? O que acontece se esse padre...

— Não *vai acontecer* nada de errado. Eu já tô matando esses doentes do caralho há mais de um ano e...

Parei. A capa surfista de Vidaura era quase tão alta quanto a minha e nossos olhos estavam a apenas um palmo de distância. Eu podia sentir seu hálito em minha boca e a tensão em seu corpo. Seus dedos se enterraram no meu braço.

— Já chega — disse ela. — Recua. Fala comigo, Tak. Você vai recuar e vai falar comigo sobre isso, porra!

— *O que há para falar sobre isso?*

Ela sorri para mim do outro lado da mesa de madeira-espelho. Não é um rosto muito parecido com o que eu me lembro — é uns bons anos mais jovem, para começo de conversa —, mas existem ecos na capa nova do corpo que tinha morrido em uma salva de tiros de Kalashnikov diante dos meus olhos, uma vida atrás. A mesma extensão nos membros, a mesma queda lateral de cabelo negro. Algo no jeito como ela inclina a cabeça para que o cabelo escorregue para fora de seu olho direito. O modo como ela fuma. O modo como ela ainda fuma.

Sarah Sachilowska. Fora do armazenamento, vivendo a vida.

— *Bom, nada, acho. Se você tá feliz.*

— Eu tô feliz. — Ela sopra fumaça para longe da mesa, momentaneamente irritada. É uma pequenina centelha da mulher que conheci. — Digo, você não estaria? A minha sentença comutada pelo equivalente em dinheiro. E o dinheiro ainda está entrando, vai haver trabalho em biocódigo pela próxima década. Até que o oceano sossegue de novo, temos níveis totalmente novos de fluxo para domesticar, e isso apenas localmente. Alguém ainda tem que fazer um modelo do impacto ocorrido onde a corrente Mikuni atinge a água morna vinda de Kossuth, e depois fazer algo a respeito. Faremos ofertas assim que o financiamento do governo cair. Josef diz que, na velocidade em que estamos indo, vou terminar de pagar a sentença toda em mais dez anos.

— Josef?

— Ah, sim, eu deveria ter falado. — O sorriso escapa de novo, mais amplo agora. Mais aberto. — Ele é ótimo, Tak. Você devia conhecê-lo. Ele tá dirigindo o projeto por lá, é um dos motivos de eu ter saído na primeira leva. Ele estava fazendo as audiências virtuais, foi minha ligação com o projeto quando saí, e aí nós simplesmente... ah, você sabe.

Ela olhou para o próprio colo, ainda sorrindo.

— Você tá corando, Sarah.

— Não tô não.

— Tá, sim. — Eu sei que eu deveria ficar feliz por ela, mas não consigo. Muitas memórias de seus flancos longos e pálidos se movendo contra mim em camas de suítes de hotéis e apartamentos de esconderijos sórdidos. — Então ele tá no jogo pra ficar, esse Josef?

Ela ergueu os olhos rapidamente, me fixou um olhar.

— Nós dois estamos no jogo pra ficar, Tak. Ele me faz feliz. Mais feliz do que eu já estive antes, acho.

Então por que caralhos você veio me procurar, sua cadela idiota?

— Isso é ótimo — digo.

— E você? — pergunta ela, com uma preocupação dissimulada. — Tá feliz?

Ergo uma sobrancelha para ganhar algum tempo. Deixo meu olhar cair para o lado de um jeito que a fazia rir. Tudo o que consigo arrancar dessa vez é um sorriso maternal.

— Feliz... bom... — Fiz outra careta. — Isso, hã... esse foi um truque em que nunca fui muito bom. Digo, sim, eu saí na frente, como você. Anistia total da ONU.

— É, ouvi falar disso. E você esteve na Terra, né?

— Por um tempo.

— E agora?

Fiz um gesto vago.

— Ah, eu tô trabalhando. Nada tão prestigioso quanto vocês aqui no braço norte, mas paga a capa.

— É legal?

— Tá brincando?

A expressão dela se desmancha.

— Você sabe que, se isso for verdade, eu não posso passar nenhum tempo com você, Tak. Faz parte do acordo de reencape. Ainda estou em condicional, não posso me associar com...

Ela balança a cabeça.

— Criminosos? — pergunto.

— Não caçoe de mim, Tak.

Suspiro.

— Não estou caçoando, Sarah. Acho ótimo o jeito como as coisas se resolveram pra você. É só que, não sei, pensar em você escrevendo biocódigo. Em vez de roubando biocódigo.

Ela sorri de novo, sua expressão padrão durante toda a conversa, mas dessa vez há um traço de mágoa ali.

— As pessoas podem mudar — diz ela. — Você devia tentar.

Há outra pausa desconfortável.

— Talvez eu tente.

E outra.

— Olha, eu tenho mesmo que voltar. Josef provavelmente não...

— Não, o que é isso! — *Gesticulei para nossos copos vazios, sozinhos e separados na madeira-espelho marcada por cicatrizes. Houve um tempo em que nós jamais teríamos deixado um bar como esse de livre e espontânea vontade sem lotar o tampo com copos vazios cachimbos descartáveis.* — Você não tem nenhum respeito próprio, mulher? Fique para mais um.

Então ela fica, mas isso não reduz o desconforto entre nós. E quando termina seu drinque de novo, ela se levanta e me beija nas bochechas, me deixando ali sentado.

E nunca mais a vejo.

* * *

— Sachilowska? — Virgínia Vidaura franziu a testa em busca da lembrança. — Alta, né? Um penteado idiota, tipo assim, por cima de um olho? É. Acho que você a trouxe para uma festa uma vez, quando Yaros e eu ainda morávamos naquele lugar na rua Ukai.

— É, isso mesmo.

— Então ela foi para o braço Norte e você se juntou aos Besourinhos Azuis de novo por, sei lá, despeito?

Como a luz do sol e os detalhes baratos de metal do terraço do café ao nosso redor, a pergunta cintilava forte demais. Desviei o olhar para o mar. Não funcionou para mim como parecia ocorrer com Brasil.

— Não foi isso, Virgínia. Eu já estava conectado com vocês quando a vi. Eu nem sabia que ela tinha saído. Da última que fiquei sabendo, quando voltei da Terra, ela estava cumprindo a sentença completa. Ela era, afinal de contas, assassina de policiais.

— Você também era.

— É, bem, é isso que o dinheiro da Terra e a influência da ONU conseguem.

— Certo. — Vidaura remexeu em sua lata de café e franziu o cenho de novo. Não estava muito bom. — Então vocês saíram do depósito em momentos diferentes e se perderam nessa diferença. Isso é triste, mas acontece o tempo todo.

Por trás do som das ondas, ouvi Japaridze outra vez.

Tem uma maré alta de três luas lá fora e, se você deixar, ela vai te separar de tudo e todos com que você já se importou.

— Sim, é isso mesmo. Acontece o tempo todo. — Eu me virei de frente para ela do outro lado da frieza filtrada da mesa à sombra da tela. — Mas eu não a perdi na diferença, Virgínia. Eu a deixei ir embora. Eu a deixei ir embora com aquele bosta do Josef e saí andando.

A compreensão surgiu no rosto dela.

— Ah, *tá bem.* Então *foi daí* que brotou seu súbito interesse em Latimer e Sanção IV. Sabe, sempre me perguntei na época por que você tinha mudado de ideia tão de repente.

— Não foi só isso — menti.

— Tudo bem. — O rosto dela dizia para não se incomodar, porque ela não estava acreditando mesmo. — Então o que aconteceu com essa tal Sachilowska enquanto você estava longe que te levou a matar padres?

— Braço Norte do Arquipélago de Porto Fabril. Você não consegue adivinhar?

— Eles se converteram?

— *Ele* se converteu. Ela só foi arrastada junto.

— É mesmo? Ela era tão vítima assim?

— Virgínia, ela estava *presa pelo contrato, caralho!* — Eu me segurei. As telas das mesas cortavam um pouco da intensidade e do som, mas a permeabilidade era variável. Cabeças se viraram para nós nas outras mesas. Tateei além da torre ardente de fúria por um pouco de distância Emissária. Minha voz saiu abruptamente sem expressão. — Governos mudam, assim como as pessoas. Eles retiraram o financiamento dos projetos do braço Norte uns dois anos depois de ela ter ido. Nova ética antiengenharia para justificar os cortes. Não interfira no equilíbrio natural dos biossistemas planetários. Deixe que a perturbação Mikuni encontre seu próprio equilíbrio, é uma solução melhor, mais sábia. E mais barata, é claro. Ela ainda tinha mais sete anos de pagamento e isso com os honorários como consultora de biocódigo que recebia antes. A maioria dessas vilas não tinha *nada* além do projeto Mikuni entre elas e a pobreza. Vai saber como ficaram as coisas quando tudo o que tinham como sustento eram os ganhos de um pescador costeiro, assim de repente.

— Ela podia ter ido embora.

— *Eles tinham uma filha.* — Pausa, respira. Olha para o mar. Reprime tudo. — Eles tinham uma filha, de uns dois anos apenas. De repente, não tinham dinheiro. E os dois eram originalmente do braço Norte, é um dos motivos para o nome dela ter saído da máquina para condicional, para começo de conversa. Não sei, talvez eles achassem que conseguiriam se virar. Pelo que ouvi, o financiamento Mikuni caiu de modo instável algumas vezes antes de ser cortado de vez. Talvez eles continuassem torcendo para que houvesse outra mudança.

Vidaura assentiu.

— E houve. A Nova Revelação começou.

— É. Clássica dinâmica da pobreza, as pessoas se agarram a qualquer coisa. E se a escolha é entre religião ou revolução, o governo, de bom grado, recua e deixa os padres fazerem o que quiserem. Todas aquelas vilas tinham a fé antiga, de qualquer forma. Um estilo de vida austero, ordem social rígida, altamente dominada pelos homens. Como algo saído de Xária, porra. Tudo o que foi preciso foram os militantes da NovaRev e o declínio econômico ocorrerem ao mesmo tempo.

— E aí, o que aconteceu? Ela chateou algum macho venerável?

— Não. Não foi ela, foi a filha. Ela esteve em um acidente de pesca. Eu não sei os detalhes. Ela foi morta. Digo, o cartucho era recuperável. — A fúria crescia de novo, gelando o interior da minha cabeça em respingos frios. — Só que, é claro, isso não é permitido. *Merda.*

A ironia final. Os marcianos, anteriormente o flagelo das antigas fés originárias da Terra, já que o conhecimento de sua civilização de milhões de anos, pré-humana, interestelar rachava ao meio a compreensão da raça humana de seu lugar no grande esquema das coisas... agora eram usurpados como anjos pela Nova Revelação: as criações aladas e primevas de Deus, *sem nenhum sinal de nada parecido com um cartucho cortical descoberto nos poucos cadáveres mumificados que eles nos deixaram.* Para uma mente afundada na psicose da fé, o corolário era inescapável. Reencape era um mal gerado no coração sombrio da ciência humana, um descarrilamento do caminho para o pós-vida e a presença da mente divina. Uma abominação.

Fitei o mar. As palavras caíram da minha boca como cinzas.

— Ela tentou fugir. Sozinha. Josef já estava com a cabeça fodida pela fé, não quis ajudá-la. Então ela pegou o corpo da filha, sozinha, e roubou um deslizador. Foi para o leste acompanhando a costa, procurando por um canal que pudesse pegar para chegar ao sul, a Porto Fabril. Eles a caçaram e a trouxeram de volta. Josef ajudou. Eles a levaram para uma cadeira de punição que os padres tinham construído no centro da vila e a fizeram assistir enquanto cortavam o cartucho da espinha de sua filha e o levavam embora. Em seguida, fizeram o mesmo com ela. Com ela ainda consciente. Para que ela pudesse apreciar sua própria salvação.

Engoli seco. Doeu fazer isso. Ao nosso redor, a massa de turistas aumentava e diminuía como a maré multicolorida de idiotas que era.

— Depois disso, a vila toda celebrou a libertação de suas almas. A doutrina da Nova Revelação diz que um cartucho cortical deve ser derretido até o talo para expulsar o demônio contido nele. Mas eles têm suas superstições próprias no braço Norte. Eles levam os cartuchos em um barco de dois lugares, selado em plástico que reflete sinais de sonar. Eles percorrem cinquenta quilômetros mar adentro e, em algum ponto do caminho, o padre oficiando a cerimônia joga os cartuchos pela amurada. Ele não tem nenhum conhecimento do curso do navio e o timoneiro é proibido de saber quando os cartuchos foram jogados.

— Isso soa como um sistema facilmente corrompível.

— Talvez. Mas não nesse caso. Eu torturei os dois até a morte e eles não souberam me responder. Eu teria mais chance de encontrar o cartucho da Sarah se o recife de Hirata estivesse de ponta-cabeça por cima dele.

Senti o olhar dela sobre mim e, finalmente, virei para encará-la.

— Então você esteve lá — murmurou ela.

Assenti.

— Dois anos atrás. Fui procurá-la quando voltei de Latimer. Encontrei Josef em vez disso, choramingando junto à sepultura dela. Consegui arrancar a história dele. — Meu rosto se retorceu com a lembrança. — No final. Ele entregou os nomes do timoneiro e do oficiante, então eu os rastreei em seguida. Como falei, eles não puderam me contar nada de útil.

— E aí?

— E aí eu voltei para a vila e matei os outros.

Ela balançou a cabeça de leve.

— Os outros quem?

— Os outros da vila. Todo filho da puta que pude encontrar que já fosse adulto no dia em que ela morreu. Arranjei um rato de dados em Porto Fabril para vasculhar os arquivos populacionais para mim, nomes e rostos. Todos que podiam ter erguido um dedo para ajudá-la e não ergueram. Peguei a lista, voltei para lá e matei todos. — Olhei para minhas mãos. — E mais alguns que se meteram no caminho.

Ela me encarava como se não me conhecesse. Eu fiz um gesto irritadiço.

— Ah, o que é isso, Virgínia! Nós dois fizemos coisa pior em mais mundos do que consigo me lembrar.

— Você tem memória de Emissário — disse ela, entorpecida.

Gesticulei de novo.

— Modo de falar. Em dezessete mundos e cinco luas. E naquele habitat na Dispersão Nevsky. E...

— Você pegou os cartuchos deles?

— De Josef e dos padres, sim.

— Você os destruiu?

— E por que eu faria isso? É exatamente o que eles gostariam que acontecesse. A morte definitiva. Não retornar. — Hesitei. Mas parecia inútil parar agora. E se eu não podia confiar em Vidaura, então não havia restado ninguém. Limpei a garganta e espetei um polegar na direção norte. — Naquela direção, na Vastidão da Alga, eu tenho um amigo entre os *haiduci*. Entre outros empreendimentos, ele cria panteras do pântano para os fossos de luta. Às vezes, se elas são boas, ele coloca cartuchos corticais nelas. Assim, pode baixar vencedoras feridas em capas novas e aumentar as chances.

— Acho que sei para onde isso está indo.

— É. Por uma taxa, ele pega os cartuchos e os carrega em algumas das panteras mais abusadas. Nós lhes damos tempo para se acostumarem com a ideia, depois os colocamos nos fossos mais ralé e vemos o que acontece. Esse amigo consegue ganhar um bom dinheiro em combates nos quais o público sabe que há humanos baixados nas panteras; existe uma subcultura doentia em torno disso nos círculos de luta, pelo jeito. — Inclinei minha lata de café e examinei os restos no fundo. — Imagino que eles estejam insanos a essa altura. Não deve ser muito divertido estar trancado dentro da mente de algo tão estranho para começo de conversa, ainda mais quando se precisa lutar com unhas e dentes pela vida em um fosso de lama. Duvido que tenha sobrado muito da mente humana consciente a esta altura.

Vidaura olhou para seu colo.

— É isso o que você diz para si mesmo?

— Não, é só uma teoria. — Dei de ombros. — Talvez eu esteja enganado. Talvez tenha sobrado um pouco da mente consciente. Talvez tenha sobrado muito. Talvez, em seus momentos mais lúcidos, eles pensem que foram para o inferno. De qualquer jeito, fico satisfeito.

— Como é que você está financiando isso? — murmurou ela.

Encontrei um sorriso cheio de dentes em algum canto e o exibi.

— Bem, ao contrário da crença popular, algumas partes do que aconteceu em Sanção IV funcionaram muito bem para mim. Eu não tenho pouca verba.

Ela ergueu a cabeça, o rosto se retesando no sentido da raiva.

— Você *ganhou dinheiro* com Sanção IV?

— Nada que eu não tenha feito por merecer — falei baixinho.

Suas feições se suavizaram um pouco enquanto ela fazia a raiva recuar. Sua voz, porém, ainda saiu tensa.

— E esses fundos vão bastar?

— Bastar para quê?

— Bem. — Ela franziu a testa. — Para terminar essa vendeta. Você está caçando os padres da vila, mas...

— Não, isso eu fiz no ano passado. Não demorei, não havia muitos deles. Atualmente, estou caçando os que foram membros ativos do Domínio Eclesiástico quando ela foi assassinada. Os que escreveram as regras que a mataram. Isso está levando mais tempo; há muitos, e eles são mais antigos. Mais bem protegidos.

— Mas você não está planejando parar neles?

Balancei a cabeça.

— Eu não estou planejando parar, Virgínia. Eles não podem devolvê-la para mim, podem? Então, por que eu deveria parar?

CAPÍTULO 27

Não sei o quanto Virgínia contou aos outros quando voltamos para dentro da virtualidade acelerada. Fiquei no construto de mapeamento enquanto o resto deles se juntava à seção das suítes de hotel, que de alguma forma eu não conseguia evitar pensar como o andar de cima. Não sabia o que ela lhes contara e não ligava muito para isso. Na maior parte, era simplesmente um alívio ter deixado mais alguém saber da história.

Não ser o único.

Gente como Isa e Plex sabia de alguns fragmentos, claro, e Radul Segesvar sabia um pouco mais. Porém para todo o resto, a Nova Revelação havia escondido o que eu estava fazendo com eles desde o começo. Não desejavam a publicidade ruim ou a interferência de poderes infiéis como as Primeiras Famílias. As mortes eram descritas como acidentais, fruto de roubos malsucedidos aos monastérios ou pequenos assaltos infelizes. Enquanto isso, as notícias de Isa eram que havia recompensas pela minha cabeça a mando do Domínio. O sacerdócio tinha uma ala militante, mas obviamente não depositava muita fé nela, porque também achou digno contratar um punhado de assassinos de aluguel de Porto Fabril. Certa noite em uma cidade pequena no Arquipélago Açafrão, deixei que um deles se aproximasse o suficiente para testar o calibre desses contratados. Não foi nada impressionante.

Eu não sabia quanto Virgínia Vidaura havia contado a seus colegas surfistas, mas apenas a presença do padre em Ponto Kem deixou bem claro que nós não podíamos voltar de um ataque aos Penhascos de Rila e continuar na Faixa. Se a Nova Revelação podia me rastrear até aqui, então outros mais competentes também podiam.

Como santuário, Praia de Vchira estava acabada.

Mari Ado deu voz ao que provavelmente era o sentimento geral.

— Você fodeu com tudo agora, arrastando a sua merda pessoal para o porto com você. Então *você* que encontre uma solução para nós.

Portanto, foi o que fiz.

A competência de Emissário, saída do manual — trabalhe com as ferramentas à disposição. Procurei pelo meu ambiente mais imediato, invoquei o que eu tinha que pudesse ser influenciado e enxerguei de pronto. A merda pessoal tinha feito o estrago; a merda pessoal nos tiraria do pântano, sem mencionar que resolveria outros de meus problemas mais pessoais como efeito colateral. A ironia da coisa sorriu para mim.

Nem todos acharam tanta graça. Ado, por exemplo.

— Confiar na porra dos *haiduci?* — Havia o desdém refinado de uma habitante de Porto Fabril por trás dessas palavras. — Não, obrigada.

Sierra Tres arqueou uma sobrancelha.

— Nós já os utilizamos antes, Mari.

— Não, *você* os utilizou antes. Eu mantenho distância desse tipo de escória. E de qualquer forma, esse aí você nem conhece.

— Já ouvi falar dele. Eu lidei com gente que tratou com ele antes e, pelo que ouvi falar, ele é um homem de palavra. Mas posso dar uma conferida. Você diz que ele te deve um favor, Kovacs?

— Com certeza.

Ela deu de ombros.

— Então isso deve bastar.

— Ah, puta que me pariu, Sierra. Você não pode...

— Segesvar é firme — interrompi. — Ele leva suas dívidas a sério, em todos os sentidos. Tudo o que é necessário é o dinheiro. Se você o tiver.

Koi olhou para Brasil, que assentiu.

— Sim — disse ele. — Podemos conseguir com tranquilidade.

— Ah, porra, feliz aniversário, Kovacs!

Virgínia Vidaura fixou um olhar em Ado.

— Por que você não cala a merda da sua boca, Mari? Não é dinheiro seu. Esse está seguro em um cofre em um banco mercante de Porto Fabril, não tá?

— O que é que isso quer...

— *Chega* — disse Koi, e todos se calaram. Sierra Tres foi fazer alguns telefonemas de um dos outros quartos do corredor, e o resto de nós acabou voltando para o construto de mapeamento. No ambiente virtual acelerado, Tres ficou fora pelo resto do dia — a equivalência no mundo real seria de cerca de dez minutos. Em um construto, pode-se usar a diferença no tempo para efetuar três ou quatro telefonemas simultâneos, passando de um para outro nos intervalos de minutos que uma pausa de dois segundos do outro lado da linha te oferece. Quando Tres voltou, ela tinha informação mais do que suficiente sobre Segesvar para confirmar a impressão original. Ele era um *haiduci* à moda antiga, ao menos na própria visão. Nós voltamos para a suíte do hotel e eu disquei o código discreto no autofalante, sem visual.

Era uma linha ruim. A voz de Segesvar chegava em meio a muito barulho de fundo, um pouco do qual se devia ao ajuste entre real e virtual na flutuação da conexão. A parte que não se devia ao ajuste soava muito como alguém ou algo gritando.

— Eu tô meio ocupado por aqui, Tak. Pode me ligar mais tarde?

— O que você acharia de fechar minha conta, Rad? Agora mesmo, transferência direta com autorização discreta. E com uma quantia similar ainda por cima como extra.

O silêncio se esticou em minutos na virtualidade. Uma hesitação de talvez três segundos na outra ponta da ligação.

— Eu teria bastante interesse. Me mostra o dinheiro e a gente conversa.

Olhei de relance para Brasil, que ergueu três dedos abertos e o polegar e saiu do cômodo sem dizer nada. Fiz um cálculo rápido.

— Cheque a conta — falei para Segesvar. — O dinheiro estará lá daqui a dez segundos.

— Você tá ligando de um construto?

— Vá conferir o seu saldo agora, Rad. Eu espero.

O resto foi fácil.

Em uma virtualidade de estadia curta, você não precisa dormir, e a maioria dos programas não se dá ao trabalho de incluir as sub-rotinas que causariam sono. No longo prazo, é claro que isso não é saudável. Permaneça tempo demais em seu construto de estadia curta e em algum momento a sanidade vai começar a se esgarçar. Fique alguns dias e os efeitos são apenas... esquisitos. Como encher a cara simultaneamente de tetrameta e uma droga para concentração, como Ápice ou Sinaperto. De tempos em tempos, sua concentração congela como um motor travado, mas há um truque para isso. Você dá o equivalente mental a uma volta no quarteirão, lubrifica seus processos mentais com algo não relacionado, e então fica tudo bem. Assim como ocorre com Ápice e Sinaperto, você pode começar a sentir um prazer meio maníaco com o zunido crescente do foco.

Trabalhamos por 38 horas sem parar, corrigindo os defeitos no plano de ataque, rodando cenários hipotéticos e discutindo. De vez em quando um de nós soltava um grunhido exasperado, caía de costas na água do construto que batia na altura dos joelhos e saía nadando do arquipélago de costas, na direção do horizonte. Desde que você escolhesse seu ângulo de fuga com cuidado e não colidisse com uma ilhota esquecida ou arranhasse as costas em um recife, esse era um jeito ideal de se afastar e relaxar. Flutuando por ali com as vozes dos outros ficando mais longínquas, dava para sentir a consciência se afrouxando de novo, como um músculo com câimbra se soltando.

Em outras ocasiões, podia-se obter um efeito similar saindo completamente com uma piscada e voltando ao nível da suíte de hotel. Sempre havia comida e bebida em abundância por lá e, embora nenhum dos dois chegasse efetivamente à sua barriga, as sub-rotinas de sabor e a intoxicação alcoólica tinham sido cuidadosamente incluídas. Não era preciso comer no construto, assim como não era necessário dormir, mas os atos de consumir comida e bebida em si ainda tinham um efeito agradavelmente calmante. Assim, em algum momento após a marca de 34 horas, eu estava sentado sozinho, devorando uma bandeja de sashimi de golfinho e tomando saquê de Açafrão, quando Virgínia Vidaura surgiu sem mais nem menos à minha frente.

— Aí está você — disse ela, com um tom estranhamente leve.

— Aqui estou eu — concordei.

Ela pigarreou.

— Como tá a cabeça?

— Esfriando. — Ergui o copo de saquê em uma das mãos. — Quer um pouco? É o melhor *nigori* do Arquipélago Açafrão, ao que parece.

— Você tem que parar de acreditar em tudo o que lê nos rótulos, Tak.

Mas ela apanhou a garrafa, invocou um copo diretamente na outra mão e serviu.

— *Kampai* — disse ela.

— *Por nosotros.*

Bebemos. Ela se ajeitou no automoldável em frente ao meu.

— Tentando me deixar com saudade de casa?

— Não sei. Tá tentando se misturar com os locais?

— Eu não visito Adoración há mais de 150 anos, Tak. Essa é a minha casa agora. Eu me encaixo aqui.

— É, com certeza você se integrou à cena política local muito bem.

— E à vida na praia. — Ela se reclinou um pouco no automoldável e ergueu uma perna de lado. Era esguiamente musculosa e bronzeada pela vida em Vchira, e o traje de banho pintado no corpo que ela vestia o exibia em todos os mínimos detalhes. Senti minha pulsação se acelerar de leve.

— Muito bonita — admiti. — Yaros disse que você gastou tudo o que tinha nessa capa.

Ela pareceu se dar conta da natureza excessivamente sexual da postura nesse momento e abaixou a perna. Segurando o saquê com as duas mãos, ela se debruçou sobre ele.

— O que mais ele te contou?

— Bom, não foi uma conversa longa. Eu só estava tentando descobrir onde você estava.

— Você estava me procurando.

— Sim. — Algo me fez parar ante essa simples admissão. — Eu estava.

— E agora que você me encontrou, e daí?

Meu pulso tinha se assentado em um latejar acelerado. O zunido ansioso da estadia longa demais no virtual estava de volta. Imagens formaram uma cascata em minha mente. Virgínia Vidaura, de olhos duros e corpo rijo, inatingível treinadora Emissária, postada diante de nós durante a indução, um sonho de competência feminina muito além do alcance de todos. Lascas de humor em sua voz e nos olhos que podiam ter se elevado à sensualidade em um conjunto de relacionamentos com uma definição menos clara. Uma tentativa terrivelmente desastrada de flerte vinda de Jimmy de Soto certa vez na mesa da cantina, refutada com um desinteresse brutal. A autoridade manejada com total ausência de tensão sexual. Minhas próprias fantasias vívidas não cumpridas, pouco a pouco se achatando sob um imenso respeito que chegava até os ossos, um nível tão profundo quanto a indução Emissária.

E então o combate, a dissipação final de quaisquer emanações românticas que pudessem ter suportado os anos de treinamento. O rosto de Vidaura em uma dúzia de capas diferentes em uma dúzia de mundos diferentes, retesado de dor ou fúria ou apenas o foco intenso do momento da missão. O fedor de seu corpo sem banho em um veículo de transporte lotado no lado sombrio da lua de Loyko, a sensação escorregadia do corpo dela nas minhas mãos em uma noite sangrenta em Zihicce em que ela quase morreu. A expressão em seu rosto quando chegaram as ordens para esmagar toda a resistência em Neruda.

Eu tinha pensado que aqueles momentos haviam nos levado para um ponto além do sexo. Eles pareciam escavar profundezas emocionais que faziam trepar parecer superficial em comparação. Da última vez que visitei Vchira e vi o jeito como Brasil se inclinava na direção dela — apenas sua ascendência de Adoración já bastava para fazer faíscas de desejo voarem dele —, senti um vago senso de superioridade. Mesmo com Yaroslav e o compromisso ioiô de longo prazo que eles tinham, eu sempre acreditei que, de alguma forma, ele não estava chegando ao cerne da mulher ao lado da qual eu lutei em mais cantos do Protetorado do que a maioria das pessoas sequer chegaria a conhecer.

Adotei uma expressão intrigada que deu a impressão de estar me escondendo.

— Você acha que isso é uma boa ideia? — indaguei.

— Não — respondeu ela, rouca. — E você?

— Humm. Com toda a honestidade, Virgínia, estou rapidamente começando a não ligar. Mas não sou que estou ligado ao Jack Soul Brasil.

Ela riu.

— Isso não é algo que vá incomodar Jack. Isso nem é real, Tak. E de qualquer forma, ele não vai ficar sabendo.

Olhei para a suíte ao nosso redor.

— Ele pode aparecer a qualquer minuto. Assim como qualquer um deles, na verdade. Eu não gosto muito de exibicionismo.

— Nem eu. — Ela se levantou e me ofereceu sua mão. — Vem comigo.

Ela me levou para fora da suíte, até o corredor. Nas duas direções, portas idênticas espelhavam umas às outras por todo o carpete cinzento anônimo e recuavam para uma neblina pálida depois de algumas dúzias de metros. Nós prosseguimos, de mãos dadas, até o começo do ponto em que as coisas se apagavam, sentindo o leve frio que dali emanava, e Vidaura abriu a última porta da esquerda. Deslizamos para dentro, já colocando nossas mãos no corpo um do outro.

Não leva muito tempo para tirar roupas pintadas no corpo. Cinco segundos depois de a porta se fechar, ela já tinha empurrado meu short de surfe até os tornozelos e rolava meu pau, que endurecia rapidamente, entre as palmas das mãos. Eu me soltei com esforço, afastei seu traje de banho dos ombros e o empurrei até a cintura, pressionando a palma da mão com força contra a junção de suas coxas. A respiração dela se alterou, e os músculos de sua barriga se retesaram. Eu me ajoelhei e forcei o maiô mais para baixo, descendo por seus quadris e coxas até que ela pudesse sair dele com facilidade. Em seguida, abri os lábios de sua boceta com os dedos, contornei a abertura de leve com a língua e me levantei para beijar sua boca. Outro tremor a percorreu. Ela sugou minha língua e a mordeu gentilmente, depois colocou as duas mãos na minha cabeça e se afastou. Arrastei as pontas de meus dedos pelas dobras de sua boceta de novo, encontrei umidade e calor e pressionei de leve seu clitóris. Ela estremeceu e sorriu para mim.

— E agora que você me encontrou — repetiu ela, os olhos começando a perder o foco. — E daí?

— Agora — eu disse a ela —, quero descobrir se os músculos dessas coxas são fortes como parecem.

Os olhos dela se acenderam. O sorriso voltou.

— Eu vou te deixar roxo — prometeu ela. — Vou quebrar suas costas.

— Você vai tentar, né.

Ela fez um ruído baixo e faminto e mordeu meu lábio inferior. Passei um braço por baixo de um joelho dela e levantei. Ela se segurou em meus ombros e passou a outra perna em torno da minha cintura, estendendo a mão em seguida até o meu pau e pressionando-o com força nas dobras de sua boceta. Nos momentos de conversa, ela havia relaxado e ficado mais molhada, pronta. Com minha mão livre, eu a abri um pouco mais e ela se afundou contra mim, ofegando com a penetração e oscilando de um lado para outro da cintura para cima. Suas coxas se apertaram em volta da minha cintura com a força prometida. Eu nos virei, colocando uma parede às minhas costas e me apoiando nela. Consegui obter um pouco de controle.

Ele não durou muito. Vidaura me segurou pelos ombros com mais força e começou a mover o corpo para cima e para baixo em minha ereção, o ar escapando em arquejos curtos de esforço que subiam de tom e velocidade conforme ela se aproximava do orgasmo. Não muito atrás, eu podia sentir a tensão no meu pau acumulando calor desde a base. Podia sentir seus músculos internos roçando minha glande. Perdi o pouco controle que tinha, agarrei sua bunda com as duas mãos e a puxei mais forte contra mim. Acima do meu rosto, seus olhos fechados se abriram por um instante e ela sorriu para mim. A ponta de sua língua saiu, tocando os dentes superiores. Eu sorri também, tenso e travado. Agora era uma luta, Vidaura arqueando a barriga para a frente e os quadris para trás, levando a cabeça do meu pau de volta à entrada de sua boceta e as terminações nervosas posicionadas ali, minhas mãos puxando-a de volta e tentando me enterrar nela até o talo.

A luta se dissolveu em uma avalanche sensorial.

O suor surgia em nossa pele, escorregadia sob nossas mãos agarrando...

Sorrisos duros e beijos que mais pareciam mordidas...

Respiração frenética e descontrolada...

Meu rosto, enfiado contra os pequenos morros de seus seios e o espaço achatado e escorregadio de suor entre eles...

O rosto dela se esfregando de lado no topo da minha cabeça...

Um momento agonizante enquanto ela se mantinha distante de mim com toda sua força...

Um grito, talvez dela, talvez meu...

... e então a torrente líquida do alívio, e o colapso, estremecendo e escorregando pela parede em uma pilha de membros esparramados e corpos em espasmos.

Exauridos.

Depois de um longo momento, eu levantei de leve o corpo, apoiado de lado, e meu pau flácido deslizou para fora dela. Ela moveu uma perna e gemeu de leve. Tentei nos colocar em uma posição um pouco mais sustentável. Ela abriu um olho e sorriu.

— Então, soldado... Faz tempo que você queria fazer isso, é?

Sorri de volta debilmente.

— Desde sempre, só. E você?

— O pensamento me ocorreu uma ou duas vezes, sim. — Ela empurrou as solas dos pés contra a parede e se sentou, apoiando-se nos cotovelos. Seu olhar resvalou pela extensão de seu corpo e depois pelo meu. — Mas eu não trepo com os recrutas. Deus do céu, olha a bagunça que a gente fez.

Estendi a mão para sua barriga molhada de suor, arrastei um dedo para baixo até a fenda no começo de sua boceta. Ela se contraiu e eu sorri.

— Quer uma ducha, então?

Ela fez uma careta.

— Sim, acho bom.

Começamos a foder de novo no chuveiro, mas nenhum de nós tinha a mesma força maníaca que imbuíra a primeira vez e não conseguimos nos manter apoiados. Em vez disso, eu a carreguei para o quarto e a depositei na cama, ainda molhada. Ajoelhei perto de sua cabeça, virei-a gentilmente e guiei sua boca até meu cacete. Ela chupou, de leve no começo, depois com mais força. Eu me deitei no sentido contrário junto a seu corpo esguio e musculoso, virei a cabeça e abri suas coxas com as mãos. Em seguida, deslizei um braço em torno de seus quadris, trouxe sua boceta até o meu rosto e comecei a trabalhar com a língua. E a sofreguidão retornou, como a fúria. O fundo da minha barriga parecia estar cheio de fios desencapados. Do outro lado da cama ela emitiu ruídos abafados, rolou o corpo e se agachou em cima de mim apoiada nos cotovelos e nos joelhos abertos. Seus quadris e coxas me esmagaram, sua boca se movia na cabeça do meu pau e sua mão bombeava.

Levou muito tempo, um tempo longo, deliberado, delirante. Sem auxílio químico, não nos conhecíamos o suficiente para um orgasmo realmente sincronizado, mas o condicionamento Emissário ou talvez alguma outra coisa compensou. Quando enfim gozei no fundo da garganta dela, a força do orgasmo dobrou meu corpo contra o dela e, por puro reflexo, passei os dois braços com força em torno dos quadris de Virgínia. Arrastei-a para mim, a língua frenética, de modo que ela me tirou de sua boca ainda tendo espasmos e vazando, e gritou em seu próprio clímax, desabando em cima de mim, tremendo.

Mas pouco tempo depois ela rolou para longe, sentou-se de pernas cruzadas e me olhou séria, como se eu fosse um problema que ela não soubesse resolver.

— Acho que isso já é o bastante — disse ela. — É melhor voltarmos.

E mais tarde eu estava na praia com Sierra Tres e Jack Soul Brasil, vendo os últimos raios do pôr do sol refletirem em cobre na borda de uma Marikanon crescente, perguntando-me se eu tinha cometido um erro em algum ponto. Eu não conseguia pensar direito para ter certeza. Tínhamos ido para a virtualidade com os abafadores de feedback físico fechados e, apesar de toda a descarga sexual de que eu tinha desfrutado com Virgínia Vidaura, meu corpo real ainda estava cheio de hormônios não liberados. Ao menos em certo nível, aquilo podia muito bem não ter acontecido.

Olhei discretamente para Brasil e pensei mais um pouco. Brasil, que não mostrara nenhuma reação visível quando Vidaura e eu reentramos no construto de mapeamento a dois minutos de diferença um do outro, embora de lados diferentes do arquipélago. Brasil, que trabalhou com o mesmo empenho firme, bondoso e elegante até terminarmos o ataque e o recuo que o acompanharia. Que colocou uma das mãos casualmente na parte de trás da cintura de Vidaura e sorriu de leve para mim pouco antes de os dois piscarem para fora da virtualidade com uma coordenação que dizia muito.

— Você vai ter sua grana de volta, sabe — eu disse a ele.

Brasil se remexeu, impaciente.

— Eu sei disso, Tak. Não tô preocupado com a grana. Nós teríamos limpado a sua dívida com Segesvar simplesmente como pagamento, se você tivesse pedido. Ainda podemos fazer isso: você poderia considerar isso uma recompensa pelo que nos trouxe, se quiser.

— Isso não será necessário — falei, rígido. — Estou considerando isso um empréstimo. Vou te pagar assim que as coisas se acalmarem.

Um risinho contido vindo de Sierra Tres. Virei-me para ela.

— Qual é a graça?

— A ideia de que as coisas vão se acalmar em algum momento próximo.

Assistimos ao nascer da noite, do outro lado do mar à nossa frente. Na ponta escura do horizonte, Daikoku se esgueirou para se unir a Marikanon no céu ocidental. Mais adiante na praia, o resto da equipe de Brasil montava uma fogueira. Risadas estalavam em torno da pilha de madeira flutuante e corpos faziam palhaçadas por ali, apenas suas silhuetas escuras visíveis. A despeito de qualquer apreensão que Tres ou eu sentíssemos, havia uma calma profunda embebendo a noite, tão suave e fresca como a areia sob nossos pés. Após as horas maníacas da virtualidade, parecia não haver nada que realmente precisasse ser feito ou dito até amanhã. E naquele momento, o amanhã ainda estava rolando, vindo do outro lado do planeta, como uma onda profunda, acumulando forças. Pensei que, se eu fosse Koi, eu acreditaria poder sentir a marcha da história prendendo a respiração.

— Então presumo que ninguém vai dormir cedo — falei, indicando as preparações para a fogueira.

— Nós todos poderemos estar mortos para valer em questão de dias — disse Tres. — Vamos dormir bastante se isso acontecer.

Abruptamente, ela cruzou os braços e puxou a camiseta por cima da cabeça. Seus seios se ergueram e então balançaram de um jeito desconcertante conforme ela completava o movimento. Não era disso que eu precisava naquele momento. Ela jogou a camiseta na areia e partiu em direção à praia.

— Vou dar uma nadada — avisou ela por cima do ombro. — Alguém quer vir?

Olhei para Brasil. Ele deu de ombros e foi atrás dela.

Eu os observei chegar na água e mergulhar, depois partir para a água mais profunda. A uma dúzia de metros, Brasil tornou a mergulhar, saindo da água quase de imediato e gritando algo para Tres. Ela se agitou pela água e prestou atenção ao que ele dizia por um momento, depois submergiu. Brasil mergulhou atrás dela. Os dois ficaram lá embaixo por cerca de um minuto dessa vez, e então emergiram, respingando água e conversando, agora a quase cem metros da praia. Era, pensei, como assistir aos golfinhos no Recife Hirata.

Quebrei à direita e segui a praia na direção da fogueira. As pessoas me cumprimentavam com um gesto da cabeça; algumas até sorriam. Daniel, logo ele, ergueu os olhos de onde estava sentado na areia com alguns outros que eu não conhecia e me ofereceu uma garrafa de alguma coisa. Pareceu-me indelicado recusar. Virei o frasco e engoli vodca grosseira o bastante para parecer caseira.

— É forte — chiei, devolvendo a bebida.

— É, não tem nada assim nessa ponta da Faixa. — Ele gesticulou, confuso. — Sente-se, tome mais um pouco. Essa aqui é a Andrea, minha melhor amiga. Hiro. Olha ele, é bem mais velho do que parece. Tá na Vchira há mais tempo do que eu tô vivo. E essa aqui é a Magda. Meio insuportável, mas dá para aguentar depois que você a conhece bem.

Magda lhe deu um tabefe bem-humorado na cabeça e se apropriou do frasco. Pela falta do que fazer, eu me ajeitei na areia entre eles. Andrea se inclinou por cima deles e apertou minha mão.

— Só queria dizer — murmurou ela em amânglico com sotaque de Porto Fabril. — Obrigada pelo que você fez por nós. Sem você, talvez nunca soubéssemos que ela ainda estava viva.

Daniel assentiu, a vodca emprestando uma solenidade exagerada ao movimento.

— Isso mesmo, Kovacs-san. Eu estava errado quando você chegou. De fato, e eu tô sendo franco aqui, pensei que você era um picareta. Tava tirando vantagem, saca? Mas agora, com Koi a bordo, cara, a gente tá a bordo. Vamos virar esse planeta inteiro de cabeça pra baixo, caralho.

Concordância murmurada, um pouco fervorosa demais para o meu gosto.

— Vamos fazer a Descolonização parecer uma briga de cais — disse Hiro.

Eu peguei o frasco de novo e bebi. Da segunda vez, o gosto não era tão ruim. Talvez minhas papilas gustativas estivessem anestesiadas.

— Como ela é? — perguntou Andrea.

— Hã... — Uma imagem da mulher que achava que era Nadia Makita lampejou pela minha mente. O rosto borrado nos estertores do clímax. O coquetel transbordante de hormônios em meu organismo se agitou com esse pensamento. — Ela é... diferente. É difícil de explicar.

Andrea assentiu, sorrindo, feliz.

— Você é sortudo! Por tê-la encontrado, digo. Por ter conversado com ela.

— Você vai ter a sua chance — disse Daniel, engrolando um pouco a língua. — Assim que a recuperarmos daqueles filhos da puta.

Um viva, meio esfrangalhado. Alguém estava acendendo a fogueira.

Hiro anuiu, sombrio.

— É. Tá na hora de dar o troco para os harlanitas. Para toda a escória da Primeira Família. A Morte Real tá chegando.

— Vai ser *tão bom* — disse Andrea, enquanto observávamos as chamas começarem a se espalhar. — Ter de novo alguém que saiba *o que fazer*.

PARTE 4
ISSO É TUDO O QUE IMPORTA

Isso deve ser compreendido: Revolução requer Sacrifício.

— SANDOR SPAVENTA
Tarefas para a Vanguarda Quellista

CAPÍTULO 28

A nordeste depois da curva do mundo partindo de Kossuth, o Arquipélago de Porto Fabril fica no Oceano Nurimono, como um prato quebrado. Em algum momento, eras atrás, ele era um sistema vulcânico imenso com um raio de centenas de quilômetros e este legado ainda é visível nas bordas exteriores peculiarmente curvas das ilhas da orla. Os fogos que alimentaram as erupções foram extintos há muito tempo, mas deixaram para trás uma paisagem montanhosa alta e retorcida, cujos picos suportaram confortavelmente a última submersão quando o mar se ergueu. Em contraste com outras cadeias de arquipélagos no Mundo de Harlan, o gotejamento vulcânico forneceu uma base de solo muito rica e a maior parte do terreno é coberta pela espessa e sofrida vegetação do planeta. Posteriormente os marcianos vieram e acrescentaram sua própria vida vegetal colonial. Ainda mais tarde, vieram os humanos e fizeram o mesmo.

No coração do arquipélago, Porto Fabril em si se esparrama em esplendor de concreterno e vidro fundido. É um tumulto de engenharia urbana, cada penhasco e encosta povoados por pináculos, estendendo-se até a água em plataformas amplas e pontes com quilômetros de extensão. Cidades em Kossuth e Nova Hokkaido atingiram tamanho e riqueza consideráveis em várias épocas ao longo dos últimos quatrocentos anos, mas não existe nada que se equipare a essa metrópole em qualquer outro ponto do planeta. Lar para mais de vinte milhões de pessoas, porta de passagem para as únicas janelas de lançamento para voos espaciais comerciais que a rede orbital permite, nexo de governança, poder corporativo e cultura, dá para sentir Porto Fabril tentando sugar todos para dentro como o redemoinho de qualquer outro ponto no Mundo de Harlan em que se tente ficar.

— Eu odeio essa porra de lugar — Mari Ado me disse enquanto rodávamos as ruas abastadas de Tadaimako procurando um café chamado Makita's. Junto com Brasil, ela estava reduzindo seu uso de complexo para febre espinal enquanto durasse o ataque, e a mudança a estava deixando irritadiça. — Uma merda de tirania metropolitana que virou global. Nenhuma cidade deveria exercer tanta influência assim.

Era uma reclamação padrão saída do manual quellista. Eles vinham dizendo essencialmente a mesma coisa sobre Porto Fabril havia séculos. E tinham razão, é claro, mas era incrível como a repetição constante podia tornar até as verdades mais óbvias irritantes o bastante para a gente discordar delas.

— Você cresceu aqui, não foi?

— E daí? — Ela lançou um olhar para mim. — Isso significa que eu tenho que gostar?

— Não, acho que não.

Prosseguimos em silêncio. Tadaimako zunia afetadamente ao nosso redor, mais ocupada e polida do que eu me lembrava dela, mais de trinta anos atrás. No velho quarteirão do porto, antes um playground escuso e um pouco perigoso para a juventude aristocrata e corporativa, agora havia brotado uma nova safra de lojas de ponta de estoque e cafés. Muitos dos bares e casas de fumo de que eu me recordava tinham sofrido uma morte relativamente limpa; outros tinham se tornado um eco imagético excruciante de si mesmos. Cada fachada na rua brilhava ao sol com nova pintura e uma cobertura de antibac e o pavimento sob nossos pés estava imaculadamente limpo. Até o cheiro do mar, vindo de algumas ruas mais adiante, parecia ter sido higienizado — não havia o travo das ervas podres ou dos produtos químicos lançados ao mar e o porto estava cheio de iates.

Em conformidade com a estética predominante, Makita's era um estabelecimento totalmente limpo, esforçando-se muito para aparentar uma má reputação. Janelas engenhosamente sujas impediam a entrada da maior parte da luz do sol; no interior, as paredes eram decoradas com reproduções de fotografias do Descolonização e epigramas quellistas em pequenas molduras de estilo artesanal. Um canto exibia o inevitável holo icônico da própria Quell, aquele com a cicatriz de estilhaço no queixo. Dizzy Csango tocava no sistema de música. *Sessões de Porto Fabril*, "Sonho de Alga".

Em uma cabine nos fundos, Isa estava sentada, bebericando de um copo comprido e cheio quase até a borda. Seu cabelo era de um escarlate selvagem hoje e um pouco mais longo do que antes. Ela tinha pintado de cinza quadrantes opostos em seu rosto para um efeito de arlequim, e seus olhos estavam polvilhados com um glitter luminescente faminto de hemoglobinas que fazia as pequenas veias no branco do olho cintilarem como se fossem explodir. Os plugues de dados ainda se encontravam em exibição orgulhosa no pescoço dela, um deles conectado à plataforma que ela trouxera consigo. Uma bobina de dados no ar acima da unidade mantinha a ficção de que ela era uma aluna estudando para uma prova. Também impunha, se isso fosse como no nosso último encontro, um belo campo de interferência que deixaria a conversa na cabine impossível de escutar escondido.

— Por que demoraram tanto? — indagou ela.

Sorri enquanto me sentava.

— Estamos elegantemente atrasados, Isa. Essa aqui é a Mari. Mari, Isa. E então, como estamos?

Isa levou um longo e insolente momento conferindo Mari, depois virou a cabeça e se desconectou com um gesto gracioso e muito ensaiado que exibia a nuca.

— Estamos indo bem. E estamos fazendo isso em silêncio. Nada de novo na rede do DP de Porto Fabril, e nada de qualquer uma das firmas de segurança particular que as Primeiras Famílias gostam de usar. Eles não sabem que você tá aqui.

Assenti. Apesar de a notícia ser gratificante, fazia sentido. Tínhamos chegado a Porto Fabril no começo da semana, separados em meia dúzia de grupos isolados, as chegadas coordenadas para dias diferentes. Identidades falsas no padrão Besourinhos Azuis de impenetrabilidade e um leque de opções para transporte, desde cargueiros velozes e baratos até um cruzador de luxo da Linha Açafrão. Com gente de todo o planeta chegando a Porto Fabril para as comemorações do Dia de Harlan, teria sido muita má sorte ou mau gerenciamento operacional se algum de nós tivesse sido apanhado.

Mas ainda era bom saber.

— E a segurança nos Penhascos?

Isa balançou a cabeça negativamente.

— Menos ruído por lá do que faria a esposa de um padre gozando. Se eles soubessem o que vocês planejaram, haveria uma nova camada de protocolo, e não há.

— Ou você não a encontrou — disse Mari.

Isa fixou outro olhar frio sobre ela.

— Queridinha, você entende *alguma coisa* de fluxo de dados?

— Eu entendo o nível de criptografia com que estamos lidando.

— Sim, e eu também. Diga-me, como você acha que eu pago pelos meus estudos?

Mari Ado examinou as próprias unhas.

— Com pequenos delitos, suponho.

— Encantadora. — Isa voltou-se para mim. — Onde foi que você a encontrou, Tak? Com a madame Mi?

— Comporte-se, Isa.

Ela soltou um resignado suspiro adolescente.

— Tá bem, Tak. Por você. Por você, eu não vou arrancar os cabelos dessa vaca tagarela. E Mari, para seu governo, eu trabalho à noite sob uma pseudoidentidade como escriba freelancer de software de segurança para mais corporações do que você já pagou de boquetes em becos por aí.

Ela esperou, tensa. Ado olhou para ela com olhos cheios de glitter por um momento, depois sorriu e se inclinou de leve para a frente. Sua voz não se elevou além de um murmúrio corrosivo.

— Escuta aqui, sua virgenzinha idiota, se você acha que vai arrumar uma briga comigo, tá muito enganada. E tá com muita sorte, também. No improvável evento de você conseguir me incomodar e me irritar a esse ponto, você nem veria o que te derrubou. Agora, por que não discutimos os negócios em questão, e aí você pode voltar a brincar de crimes de dados com seus coleguinhas de estudo e fingir que sabe alguma coisa sobre o mundo.

— Sua puta do caral...

— Isa! — Injetei certa rispidez em minha voz e levei uma das mãos à frente quando ela começou a se levantar. — Já chega. Ela está certa, ela poderia te matar sem nem suar. Agora comporte-se, ou eu não te pago.

Isa me lançou um olhar de quem tinha sido traída e tornou a se sentar. Sob a pintura de arlequim, era difícil ter certeza, mas achei que ela estivesse corando violentamente. Talvez a piadinha sobre a virgindade tivesse tocado um ponto sensível. Mari Ado teve a elegância de não parecer contente.

— Eu não precisava te ajudar — disse Isa, a voz baixa. — Podia ter te vendido há uma semana, Tak. Provavelmente teria ganhado mais dinheiro assim do que você tá me pagando por essa merda. Não se esqueça disso.

— Não esqueceremos — garanti, com um olhar de alerta para Ado. — Agora, tirando o fato de que ninguém sabe que estamos aqui, o que mais você tem?

O que Isa tinha, tudo carregado em chips de dados inócuos em preto fosco, era a espinha dorsal do ataque. Diagramas dos sistemas de segurança dos Penhascos de Rila, inclusive os procedimentos modificados para as festividades do Dia de Harlan. Mapas de previsão dinâmica das correntes da Extensão atualizados, para a semana seguinte. Planos da mobilização urbana do DP de Porto Fabril e protocolos de tráfego marinho para a duração das celebrações. Acima de tudo, ela tinha levado sua bizarra identidade falsa e a si mesma às fronteiras da elite do crime de dados de Porto Fabril. Ela concordara em ajudar e agora estava envolvida profundamente, com um papel nos acontecimentos que, eu suspeitava, era a principal fonte de seu atual nervosismo e perda de frieza. Tomar parte em um ataque à propriedade da família Harlan sem dúvida constituía muito mais causa para estresse do que suas incursões padrão em comércio ilícito de dados. Se eu não a tivesse praticamente desafiado a fazê-lo, duvido que ela fosse ter algo a ver conosco.

Mas que adolescente de 15 anos sabe recusar um desafio?

Eu, na idade dela, com certeza não sabia.

Se soubesse, talvez nunca tivesse acabado naquela ruela com o traficante de meta e o gancho. Talvez...

É, bem.... Quem é que consegue uma segunda oportunidade com essas coisas? Mais cedo ou mais tarde, todos nós nos enfiamos em algo além do nosso controle. E aí é só uma questão de não se deixar afundar, um passo trôpego de cada vez.

Isa cobriu os passos necessários bem o bastante para merecer aplausos. Fossem quais fossem suas apreensões, quando ela terminou a entrega, seu nervosismo tinha passado e ela retomara seu sotaque arrastado e sua fala lacônica de Porto Fabril.

— Você encontrou Natsume? — perguntei-lhe.

— É, por um acaso, encontrei. Mas não acho que você vá querer falar com ele.

— Por que não?

Ela sorriu.

— Porque ele pegou religião, Kovacs. Mora em um monastério agora, entre a Whaleback e a Nove.

— Whaleback? É a casa dos Renunciantes?

— É, sim. — Ela fez uma pose absurdamente solene de oração que não combinava com seu cabelo e sua cara. — Fraternidade dos Despertos e Cientes. Renuncie daqui por diante a toda a carne e ao mundo.

Senti minha boca se contorcer. Ao meu lado, Mari Ado continuava sentada sem nenhum senso de humor, feito uma rasgasa.

— Eu não tenho nenhum problema com esses caras, Isa. Eles são inofensivos. A meu ver, se eles são burros o bastante para recusar companhia feminina, são eles que saem perdendo. Mas estou surpreso que alguém como Natsume tenha caído em algo assim.

— Ah, mas você andou distante. Eles também recebem mulheres hoje em dia.

— É mesmo?

— É, começaram há algum tempo, quase uma década atrás. Pelo que ouvi, descobriram algumas mulheres escondidas em meio a eles. Estavam lá havia anos. Era de se imaginar, né? Qualquer um que tenha sido reencapado pode mentir sobre seu sexo. — A voz de Isa ganhou ânimo enquanto ela falava sobre algo muito familiar para ela. — Ninguém fora do governo tem o dinheiro para ficar checando esse tipo de coisa. Se você viveu em uma capa masculina por tempo suficiente, até a psicocirurgia tem dificuldade em diferenciar. Mas então, de volta à Fraternidade: para eles, ou seguiam o rumo da Nova Revelação com aquela história de uma-capa-e-acabou, ou saíam por cima e dessegregavam a irmandade, toda modernosa. E, ora, vejam só, os manda-chuvas escolheram mudar.

— Não creio que tenham mudado o nome também, né?

— Acredito que não. Ainda é a Fraternidade. O fraterno envolve as irmãs, aparentemente. — Um dar de ombros adolescente. — Não sei como as irmãs se sentem sobre todo esse envolvimento, mas são os deveres do nível de entrada.

— Falando nisso — disse Mari Ado. — Nós temos permissão para entrar?

— Sim, eles recebem visitantes. Vocês podem ter que esperar por Natsume, mas nada que salte aos olhos. Isso é o que há de bom em Renunciar à carne, sabe? — Isa sorriu de novo. — Nada de coisas inconvenientes como o Tempo e o Espaço para te preocupar.

— Bom trabalho, Issy.

Ela me soprou um beijo.

Porém, quando estávamos nos levantando para sair, ela franziu a testa de leve e evidentemente tomou uma decisão. Ela ergueu uma das mãos e curvou os dedos para nos pedir para chegar perto outra vez.

— Escutem, gente. Eu não sei exatamente o que vocês vão fazer lá em Rila e, para ser honesta, não quero saber. Mas posso lhes dizer isso de graça. O velho Harlan não vai sair do casulo dessa vez.

— Não? — No aniversário dele, isso era incomum.

— Isso mesmo. Uma fofoquinha semissecreta da corte que peguei ontem. Eles perderam outro herdeiro nas Areias de Amami. Despedaçado com um dente de enfardadeira, aparentemente. Eles não deixaram isso vir a público, mas o DP de Porto Fabril anda um pouco relaxado com a criptografia por esses dias. Eu estava procurando coisas relacionadas a Harlan, então... Tirei isso do meio do fluxo. De qualquer forma, com isso e o velho Seichi sendo tostado no deslizador na semana passada, eles não vão correr nenhum risco. Eles cancelaram metade das presenças da família, e parece que até Mitzi Harlan vai ter um destacamento dobrado do serviço secreto. E o Velho Harlan continua sem reencape. Isso é em definitivo. Acho que eles estão planejando permitir que ele assista às comemorações por uma conexão virtual.

Assenti lentamente.

— Obrigado. Bom saber.

— É, desculpa se isso vai foder alguma tentativa de assassinato espetacular para você. Você não perguntou, então eu não ia dizer nada, mas eu detestaria que você fosse até lá e não encontrasse nada para matar.

Ado deu um sorriso minúsculo.

— Não é para isso que estamos aqui — falei depressa. — Mas obrigado mesmo assim. Escuta, Isa, você se lembra há umas duas semanas, quando outro peixe pequeno dos Harlan foi morto no distrito do cais?

— Sim. Marek Harlan-Tsuchiya. Com meta até a tampa, caiu da Doca Karlovy, bateu a cabeça e se afogou. De partir o coração.

Ado fez um gesto impaciente. Ergui a mão para contê-la.

— Alguma chance de nosso colega Marek ter sido ajudado a cair, você acha?

Isa fez uma careta.

— Pode até ser. Karlovy não é o lugar mais seguro do mundo depois que escurece. Mas eles devem tê-lo reencapado a essa altura, e não há nada que indique que tenha sido um assassinato. Por outro lado...

— Por que eles deixariam o público em geral ficar sabendo, né? Tá certa. — Eu podia sentir a intuição de Emissário se contraindo, mas era algo muito leve para compreender. — Certo, Isa. Valeu pelas notícias. Isso não afeta nada para nós, mas mantenha os ouvidos abertos mesmo assim, tá?

— Sempre mantenho, cara.

Pagamos a conta e a deixamos lá, os olhos com veias vermelhas e a máscara de arlequim e a bobina de luz se enrolando em seu cotovelo como um familiar demoníaco domesticado. Ela acenou quando olhei para trás e senti uma fisgada de afeição por ela que durou até chegarmos na rua.

— Putinha cretina — disse Mari Ado, quando nos dirigimos para a beira da água. — Eu odeio esse negócio de fingir que é de uma classe inferior.

Dei de ombros.

— Bem, a rebelião assume muitas formas diferentes.

— É, e aquilo ali não era nenhuma delas.

Pegamos uma balsa de quilhas reais para atravessar a Extensão até a plataforma no subúrbio que chamam de Akan Oriental, pelo visto na esperança de que as pessoas que não conseguem bancar as encostas do distrito Akan em si queiram se assentar por ali. Ado saiu em busca de um chá; eu fiquei junto à amurada, observando o tráfego aquático e a mudança nas perspectivas enquanto a balsa navegava. Há uma magia em Porto Fabril que é fácil de esquecer quando se está distante, mas saia para as águas da Extensão e a cidade parece se abrir para você. O vento no seu rosto e o travo de belalga do mar se combinam para limpar a feiura urbana e você descobre no lugar dela um otimismo mais vasto de marinheiro que pode, às vezes, continuar com você por horas depois de voltar para a terra firme.

Tentando não permitir que isso subisse à minha cabeça, estreitei os olhos para o horizonte ao sul. Ali, amortalhados na esvaída névoa marítima lançada pelo redemoinho, os Penhascos de Rila pairavam em uma coluna de isolamento. Não era exatamente o afloramento mais ao sul do arquipélago, mas quase; a vinte quilômetros de mar aberto a norte do terreno assentado mais próximo — a ponta de Nova Kanagawa — e ao menos metade dessa distância do pedaço de rocha mais próxima sobre a qual se podia ao menos ficar de pé. A maioria das Primeiras Famílias tinha declarado posse sobre o terreno alto em Porto Fabril logo no início, mas Harlan enganou todas elas. Rila, linda em sua rocha vulcânica preta brilhante, era uma fortaleza em tudo, exceto o nome. Uma lembrança elegante e poderosa para toda a cidade de quem é que estava no comando ali. Um ninho para suplantar aqueles construídos por nossos predecessores marcianos.

Atracamos em Akan Oriental com um tranco suave que foi como despertar. Encontrei Mari Ado de novo, perto da rampa de desembarque, e caminhamos costurando pelas ruas retilíneas tão depressa quanto possível, checando se não estávamos sendo seguidos. Dez minutos depois, Virgínia Vidaura nos deixava entrar no loft ainda não arrumado que Brasil havia escolhido como base para nossas operações. Os olhos dela nos analisaram como um escâner clínico.

— Tudo certo?

— Tudo. A Mari aqui não fez nenhuma nova amizade, mas o que se pode fazer?

Ado bufou e passou por mim, batendo o ombro no meu, depois desapareceu no interior do depósito. Vidaura fechou a porta e a trancou enquanto eu lhe contava sobre Natsume.

— Jack vai ficar decepcionado — disse ela.

— É, também não era o que eu esperava. Bela lenda, hein? Você quer ir até a Whaleback comigo? — Arqueei minha sobrancelha, gracejando. — Ambiente virtual.

— Acho que isso provavelmente não é uma boa ideia.

Suspirei.

— Não, provavelmente não.

CAPÍTULO 29

O monastério entre a Whaleback e a Nove era um lugar sinistro, inexpressivo. A ilhota de Whaleback, junto com uma dúzia de outros fragmentos similares de terra e recifes recuperados, servia como um assentamento a uma distância curta para trabalhadores das docas e indústrias marinhas de Nova Kanagawa. Passagens elevadas e partes suspensas ofereciam acesso imediato para atravessar a breve extensão de água até Kanagawa, mas o espaço limitado nessas ilhas satélites significava apartamentos amontoados ao estilo dos quartéis para a mão de obra. Os Renunciantes tinham simplesmente adquirido uma área de cem metros defronte ao mar e bloqueado todas as janelas.

— Para segurança — explicou o monge que nos deixou entrar. — Nós funcionamos com uma equipe bem básica aqui e há muito equipamento valioso. Vocês terão que entregar essas armas antes de prosseguirmos.

Por baixo do macacão cinzento e simples da ordem, ele usava uma capa sintética básica e barata da Fabrikon que, supostamente, rodava com um escâner embutido. A voz parecia vir de um telefone ruim ampliado, e o rosto de silicocarne estava composto em uma expressão distante que podia ou não refletir como ele se sentia a nosso respeito — grupos de músculos menores nunca são muito bons nos modelos mais baratos. Por outro lado, até sintéticas vagabundas normalmente rodam com níveis insanos de reflexo e força, e era bem provável que desse para abrir um buraco de rajada nessa aqui sem o dono nem perceber.

— Parece justo — eu disse a ele.

Desenterrei a GS Rapsodia e a entreguei pela culatra. Ao meu lado, Sierra Tres fez o mesmo com uma arma de raios rombuda. Brasil abriu os braços, bem-humorado, e a capa sintética assentiu.

— Bom. Eu devolvo na saída.

Ele nos levou por um saguão de entrada de concreterno deprimente cuja estátua obrigatória de Konrad Harlan tinha sido mascarada em plástico de modo pouco lisonjeiro, depois para o que já devia ter sido um apartamento térreo. Duas fileiras de cadeiras de aparência desconfortável, tão básicas quanto a capa do atendente, estavam de frente para uma mesa e uma pesada porta de aço mais além. Uma segunda atendente nos esperava além da mesa. Assim como seu colega, ela estava encapada sinteticamente e coberta por um macacão cinzento, mas suas feições faciais eram um pouquinho mais animadas. Talvez estivesse se esforçando um pouco mais, ainda trabalhando para receber aceitação total sob as novas regras de indução unissex.

— Quantos de vocês estão solicitando audiência? — perguntou ela, bastante agradável, considerando-se as limitações de sua voz Fabrikon.

Jack Soul Brasil e eu erguemos as mãos; Sierra Tres postou-se destacadamente isolada. A atendente gesticulou para que a seguíssemos e apertou um código na porta de aço. Ela se abriu com um fragor antigo e metálico e nós entramos em uma câmara com paredes cinza, preparada com meia dúzia de sofás caindo aos pedaços e um sistema de transferência virtual que parecia ainda estar funcionando à base de silicone.

— Por favor, fiquem à vontade em um dos sofás e prendam os eletrodos e hipnofones conforme as instruções holográficas que verão do seu lado direito.

Fiquem à vontade era um pedido ambicioso: os sofás não eram automoldáveis e não pareciam ter sido construídos com conforto em mente. Eu ainda estava tentando encontrar uma boa posição quando a atendente passou para a suíte de controle de transferência e nos ligou. Um sonocódigo murmurou pelos hipnofones.

— Por favor, virem a cabeça para a direita e assistam ao holoformulário até perderem a consciência.

A transição, por mais estranho que pareça, foi muito mais tranquila do que eu esperava, considerando o entorno. No coração da holosfera, a figura oscilante de um oito se formou e começou a executar ciclos pelo espectro de cores. O sonocódigo se arrastava em contraponto. Em poucos segundos, o show de luzes se expandiu até ocupar minha visão e o som em meus ouvidos se tornou água corrente. Eu me senti inclinar para a frente na direção da figura oscilante, depois cair através dela. Faixas de luz lampejaram sobre meu rosto, encolhendo-se até chegar ao branco e o rugido mesclado do riacho em meus ouvidos. Houve uma inclinação de tudo embaixo de mim, uma sensação de que o mundo todo tinha virado 180 graus e, de súbito, eu fui depositado de pé em uma plataforma de pedra desgastada atrás de uma queda d'água em plena cheia. Os restos do espectro oscilante apareceram brevemente como uma borda de luz refratada na leve névoa, depois se apagou como uma nota moribunda. Abruptamente havia poças em torno dos meus pés e ar frio e úmido batendo no meu rosto.

Quando me virei, procurando por uma saída, o ar ao meu lado se espessou e estremeceu em um esboço de um boneco de luz que se tornou Jack Soul Brasil. A inclinação da cachoeira se abalou quando ele solidificou, depois se assentou de novo. As poças cintilaram e reapareceram. Brasil piscou e olhou ao seu redor.

— É por aqui, acho — falei, apontando para um conjunto de degraus rasos de pedra de um lado da cachoeira.

Seguimos os degraus em torno de um rochedo e emergimos para uma forte luz do sol acima da queda d'água. Os degraus se transformaram em uma trilha pavimentada cruzando uma colina coberta de musgo e no mesmo momento eu vi o monastério.

Ele se erguia em meio a colinas de elevação gentil contra um pano de fundo de montanhas escarpadas que lembravam vagamente parte do Arquipélago Açafrão, sete níveis e cinco torres de madeira ornamentada e granito no clássico estilo pagode. A trilha que saía da cachoeira atravessava a colina e terminava em um imenso portal de madeira-espelho que brilhava ao sol. Outras trilhas semelhantes irradiavam do monastério sem nenhum padrão particular, levando para as colinas. Podíamos ver uma ou duas figuras caminhando por elas.

— Bem, dá para ver por que eles foram para o virtual — falei, mais para mim mesmo. — Muito melhor que Whaleback e a Nove.

Brasil grunhiu. Ele vinha igualmente não comunicativo o caminho todo, desde Akan. Ainda não parecia ter superado o choque da renúncia de Nikolai Natsume ao mundo e à carne.

Abrimos caminho colina acima e encontramos o portão entreaberto o bastante para permitir a passagem. Lá dentro, um saguão de pisos polidos de madeira da Terra e tetos com vigas levava até um jardim central e o que parecia ser cerejeiras em flor. Nas paredes de ambos os lados pendiam tapeçarias intrincadamente coloridas e, conforme nos movíamos para o centro do salão, uma figura de uma delas se desprendeu em uma massa de fios que flutuou no ar, vagou para baixo e se tornou um homem. Ele vestia o mesmo macacão de monge que víramos nos Renunciantes no mundo real, mas o corpo sob ele não era sintético.

— Posso ajudá-los? — indagou com gentileza.

Brasil assentiu.

— Estamos procurando Nik Natsume. Sou um velho amigo.

— Natsume. — O monge abaixou a cabeça por um instante, depois tornou a olhar para cima. — Ele está trabalhando nos jardins. Nós o avisamos sobre a sua presença. Imagino que ele estará aqui em um momento.

A última palavra ainda estava deixando sua boca quando um homem magro e de meia idade, com um rabo de cavalo grisalho entrou pela extremidade mais distante do saguão. Até onde eu podia ver, era uma aparição natural, mas, a menos que os jardins estivessem escondidos logo depois da curva, a velocidade de sua chegada por si só era um sinal de que aqui toda aquela magia de sistema estava sutilmente em ação. E não havia nenhum traço de água ou terra naquele macacão.

— Nik? — Brasil adiantou-se para se encontrar com ele. — É você?

— Certamente, eu diria que sou, sim.

Natsume deslizou mais para perto pelo piso de madeira. Havia algo nele que me lembrava dolorosamente de Lazlo. O rabo de cavalo e a competência rija no modo como ele se postava; uma sugestão do mesmo charme maníaco em seu rosto. *Algumas sacudidas em desvios e sete metros rastejando por uma chaminé de aço polido.* Mas enquanto os olhos de Lazlo sempre mostravam a força que ele fazia para se manter sob controle, Natsume parecia ter se engalfinhado com sua irritação interna, alcançando um acordo de paz. Seu olhar era intenso e sério, mas não exigia nada do mundo que enxergava.

— Embora prefira ser chamado de Norikae hoje em dia.

Ele trocou uma curta série de gestos honoríficos com o outro monge, que prontamente vagou para o alto, envolveu-se em uma massa de fios coloridos e voltou a se interpolar na tapeçaria. Natsume o observou ir embora, em seguida se virou e analisou nós dois.

— Temo que não conheça nenhum de vocês dois nesses corpos.

— Você não me conhece mesmo — eu o tranquilizei.

— Nik, sou eu, Jack. De Vchira.

Natsume olhou para suas mãos por um momento, depois para Brasil outra vez.

— Jack Soul Brasil?

— É. O que você tá fazendo *aqui,* cara?

Um breve sorriso.

— Aprendendo.

— O que, você tem um oceano por aqui? Surfe como no Recife Quatro Dedos? Penhascos como aqueles em Pascani? O que é isso, cara!

— Na verdade, no momento estou aprendendo a criar papoulas filigranadas. Consideravelmente difícil. Talvez queira ver os meus esforços até o momento?

Brasil se remexeu, sem jeito.

— Olha, Nik, eu não sei se temos tempo para...

— Ah, o tempo aqui é... — O sorriso de novo. — Flexível. Eu arranjo tempo. Por favor, sigam-me.

Deixamos o salão e voltamos pelo quadrângulo das cerejeiras em flor, depois passamos sob um arco e atravessamos um pátio de pedras roladas. Em um canto, dois monges estavam ajoelhados em meditação e não ergueram os olhos. Era impossível dizer se eram habitantes humanos do monastério ou funções do construto, como o porteiro. Natsume, pelo menos, os ignorou. Brasil e eu trocamos um olhar, e o rosto do surfista pareceu preocupado. Eu podia ler seus pensamentos como se eles estivessem sendo impressos para mim. Este não era o homem que ele tinha conhecido, e Brasil não sabia se ainda podia confiar nele.

Por fim, Natsume nos guiou por um túnel arqueado para outro quadrângulo e descendo por uma curta escadaria com degraus de madeira da Terra até um poço raso de relva alagadiça e erva, bordejado por uma trilha circular de pedra. Ali, sustentadas em meio aos andaimes cinzentos lembrando teia de aranha de seus sistemas de raízes, uma dúzia de papoulas filigranadas oferecia suas pétalas laceradas em verde e púrpura iridescente para o céu virtual. A mais alta não tinha mais do que cinquenta centímetros de altura. Talvez fosse impressionante sob um ponto de vista hortícola; eu não tinha como saber. Mas certamente não era uma grande realização para um sujeito que já tinha lutado sozinho com um golfinho-costas-de-garrafa adulto sem nenhuma arma exceto punhos, pés e um sinalizador químico de vida curta. Para um sujeito que já tinha escalado os Penhascos Rila sem antigrav nem cordas.

— Muito bonitas — disse Brasil.

Eu concordei.

— Sim. Você deve estar bem satisfeito com elas.

— Só um pouco. — Natsume deu a volta em suas incumbências de pétalas recortadas com um olhar crítico. — No final, sucumbi à falha mais óbvia, como pelo jeito acontece com todos os novos praticantes.

Ele olhou para nós, expectante.

Olhei de volta para Brasil mas não obtive ajuda ali.

— Elas são um pouco baixas? — perguntei.

Natsume balançou a cabeça e riu.

— Não, de fato, elas têm uma altura boa para uma base tão úmida. E... eu sinto muito... vejo que cometi outra infração comum aos jardineiros. Presumi um fascínio geral com o objeto de minhas obsessões pessoais.

Ele deu de ombros e se juntou outra vez a nós nos degraus, onde se sentou. Gesticulou para as plantas.

— Elas são brilhantes demais. Uma papoula filigranada ideal é fosca. Ela não deveria cintilar daquele jeito, é vulgar. Ao menos, é isso o que abade me diz.

— Nik...

Ele olhou para Brasil.

— Sim?

— Nik, precisamos... conversar com você sobre... algumas coisas.

Esperei. Isso tinha que ser uma decisão de Brasil. Se ele não confiava no terreno, não seria eu que caminharia na frente.

— Algumas coisas? — Natsume assentiu. — Que coisas seriam essas, então?

— Nós... — Eu nunca havia visto o surfista tão travado. — Eu preciso da sua ajuda, Nik.

— Sim, isso está claro. Mas em quê?

— É que...

De súbito, Natsume riu. Foi um som gentil, com uma zombaria leve.

— Jack — disse ele. — Sou eu. Só porque agora eu planto flores, acha que não pode mais confiar em mim? Você acha que Renunciar significa vender a própria humanidade?

Brasil olhou para o canto do jardim raso.

— Você mudou, Nik.

— É claro que mudei. Faz mais de um século, o que você esperava? — Pela primeira vez, uma onda tênue de irritação manchou a serenidade monástica de Natsume. Ele se levantou para poder encarar Brasil melhor. — Que eu fosse passar minha vida toda na mesma praia, surfando? Escalando fossos suicidas de cem metros só pela emoção? Arrombando fechaduras de bioware corporativo, roubando tudo em troca de dinheiro rápido no mercado paralelo e chamando isso de neoquellismo? A porcaria de revolução rastejante.

— Isso não é...

— *É claro* que eu mudei, Jack. Que tipo de aleijado emocional eu seria se não tivesse mudado?

Brasil desceu um passo na direção dele, abrupto.

— Ah, você acha que *isso aqui* é melhor?

Ele estendeu um braço para indicar as papoulas filigranadas. Suas raízes em andaimes pareceram estremecer com a violência do gesto.

— Você se arrasta para essa porra de mundo de sonhos, cria *plantas* em vez de viver e ainda *me acusa* de ser um aleijado emocional? Vai se foder, Nik. Você é o aleijado, não eu.

— O que é que você está conseguindo lá fora, Jack? O que é que você tá fazendo que vale mais do que isso?

— *Eu estava de pé em cima de uma muralha de dez metros de altura quatro dias atrás.* — Brasil fez um esforço para se acalmar. Seu grito afundou para um resmungo. — Isso vale o dobro de toda essa merda virtual.

— Vale? — Natsume deu de ombros. — Se você morrer embaixo de uma dessas ondas em Vchira, deixou escrito em algum lugar que você não quer voltar?

— Essa não é a questão, Nik. Eu vou voltar, mas ainda vou ter morrido. Isso vai me custar a nova capa, e eu terei passado pelo portal. Lá fora, no mundo real que você tanto odeia...

— Eu não odeio...

— Lá *fora,* ações têm consequências. Se eu quebrar alguma coisa, vou saber, porque vai doer pra caralho.

— Sim, até que o sistema avançado de endorfinas da sua capa entre em ação, ou até você tomar algo para a dor. Não vejo motivo para tanta indignação.

— O motivo? — Brasil gesticulou de novo para as papoulas, impotente.

— *Nada disso é real, Nik, caralho!*

Percebi uma centelha de movimento pelo canto do olho. Virei e vi um par de monges, atraídos pelas vozes elevadas, flutuando perto da entrada arqueada para o quadrângulo. Um deles estava literalmente flutuando. Seus pés estavam a trinta centímetros do pavimento irregular.

— Norikae-san? — indagou o outro.

Mudei minimamente minha postura, perguntando-me à toa se eles eram habitantes reais do monastério ou não, e se, caso não fossem, quais os parâmetros operacionais que deviam obedecer em circunstâncias como essa. Se os Renunciantes rodavam sistemas de segurança internos, nossas chances em uma luta eram zero. Não se entra na virtualidade de outra pessoa e se ganha uma briga, a menos que essa outra pessoa queira.

— Não é nada, Katana-san. — Natsume fez um movimento apressado e complicado com as duas mãos. — Só uma diferença de perspectiva entre amigos.

— Minhas desculpas, então, por ter me intrometido. — Katana fez uma reverência sobre os punhos, um envolvido no outro, e os dois recém-chegados se retiraram pelo túnel arqueado. Eu não vi se eles se afastaram em tempo real ou não.

— Talvez — começou Natsume baixinho, parando em seguida.

— Eu sinto muito, Nik.

— Não, você tem razão, é claro. Nada disso é real no sentido que ambos compreendíamos. Mas aqui, *eu* sou mais real do que nunca. Eu defino como eu existo, e não há nenhum desafio mais difícil que esse, acredite.

Brasil disse algo inaudível. Natsume retomou seu lugar nos degraus de madeira. Ele olhou para Brasil e, depois de um momento, o surfista se sentou dois degraus acima. Natsume assentiu e fitou o jardim.

— Há uma praia a leste — disse ele, distraído. — Montanhas ao sul. Se eu quiser, elas podem ser forçadas a se encontrarem. Posso escalar a qualquer momento que eu quiser, nadar quando quiser. Até surfar, embora eu não tenha feito isso ainda.

"E em todas essas coisas, eu tenho escolhas a fazer. Escolhas importantes. Golfinhos no oceano ou não? Corais nos quais me arranhar e sangrar ou não? Sangue com que sangrar, caso chegue a isso? Todas essas são questões que exigem meditação prévia. Gravidade em efeito total nas montanhas?

Se eu cair, vou permitir que isso me mate? E o que permitirei que isso signifique? — Ele olhou para suas mãos como se elas também fossem algum tipo de escolha. — Se eu quebrar ou cortar algo, vou permitir que doa? Caso permita, por quanto tempo? Quando tempo vou esperar até me curar? Vou me permitir lembrar a dor propriamente depois? E então, de todas essas questões, os problemas secundários (alguns diriam primários) aparecem. Por que eu estou fazendo isso? Eu *quero* a dor? Por quê? Eu quero cair? Por que *isso*? Importa para mim alcançar o topo ou simplesmente sofrer no caminho até lá? Para quem estou fazendo essas coisas? Para quem eu fiz essas coisas? Eu mesmo? Meu pai? Lara, talvez?"

Ele sorriu para as papoulas filigranadas.

— O que você acha, Jack? É por causa da Lara?

— Aquilo não foi culpa sua, Nik.

O sorriso sumiu.

— Aqui, eu estudo a única coisa que ainda me assusta. Eu mesmo. E nesse processo, não prejudico mais ninguém.

— E não ajuda mais ninguém também — apontei.

— Sim. Axiomático. — Ele olhou para mim. — Então você também é um revolucionário? Um dos fiéis neoquellistas?

— Não exatamente.

— Mas tem pouca simpatia pelos Renunciantes.

Dei de ombros.

— É inofensivo. Como você diz. E ninguém precisa brincar disso, se não quiser. Mas você meio que presume que o resto de nós vai fornecer a infraestrutura energizada para esse estilo de vida. Me parece uma falha básica na Renúncia, por si só.

Isso fez o sorriso voltar.

— Sim, isso é meio que um teste de fé para muitos de nós. Obviamente, no fim, acreditamos que toda a humanidade vai nos seguir para o virtual. Estamos só preparando o caminho. Aprendendo como fazer, pode-se dizer.

— É — disparou Brasil. — E enquanto isso, lá fora o mundo cai aos pedaços em cima do resto de nós.

— Ele sempre esteve caindo aos pedaços, Jack. Você acha mesmo que o que eu fazia lá fora, os pequenos roubos e desafios, que isso tudo fez alguma diferença?

— Nós vamos levar uma equipe para Rila — disse Brasil abruptamente, decidido. — Essa é a diferença que a gente vai fazer, Nik. Bem aí.

Eu pigarreei.

— Com a sua ajuda.

— Ah.

— Sim, estamos precisando da rota, Nik. — Brasil se levantou e perambulou para um canto do quadrângulo, erguendo sua voz como se, agora que o segredo estava revelado, ele quisesse que até o volume da conversa refletisse sua decisão. — Tá no clima de nos dar isso? Em nome dos velhos tempos?

Natsume se levantou e olhou para mim, intrigado.

— Você já escalou algum penhasco no mar?

— Na verdade, não. Mas a capa que estou usando leva jeito pra isso.

Por um momento, ele sustentou meu olhar. Era como se ele estivesse processando o que eu tinha acabado de dizer e aquilo não batesse. E então, subitamente, ele soltou uma risada que não combinava com o homem com quem estávamos conversando.

— A capa? — A risada se abateu para um riso mais controlado e depois, uma seriedade de olhos duros. — Você vai precisar de mais do que isso. Sabe que existem colônias de rasgasas no último terço de Rila? Provavelmente mais agora do que havia quando eu subi. Você sabe que há um rebordo suspenso que dá a volta toda nas ameias inferiores? Só Buda sabe quanta tecnologia anti-invasão atualizada eles construíram por lá desde que fiz a escalada. Você *sabe* que as correntes na base de Rila vão carregar seu corpo arrebentado até a metade da Extensão antes de te largarem em algum ponto?

— Bom... — Dei de ombros. — Ao menos, se eu cair, não vou ser apanhado para interrogatório.

Natsume olhou de relance para Brasil.

— Qual é a idade dele?

— Deixa o cara em paz, Nik. Ele tá usando uma Eishundo, que ele *encontrou*, segundo me disse, enquanto perambulava por Nova Hokkaido matando mementas para ganhar a vida. Você sabe o que é uma mementa, não sabe?

— Sim. — Natsume ainda olhava para mim. — Ouvimos as novidades sobre o Mecsek.

— Já não é lá muita novidade, Nik — disse Brasil a ele, achando graça.

— Você está mesmo usando uma Eishundo?

Assenti.

— Você sabe quanto vale isso?

— Já aprendi o valor dessa capa, sim.

Brasil se remexeu, impaciente.

— Olha, Nik, você vai nos dar essa rota ou não? Ou está só preocupado que a gente vai bater o seu recorde?

— Vocês vão acabar se matando, cartucho irrecuperável, os dois. Por que eu deveria ajudá-los nisso?

— Ei, Nik... Você renunciou ao mundo e à carne, se lembra? Por que você deveria se incomodar com como a gente vai terminar lá no mundo real?

— O que me incomoda é que vocês dois são uns malucos do caralho, Jack.

Brasil sorriu, talvez pela obscenidade que tinha conseguido arrancar de seu ex-herói.

— É, mas pelo menos ainda estamos no jogo. E você sabe que nós vamos fazer isso de qualquer jeito, com ou sem a sua ajuda. Então...

— Tudo bem. — Natsume ergueu as mãos. — Tá, vocês venceram, eu mostro a rota. Agora mesmo. Vou até orientá-los por ela. Por mais que isso não vá ajudar em nada. Tá, podem ir. Vão morrer nos Penhascos de Rila. Talvez isso seja *real* o bastante pra vocês.

Brasil se limitou a dar de ombros e sorrir de novo.

— Qual é o problema, Nik? Tá com ciúme ou algo assim?

Natsume nos guiou pelo monastério até uma suíte parcamente mobiliada de quartos com piso de madeira no terceiro andar, onde ele desenhou imagens no ar com as mãos e conjurou a escalada de Rila para nós. Em parte, o desenho vinha diretamente de sua memória como ela existia agora no código da virtualidade, mas as funções dos dados do monastério lhe permitiam checar o mapeamento contra um construto objetivo em tempo real de Rila. Suas previsões revelaram-se corretíssimas: as colônias de rasgasas tinham se espalhado e o rebordo das ameias havia sido modificado, embora o cartucho de dados do monastério não pudesse oferecer mais do que uma confirmação visual desse fato. Não havia jeito de identificar o que mais estava lá no alto, esperando por nós.

— Mas as más notícias servem para os dois lados — disse ele, uma animação em sua voz que não estivera ali antes de ele começar a esboçar a rota. — Aquele rebordo também atrapalha a defesa. Eles não podem ver com clareza dali para baixo, e os sensores ficam confusos com o movimento dos rasgasas.

Olhei de soslaio para Brasil. Não fazia sentido dizer a Natsume o que ele não precisava saber — que a rede de sensores dos Penhascos era a menor de nossas preocupações.

— Em Nova Kanagawa — falei, em vez disso —, ouvi dizer que estão montando sistemas de microcâmeras nos rasgasas. Treinando os bichos, até. Alguma verdade nisso?

Ele soltou uma bufada de desdém.

— É, diziam a mesma coisa há 150 anos. Era uma baboseira paranoica na época, e acho que ainda é. Qual o sentido de uma microcâmera em um rasgasa? Eles nunca se aproximam de habitações humanas se puderem evitar. E pelo que me lembro dos estudos feitos, eles não são facilmente treinados ou domesticados. Além disso, é mais do que provável que os orbitais captariam essas câmeras e atirariam nelas na hora. — Ele me deu um sorriso desagradável que não combinava com a suíte de serenidade do monge Renunciante. — Acredite, você já tem bastante com que se preocupar escalando em meio a uma colônia de rasgasas *selvagens,* quanto mais alguma variedade ciborgue domesticada.

— Certo. Obrigado. Alguma outra dica útil?

Ele deu de ombros.

— Sim. Não caia.

No entanto, havia uma expressão em seus olhos que traía o desapego lacônico pretendido por ele e depois, enquanto subia os dados para coleta exterior, o monge ficou quieto de um jeito tenso que não continha nada daquela calma monástica anterior. Quando ele nos guiou de volta pelo monastério, não falou nada. A visita de Brasil o agitara como as brisas de primavera soprando sobre os lagos de carpas em Danchi. Agora, sob a superfície ondulada, silhuetas poderosas se flexionavam de um lado para outro, irrequietas. Quando chegamos ao saguão de entrada, ele se voltou para Brasil e começou a falar, desajeitado.

— Escuta, se você...

Algo começou a fazer um barulho muito alto.

A renderização do construto Renunciante era boa — eu senti a minúscula picada em minhas palmas quando os reflexos de lagartixa da capa Eishundo se prepararam para agarrar-se a uma rocha e escalar. Através da visão periférica aumentada de súbito, vi Brasil se retesar e, atrás dele, a parede estremecer.

— *Sai* — gritei.

A princípio, parecia ser um produto das tapeçarias do porteiro, uma extrusão saliente do mesmo tecido. Em seguida, vi que era a parede por trás do tecido que se salientava para dentro, distorcida por forças que o mundo real não teria permitido. O ruído podia ser alguma analogia do construto à tensão colossal que a estrutura estava sofrendo, ou podia ser apenas a voz da coisa que tentava entrar. Não houve tempo para saber. Em frações de segundo, a parede irrompeu para dentro com um som como o de um imenso melão rachando, a tapeçaria se rasgou ao meio e uma figura inacreditável com dez metros de altura entrou no saguão.

Era como se um monge Renunciante tivesse sido tão inflado de lubrificante de alto nível que seu corpo tivesse se rompido em todas as juntas para deixar o óleo escapar. Uma forma humana em macacão cinza era vagamente reconhecível no centro da bagunça, mas em torno dela tudo era um líquido preto iridescente fervilhando e pendendo no ar em gavinhas viscosas que se estendiam. O rosto da coisa tinha desaparecido, os olhos, nariz e a boca arrancados pela pressão do óleo sendo expelido. A coisa que tinha produzido o dano pulsava de cada orifício e junção dos membros, como se o coração lá dentro ainda batesse. O grito emanava de toda a figura no ritmo de cada pulsação, sem jamais morrer antes da próxima explosão de som.

Eu percebi que tinha assumido uma postura de combate, semiagachado, que eu sabia ser mais do que inútil. Tudo o que podíamos fazer agora era fugir.

— Norikae-san, Norikae-san! Por favor, deixe essa área agora.

Era um coro de gritos, perfeitamente cadenciados, enquanto da parede oposta uma falange de porteiros se formava das tapeçarias e saltava em um arco gracioso acima de nossas cabeças na direção do intruso, empunhando lanças e cassetetes cheios de espinhos, tudo muito curioso. Seus corpos recém-formados eram entremeados com uma extrusão própria que brilhava com uma luz dourada suave e entrecruzada.

— Por favor, leve seus convidados até a saída imediatamente. Nós vamos cuidar disso.

Os fios dourados estruturados tocaram a figura rompida, e ela se encolheu. O grito se estilhaçou e aumentou em volume e tom, apunhalando meus tímpanos. Natsume se voltou para nós, gritando acima do barulho.

— Vocês os ouviram. Não há nada que possam fazer a respeito disso. Caiam fora daqui.

— Tá, como a gente faz isso? — gritei de volta.

— Voltem para...

Suas palavras desapareceram como se ele tivesse sido desligado. Acima de sua cabeça, algo tinha aberto um buraco enorme no teto do saguão. Blocos de pedra caíram como chuva e os porteiros faiscaram pelo ar, atacando com a luz dourada que desintegrava os destroços antes que eles pudessem nos atingir. Isso custou a existência de dois deles, enquanto o intruso cheio de fios pretos capitalizava sobre a distração deles, esticando novos tentáculos espessos e os despedaçando. Eu os vi sangrar uma luz pálida enquanto morriam. Através do teto...

— Merda.

Veio outra figura explodindo de óleo, essa com o dobro do tamanho da anterior, estendendo os braços humanos que tinham brotado imensas garras líquidas dos nós dos dedos e de debaixo das unhas de cada mão. Uma cabeça rachada se espremeu dali e sorriu para nós. Glóbulos daquela coisa preta cascateavam como baba da boca rasgada da criatura, respingando no chão e corroendo tudo até alcançar uma camada de filigrana delicada prateada mais abaixo. Uma gotícula tocou minha bochecha e torrou a pele. O grito estilhaçado se intensificou.

— Pela cachoeira — berrou Natsume em minha orelha. — Jogue-se nela. Vá!

Nesse momento, o segundo invasor bateu o pé no chão e todo o teto do saguão cedeu. Agarrei Brasil, que olhava para cima com um assombro entorpecido, e o arrastei na direção da porta entreaberta. Ao nosso redor, figuras dos porteiros se uniam e se jogavam para o alto para enfrentar a nova ameaça. Vi uma nova leva sair das tapeçarias restantes, mas metade deles foi agarrada e despedaçada pela coisa no teto antes que pudessem terminar de se formar. A luz se derramava como chuva sobre o piso de pedra. Notas musicais soaram por todo o espaço do saguão e se refrataram em desarmonias. As criaturas sombrias e rasgadas se agitaram em torno delas.

Nós chegamos até a porta com algumas queimaduras leves e empurrei Brasil à minha frente. Virei para trás por um momento e desejei não tê-lo feito. Vi Natsume ser tocado por um ramo preto deformado e de algum modo consegui ouvir seu grito acima dos berros generalizados. Por um breve segundo, era uma voz humana; em seguida, foi distorcido e arrancado de seu tom como se por uma mão impaciente com um kit de controles de som e Natsume pareceu, de alguma forma, nadar para longe de sua própria solidez, debatendo-se de um lado para outro como um peixe preso entre duas lâminas de vidro, o tempo todo derretendo e gritando em uma harmonia sinistra com a fúria que se abatia dos dois intrusos.

Saí.

Corremos para a queda d'água. Mais um olhar para trás me mostrou toda a lateral do monastério despedaçada a golpes atrás de nós e as duas figuras com tentáculos sombrios crescendo em estatura enquanto atacavam os porteiros que enxameavam em torno delas. O céu escurecia como se para uma tempestade, e o ar tinha subitamente esfriado. Um chiado indescritível rolava pela grama dos dois lados da trilha, como uma chuva torrencial, como gás de alta pressão vazando. Enquanto escorregávamos pela trilha sinuosa ao lado da cachoeira, vi padrões selvagens de interferência rasgarem a cortina de água e uma vez, quando chegamos na plataforma atrás da cachoeira, o fluxo engasgou em uma súbita desolação de rocha nua e ar aberto, tossiu, depois recomeçou.

Meu olhar encontrou o de Brasil. Ele não parecia mais feliz do que eu me sentia.

— Você vai primeiro — eu disse a ele.

— Não, tudo bem. Você...

Um uivo estridente, oxidante, veio da trilha. Eu o empurrei pela parte de trás da cintura e, enquanto ele desaparecia pelo trovejante véu de água, mergulhei em seguida. Senti a água ser despejada sobre meus braços e ombros, senti meu corpo se inclinar e...

... ser puxado até ficar de pé no sofá surrado.

Foi uma transição de emergência. Por alguns segundos, ainda me senti molhado pela cachoeira, podia jurar que minhas roupas estavam ensopadas e meu cabelo, emplastrado em torno do meu rosto. Respirei fundo, tonto, e então a percepção da realidade me alcançou. Eu estava seco. Eu estava em segurança. Já estava arrancando os hipnofones e eletrodos, rolando do sofá, olhando ao meu redor, o coração disparando na garganta em reação atrasada enquanto meu corpo físico reagia a sinais de uma consciência que tinha acabado de voltar ao banco do motorista adrenal.

Do outro lado da câmara de transferência, Brasil já se encontrava de pé, conversando apressadamente com uma Sierra Tres de expressão soturna que, de algum jeito, tinha readquirido a arma de raios e a minha Rapsodia. O cômodo estava cheio de um ruído rouco das sirenes de emergência sem uso havia décadas. Luzes piscavam, incertas. Encontrei a recepcionista no meio da câmara, onde acabara de abandonar um painel de instrumentos que piscava em todas as cores. Até no rosto de poucos músculos da capa Fabrikon, uma raiva chocada me encarava.

— Foi você que levou isso para lá? — gritou ela. — Você nos contaminou?

— Não, claro que não! Confira a porra dos seus instrumentos. Aquelas coisas ainda estão lá.

— Que caralhos é aquilo? — perguntou Brasil.

— Se tivesse que chutar, eu diria que um vírus dormente. — Distraído, tomei a Rapsodia de Tres e chequei que estava carregada. — Você viu o formato das criaturas: parte daquelas coisas já foi um monge, um disfarce humano digitalizado embrulhado em torno dos sistemas ofensivos enquanto dormente. Apenas esperando pelo gatilho certo. A personalidade que servia como cobertura talvez nem estivesse ciente de que carregava o vírus até ele explodir.

— Sim, mas *por quê?*

— Natsume. — Dei de ombros. — Provavelmente está sendo rastreado desde...

A atendente nos olhava boquiaberta como se tivéssemos começado a falar em código maquinal. Seu colega surgiu atrás dela na porta para a câmara de transferência e abriu caminho à força. Havia um pequeno chip de dados bege na mão esquerda e a silicocarne barata estava bem esticada nos dedos que o seguravam. Ele brandiu o chip para nós e se debruçou bem perto para superar o ruído das sirenes.

— Vocês precisam ir embora agora — disse ele, resoluto. — Norikae-san me solicitou que entregasse isso aqui a vocês, mas devem sair imediatamente. Vocês não estão mais seguros nem serão bem-vindos aqui.

— Jura mesmo? — Peguei o chip oferecido. — Se eu fosse você, viria conosco. Fechem com solda todas as portas de dados existentes no monastério antes de sair e então chame uma boa equipe de limpeza viral. Pelo que vi lá, seus porteiros não estavam se dando muito bem.

As sirenes berravam ao nosso redor como festeiros cheios de meta. Ele balançou a cabeça, como se para limpá-la do barulho.

— Não. Se isso é um teste, vamos enfrentá-lo no Upload. Não iremos abandonar nossos irmãos.

— Ou irmãs. Bem, fique à vontade, isso é muito nobre. Pessoalmente, acho que qualquer um que vocês enviarem para lá nesse momento vai sair com o subconsciente esfolado até o osso. Vocês precisam muito de um apoio do mundo real.

Ele me encarou.

— Você não entende — vociferou ele. — Esse é o nosso domínio, não a carne. Este é o destino da raça humana, o Upload. Somos mais fortes lá e vamos triunfar lá.

Eu desisti. Gritei de volta para ele:

— Bom. Ótimo. Depois me diga como foi. Jack, Sierra? Vamos deixar esses idiotas se matarem e dar no pé.

Abandonamos os dois na sala de transferência. A última coisa que vi foi o atendente se deitando em um dos sofás, fitando diretamente adiante enquanto a mulher grudava os eletrodos. O rosto dele brilhava de suor, mas também estava enlevado, fixo em um paroxismo de determinação e emoção.

Lá fora, entre a Whaleback e a Nove, a suave luz da tarde pintava as paredes vazias do monastério com tons quentes e alaranjados e o som das buzinas do tráfego na Extensão vagava para o alto com o cheiro da maresia. Uma leve brisa ocidental agitava poeira e esporos de chuviscogiro nas sarjetas. Mais adiante, duas crianças atravessavam a rua correndo, fazendo barulho de tiros e perseguindo um minirrobô de brinquedo feito para parecer um karakuri. Não havia mais ninguém por ali, e nada na cena para sugerir a batalha que agora rugia no coração informático do construto dos Renunciantes. Seria fácil pensar que a coisa toda era um sonho.

No entanto, nos limites inferiores da minha audição neuroquímica, enquanto nos afastávamos eu podia ouvir o grito das sirenes antigas, como um alerta, débil e remoto, das forças que se agitavam e do caos por vir.

CAPÍTULO 30

Dia de Harlan.

Com mais precisão, Véspera de Harlan — tecnicamente, as festividades só começariam depois da meia-noite, ou seja, dali a quatro horas. Mas mesmo tão cedo, com o restinho da luz do dia ainda no céu ocidental, os procedimentos tinham começado havia muito. Em Nova Kanagawa e Danchi, as áreas do centro já seriam um desfile sensacionalista de holoexibições e bailes com máscaras, e os bares estariam todos funcionando com os preços de aniversário subsidiados pelo Estado. Parte de administrar uma autocracia com sucesso era saber quando e como afrouxar a coleira dos súditos e, nisso, as Primeiras Famílias eram rematadas mestras. Mesmo aqueles que mais as odiavam teriam que admitir que não dava para maldizer Harlan e a sua laia no que tangia a organização de festas de rua.

Junto à beira-mar em Tadaimako, o clima era mais refinado, mas ainda festivo. O trabalho havia terminado no porto comercial por volta da hora do almoço e agora grupinhos de estivadores se sentavam nas laterais altas dos cargueiros de quilhas, dividindo cachimbos e garrafas e olhando para o céu com expectativa. Na marina, festinhas estavam em andamento na maioria dos iates, uma ou duas delas, maiores, derramando-se dos navios para os molhes. Uma mistura confusa de música borrifava por todo lado e, conforme a luz noturna se espessava, dava para ver onde conveses e mastros tinham sido pintados com spray de ilumínio em pó em verde e rosa. O excesso de pó cintilava, espumoso, na água entre os cascos.

A alguns iates do lado oposto ao trimarã que estávamos roubando, uma loira vestida minimamente acenava para mim, tonta. Ergui o charuto

Erkezes, também roubado, em uma saudação cautelosa, esperando que ela não fosse ver isso como um convite para desembarcar e vir até aqui. Isa tinha colocado música que ela jurava estar na moda para tocar nos deques inferiores, mas era apenas um disfarce. A única coisa rolando ao ritmo daquela batida era uma invasão às entranhas dos sistemas de segurança de bordo do trimarã *Ilhéu de Boubin*. Hóspedes indesejados tentando invadir essa festa em particular encontrariam Sierra Tres ou Jack Soul Brasil e a mira de uma arma de estilhaços Kalashnikov na base do passadiço.

Derrubei um pouco de cinza do charuto e perambulei pela zona de convívio na popa do iate, tentando parecer à vontade. Uma vaga tensão serpeava pelas minhas vísceras, mais insistente do que eu costumava sentir antes de uma missão. Não era preciso muita imaginação para decifrar o porquê. Uma dor que eu sabia ser psicossomática fisgou toda a extensão do meu braço esquerdo.

Eu queria muito não escalar os Penhascos de Rila.

Típico. A cidade toda está festejando e eu tenho que passar a noite agarrado a um despenhadeiro de duzentos metros de altura.

— Olá, marujo.

Ergui a cabeça e vi a loira minimamente vestida de pé na prancha de acesso e sorrindo de forma brilhante. Ela oscilou um pouco sobre os saltos altos demais.

— Olá — respondi, cauteloso.

— Não conheço a sua cara — disse ela, com inebriada franqueza. — Eu me lembraria de um casco tão lindo. Você não costuma atracar aqui, né?

— É verdade, não costumo. — Dei um tapa na amurada. — É a primeira vez que trago essa belezinha para Porto Fabril. Cheguei há uns dois dias.

Para o *Ilhéu de Boubin* e seus donos verdadeiros, pelo menos, aquilo era verdade. Seus donos eram uns casais endinheirados das Ilhas Ohrid, ricos por terem vendido ao Estado algum sistema de navegação local, visitando Porto Fabril pela primeira vez em décadas. Um cenário ideal, escolhido a dedo do cartucho de dados do mestre portuário por Isa, junto com tudo mais de que precisávamos para embarcar no trimarã de trinta metros. Os dois casais estavam inconscientes em um hotel em Tadaimako nesse momento, e um casal dos mais jovens entusiastas revolucionários de Brasil garantiria que eles continuassem assim pelos próximos dois dias. Em meio à confusão das celebrações do Dia de Harlan, era improvável que alguém desse pela falta deles.

— Incomoda-se se eu subir a bordo e der uma olhada?

— Hã, bem, não haveria problema, exceto que, sabe, estamos prestes a levantar âncora. Mais alguns minutos e levaremos essa lindeza para a Extensão para ver os fogos de artifício.

— Ah, que fantástico! Sabe, eu adoraria ver isso. — Ela flexionou o corpo para mim. — Eu fico maluca com fogos de artifício. Eles me deixam toda, sei lá...

— Oi, benzinho. — Um braço deslizou em torno da minha cintura e um cabelo violentamente escarlate fez cócegas sob meu maxilar. Isa se aninhando contra mim, vestindo apenas um traje de banho cheio de recortes e alguns piercings de arregalar os olhos. Ela olhou para a loira com hostilidade. — Quem é a sua nova amiguinha?

— Ah, nós não, hã... — Eu abri uma das mãos em convite.

A boca da loira se retesou. Talvez fosse um traço de competitividade; talvez fosse o olhar cintilante e cheio de veias vermelhas de Isa. Ou talvez apenas uma repulsa saudável ao ver uma menina de 15 anos pendurada em um homem com mais que o dobro da idade dela. O reencape pode levar, e leva, a algumas opções estranhas de corpo, mas qualquer um com o dinheiro para um barco como o *Ilhéu de Boubin* não precisaria passar por isso se não quisesse. Se eu estava trepando com alguém que parecia ter 15 anos, ou ela *tinha mesmo* quinze anos, ou eu queria que ela parecesse ter, o que no final dá basicamente no mesmo.

— Acho que é melhor eu voltar — disse ela, dando meia-volta, instável. Entortando de leve a cada três passos, ela fez uma retirada tão digna quanto era possível em saltos tão idiotas.

— Sim — Isa gritou para as costas dela. — Aproveite a festa. A gente se vê por aí, talvez.

— Isa? — murmurei.

Ela sorriu para mim.

— Sim, o que foi?

— Me solta, e coloca a porra de uma roupa.

Levantamos âncora vinte minutos depois e saímos do porto seguindo um facho-guia geral. Assistir aos fogos de artifício da Extensão não era uma ideia de originalidade atordoante e não éramos, nem de longe, o único iate no porto de Tadaimako se dirigindo para lá. Por enquanto, Isa mantinha a vigilância da cabine nos conveses inferiores e deixava que a interface de tráfego marinho nos puxasse. Haveria tempo para nos soltar depois, quando o show começasse.

Na cabine máster da proa, Brasil e eu pegamos o equipamento. Trajes furtivos de mergulho preparados com Anderson, cortesia de Sierra Tres e seus amigos *haiduci,* armamento das centenas de arsenais pessoais na Praia Vchira. O software customizado de Isa para o ataque se conectava aos processadores de uso geral dos trajes de mergulho, sobreposto a um sistema de comunicação embaralhado que ela tinha roubado da fábrica naquela tarde mesmo. Assim como os proprietários em coma do *Ilhéu de Boubin,* ninguém daria pela falta dele por alguns dias.

Nós nos levantamos e olhamos para o equipamento reunido, o preto brilhante dos trajes desligados, as armas arranhadas e marcadas de várias formas. Mal havia espaço suficiente no piso de madeira-espelho para tudo.

— Como nos velhos tempos, hein?

Brasil deu de ombros.

— Não existe uma onda antiga, Tak. A cada vez, ela é diferente. Olhar para trás é o maior erro que se pode cometer.

Sarah.

— Me poupe da sua filosofia praieira barata, Jack.

Eu o deixei na cabine e fui até a popa, ver como Isa e Sierra Tres estavam se saindo no golpe. Senti o olhar de Brasil me acompanhar e a mácula da minha irritação crescente ficou comigo ao longo do corredor e subindo os três degraus até o cockpit de tempestade.

— Oi, benzinho — disse Isa quando me viu.

— Para com isso.

— Você é quem sabe. — Ela sorriu, impenitente, e olhou para o ponto onde Sierra Tres se apoiava contra o painel lateral do cockpit. — Você não pareceu se incomodar tanto agora há pouco.

— Agora há pouco havia uma... — Eu desisti. Gesticulei. — Os trajes estão prontos. Alguma notícia dos outros?

Sierra Tres balançou a cabeça devagar. Isa assentiu na direção da bobina de dados do sistema de comunicações.

— Eles tão todos on-line, olha. O brilho verde, por todo o quadro. Por enquanto, isso é tudo que queremos ou precisamos. Mais alguma coisa e isso significaria que fodeu tudo. Acredite em mim: nesse momento, a falta de notícia é uma boa notícia.

Eu me virei desajeitadamente no espaço restrito.

— É seguro subir no convés?

— Sim, claro. Esse navio é uma beleza, roda redes de exclusão climática a partir de geradores no cordame. Eu os configurei para parcialmente opaco para o exterior. Para qualquer um lá fora curioso o bastante para olhar, tipo a sua amiguinha loira, digamos, seu rosto vai aparecer como um mero borrão.

— Bom.

Saí do cockpit, fui até a popa e me puxei para a área de convivência, depois para cima, rumo ao convés propriamente dito. Neste trecho tão ao norte, a Extensão ficava mais leve e o trimarã estava quase estável na ondulação. Abri caminho até o cockpit de tempo bom, sentei em um dos bancos do piloto e desenterrei um novo charuto Erkezes. Havia um umidor cheio deles lá embaixo, imaginei que os proprietários pudessem abrir mão de alguns. Política revolucionária: todos temos que fazer sacrifícios. Ao meu redor, o iate estalou um pouco. O céu tinha escurecido, mas Daikoku postava-se baixa sobre a coluna de Tadaimako e pintava o mar com um brilho azulado. As luzes em movimento de outros navios passavam por ali, organizadamente separadas umas das outras pelo software de tráfego. Linhas de baixo vibravam de leve do outro lado da água, junto às luzes cintilando na orla de Nova Kanagawa e Danchi. A festa estava a todo vapor.

Mais ao sul, Rila erguia-se do mar como uma lança, distante o bastante para parecer esguia feito uma arma — uma lâmina escura e torta, sem iluminação exceto pelo grupo de luzes da fortaleza no topo.

Olhei para ela e fumei em silêncio por algum tempo.

Ele tá lá.

Ou em algum lugar do centro da cidade, te procurando.

Não, ele tá lá. Seja realista.

Tudo bem, ele tá lá. E ela também. E falando nisso, também estão a tal Aiura e uns duzentos asseclas dos Harlan. Preocupe-se com essas coisas quando chegar ao topo.

Uma balsa de lançamento deslizou sob a luz da lua, a caminho de uma posição de disparo mais distante na Extensão. Na popa, o convés tinha uma pilha alta de pacotes caídos, teias e cilindros de hélio. A superestrutura serrada da proa estava lotada de figuras nas amuradas, acenando e disparando sinalizadores na noite. Um grito agudo se ergueu do navio conforme ele passava, o hino do aniversário Harlan discernível entre os toques ásperos de alerta de colisão.

Feliz aniversário, filho da puta.

— Kovacs?

Era Sierra Tres. Ela alcançara o cockpit sem eu notar, o que dizia muito sobre suas habilidades de se mover furtivamente ou sobre minha falta de foco. Eu torci para que fosse a primeira.

— Você tá bem?

Cogitei aquilo por um momento.

— Eu não pareço estar bem?

Ela fez um gesto caracteristicamente lacônico e se sentou no outro banco do piloto. Por um bom tempo, ficou apenas olhando para mim.

— E então, o que é que tá pegando com a menina? — perguntou ela, por fim. — Está tentando recapturar a juventude perdida?

— Não. — Indiquei a direção sul com o polegar. — Minha juventude há muito perdida está por aí em algum lugar, tentando me matar, caralho. Não tem nada rolando com a Isa. Eu não sou pedófilo, porra.

Outro período longo e quieto. A balsa de lançamento deslizou para longe na noite. Falar com Tres era sempre assim. Sob circunstâncias normais, eu teria achado irritante, mas agora, pego na calmaria antes da meia-noite, era curiosamente repousante.

— Há quanto tempo você acha que eles tinham aquela coisa viral no Natsume?

Dei de ombros.

— Difícil. Você quer saber se isso foi um acompanhamento de longo prazo ou uma armadilha preparada especificamente para nós?

— Se preferir assim.

Bati a cinza do charuto e encarei a brasa abaixo.

— Natsume é uma lenda. Claro, uma lenda da qual quase ninguém se lembra, mas *eu* me lembro dele. Assim como a minha cópia contratada pelos Harlan também deve se lembrar. Ele provavelmente também sabe a essa altura que eu conversei com algumas pessoas em Tekitomura e que eu sei que ele está mantendo Sylvie em Rila. Ele sabe o que eu faria com essa informação. Um pouco da intuição de Emissário cuida do resto. Se ele está afinado, então, sim, talvez ele tenha feito com que colassem alguns cães de guarda virais em Natsume, esperando eu aparecer. Com o financiamento de que ele dispõe agora, não seria difícil escrever um par construtos de personalidade vazios e programá-los com credenciais falsas de um dos outros monastérios Renunciantes.

Suguei o charuto, traguei e soltei a fumaça de novo.

— Por outro lado, talvez a família Harlan tenha tagueado Natsume desde aquela época mesmo. Eles não são uma turma complacente, e ele ter escalado Rila daquele jeito os deixou com cara de tontos, mesmo que não tenha passado de uma façanha característica de um quellistinha qualquer.

Sierra ficou em silêncio, olhando adiante pelo para brisas do cockpit.

— Dá no mesmo, no fim das contas — disse ela, finalmente.

— Dá, sim. Eles sabem que estamos indo. — Por estranho que fosse, dizer isso me fez sorrir. — Eles não sabem exatamente quando ou como, mas sabem que vamos.

Observamos os barcos em torno de nós. Fumei o Erkezes até virar uma bituca. Sierra Tres continuava silenciosa e imóvel.

— Sanção IV deve ter sido difícil — disse ela depois.

— Foi, sim.

Pelo menos uma vez eu a superei em sua taciturnidade. Joguei o charuto acabado fora e peguei outros dois. Ofereci um para ela, que recusou com a cabeça.

— Ado te culpa — disse Sierra. — Assim como alguns dos outros. Mas não creio que Brasil te culpe. Ele parece gostar de você. Sempre gostou, acho.

— Bom, eu sou um cara fácil de gostar.

Um sorriso curvou seus lábios.

— É o que parece.

— O que isso quer dizer?

Ela desviou o olhar para o convés dianteiro do trimarã. O sorriso tinha desaparecido agora, retraído em sua calma felina habitual.

— Eu vi vocês, Kovacs.

— Viu quem?

— Vi você com a Vidaura.

Aquilo pairou entre nós por algum tempo. Acendi o charuto e soltei fumaça suficiente para me esconder.

— Viu alguma coisa de que tenha gostado?

— Eu não tava no quarto. Mas vi vocês dois indo para lá. Não parecia que planejavam um almoço de negócios.

— Não. — A memória do corpo virtual de Virgínia esmagado contra o meu enviou uma fisgada até o fundo do meu estômago. — Não estávamos.

Mais silêncio. Distantes linhas de baixo das luzes agrupadas do sul de Kanagawa. Marikanon se esgueirou e juntou-se a Daikoku no céu a nordeste.

Conforme boiávamos no rumo sul, eu podia ouvir o fragor quase subsônico do redemoinho na maré cheia.

— Brasil sabe? — perguntei.

Agora era a vez dela dar de ombros.

— Não sei. Você contou para ele?

— Não.

— Ela contou?

E mais silêncio. Lembrei-me da risada rouca de Virgínia e os estilhaços afiados e desiguais das três sentenças que ela usou para afastar as minhas preocupações e abrir as comportas.

Isso não é algo que vá incomodar Jack. Isso nem é real, Tak. E de qualquer forma, ele não vai ficar sabendo.

Eu estava acostumado a confiar no julgamento dela em meio a explosões de bombas e disparos de Jato Solar em dezessete mundos diferentes, mas alguma coisa não soava verdade nisso. Virgínia Vidaura estava acostumada a virtualidades como qualquer um de nós. Desprezar o que acontecia ali como não real me soava como uma evasão.

Certamente pareceu real pra caralho enquanto a gente tava fazendo.

É, mas você saiu de lá tão tenso e cheio de porra quanto estava quando começou. Não foi muito mais real do que as fantasias e devaneios que você tinha com ela quando era um novato.

Ei, ela também estava lá.

Depois de um tempo, Sierra se levantou e espreguiçou.

— Vidaura é uma mulher impressionante — disse ela, enigmática, e saiu em direção à popa.

Pouco antes da meia-noite, Isa se livrou do controle de tráfego da Extensão e Brasil assumiu o controle do cockpit de tempo bom. A essa altura, fogos de artifício convencionais já explodiam, como telas de sonar em súbitos verdes, dourados e cor de rosa por todo o horizonte de Porto Fabril. Praticamente todas as ilhotas e plataformas tinham seu próprio arsenal para disparar e em todos os principais territórios, como Nova Kanagawa, Danchi e Tadaimako, eles estavam em todos os parques. Até alguns dos barcos na Extensão tinham disposto de um estoque — de vários de nossos vizinhos mais próximos, foguetes rasgavam linhas bêbadas de faíscas no céu, e em outros pontos sinalizadores de resgate eram utilizados. No canal aberto do rádio, contra um pano de fundo de música e ruído de festa, algum apresentador insosso fazia descrições fúteis dos acontecimentos.

O *Ilhéu de Boubin* se agitou um pouco quando Brasil aumentou a velocidade e nós começamos a romper as ondas rumo ao sul. Ali, no âmago da Extensão, o vento carregava uma fina névoa de gotículas expelidas pelo redemoinho. Eu as sentia contra meu rosto, finas como teias de aranha, e então frias e molhadas quando se acumulavam e escorriam como lágrimas.

E aí os fogos de artifício de verdade começaram.

— Olha — disse Isa, o rosto aceso conforme uma demonstração brilhante de empolgação infantil era flagrada por um instante sob suas camadas de frieza adolescente. Como o resto de nós, ela tinha subido ao convés porque não queria perder o começo do espetáculo. Ela indicou uma das varreduras de radar encobertas. — Ali vão as primeiras. Decolando.

Na exibição, eu vi várias manchas ao norte da nossa posição, cada uma delas tagueada com o alarmante relâmpago denteado vermelho que indicava um rastreador aéreo. Como qualquer brinquedinho de rico, o *Ilhéu de Boubin* tinha uma redundância de instrumentação que me dizia até a que altitude se encontravam. Assisti o número rabiscado ao lado de cada mancha subir, e a contragosto senti uma pequena pontada de assombro em minhas entranhas. O legado do Mundo de Harlan — não dava para crescer neste planeta e não sentir.

— E eles cortaram as cordas — informou o apresentador alegremente. — Os balões estão subindo. Posso ver o...

— Temos mesmo que manter isso ligado? — perguntei.

Brasil deu de ombros.

— Encontre um canal que não esteja transmitindo exatamente a mesma merda. Eu não consegui.

No instante seguinte, o céu se abriu com um estrondo.

Cuidadosamente carregado com lastro explosivo, o primeiro grupo de balões de hélio tinha alcançado a demarcação de quatrocentos metros. Com precisão e rapidez inumanas, o orbital mais próximo notou e descarregou um longo e trôpego dedo de fogo angelical. Ele rasgou a escuridão ao meio, cortou massas de nuvens na parte superior do céu ao oeste, acendeu as paisagens montanhosas irregulares em torno de nós com um azul súbito e, por algumas frações de segundo, tocou cada um dos balões.

O lastro detonou. Fogo angelical foi despejado sobre Porto Fabril.

O trovão do ar ultrajado na esteira da detonação rolou majestosamente pelo arquipélago como algo sombrio se rasgando.

Até o comentarista do rádio se calou.

De algum ponto ao sul, um segundo grupo de balões alcançou a altitude. O orbital atacou de novo; a noite mais uma vez se transformou em dia azulado. O céu choveu cores de novo. O ar abrasado rosnou.

Agora, de pontos estratégicos por toda Porto Fabril e das barcas mobilizadas na Extensão, começavam os lançamentos. Aguilhões difundidos e repetidos para os olhos maquinais construídos por alienígenas lá no alto. Os raios tremeluzentes de fogo angelical se tornaram um cursor errante e aparentemente constante de destruição, apunhalando a partir das nuvens em todos os ângulos, lambendo delicadamente cada nave transgressora que atingia a linha dos quatrocentos metros. O trovão repetido ficou ensurdecedor. A Extensão e a paisagem mais além viraram uma série de imagens fixas iluminadas pelos clarões. O sinal do rádio sumiu.

— Chegou a hora — disse Brasil.

Ele sorria.

Eu me dei conta de que eu também.

CAPÍTULO 31

As águas da Extensão estavam geladas, mas não desagradáveis. Eu desci os degraus de mergulho do *Ilhéu de Boubin,* soltei o corrimão e deslizei para a água, sentindo o frio gelatinoso pressionar o meu corpo pela superfície do traje enquanto eu submergia. Era como um abraço e eu me deixei afundar nele conforme o peso das armas presas ao meu redor, além do equipamento Anderson, me carregava para baixo. Uns dois metros abaixo da superfície, liguei os sistemas de furtividade e flutuabilidade. O gravitacional estremeceu e me ergueu gentilmente de volta para cima. Rompi a superfície até o nível do olho, puxei a máscara do capacete para baixo e soprei para retirar a água.

Tres surgiu boiando a alguns metros de distância. Ergui uma das mãos enluvadas em cumprimento. Procurei Brasil.

— Jack?

A voz dele veio em resposta pelo microfone embutido, os lábios soprando um tremor exagerado.

— Logo debaixo de você. Gelado, né?

— Eu te disse que você devia ter parado com a autoinfecção. Isa, está ouvindo aí?

— O que você acha?

— Tudo bem, então. Você sabe o que fazer?

Escutei o suspiro dela.

— Sim, papai. Segurar a estação, manter os canais livres. Repetir qualquer coisa que venha dos outros. Não conversar com desconhecidos.

— Entendeu tudo.

Ergui um braço cautelosamente e vi como os sistemas de furtividade tinham ativado a refração na pele do traje. Chegando perto do fundo, o camaleocromo entraria em ação e me tornaria parte de quaisquer cores que houvesse por lá, mas aqui, em mar aberto, o sistema de transição fazia de mim um fantasma, uma distorção de piscar de olhos na água sombria, um truque de luz.

Essa ideia me dava conforto.

— Tudo certo então. — Aspirei fundo, mais do que o necessário. — Vamos lá.

Eu me localizei pelas luzes na ponta sul de Nova Kanagawa, em seguida pelo monte negro de Rila, vinte quilômetros adiante. E aí afundei de volta no mar, dei meia-volta preguiçosamente e comecei a nadar.

Brasil tinha nos levado para o ponto mais ao sul que era seguro ir com o tráfego geral sem chamar atenção, mas ainda estávamos bem longe dos Penhascos. Sob circunstâncias normais, chegar lá teria levado duas horas de trabalho duro, no mínimo. As correntes, sugando para o sul ao longo da extensão pelo redemoinho, ajudaram um pouco, mas a única coisa que realmente tornava viável a abordagem subaquática era o sistema modificado de flutuabilidade. Com a segurança eletrônica no arquipélago efetivamente cega e surda pela tempestade orbital, ninguém seria capaz de perceber um motor grav individual debaixo da água. E com um vetor cuidadosamente aplicado, a mesma potência que mantinha a flutuação do mergulhador também nos impulsionaria rumo ao sul com velocidade mecânica.

Como espectros marinhos saídos da lenda da filha de Ebisu, deslizamos pela água escurecida a um braço de distância uns dos outros, enquanto acima de nós a superfície do mar desabrochava silenciosa e repetidamente com o fogo angelical refletido. O aparelho Anderson clicava e borbulhava baixinho em meus ouvidos, eletrolisando oxigênio diretamente da água ao meu redor, misturando-o com hélio do minitanque ultracomprimido às minhas costas, alimentando a mistura para mim, depois pacientemente fragmentando e dispersando minhas exalações em bolhas do tamanho de ovas de peixe. A distância, o redemoinho rosnava um contraponto grave.

Era muito pacífico.

É, essa é a parte fácil.

Uma memória chegou sob as sombras dos clarões. Mergulhando à noite no Recife Hirata com uma garota da área nobre de Novapeste. Ela tinha entrado no Watanabe uma noite com Segesvar e outros dos Guerreiros do Arrecife, parte de um bando de garotinhas mimadas se rebaixando conosco e garotos metidos a durões da Catinga. Eva? Irena? Tudo de que eu me lembrava era uma corda de cabelo loiro-mel em minhas mãos, membros longos e esparramados e olhos verdes brilhantes. Ela fumava baseados do mar muito mal, engasgando e tossindo com a erva grosseira com uma frequência que fazia suas amigas mais linha dura rirem alto. Ela era a coisa mais linda que eu já tinha visto.

Fazendo um esforço raro para mim, eu a arranquei de Segesvar, que, de qualquer forma, parecia estar achando a moça um saco, estacionei com ela em um canto quieto do Watanabe, perto das cozinhas, e a monopolizei a noite toda. Ela parecia vir de outro planeta — um pai que se importava e se preocupava com ela, com uma atenção da qual eu teria caçoado sob circunstâncias diferentes, uma mãe que trabalhava meio período *só para não se sentir uma dona de casa completa*, casa própria fora da cidade, visitas a Porto Fabril e Erkezes a cada poucos meses. Uma tia que tinha estado extramundo a trabalho, todos sentiam tanto orgulho dela, um irmão que esperava fazer o mesmo. Ela falava sobre tudo isso com o desapego de alguém que acredita que essas são coisas totalmente normais, tossindo devido à erva, e sorria de um jeito brilhante para mim, com a mesma frequência.

E então, disse ela, em uma dessas ocasiões, *o que* você *faz para se divertir?*

Eu, hã... eu... Eu mergulho no recife.

O sorriso virou uma risada. *Ah, é, Guerreiros do Arrecife, de alguma forma eu tinha adivinhado. Você vai muito lá embaixo?*

Essa deveria ser a minha fala, a fala que usávamos nas meninas, e ela a roubara de mim. Eu nem me importei tanto.

Até o outro lado de Hirata, soltei. *Quer tentar alguma hora?*

Claro, disse ela, o tom igual ao meu. *Quer tentar agorinha?*

Era alto verão em Kossuth, a umidade em terra tinha chegado a cem por cento semanas antes. A ideia de entrar na água era como uma coceira contagiosa. Nós nos esgueiramos para fora de Watanabe e eu mostrei como ler os fluxos dos autotáxis, escolher um desocupado e saltar no teto dele. Nós fomos de carona e atravessamos a cidade, o suor esfriando na pele.

Segura firme.

É, isso nem me ocorreu!, gritou ela de volta, e riu da minha cara na faixa de deslizamento.

O táxi parou para pegar um passageiro perto da Autoridade Portuária e nós saímos rolando, assustando os possíveis clientes em um amontoado de ganidos educados. O choque recuou para resmungos e olhares de censura que nos fizeram sair correndo, contendo gargalhadas. Havia um buraco na segurança do porto perto do canto oriental das docas de hovercargueiros — um ponto cego aberto de brincadeira por algum hacker pré-adolescente no ano anterior; ele o vendeu aos Guerreiros do Arrecife em troca de holopornô. Nós passamos pelo vão, entramos escondidos por uma das rampas do cargueiro e roubamos um bote com quilha. Abrimos caminho remando e empurrando até sair do cais, depois ligamos o motor e saímos rasgando em um arco amplo com esteira cremosa para Hirata, gritando.

Mais tarde, afundado no silêncio do mergulho, eu olhei para a superfície ondulante e colorida por Hotei e vi o corpo dela acima de mim, pálido contra as correias pretas da jaqueta de flutuação e do equipamento antiquado de ar comprimido. Ela estava perdida no momento, vagando, talvez fitando a imensa parede do recife ao nosso lado, talvez apenas desfrutando do frescor do mar contra a pele. Por cerca de um minuto, fiquei ali abaixo dela, aproveitando a paisagem e sentindo-me endurecer na água. Acompanhei os contornos de suas coxas e quadris com meus olhos, focando na barra vertical de pelos na base de sua barriga e o vislumbre de lábios conforme suas pernas se separavam languidamente para chutar. Encarei a barriga esticada e musculosa emergindo da parte inferior da jaqueta de flutuação, o volume óbvio no peito dela.

E então algo aconteceu. Talvez fosse muita maconha do mar, nunca uma boa ideia antes de mergulhar. Talvez apenas algum eco paternal de minha própria vida doméstica. O recife penetrou o limite de um dos lados da minha visão e, por um terrível momento, pareceu estar se inclinando imensamente sobre nós, caindo. O erotismo do movimento lânguido dos membros dela se encolheu a uma ansiedade súbita, paralisante, de que ela estivesse morta ou inconsciente. Eu me movi para cima em um pânico súbito, agarrei seus ombros com as mãos e fiz com que ela desse meia-volta na água.

E ela estava bem.

Os olhos um pouco arregalados de surpresa atrás da máscara, as mãos me tocando em reação. Um sorriso abriu sua boca e ela deixou o ar borbulhar entredentes. Gestos, carícias. Suas pernas envolveram meu corpo. Ela tirou o regulador, gesticulou para que eu fizesse o mesmo e me beijou.

— Tak?

Depois disso, na cabine de equipamentos que os Guerreiros do Arrecife tinham inflado e montado em cima do recife, deitada comigo em uma cama improvisada de trajes de mergulho de inverno mofados, ela pareceu surpresa com o cuidado com que lidei com ela.

Você não vai me quebrar, Tak. Sou crescidinha.

E mais tarde, as pernas em torno do meu corpo de novo, se esfregando em mim, rindo, deliciada.

Segura firme!

Eu estava distraído demais com ela para captar sua resposta do teto do autotáxi.

— Tak, você tá me escutando?

Eva? Ariana?

— *Kovacs!*

Pisquei. Era a voz de Brasil.

— Sim, desculpa. O que é?

— Barco se aproximando.

Na esteira de suas palavras, eu também percebi o barco, o lamento arranhado de pequenas tripulações na água, soando agudo acima do rugido do redemoinho ao fundo. Conferi meu sistema de proximidade, sem encontrar nada no rastreamento gravitacional. Mudei para o sonar e o encontrei, a sudoeste e se aproximando rapidamente pela Extensão.

— Quilha real — resmungou Brasil. — Acha que a gente devia se preocupar?

Era difícil acreditar que a família Harlan fosse usar quilhas reais como barcos de patrulha. Ainda assim...

— Desligue os propulsores. — Sierra Tres falou por mim. — Passem para a flutuação em modo de reserva. Não vale o risco.

— É, tem razão. — Com relutância, encontrei os controles de flutuação e desliguei o apoio grav. Instantaneamente, senti o corpo começar a afundar conforme o peso de meu equipamento se fazia sentir. Cutuquei o mostrador de flutuação de emergência e senti as câmaras de reserva na jaqueta de flutuação começarem a se encher. Desliguei assim que o corpo parou de afundar e flutuei nas trevas iluminadas por lanternas, prestando atenção no lamento do barco se aproximando.

Elena, talvez?

Olhos verdes brilhando.

O recife virando por cima de nós.

Enquanto outra rajada de fogo angelical era disparada, eu vi a quilha da nave lá no alto, grande e parecida com um tubarão, e com uma grande deformação em um dos lados. Estreitei meus olhos e fitei a escuridão após o disparo, aumentando a neuroquímica. O barco parecia estar arrastando algo.

E a tensão se esvaiu de mim.

— É um pesqueiro, gente. Eles estão arrastando uma carcaça de costas-de-garrafa.

O barco passou com dificuldades e desapareceu ao norte em um zumbido entediado, entortando, desajeitado, sob o peso de sua conquista, nem chegando tão perto de nós no fim das contas. A neuroquímica me mostrou a silhueta do costas-de-garrafa contra a superfície da água iluminada de azul, ainda deixando rastros finos de sangue no mar. O corpo imenso em forma de torpedo rolava morosamente contra a ondulação da popa; a esteira de espuma o seguia como asas quebradas. Parte da franja dorsal tinha sido solta à força em algum ponto, e agora chicoteava de um lado para o outro na água, as bordas borradas com grumos irregulares e fiapos de pele. Um cabeamento solto acompanhava a carcaça, embaraçando. Parecia que eles haviam atingido o bicho com arpões várias vezes — fosse lá quem tivesse alugado o barco, claramente não era um pescador muito bom.

Quando os humanos chegaram ao Mundo de Harlan pela primeira vez, os costas-de-garrafa não tinham nenhum predador natural. Eram o topo da cadeia alimentar, caçadores marinhos magnificamente adaptados e animais sociais muito inteligentes. Nada que tivesse evoluído no planeta na história recente estava à altura de matá-los.

Nós logo mudamos isso.

— Espero que isso não seja um mau presságio — murmurou Sierra Tres, de modo inesperado.

Brasil fez um ruído no fundo da garganta. Eu esvaziei as câmaras de emergência na jaqueta de flutuação e tornei a ligar o sistema gravitacional. A água pareceu subitamente mais fria ao meu redor. Por trás dos movimentos automáticos de checagem de rota e equipamento, eu podia sentir uma raiva vaga e indefinida se acumulando.

— Vamos acabar com isso, gente.

Mas o mau humor ainda estava comigo vinte minutos depois, quando nos esgueiramos nos baixios na base de Rila, pulsando em minhas têmporas atrás dos meus olhos. E projetados no vidro da minha máscara de mergulho, os cursores em vermelho claro do software de simulação de Natsume pareciam arder concomitantemente à aceleração do meu sangue. A vontade de fazer um estrago enchia como uma maré dentro de mim — como a sensação de acordar, como uma risada surgindo na garganta.

Encontramos o canal que Natsume recomendara, passamos por ele com as mãos enluvadas apoiadas contra afloramentos rochosos e de corais para evitar ficarmos presos. Puxamo-nos para fora da água sobre uma borda estreita que o software havia pintado e marcado com um rosto sorridente levemente demoníaco. *Nível iniciante,* dissera Natsume, abandonando seu comportamento monástico por um momento fugaz. *Toc, toc.* Eu me preparei e absorvi os arredores. A leve luz prateada de Daikoku tocava o mar, mas Hotei ainda não tinha se erguido e os respingos do redemoinho e na arrebentação próxima eram toda a luz que existia. A vista estava, em sua maior parte, sombreada. Fogo angelical fazia as sombras correrem por nós nas rochas enquanto outro pacote de fogos de artifício explodia em algum ponto ao norte. O trovão ribombou pelo céu. Analisei o penhasco acima de nós por um momento, depois o mar escuro do qual tínhamos acabado de sair. Nenhum sinal de que havíamos sido notados. Destaquei a moldura do capacete da máscara e o ergui. Larguei meus pés de pato e dobrei os dedos dos pés nas botas de borracha que usava por baixo.

— Todos bem?

Brasil grunhiu uma resposta afirmativa. Tres assentiu. Eu prendi a moldura do capacete na parte de trás do cinto, onde não me atrapalharia, descalcei as luvas e as guardei em uma bolsa. Ajeitei a máscara, agora leve, a uma posição um pouco mais confortável no rosto, e chequei se o feed de dados ainda estava preso com segurança. Inclinando a cabeça para trás, vi a rota da marcha de Natsume acima de nós em pontos de apoio para os pés e as mãos marcados claramente em vermelho.

— Todos vendo isso com clareza?

— Sim. — Brasil sorriu. — Meio que estraga a diversão, né? Com tudo marcado desse jeito.

— Quer ir primeiro, então?

— Você na frente, senhor Eishundo.

Sem me dar tempo para pensar, estendi a mão e agarrei o primeiro suporte indicado, apoiei os pés e me puxei para cima do penhasco. Joguei o braço para o alto e encontrei um suporte para a outra mão. A rocha estava molhada pela neblina do redemoinho, mas a pegada Eishundo funcionou. Trouxe uma perna para cima, encaixando-a contra uma borda em ângulo; joguei de novo e me agarrei.

E deixei o chão para trás.

Nada de mais.

O pensamento cruzou minha mente depois de eu ter subido uns vinte metros e deixou um sorriso levemente maníaco em sua sequência. Natsume havia me avisado que os estágios iniciais da escalada eram enganosos. *É coisa de homem-macaco,* disse ele, a sério. *Um monte de balanços e pegadas, movimentos grandes, e a sua força é boa nesse estágio. Você vai se sentir* bem. *Lembre-se apenas que isso não dura.*

Franzi os lábios como um chimpanzé e imitei o chamado de um deles, baixinho. Abaixo de mim, o mar batia e mastigava incansavelmente a rocha. O som e o cheiro dele subia da face do rochedo em saltos, me envolvendo em rolos de frio e umidade. Contive um estremecimento.

Balançar para cima. Agarrar.

Muito lentamente, veio a noção de que o condicionamento Emissário ainda não se impusera contra minha vertigem. Com a face do rochedo a menos de meio metro adiante do meu rosto e o sistema muscular Eishundo vibrando em meus ossos, quase dava para esquecer que havia uma queda abaixo de mim. A rocha perdia toda sua cobertura de respingos conforme subíamos mais, o rugido repetitivo das ondas esvaiı do-se para um ruído branco distante. A pegada de lagartixa em minhas mãos tornava os pontos de apoio vítreos e traiçoeiros algo risivelmente confortável. E mais do que todos esses fatores, ou talvez como o ponto culminante da Eishundo, o que eu dissera a Natsume parecia ser verdade: a capa levava jeito para isso.

E então, quando alcancei um conjunto de suportes e beiradas cujos marcadores o display na máscara identificou com um símbolo de ponto para descanso, olhei para baixo para ver como Brasil e Tres estavam se saindo e estraguei tudo.

Sessenta metros abaixo — nem mesmo a um terço da subida —, o mar era um cobertor sombrio, tocado pela prata de Daikoku onde se agitava. A saia de rochas na base de Rila assentava-se sobre a água como sombras sólidas. As duas maiores que emolduravam o canal por onde tínhamos chegado agora pareciam caber em minha mão. O escorrer da água de um lado para outro entre elas era hipnótico, puxando-me para baixo. A vista pareceu girar, estonteante.

O condicionamento foi ativado, achatando o medo. Como portas de vedação em minha mente. Meu olhar subiu de novo para encarar a rocha. Sierra Tres estendeu a mão e tocou meu pé.

— Tudo bem?

Percebi que eu tinha ficado congelado por quase um minuto.

— Só descansando.

A trilha marcada de pontos de apoio se inclinava à esquerda, uma diagonal para cima em torno de um pilar amplo que Natsume havia nos avisado ser basicamente inescalável. Em vez disso, ele se deitara e movera quase de cabeça para baixo da parte mais espessa do pilar, os pés enfiados em dobras e fissuras diminutas na rocha, os dedos fisgando ângulos da pedra que mal mereciam o nome *apoio,* até conseguir enfim botar as duas mãos em uma série de rebordos inclinados do outro lado e se arrastar de volta a uma posição quase vertical.

Cerrei os dentes e comecei a fazer o mesmo.

No meio do caminho meu pé escorregou, balançou, meu peso se soltou e arrancou minha mão direita da rocha. Um grunhido involuntário e eu estava pendurado pela mão esquerda, os pés se agitando em busca de suporte, baixo demais para encontrar qualquer coisa que não o vazio. Eu teria gritado, mas os tendões recém-recuperados do meu braço esquerdo fizeram isso no meu lugar.

— *Caralho!*

Segure firme.

A pegada de lagartixa aguentou.

Eu me curvei da cintura para cima, entortando o pescoço para ver os pontos de apoio marcados no vidro da máscara. Respiração acelerada, curta, em pânico. Consegui enfiar um pé contra uma bolha de pedra. Minúsculos incrementos de tensão deixaram meu braço esquerdo. Incapaz de ver claramente com a máscara, levantei a mão direita no escuro e apalpei na rocha por outro apoio.

Encontrei.

Movi minimamente meu pé apoiado e enfiei o outro junto a ele.

Pendi, ofegante.

Não para não, porra!

Foi preciso toda a minha força de vontade para mover minha mão direita para o apoio seguinte. Mais dois movimentos e o mesmo empenho doentio para procurar pelo outro apoio. Mais três movimentos, um ângulo infimamente melhorado, e eu me dei conta de que já estava quase do outro lado do pilar. Estendi o braço, encontrei o primeiro dos rebordos inclinados e me arrastei, hiperventilando e xingando, até ficar de pé. Um apoio genuíno e profundo se ofereceu. Coloquei meus pés no rebordo mais baixo. Amoleci de alívio contra a pedra fria.

Levante-se e saia do caminho, Tak, caralho! Não os deixe lá pendurados de cabeça para baixo.

Apressei-me para o próximo conjunto de suportes até estar em cima do pilar. Uma plataforma ampla brilhava em vermelho no display da máscara, uma carinha sorridente flutuando acima. Ponto de descanso. Aguardei lá enquanto Sierra Tres e então Brasil emergiram e se juntaram a mim. O surfista grandalhão sorria feito criança.

— Me deixou preocupado ali, Tak.

— Não. Apenas não. Não, caralho, tá bom?

Repousamos por uns dez minutos. Acima de nossas cabeças, a aba do parapeito da fortaleza agora estava claramente visível, as bordas nítidas emergindo dos ângulos caóticos da rocha natural de onde ele se salientava. Brasil indicou a área com um gesto da cabeça.

— Estamos quase lá, hein?

— É, e só precisamos nos preocupar com os rasgasas. — Desenterrei o spray repelente e apliquei uma dose generosa em mim mesmo. Tres e Brasil fizeram o mesmo. Tinha um odor tênue, levemente verde, que parecia mais forte na escuridão. Podia não repelir um rasgasas sob todas as circunstâncias, mas sem dúvida espantaria. E se isso não bastasse...

Tirei a Rapsodia do coldre junto às minhas costelas inferiores e pressionei-a contra um adesivo utilitário junto ao peito. Ela ficou ali, facilmente disponível em frações de segundo, sempre presumindo que eu tivesse uma das mãos sobrando para poder pegá-la, para início de conversa. Enfrentando a perspectiva de encarar um penhasco cheio de rasgasas raivosos e assustados com filhotes para defender, eu teria preferido a Jato Solar peso-pesado às minhas costas, mas não tinha como eu conseguir manejá-la com eficiência.

Fiz uma careta, ajustei a máscara e chequei o conector de dados outra vez. Respirei fundo e estendi a mão para o conjunto seguinte de apoios.

Agora a face do penhasco ficava convexa, projetando-se e nos forçando a escalar com as costas curvadas a vinte graus para trás. A via que Natsume seguira se enredava de um lado para o outro pela rocha, governada pela disponibilidade esparsa de apoios decentes, e mesmo assim as oportunidades para repouso eram poucas e muito espaçadas entre si. Quando a protuberância diminuiu para uma escalada vertical, meus braços doíam do ombro até a ponta dos dedos e minha garganta estava seca de tanto ofegar.

Segure firme.

Encontrei uma fissura diagonal marcada no display, me movi na direção dela para dar espaço aos outros e enfiei um braço ali até o cotovelo. Fiquei pendurado, frouxo, recuperando o fôlego.

O cheiro me atingiu mais ou menos ao mesmo tempo em que eu via as finas bandeirolas brancas penduradas no alto.

Oleoso, ácido.

Aqui vamos nós.

Virei a cabeça e olhei para cima para confirmar. Estávamos diretamente abaixo da faixa de ninhos da colônia. Toda a expansão da rocha estava espessamente emplastrada com a secreção cremosa de teia sobre a qual os embriões de rasgasas nasciam e viviam durante seus quatro meses de gestação. Evidentemente, em algum lugar logo acima de mim, filhotes maduros tinham se soltado e ou saído voando ou caído, incompetentes, para uma conclusão darwiniana no mar lá embaixo.

Não vamos pensar nisso agora, que tal?

Eu ampliei a visão neuroquímica e analisei a colônia. Silhuetas escuras se enfeitavam e batiam as asas aqui e ali em penhascos que se projetavam na massa de branco, mas não havia muitas delas. *Rasgasas*, garantiu Natsume, *não passam muito tempo nos ninhos. Não há ovos para manter aquecidos e os embriões se alimentam diretamente das teias.* Como a maioria dos escaladores, ele era um especialista de meio expediente nessas criaturas. *Vocês vão topar com algumas sentinelas, uma ou outra fêmea dando à luz e talvez alguns pais bem-alimentados secretando mais muco na sua área particular. Se vocês seguirem com cuidado, eles podem deixá-los em paz.*

Fiz outra careta e comecei a subir pela fissura. O fedor oleoso se intensificou, e fiapos de teia rasgada começaram a se aderir ao meu traje. Nos pontos onde a gosma encostava, o sistema camaleocrômico branqueava para se misturar. Parei de respirar pelo nariz. Uma rápida olhada para baixo, para além das minhas botas, mostrou os outros me seguindo, os rostos contorcidos pelo fedor.

E então, inevitavelmente, a fissura acabou e o display disse que o próximo conjunto de apoios estava enterrado debaixo das teias. Assenti para mim mesmo, chateado, e enfiei uma das mãos no emaranhado, revirando os dedos até encontrar uma protuberância de rocha que lembrava o modelo vermelho no display. Pareceu bem sólida. Um segundo mergulho nas teias me deu outro apoio ainda melhor e estendi um pé para o lado, procurando um rebordo que também estava coberto com aquele negócio. Agora, mesmo respirando pela boca eu conseguia sentir o gosto de óleo no fundo da garganta.

Isso era muito pior do que escalar a face convexa. Os apoios eram bons, mas a cada vez era preciso forçar a mão ou o pé através das teias espessas e grudentas até ficar seguro. Era preciso ficar de olho nas vagas sombras dos embriões pendurados dentro daquele treco, porque mesmo nesse estágio eles conseguiam morder, e a onda de hormônios do medo que eles podiam soltar pela teia se fossem tocados atingiria o ar como uma sirene química. As sentinelas estariam em cima de nós segundos depois, e eu não achava que nossas chances de lutar contra elas sem cair fossem muito boas.

Enfiar a mão. Curvá-la por ali.

Encontrar um apoio. Mover o corpo.

Retirar a mão, balançar até se soltar. Engasgar com o fedor liberado pelo movimento. Enfiar a mão de volta.

A essa altura, estávamos cobertos com fiapos grudentos da substância e eu estava com dificuldade para lembrar como era escalar em rocha limpa. Nos limites de uma área quase desobstruída, passei por um filhote morto apodrecendo, preso de cabeça para baixo pelas garras em um nó esquisito das teias do qual ele não tinha sido forte o bastante para se livrar antes de morrer de fome. Aquilo acrescentou novas camadas adocicadas e enjoativas de decomposição ao fedor geral. Mais no alto, um embrião quase crescido pareceu virar a cabeça bicuda para olhar para mim quando apalpei hesitantemente o muco a meio metro dele.

Arrastei-me sobre uma borda arredondada e grudenta de teia.

Então, o rasgasa me atacou.

É bem capaz que o bicho estivesse tão assustado quanto eu. Uma névoa crescente de repelente e uma figura escura e volumosa vindo logo depois — dava para visualizar aquela imagem. Ele tentou alcançar meus olhos com um movimento repetitivo de punhalada, acertando em vez disso a máscara e lançando minha cabeça para trás. O bico clicou ao atingir o vidro. Perdi meu apoio na mão esquerda, girei para a direita. O rasgasa grasnou e se aproximou, golpeando minha garganta. Senti a borda serrilhada do bico arrancar pele. Sem opções, eu me arrastei de volta contra a borda com a mão direita. A esquerda se esticou, ligeira com neuroquímica, e agarrou aquele bicho do caralho pelo pescoço. Arranquei-o da borda e o joguei para baixo. Houve outro grasnar espantado, e aí uma explosão de asas coriáceas abaixo de mim. Sierra Tres gritou.

Consegui achar outro apoio com a mão esquerda e olhei para baixo. Os dois ainda estavam lá. O rasgasa já não passava de uma sombra alada em retirada, avançando sobre o mar. Voltei a respirar.

— Vocês tão bem?

— Dá, por favor, pra não fazer isso de novo? — pediu Brasil, entredentes.

Eu não precisei. A rota de Natsume nos levou em seguida por uma área de teias rasgadas e usadas e, finalmente, a atravessar uma faixa estreita de secreção mais espessa. Depois disso, estávamos livres. Passamos por mais uma dúzia de pontos de apoio firmes e chegamos a uma plataforma de pedra trabalhada sob a principal borda do parapeito da fortaleza de Rila.

Sorrisos tensos foram trocados. Havia espaço suficiente na plataforma para nos sentarmos. Eu liguei o microfone embutido.

— Isa?

— Sim, tô aqui.

A voz dela veio incomumente aguda, cheia de tensão. Sorri de novo.

— Estamos no topo. É melhor avisar aos outros.

— Tudo bem.

Voltei a me ajeitar contra a cantaria e expirei, relaxado. Fitei o horizonte.

— Eu *não quero* ter de fazer isso de novo.

— Ainda falta esse trechinho — disse Tres, espetando o polegar para a borda acima de nós. Segui o movimento e olhei para o lado inferior do parapeito.

Arquitetura da era da Colonização. Natsume falou quase com desdém. *Tão barroca que eles podiam já ter construído uma escada nela.* E o cintilar de orgulho que todo esse tempo como Renunciante não parecia ter conseguido arrancar. *Claro, eles nunca esperaram que alguém chegasse até lá, para começo de conversa.*

Examinei as fileiras de esculturas na parte de baixo do rebordo. Em sua maioria, elas seguiam o padrão de asas e ondas, mas em alguns pontos havia rostos estilizados representando Konrad Harlan e alguns de seus parentes mais notáveis da era da Colonização. A cada dez centímetros quadrados de pedra trabalhada havia uma pegada decente. A distância até a extremidade da borda era de menos de três metros. Suspirei e comecei a me levantar.

— Certo, então.

Brasil se preparou perto de mim, olhando para o ângulo da pedra.

— Parece fácil, né? Acha que tem algum sensor?

Pressionei a Rapsodia contra meu peito para me certificar de que ainda estava segura. Soltei a arma de raios em seu coldre nas minhas costas. Fiquei de pé.

— Quem é que liga, porra?

Estendi a mão, enfiei um punho no olho de Konrad Harlan e segurei com os dedos. Em seguida, escalei por cima do despenhadeiro antes que pudesse parar para pensar. Cerca de trinta segundos dependurados depois, eu já estava na parede vertical. Encontrei esculturas semelhantes com que trabalhar e logo cheguei a um parapeito de três metros de largura, espiando um espaço ornamental em formato de lágrima, lembrando um claustro, com cascalho rastelado e pedras meticulosamente alinhadas. Uma estatuazinha de Harlan encontrava-se perto do centro, a cabeça abaixada e as mãos dobradas em meditação, ofuscado por um marciano idealizado atrás dele cujas asas estavam abertas em sinal de proteção e delegação de poder. Na extremidade, um arco régio levava, eu sabia, para os pátios e jardins sombreados da ala de hóspedes da fortaleza.

O perfume de ervas e de frutaborda soprou por mim, mas não havia nenhum ruído local além da própria brisa. Os hóspedes, pelo jeito, estavam todos do outro lado, no complexo central, onde as luzes cintilavam e os sons de celebração iam e vinham com o vento. Forcei a neuroquímica e distingui aplausos, música elegante que Isa teria detestado, uma voz que era bem bonita levantando-se para cantar.

Puxei a Jato Solar do coldre às minhas costas e a liguei. Esperando ali na escuridão nos limites da festa, as mãos cheias de morte, eu me senti por um instante como algum espírito maligno saído das lendas. Brasil e Tres logo chegaram e se espalharam pelo parapeito. O surfista tinha um pesado rifle de fragmentação antigo aninhado nos braços; Tres erguia uma arma de raios com a mão esquerda para dar espaço para a Kalashnikov de carga sólida na direita. Havia uma expressão distante em seu rosto — ela parecia estar pesando as duas armas para buscar equilíbrio ou como se fosse jogá-las. O céu noturno se rasgou com fogo angelical e nos iluminou, azulados e irreais. Trovão ribombou como uma provocação. Sob tudo isso, o redemoinho chamou.

— Tudo bem, então — falei, baixinho.

— É, aí provavelmente já está bom — disse uma voz feminina vinda das sombras perfumadas do jardim. — Larguem as armas, por favor.

CAPÍTULO 32

Silhuetas armadas e protegidas por armaduras saíram da clausura. Mais de dez. Aqui e ali eu podia ver um rosto pálido, mas a maioria usava volumosas máscaras de aprimoramento da visão e capacetes ao estilo dos fuzileiros táticos. Armaduras de combate envolvendo peitos e membros como músculos extras. O armamento era igualmente pesado. Armas de estilhaços com encaixes de dispersão no bocal, rifles de fragmentação cerca de um século mais novos do que aquele que Jack Soul Brasil havia trazido para a festa. Um par de armas de plasma presas a quadris. Ninguém no ninho dos Harlan estava disposto a correr riscos.

Abaixei o cano da Jato Solar gentilmente, apontando para o parapeito de pedra. Mantive uma pegada frouxa na coronha. A visão periférica me disse que Brasil tinha feito o mesmo com o rifle frag e que Sierra Tres estava com os braços na lateral do corpo.

— Eu falei para largar suas armas — disse a mesma mulher, refinada. — No sentido de soltá-las totalmente. Talvez o meu amânglico não seja tão fluente quanto seria possível.

Voltei-me para a direção de onde vinha a voz.

— É você, Aiura?

Houve uma longa pausa e então ela saiu da passagem na ponta do espaço ornamentado. Outra descarga orbital iluminou-a por um momento, em seguida as trevas retornaram e eu tive que usar a neuroquímica para manter os detalhes. A executiva de segurança dos Harlan era o epítome da beleza de Primeira Família: feições eurasiáticas elegantes, quase perenes, cabelo preto retinto, esculpido para trás em um campo magnético que parecia tanto coroar quanto emoldurar o tom pálido de seu rosto. Uma inteligência móvel nos lábios e no olhar, os vincos levíssimos no canto dos olhos para denotar uma vida bem vivida. Uma silhueta alta e esguia envolta em uma túnica rubro-negra simples, acolchoada com o colarinho alto de seu ofício, calças combinando, largas o bastante para parecer um vestido de gala quando ela ficava imóvel. Sapatos sem salto para que pudesse correr ou lutar, caso necessário.

Uma pistola de estilhaços. Não apontada, mas não exatamente abaixada.

Ela sorriu à meia luz.

— Eu sou Aiura, sim.

— Tá com o meu eu mais jovem cabeça de bagre aí com você?

Outro sorriso. Um movimento das sobrancelhas enquanto ela dava uma olhadinha de relance para o ponto de onde tinha vindo. Ele saiu da passagem sombreada. Havia um sorriso em seu rosto, mas não parecia ancorado ali com muita firmeza.

— Aqui estou, coroa. Tem alguma coisa a me dizer?

Olhei a estrutura bronzeada de combate, a postura controlada e o cabelo preso para trás. Como uma porra de bandido em um filme barato de samurai.

— Nada a que você daria ouvidos — falei. — Estou só tentando realizar a contagem de idiotas aqui.

— Ah, é? Bem, não fui eu quem acabou de escalar duzentos metros só para cair numa emboscada.

Ignorei a gozação e voltei a olhar para Aiura, que me observava com uma curiosidade divertida.

— Estou aqui para buscar Sylvie Oshima — falei, baixinho.

Meu eu mais jovem tossiu uma risada. Alguns dos homens e mulheres blindados se juntaram a ele, mas não durou. Eles estavam nervosos demais; ainda havia armas demais em jogo. Aiura esperou os últimos risos morrerem.

— Acho que estamos todos cientes disso, Kovacs-san. Mas não consigo ver como você pretende realizar seu objetivo.

— Bem, eu gostaria que você fosse buscá-la para mim.

Mais gargalhadas irritantes. Entretanto, o sorriso da executiva de segurança tinha empalidecido, e ela gesticulou rispidamente por silêncio.

— Fale sério, Kovacs-san. Minha paciência tem limite.

— Acredite, a minha também. E tô cansado. Então é melhor você mandar alguns de seus homens descerem para buscar Sylvie Oshima de seja lá que câmara de interrogatório vocês a estejam mantendo, e é melhor torcer para que ela não tenha sido ferida de forma alguma, porque, se tiver sido, essa negociação acabou.

Agora o jardim de pedra tinha ficado em silêncio outra vez. Não havia mais risos. A convicção de Emissário, o tom de minha voz, a escolha de palavras, a calma em minha postura — tudo isso transmitia credibilidade.

— Com o que exatamente você está negociando, Kovacs-san?

— Com a cabeça de Mitzi Harlan — falei, simplesmente.

O silêncio se retesou. O rosto de Aiura podia ter sido esculpido em pedra, tamanha a falta de reação. Mas algo em sua postura mudou e eu soube que a tinha nas mãos.

— Aiura-san, eu não estou blefando. A neta preferida de Konrad Harlan foi levada por uma equipe de assalto quellista em Danchi há dois minutos. Seu destacamento do serviço secreto está morto, assim como qualquer outra pessoa que tenha, equivocadamente, vindo em auxílio deles. Você se focou no lugar errado. E agora tem menos de trinta minutos para me entregar Sylvie Oshima ilesa; depois disso, não tenho mais nenhuma influência sobre as consequências. Pode nos matar, pode nos levar como prisioneiros. Não vai importar. Nada disso vai fazer diferença alguma. Mitzi Harlan vai morrer, de um jeito nada agradável.

O momento sofreu uma reviravolta. No parapeito tudo estava frio e quieto, e eu podia ouvir o redemoinho ao longe. Era um plano sólido, cuidadosamente arquitetado, mas isso não significava que ele não pudesse me matar. Por um instante me perguntei o que aconteceria se alguém me derrubasse da borda com um tiro. Se eu estaria morto antes de completar a queda.

— Porra nenhuma! — Era eu. Ele tinha dado um passo na direção do parapeito, a violência controlada rugindo no modo como ele se segurava. — Você tá blefando. De jeito nenhum você...

Fixei meu olhar no dele e ele se calou. Eu podia sentir pena dele — a mesma incredulidade congelante residia em mim enquanto eu fitava os olhos dele e compreendia verdadeiramente pela primeira vez quem estava por trás deles. Eu já tinha sido encapado duplamente antes, mas isso tinha sido uma cópia perfeita de quem eu era naquele momento, não esse eco de outra era e outro lugar em minha própria linha do tempo. Não esse fantasma.

— Não? — Gesticulei. — Está se esquecendo de que há mais de cem anos da minha linha do tempo que você ainda não viveu? E isso nem é a questão aqui. Não é de mim que estamos falando. É de um esquadrão de quellistas com três séculos de ressentimento entalados na garganta e uma merda de vadia aristo inútil entre eles e sua amada líder. Você sabe disso, Aiura-san, mesmo que minha versão jovem idiota ali não saiba. Qualquer coisa necessária lá embaixo, eles o farão. E nada do que eu faça ou diga vai mudar isso, a menos que vocês me deem Sylvie Oshima.

Aiura murmurou algo para meu eu mais jovem. Em seguida, tirou um telefone de sua túnica e olhou para mim.

— Você me perdoará — disse ela, com educação —, se eu não confiar nisso cegamente.

Assenti.

— Confirme qualquer coisa que precisar. Mas apresse-se, por favor.

Não levou muito tempo para a executiva de segurança conseguir as respostas de que precisava. Ela mal falou duas palavras no telefone antes que uma torrente de tagarelice apavorada voltasse para ela em uma onda. Mesmo sem a neuroquímica, pude ouvir a voz do outro lado. Seu rosto endureceu. Ela disparou um punhado de ordens em japonês, desligou o viva-voz, depois desligou e tornou a guardar o telefone na túnica.

— Como vocês planejam partir? — perguntou.

— Precisaremos de um helicóptero. Eu sei que você mantém mais ou menos meia dúzia por aqui. Nada chique, um único piloto. Se ele se comportar, nós o mandaremos de volta para você, ileso.

— É, se vocês não forem abatidos por um orbital nervoso — provocou Kovacs. — Não é uma hora boa para voar essa noite.

Eu o encarei com repulsa.

— Vou correr o risco. Não seria a coisa mais estúpida que já fiz.

— E Mitzi Harlan? — A executiva de segurança me observava como uma predadora agora. — Que garantias eu tenho da segurança dela?

Brasil se moveu do meu lado pela primeira vez desde que o confronto começara.

— Não somos assassinos.

— Não? — Aiura desviou seu olhar para ele como uma reação auditiva de um canhão sentinela. — Então esse deve ser algum novo tipo de quellismo que eu não conhecia.

Pela primeira vez, achei ter detectado uma fissura na voz de Brasil.

— Vai se foder, capanga. Com o sangue de gerações nas suas mãos, vai querer apontar um dedo cheio de moral para a gente? As Primeiras Famílias já...

— Acho que podemos ter essa discussão em algum outro momento — falei em voz alta. — Aiura-san, seus trinta minutos estão passando. Assassinar Mitzi Harlan vai apenas tornar os quellistas impopulares, e acho que você sabe que eles preferem evitar isso, se for possível. Se isso não é suficiente, eu assumo um compromisso pessoal. Satisfaça nossas exigências e eu farei com que a neta de Harlan seja devolvida incólume.

Aiura olhou de esguelha para o outro eu. Ele deu de ombros. Talvez tenha assentido minimamente. Ou talvez fosse apenas a ideia de ter de mostrar a Konrad Harlan o cadáver ensanguentado de Mitzi.

Vi a decisão tomar forma dentro dela.

— Muito bem — disse ela, bruscamente. — Vou cobrar sua promessa, Kovacs-san. Não preciso lhe dizer o que isso significa. Quando o acerto de contas chegar, sua conduta nessa questão pode ser tudo o que lhe salvará da fúria total da família Harlan.

Abri um breve sorriso para ela.

— Não me ameace, Aiura. Quando o acerto de contas chegar, eu vou estar bem longe daqui. O que é uma lástima, porque vou perder a visão de você e seus mestrezinhos hierarcas ensebados correndo para levar a riqueza para fora do planeta antes que o populacho os pendure em uma grua nas docas. Agora, cadê a porra do meu helicóptero?

Trouxeram Sylvie Oshima em uma maca grav e, quando a vi, a princípio pensei que os Besourinhos Azuis teriam que executar Mitzi Harlan, no final das contas. A figura com cabelos de ferro sob o cobertor na maca era uma cópia, branca feito a morte, da mulher de quem eu me lembrava de Tekitomura, descarnada por conta de semanas de sedação, as feições pálidas ardendo com uma cor febril nas bochechas, os lábios muito mordidos, as pálpebras fechadas frouxamente sobre olhos espasmódicos. Havia um leve suor em sua testa que brilhava à luz da lâmpada de exames no alto da maca e um curativo comprido e transparente se estendia do lado esquerdo do rosto dela, onde um corte fino ia da maçã do rosto até o maxilar. Quando o fogo angelical acendeu o jardim de pedra em torno de nós, Sylvie Oshima podia muito bem ser um cadáver à luz do clarão azulado.

Senti mais do que vi a tensão ultrajada subir em Sierra Tres e Brasil. O trovão ecoou pelo céu.

— É ela? — perguntou Tres, tensa.

Ergui a mão livre.

— Apenas... Peguem leve. Sim, é ela. Aiura, que caralhos vocês fizeram com ela?

— Eu aconselharia não exagerarem na reação. — Mas dava para ouvir a tensão na voz da executiva de segurança. Ela sabia o quanto estávamos perto do limite. — O ferimento é um resultado de autoflagelação, antes que pudéssemos impedi-la. Foi tentado um procedimento e ela respondeu mal a ele.

Minha mente voou para Innenin e Jimmy de Soto destruindo o próprio rosto quando o vírus Rawling entrou em ação. Eu sabia que procedimento eles tinham tentado com Sylvie Oshima.

— Vocês a alimentaram? — perguntei em uma voz que soou irritadiça aos meus ouvidos.

— De modo intravenoso. — Aiura havia guardado sua arma auxiliar enquanto esperávamos que seus homens trouxessem Sylvie para o jardim de pedra. Agora ela se adiantava, fazendo gestos de calma com as duas mãos. — Vocês precisam entender que...

— Nós entendemos perfeitamente — disse Brasil. — Entendemos o que você e a sua laia são. E algum dia, em breve, vamos limpar esse mundo de vocês.

Ele deve ter se movido, talvez tremido o cano do rifle de fragmentação. Armas surgiram por todo o jardim com um matraquear apavorado. Aiura deu meia-volta.

— *Não!* Para trás. *Todos vocês.*

Lancei um olhar para Brasil, resmungando:

— Você também, Jack. Não estrague isso.

Um suave ruído repetitivo. Acima dos ângulos baixos da ala de hóspedes da fortaleza, um precipicóptero Dracul preto e estreito disparava em nossa direção, o nariz para baixo. Ele fez uma curva larga para se desviar do jardim de pedra, na direção do mar, hesitou por um momento enquanto o céu se rompia, azul, depois retornou com os agarradores de pouso estendidos. Com uma alteração no tom do motor, ele se assentou com precisão de inseto sobre o parapeito à direita. Se quem o pilotava estava preocupado por causa da atividade orbital, isso não transparecia no manejo.

Acenei com a cabeça para Sierra Tres. Ela se curvou sob a tempestade branda dos rotores e correu agachada para o precipicóptero. Eu a vi se debruçar e conversar brevemente com o piloto; em seguida, olhou para mim e gesticulou com o polegar levantado. Guardei minha Jato Solar e me voltei para Aiura.

— Certo, você e o júnior aqui. Coloquem-na de pé, tragam-na até aqui para mim. Vocês vão me ajudar a carregá-la. *Todo o resto, para trás.*

Foi desajeitado, mas conseguimos levar Sylvie Oshima do jardim de pedra para o parapeito. Brasil deu a volta para se colocar entre nós e a queda. Eu peguei a mulher de juba cinzenta por baixo dos braços, enquanto Aiura sustentava suas costas e o outro Kovacs segurava as pernas. Juntos, carregamos o corpo flácido até o precipicóptero.

E na porta, sob a agitação dos rotores acima de nós, Aiura Harlan se debruçou sobre a forma semiconsciente que ambos segurávamos. O precipicóptero era uma máquina evasiva, projetada para rodar silenciosamente, mas a essa distância os rotores faziam barulho suficiente para eu não conseguir ouvir o que ela dizia. Inclinei meu pescoço mais para perto.

— Como é?

Ela se aproximou de novo. Falou diretamente no meu ouvido, sibilando.

— Eu disse, é melhor você me devolver ela inteira, Kovacs. Essas piadas de revolucionários, isso é uma luta que a gente pode travar outro dia. Mas se eles machucarem qualquer parte da mente ou do corpo de Mitzi Harlan, eu vou passar o resto da minha existência caçando você.

Sorri para ela em meio ao barulho. Ergui minha voz conforme ela recuava.

— Você não me assusta, Aiura. Venho lidando com escória feito você minha vida toda. Vai receber a Mitzi de volta porque eu assegurei que receberia. Mas, se você se importa tanto assim com ela, é melhor começar a planejar uns feriados bem prolongados fora do Mundo de Harlan. Esses caras não estão pra brincadeira.

Ela olhou para Sylvie Oshima.

— Não é ela, sabe — gritou ela. — Não tem como ser ela. Quellcrist Falconer tá morta. Pra valer.

Assenti.

— Certo. Então, se esse é o caso, por que ela deixou todos vocês, seus porras da Primeira Família, tão malucos?

O grito da executiva de segurança ficou genuinamente agitado.

— Por quê? Porque Kovacs, seja lá quem ela for, e ela *não é Quell, seja lá quem* ela for, ela trouxe uma praga da Insegura. Uma forma totalmente nova de morte. Pergunte a ela sobre o Protocolo Qualgrist quando ela acordar e então se pergunte se o que fiz aqui para impedi-la é tão terrível assim.

— Oi! — Era o meu eu mais jovem, os cotovelos dobrados sob os joelhos de Sylvie, as mãos bem abertas por baixo. — A gente vai carregar essa puta ou vamos ficar aqui conversando a noite toda?

Sustentei seu olhar por um longo instante, depois ergui a cabeça e os ombros de Sylvie cuidadosamente até onde Sierra Tres aguardava na cabine lotada do precipicóptero. O outro Kovacs empurrou com força, e o resto do corpo dela deslizou para dentro. O movimento o trouxe para perto de mim.

— Isso não acabou — gritou ele no meu ouvido. — Você e eu temos negócios a resolver.

Eu enfiei um braço sob o joelho de Sylvie Oshima e lhe dei uma cotovelada, afastando-o dela. Os olhares ainda colados.

— Não me provoca, porra — gritei. — Seu mercenariozinho de merda.

Ele se ouriçou. Brasil se aproximou. Aiura pousou uma das mãos no braço do meu eu mais jovem e falou em seu ouvido com muita firmeza. Ele recuou. Ergueu um dedo como arma e o apontou para mim. O que ele falou se perdeu no ruído dos rotores. E então a executiva de segurança Harlan o afastou, recuando ao longo do parapeito até uma distância segura. Eu me balancei para dentro do veículo, abri espaço ao meu lado para Brasil e assenti para Sierra Tres. Ela falou diretamente com o piloto e o precipicóptero se soltou do parapeito. Encarei o outro Kovacs. Observei ele me encarar de volta.

Fomos erguidos no ar.

Ao meu lado, Brasil tinha um sorriso emplastrado na cara como a máscara de alguma cerimônia à qual eu não tinha sido convidado para participar. Eu o cumprimentei, cansado. Eu me sentia subitamente despedaçado, no corpo e na mente. O longo trecho nadado, o esforço incessante e os momentos de quase-morte da escalada, a tensão insuportável do impasse — tudo caiu sobre mim de uma vez.

— Nós conseguimos, Tak — berrou Brasil.

Eu balancei a cabeça. Reuni minha voz.

— Até aqui, tudo certo — argumentei.

— Ah, corta essa.

Balancei a cabeça de novo. Segurando na porta, inclinei-me para fora do precipicóptero e fitei o arranjo de luzes que se encolhia rapidamente da fortaleza de Rila. Com a visão sem ajuda, não pude mais ver nenhuma das figuras no jardim de pedras e estava cansado demais para aplicar as neuroquímicas. No entanto, mesmo com o espaço que rapidamente aumentava entre nós, eu ainda podia sentir o olhar dele e sua fúria implacável crescendo ali.

CAPÍTULO 33

Encontramos o *Ilhéu de Boubin* exatamente onde ele deveria estar. A navegação de Isa, através do software de pilotagem do trimarã, fora impecável. Sierra Tres conversou com o piloto, que parecia, julgando com base em uma curta convivência, ser um cara decente. Considerando-se seu status de refém, ele havia demonstrado pouco nervosismo durante o voo e uma vez disse algo a Sierra Tres que a fez rir alto. Agora ele assentia laconicamente enquanto ela falava em seu ouvido, ampliava duas telas em seu painel de voo e o precipicóptero caía na direção do iate. Gesticulei indicando o comunicador reserva outra vez e o encaixei no ouvido.

— Ainda aí, Aiura?

A voz dela respondeu, precisa e apavorantemente polida.

— Ainda estou na escuta, Kovacs-san.

— Bom. Estamos prestes a pousar. Seu piloto aqui sabe que deve recuar depressa, mas só para sublinhar, quero céu limpo em todas as direções...

— Kovacs-san, eu não tenho a autoridade para...

— Dê um jeito. Eu não acredito por um momento sequer que Konrad Harlan não consegue esvaziar o céu acima de todo o Arquipélago de Porto Fabril se quiser, mesmo que você não consiga. Então me escute com atenção. Se eu vir um helicóptero em qualquer lugar acima do nosso horizonte durante as próximas seis horas, Mitzi Harlan morre. Se eu vir algum rastro no ar em nosso radar nas próximas seis horas, Mitzi Harlan morre. Se eu vir algum veículo, qualquer um, nos seguindo, Mitzi Harlan...

— Você deixou bem claro seu ponto, Kovacs. — A cortesia estava evaporando rapidamente da voz dela. — Você não será seguido.

— Obrigado.

Joguei o comunicador de volta no assento perto do piloto. Fora do precipicóptero, o ar estava turvo. Não tinha ocorrido um disparo orbital desde que levantáramos voo e parecia, pela falta de fogos de artifício ao norte, que o show de luzes estava chegando ao fim. Nuvens espessas se aproximavam do oeste, sufocando a borda crescente de Hotei. Mais no alto, Daikoku estava tenuemente velada e Marikanon tinha sumido por completo. Parecia que ia chover.

O Dracul fez um círculo fechado sobre o trimarã e eu vi Isa, pálida, no convés, agitando um dos rifles de fragmentação antiquados de Brasil de forma nada convincente. Um sorriso tocou os cantos de minha boca com essa visão. Nós recuamos na curva e caímos ao nível do mar, depois escorregamos de lado para o *Ilhéu de Boubin*. Eu me levantei na porta e acenei devagar. As feições tensas de Isa desabaram de alívio e ela abaixou a arma de fragmentação. O piloto empoleirou sua aeronave no canto do convés do *Ilhéu de Boubin* e gritou para nós por sobre o ombro.

— Fim da linha, pessoal.

Nós descemos com um pulo, retiramos a forma ainda semiconsciente de Sylvie logo após e a abaixamos cuidadosamente até o convés. A neblina do redemoinho nos cobriu como o hálito frio de fadas marinhas. Eu me apoiei no precipicóptero.

— Obrigado. Foi bem tranquilo. É melhor você dar o fora daqui.

Ele anuiu e eu me afastei. O Dracul se soltou e levantou voo. O nariz se virou e em segundos ele já estava a cem metros de nós, erguendo-se no céu noturno com um ruído abafado. Conforme o barulho diminuía, voltei minha atenção para a mulher aos meus pés. Brasil estava debruçado sobre ela, abrindo uma pálpebra.

— Ela não parece estar muito mal — resmungou ele, quando me ajoelhei ao seu lado. — Está com um pouco de febre, mas a respiração está boa. Lá embaixo tenho equipamento para examiná-la melhor.

Coloquei as costas da mão contra a bochecha dela. Por baixo da camada de respingos do redemoinho, a pele estava quente e ressecada, como ficara antes, na Insegura. E apesar da opinião médica abalizada de Brasil, a respiração dela também não me parecia tão boa.

É, bem, esse é um sujeito que prefere vírus recreativos a drogas recreativas. Acho que um pouco de febre *é um termo relativo, hein, Micky?*

Micky? O que houve com Kovacs?

Kovacs está lá atrás, lambendo as botas de Aiura Harlan. Foi isso o que houve com Kovacs.

Aquela raiva acesa, ardendo.

— E que tal a gente levar ela lá pra baixo? — sugeriu Sierra Tres.

— É — disse Isa, nada gentil. — Ela tá na merda, cara.

Contive um lampejo súbito e irracional de antipatia.

— Isa, quais são as notícias do pessoal do Koi?

— Hã... — Ela deu de ombros. — Da última vez que conferi, tudo bem, eles estavam se movimentando...

— Da última vez que você *conferiu?* Que porra é essa, Isa? Quanto tempo atrás foi isso?

— Não sei, eu tava vigiando o radar para ver vocês! — A voz dela se elevou com a mágoa. — Eu vi vocês chegando, pensei...

— Quanto tempo, caralho?

Ela mordeu o lábio e me encarou.

— Não faz muito tempo, tá?

— Sua id... — Fechei a mão em punho na lateral do corpo. Invoquei calma. Não era culpa dela, nada disso era culpa dela. — Isa, eu preciso que você vá lá para baixo e ligue o comunicador agora mesmo. Por favor. Ligue e confira com Koi se está tudo bem. Diga a ele que acabamos por aqui e que estamos de saída.

— *Tá bom.* — A mágoa ainda era evidente em sua voz e seu rosto. — Tô indo.

Observei enquanto ela saía, suspirei e ajudei Brasil e Tres a erguer o corpo frouxo e superaquecido de Sylvie Oshima. Sua cabeça caiu para trás, e eu tive que mudar uma das mãos de posição para poder sustentá-la. A cabeleira cinza parecia se contrair em alguns lugares onde pendia, úmida pelos respingos, mas era um movimento débil. Olhei para baixo, para o rosto pálido e enrubescido, e senti minhas mandíbulas se retesarem de frustração. Isa tinha razão: ela estava mesmo na merda. Não era o que vinha à mente quando se imaginava a heroína de combates da Descolonização, de olhos brilhantes e membros ágeis. Não era o que se esperaria quando homens como Koi falavam de um fantasma despertado e vingativo.

Não sei, a parte fantasma parece estar bem encaminhada.

Hahaha. Caralho.

Isa surgiu no topo do passadiço da popa exatamente quando chegávamos lá. Embrulhado em meus próprios pensamentos azedos, levei um momento para olhar para a cara dela. E quando o fiz, já era tarde demais.

— Kovacs, me desculpa — implorou ela.

O precipicóptero.

Ao longe, o brando ruído dos rotores, erguendo-se do ruído de fundo do redemoinho. Morte e fúria se aproximando sobre asas ninjas.

— Eles foram alvejados — choramingou Isa. — Comandos da Primeira Família os rastrearam. Ado foi atingido, o resto deles também. Metade deles. Pegaram Mitzi Harlan.

— Quem pegou? — Sierra Tres, os olhos incomumente arregalados. — Quem tá com ela agora? Koi ou...

Mas eu já sabia a resposta.

— *Ataque!*

Gritei. Já estava tentando levar Sylvie Oshima para o convés sem derrubá-la. Brasil teve a mesma ideia, mas se moveu na direção errada. O corpo de Sylvie ficou esticado entre nós. Sierra Tres gritou. Parecíamos estar nos movendo no lodo, lentamente, com deselegância.

Como um milhão de fadas marinhas libertadas, a saraivada de tiros de metralhadora rasgou o oceano em nossa popa, depois atravessou o convés tão amorosamente revestido do *Ilhéu de Boubin*. Estranhamente, foi silencioso. A água borbulhou e espirrou, inofensiva, quieta e brincalhona. Madeira e plástico saltaram de tudo em lascas ao nosso redor. Isa gritou.

Repousei Sylvie sobre os bancos na popa. Aterrissei em cima dela. Do céu escuro, coladinho em seus próprios disparos de metralhadora silenciados, o Dracul veio martelando pela água em altura de bombardeio. As armas recomeçaram e eu rolei para fora do banco, arrastando o corpo inerte de Sylvie comigo. Algo rombudo se chocou com minhas costelas quando cheguei ao chão no espaço reduzido. Senti a sombra do precipicóptero passar por mim e então ir embora, os motores abafados murmurando em sua esteira.

— Kovacs? — Era Brasil, acima do convés.

— Ainda aqui. Você?

— Ele tá voltando.

— Mas é claro que tá, porra.

Meti a cabeça para fora da minha proteção e vi o Dracul fazendo a volta no ar borrado pela névoa. A primeira passagem tinha sido um ataque encoberto — ele não sabia que não estávamos esperando por ele. Agora não importava. Ele iria levar o tempo que quisesse, posicionado a distância, e nos fazer em pedaços.

Filho da puta.

Escapou de mim como um gêiser. Toda a luta acumulada que o impasse com Aiura havia impedido que fosse descarregada. Eu me levantei, agitado, nos bancos da popa, agarrei-me à braçola do passadiço e me puxei para o convés. Brasil estava agachado ali, o rifle de fragmentação aninhado nos dois braços. Ele indicou à frente com o queixo. Segui o gesto e a fúria deu outra reviravolta dentro de mim. Sierra Tres jazia com uma perna esmagada em fragmentos vermelhos e brilhosos. Isa estava caída perto dela, ensopada de sangue. Sua respiração escapava em arquejos minúsculos. A uns dois metros dali, o rifle de fragmentação que ela tinha trazido para o convés estava abandonado.

Corri até ele e o apanhei como se fosse uma criança muito amada.

Brasil abriu fogo do outro lado do convés. Seu rifle disparou com um rugido rascante, estrondoso, e o faiscar da boca do cano alcançou um metro depois do fim do cano. O precipicóptero gingou pela direita, encolhendo-se para o alto quando o piloto percebeu o disparo. Mais balas de metralhadora rasgaram os mastros do *Ilhéu de Boubin* com um retinido, altas demais para nos preocupar. Eu me apoiei contra o convés que se inclinava gentilmente e levei a coronha ao meu ombro. Alinhei a arma e comecei a disparar conforme o Dracul voltava à posição. O rifle bramia em meu ouvido. Não havia muita esperança de acertar, mas a carga fragmentadora padrão é fundida por proximidade e talvez, apenas talvez...

Talvez ele vá desacelerar o bastante para que você se aproxime? Ah, o que é isso, Micky.

Por um momento, me lembrei da Jato Solar, caída no parapeito enquanto eu erguia Sylvie Oshima. Se eu estivesse com ela agora, poderia derrubar esse filho da puta do céu como se estivesse cuspindo.

É, mas em vez disso, você acabou ficando com uma das peças de museu do Brasil. Que beleza, Micky! Esse erro está prestes a te matar.

A segunda fonte de disparos pareceu ter abalado um pouco o piloto, por mais que nada do que tivéssemos lançado ao céu o tivesse tocado. Talvez ele não fosse um piloto militar. Ele passou de novo sobre nós em um ângulo íngreme, lateral, quase se enroscando nos mastros. Estava próximo o bastante para eu poder ver seu rosto mascarado olhando para baixo enquanto ele pousava a máquina. Os dentes cerrados em fúria, o rosto empapado com os borrifos do redemoinho, eu o acompanhei com disparos de fragmentação, tentando mantê-lo à vista o suficiente para atingi-lo.

E então, em meio aos disparos e à névoa em movimento, algo explodiu perto da cauda do Dracul. Um de nós tinha conseguido mandar uma carga de fragmentação perto o bastante para fusão por proximidade. O precipicóptero oscilou e girou. Parecia não ter se danificado, mas a quase queda deve ter assustado o piloto. Ele ergueu o veículo de novo, dando a volta em um ar amplo e elevado. O disparo de metralhadora silencioso recomeçou, rasgando o convés em minha direção. O pente da fragmentadora se esvaziou e travou, aberto. Eu me joguei de lado, atingi o convés e deslizei para a amurada em madeira escorregadia pelos borrifos...

E o fogo angelical caiu.

Do nada, um longo dedo inquisitivo azul. Ele caiu das nuvens como um punhal, sulcando o ar pesado pelos respingos e, de súbito, o precipicóptero havia desaparecido. Não havia mais disparos de metralhadora correndo avidamente atrás de mim, nada de explosões, nada de barulho real, além do estalo das moléculas de ar abusadas no caminho do facho. O céu onde o Dracul estivera tinha pegado fogo, queimado e então se apagado, deixando apenas um fantasma da imagem ardendo em minha retina.

...e eu colidi contra a amurada.

Por um longo instante, houve apenas o som do redemoinho e a batida das marolas contra o casco, logo abaixo de mim. Inclinei a cabeça para trás e olhei. O céu continuava teimosamente vazio.

— Te peguei, filho da puta — murmurei.

A memória se encaixou. Eu me pus de pé e corri para onde Isa e Sierra Tres jaziam em faixas de sangue que escorria, diluído pelos borrifos. Tres tinha se apoiado contra a lateral do cockpit de tempo bom e preparava um torniquete para si mesma com retalhos de tecido encharcado de sangue. Seus dentes se cerraram enquanto ela puxava com força — um único grunhido de dor escapou dela. Ela captou meu olhar e assentiu, depois rolou a cabeça para onde Brasil estava agachado ao lado de Isa, as mãos frenéticas sobre o corpo esparramado da adolescente. Eu me aproximei e olhei por cima do ombro dele.

Ela devia ter levado seis ou sete balas na barriga e nas pernas. Abaixo do peito, seu corpo parecia ter sido trucidado por uma pantera-do-pântano. Seu rosto estava imóvel agora e os arquejos de antes tinham desacelerado. Brasil olhou para mim e balançou a cabeça.

— Isa? — Eu me ajoelhei ao lado dela, sobre o sangue dela. — Isa, fala comigo.

— Kovacs? — Ela tentou virar a cabeça na minha direção, mas mal se moveu. Eu me debrucei mais, levando meu rosto para junto do dela.

— Tô aqui, Isa.

— Me desculpa, Kovacs — gemeu ela. Sua voz era a de uma menininha, pouco mais do que um sussurro agudo. — Eu não pensei...

Engoli seco.

— Isa...

— Me desculpa...

E de repente, ela parou de respirar.

CAPÍTULO 34

No âmago do labirinto de ilhotas e arrecifes conhecido sardonicamente como Eltevedtem, havia antes uma torre com mais de dois quilômetros de altura. Os marcianos a construíram diretamente sobre o leito do mar, por motivos que só eles conheciam, e há pouco menos de meio milhão de anos, também sem explicação, ela caiu no oceano. A maioria dos destroços acabou esparramada por todo o fundo do mar dos arredores, mas em alguns pontos ainda se encontram resquícios massivos e fragmentados em terra firme. Ao longo do tempo, as ruínas se tornaram parte da paisagem de qualquer ilhota ou recife em que tivessem tombado, mas mesmo essa presença subliminar era suficiente para garantir que Eltevedtem continuasse largamente despovoada. Os vilarejos de pescadores no braço norte do Arquipélago de Porto Fabril, a duas dúzias de quilômetros dali, eram a habitação humana mais próxima. A própria Porto Fabril jazia a mais de cem quilômetros ao sul. E Eltevedtem (fico *perdido* com esses dialetos magiares pré-Colonização) era capaz de ocultar convenientemente toda uma flotilha. Havia canais estreitos e cobertos pela folhagem entre afloramentos rochosos verticais, altos o bastante para esconder o *Ilhéu de Boubin* até a ponta dos mastros, cavernas marinhas escavadas entre promontórios que deixavam as entradas invisíveis exceto para quem olhasse bem de perto, nacos de destroços da torre marciana arqueados e asfixiados em um tumulto de vegetação pendurada.

Era um bom lugar para se esconder.

De perseguidores externos, pelo menos.

Eu me debrucei na amurada do *Ilhéu de Boubin* e fitei as águas límpidas. Cinco metros abaixo da superfície, uma mistura vivamente colorida de peixes nativos e coloniais veio cheirar em torno do sarcófago branco de concrespray em que tínhamos enterrado Isa. Eu tinha alguma vaga ideia de entrar em contato com a família dela quando estivéssemos limpos, para informá-los onde ela se encontrava, mas pareceu inútil. Quando uma capa está morta, está morta. E os pais de Isa não iam ficar menos preocupados quando uma equipe de recuperação rachasse o concrespray e descobrisse que alguém tinha retirado o cartucho cortical dela.

Estava em meu bolso agora, a alma de Isa, na falta de uma descrição melhor, e eu podia sentir algo mudando em mim com o peso solitário dele nos meus dedos. Eu não sabia o que faria com o cartucho, mas também não ousava deixá-lo para trás para que outra pessoa o encontrasse. Isa estava bastante implicada no ataque a Porto Fabril, e isso significava uma suíte virtual de interrogatório nos Penhascos de Rila se ela fosse recuperada. Por enquanto, eu teria que carregá-la, assim como tinha carregado padres mortos para o sul para serem punidos, assim como tinha carregado Yukio Hirayasu e seu colega gângster caso precisasse deles para barganhar.

Eu tinha deixado os cartuchos dos yakuza enterrados na areia debaixo da casa de Brasil na Praia de Vchira, sem esperar que o bolso voltasse a ser ocupado tão depressa. Tinha até, na viagem para Porto Fabril, a leste, me flagrado desfrutando por um momento da estranha nova falta de *bagagem,* até que as memórias de Sarah e o hábito do ódio voltassem com força.

Agora o bolso estava pesado de novo, como uma variante moderna e fodida da rede de traineira amaldiçoada de Ebisu na lenda Tanaka, destinada a sempre recolher os cadáveres dos marujos afogados e nada mais.

Não parecia haver algum jeito de ele continuar vazio, e eu não sabia mais o que sentia.

Por quase dois anos, não tinha sido assim. A certeza coloria minha existência, um monocromo granulado. Eu era capaz de enfiar a mão no meu bolso e pesar seu conteúdo variado na palma com uma satisfação sombria e endurecida. Havia uma sensação de lento acúmulo, uma reunião de incrementos minúsculos no prato da balança do lado oposto às colossais toneladas da extinção de Sarah Sachilowska. Por dois anos, eu não precisei de nenhum outro propósito além desse bolso e seu punhado de almas roubadas. Não precisei de nenhum futuro, nenhuma perspectiva que não girasse em torno de alimentar o bolso e as jaulas das panteras do pântano no esconderijo de Segesvar, na Vastidão.

É mesmo? Então o que aconteceu em Tekitomura?

Movimento na amurada. Os cabos vibraram e se agitaram gentilmente. Olhei para cima e vi Sierra Tres se manobrando adiante, apoiada na amurada com os dois braços e saltando com a perna ilesa. Seu rosto em geral inexpressivo estava tenso de frustração. Sob outras circunstâncias, podia ter sido cômico, mas com as calças cortadas no meio da coxa, a outra perna estava encerrada em um gesso transparente que deixava os ferimentos à vista.

Nós vínhamos nos esquivando em Eltevedtem por quase três dias, com Brasil aproveitando o tempo da melhor maneira possível com os limitados equipamentos médicos de campo de batalha. A carne sob o gesso de Tres era uma bagunça inchada e cheia de hematomas, perfurada e rasgada pelos tiros de metralhadora do precipicóptero, mas as feridas tinham sido limpas e medicadas. Etiquetas azuis e vermelhas desciam pelas partes danificadas, marcando os pontos em que Brasil havia inserido bios de recrescimento rápido. Uma bota de liga flexível almofadava a extremidade do gesso contra impactos externos, mas andar sobre ela exigiria mais analgésicos do que Tres parecia preparada para tomar.

— Você não devia se levantar — falei, quando ela se juntou a mim.

— É, mas eles erraram os tiros, então eu me levanto. Não enche, Kovacs.

— Tá bom. — Voltei a fitar a água. — Alguma novidade?

Ela balançou a cabeça negativamente.

— Oshima tá acordada. Perguntou de você.

Perdi o foco nos peixes abaixo de mim por um momento. Recuperei o foco. Não fiz nenhum movimento para deixar a amurada ou levantar os olhos de novo.

— Oshima ou Makita?

— Bom, isso depende do que você quer acreditar, né?

Assenti, nebuloso.

— Então ela ainda acha que é...

— No momento, sim.

Observei os peixes por mais um instante. Em seguida, abruptamente, endireitei o corpo, me afastando da amurada, e olhei para o passadiço. Senti uma careta involuntária contorcer minha boca. Comecei a me dirigir até lá.

— Kovacs.

Olhei para Tres, impaciente.

— O que foi?

— Pega leve. Não é culpa dela a Isa ter levado aqueles tiros.

— Não é, não.

Lá embaixo, em uma das cabines de proa, a capa de Sylvie Oshima jazia apoiada em travesseiros na cama dupla, olhando para fora de uma vigia. Ao longo de toda a corrida sinuosa, disparada, abraçando a costa até Eltevedtem e dos dias que se seguiram, ela tinha dormido, acordando apenas em dois episódios de agitação delirante e tagarelice em código maquinal. Quando Brasil podia tirar alguma folga do timão e de observar o radar, ele a alimentava com adesivos dermais de nutrientes e coquetéis em hipospray. Alimentação intravenosa cuidava do resto. Agora as inserções pareciam estar ajudando. Um pouco da cor febril tinha se esvaído das bochechas febris e sua respiração deixara de ser audível conforme se normalizava. O rosto ainda estava doentiamente pálido, mas já possuía expressão, e a cicatriz longa e fina na bochecha parecia estar se curando. A mulher que acreditava ser Nadia Makita olhou pelos olhos de sua capa para mim e abriu um sorriso fraco.

— Olá, Micky Acaso.

— Olá.

— Eu me levantaria, mas fui aconselhada a não fazer isso. — Ela indicou com o queixo uma poltrona moldada em uma parede da cabine. — Por que você não senta?

— Estou bem aqui.

Ela pareceu me olhar com mais atenção por um momento então, ava-liando-me, talvez. Havia um traço de Sylvie Oshima no modo como ela o fez, o bastante para revirar algo minúsculo dentro de mim. Então, quando ela falou e alterou os planos de seu rosto, esse traço desapareceu.

— Parece que talvez precisemos ir andando em breve — disse ela, bai-xinho. — A pé.

— Talvez. Eu diria que ainda temos mais alguns dias, mas no final, a coisa se resume a sorte. Houve uma patrulha aérea na noite de ontem. Nós os ouvimos, mas eles não se aproximaram o bastante para nos ver, e não podem voar com nada sofisticado o bastante para procurar por calor do corpo ou atividade eletrônica.

— Ah... isso ainda continua igual.

— Os orbitais? — Assenti. — É, eles ainda rodam com os mesmos pa-râmetros de quando você...

Parei. Gesticulei.

— De sempre.

Mais uma vez, o olhar longo, especulativo. Eu a fitei de volta calmamente.

— Me conta — disse ela, por fim. — Quanto tempo faz? Desde a Descolonização, quero dizer.

Eu hesitei. A sensação era de estar ultrapassando um limite.

— Por favor. Eu preciso saber.

— Cerca de trezentos anos, locais. — Gesticulei outra vez. — Trezentos e vinte, mais ou menos.

Eu não precisava de treinamento Emissário para ler o que surgiu por trás de seus olhos.

— Tanto tempo — murmurou ela.

Essa vida é como o mar. Tem uma maré alta de três luas lá fora e, se você deixar, ela vai te separar de tudo e todos com que você já se importou.

Era sabedoria de leme de Japaridze, mas ressoava. Você podia ser um capanga da Anjos dos Sete por Cento, podia ser um peso-pesado da família Harlan. Algumas coisas deixavam as mesmas marcas em todo mundo. Você podia até ser a porra da Quellcrist Falconer.

Ou não, lembrei a mim mesmo.

Pega leve com ela.

— Você não sabia? — perguntei.

Ela balançou a cabeça.

— Eu não sei, eu sonhei com isso. Acho que eu sabia que fazia muito tempo. Acho que eles me disseram.

— Quem te disse?

— Eu... — Ela parou. Ergueu as mãos infimamente da cama e as deixou cair de novo. — Não sei. Não me lembro.

Ela fechou as mãos levemente sobre a cama.

— Trezentos e vinte anos — murmurou.

— É.

Ela ficou ali, contemplando o fato por algum tempo. As ondas batiam contra o casco. Descobri que, a contragosto, eu tinha me sentado na poltrona.

— Eu te chamei — disse ela, de súbito.

— Sim. *Depressa, depressa.* Eu recebi a mensagem. Aí você parou de chamar. Por quê?

A pergunta pareceu desconcertá-la. Seus olhos se arregalaram, em seguida ela voltou sua atenção para dentro de si outra vez.

— Não sei. Eu sabia. — Ela pigarreou. — Não, *ela* sabia que você viria atrás de mim. Atrás dela. Atrás de nós. Ela me disse isso.

Eu me debrucei adiante na poltrona.

— Sylvie Oshima te disse? Onde ela está?

— Aqui dentro, em algum lugar. Aqui dentro.

A mulher na cama fechou os olhos. Por um minuto mais ou menos, pensei que ela tinha adormecido. Eu teria deixado a cabine, voltado para o convés, mas não havia nada lá em cima para mim. E então, abruptamente, os olhos dela tornaram a se abrir e ela assentiu, como se algo tivesse acabado de ser confirmado em seu ouvido.

— Existe um... — Ela engoliu seco. — Um espaço lá embaixo. Como uma prisão pré-milenar. Fileiras de celas. Corredores e passadiços. Existem coisas lá embaixo que ela disse que *pegou*, como se captura um costas-de-garrafa com um iate pesqueiro. Ou talvez pegou, como uma doença? É... é misturado, em vários tons. Isso faz algum sentido?

Pensei no software de comando. Eu me lembrei das palavras de Sylvie na travessia para Drava.

... códigos interativos de mementas tentando se autorreplicar, sistemas de intrusão de máquinas, fachadas de personalidades nos construtos, detritos de transmissão, o que você puder imaginar. Eu tenho que ser capaz de conter tudo isso, separar tudo, utilizar essas coisas e não deixar que nada vaze para a rede. É o que eu faço. De novo e de novo. E não importa quão boa seja a limpeza que você compre depois, um pouco dessa merda fica para trás. Resquícios de código duros de matar, traços. Fantasmas de coisas. Tem coisas enfiadas lá no fundo, para lá dos defletores, nas quais não quero nem pensar a respeito.

Assenti. Eu me perguntei o que seria necessário para escapar desse tipo de prisão. Que tipo de pessoa, ou de coisa, você tinha que ser.

Fantasmas de coisas.

— É, faz sentido. — E então, antes que pudesse me impedir: — Então é aí que você se encaixa, Nadia? Você é algo que ela pegou?

Uma breve expressão de horror cintilou nas feições macilentas.

— Grigori — cochichou ela. — Tem algo que soa como Grigori lá embaixo.

— Que Grigori?

— Grigori Ishii. — Ainda era um murmúrio. Em seguida o horror internalizado desapareceu, apagado, e ela me olhava com dureza. — Você não acha que eu sou real, né, Micky Acaso?

Um lampejo de inquietação no fundo da minha mente. O nome *Grigori Ishii* agitou algo nas profundezas da minha memória pré-Emissários. Encarei a mulher na cama.

Pega leve com ela.

Foda-se.

Eu me levantei.

— Não sei o que você é. Mas vou lhe dizer o óbvio: você não é Nadia Makita. Nadia Makita morreu.

— Sim — disse ela, num fiapo de voz. — Eu já tinha percebido isso. Mas evidentemente, existe um backup armazenado antes de ela morrer, porque aqui estou eu.

Balancei a cabeça.

— Não está, não. Você definitivamente não está aqui, em nenhum aspecto. Nadia Makita se foi, vaporizada. E não existe evidência nenhuma de que uma cópia tenha sido feita. Nenhuma explicação técnica para como uma cópia pudesse ter entrado no software de comando de Sylvie Oshima, mesmo que existisse. De fato, não há nenhuma prova de que você seja algo além de uma casca de personalidade falsa.

— Acho que já basta, Tak. — Brasil entrou na cabine de repente. Sua expressão não era amistosa. — Vamos parar por aqui.

Eu me virei para ele, os dentes cerrados em um sorriso tenso.

— Essa é a sua opinião médica abalizada, Jack? Ou é só um dogma revolucionário quellista? A verdade em doses pequenas e controladas. Nada com que o paciente não seja capaz de lidar.

— Não, Tak — disse ele, baixinho. — É um alerta. Está na hora de você sair da água.

Minhas mãos se dobraram gentilmente.

— Não me teste, Jack.

— Você não é o único com neuroquímica, Tak.

O momento se estendeu, depois girou sobre si mesmo e morreu quando o ridículo da dinâmica daquele instante ficou clara para mim. Sierra Tres tinha razão. Não era culpa dessa mulher despedaçada que Isa estivesse morta; nem era culpa de Brasil. Além disso, qualquer dano que eu quisesse causar ao fantasma de Nadia Makita já estava feito. Assenti e abandonei a tensão de combate como se fosse um casaco. Passei raspando por Brasil e alcancei a porta atrás dele. Virei-me por um instante para a mulher na cama.

— Seja lá o que você for, eu quero Sylvie Oshima de volta ilesa. — Apontei para Brasil com a cabeça. — Eu te trouxe esses novos amigos que você arranjou, mas não sou um deles. Se eu achar que você fez alguma coisa para prejudicar Oshima, vou passar por eles como fogo angelical para chegar até você. Não se esqueça disso.

Ela sustentou meu olhar com firmeza.

— Obrigada — disse ela, sem nenhuma ironia aparente. — Não vou esquecer.

No convés, encontrei Sierra Tres apoiada em uma cadeira com estrutura de aço, escaneando o céu com um par de binóculos. Fui até lá e me postei atrás dela, ampliando a neuroquímica enquanto olhava na mesma direção. Era uma visão limitada — o *Ilhéu de Boubin* estava aninhado à sombra de um fragmento imenso e irregular de arquitetura marciana caída que havia atingido o banco de areia abaixo de nós, se acomodado ali e fossilizado em recife ao longo do tempo. Acima da água, esporos levados pelo ar tinham semeado uma espessa cobertura de análogos de líquen e trepadeiras e agora a vista de debaixo da ruína se encontrava obscurecida pelas cordas de folhagem pendendo ali.

— Vê alguma coisa?

— Acho que eles acenderam microluzes. — Tres abandonou os binóculos. — É longe demais para conseguir ver mais do que lampejos, mas há algo se movendo lá fora, perto da fenda no recife. Mas é algo bem pequeno.

— Ainda com os nervos à flor da pele, então.

— Você não estaria? Deve fazer uns cem anos desde que as Primeiras Famílias perderam uma aeronave para o fogo angelical.

— Bem. — Dei de ombros com uma tranquilidade que não sentia de verdade. — Deve fazer uns cem anos desde que alguém foi burro o bastante para começar um ataque aéreo durante uma tempestade orbital, né?

— Você também não acha que ele chegou aos quatrocentos metros, então?

— Não sei. — Fiz uma reprise dos últimos segundos de existência do precipicóptero com a memória de Emissário. — Estava subindo bem depressa. Mesmo que não tenha chegado lá, talvez tenha sido o vetor que disparou as defesas. Isso e o armamento ativo. Caralho, quem é que sabe còmo um orbital pensa? O que ele perceberia como ameaça? Já quebraram as regras antes. Como o que aconteceu com os autos de frutaborda na época da Colonização. E aqueles esquifes de corrida em Ohrid, lembra daquilo? Dizem que a maioria deles não estava a muito mais de cem metros de altura da água quando o orbital acabou com todos eles.

Ela me lançou um olhar divertido.

— Eu não era nascida quando isso aconteceu, Kovacs.

— Ah... Desculpa. Você parece mais velha.

— Obrigada.

— De qualquer forma, eles não pareciam dispostos a colocar muita coisa no ar enquanto estávamos fugindo. Isso sugere que as IAs de previsão estavam optando pelo excesso de precaução, fazendo algumas previsões sombrias.

— Ou que nós demos sorte.

— Ou que nós demos sorte — ecoei.

Brasil subiu pelo passadiço e veio pisando duro em nossa direção. Havia uma raiva incomum flamejando em torno dele no modo como se movia e olhava para mim com antipatia declarada. Dispensei um olhar de resposta e logo voltei a fitar a água.

— Não vou deixar você falar com ela daquele jeito outra vez — ele me disse.

— Ah, *cala a boca*.

— Tô falando sério, Kovacs. Todos nós sabemos que você tem problemas com compromissos políticos, mas não vou deixar que vomite essa fúria fodida da cabeça que tá carregando sobre essa mulher.

Eu me virei de frente para ele.

— Essa mulher? *Essa mulher?* E você fala que *eu* sou fodido da cabeça. *Essa mulher* de quem você tá falando não é um ser humano. Ela é um fragmento, um fantasma, no máximo.

— Não sabemos disso ainda — disse Tres, baixinho.

— Ah, faça-me o favor! Nenhum dos dois pode ver o que tá rolando aqui? Vocês estão projetando seus desejos sobre uma porra de um rascunho humano digitalizado. É isso o que vai acontecer se nós a levarmos de volta para Kossuth? Vamos construir todo um caralho de movimento revolucionário em cima de um refugo mitológico?

Brasil balançou a cabeça.

— O movimento já está lá. Ele não precisa ser construído, está pronto para acontecer.

— É, tudo de que ele precisa é uma testa de ferro. — Dei-lhe as costas enquanto a antiga exaustão se erguia em mim, mais forte até do que a raiva.

— O que é bem prático, porque *tudo o que você tem* é uma testa de ferro.

— *Você não pode ter certeza disso.*

— Não, você tem razão. — Comecei a me afastar. Não se pode ir muito além em um barco de trinta metros, mas eu colocaria o máximo de espaço possível entre mim e esses súbitos idiotas. Mas então algo me fez dar meia-volta para encarar os dois do outro lado do convés. Minha voz se elevou em uma fúria repentina. — Eu *não tenho certeza*. Eu *não sei* se toda a personalidade de Nadia Makita foi armazenada e abandonada em Nova Hok como algum obus não detonado que ninguém queria por perto. Eu *não sei* se ela, de alguma forma, encontrou um jeito de fazer um upload de si mesma em uma Desarmadora que estava de passagem. *Mas qual é a probabilidade disso, caralho?*

— Não podemos fazer esse julgamento ainda — disse Brasil, vindo atrás de mim. — Precisamos levá-la até Koi.

— *Koi?* — Eu ri, ensandecido. — Ah, *essa é boa.* A porra do Koi. Jack, você acha mesmo que vai voltar a ver o Koi? É bem provável que Koi tenha virado carne moída, que precise ser arrancado do asfalto de alguma rua na periferia de Porto Fabril. Ou melhor ainda, que seja um convidado para interrogatório com Aiura Harlan. Não entendeu, Jack? *Acabou.* Sua ressurgência neoquellista tá fodida. Koi se foi, provavelmente os outros também se foram. Só mais algumas baixas na gloriosa estrada para a mudança revolucionária.

— Kovacs, você acha que eu não sinto muito pelo que aconteceu com Isa?

— Eu acho, Jack, que desde que resgatássemos aquela casca de mito que temos lá embaixo, você não se importa muito com quem morre ou como.

Sierra Tres se moveu desajeitadamente na amurada.

— Isa escolheu se envolver. Ela conhecia os riscos. Ela aceitou o pagamento. Ela era uma agente livre.

— *Ela tinha quinze anos, caralho!*

Nenhum dos dois disse nada. Apenas me observaram. A batida da água contra o casco voltou a ser audível. Fechei os olhos, respirei fundo e olhei para eles outra vez. Assenti.

— Tá tudo bem — falei, exaurido. — Eu tô vendo para onde isso vai. Já vi isso antes, em Sanção IV. A porra do Joshua Kemp disse isso na Cidade Índigo. *O que almejamos é o ímpeto revolucionário. Como o obtemos é quase irrelevante, e certamente não passível de debate ético: o resultado histórico será o árbitro moral definitivo.* Se aquela não for a Quellcrist Falconer lá embaixo, vocês vão transformá-la nela assim mesmo. Não vão?

Os dois surfistas trocaram um olhar. Assenti outra vez.

— Vão. E onde isso deixa Sylvie Oshima? Ela não escolheu isso. Ela não era uma agente livre. Era uma porra de uma espectadora inofensiva. E vai ser apenas a primeira de muitas, se vocês obtiverem o que desejam.

Mais silêncio. Finalmente, Brasil deu de ombros.

— Então por que você veio nos procurar, para começo de conversa?

— Porque eu julguei vocês mal pra caralho, Jack. Porque eu me lembrava de todos vocês como algo melhor do que uns merdas com sonhos grandes demais.

Outro dar de ombros.

— Então você se lembra errado.

— É o que parece.

— Acho que você veio nos procurar por falta de opção — disse Sierra Tres, sóbria. — E você devia saber que nós daríamos valor à potencial existência de Nadia Makita acima da personalidade da hospedeira.

— *Hospedeira?*

— Ninguém quer ferir Oshima desnecessariamente. Mas se um sacrifício for necessário e essa for Makita...

— Mas não é. Abra a porra dos olhos, Sierra.

— Talvez não seja. Mas sejamos brutalmente honestos, Kovacs: se essa for Makita, então ela vale muito mais para o povo do Mundo de Harlan do que uma Desarmadora mercenária caçadora de recompensa de quem você, por acaso, gosta.

Senti uma calma fria e destrutiva me invadir enquanto eu olhava para Tres. Era quase confortável, como voltar para casa.

— Talvez ela valha muito mais do que uma surfistinha neoquellista aleijada também. Isso já te ocorreu? Tá preparada para fazer *esse* sacrifício?

Ela olhou para a própria perna, depois para mim.

— Claro que estou — disse baixinho, como se explicasse para uma criança. — O que você acha que eu tô fazendo aqui?

* * *

Uma hora depois, o canal secreto se abriu em uma transmissão súbita e empolgada. Os detalhes eram confusos, mas a essência ficou jubilosamente clara. Soseki Koi e um pequeno grupo de sobreviventes tinham conseguido se libertar do fiasco Mitzi Harlan. A rota de fuga para fora de Porto Fabril tinha se mantido funcional.

Eles estavam prontos para vir nos buscar.

CAPÍTULO 35

Enquanto manobrávamos para entrar no cais do vilarejo e eu olhava ao meu redor, a sensação de *déjà vu* era tão opressiva que eu quase podia sentir o cheiro de queimado outra vez. Eu quase podia ouvir os gritos apavorados.

Quase podia ver a mim mesmo.

Controle-se, Tak. Não foi aqui que aconteceu.

Não mesmo, mas era o mesmo conjunto frouxamente reunido de casas preparadas para o clima duro, recuando da beira-mar, o mesmo centro ínfimo de comércios na rua principal ao longo da linha da praia, o mesmo complexo de trabalho no cais em uma extremidade da enseada. As mesmas garras de traineiras costeiras de quilha e botes ancorados ao longo do cais, encolhidos ante a forma volumosa, desolada e nivelada de um grande veículo caçador de arraias em mar aberto em meio a eles. Havia até a mesma estação de pesquisa Mikuni desativada na ponta da enseada e, não muito atrás dela, a casa de oração empoleirada no penhasco que teria substituído a estação como ponto focal do vilarejo quando o financiamento ao projeto foi cortado. Na rua principal, as mulheres andavam vestidas em roupas que cobriam tudo, como se para trabalhar com substâncias insalubres. Os homens não.

— Vamos logo com isso — resmunguei.

Atracamos o bote na ponta da praia onde molhes de plástico manchados e desgastados se inclinavam na água rasa em ângulos negligenciados. Sierra Tres e a mulher que chamava a si mesma de Nadia Makita ficaram sentadas na popa enquanto Brasil e eu descarregávamos nossa bagagem. Como qualquer um navegando pelo Arquipélago de Porto Fabril, os proprietários do *Ilhéu de Boubin* tinham deixado no iate roupas femininas apropriadas, caso precisassem usar em alguma das comunidades do braço norte, e tanto Tres quanto Makita estavam cobertas até os olhos. Nós as ajudamos a sair do bote com o que eu esperava ser uma solicitude igualmente apropriada, reunimos as bolsas impermeáveis e partimos para a rua principal. Era um processo lento — Sierra Tres tinha se enchido até a tampa com analgésicos de combate antes de deixarmos o iate, mas andar com o gesso e a bota de liga flexível ainda a forçava a caminhar na velocidade de uma idosa. Coletamos alguns olhares de curiosidade, mas atribuí isso ao cabelo loiro de Brasil e à estatura dele. Comecei a desejar que tivéssemos podido embrulhá-lo também.

Ninguém falou conosco.

Encontramos o único hotel da vila, com vista para a praça principal, e reservamos quartos para uma semana, usando dois chips de dados de identificação novinhos dentre a seleção que havíamos carregado conosco de Vchira. Como eram mulheres, Tres e Makita eram nossa responsabilidade e não mereciam um procedimento de identificação para si mesmas. Uma recepcionista com véu e túnica ainda assim as saudou com uma afetuosidade que, quando expliquei que minha tia idosa tinha sofrido um ferimento no quadril, acabou se tornando solícito o bastante para ser problemático. Recusei uma oferta de uma visita da médica local e a recepcionista recuou ante a exibição de autoridade masculina. Os lábios apertados, ela se ocupou em dar entrada em nossa identificação. Da janela ao lado da mesa dela, dava para ver a praia, a plataforma elevada e os pontos de fixação para a cadeira de punição da comunidade. Soturno, fitei o local por um momento, depois me ancorei de volta no presente. Tiramos a impressão das palmas das mãos em um escâner antigo para receber acesso e subimos para nossos quartos.

— Você tem alguma coisa contra essa gente? — perguntou Makita, tirando o véu no quarto. — Parece bravo. É por isso que está buscando vingança contra os padres deles?

— Tem a ver.

— Entendo. — Ela sacudiu os cabelos, enfiou os dedos por eles e observou o sistema de ocultação de tecido e metal na outra mão com uma curiosidade intrigada que contrastava com a franca repulsa que Sylvie Oshima demonstrara quando forçada a usar o véu em Tekitomura. — Por que, em nome das três luas, alguém escolheria usar algo assim?

Dei de ombros.

— Não é a coisa mais idiota que já vi humanos se comprometerem a fazer.

Ela me observou com atenção.

— Isso é uma crítica indireta?

— Não é, não. Se eu tiver alguma crítica a lhe fazer, você vai ouvi-la em alto e bom som.

Ela deu de ombros em um gesto parecido com o meu.

— Bem, ficarei ansiosa à espera disso. Mas suponho que seja seguro presumir que você não é um quellista.

Respirei fundo.

— Presuma o que quiser. Eu tô saindo.

Na ponta comercial do porto, perambulei até encontrar um café numa cabine-bolha servindo comida e bebida baratas para os pescadores e trabalhadores do cais. Pedi uma tigela de sopa de peixe, carreguei-a para um lugar perto da janela e comi, observando tripulantes se moverem em conveses e pórticos nivelados do caçador de arraias. Depois de algum tempo, um residente esguio de meia-idade vagou até minha mesa com sua bandeja.

— Se incomoda se eu me sentar aqui? Tá meio cheio.

Olhei ao redor para a área da cabine. Eles estavam ocupados, mas havia outros lugares. Dei de ombros, deselegante.

— Fique à vontade.

— Obrigado. — Ele se sentou, ergueu a tampa do *bentô* e começou a comer.

Por algum tempo, ambos nos alimentamos em silêncio; e então o inevitável aconteceu. Ele chamou minha atenção entre dois bocados. Suas feições envelhecidas se vincaram em um sorriso.

— Não é daqui, então?

Senti um leve retesar em meus nervos.

— O que te faz dizer isso?

— Ah, sabe... — Ele sorriu de novo. — Se você fosse daqui, não teria que me perguntar isso. Você me conheceria. Eu conheço todo mundo aqui em Kuraminato.

— Bom pra você.

— Mas você não veio daquele caçador de arraias, né?

Larguei meu hashi. Pessimista, eu me perguntei se teria que matar o sujeito depois.

— O que você é, algum detetive?

— Não! — Ele riu, deleitado. — O que eu sou é um especialista em dinâmica de fluidos. Qualificado e desempregado. Bem, subempregado, digamos. Hoje em dia, na maior parte do tempo, eu faço parte da tripulação daquela traineira ali, a pintada de verde. Mas meus pais pagaram minha faculdade quando aquela coisa da Mikuni estava rolando. Em tempo real, eles não podiam bancar o virtual. Sete anos. Eles imaginaram que qualquer coisa relacionada com o fluxo devia ser um jeito seguro de ganhar a vida, mas é claro que, quando eu me qualifiquei, já não era mais.

— Então por que você ficou?

— Ah, essa não é a minha cidade natal. Eu sou de um lugar a uns doze quilômetros subindo a costa, Albamisaki.

O nome despencou em mim como uma bomba aérea. Fiquei congelado, esperando ela detonar. Imaginando o que eu faria quando isso acontecesse.

Forcei minha voz a funcionar.

— É mesmo?

— É, vim para cá com uma garota que conheci na faculdade. A família dela é daqui. Pensei que começaríamos um negócio construindo quilhas, sabe, ganhando a vida consertando traineiras até que eu pudesse, talvez, colocar alguns projetos nas cooperativas de iate de Porto Fabril. — Ele fez uma careta irônica. — Bem... Em vez disso, começamos uma família, sabe como é. Agora tô ocupado demais, pagando comida, roupa e educação.

— E os seus pais? Você ainda os vê com frequência?

— Não, eles morreram. — A voz dele engasgou na última palavra. Ele desviou o olhar, a boca subitamente espremida.

Eu o observei com atenção.

— Sinto muito — falei, por fim.

Ele pigarreou. Olhou de novo para mim.

— Nah. Não é culpa sua, né? Você não tinha como saber. Simplesmente aconteceu. — Ele respirou fundo, como se isso o ferisse. — Aconteceu faz só um ano, mais ou menos. Do nada. Uma porra dum maníaco enlouquecido com uma arma de raios. Matou um monte de gente. Tudo gente idosa, com cinquenta anos ou mais. Foi doentio. Não faz sentido nenhum.

— Eles pegaram o cara?

— Não. — Outra respiração presa dolorosamente. — Não, ele ainda tá por aí, em algum lugar. Dizem que ainda tá matando, parece que não conseguem segurar o sujeito. Se eu soubesse como encontrar o cara, eu o faria parar, caralho.

Pensei por um instante em uma viela que tinha notado entre galpões de estocagem na extremidade do complexo portuário. Pensei em lhe dar a chance.

— Sem dinheiro para o reencape, então? Para os seus pais, digo?

Ele me lançou um olhar severo.

— Você sabe que a gente não faz isso.

— Ei, você mesmo disse. Eu não sou daqui.

— É, mas... — Ele hesitou. Olhou para a cabine ao redor, depois de novo para mim. Abaixou a voz. — Olha, eu vim com a Revelação. Eu não pratico tudo o que os padres dizem, especialmente hoje em dia. Mas é uma fé, um modo de vida. Te dá algo em que se apegar, algo com que criar os filhos.

— Você tem filhos ou filhas?

— Duas meninas, três meninos. — Ele suspirou. — É, eu sei. Toda aquela merda. Sabe, para lá do ponto, temos uma praia para banho. A maioria dos vilarejos tem uma... eu me lembro que, quando era pequeno, nós passávamos o verão inteiro na água, todos nós, juntos. Os pais iam para lá depois do trabalho, às vezes. Agora, desde que as coisas ficaram sérias, eles construíram um muro lá até o mar. Se você for passar o dia lá, eles têm oficiantes observando o tempo todo, e as mulheres precisam ficar do outro lado do muro. Então eu não posso nem nadar com minha própria esposa e minhas filhas. É idiota pra caralho, eu sei. Extremo demais. Mas o que é que se pode fazer? Nós não temos dinheiro para nos mudar para Porto Fabril, e eu não ia querer meus filhos soltos pelas ruas de lá, de qualquer forma. É uma cidade cheia de degenerados, porra. Não resta nenhuma alma ali, só imundície irracional. Pelo menos as pessoas por aqui ainda acreditam em algo além de satisfazer todos os desejos animais que sentirem, quando quiserem. Sabe do que mais? Eu não desejaria viver outra vida em outro corpo, se esse fosse o único propósito do novo corpo.

— Bem, sorte sua que você não tem o dinheiro para um reencape, então. Seria uma lástima ficar tentado, não?

Uma lástima ver os seus pais de novo, não acrescentei.

— Isso mesmo — disse ele, aparentemente impérvio à ironia. — Esse é o sentido da coisa. Quando você entende que tem apenas uma vida, se esforça muito mais para fazer as coisas direito. Você se esquece de todas essas bobagens materiais, toda aquela decadência. Você se preocupa com essa vida, não com o que talvez possa fazer em um próximo corpo. Você se concentra no que importa. Família. Comunidade. Amizade.

— E Observância, é claro.

A suavidade em minha voz, estranhamente, não era fingida. Nós precisávamos manter um perfil discreto pelas próximas horas, mas não era isso. Eu vasculhei dentro de mim, curioso, e descobri que tinha aberto mão do desprezo costumeiro que invocava em situações como esta. Olhei para ele e tudo o que senti foi cansaço. Ele não tinha deixado Sarah e a filha dela morrerem de verdade; talvez não fosse sequer nascido quando tudo aconteceu. Talvez, dada a mesma situação, ele tomaria a mesma decisão de rebanho que seus pais tinham tomado, mas nesse momento, eu não conseguia fazer com que isso importasse. Não conseguia odiá-lo o bastante para levá-lo até aquela viela, contar-lhe a verdade sobre quem eu era e lhe dar tal oportunidade.

— Isso mesmo, Observância. — Seu rosto se acendeu. — Essa é a chave, é o que garante todo o resto. Você vê, a ciência nos traiu aqui, escapou do controle, chegou ao ponto em que *nós* não a controlamos mais. Facilitou demais as coisas. Não envelhecer naturalmente, não ter que morrer e prestar contas de nós mesmos diante de nosso Criador, isso nos cegou para os valores reais. Passamos nossas vidas nos esforçando para conseguir dinheiro para um reencape e desperdiçamos o tempo real que temos para viver essa vida direito. Se ao menos as pessoas...

— Ei, Mikulas. — Olhei para cima. Outro homem mais ou menos da idade do meu novo companheiro caminhava na nossa direção, por trás do grito alegre. — Você já acabou de entortar o ouvido desse pobre coitado ou o quê? Temos um casco para lixar, cara.

— Tá, tô indo.

— Ignore-o — disse o recém-chegado com um sorriso amplo. — Ele gosta de achar que conhece todo mundo; se o seu rosto não tá na lista, ele tem que descobrir quem você é. Aposto que ele já conseguiu, né?

Sorri.

— É, basicamente.

— Sabia. Meu nome é Toyo. — Estendeu a mão grossa. — Bem-vindo a Kuraminato. Talvez eu o veja pela cidade, se você for ficar por um tempo.

— Ah, obrigado. Isso seria bom.

— Mas agora, temos que ir. Bom falar com você.

— É — concordou Mikulas, levantando-se. — Bom falar com você. Devia pensar sobre o que eu tava dizendo.

— Talvez. — Uma última fisgada de cautela me fez segurá-lo quando ele já estava me dando as costas. — Diga-me uma coisa. Como você sabia que eu não era do caçador de arraias?

— Ah, isso! Bom, você os observava como se estivesse interessado no que eles estavam fazendo. Ninguém observa seu próprio navio na doca com tanta atenção. Eu tinha razão, né?

— É. Bem pensado. — A minúscula fração de alívio me invadiu. — Talvez você devesse ser um detetive, no final das contas. Uma nova linha de trabalho para você. Fazendo a coisa certa. Pegando os bandidos.

— Ei, essa é uma ideia.

— Nah, ele seria bonzinho demais com eles depois que os pegasse. Mole feito merda, esse aí. Não consegue nem disciplinar a própria esposa.

Risos gerais enquanto eles partiam. Eu me juntei. Deixei a risada se desvanecer em um sorriso, depois nada além do pequeno alívio lá dentro.

Eu realmente não teria que o seguir e matá-lo.

Esperei meia hora, depois saí da cabine e fui para o porto. Ainda havia figuras nos conveses e na superestrutura do barco caçador de arraias. Fiquei de pé observando por alguns minutos e finalmente um membro da tripulação desceu pela prancha de acesso da proa na minha direção. Seu rosto não era amistoso.

— Alguma coisa que eu possa fazer por você?

— Sim — eu lhe disse. — *Cante o hino dos sonhos descendo do céu de Alabardos.* Eu sou o Kovacs. Os outros estão no hotel. Diga ao seu capitão. Vamos em frente assim que escurecer.

CAPÍTULO 36

O caçador de arraias *Flerte com Fogo Angelical,* como a maioria dos navios do tipo, exibia uma figura maliciosa e vistosa no mar. Parte nave de guerra, parte esquife de corrida supercrescido, combinando uma quilha afiada como navalha como centro de gravidade e quantidades ridículas de levantamento gravitacional em módulos externos gêmeos, ele era construído, acima de tudo, para a velocidade imprudente e a pirataria. Arraias-elefante e suas parentes menores eram rápidas na água, mas, mais importante que isso, sua carne tendia a se estragar se deixada sem tratamento. Congelando os corpos era possível vender a carne com certo sucesso, mas se os bichos fossem trazidos depressa o bastante para os grandes leilões de pescado fresco em centros afluentes como Porto Fabril, dava para ganhar muita grana. Para isso, você precisava de um barco ligeiro. Estaleiros de todo o Mundo de Harlan compreendiam isso, e construíam de acordo. Era tacitamente compreendido nos mesmos estaleiros o fato de que os melhores exemplares de arraias-elefantes moravam e procriavam em águas reservadas para uso exclusivo das Primeiras Famílias. A caça ilegal nessas áreas era uma ofensa grave, e se você pretendia escapar ileso, seu barco ligeiro também precisava ser discreto e difícil de captar, tanto visualmente quanto nos radares.

Para fugir das forças da lei do Mundo de Harlan, um caçador de arraias era uma boa pedida.

No segundo dia, seguros no conhecimento de que estávamos tão distantes do Arquipélago de Porto Fabril que nenhuma aeronave tinha o alcance para passar por cima da gente, subi ao convés e me postei no pórtico a bombordo, assistindo o oceano passar em disparada sob mim. Os respingos ao vento e a sensação dos eventos correndo em minha direção depressa demais para serem assimilados. O passado e seus mortos, ficando para trás em nossa esteira, levando consigo opções e soluções que já era muito tarde para tentar.

Emissários deveriam ser bons nesse tipo de merda.

Do nada, vi o novo rosto delicado de Virgínia Vidaura. Só que dessa vez não houve nenhuma voz em minha cabeça, nenhuma confiança instilada por treinadores. Eu não obteria mais nenhuma ajuda desse fantasma em particular, pelo visto.

— Você se incomoda se eu me juntar a você?

Isso foi gritado acima do som do vento e das ondas cortadas pela quilha. Olhei à direita, na direção do convés central, e a vi se segurando na entrada do pórtico, vestindo um macacão e uma túnica que tinha pegado emprestada de Sierra Tres. A pose a fez parecer doente e instável. O cabelo cinza-prateado soprava para trás de seu rosto com o vento, mas, devido às mechas mais pesadas, mantinha-se baixo, como uma bandeira ensopada. Seus olhos eram vazios e escuros na palidez do rosto.

Outra porra de fantasma.

— Claro. Por que não?

Ela veio até o pórtico, exibindo mais força em movimento do que tinha mostrado parada. Quando chegou onde eu estava, havia um retorcer irônico em seus lábios — quando ela falou, sua voz soou sólida contra o turbilhão em movimento. O remédio de Brasil tinha encolhido o ferimento em sua bochecha para uma linha já quase apagada.

— Você não se incomoda de conversar com um fragmento, então?

Certa ocasião, em um construto pornô em Novapeste, eu tinha ficado maluco de *take* com uma puta virtual em uma tentativa — fracassada — de romper a programação do sistema para a realização de desejos. Eu era muito novo na época. Certa ocasião, já não tão novo, no rescaldo da campanha em Adoración, eu tinha sentado e conversado, bêbado, sobre políticas proibidas com uma IA militar. Certa ocasião, na Terra, eu tinha ficado igualmente bêbado com uma cópia de mim mesmo. O que, no fim, devia ser o objetivo de todas essas conversas.

— Não leve muito a sério — falei para ela. — Eu converso com basicamente qualquer um.

Ela hesitou.

— Estou me lembrando de muitos detalhes.

Observei o mar. Não disse nada.

— Nós trepamos, né?

O oceano, passando por mim, despejando-se.

— Sim. Umas duas vezes.

— Eu me lembro... — Outra pausa hesitante. Ela desviou o olhar. — Você me abraçou enquanto eu dormia.

— Sim. — Fiz um gesto impaciente. — Isso é tudo recente, Nadia. Isso é o máximo que você consegue rememorar?

— É... difícil. — Ela estremeceu. — Existem trechos, lugares que eu não consigo alcançar. Parecem portas trancadas. Como alas na minha mente.

Sim, isso é o sistema de limites no invólucro de personalidade, tive vontade de dizer. *Serve para te impedir de entrar em psicose.*

— Você se lembra de um cara chamado Plex? — perguntei-lhe, em vez disso.

— Plex, sim. De Tekitomura.

— O que você se lembra sobre ele?

A expressão no rosto dela se afiou de súbito, como se fosse uma máscara atrás da qual alguém tivesse acabado de se pressionar.

— Que ele era um merdinha barato com relações com a máfia. Boas maneiras de um falso aristo do caralho, uma alma vendida pros gângsteres.

— Muito poético. Na verdade, o lance aristo é real. A família dele costumava ser composta por cortesãos mercadores. Foram a falência durante a sua guerra revolucionária por lá.

— E eu deveria me sentir mal por isso?

Dei de ombros.

— Só estou corrigindo seus fatos.

— Porque há dois dias você estava me dizendo que eu não sou Nadia Makita. Agora, de repente, quer me culpar por algo que ela fez trezentos anos atrás. Você precisa decidir em que acredita, Kovacs.

Olhei de relance para ela.

— Você anda conversando com os outros?

— Eles me contaram o seu nome verdadeiro, se é isso que você quer saber. Me contaram um pouco sobre o motivo para você estar tão zangado com os quellistas. Sobre esse palhaço do Joshua Kemp que você enfrentou.

Eu me virei de novo para a paisagem marítima.

— Eu não enfrentei Kemp. Fui mandado para ajudá-lo. Para construir a porra da gloriosa revolução em uma bola de lama chamada Sanção IV.

— Sim, eles disseram.

— É, foi para isso que fui enviado. Até que, como todos os revolucionários de merda que já conheci, Joshua Kemp virou um demagogo do caralho, tão ruim quanto as pessoas que ele estava tentando substituir. E vamos deixar uma coisa bem clara, antes que você ouça mais racionalizações neoquellistas: esse palhaço do Klemp, como você o chamou, cometeu cada uma das atrocidades, inclusive um bombardeio nuclear, em nome da porra de Quellcrist Falconer.

— Entendo. Então você também quer me culpar pelos atos de um psicopata que pegou emprestado meu nome e alguns de meus epigramas, séculos depois de eu estar morta. Isso te parece justo?

— Ei, você quer ser a Quell. Acostume-se.

— Você fala como se eu tivesse escolha.

Suspirei. Olhei para minhas mãos na amurada do pórtico.

— Você andou mesmo conversando com os outros, não é? O que eles te venderam? A Necessidade Revolucionária? A Subordinação à Marcha da História? O quê? Qual é a porra da graça?

O sorriso desapareceu, contorcendo-se em uma careta.

— Nada. Você não viu o sentido da coisa, Kovacs. Não vê que não importa se sou mesmo quem acho que sou? E se eu for só um fragmento, um esboço ruim de Quellcrist Falconer? Que diferença isso realmente faz? Até onde posso alcançar lá no fundo, acho que sou Nadia Makita. O que mais eu posso fazer, além de viver a vida dela?

— Talvez o que você deveria fazer fosse devolver o corpo de Sylvie Oshima.

— Sim, bem, no momento isso não é possível — disparou ela. — É?

Eu a encarei.

— Não sei. É?

— Você acha que a estou segurando lá embaixo? Você não entende, né? Não funciona assim. — Ela agarrou um punhado do cabelo prateado e puxou. — Não sei como rodar essa merda. Oshima conhece os sistemas muito melhor do que eu. Ela se retirou lá para baixo quando os harlanitas nos pegaram, deixou o corpo rodando com os sistemas autônomos. Foi *ela* quem me mandou para cima quando você veio nos procurar.

— Ah, é? Então o que ela tem feito nesse meio-tempo? Recuperado o sono perdido? Organizado o dataware? *Ah, qual é!*

— Não. Ela está de luto.

Aquilo me fez parar.

— De luto por quê?

— O que você acha? Porque todos os membros da equipe dela morreram em Drava.

— Isso é baboseira. Ela não tava em contato com eles quando eles morreram. A rede tava desligada.

— É, isso mesmo. — A mulher diante de mim respirou fundo. Abaixando sua voz, desacelerou para uma calma explanatória: — A rede estava desligada, ela não podia acessá-la. Ela me disse isso. Mas o sistema receptor armazenou cada momento da morte deles e, se ela abrir a porta errada lá embaixo, tudo escapará aos gritos. Ela está em choque pela exposição a isso. Ela sabe disso e, enquanto isso durar, vai ficar onde é seguro.

— Ela te disse isso?

Estávamos olho no olho, apenas meio metro de vento marinho entre nós.

— Sim, ela me disse isso.

— Eu não acredito em você, porra.

Ela sustentou meu olhar por um longo momento, depois se virou. Deu de ombros.

— No que você acredita é com você, Kovacs. Pelo que Brasil me contou, você está apenas procurando alvos fáceis onde descontar sua fúria existencial. Isso é sempre mais fácil do que uma tentativa construtiva de mudança, né?

— Ah, *vai se foder*! Você vai tentar me convencer com *essa merda?* Mudança construtiva? Foi isso que a Descolonização foi? Construtiva? É isso que o desmonte de Nova Hok deveria ser?

— Não, não deveria. — Pela primeira vez, vi dor no rosto à minha frente. A voz dela tinha passado de pragmática para cansada e, ao ouvi-la naquele momento, quase acreditei nela. Quase. Ela agarrou a amurada com as duas mãos com força e balançou a cabeça. — Nada disso era para ser assim. Mas nós não tivemos escolha. Precisávamos forçar uma mudança política, em escala global. Contra uma repressão imensurável. De jeito nenhum eles abririam mão da posição que ocupavam sem luta. Você acha que estou feliz pelas coisas terem acabado daquele jeito?

— Então você deveria ter planejado melhor — falei, calmo.

— Ah, é? Bom, você não estava lá.

Silêncio.

Pensei por um instante que ela iria embora então, procuraria companhias mais politicamente amistosas, mas não foi. A réplica, o leve traço de desdém nela, ficava para trás conforme o *Flerte com Fogo Angelical* voava sobre a superfície rugosa do mar a velocidades quase de aeronave. Carregando, compreendi com melancolia, a lenda de volta para os fiéis. A heroína para a história. Dentro de alguns anos, eles escreveriam canções sobre esse navio, sobre essa viagem para o sul.

Mas não sobre essa conversa.

Aquilo enfim trouxe um sorriso para os cantos da minha boca.

— Tá, agora você me diz qual é a porra da graça — exigiu a mulher ao meu lado, azeda.

Balancei a cabeça.

— Só me perguntando por que você prefere conversar comigo a ficar junto dos seus adoradores neoquellistas.

— Talvez eu goste de um desafio. Talvez eu não goste da aprovação do coro.

— Então você não vai gostar dos próximos dias.

Ela não respondeu. Mas a segunda frase ainda ressoava na minha mente com algo que eu tinha lido quando era pequeno. Vinha dos diários de campanha, um poema rabiscado em uma época na qual Quellcrist Falconer tinha encontrado pouquíssimo tempo para poesia, uma obra cujo tom se tornara rudemente lacrimoso pela voz de um ator canastrão e um sistema escolar que queria enterrar a Descolonização como um equívoco lamentável e eminentemente evitável. Quell percebe quanto estava errada tarde demais para fazer qualquer coisa além de lamentar:

> *Eles me procuram com*
> *>Relatórios de Progresso<*
> *Mas tudo o que eu vejo é mudança e corpos queimados;*
> *Eles me procuram com*
> *>Objetivos Atingidos<*
> *Mas tudo o que eu vejo é sangue e oportunidades perdidas;*
> *Eles me procuram com*
> *Aprovação da porra do coro de cada coisa que eu faço*
> *Mas tudo o que eu vejo é o custo.*

Muito mais tarde, já andando com as gangues de Novapeste, pus as mãos em uma cópia ilícita do original, lido em um microfone pela própria Quell alguns dias antes do ataque final em Porto Fabril. Na exaustão total daquela voz, ouvi cada lágrima que a edição escolar tentou arrancar de nós com sua emoção barata, mas implícito em tudo aquilo havia algo mais profundo e muito mais potente. Ali, em uma cabine-bolha soprada às pressas em algum ponto do arquipélago exterior, cercada por soldados que muito provavelmente sofreriam Morte Real ou coisa pior ao lado dela nos dias seguintes, Quellcrist Falconer não estava rejeitando o custo. Ela o mordia como um dente quebrado, triturando-o em sua carne para que não se esquecesse. Para que ninguém se esquecesse. Para que não houvesse baladas ou hinos de merda escritos sobre a revolução gloriosa, fosse qual fosse o resultado.

— Então, conte-me sobre o Protocolo Qualgrist — falei, depois de algum tempo. — Essa arma que você vendeu para a Yakuza.

Ela se contraiu. Não olhou para mim.

— Você sabe sobre isso, hein?

— Consegui arrancar de Plex. Mas ele não foi muito claro nos detalhes. Você ativou alguma coisa que está matando os membros da família Harlan, certo?

Ela encarou a água por um instante.

— Isso é pedir demais — disse ela, devagar. — Pensar que eu deveria confiar isso a você.

— Por quê? É reversível?

Ela ficou muito imóvel.

— Acho que não. — Tive que me empenhar para discernir as palavras dela ao vento. — Eu deixei que acreditassem que havia um código de cancelamento para que me mantivessem viva, tentando descobrir qual seria. Mas não acho que possa ser interrompido.

— Então o que é?

Nesse momento ela olhou para mim e sua voz se firmou.

— É uma arma genética — disse claramente. — Na Descolonização, havia quadros voluntários na Brigada Secreta que tiveram seus DNAs modificados para hospedá-la. Um ódio em nível genético ao sangue da família Harlan, disparado por feromônios. Era tecnologia de ponta, saída dos laboratórios de pesquisa de Drava. Ninguém tinha certeza se ia funcionar, mas as Brigadas Secretas queriam um ataque do além-túmulo caso fracassássemos em Porto

Fabril. Algo que voltaria, geração após geração, para atormentar os harlanitas. Os voluntários, aqueles que sobreviveram, passariam isso adiante para seus filhos, e esses filhos passariam para os filhos deles.

— Legal.

— Era uma guerra, Kovacs. Você acha que as Primeiras Famílias não passam adiante um rascunho de classe governante para seus descendentes? Acha que o mesmo privilégio e presunção de superioridade não é gravado, geração após geração?

— É, talvez. Mas não num nível genético.

— Você tem certeza? Sabe o que acontece nos bancos de clones das Primeiras Famílias? Que tecnologias eles acessaram e embutiram em si mesmos? Que medidas existem para perpetuar a oligarquia?

Pensei em Mari Ado e tudo o que ela rejeitara em seu caminho para a Praia de Vchira. Eu nunca tinha gostado muito dela, mas a mulher merecia uma análise de classe melhor do que essa.

— Vamos supor que você simplesmente me conte o que essa porra desse negócio faz — falei, sem entonação.

A mulher na capa de Oshima deu de ombros.

— Pensei que já tivesse dito. Qualquer um carregando os genes modificados tem um instinto intrínseco para cometer violência contra membros da família Harlan. É como o medo genético de cobras que se vê nos macacos, como a resposta intrínseca que os costas-de-garrafa têm ao ver um sombrasa na água. A composição de feromônios que acompanha o sangue Harlan dispara o impulso. Depois disso, é uma questão de tempo e personalidade: em alguns casos, o portador vai reagir de imediato, ficar maluco e matar com o que tiver à mão. Outros tipos de personalidades podem esperar e planejar com mais cuidado. Alguns podem até tentar resistir ao impulso, mas é como sexo, como traços competitivos. No final, a biologia vai vencer.

— Insurgência geneticamente codificada. — Assenti para mim mesmo. Uma calma melancólica caiu sobre mim. — Bem, suponho que seja uma extensão bastante natural do princípio Quellcrist. Exploda e se esconda, volte uma vida depois. Se isso não funcionar, coopte seus bisnetos e eles podem voltar para combater por você, várias gerações depois. Muito comprometido. Como as Brigadas Secretas nunca usaram isso?

— Não sei. — Ela puxava a lapela da túnica que Tres havia lhe emprestado, taciturna. — Não havia muitos de nós com os códigos de acesso. E seriam necessárias algumas gerações até que valesse a pena disparar algo desse tipo. Talvez ninguém que soubesse tenha sobrevivido tanto tempo. Pelo que os seus amigos têm me contado, a maioria dos quadros da Brigada foi caçada e exterminada depois que eu... depois que tudo terminou. Talvez não tenha sobrado ninguém.

Assenti outra vez.

— Ou talvez ninguém entre os que restaram e sabiam pudesse se forçar a ir adiante com isso. É uma ideia bem horrorosa, afinal de contas.

Ela me lançou um olhar exausto.

— Era uma arma, Kovacs. Todas as armas são horrorosas. Você acha que mirar na família Harlan através do sangue é pior do que a explosão nuclear que usaram contra nós em Matsue? Quarenta e cinco mil pessoas vaporizadas porque havia esconderijos quellistas lá, em algum lugar. Quer conversar sobre coisas horrorosas pra caralho? Em Nova Hokkaido, vi cidades inteiras devastadas por bombardeios de trajetória plana das forças do governo. Suspeitos políticos executados às centenas com uma rajada de raios no cartucho. Isso é menos horroroso? O Protocolo Qualgrist por um acaso é menos seletivo do que os sistemas de opressão econômica que ditam que você vai apodrecer os pés nas fazendas de belalga ou seus pulmões nas fábricas de processamento, esgravatar por apoio em pedra podre e cair para a sua morte tentando colher frutaborda, tudo porque nasceu pobre?

— Você tá falando de condições que não existem há trezentos anos — falei, calmamente. — Mas a questão não é essa. Não é pela família Harlan que me sinto mal. É pelos pobres fodidos cujos ancestrais da Brigada Secreta decidiram seu compromisso político em um nível celular gerações antes que eles sequer tivessem nascido. Pode me chamar de antiquado, mas gosto de tomar minhas próprias decisões sobre quem eu assassino e por quê. — Eu me contive por um momento, depois enfiei o punhal mesmo: — Assim como, pelo que eu li, Quellcrist Falconer também gostava.

Um quilômetro de azul encapelado de branco passou zunindo por baixo de nós. Quase inaudível, o propulsor gravitacional no módulo à esquerda murmurava para si mesmo.

— O que você quer dizer com isso? — murmurou ela, finalmente.

Dei de ombros.

— Você que disparou essa coisa.

— Era uma arma quellista. — Pensei poder escutar um traço de desespero nas palavras dela. — Era tudo de que eu dispunha para trabalhar. Você acha que é pior do que um exército conscrito? Pior do que as capas de combate clonadas e aprimoradas em que o Protetorado decanta seus soldados para que eles possam matar sem empatia ou remorso?

— Não. Mas eu acho que, como conceito, ela contradiz as palavras *Eu não vou lhes pedir para que lutem, vivam ou morram por uma causa que não tenham antes compreendido e abraçado por livre e espontânea vontade.*

— Eu sei disso! — Agora era claramente perceptível a fissura correndo por sua voz. — Você acha que eu não sei? Mas que escolha eu tinha? Eu estava sozinha. Alucinando metade do tempo, sonhando a vida de Oshima e... — Ela estremeceu. — Outras coisas. Eu nunca tinha certeza de quando voltaria a acordar e o que encontraria ao meu redor quando isso acontecesse, às vezes nem sabia ao certo *se* eu acordaria de novo. Não sabia quanto tempo eu tinha, às vezes nem sabia se *eu era real*. Você faz alguma ideia de como é isso?

Balancei a cabeça. Mobilizações nos Emissários me fizeram passar por várias experiências dignas de pesadelo, mas nunca dava para duvidar, em momento algum, de que fosse tudo absolutamente real. O condicionamento não permitia.

As mãos dela apertavam a amurada do pórtico outra vez, os nós dos dedos ficando lívidos. Ela olhava para o oceano, mas não acho que o enxergasse.

— Por que voltar à guerra com a família Harlan? — perguntei baixinho.

Ela se voltou para mim com um movimento súbito.

— Você acha que essa guerra algum dia acabou? Acha que só porque arrancamos algumas concessões deles, trezentos anos atrás, essa gente algum dia parou de procurar modos de nos foder, nos enviar de volta à pobreza dos anos da Colonização? Esse não é um inimigo que desaparece.

— *É, esse inimigo não se pode matar.* Eu li esse discurso quando era moleque. O estranho é que, para alguém que só está acordada há algumas semanas, mais ou menos, você está consideravelmente bem-informada.

— Não é assim — disse ela, os olhos outra vez no mar apressado. — Da primeira vez que acordei de verdade, eu já vinha sonhando com Oshima havia meses. Era como estar em uma cama de hospital, paralisada, vendo alguém que você acha que talvez seja o seu médico através de um monitor muito mal sintonizado. Eu não entendia quem ela era, apenas que era importante para mim. Na metade do tempo, eu sabia o que ela sabia. Às vezes, eu tinha a sensação de estar flutuando dentro dela. Como se eu pudesse colocar minha boca na dela e falar por ali mesmo.

Percebi que ela já não estava mais falando comigo; as palavras simplesmente escapavam dela como lava, aliviando uma pressão interna cuja forma eu só podia adivinhar.

— Da primeira vez que acordei de verdade, pensei que ia morrer com o choque. Eu estava sonhando que *ela* estava sonhando, algo a respeito de um cara com quem ela tinha dormido quando era mais jovem. Abri meus olhos em uma cama em alguma espelunca de hotel em Tek'to e conseguia me mover. Eu estava de ressaca, mas estava viva. Eu sabia onde estava, a rua e o nome do lugar, mas não sabia quem eu era. Fui para o lado de fora, caminhei pela beira-mar sob o sol e as pessoas ficavam me olhando e me dei conta de que estava chorando.

— E os outros, Orr e o resto da equipe?

Ela balançou a cabeça.

— Não, eu os havia deixado em algum lugar do outro lado da cidade. *Ela* os deixou lá, mas acho que tive algo a ver com isso. Acho que ela podia me sentir chegando à superfície e se afastava para estar sozinha quando isso acontecesse. Ou talvez eu a forçasse a fazer isso. Não sei.

Um tremor a percorreu.

— Quando eu falei com ela... Lá embaixo, nas celas, quando falei com ela sobre isso, ela chamou de infiltração. Perguntei se ela me deixava passar algumas vezes, e ela não quis me responder. Eu... eu sei que certas coisas destravam as anteparas. Sexo. Luto. Fúria. Mas às vezes eu simplesmente faço menção de emergir sem motivo, e ela me passa o controle. — Ela fez uma pausa, voltou a balançar a cabeça. — Talvez estejamos só negociando.

Assenti.

— Qual de vocês entrou em contato com Plex?

— Não sei. — Ela olhava para suas mãos, abrindo e fechando como algum sistema mecânico do qual ela ainda não tinha pegado o jeito. — Não me lembro. Eu acho, é, foi ela, acho que ela já o conhecia. Perifericamente, parte da paisagem criminosa. Tek'to é uma lagoa pequena e os Desarmadores estão sempre nos limites da legalidade. Equipamento Desarmador barato no mercado negro é uma parte do que Plex faz por lá. Acho que eles nunca tinham negociado, mas ela conhecia o rosto dele, sabia o que era. Eu o desencavei da memória dela quando soube que ia ativar o sistema Qualgrist.

— Você se lembra de Tanaseda?

Ela anuiu, mais controlada agora.

— Sim. Patriarca de alto nível na Yakuza. Eles o trouxeram por trás de Yukio quando Plex disse a eles que os códigos preliminares batiam. Yukio não era sênior suficiente para conseguir o que eles precisavam.

— E o que era isso?

Uma reprise do olhar questionador que ela tinha me lançado quando mencionei a arma pela primeira vez. Abri os braços sob o açoite do vento.

— Ah, qual é, Nadia! Eu te trouxe um exército revolucionário. Escalei os Penhascos de Rila para te tirar de lá. Isso deve me valer alguma coisa, né?

O olhar dela se desviou outra vez. Esperei.

— É viral — disse ela, por fim. — Alto contágio, uma variante da gripe, mas sem sintomas. Todo mundo pega, todo mundo passa adiante, mas só os que forem geneticamente modificados vão reagir. Ela dispara uma alteração no modo como o sistema hormonal deles reage a uma combinação com os feromônios Harlan. As capas de portadores estavam enterradas em depósitos selados, em locais secretos. No caso de serem acionadas, um grupo designado escavaria a instalação do depósito, se encaparia em um dos corpos e perambularia por aí. O vírus faria o resto.

Encaparia em um dos corpos. As palavras pingaram em minha mente, como água gotejando em uma rachadura. O precursor da compreensão Emissária pairava fora do meu alcance por pouco. Os mecanismos interligados da intuição giravam engrenagens minúsculas no caminho para o conhecimento.

— Esses locais. Onde eles ficam?

Ela deu de ombros.

— Principalmente em Nova Hokkaido, mas havia alguns na ponta norte do Arquipélago Açafrão também.

— E você levou o Tanaseda para...?

— Ponto Sanshin.

O mecanismo travou no lugar e as portas se abriram. A lembrança e a compreensão vazaram como a luz da manhã. Lazlo e Sylvie discutindo enquanto o *Canhões para Guevara* deslizava doca adentro em Drava.

Aposto que você não ouviu falar daquela traineira que encontraram despedaçada ontem em Ponto Sanshin...

Eu ouvi falar disso aí. Os relatos diziam que ela tinha encalhado no ponto. Você tá procurando conspiração, mas tudo o que tem ali é incompetência.

E a minha própria conversa com Plex no Corvo de Tóquio, na manhã anterior. *Então, como eles foram precisar que você desativasse e reativasse o equipamento hoje à noite? Deve haver mais do que um kit de triagem humana digital na cidade.*

Alguma bagunça. Eles têm seu próprio equipamento, mas ele foi contaminado. Água marinha nos transmissores de gel.

Crime organizado, hein.

— Achou graça, Kovacs?

Balancei a cabeça.

— Micky Acaso. Acho que vou ter que manter esse nome.

Ela me lançou um olhar esquisito. Suspirei.

— Não vem ao caso. E então, qual é a finalidade do Tanaseda nisso tudo? O que ele ganha com uma arma dessas?

A boca de Nadia se encolheu em um dos cantos. Seus olhos pareceram cintilar sob a luz se refletindo nas ondas.

— Um criminoso é um criminoso, não importa qual seja sua classe política. No final, Tanaseda não é muito diferente de qualquer outro bandido do cais de Karlovy. E no que a Yakuza sempre foi muito boa? Chantagem. Influência. Poder para arrancar concessões do governo. Olhos fechados para as atividades certas, ações nos empreendimentos estatais certos. Colaboração com a repressão, pelo preço certo. Tudo muito refinado.

— Mas você se aproveitou deles.

Ela assentiu, pesarosa.

— Eu lhes mostrei o local, entreguei os códigos. Disse a eles que o vírus era transmitido sexualmente, para que pensassem ter algum controle. Ele também funciona assim, na verdade, e Plex foi relaxado demais com os biocódigos para investigar mais a fundo. Eu sabia que podia confiar nele para ferrar as coisas até esse ponto.

Senti outro leve sorriso passar por meu rosto.

— É, ele tem talento para isso. Deve ser a linhagem aristo.

— Deve ser.

— E com o controle que a Yakuza exerce sobre a indústria sexual em Porto Fabril, você deixou as coisas perfeitamente ajustadas. — O júbilo intrínseco do esquema afundou em mim como um barato de tremor; havia um encaixe harmonioso e maquinal na coisa toda, digno de um planejamento Emissário. — Você deu a eles uma ameaça para utilizar com os harlanitas para a qual eles já tinham o sistema logístico perfeito.

— Sim, é o que parece. — A voz dela estava ficando borrada novamente enquanto mergulhava em suas memórias. — Eles iam encapar um soldado da Yakuza qualquer nos corpos em Sanshin e o levariam para Porto Fabril para demonstrar o que tinham nas mãos. Eu não sei se ele chegou a ir tão longe.

— Ah, tenho certeza de que foi. A Yakuza é bem meticulosa com seus esquemas de chantagem. Cara, eu teria dado muita coisa para ver a cara de Tanaseda quando ele apareceu em Rila com aquele pacote e os especialistas genéticos dos Harlan lhe contaram o que ele realmente tinha nas mãos. Estou surpreso por Aiura não ter executado o sujeito na hora. Demonstra um autocontrole considerável.

— Ou foco considerável. Matá-lo não teria ajudado, não é? Quando eles colocaram aquela capa na balsa em Tek'to, ela já teria infectado portadores neutros em número suficiente para tornar o vírus implacável. Quando ela desembarcou do outro lado, em Porto Fabril... — Ela deu de ombros. — Já havia uma pandemia invisível em suas mãos.

— Sim.

Talvez ela tenha ouvido algo em minha voz. Ela olhou para mim de novo e seu rosto estava miserável, cheio de raiva contida.

— Tudo bem, Kovacs. Me fale você, caralho. O que você teria feito?

Olhei para ela, vi a dor e o terror em seu rosto. Desviei o olhar, subitamente envergonhado.

— Não sei — falei baixinho. — Você tem razão, eu não estava lá.

E como se, enfim, eu tivesse concedido algo de que ela precisava, Nadia saiu.

Me deixou de pé no pórtico, observando o oceano atacar com velocidade impiedosa.

CAPÍTULO 37

No Golfo de Kossuth, os sistemas climáticos tinham se acalmado enquanto estávamos fora. Depois de esmurrar o litoral oriental por mais de uma semana, a grande tempestade dera um peteleco na orelha da ponta norte de Vchira e então partira para o sul do oceano Nurimono, onde todos presumiam que ela acabaria morrendo nas águas geladas perto do polo. Na calmaria que se seguiu, houve uma súbita explosão de tráfego náutico conforme todos tentavam recuperar o atraso. O *Flerte com Fogo Angelical* desceu no meio disso tudo como um traficante de rua perseguido para dentro de um shopping lotado. Ele vagou por lá, curvando-se ao lado do volume lento da balsa urbana *Imagens do Mundo Flutuante,* e atracou modestamente no lado mais barato da doca de estibordo quando o sol começava a manchar o horizonte ocidental.

Soseki Koi nos encontrou debaixo das gruas.

Eu vi sua silhueta contornada pelo pôr do sol da amurada do caçador de arraias e ergui um braço em saudação. Ele não correspondeu ao aceno. Quando Brasil e eu descemos até a doca e nos aproximamos, vi como ele tinha mudado. Havia uma intensidade de olhos febris em seu rosto vincado agora, um brilho que podia ser de lágrimas ou de fúria controlada, era difícil dizer qual.

— Tres? — perguntou-nos baixinho.

Brasil indicou o caçador de arraias atrás de nós com o polegar.

— Ainda está sarando. Nós a deixamos com... com Ela.

— Certo. Bom.

Os monossílabos descaíram para um silêncio geral. O vento marinho soprava ao nosso redor, puxando cabelos, espicaçando minhas narinas com seus sais. Ao meu lado, senti mais do que o rosto de Brasil se retesar, como um homem prestes a cutucar uma ferida.

— Ouvimos os noticiários, Soseki. Quem conseguiu voltar com você?

Koi balançou a cabeça.

— Não muitos. Vidaura. Aoto. Sobieski.

— Mari Ado?

Ele fechou os olhos.

— Sinto muito, Jack.

O capitão do caçador de arraias desceu pela prancha de acesso com um par dos oficiais do navio que eu conhecia o suficiente para cumprimentar com um gesto nos corredores. Koi parecia conhecer todos eles — trocaram apertos nos ombros com os braços estendidos e uma meada de faijap rápido antes que o capitão grunhisse e saísse na direção da torre do mestre portuário com os outros em sua esteira. Koi se voltou de frente para nós.

— Eles vão ficar atracados tempo suficiente, para solicitar reparos no sistema gravitacional. Tem outro caçador de arraias a bombordo, são velhos amigos. Eles vão comprar um pouco de caça fresca para levar para Novapeste amanhã, só para manter as aparências. Enquanto isso, estamos fora daqui ao amanhecer com um dos contrabandistas de Segesvar. É o mais próximo de um desaparecimento que pudemos arranjar.

Evitei olhar para o rosto de Brasil. Meu olhar passou, em vez disso, pela paisagem da superestrutura da balsa urbana. Sobretudo, eu estava dominado por um alívio egoísta de que Virgínia Vidaura figurasse na lista de sobreviventes, mas uma pequena parte Emissária de mim notou o fluxo noturno da multidão, as possíveis posições estratégicas para observadores ou atiradores.

— Podemos confiar nessas pessoas?

Koi assentiu. Ele pareceu aliviado em se enterrar nos detalhes.

— A imensa maioria delas, sim. O *Imagens* foi construído em Drava; a maioria dos acionistas a bordo são descendentes dos proprietários originais da cooperativa. A cultura é amplamente inclinada ao quellismo, o que significa uma tendência a cuidar uns dos outros, mas se concentrar em seus próprios assuntos se ninguém estiver precisando de ajuda.

— Ah, é? Me parece meio utópico. E a tripulação casual?

A expressão de Koi se intensificou.

— A equipe casual e os recém-chegados sabem no que estão se metendo. O *Imagens* tem uma reputação, como o resto das balsas. Os que não gostam dela não ficam. A cultura do alto chega até embaixo.

Brasil pigarreou.

— Quantos deles sabem o que está rolando?

— Sabem que nós estamos aqui? Mais ou menos uma dúzia. Sabem *por que* estamos aqui? Dois, ambos ex-membros da Brigada Secreta. — Koi olhou para o caçador de arraias, penetrante. — Os dois querem estar presentes na Averiguação. Temos uma casa segura preparada na parte inferior da popa onde podemos fazer isso.

— Koi. — Eu me enfiei em seu campo de visão. — Precisamos conversar antes. Tem algumas coisas que você deveria saber.

Ele me considerou por um longo instante, o rosto enrugado indecifrável. Mas havia uma fome em seus olhos que eu sabia que não seria capaz de ultrapassar.

— Isso vai ter que esperar — disse-me ele. — Nossa preocupação principal aqui é confirmar a identidade Dela. Eu agradeceria se nenhuma de vocês me chamar pelo meu nome até que esteja tudo terminado.

— Averiguar — falei, bruscamente. A maiúscula em tudo o que se referia a *ela* estava começando a me irritar. — Você quer dizer *averiguar,* certo, Koi?

Seu olhar deslizou pelo meu ombro e voltou para a lateral do caçador de arraias.

— Sim, era isso o que eu queria dizer — disse ele.

Muito já foi dito sobre as raízes do quellismo nas classes inferiores, em particular ao longo dos séculos desde que sua principal arquiteta morreu e partiu, convenientemente, para um ponto além do debate político. O fato de que Quellcrist Falconer escolheu construir sua base de poder em meio aos mais pobres dentre a força de trabalho do Mundo de Harlan levou a uma curiosa convicção entre muitos neoquellistas de que a intenção durante a Descolonização era criar uma liderança escolhida exclusivamente em meio a essa base. Que Nadia Makita era, ela mesma, o produto de um passado de classe média com relativos privilégios segue cuidadosamente desconsiderado e, como ela nunca subiu a uma posição de governança política, a questão central de *quem vai administrar as coisas depois que tudo isso estourar* nunca teve de ser enfrentada. Mas a contradição intrínseca no cerne do pensamento quellista moderno persiste, e em companhia neoquellista não é considerado educado chamar atenção para isso.

Portanto, não comentei sobre o fato de que a casa segura na parte inferior da popa do *Imagens do Mundo Flutuante* claramente não pertencia ao homem ou à mulher de fala elegante, ex-integrantes da Brigada Secreta que nos esperavam lá. O convés inferior da popa é a vizinhança mais barata e mais desfavorável em qualquer balsa urbana ou fábrica marítima, e ninguém que tivesse escolha optaria por viver ali. Eu podia sentir a vibração dos motores do *Mundo Flutuante* se intensificando quando pegamos o passadiço descendo das residências mais desejáveis para a tripulação no nível da superestrutura na popa, e quando chegamos no interior do apartamento, ela era um rangido de fundo constante. Mobília utilitária, paredes arranhadas e raspadas e um mínimo de decoração deixavam claro que, quem quer que se abrigasse aqui, não passava muito tempo em casa.

— Desculpe a bagunça — disse a mulher, sofisticada, enquanto nos guiava para o apartamento. — Será só por uma noite. E nossa proximidade dos motores torna a vigilância quase impossível.

Seu parceiro nos conduziu até algumas cadeiras colocadas em torno de uma mesa plástica vagabunda, preparada com uma refeição ligeira. Chá em uma chaleira aquecida, sushis diversos. Muito formal. Ele falava enquanto nos acomodava.

— Sim, também estamos a menos de cem metros da escotilha de manutenção do casco mais próxima, que é por onde todos vocês serão retirados amanhã cedo. Eles vão pilotar o barco direto para dentro, por baixo das vigas de suporte entre as quilhas seis e sete. Vocês vão poder descer direto. — Ele gesticulou para Sierra Tres. — Mesmo ferida, você não deverá ter muita dificuldade.

Havia uma competência ensaiada em tudo aquilo, mas, enquanto ele falava, seu olhar ficava voltando para a mulher no corpo de Sylvie Oshima, depois deslizando para longe de súbito. Koi vinha fazendo basicamente o mesmo desde que a trouxemos do *Flerte com Fogo Angelical*. Apenas a mulher integrante da Brigada parecia ter seus olhos e esperanças realmente sob controle.

— Então... — disse ela, calma. — Meu nome é Sto Delia. Esse aqui é Kiyoshi Tan. Podemos começar?

Averiguação.

Na sociedade moderna, é um ritual tão comum quanto festas de reconhecimento parental para celebrar um nascimento ou rematrimônios para cimentar casais recém-reencapados em seu antigo relacionamento. Parte uma cerimônia estilizada, parte uma sessão piegas de *lembra aquela vez que*, a Averiguação varia em seu formato e formalidade de mundo para mundo e uma cultura para outra. Contudo, em todos os planetas em que estive, ela existe como um aspecto adjacente profundamente respeitado das relações sociais. Excetuando-se procedimentos psicográficos caros e de alta tecnologia, é o único jeito de que dispomos para provar a nossos amigos e família que, independentemente de que carne estejamos usando, somos quem afirmamos ser. A Averiguação é a função social essencial que define a identidade corrente na idade moderna, tão vital para nós agora quanto as funções primitivas, como assinatura e base de dados de digitais, eram para nossos ancestrais do milênio passado.

E isso no que diz respeito a um cidadão comum.

Para figuras heroicas semimitológicas, talvez retornando dos mortos, a Averiguação é centenas de vezes mais significativa. Soseki Koi tremia visivelmente enquanto assumia seu lugar. Seus colegas estavam ambos usando capas mais jovens e demonstravam menos, mas se observados com olhos de Emissário, a mesma tensão estava presente em gestos exagerados e sem confiança, risos expulsos com prontidão exacerbada, um ocasional tremor em uma voz que recomeçava a falar na garganta ressequida. Esses homens e essa mulher, que haviam pertencido à força de contrainsurgência mais temida na história planetária, tinham subitamente recebido um vislumbre de esperança em meio às cinzas de seu passado. Eles encaravam a mulher que afirmava ser Nadia Makita com tudo que já havia sido importante para eles pendendo, claramente visível, na balança por trás de seus olhos.

— É uma honra — começou Koi, parando em seguida para pigarrear. — É uma honra falar dessas coisas...

Do lado oposto da mesa, a mulher na capa de Sylvie Oshima o encarava com firmeza. Ela respondeu uma de suas questões oblíquas com uma concordância brusca, ignorou outra. Os outros dois membros da Brigada intervieram e ela se virou levemente na cadeira na direção deles, oferecendo um gesto antigo de inclusão. Eu me senti recuando ao status de espectador conforme a rodada inicial de cordialidades chegava ao fim e a Averiguação ganhava ímpeto. A conversa pegou ritmo, movendo-se depressa de questões dos últimos dias para uma retrospectiva política longa e sombria, então partindo para uma discussão da Descolonização e dos anos que o precederam. A linguagem mudava com a mesma velocidade, indo do amânglico contemporâneo para um dialeto japonês antigo e desconhecido com ocasionais sopros de faijap. Olhei de relance para Brasil e dei de ombros enquanto o assunto em questão e a sintaxe se distanciavam cada vez mais de nós.

A coisa durou horas. Os motores em funcionamento da balsa urbana ressoavam como um trovão abafado nas paredes em torno de nós. *Imagens do Mundo Flutuante* seguia em seu caminho. Nós nos sentamos e ouvimos.

— ... faz a gente pensar. Uma queda de qualquer uma dessas bordas te transforma em vísceras respingadas por toda >>*a maré vazante?*<<. Nenhum esquema de recuperação, nenhuma política de reencape, nem mesmo benefícios para a família em caso de morte. É uma >>*fúria?*<< que começa nos seus ossos e...

— ... lembra de quando você se deu conta pela primeira vez de que era assim?

— ... um dos artigos do meu pai sobre a teoria colonial...

— ... brincando >>?????<< nas ruas de Danchi. Todos nós fazíamos isso. Eu me lembro de que uma vez a >>*polícia da rua??*<< tentou...

— ... reação?

— Famílias são assim mesmo, ou pelo menos a minha sempre foi, >>???*ando*<< em uma >>*praga?*<< de polvoleoso...

— ... mesmo quando você era jovem, né?

— Escrevi aquelas coisas quando mal tinha saído da adolescência. Não consigo acreditar que tenham publicado aquilo. Não consigo acreditar que existam pessoas que >>*pagam um dinheirão/dedicam-se seriamente a?*<< tanto >>?????<<

— Mas...

— É? — Um dar de ombros. — Não dava essa impressão quando eu >>*olhava para trás/reconsiderava?*<< do >>*sangue em minhas mãos?*<< na base de >>????<<.

De tempos em tempos Brasil ou eu nos levantávamos e fazíamos mais chá na cozinha. Os veteranos da Brigada Secreta mal notavam. Eles estavam travados ali, perdidos no marulho e nos detalhes de um passado de súbito tornado real de novo, logo ali, do outro lado da mesa.

— ... lembra de quem foi a decisão?

— Obviamente não, vocês não tinham uma >>*cadeia de comando/respeito?*<< digna de menção, porra...

Risos súbitos e explosivos em torno da mesa. Mas dava para ver o brilho das lágrimas nos olhos deles.

— ... e estava ficando frio demais para uma campanha furtiva por lá. O infravermelho teria nos detectado tipo...

— Sim, foi quase...

— ... Porto Fabril...

— ... melhor mentir para eles, dizendo que tínhamos uma boa chance? Eu acho que não.

— Teriam sido, caralho, uns cem quilômetros antes de...

— ... e suprimentos.

— ... Odisej, até onde posso me lembrar. Ele teria causado um >>?????<< impasse até o...

— ... sobre Alabardos?

Uma pausa longa.

— Não é muito claro, parece >>????<<. Eu me lembro de algo sobre um helicóptero? Estávamos indo para um helicóptero?

Ela tremia ligeiramente. Não pela primeira vez, eles se desviaram da questão sendo discutida como rasgasas de um tiro de rifle.

— ... algo sobre...

— ... essencialmente, uma teoria *reativa*...

— Não, provavelmente não. Se eu examinei outros >>*modelos?*<<...

— Mas não é axiomático que >>*a luta?*<< pelo controle de >>?????<< causasse...

— É? E quem diz isso?

— Bem... — Uma hesitação envergonhada, uma troca de olhares. — *Você disse.* Pelo menos, foi o que você >>*argumentou?/admitiu?*<<...

— Isso é *besteira!* Eu nunca disse que uma mudança convulsiva na política era a >>*chave?*<< para uma melhor...

— Mas Spaventa afirma que você defendeu...

— *Spaventa?* Aquele picareta! Ele ainda está respirando?

— ... e os seus escritos sobre demodinâmica mostram que...

— Olha, eu não sou uma porra de uma ideóloga, tá bom? Nós enfrentávamos >>*um costas-de-garrafa nas ondas?*<< e precisamos...

— Então você tá dizendo que >>?????<< não é a solução para >>?????<< e que reduzir a >>*pobreza/ignorância?*<< significaria...

453

— Claro que significaria. Eu nunca afirmei o contrário. O que aconteceu com Spaventa, no final das contas?

— Hã, bem... Ele dá aula na Universidade de Porto Fabril atualmente...

— *Ele dá aulas?* Aquele filho da puta.

— Aham. Talvez possamos discutir uma >>*versão/visão?*<< desses eventos que dependa menos de >>*?????*<< do que teorias de >>*tranco?/esti-lingue?*<< sobre...

— Muito bem, até onde se pode acompanhar. Mas me diga um único >>*exemplo válido?*<< para apoiar essas afirmações.

— Aaaahhh...

— Exatamente. Demodinâmica não é >>*sangue na água?*<<, é uma tentativa de...

— Mas...

E assim por diante até que, em uma algazarra de mobília barata, Koi subitamente se pôs de pé.

— Já chega — disse ele, rouco.

Olhares voaram de uma pessoa para outra entre o resto de nós. Koi deu a volta pela lateral da mesa e seu rosto velho estava tenso de emoção enquanto ele olhava para a mulher sentada ali. Ela olhou para ele sem expressão.

Ele lhe ofereceu as mãos.

— Eu... — Koi engoliu seco. — Eu escondi minha identidade de você até agora, pelo bem de... nossa causa. Nossa causa comum. Mas sou Soseki Koi, nono comando da Brigada Secreta, das operações de Açafrão.

A máscara no rosto de Sylvie Oshima derreteu. Algo como um sorriso ocupou seu lugar.

— Koi? O Koi *Capenga?*

Ele assentiu. Seus lábios estavam fechados com força.

Ela tomou as mãos que ele oferecia e ele a ergueu até ficar de pé a seu lado. Ele encarou a mesa e olhou para cada um de nós por sua vez. Dava para ver as lágrimas nos olhos dele, ouvi-las em sua voz quando falou.

— Esta é Quellcrist Falconer — disse ele, a voz embargada. — Em minha mente, não há mais espaço para dúvida.

Em seguida, se virou e jogou os braços em torno dela. Lágrimas escor-reram de repente, brilhando em suas bochechas. Sua voz estava roufenha.

— Esperamos por tanto tempo que você voltasse. — ele chorou. — Es-peramos por *tanto tempo!*

PARTE 5
ESTA É A TEMPESTADE FUTURA

Ninguém ouviu o retorno de Ebisu até que fosse tarde demais, e aí o que havia sido dito não podia ser desdito, o que havia sido feito não podia ser desfeito, e todos os presentes deveriam responder por si mesmos...

— Lendas do Deus Marinho
Tradicional

Vetores de vento e velocidade imprevisíveis...
Esperem tempo pesado...

— Rede de gerenciamento de tempestades de Kossuth
Alerta de Condições Extremas

CAPÍTULO 38

Acordei num calor digno de Kossuth e a luz do sol a um ângulo baixo, numa ressaca leve e ao som serrilhado de rosnados. Lá fora, nas jaulas, alguém alimentava as panteras do pântano.

Olhei para o meu relógio. Era muito cedo.

Fiquei deitado por algum tempo em lençóis enrolados na minha cintura, ouvindo os animais e os gritos ásperos da equipe de alimentação nos pórticos acima deles. Segesvar tinha me levado em um passeio pelo local dois anos antes, e eu ainda me lembrava da horrível potência com que as panteras se agitavam para apanhar nacos de peixe do tamanho do tronco de um homem. A equipe de alimentação também tinha gritado naquela ocasião, mas quanto mais você ouvia, mais percebia que era bravata para reunir coragem contra um terror instintivo. À exceção de um ou dois endurecidos caçadores de grandes animais do pântano, Segesvar recrutava seu pessoal exclusivamente dos cais e favelas de Novapeste, onde as chances de algum dos moleques ter visto uma pantera real eram mais ou menos as mesmas de eles já terem visitado Porto Fabril.

Há dois séculos era diferente: a Vastidão era menor naquela época, a faixa toda até o sul ainda não tinha sido completamente limpa para abrir caminho para os combinados de monocultura de belalga. Em alguns lugares, as árvores e folhagens flutuantes lindamente venenosas do pântano se esgueiravam quase até os limites da cidade, e o porto do interior tinha de ser dragado a cada semestre. Não era inédito que panteras aparecessem tomando banho de sol nas pranchas de carga sob o calor do verão, a pele camaleônica da capa e da juba tremeluzindo em imitação do clarão do sol.

Variações peculiares nos ciclos de reprodução de suas presas na Vastidão às vezes as levavam a perambular pelas ruas mais próximas do pantanal, onde rasgavam latas de lixo seladas com uma selvageria sem esforço e de vez em quando, à noite, pegavam os sem-teto ou algum bêbado incauto. Exatamente como fariam em seu ambiente pantanoso, elas se esparramavam em vielas, deitadas, os corpos e membros escondidos sob uma juba e um manto que as camuflariam de preto na escuridão. Para suas vítimas, elas deviam parecer apenas um poço de escuridão até que fosse tarde demais; elas não deixavam para a polícia nada além de grandes respingos de sangue e o eco dos gritos na noite. Quando eu tinha 10 anos, já tinha visto minha cota dessas criaturas em carne e osso, chegara até a fugir de uma certa vez, subindo por uma escada no cais com meus amigos quando uma pantera sonolenta rolou ao escutar nossa aproximação pé ante pé, agitando um canto de sua juba desleixada e esfiapada para nós, oferecendo um bocejo com o bico escancarado.

O terror, como muitas das coisas que se experimenta na infância, foi passageiro. Panteras do pântano eram assustadoras e letalmente perigosas se você trombasse com elas nas circunstâncias erradas, mas, no fim das contas, eram parte do nosso mundo.

Os rosnados no exterior pareceram atingir um crescendo.

Para a equipe de Segesvar, as panteras do pântano eram os bandidos de uma centena de hologames baratos e talvez uma aula de biologia que eles não tinham matado, tornada subitamente real. Monstros de outro planeta.

Este planeta.

E talvez, dentro de alguns dos jovens capangas que trabalhavam para Segesvar até que o estilo de vida no escalão inferior dos *haiduci* inevitavelmente acabasse com eles, talvez esses monstros despertassem a estremecida compreensão existencial de exatamente quão longe de casa todos nós estávamos.

E por outro lado, talvez não.

Alguém se mexeu na cama ao meu lado e gemeu.

— Essas porras desses bichos não calam a boca nunca?

A lembrança chegou no mesmo instante que o choque, um cancelando o outro. Rolei a cabeça de lado e vi as feições delicadas de Virgínia Vidaura espremidas sob um travesseiro que ela tinha esmagado contra a própria cabeça. Seus olhos ainda estavam fechados.

— Hora de comer — falei, a boca grudenta enquanto se movia.

— É. Bem, eu não consigo me decidir o que está me irritando mais. Se são elas, ou os idiotas as alimentando. — Ela abriu os olhos. — Bom dia.

— Pra você também. — Memórias dela na noite anterior, em cima de mim, o corpo debruçado adiante. Por baixo dos lençóis, comecei a ficar excitado com esse pensamento. — Não achei que isso fosse algum dia acontecer no mundo real.

Ela olhou para mim por um momento, depois deitou de barriga para cima e ficou olhando para o teto.

— É. Eu também não.

Os eventos do dia anterior ressurgiram pouco a pouco. Minha primeira visão de Vidaura, postada na proa do deslizador discreto de Segesvar enquanto ele mantinha o emissor nas águas agitadas sob os massivos suportes de apoio da balsa urbana. A luz da manhã vindo da abertura na popa ainda não tinha chegado tão fundo no espaço entre os cascos, e ela era pouco mais do que uma silhueta de cabelo espetado e com uma arma na mão enquanto eu descia pela escotilha de manutenção. Havia uma dureza operacional tranquilizadora nela, mas, quando o brilho da lanterna caiu brevemente sobre seu rosto enquanto embarcávamos, vi algo mais ali que não soube definir. Ela encontrou meus olhos depressa, depois desviou o olhar.

Ninguém falou muito durante a carona no deslizador através das águas matutinas do Golfo. Vinha um vento forte do oeste, além de uma luz fria como bronze sobre tudo que não encorajavam conversas. Conforme nos aproximávamos da costa, o motorista de contrabando de Segesvar chamou todos nós para dentro, e um segundo *haiduci,* jovem e de aparência severa, subiu para a torre de artilharia. Nós ficamos sentados em silêncio na cabine lotada, escutando os motores mudarem de tom enquanto desacelerávamos na aproximação para a praia. Vidaura assumiu o lugar ao lado de Brasil e, na escuridão onde as coxas de ambos se tocavam, vi os dois darem as mãos. Fechei os olhos e me recostei no assento desconfortável de metal e teia, repassando a rota atrás das pálpebras para ter o que fazer.

Saindo do oceano, subindo para alguma praia surrada e envenenada pelas águas residuais em algum ponto ao norte de Vchira, fora das vistas, mas por pouco, da nova paisagem suburbana de Novapeste cujos barracos forneciam o veneno por meio de canos de escoamento. Não havia ninguém burro o bastante para vir até aqui para nadar ou pescar, ninguém para ver o deslizador de nariz achatado e saia pesada chegar descaradamente. Do outro lado dos alagadiços manchados de óleo, passando por folhagem flutuante sufocada e moribunda e então saindo para a Vastidão propriamente dita. Em ziguezague pela interminável sopa de belalga em velocidades padrão no tráfego para interromper o rastro, três paradas em diferentes estações de enfardamento, cada uma com funcionários conectados aos *haiduci*, e uma mudança de rumo após cada uma delas. Isolamento e fim da jornada no lar de Segesvar em meio a seu lar, a fazenda de panteras.

Levou a maior parte do dia. Eu estava de pé na doca na última parada em uma estação em enfardamento e observei o sol descer por trás das nuvens do outro lado da Vastidão como faixas de gaze manchadas de sangue. Lá embaixo, no convés do deslizador, Brasil e Vidaura conversavam com uma intensidade silenciosa. Sierra Tres ainda estava lá dentro, trocando fofocas *haiduci* com os dois sujeitos da tripulação do veículo da última vez em que eu conferi. Koi estava ocupado em outro lugar, fazendo ligações. A mulher na capa de Oshima perambulava em torno de um fardo de erva secando que chegava à nossa altura e parou ao meu lado, seguindo meu olhar para o horizonte.

— Belo céu.

Grunhi.

— É uma das coisas de que eu me lembro de Kossuth. Os céus noturnos na Vastidão. Quando eu trabalhava nas colheitas de erva, em sessenta e nove e setenta e um. — Ela deslizou para uma posição sentada contra o fardo e olhou para as próprias mãos como se as examinasse em busca de traços do trabalho que descrevia. — É claro, eles nos faziam trabalhar até escurecer na maioria dos dias, mas, quando a luz virava como está fazendo agora, você sabia que estava quase no fim.

Eu não disse nada. Ela olhou para mim.

— Ainda não está convencido, hein?

— Eu não preciso ser convencido — falei para ela. — O que tenho a dizer não vale muito por aqui. Você convenceu todos os que precisava convencer ainda a bordo do *Mundo Flutuante*.

— Você acha mesmo que eu enganaria essas pessoas de propósito?

Pensei a respeito por um instante.

— Não. Eu não acho que seja o caso. Mas isso não faz de você quem você acha que é.

— Então como é que você explica o que aconteceu?

— Como eu disse, não tenho que explicar. Chame de marcha da história, se quiser. Koi tem o que ele quer.

— E você? Não conseguiu o que quer nisso tudo?

Olhei melancolicamente para o céu ferido.

— Eu não preciso de nada que já não tenha.

— É mesmo? Então você se satisfaz muito facilmente. — Ela gesticulou para tudo ao nosso redor. — Então não há esperança para um amanhã melhor do que este? Não posso te interessar em uma reestruturação mais igualitária dos sistemas sociais?

— Você quer dizer esmagar a oligarquia e a simbologia que eles usam para alcançar a dominância, devolver o poder para o povo? Esse tipo de coisa?

— Esse tipo de coisa. — Não estava claro se ela estava me imitando ou concordando. — Você se incomodaria de sentar? Conversar com você desse jeito deixa o meu pescoço doendo.

Hesitei. Parecia uma indelicadeza desnecessária recusar. Eu me juntei a ela na superfície da doca, coloquei as costas contra o fardo de erva e me ajeitei, esperando. Porém nesse momento ela ficou quieta de repente. Nós ficamos sentados ombro a ombro por algum tempo. Pareceu estranhamente sociável.

— Sabe — disse ela, por fim —, quando eu era pequena, meu pai recebeu uma tarefa com nanorrobôs de biotecnologia. Os sistemas de reparo de tecidos, os propulsores de imunidade, sabe? Era meio que um artigo de revisão, considerando a nanotecnologia desde a aterrissagem e qual seria o próximo objetivo. Eu me lembro dele me mostrando vídeo das coisas top de linha sendo colocadas em um bebê logo que ele nascia. E fiquei horrorizada.

Um sorriso distante.

— Ainda posso me lembrar de ter olhado para aquele bebê e perguntado para ele como o bebê diria para todas aquelas máquinas o que fazer. Ele tentou explicar para mim e me disse que o bebê não precisava dizer nada, que elas já sabiam o que fazer. Só tinham que ser ligadas.

Assenti.

— Bela analogia. Eu não...

— Só... Me dá um momento, tá? Imagine. — Ela ergueu as mãos como se emoldurasse algo. — Imagine que algum filho da puta deliberadamente não ligue a maioria desses nanorrobôs. Ou ligue apenas os que cuidam das funções cerebrais e estomacais, por exemplo. Todo o resto é só biotec morta, ou pior ainda, semimorta, só sentada ali, consumindo nutrientes sem fazer nada. Ou programada para fazer as coisas erradas. Para destruir tecidos em vez de consertá-los. Para deixar entrar as proteínas erradas, para não balancear as químicas. Em pouco tempo aquele bebê cresce e começa a ter problemas de saúde. Todo tipo de organismos perigosos locais, os que são daqui, os que a Terra nunca viu, invadem o corpo e aquele moleque vai pegar todas as doenças para as quais seus ancestrais na Terra nunca desenvolveram defesas. E aí, o que acontece?

Fiz uma careta.

— Você o enterra?

— Bom, antes disso. Os médicos virão e vão aconselhar cirurgia, talvez a substituição de órgãos ou membros...

— Nadia, você de fato ficou fora por um tempão. Tirando campos de batalha e cirurgias eletivas, esse tipo de coisas simplesmente não...

— Kovacs, é uma analogia, tá bom? A questão é: você acaba com um corpo que funciona mal, que precisa de um controle constante e consciente vindo do alto e de fora, e por quê? Não por algum fracasso intrínseco, mas porque a nanotec simplesmente não está sendo usada. E isso somos nós. Essa sociedade, todas as sociedades no Protetorado, é um corpo em que 95% da nanotec foi desligada. As pessoas não fazem o que deveriam fazer.

— Que é...?

— *Mandar* nas coisas, Kovacs. Assumir o controle. Cuidar dos sistemas sociais. Manter as ruas seguras, administrar a saúde pública e a educação. Construir coisas. Produzir riqueza, organizar dados e garantir que as duas coisas fluam para onde forem necessárias. As pessoas podem fazer isso tudo, a capacidade existe, mas elas precisam saber. E no fim das contas isso é tudo a que se resume uma sociedade quellista: uma população que sabe, uma população ciente. Nanotec demodinâmica em ação.

— Certo. Então os oligarcas bandidões desligaram a nanotec.

Ela tornou a sorrir.

— Não exatamente. Os oligarcas não são um fato externo; eles são como uma sub-rotina fechada que fugiu do controle. Um câncer, se você quiser mudar de analogia. Eles são programados para se alimentar do resto do corpo, não importando o custo para o sistema em geral, e para matar qualquer coisa que compita com eles. É por isso que precisamos acabar com eles primeiro.

— É, acho que já ouvi esse discurso. É só esmagar a classe dominante que tudo vai ficar bem, não é?

— Não, mas é um primeiro passo necessário. — A animação dela crescia visivelmente, estava até falando mais rápido. O sol poente coloria seu rosto com uma luz de vitrais. — Cada movimento revolucionário anterior na história da humanidade cometeu o mesmo engano básico. Todos viram o poder como um aparato estático, uma estrutura. E não é. É um sistema dinâmico, em fluxo, com duas tendências possíveis. O poder se acumula ou se difunde através do sistema. Na maioria das sociedades, ele está no modo acumulativo, e a maioria dos movimentos revolucionários só está interessada em reconstituir a acumulação em outro ponto. Uma revolução *genuína* tem que *reverter o fluxo*. E *ninguém* faz isso, nunca, porque todos morrem de medo de perder o próprio momento no auge nesse processo histórico. Só que se desmontarmos uma dinâmica aglutinadora de poder e colocarmos outra no lugar, nada muda. Nenhum dos problemas daquela sociedade é resolvido, eles só reemergem em outro ângulo. É preciso preparar a nanotecnologia que vai lidar com os problemas por conta própria. É preciso construir as estruturas que permitam a *difusão do poder,* não o reagrupamento. Responsabilidade, acesso demodinâmico, sistemas de direitos constituídos, educação no uso da infraestrutura política...

— Ei! — Levantei uma das mãos. Eu já tinha ouvido a maior parte disso com os Besourinhos Azuis, mais de uma vez, no passado. Não ia ficar sentado escutando de novo, com ou sem um céu lindo. — Nadia, isso já foi tentado antes e você sabe. E pelo que eu me lembro das minhas aulas de história pré-colonial, o povo empoderado em quem você deposita tanta fé não tardou a devolver o poder aos opressores, *alegremente,* em troca de pouco mais do que holopornô e combustível barato. Talvez haja uma lição aí para todos nós. Talvez o povo *prefira* babar em cima de fofocas e fotos nuas de Josefina Hikari e Ryu Bartok do que se preocupar com a administração do planeta. Já pensou nisso? Talvez eles estejam mais felizes assim.

O desdém surgiu no rosto dela.

— É, talvez. Ou então *talvez* esse período de que você está falando tenha sido retratado da maneira errada. Talvez a democracia constitucional pré-milenar não tenha sido o fracasso que os autores dos livros de história querem nos fazer acreditar. Talvez eles tenham apenas assassinado esse regime, arrancando-o de nós, e mentido para nossos filhos.

Dei de ombros.

— Talvez. Mas se esse for o caso, eles continuam muito bons em repetir o mesmo truque várias vezes desde então.

— *É claro* que sim. — Foi quase um grito. — Você não seria? Se a retenção dos seus privilégios, da sua hierarquia, da sua vida de lazer e do seu status, caralho, se tudo dependesse de você conseguir fazer esse truque, você não o teria dominado? Você não o ensinaria para os seus filhos assim que eles pudessem andar e falar?

— E enquanto isso, o resto de nós não é capaz de ensinar um contraponto funcional para os nossos descendentes? Ah, vá! Temos que ter uma Descolonização a cada duzentos anos para nos relembrar?

Ela fechou os olhos e recostou a cabeça contra o fardo de erva. Pareceu estar falando com o céu.

— Não sei. Sim, talvez precisemos. É uma luta desigual. É sempre muito mais fácil matar e destruir do que construir e educar. É mais fácil deixar o poder se acumular do que difundi-lo.

— É. Ou talvez sejam apenas você e seus amigos quellistas que não querem enxergar os limites da nossa biologia social evoluída. — Eu podia ouvir minha voz começar a se elevar. Tentei contê-la, e as palavras seguintes saíram entredentes: — Isso mesmo. Prostre-se e adore, caralho, faça o que o sujeito com a barba ou o terno manda você fazer. Como eu disse, talvez as pessoas fiquem *contentes* com isso. Talvez as pessoas como você e eu sejam apenas uma irritação, um enxame de insetos do pântano qualquer que não os deixa dormir.

— Então é nesse ponto que você cai fora, né? — Ela abriu os olhos para o céu e me olhou de esguelha sem abaixar a cabeça. — Desiste, deixa a escória ficar com tudo, como as Primeiras Famílias, deixa o resto da humanidade cair em um coma. Cancela a luta.

— Não, eu suspeito que seja tarde demais para isso, Nadia. — Descobri que não houve nada da satisfação sombria que eu esperava em colocar tudo em palavras. Tudo o que eu sentia era cansaço. — É difícil parar homens como Koi depois que eles começam. Eu já vi alguns. E para o bem ou para o mal, nós *já começamos*. Você vai ter essa sua nova Descolonização, acho. Não importa o que eu diga ou faça.

O olhar ainda me imobilizava.

— E você acha que é tudo perda de tempo.

Suspirei.

— Eu acho que nós já vimos isso dar errado vezes demais, em muitos mundos diferentes, para acreditar que agora vá ser muito diferente. Você vai conseguir que um monte de gente seja morta em troca de, no melhor dos casos, algumas poucas concessões locais. No pior dos casos, vai trazer os Emissários para o Mundo de Harlan, e acredite, você não deseja isso, nem nos seus piores pesadelos.

— Sim, Brasil me contou. Você era um desses, da tropa de choque.

— Isso mesmo.

Assistimos ao sol morrendo por algum tempo.

— Sabe... — disse ela. — Eu não vou fingir que sei o que fizeram contigo nesse Corpo de Emissários, mas já encontrei homens iguais a você. O ódio autodirigido funciona pra você, porque dá para canalizá-lo como fúria contra qualquer alvo que surja para ser destruído. Mas é um modelo estático, Kovacs. É uma escultura de desespero.

— Ah, é?

— Sim. No fundo, você não quer de verdade que as coisas melhorem, porque aí você ficaria sem alvo. E se o foco externo para o seu ódio se esgotasse, você precisaria encarar o que existe dentro de você.

Soltei um risinho de desprezo.

— E o que existe ali?

— Exatamente? Não sei. Mas posso arriscar alguns palpites. Um pai abusivo. Uma vida nas ruas. Uma perda significativa na infância. Uma traição. E mais cedo ou mais tarde, Kovacs, você precisa enfrentar o fato de que nunca vai poder voltar no tempo e fazer algo a respeito disso. A vida tem que ser vivida para a frente.

— É — falei, sem entonação. — A serviço da gloriosa revolução quellista, sem dúvida.

Ela deu de ombros.

— Isso teria que ser uma escolha sua.

— Eu já fiz minhas escolhas.

— E ainda assim, você foi me libertar da família Harlan. Mobilizou Koi e os outros.

— Eu fui em busca de Sylvie Oshima.

Ela arqueou uma sobrancelha.

— É mesmo?

— É, é isso mesmo.

Houve outra pausa. A bordo do deslizador, Brasil desapareceu no interior da cabine. Eu só percebi o final do movimento, mas pareceu abrupto e impaciente. Retraçando-o, vi Virgínia Vidaura olhando para mim.

— Então — disse a mulher que julgava ser Nadia Makita —, parece que estou perdendo meu tempo com você.

— É. Acho que está.

Se isso a deixou nervosa, ela não demonstrou. Apenas deu de ombros outra vez, se levantou e abriu um sorriso curioso antes de sair perambulando pela doca encharcada de sol, espiando de vez em quando acima da borda para a água. Mais tarde, eu a vi conversando com Koi, mas ela não voltou a falar comigo até chegarmos ao esconderijo de Segesvar.

Como destino final, a fazenda não era impressionante. Ela interrompia a superfície da Vastidão lembrando uma coleção de dirigíveis de hélio alagados, naufragados em meio às ruínas de outra estação de enfardamento em forma de U. Na verdade, antes do advento das ceifadeiras-colheitadeiras, o lugar tinha servido como uma doca independente de belalga, mas, ao contrário das outras estações em que tínhamos parado, ela não vendia para os agentes corporativos que estavam chegando e foi abandonada depois de uma geração. Radul Segesvar tinha herdado a estrutura básica como pagamento parcial de uma dívida de jogo e não devia ter ficado muito feliz quando viu o que ganhou. Só que ainda assim botou o espaço para funcionar, reformou a estação decadente em um estilo deliberadamente antigo e estendeu toda a instalação pelo que havia sido previamente o porto de capacidade comercial, usando tecnologia de ponta para um abrigo subaquático roubada por um empreiteiro militar em Novapeste que lhe devia alguns favores. Agora o complexo ostentava um pequeno e exclusivo bordel, elegantes instalações de cassino e, no centro riquíssimo de sangue de tudo isso, a coisa que dava aos clientes um *frisson* que não podiam duplicar em cercanias mais urbanas: os fossos de luta.

Houve algo como uma festinha quando chegamos. Os *haiduci* se orgulham da própria hospitalidade, e Segesvar não era exceção. Ele havia aberto um espaço em uma das docas cobertas na ponta da antiga estação e servido comida e bebida, música abafada, tochas fragrantes de madeira real e imensos ventiladores para movimentar o ar pantanoso. Belos homens e mulheres escolhidos do bordel no andar inferior ou de um dos estúdios de holopornô de Segesvar em Novapeste circulavam com bandejas pesadas e roupas escassas.

O suor deles formava gotículas que escorriam em padrões artisticamente desenhados em sua pele exposta, perfumado com feromônios alterados, suas pupilas dilatadas por alguma droga eufórica, sua disponibilidade sutilmente sugerida. Talvez não fosse ideal para uma reunião de ativistas neoquellistas, mas isso pode ter sido algo deliberado da parte de Segesvar. Ele nunca tinha tido muita paciência para política.

De qualquer maneira, o clima na doca era sombrio, dissolvendo-se muito devagar em um abandono alimentado quimicamente que nunca foi além da pieguice e da fala engrolada. A realidade do ataque e sequestro da comitiva de Mitzi Harlan e o tiroteio resultante nas ruelas de Nova Kanagawa foi sangrenta e brutal demais para permitir qualquer outra coisa. Os irmãos de armas perdidos eram evidentes demais na ausência, as histórias de sua morte eram trágicas demais.

Mari Ado, metade cozida por uma rajada de Jato Solar, lutando com suas últimas forças para levar uma arma auxiliar até a garganta e puxar o gatilho.

Daniel, despedaçado por um disparo de estilhaços.

A garota com quem ele estivera na praia, Andrea, explodida quando os comandos estouraram uma porta para arrancá-la das dobradiças e conseguirem entrar.

Outros que eu não conheci ou de quem não me lembrava, morrendo de diferentes modos para que Koi conseguisse sair com a refém.

— Você a matou? — perguntei a ele, em um momento de quietude antes que ele começasse a beber a sério. Tínhamos ouvido notícias na viagem para o sul a bordo do caçador de arraias: *o assassinato covarde de uma mulher inocente por assassinos quellistas,* mas Mitzi Harlan podia muito bem ter sido explodida por um comando incauto; as manchetes teriam sido as mesmas.

Ele fitou o outro lado da doca.

— Claro que matei. Foi o que eu disse que faria. Eles sabiam disso.

— Morte Real?

Ele assentiu.

— Se é que vale de alguma coisa. Eles já devem tê-la reencapado a partir de uma cópia arquivada em algum depósito distante a essa altura. Duvido que ela tenha perdido muito mais do que 48 horas de vida.

— E os que nós perdemos?

O olhar dele ainda não havia se desviado do lado oposto da doca de enfardamento. Era como se ele pudesse ver Ado e os outros ali de pé sob a luz oscilante das tochas, espectros soturnos no banquete que nenhuma quantidade de álcool ou *take* podia apagar.

— Ado vaporizou o próprio cartucho antes de morrer. Eu a vi fazer isso. O resto... — Ele pareceu estremecer de leve, mas isso podia ser pela brisa noturna que soprava na Vastidão, ou talvez apenas um dar de ombros. — Eu não sei. Provavelmente foram pegos.

Nenhum de nós precisava seguir isso até sua conclusão lógica. Se Aiura tinha recuperado os cartuchos, seus proprietários estavam agora trancados em um interrogatório virtual. Torturados até a morte, se necessário, depois recarregados no mesmo construto para que o processo pudesse recomeçar. A repetição até que eles entregassem tudo o que sabiam, talvez repetição mesmo depois disso, em vingança pelo que tinham ousado fazer a um membro das Primeiras Famílias.

Engoli o resto do meu drinque e o efeito do álcool libertou um estremecimento em meus ombros, descendo por minha coluna. Ergui o copo vazio para Koi.

— Bem, meus votos para que tenha valido a pena.

— Sim.

Não conversei com ele de novo depois disso. A correnteza geral da festa o levou para fora do meu alcance e eu fiquei preso com Segesvar em um canto. Ele tinha uma mulher pálida e cosmeticamente linda em cada braço, vestidas de modo idêntico em musselina cintilante âmbar, feito um par de bonecas de ventríloquo em tamanho real. Parecia estar de bom humor.

— Gostando da festa?

— Ainda não. — Peguei um biscoito de *take* da bandeja de um garçom que passava e mordi. — Mas tô quase lá.

Ele abriu um sorriso tênue.

— Você é difícil de agradar, Tak. Quer ir se regozijar com seus coleguinhas nas jaulas, em vez disso?

— Não no momento.

Involuntariamente, olhei para o lado oposto à lagoa cheia de bolhas, para o ponto onde ficavam os fossos de luta das panteras do pântano. Conhecia muito bem o caminho e imagino que ninguém me impediria de entrar, mas, naquele momento, não conseguia me importar o suficiente. Além do mais, eu tinha descoberto em algum momento do ano passado que, uma vez que os padres estavam mortos e reencapados na carne das panteras, a apreciação pelo sofrimento deles recuava para uma compreensão intelectual fria e insatisfatoriamente distante. Era impossível olhar para as criaturas imensas de jubas molhadas enquanto elas mordiam e rasgavam umas às outras nos fossos de luta e ainda ver os homens que eu tinha trazido de volta dos mortos para punir. Talvez, se os psicocirurgiões estivessem corretos, eles nem estivessem mais lá num sentido real. Talvez o cerne de consciência humana já tivesse cessado há muito tempo, devorado em uma insanidade sombria e lancinante em questão de dias.

Uma tarde abafada e obscurecida pelo calor, eu estive nos assentos de inclinação acentuada acima de um dos fossos, cercado por uma multidão de pé, berrando e batendo os pés no chão, e senti a vingança virando algo como sabão em minhas mãos, dissolvendo-se e escorregando para longe enquanto eu me agarrava a ela.

Parei de ir para lá depois disso. Apenas entregava a Segesvar os cartuchos corticais que roubava e deixava ele seguir com as coisas.

Agora ele erguia uma sobrancelha para mim sob a luz das tochas.

— Certo. Que tal um esporte coletivo, então? Quer descer para a academia grav com a Ilja e a Mayumi?

Olhei de relance para as duas mulheres manufaturadas e coletei um sorriso obediente de cada uma delas. Nenhuma parecia quimicamente auxiliada, mas ainda davam a impressão bizarra de que Segesvar as movia através de um buraco nas costas de pele macia delas, como se as mãos que ele tivesse pousadas em cada quadril perfeitamente curvo fossem falsas, de plástico.

— Valeu, Rad. Eu tô ficando meio reservado na velhice. Vá você e divirta-se sem mim.

Ele deu de ombros.

— É, não dá mais pra me divertir *com você*. Mal consigo me lembrar de ter feito isso nos últimos cinquenta anos, na verdade. Você tá mesmo virando um nortenho, Tak.

— Como eu disse...

— É, é, eu sei. Metade de você já é. O negócio, Tak, é que, quando você era mais novo, tentava não demonstrar tanto. — Ele moveu a mão direita para encaixá-la em volta da curva exterior de um seio generoso. A dona deu risadinhas e mordiscou a orelha dele. — Vamos, meninas. Vamos deixar o Kovacs-san com sua reflexão.

Observei enquanto eles se juntavam ao grupo principal da festa, com Segesvar à frente. O ar, rico em feromônios, costurou um vago remorso em minhas entranhas e virilha. Terminei o biscoito de *take*, mal sentindo seu sabor.

— Bem, *você* parece estar se divertindo.

— Camuflagem de Emissário — falei, por reflexo. — Somos treinados para nos misturar.

— Ah, é? Não parece que a sua treinadora estava muito disposta.

Eu me virei e havia um sorriso torto no rosto de Virgínia Vidaura enquanto ela se postava ali com um copo em cada mão. Olhei ao redor à procura de Brasil, mas não o vi nas proximidades.

— Um desses é para mim?

— Se você quiser.

Peguei o copo e provei a bebida. Uísque single malt de Porto Fabril, provavelmente das destilarias mais caras da Orla Ocidental. Segesvar não era um homem que deixava preconceitos atrapalharem seu bom gosto. Engoli mais um pouco e busquei os olhos de Vidaura. Ela fitava o outro lado da Vastidão.

— Sinto muito sobre a Ado — falei.

Ela trouxe seu olhar de volta e levou um dedo aos lábios.

— Agora não, Tak.

Nem agora, nem depois. Nós mal conversamos enquanto nos afastávamos da festa, descendo para os corredores do complexo da fortaleza aquática. A funcionalidade de Emissário ficou on-line como um piloto automático de emergência, um código de olhares e compreensão que pinicou a parte de baixo dos meus olhos com sua intensidade.

Assim, eu me lembrei, de súbito. *Era assim que era. Era assim que nós vivíamos, era* por isso *que vivíamos.*

E no meu quarto, enquanto encontrávamos e nos agarrávamos ao corpo um do outro por baixo de roupas logo desordenadas, sentindo o que queríamos um do outro com clareza de Emissários, eu me perguntei pela primeira vez em mais de um século de vida objetiva por que eu tinha dado as costas a isso.

Não foi uma sensação que durou até o rosnar das panteras na manhã. A nostalgia escorreu com o desaparecimento do *take* e a borda zonza de uma ressaca cuja brandura eu não tinha certeza de merecer. Em sua esteira, fui deixado com não muito mais do que uma possessividade arrogante enquanto olhava para o corpo bronzeado de Vidaura esparramado nos lençóis brancos e um vago senso de apreensão cuja fonte de origem não consegui decifrar.

Vidaura ainda fitava fixamente o teto.

— Sabe — disse ela, por fim. — Eu nunca gostei muito da Mari. Ela estava sempre se esforçando demais para provar algo ao resto de nós. Como se não fosse suficiente apenas *ser* um dos Insetos.

— Talvez para ela não fosse.

Pensei na descrição da morte de Mari Ado feita por Koi e me perguntei se, no final, ela tinha puxado o gatilho para fugir do interrogatório ou apenas como um retorno aos vínculos familiares que passara a vida toda tentando cortar. Eu me perguntei se seu sangue aristo teria bastado para salvá-la da fúria de Aiura e o que ela precisaria ter feito para sair dos construtos de interrogatório em uma nova capa, para a qual ela precisaria retornar para ser capaz de sair intacta. Eu me perguntei se, nos últimos poucos instantes da visão se apagando, ela olhou para o sangue aristo de seus ferimentos e o odiou o bastante.

— Jack tá falando umas merdas sobre sacrifício heroico.

— Ah, entendi.

Ela voltou seu olhar para o meu rosto.

— Não é por isso que eu tô aqui.

Não falei nada. Ela voltou a olhar para o teto.

— Ah, merda, é sim.

Ouvimos os bramidos e os gritos lá fora. Vidaura suspirou e se sentou. Empurrou a parte baixa das mãos contra os olhos e balançou a cabeça.

— Você alguma vez se pergunta — indagou-me — se ainda somos humanos?

— Como Emissários? — Dei de ombros. — Eu tento não acreditar na tradicional baboseira "os pós-humanos estão chegando", se é disso que você tá falando. Por quê?

— Sei lá. — Ela balançou a cabeça, irritada. — Tá, é idiota pra caralho, eu sei. Mas às vezes eu converso com Jack e os outros e é como se eles fossem uma espécie totalmente diferente de mim, porra. As coisas em que eles acreditam. O *nível* de crença que eles conseguem carregar, com quase nada que a justifique.

— Ah. Então você também não está convencida.

— Não. — Vidaura jogou uma mão para o ar, exasperada. Ela girou na cama para me encarar. — Como é que ela *pode ser,* né?

— Bem, eu estou contente por não ser o único preso nessa rede específica. Bem-vinda à minoria racional.

— Koi diz que ela é. Em todos os mínimos detalhes.

— É. Koi quer tanto isso que ele acreditaria que uma porra de rasgasa num véu é Quellcrist Falconer. Eu estava lá para a Averiguação, e os três pegaram leve com qualquer coisa que ela parecesse pouco à vontade em responder. Alguém te contou sobre essa arma genética que ela disparou?

Ela desviou o olhar.

— É, ouvi falar. Bem extrema.

— Em suma, vai contra absolutamente tudo em que Quellcrist Falconer acreditava. Acho que era o que você queria dizer.

— Nenhum de nós pode se manter limpo, Tak. — Um sorriso espremido. — Você sabe disso. Sob as circunstâncias...

— Virgínia, você está à beira de se provar uma integrante da raça humana à moda antiga, totalmente paga e perdida em sua crença, se não tiver cuidado. E nem precisa pensar se vou continuar falando com você se fizer essa travessia para o outro lado dessa merda.

O sorriso dela cresceu, virou meio que um riso. Ela tocou o lábio superior com a língua e me olhou de esguelha. Ver aquilo me deu uma sensação estranha e elétrica.

— Tudo bem — disse ela. — Sejamos inumanamente racionais a respeito disso. Mas Jack diz que ela se lembra do ataque em Porto Fabril. De ir para o helicóptero em Alabardos.

— Sim, o que meio que detona a teoria de "uma cópia guardada no calor da batalha nos arredores de Drava", não acha? Já que esses dois eventos são posteriores a qualquer presença que ela pudesse ter tido em Nova Hok.

Vidaura esticou os dedos das mãos espalmadas.

— Também detona a ideia de que ela é uma casca de personalidade para uma mina de dados. A mesma lógica se aplica.

— Bom... é.

— Então, o que isso nos deixa?

— Você quer dizer onde isso deixa Brasil e a turma de Vchira? — perguntei, maldoso. — Fácil. Isso os deixa escarafunchando desesperadamente por alguma outra teoria de merda que se sustente o bastante para permitir que continuem acreditando. Que, para neoquellistas em tempo integral, é uma situação triste para caralho.

— Não, eu quero dizer *nós*. — Os olhos dela me penetraram com o pronome. — Onde é que isso *nos deixa*?

Disfarcei a pontada em minha barriga esfregando meus olhos em um eco do gesto que ela tinha feito antes.

— Eu tenho uma ideia, mais ou menos — comecei. — Talvez uma explicação.

A campainha da porta tocou.

Vidaura arqueou uma sobrancelha.

— É, e uma lista de convidados, pelo jeito.

Disparei outro olhar para meu relógio e balancei a cabeça. Lá fora, o rosnar das panteras parecia ter diminuído, tornado-se alguns resmungos baixos e um ocasional estalo quando rasgavam a cartilagem da comida. Vesti minhas calças, apanhei a Rapsodia da mesinha de cabeceira em um impulso e fui abrir a porta.

A porta se dobrou para o lado e meu deu a visão do corredor quieto e mal iluminado no exterior. A mulher na capa de Sylvie Oshima estava ali, totalmente vestida, os braços cruzados.

— Eu tenho uma proposta para você — disse ela.

CAPÍTULO 39

Ainda era bem cedo quando chegamos a Vchira.

O piloto *haiduci* que Sierra Tres tinha arrancado da cama — da cama dela, na verdade — era jovem e arrogante, e o deslizador que pegamos era o mesmo contrabandista que tinha nos trazido. Agora liberados da necessidade de parecer um item padrão e esquecível do tráfego da Vastidão e, sem dúvida, querendo impressionar Tres tanto quanto impressionava a si mesmo, o piloto levou seu navio ao limite e nós saímos rasgando, alcançando o ponto de atracagem chamado Molhes Diversão ao Sol em menos de duas horas. Tres ficou sentada no cockpit com ele, fazendo ruídos encorajadores, enquanto Vidaura e a mulher que se chamava de Quell continuavam nos andares inferiores juntas. Eu fiquei sentado sozinho do convés da proa pela maior parte da viagem, cuidando da minha ressaca no fluxo de ar frio vindo da água.

Como condizia com o nome, os Molhes Diversão ao Sol eram um lugar frequentado, em sua maior parte, por deslizadores de excursões de Novapeste e um ou outro moleque abastado com seu Vastidão-móvel de barbatana brega. A essa hora do dia, havia bastante espaço de atracagem disponível para escolher. Mais importante, estávamos a menos de quinze minutos de caminhada dos escritórios de Dzurinda Tudjman Sklep em um ritmo que caía bem a Sierra Tres, manca. Eles estavam acabando de abrir quando chegamos à porta.

— Eu não sei bem... — disse o funcionário cujo trabalho era, evidentemente, levantar mais cedo do que qualquer um dos sócios e gerenciar os escritórios até que eles chegassem. — Eu não sei bem se...

— Tá, bom, eu sei — Sierra Tres lhe disse, impaciente.

Ela tinha vestido uma saia que ia até o tornozelo para cobrir a perna em rápida recuperação e não havia como saber, por sua voz e postura, que ainda estava machucada. Nós tínhamos deixado o piloto nos Molhes Diversão ao Sol com o deslizador, mas Tres não precisava dele. Ela usava a carta da arrogância *haiduci* com perfeição. O funcionário se encolheu.

— Olha... — começou ele.

— Não, olha *você*. Estivemos aqui há menos de duas semanas. Você sabe disso. Agora, se quiser chamar Tudjman, pode chamar. Mas eu duvido que ele vá lhe agradecer por tirá-lo da cama a essa hora da manhã só para confirmar que podemos ter acesso às mesmas coisas que usamos da última vez que estivemos aqui.

No final, foi necessária a ligação para Tudjman e certa gritaria para esclarecer tudo, mas conseguimos o que queríamos. Eles ligaram os sistemas virtuais e nos conduziram aos sofás. Sierra Tres e Virgínia Vidaura se postaram perto de nós enquanto a mulher na capa de Oshima conectava os eletrodos a si mesma. Ela ergueu os hipnofones na minha direção.

— O que é isso aqui?

— Tecnologia moderna de alta potência. — Abri um sorriso que não sentia. Além da minha ressaca, a antecipação estava se acumulando em uma sensação enjoada, não exatamente real, sem a qual eu podia ter passado muito bem. — Só apareceu há uns dois séculos. Eles são ativados assim. Facilita a entrada.

Quando Oshima estava ajeitada, eu me deitei no sofá perto dela e me preparei com fone e eletrodos. Olhei para Tres.

— Estamos entendidos no que fazer para me puxar para fora se a coisa começar a degringolar?

Ela assentiu, sem expressão. Eu ainda não tinha muita certeza de por que ela tinha concordado em nos ajudar sem pedir antes a aprovação de Koi ou de Brasil. Parecia cedo demais no esquema geral das coisas para estar recebendo ordens irrestritas do fantasma de Quellcrist Falconer.

— Tudo bem então. Vamos entrar pelo cano.

Os sonocódigos tiveram mais dificuldades do que de costume para me dominar, mas depois de um tempo senti a câmara dos sofás ficar borrada; as paredes da suíte comum de hotel entraram em um foco dolorosamente agudo no lugar dela. Memórias de Vidaura na suíte mais além no corredor me atingiram inesperadamente.

Controle-se, Tak.

Pelo menos a ressaca tinha passado.

O construto me decantou de pé, junto a uma janela que dava para a paisagem improvável de uma pastagem verde ondulante. Do outro lado do quarto, perto da porta, o esboço de uma mulher de cabelo comprido igualmente de pé afinou-se até se revelar a capa de Oshima.

Ficamos olhando um para o outro por um momento, e então eu assenti. Algo a respeito deve ter soado falso, porque ela franziu a testa.

— Tem certeza disso? Você não precisa ir até o fim, sabe.

— Preciso, sim.

— Eu não espero...

— Nadia, tá tudo bem. Eu sou treinado para chegar em planetas desconhecidos em novas capas e começar a matar nativos imediatamente. Qual a dificuldade disso aqui?

Ela deu de ombros.

— Tudo bem.

— Tudo bem, então.

Ela atravessou o quarto na minha direção e parou a menos de um metro de distância. Sua cabeça se inclinou de um jeito que fez a cabeleira cinza-prateada deslizar lentamente para a frente e cobrir seu rosto. O cabo central escorregou para um lado de seu crânio, pendendo como uma cauda de escorpião deformada cheia de filamentos mais finos. Ela parecia, naquele momento, todos os arquétipos de assombração que meus ancestrais tinham trazido da Terra. Ela parecia um fantasma.

Sua postura travou.

Respirei fundo e estendi a mão. Meus dedos separaram o cabelo que agia como uma cortina na frente de seu rosto.

Atrás do cabelo, não havia nada. Nenhuma feição, nenhuma estrutura, apenas um vazio de calor escuro que pareceu se expandir para fora em minha direção como o inverso de um facho de lanterna. Eu me inclinei mais para perto e a escuridão se abriu na garganta dela, separando-se gentilmente ao longo do eixo vertical de sua figura congelada. Essas sombras a separaram até a virilha e então mais além, abrindo o mesmo rasgo no ar entre suas pernas. Eu podia sentir o equilíbrio se afastando de mim em minúsculos incrementos enquanto isso acontecia. O piso do quarto de hotel se afastou em seguida, e então o próprio quarto, encolhendo como um lenço usado em uma fogueira de praia. O calor subiu ao meu redor, cheirando levemente a estática. Lá embaixo o que havia era um negror retinto. As mechas de ferro na minha mão esquerda se achataram e espessaram, virando um cabo inquieto feito uma serpente. Eu pendia dele sobre o abismo.

Não abra os olhos, não abra a mão esquerda, não faça nenhum movimento. Pisquei, talvez em desafio, e guardei a lembrança.

Fiz uma careta e me soltei.

Se aquilo era cair, não parecia.

Não havia sopro de ar nem nada iluminado para poder julgar o movimento. Até meu próprio corpo estava invisível. O cabo parecia ter desaparecido assim que o soltei. Eu podia estar flutuando imóvel em uma câmara gravitacional com a extensão dos meus braços abertos, exceto pelo fato de que ao meu redor, de algum jeito, meus sentidos assinalavam a existência de um espaço vasto e inutilizado. Era como ser um inseto virachuvisco vagando pelo ar de um dos galpões vazios no Belalgodão Kohei Nove.

Pigarreei.

Luzes cintilaram acima de mim, irregulares, e continuaram por lá. Por reflexo, estendi a mão; meus dedos roçaram filamentos delicados. A perspectiva se encaixou de súbito: a luz não era fogo em um céu incomensuravelmente alto, eram ínfimos raminhos, um punhado de centímetros acima da minha cabeça. Eu os peguei gentilmente na mão e os virei. A luz borrou nos pontos em que meus dedos tocaram. Eu os soltei e eles ficaram ali, na altura do meu peito, à minha frente.

— Sylvie? Você tá aí?

Isso me rendeu uma superfície debaixo dos pés e um quarto banhado na luz de fim de tarde. Pelas instalações, o lugar parecia pertencer a uma criança de mais ou menos 10 anos. Nas paredes havia holos de Micky Nozawa, Rili Tsuchiya e várias pin-ups que não reconheci, uma escrivaninha e bobina de dados sob uma janela e uma cama estreita. Um painel de madeira-espalho em uma das paredes fazia o espaço limitado parecer maior; um armário embutido na parede oposta se abriu, mostrando uma massa mal pendurada de roupas que incluía vestidos de gala no estilo da corte. Havia um credo dos Renunciantes preso à parte de trás da porta, mas ele estava se soltando em um canto.

Olhei pela janela e vi uma clássica cidade de latitude temperada descaindo até um porto e, à distância, o braço de uma baía. Uma pincelada de belalga na água, fatias crescentes de Hotei e Daikoku tenuemente visíveis em um duro céu azul. Podia ser qualquer lugar. Barcos e figuras humanas se moviam por ali em padrões de dispersão próximos do real.

Fui até a porta com o credo mal colocado e tentei a maçaneta. Não estava trancada, mas, quando tentei sair para o corredor mais além, um adolescente surgiu à minha frente e me empurrou de volta.

— A mamãe disse que você tem que ficar no seu quarto — disse ele, desagradável. — A mamãe *disse*.

A porta se fechou na minha cara.

Fitei-a por um longo momento, aí tornei a abri-la.

— A mamãe disse que você tem...

O soco quebrou o nariz dele e o derrubou na parede oposta. Mantive meu punho fechado frouxamente, esperando para ver se ele voltaria, mas ele apenas escorregou pela parede até o chão, olhando e sangrando. Seus olhos ficaram vidrados de choque. Passei com cuidado por cima do seu corpo e segui o corredor.

Menos de dez passos e a senti atrás de mim.

Era minúsculo e fundamental, uma agitação da textura do construto, o arranhar de sombras com bordas crepadas se esticando ao longo das paredes às minhas costas. Parei e esperei. Algo se curvou como dedos sobre minha cabeça e em torno do meu pescoço.

— Olá, Sylvie.

Sem nenhuma transição aparente, eu estava no bar em Corvo de Tóquio. Ela se recostava ao meu lado, aninhando um copo de uísque que eu não me lembrava de ela ter tomado quando estivemos lá de verdade. Havia um drinque similar à minha frente. A clientela fervilhava ao redor de nós a uma velocidade superacelerada, as cores desbotadas até um tom cinzento, não mais substanciais do que a fumaça dos cachimbos nas mesas ou os reflexos distorcidos na madeira-espelho sob nossos drinques. Havia ruído, mas ele se distorcia e murmurava nos limites mais baixos da audição, como o zumbido de sistemas maquinais de alta capacidade em modo de espera atrás das paredes.

— Desde que você entrou na minha vida, Micky Acaso — disse Sylvie Oshima, calma —, ela parece estar desmoronando.

— Não começou aqui, Sylvie.

Ela me olhou de esguelha.

— Ah, eu sei. Eu disse *parece*. Mas um padrão é um padrão, percebido ou factual. Meus amigos estão todos mortos, sofreram Morte Real, e agora descubro que foi você quem os matou.

— Não este eu.

— Não, foi o que eu entendi. — Ela ergueu o uísque até os lábios. — De algum modo, isso não faz com que eu me sinta melhor.

Ela tomou toda a bebida. Estremeceu conforme ela descia.

Mude de assunto.

— Então o que ela escuta lá em cima acaba passando para cá?

— Até certo ponto. — O copo desceu de novo para o bar. A magia do sistema o encheu outra vez, como algo passando pelo tecido do construto. Primeiro a imagem refletida, do alto até embaixo, e então o copo de fato, da base até a borda. Sylvie observava, sombria. — Mas ainda estou descobrindo o quanto estamos emaranhadas pelos sistemas sensoriais.

— Há quanto tempo você a carrega, Sylvie?

— Não sei. Desde o ano passado? Desde o Cânion de Iyamon, talvez? Foi a primeira vez que tive um branco. Quando eu acordei sem saber onde estava, foi como se toda minha existência fosse um quarto e alguém tivesse estado lá, mudando meus móveis de lugar sem pedir.

— Ela é real?

Uma risada áspera.

— Você tá me perguntando isso? Aqui?

— Certo, você sabe de onde ela veio? Como você a pegou?

— Ela escapou. — Oshima se virou para olhar para mim outra vez. Deu de ombros. — Era o que ela ficava repetindo: *eu escapei*. Claro, eu já sabia disso. Ela escapou de uma das celas de contenção, assim como você.

Involuntariamente, olhei por cima do ombro, procurando pelo corredor do quarto. Não havia nenhum sinal dele na multidão enfumaçada do bar, nenhum sinal de que havia existido.

— Aquilo era uma cela de contenção?

— Sim. Uma resposta de complexidade entretecida. O software de comando a constrói de forma automática em torno de qualquer coisa que entre na caixa-forte de recursos usando linguagem.

— Não foi muito difícil fugir.

— Bem, que linguagem você estava usando?

— Hã... amânglico.

— É... em termos de máquina, isso não é muito complexo. De fato, chega a ser infantil de tão simples. Você recebeu a cadeia que o nível de complexidade merecia.

— Mas você esperava mesmo que eu permanecesse quieto?

— Eu não, Micky. O software. Esse negócio é autônomo.

— Certo, o software autônomo esperava que eu me mantivesse quieto?

— Se você fosse uma menina de 9 anos com um irmão adolescente — disse ela, um tanto amarga —, você *teria* ficado quieta, acredite. Os sistemas não são projetados para compreender o comportamento humano, só reconhecem e avaliam linguagem. Tudo o mais é lógica de máquina. Eles vasculham meu subconsciente em busca de parte do tecido, do tom das coisas, eles me alertam diretamente se ocorre uma fuga violenta demais, porém nada disso tem nenhum contexto humano real. Os Desarmadores não lidam com humanos.

— Então se essa Nadia, ou seja lá quem ela for... Se ela veio falando, digamos, japonês arcaico, o sistema a teria colocado em uma caixa como a minha?

— Sim. Japonês é bem mais complexo do que amânglico, mas em termos de máquina, a diferença é quase irrelevante.

— E ela teria escapado com facilidade, como eu. Sem te alertar, se fosse sutil a respeito.

— Mais sutil do que você, sim. Escapado do sistema de contenção, pelo menos. Encontrado um rumo em meio às interfaces sensoriais e os abafadores em minha cabeça teria sido bem mais difícil. Mas, com tempo, e se ela fosse determinada o suficiente...

— Ah, ela é determinada. Você sabe quem ela diz que é, não sabe?

Um breve gesto de concordância.

— Ela me contou. Quando estávamos as duas nos escondendo dos interrogadores dos Harlan aqui embaixo. Mas acho que eu já sabia. Eu estava começando a sonhar com ela.

— Você acha que ela é Nadia Makita? De verdade?

Sylvie apanhou seu drinque e bebericou.

— É difícil imaginar como ela poderia ser.

— Mas você ainda vai permitir que ela assuma o controle durante o futuro próximo? Sem saber quem ou o que ela é?

Outro dar de ombros.

— Eu tendo a julgar pelo desempenho. Ela parece estar se virando bem.

— Pelo amor de Deus, Sylvie, ela pode ser um *vírus*, até onde você sabe.

— É, bem, pelo que li na escola, pode-se dizer o mesmo da Quellcrist Falconer original. Não era assim que eles chamavam o quellismo na época da Descolonização? *Um veneno viral no organismo da sociedade?*

— Não tô falando de metáforas políticas aqui, Sylvie.

— Nem eu. — Ela virou o copo, tornou a esvaziá-lo e colocá-lo no bar. — Olha, Micky, eu não sou uma ativista e não sou um soldado. Sou estritamente uma rata de dados. Mementas e código, essa sou eu. Me coloque em Nova Hok com uma equipe e não há ninguém que chegue perto. Mas não é onde estamos agora, e você e eu sabemos que eu não vou voltar para Drava tão cedo. Então, considerando o clima atual, acho que prefiro deixar as coisas nas mãos dessa tal Nadia. Porque, seja lá quem ou o que ela for, ela tem uma chance muito maior de navegar essas águas do que eu.

Ela ficou encarando o copo enquanto ele se enchia. Balancei a cabeça.

— Você não é assim, Sylvie.

— Sou, sim. — Subitamente, o tom dela era selvagem. — Meus amigos estão mortos ou pior, Micky. Tenho todo um planeta de policiais mais a Yakuza de Porto Fabril tentando fazer o mesmo comigo. Então não me diga que eu não sou assim. Você não sabe o que acontece comigo sob essas circunstâncias porque nunca viu isso antes, caralho! Tá bom? Nem eu sei o que acontece comigo sob essas circunstâncias.

— Sim, e em vez de descobrir, você vai ficar por aqui como uma porra de um sonho de Renunciante de uma boa menina que os seus pais tinham antigamente. Vai ficar aqui sentada brincando com o seu mundo conectado e torcer para que alguém lá fora cuide das coisas pra você.

Ela não disse nada, apenas ergueu o copo recém-reposto em minha direção. Senti uma onda súbita e asfixiante de vergonha tomar conta de mim.

— Me desculpa.

— Você me deve desculpas, mesmo. Você gostaria de passar pelo que fizeram com Orr e os outros? Porque eu tenho tudo isso acessível aqui embaixo.

— Sylvie, você não pode...

— Foi uma morte difícil, Micky. Foram descascados, todos eles. No final, Kiyoka só ficava gritando como um bebê para eu ir buscá-la. Você quer se conectar a isso, carregar isso com você por aí por algum tempo como eu sou obrigada a fazer?

Estremeci, e a sensação pareceu ser repassada para todo o construto. Uma vibração pequenina e fria pendia no ar ao nosso redor.

— Não.

Ficamos por um longo tempo em silêncio depois disso. A clientela do Corvo de Tóquio ia e vinha ao nosso redor, como espectros.

Depois de algum tempo, ela gesticulou vagamente para cima.

— Sabe, os aspirantes acreditam que essa seja a única existência verdadeira. Que tudo o que existe lá fora é uma ilusão, uma pantomima de sombras criada pelos deuses ancestrais para nos aninhar até que possamos construir nossa própria realidade sob medida e fazer nosso upload para lá. Reconfortante, não?

— Se você permitir que seja.

— Você a chamou de vírus — disse ela, pensativa. — Como vírus, ela se deu muito bem aqui. Ela se infiltrou em meus sistemas como se tivesse sido projetada para isso. Talvez ela seja igualmente bem-sucedida lá fora, na pantomima de sombras.

Fechei os olhos. Pressionei uma das mãos no rosto.

— Algo errado, Micky?

— Por favor, me diga que você está falando metaforicamente agora. Eu acho que não consigo lidar com outra seguidora devota no momento.

— Ei, se você não gosta da conversa, pode dar no pé, não é?

O súbito tom cortante na voz dela me chutou de volta a Nova Hok e as aparentemente intermináveis discussões de Desarmadores. Um sorriso inesperado repuxou minha boca com aquela memória. Abri meus olhos e a fitei outra vez. Coloquei as duas mãos sobre o bar, suspirei e deixei o sorriso escapar.

— Eu vim te tirar daqui, Sylvie.

— Eu sei. — Ela colocou uma das mãos sobre a minha. — Mas eu tô bem aqui.

— Eu disse ao Las que ia cuidar de você.

— Então cuide dela. Isso também me protege.

Hesitei, tentando emoldurar direito o que ia dizer.

— Acho que ela pode ser um tipo de arma, Sylvie.

— E daí? Não somos todos?

Olhei para o bar ao nosso redor e seus fantasmas cinzentos acelerados. O murmúrio baixo do som amalgamado.

— Isso é mesmo tudo o que você quer?

— Nesse exato momento, Micky, é tudo o que consigo aguentar.

Meu drinque continuou intocado no bar em frente a mim. Eu me coloquei de pé. Apanhei o copo.

— Então é melhor eu ir andando.

— Claro. Eu te acompanho.

O uísque desceu queimando, barato e áspero — não era o que eu estava esperando.

Ela caminhou comigo até o porto. Ali, o amanhecer já subia, frio e cinza-claro, e não havia ninguém, em pastiche acelerado ou qualquer outra forma, em lugar algum sob a luz impiedosa. A estação de varredura estava fechada e deserta; os pontos de atracagem e o oceano mais além estavam ambos vazios de tráfego. Havia uma aparência despojada em tudo, e o Mar Andrassy entrava batendo nas estacas com uma força rabugenta. Olhando ao norte, dava para sentir Drava agachada abaixo da linha do horizonte em uma quietude semelhante, abandonada.

Ficamos embaixo da grua onde havíamos nos conhecido e de repente me ocorreu com uma força palpável que esta era a última vez em que eu a veria.

— Uma pergunta?

Ela fitava o mar.

— Claro.

— A sua agente ativa preferida lá em cima diz que reconheceu alguém nos construtos de contenção. Grigori Ishii. Isso te soa conhecido?

Um leve franzir de cenho.

— Sim, me parece familiar. Mas eu não saberia dizer de onde. Só não sei como uma personalidade transferida por feixe de agulha teria acabado aqui embaixo.

— Pois é.

— Ela disse que *era* o tal Grigori?

— Não. Ela disse que havia algo aqui embaixo que soava como ele. Só que, quando você fingiu que tinha acabado com o canhão escorpião, depois, saindo da encrenca em Drava, você disse que ele te conhecia, que *algo ali* te conhecia. Como um velho amigo.

Sylvie deu de ombros. A maior parte dela ainda observava o horizonte ao norte.

— Então isso poderia ser algo em que as mementas evoluíram. Um vírus para disparar rotinas de reconhecimento em um cérebro humano, para te fazer pensar que está vendo ou ouvindo algo que já conhece. Cada indivíduo atingido por ele designaria um fragmento apropriado para se encaixar.

— Isso não soa muito provável. Não é como se as mementas tivessem tido muita interação com humanos recentemente a partir das quais pudessem trabalhar. O Mecsek só subiu ao poder há o que, três anos?

— Quatro. — Um sorriso tênue. — Micky, as mementas foram *projetadas* para matar humanos. Era *essa* a utilidade original delas, trezentos anos atrás. Não há como saber se algum pedaço de armamento viral construído seguindo essas linhas sobreviveu por tanto tempo, talvez até se aprimorando um pouco.

— Você já encontrou algo desse tipo?

— Não. Mas isso não significa que não exista por aí.

— Ou aqui.

— Ou aqui — concordou ela depressa. Ela queria que eu fosse embora logo.

— Ou pode ser só outra bomba de casca de personalidade.

— Pode ser.

— É. — Olhei ao meu redor mais uma vez. — Bem... Como é que eu saio daqui?

— A grua. — Por um momento ela se voltou para mim. Seus olhos saíram do horizonte ao norte e encontraram os meus. Ela apontou para cima com o queixo, para onde uma escada de aço desaparecia na estrutura de vigas da máquina. — É só continuar subindo.

Ótimo.

— Cuide-se, Sylvie.

— Vou me cuidar.

Ela me deu um breve beijo na boca. Assenti, dei um tapinha em seu ombro e recuei dois passos. Em seguida me virei para a escada, coloquei as mãos no metal frio dos degraus e comecei a subir.

Parecia bem sólido. Era melhor do que um penhasco à beira-mar infestado de rasgasas e melhor do que a face inferior da arquitetura marciana, pelo menos.

Eu tinha subido uns vinte metros na estrutura quando a voz dela flutuou para se juntar a mim.

— Ei, Micky!

Dei uma espiada para baixo. Ela estava de pé dentro da base da grua, olhando para cima. Suas mãos formavam um megafone em torno da boca. Soltei uma das mãos com cuidado e acenei.

— Sim?

— Acabei de me lembrar. Grigori Ishii, a gente aprendeu sobre ele na escola.

— Aprenderam o que sobre ele na escola?

Ela abriu os braços.

— Não faço ideia, desculpa. Quem se lembra dessas merdas?

— Certo.

— Por que você não pergunta *para ela?*

Boa pergunta. A cautela dos Emissários parecia ser a resposta óbvia. No entanto, havia uma desconfiança teimosa em um segundo lugar bem próximo. Uma recusa. Eu não estava acreditando no glorioso retorno de Quell com a mesma facilidade que Koi e os Insetos pareciam preparados para aceitar.

— Talvez eu pergunte.

— Bom... — Um braço se ergueu em despedida. — Olhe para o alto, Micky. Continue subindo e não olhe para baixo.

— Tá legal — gritei. — Você também, Sylvie.

Subi. A estação de varredura encolheu até alcançar as proporções de um brinquedo de criança. O mar assumiu a textura de metal batido cinzento, fundido a um horizonte inclinado. Sylvie era um pontinho encarando o norte, depois pequeno demais para identificar. Talvez não estivesse mais lá. As vigas ao meu redor perderam qualquer semelhança com a grua que haviam sido. A luz fria do amanhecer escureceu a um tremeluzir prateado que dançava em estampas no metal que parecia enlouquecedoramente familiar. Eu não parecia estar me cansando nem um pouco.

Parei de olhar para baixo.

CAPÍTULO 40

— E aí? — perguntou ela, finalmente.

Olhei pela janela, vendo a Praia de Vchira e o cintilar da luz do sol nas ondas mais além. Tanto a praia quanto a água estavam começando a se encher de minúsculas figuras humanas determinadas a aproveitar o clima. O escritório de Dzurinda Tudjman Sklep era eminentemente impenetrável, mas dava quase para sentir o calor aumentando, o falatório cada vez mais alta e a ventania do turismo que acompanhava o movimento. Eu não tinha conversado com ninguém desde que saíra do construto.

— Aí que você estava certa. — Lancei um olhar de esguelha para a mulher na capa de Sylvie Oshima, depois voltei a fitar o mar. A ressaca estava de volta, parecendo ainda pior. — Ela não vai sair. Ela recaiu na baboseira Renunciante da infância para suportar o luto e vai ficar por lá.

— Obrigada.

— É. — Deixei a janela em paz e me voltei para Tres e Vidaura. — Terminamos por aqui.

Ninguém falou nada no caminho de volta ao deslizador. Abrimos passagem em meio a multidões vestidas de cores berrantes, trabalhando contra o fluxo em silêncio. Boa parte do tempo, nossos rostos abriam passagem para nós: dava para ver na expressão das pessoas se desviando apressadamente. Mas no calor ensolarado e no entusiasmo de chegar à água, nem todos estavam prestando sequer um nível superficial de atenção. Sierra Tres fechou a cara quando sua perna levou pancadas de implementos praianos de plástico vivamente colorido e carregado com desleixo, mas ou as drogas ou a concentração mantiveram sua boca fechada a respeito de qualquer dor que tivesse sofrido. Ninguém queria fazer alarde. Só uma vez ela se virou para olhar para um infrator desengonçado, que praticamente fugiu correndo.

Ei, gente. O pensamento me ocorreu, azedo. *Vocês não reconhecem seus heróis políticos quando os veem? Estamos chegando para libertar todos vocês!*

Nos Molhes Diversão ao Sol, o piloto estava deitado na curva do flanco do deslizador, pegando sol como todos os outros. Ele se sentou num piscar de olhos quando embarcamos.

— Isso foi rápido. Já querem voltar?

Sierra Tres olhou ostensivamente ao redor, para o plástico colorido visível em toda a paisagem.

— Está vendo algum motivo para ficar?

— Ei, não é tão ruim assim. Eu venho para cá com as crianças às vezes, elas se divertem bastante. É uma boa mistura de pessoas, não são esnobes pra caralho que nem o pessoal na ponta sul. Ah é, você, cara. Colega do Rad.

Ergui a cabeça, surpreso.

— Tem alguém te procurando.

Fiz uma pausa na travessia do flanco do deslizador. Uma inundação fria da prontidão de Emissário, tingida com uma lasca ínfima e jubilosa de antecipação. A ressaca recuou para o fundo de minha consciência.

— O que a pessoa queria?

— Não falou. Nem disse o nome. Mas te descreveu direitinho. Era um padre, desses esquisitões do Norte. Sabe como é, barbudo e tal.

Assenti, a antecipação crescendo para pequenas chamas cálidas e trêmulas.

— E o que você disse para ele?

— Mandei o cara ir se foder. Minha mulher é de Açafrão, ela me contou algumas das merdas que eles tão fazendo por lá. Eu penduraria esses filhos da puta em um secador de erva com cabos de alta tensão assim que os visse.

— O sujeito era jovem ou velho?

— Ah, jovem. Também sabia se portar, sabe o que eu quero dizer?

As palavras de Virgínia Vidaura voltaram à minha mente. *Assassinos solo santificados contra infiéis visados.*

Bom, não é como se você não estivesse procurando por isso.

Vidaura me procurou e colocou a mão no meu braço.

— Tak...

— Volte com os outros agora — falei baixinho. — Eu cuido disso.

— Tak, precisamos de você para...

Sorri para ela.

— Boa tentativa. Mas vocês não precisam de mim para mais nada, e eu acabo de desempenhar minha última obrigação agora, no virtual. Não tenho mais nada melhor para fazer.

Ela me encarou com firmeza.

— Vai dar tudo certo — falei para ela. — Corto a garganta dele e volto rapidinho.

Ela balançou a cabeça.

— Isso é mesmo tudo o que você quer?

As palavras ressoaram como um eco em tempo real da minha própria pergunta para Sylvie nas profundezas da virtualidade. Fiz um gesto impaciente.

— O que mais há para fazer? Lutar pela gloriosa causa quellista? Ah, tá. Lutar pela estabilidade e pela prosperidade do Protetorado? Já fiz ambas as coisas, Virgínia, *você* já as fez também, e conhece a verdade tão bem quanto eu. É tudo a mesma merda. Transeuntes inocentes sendo despedaçados, sangue e gritos, e tudo em troca de algum meio-termo político duvidoso no fim. Causas de outras pessoas, Virgínia, e eu tô de saco cheio delas.

— Então fazer o quê? Isso? Mais assassinato sem sentido?

Dei de ombros.

— Assassinato sem sentido é tudo que sei fazer. É no que eu sou bom. *Você* me fez ser bom nisso, Virgínia.

Ela levou aquilo como um tapa na cara. Encolheu-se. Sierra Tres e o piloto observavam, curiosos. Reparei que a mulher que se chamava de Quell tinha ido para a cabine no andar inferior.

— Nós dois nos afastamos do Corpo — disse Vidaura, por fim. — Intactos. Mais sábios. Agora você vai simplesmente desligar o resto da sua vida, como se fosse uma porra duma lanterna? Vai se enterrar em uma sub-rotina de retaliação?

Invoquei um sorriso.

— Eu já tive bem mais de cem anos de vida, Virgínia. Não vou sentir falta.

— Mas isso *não resolve nada*. — De repente, ela estava gritando. — *Não vai* trazer a Sarah de volta. Quando você tiver terminado, ela ainda vai estar morta. Você já matou e torturou todo mundo que estava lá. Isso faz você se sentir melhor?

— As pessoas estão começando a encarar — falei, calmo.

— Eu não dou a mínima, caralho! Você me responda! *Isso faz você se sentir melhor?*

Emissários são mentirosos soberbos. Mas não para si mesmos e não uns para os outros.

— Só quando os estou matando.

Ela assentiu, sombria.

— É, isso mesmo. E você sabe o que é isso, Tak. Nós dois sabemos. Não é como se nenhum de nós tivesse visto isso antes. Lembra de Cheb Oliveira? Nils Wright? É patológico, Tak. Algo fora de controle. É um vício e, no final, isso vai te devorar.

— Talvez. — Eu me debrucei para perto dela, lutando para manter minha própria raiva súbita sob controle. — Mas enquanto isso, esse vício não vai matar nenhuma garota de 15 anos. Não vai fazer com que nenhuma cidade seja bombardeada nem nenhuma população seja dizimada. Não vai se transformar na Descolonização nem na campanha em Adoración. Ao contrário dos seus coleguinhas de surfe, ao contrário da sua nova melhor amiga na cabine ali embaixo, eu não estou pedindo sacrifícios de mais ninguém.

Ela me olhou completamente inexpressiva por alguns segundos. Em seguida assentiu, como se de súbito tivesse sido convencida de algo que havia torcido para que não fosse verdade.

Ela me deu as costas sem dizer uma só palavra.

O deslizador derrapou de lado ao sair do ponto de atracagem, girou em uma esteira de água enlameada e partiu depressa na direção do oeste. Ninguém ficou no convés para acenar. Gotículas do ventilador na cauda sopraram para trás e borrifaram meu rosto. Assisti enquanto ele recuava até virar um leve rosnado e um pontinho no horizonte, aí saí à procura do padre.

Assassinos solo santificados.

Eu os enfrentei algumas vezes em Xária. Maníacos religiosos delirantemente atiçados em capas de mártires da Mão Direita de Deus, arrancados do corpo principal de combatentes, a quem se concedia um breve vislumbre virtual do paraíso que os aguardava após a morte e então se enviava para infiltrar as bases de poder do Protetorado. Como a resistência de modo geral em Xária, eles não eram muito imaginativos — o que, no fim, ocasionou sua derrota, quando enfrentaram os Emissários —, mas também não eram frouxos. Todos nós desenvolvemos um respeito saudável por sua coragem e resistência no combate quando finalmente abatemos os últimos deles.

Os Cavaleiros da Nova Revelação, em contraste, eram um alvo fácil. Eles tinham o entusiasmo, mas não a linhagem. A fé repousava nos pilares religiosos padrão de incitação do público e misoginia para fazer cumprir suas leis, mas, até o momento, parecia que não tinha havido tempo ou necessidade para a emergência de uma classe guerreira. Eles eram amadores.

Por enquanto.

Comecei pelos hotéis mais baratos à beira-mar do lado da Vastidão. Pareceu uma aposta segura que o padre tivesse me rastreado a partir de uma visita a Dzurinda Tudjman Sklep antes de partirmos para Porto Fabril. Em seguida, quando o rastro esfriou, ele só precisaria esperar. Paciência é uma virtude admirável em assassinos; você tem que saber quando se mover, mas também precisa estar preparado para esperar. Aqueles que estão te pagando vão compreender isso, ou você vai ter que fazê-los compreender. Você espera e procura por pistas. Uma visita diária aos Molhes Diversão ao Sol seria incluída, uma checagem cuidadosa do tráfego, sobretudo do tráfego fora do comum. Como deslizadores piratas foscos e discretos em meio aos barcos turísticos coloridos e vistosos que habitualmente usavam os molhes. A única coisa que não se encaixava com o perfil de assassino profissional era a abordagem escancarada ao piloto, que eu atribuía à arrogância baseada na fé.

Um fedor sutil e pervasivo de belalga apodrecendo, fachadas com péssima manutenção e funcionários de cara feia. Ruas estreitas, cortadas por faixos de luz solar ardente. Esquinas úmidas e cheias de detritos que só secavam por volta do meio-dia. Entradas e saídas fortuitas de turistas que já pareciam sofridos e exaustos com suas tentativas baratas de diversão ao sol. Perambulei por tudo isso, tentando deixar que os sentidos de Emissário fizessem sua parte, tentando suprimir minha dor de cabeça e o ódio pulsante que inflava por dentro, buscando se libertar.

Eu o encontrei bem antes do anoitecer.

Não foi difícil. Kossuth ainda era relativamente não afligida pela Nova Revelação, e as pessoas reparavam neles do jeito que se repararia em um sotaque de Porto Fabril no Watanabe. Fiz as mesmas perguntas simples em todo lugar. Um jeito falso de falar como surfista, afanado em nacos facilmente reproduzíveis das conversas ocorridas ao meu redor nas últimas semanas, me colocou do lado certo das defesas de vários funcionários mal remunerados, o suficiente para traçar as aparições do padre. Um salpico bem aplicado de chips de crédito de baixo valor e certa quantidade de intimidação de olhos frios cuidou do resto. Quando o calor começou a se esvair da tarde, eu já estava de pé no saguão lotado de um hostel que também funcionava como locadora de barcos e pranchas chamado Palácio de Ondas. Um tanto inapropriadamente, ele fora construído sobre as águas lerdas da Vastidão sobre pilastras antigas de madeira-espelho e o cheiro da belalga apodrecendo sob o local subia pelo piso.

— Claro, ele fez o check-in há mais ou menos uma semana — informou a garota na recepção, enquanto empilhava uma porção de pranchas de surfe bastante surradas contra uma prateleira que acompanhava a parede. — Eu esperava tudo quanto era problema por ser mulher e estar vestida assim, sacumé. Mas ele nem pareceu prestar atenção nisso.

— É mesmo?

— É, e ele tem um equilíbrio nele, também, sabe do que eu tô falando? Pensei que ele podia até ser surfista. — Ela riu, um som descontraído, adolescente. — Doido, né? Mas acho que lá em cima eles devem ter surfistas, né?

— Surfistas estão por todo canto — concordei.

— Então, você quer falar com esse cara? Deixar um recado?

— Bom... — Olhei para o sistema de escaninhos atrás do balcão da recepção. — Na verdade, é um negócio que tenho que deixar para ele, se estiver tudo bem. Uma surpresa.

Aquilo a atraiu. Ela sorriu e se levantou.

— Claro, podemos fazer isso.

Ela deixou as pranchas e deu a volta para o outro lado do balcão. Eu procurei no meu bolso, encontrei uma carga reserva para a Rapsodia e a puxei.

— Pronto, aí vai.

Ela pegou o aparelhinho preto, curiosa.

— Só isso? Você não quer escrever um bilhetinho para acompanhar, ou algo assim?

— Não, tudo bem. Ele vai entender. Só diga a ele que volto hoje à noite.

— Certo, se é o que você prefere. — Um dar de ombros alegre e ela se voltou para os escaninhos. Observei-a guardar a carga em meio à poeira no buraco 74.

— Sabe... — falei, com uma decisão falsamente súbita. — Na verdade, posso alugar um quarto?

Ela se virou, surpresa.

— Bom... hã... claro.

— Só por essa noite. É que faz mais sentido do que arrumar um canto em outro lugar e depois voltar para cá, sabe?

— Claro, sem problema. — Ela ligou a tela de um monitor no balcão, analisou-a por um momento e depois sorriu de novo para mim. — Se você quiser, sabe, posso te colocar no mesmo andar que ele. Não ao lado, esse quarto tá alugado, mas duas portas depois tem um livre.

— Muito gentil da sua parte — falei. — Vamos fazer assim, então: você diz pra ele que eu tô aqui, dá a ele o número do meu quarto, aí ele pode vir e me chamar. Pensando bem, pode me dar meu presente de volta?

A testa dela se franziu com o enxame de mudanças. Ela apanhou a carga da Rapsodia, em dúvida.

— Então você não quer que eu entregue isso pra ele?

— Não mais, obrigado. — Sorri para ela. — Acho que prefiro entregar eu mesmo. É mais pessoal assim.

No andar superior, as portas tinham dobradiças à moda antiga. Invadi o apartamento 74 sem usar habilidades mais elevadas do que as que dispunha quando era só um bandidinho de rua de 16 anos, arrombando depósitos de suprimentos de mergulho baratos.

O quarto era apertado e básico. Uma cápsula de banheiro, uma rede descartável para dormir de modo a poupar espaço, um cesto de roupas e gavetas moldados nas paredes e uma mesinha e cadeira de plástico. Uma janela de transparência variável conectada desajeitadamente ao sistema de controle climático do quarto — o padre tinha deixado a janela ofuscada. Procurei algo em que me esconder nas trevas e fui forçado a usar a cápsula por falta de opções. A ferroada do spray antibac recente em meu nariz quando entrei — o ciclo de limpeza devia ter sido acionado havia pouco tempo. Dei de ombros, respirei pela boca e vasculhei os armários em busca de analgésicos para conter o tsunami da ressaca. Em um deles, encontrei um punhado de pílulas básicas contra insolação para turistas. Engoli duas delas a seco e me sentei na unidade de privada fechada para esperar.

Tem alguma coisa errada aqui, os sentidos de Emissário me alertaram. *Algo não se encaixa.*

Talvez ele não seja o que você pensa.

Ah, claro — ele é um negociador, veio para conversar com você. Deus o fez mudar de ideia.

A religião só é política quando o negócio é mais em cima, Tak. Você sabe disso, já viu isso em ação em Xária. Não há motivo para essas pessoas não fazerem o mesmo quando a coisa apertar.

Essas pessoas são como ovelhas. Elas farão qualquer coisa que seu homem santo lhes disser.

Sarah passou pela minha mente. Por um instante, o mundo se inclinou ao meu redor com a profundidade de minha fúria. Pela milésima vez, reimaginei a cena, e havia um rugido em meus ouvidos como uma multidão distante.

Saquei a faca Tebbit e encarei a lâmina fosca e escura.

Lentamente, com essa visão, a calma de Emissário me invadiu. Eu voltei a me ajeitar no pequeno espaço da cápsula, deixando que essa calma me ensopasse de um propósito frio. Fragmentos da voz de Virgínia Vidaura vieram com ela.

Armas são uma extensão. Você é o matador e o destruidor.

Mate rapidamente e desapareça.

Isso não vai trazer a Sarah de volta. Quando você tiver terminado, ela ainda vai estar morta.

Franzi a testa de leve ao pensar nisso. Não é bom quando seus ícones de formação começam a ficar inconsistentes. E você descobre que eles são tão humanos quanto você.

A porta se encolheu e começou a abrir.

Os pensamentos desapareceram como fiapos na esteira da força acionada. Eu saí da cápsula, pela borda da porta, e me pus bem equilibrado com a faca, pronto para me estender e apunhalar.

Ele não era como eu tinha imaginado. O piloto do deslizador e a garota lá embaixo tinham ambos comentado sobre a postura dele, e ela era visível no modo como ele girou ao ouvir os sons ínfimos da minha roupa, a movimentação do ar no quarto estreito. Mas ele era esguio e ligeiro, o crânio raspado delicado, a barba como uma idiotice deslocada nos traços finos.

— Tá me procurando, homem santo?

Por um momento, travamos nossos olhares, e a faca em minha mão pareceu tremer por conta própria.

Em seguida ele levantou a mão e puxou a barba, que se soltou com um breve estalo de estática.

— Claro que eu tô te procurando, Micky — disse Jadwiga, cansada. — Estou te perseguindo faz quase um mês.

CAPÍTULO 41

— Era para você estar morta.

— É, pelo menos duas vezes. — Jad repuxou melancolicamente a barba protética nas mãos. Ficamos sentados juntos na mesa de plástico vagabundo, sem olhar um para o outro. — É a única razão para eu estar aqui, acho. Eles não estavam procurando por mim quando foram atrás dos outros.

Revi Drava enquanto ela contava os fatos, uma vista do lato de neve rodopiando na escuridão da noite, as constelações congeladas de luzes do acampamento e figuras infrequentes se movendo entre os prédios, encolhidas contra o tempo ruim. Eles vieram na noite seguinte, sem se anunciar. Não ficou claro se Kurumaya tinha sido comprado, ameaçado por uma autoridade maior ou simplesmente assassinado. Por trás da força afunilada do software de comando de Anton em dominação máxima, Kovacs e seu grupo localizaram a equipe de Sylvie pela assinatura deles na rede. Arrombaram portas e exigiram submissão.

Aparentemente, não receberam.

— Eu vi Orr matar alguém — prosseguiu Jad, falando mecanicamente enquanto encarava as próprias memórias. — Só um clarão. Ele gritava para todo mundo dar no pé. Eu estava trazendo comida do bar. Eu nem...

Ela parou.

— Tudo bem — falei para ela.

— Não, não tá tudo bem. Caralho, Micky... Eu fugi.

— Você estaria morta se não tivesse fugido. Morte Real.

— Ouvi Kiyoka gritando. — Ela engoliu em seco. — Eu sabia que era tarde demais, mas...

Apressei-a para um ponto mais adiante.

— Alguém te viu?

Um gesto brusco de concordância.

— Troquei tiros com uns dois deles na saída para os barracões dos veículos. Parecia que os filhos da puta estavam em todo canto. Mas não vieram atrás de mim. Acho que eles pensaram que eu era só uma espectadora irritante. — Ela gesticulou para a capa Eishundo que estava usando. — Não havia nenhum rastro dessa capa na busca em rede, entende? Até onde aquele puto do Anton sabia, eu estava invisível.

Ela roubou um dos módulos Dracul, ligou o veículo e saiu pela lateral da doca.

— Tive um bate-boca com os sistemas de autosub quando entrei no estuário — disse ela, sorrindo sem achar graça. — Não se deve fazer isso, colocar veículos na água sem autorização. Mas as tarjetas de identificação acabaram funcionando, afinal.

E saiu para o mar Andrassy.

Assenti mecanicamente, o inverso exato da minha quase incredulidade. Ela tinha pilotado o módulo sem descansar, quase mil quilômetros até Tekitomura, fazendo um pouso noturno discreto em uma enseada fora da cidade, a leste.

Ela minimizou o próprio feito.

— Eu tinha comida e água nos alforjes. Meta para ficar acordada. O Dracul tem guias Nuhanovic. Minha preocupação principal foi me manter baixa contra a água, o bastante para parecer um barco, não uma máquina voadora, tentando não incomodar o fogo angelical.

— E você me encontrou como?

— É, isso aí foi uma merda bem esquisita. — Pela primeira vez, algo surgiu na voz dela que não fosse cansaço e fúria rançosa. — Eu vendi o módulo para levantar dinheiro rápido no porto de Soroban, estava vindo para Kompcho a pé. Voltando do barato da meta. E é como se eu pudesse sentir o seu cheiro ou algo assim. Como o cheiro de uma rede de dormir antiga da família, de quando eu era pequena. Eu só segui esse cheiro, como eu disse, estava voltando do barato, rodando no piloto automático. Vi você no cais, embarcando num cargueiro bem bosta. *Filha de Haiduci.*

Assenti outra vez, agora em súbita compreensão conforme nacos grandes do quebra-cabeça se encaixavam. A sensação vertiginosa, incomum de saudade voltou a me dominar. Nós éramos gêmeos, afinal. Herdeiros próximos da casa há muito morta de Eishundo.

— Você embarcou como clandestina, então. Era você tentando entrar naquele módulo quando a tempestade bateu.

Ela fez uma careta.

— É, me esconder pelo convés é bom enquanto o sol tá brilhando. Não é algo que se queira tentar quando o tempo fecha. Eu deveria ter adivinhado que eles teriam colocado alarme até na bunda. Porra de óleo de teiageleia, era de se pensar que fosse tecnologia marítima da Khumalo, pelo preço que pagam.

— Você também roubou comida do estoque comunitário, no segundo dia.

— Ei, o seu navio estava com as luzes de partida acesas quando te vi embarcar. Partida em uma hora. Isso não me deixava exatamente muito tempo para estocar provisões. Passei um dia sem comer nada antes de me dar conta que você não ia descer em Erkezes, tinha embarcado para a viagem longa. Eu estava com fome pra caralho.

— Sabe, quase houve uma briga por causa daquilo. Um dos seus colegas Desarmadores quis arrancar o cérebro de alguém pelo roubo.

— É, eu os escutei conversando. Aqueles desgastados filhos da puta. — Sua voz assumiu um tom de repulsa automático, um grão de opinião antiga. — É esse tipo lamentável de perdedor que deixa a gente com uma má reputação.

— Então você me rastreou por toda Novapeste e pela Vastidão também.

Outro sorriso sem achar graça.

— Essa é a minha terra natal, Micky. Além disso, aquele deslizador que você pegou deixou uma esteira de sopa que eu podia ter acompanhado até vendada. O cara que contratei pegou seu barco no radar atracando em Ponto Kem. Eu estava lá ao anoitecer, mas você tinha sumido.

— É. Então por que caralhos você não veio bater na porta da minha cabine quando teve a chance, a bordo do *Filha de Haiduci?*

Ela fez cara feia.

— E que tal, porque eu não confiava em você?

— Tá certo.

— É, e enquanto estamos falando nisso, e se eu ainda não confiar? Que tal você explicar que porra você fez com a Sylvie?

Suspirei.

— Tem algo para beber?

— Me diga você. Foi você quem invadiu meu quarto.

Em algum ponto dentro de mim, algo se moveu, e eu subitamente compreendi o quanto estava feliz por vê-la. Eu não podia definir se era o vínculo biológico das capas Eishundo, lembrança do companheirismo irônico e briguento de um mês em Nova Hok ou apenas a mudança dos subitamente sérios revolucionários renascidos de Brasil. Olhei para ela de pé ali e foi como o sopro de uma brisa do Mar Andrassy pelo quarto.

— É bom te ver de novo, Jad.

— É, é bom te ver também — admitiu ela.

Quando expliquei tudo para ela, já estava escuro lá fora. Jad levantou e passou por mim se espremendo no espaço restrito, ficando de pé junto à janela de transparência variável e olhando para fora. A iluminação pública ficava um pouco embaçada no vidro escurecido. Vozes altas chegaram até ali, bêbados brigando.

— Tem certeza que foi com ela que você conversou?

— Bastante. Não acho que essa Nadia, seja ela quem for, *o que for,* não creio que ela tenha como manejar o software de comando. Com certeza, não bem o bastante para gerar uma ilusão tão coerente.

Jad assentiu para si mesma.

— É, essa merda de Renunciante sempre esteve à espera para pegar a Sylvie em algum momento. Se os filhos da puta te pegam tão novinha, você nunca consegue se livrar de verdade. Então, o que é esse negócio da Nadia? Você acha mesmo que ela é uma mina de personalidade? Porque eu devo dizer, Micky, em quase três anos de rastreio em torno de Nova Hok, nunca vi nem ouvi falar de uma mina de dados que carregasse tantos detalhes, tanta profundidade.

Hesitei, apalpando em torno das bordas da consciência intuída Emissária para um cerne que pudesse ser transferido para algo tão rudimentar quanto palavras.

— Não sei. Eu acho que ela é, sei lá, algum tipo de arma de designação especial. Tudo aponta para Sylvie ter sido infectada na zona Insegura. Você estava lá para o Cânion Iyamon, certo?

— Sim. Ela desmoronou durante uma batalha. Ficou doente por semanas depois disso. Orr tentou fingir que era só melancolia pós-operação, mas todo mundo podia ver que era algo diferente.

— E antes disso, ela tava bem?

— Bom, ela é uma cabeça de rede Desarmadora, e este não é um trabalho que se preste a deixar alguém *bem*. Mas esse negócio de tagarelar bobagem, os apagões, aparecer em lugares onde alguém já tinha trabalhado, isso tudo veio depois de Iyamon, sim.

— Lugares onde alguém já tinha trabalhado?

— É, você sabe. — No reflexo da janela, a irritação surgiu em seu rosto como o clarão de um fósforo riscado, depois se apagou com a mesma velocidade. — Não... pensando bem, você não sabe, você não tava por lá na época.

— Que época?

— Ah, um punhado de vezes a gente encontrava atividade de mementas e, quando chegávamos lá, já estava tudo acabado. Parecia que elas estavam lutando umas com as outras.

Algo da minha primeira reunião com Kurumaya entrou em foco de repente. A adulação de Sylvie e as respostas impassíveis do comandante do acampamento.

Oshima-san, da última vez que te passei na frente do cronograma, você negligenciou as tarefas designadas e sumiu no norte. Como eu vou saber que não fará a mesma coisa dessa vez?

Shig, você me mandou vasculhar destroços. Alguém chegou lá antes de nós e não tinha restado nada. Eu já falei.

Sim, quando finalmente ressurgiu.

Ah, seja razoável. Como eu deveria desarmar o que já havia sido destruído? Nós fomos embora porque não tinha nada lá, caralho.

Franzi o cenho enquanto o novo fragmento se encaixava em seu lugar. Liso e justo, como uma porra de uma farpa. Angústia se irradiava pelas teorias que eu estava construindo. Aquilo não se encaixava com nada em que eu tinha começado a crer.

— Sylvie disse algo a respeito quando fomos arranjar o serviço de faxina. Kurumaya botou vocês na frente e quando vocês chegaram ao local assinalado, não havia nada além de destroços.

— É, esse aí mesmo. E nem foi a única ocasião que isso aconteceu. Nós encontramos a mesma coisa na Insegura algumas vezes.

— Vocês nunca conversaram sobre isso quando eu estava por perto.

— É, bom, Desarmadores. — Jad fez uma cara azeda para si mesma na janela. — Para pessoas com a cabeça cheia de tecnologia de ponta, somos um bando de filhos da puta supersticiosos. Não é considerado bacana conversar sobre coisas assim. Traz má sorte.

— Então, deixa eu ver se entendi. Esse negócio de suicídio das mementas, isso também começou depois de Iyamon.

— Até onde eu me lembro, sim. E aí, vai me contar essa sua teoria de armamento especial?

Balancei a cabeça, fazendo malabarismo com os novos dados.

— Não tenho certeza. Acho que ela foi projetada para disparar esse assassino genético dos Harlan. Não acho que as Brigadas Secretas tenham abandonado a própria arma, não acho que elas tenham sido exterminadas antes de poderem acioná-la. Acho que eles construíram essa coisa como o gatilho inicial e a esconderam em Nova Hok, um casulo de personalidade com uma vontade programada para disparar a arma. Acredita que é Quellcrist Falconer, porque isso lhe dá o ímpeto. Mas isso é tudo de que se trata: um sistema de propulsão. No que diz respeito à crise, disparar uma maldição genética em pessoas que sequer eram nascidas quando a arma foi concebida, ela se comporta como uma pessoa totalmente diferente, porque, no fim das contas, é só o objetivo que importa.

Jad deu de ombros.

— Soa exatamente como todo líder político de que já ouvi falar, de qualquer forma. Os fins e os meios, sabe como é. Por que Quellcrist Falconer seria diferente, porra?

— É, não sei. — Uma resistência curiosa e inesperada ao cinismo dela se arrastou por mim. Olhei para minhas mãos. — Se você olhar para a vida de Quell, a maior parte do que ela fez sustenta a filosofia dela, sabe. Mesmo essa cópia dela, ou seja lá o que isso for, mesmo ela não consegue fazer com que as ações se encaixem no que ela pensa que é. Ela está confusa sobre suas próprias motivações.

— E daí? Bem-vindo à raça humana, caralho.

Havia uma amargura nas palavras que me fez erguer a cabeça. Jad ainda estava na janela, encarando o reflexo de seu rosto.

— Não há nada que você pudesse ter feito — falei, gentilmente.

Ela não olhou para mim, não desviou o olhar.

— Talvez não. Mas sei o que *eu senti,* e não foi o bastante. Essa porra dessa capa me mudou. Ela me cortou da conexão da rede...

— O que salvou a sua vida.

Um balançar impaciente de sua cabeça raspada.

— Isso me impediu de sentir junto com os outros, Micky. Me trancou do lado de fora. Mudou até as coisas com Ki, sabe? Nós nunca mais fomos as mesmas uma com a outra no último mês.

— Isso é bem comum com reencape. As pessoas aprendem a...

— Ah, sim, eu sei. — Agora ela deu as costas para a imagem de si mesma e me encarou. — Um relacionamento não é fácil, relacionamentos dão trabalho. Nós duas tentamos, nos esforçamos mais do que nunca. Mais do que *já tínhamos precisado* nos esforçar. Esse é que é problema. Antes, a gente não *precisava tentar.* Eu ficava molhada só de olhar para ela, às vezes. Era tudo de que a gente precisava, um toque, um olhar. Isso acabou, tudo isso.

Eu não falei nada. Tinha momentos em que não havia nada de útil a se dizer. Tudo o que se pode fazer é ouvir, esperar e assistir enquanto as coisas são postas para fora. Torcer para que isso seja uma purgação.

— Quando eu a ouvi gritar — disse Jad, com dificuldade — foi, tipo, não importava. Não importava o suficiente. Eu não senti isso o bastante para ficar e lutar. Em meu próprio corpo, eu teria ficado e lutado.

— Ficado e morrido, você quer dizer.

Um dar de ombros descuidado, encolhendo-se como se escorressem lágrimas.

— Isso é bobagem, Jad. É a culpa falando, porque você sobreviveu. Você se diz isso, mas não há nada que pudesse ter feito, e sabe disso.

Ela olhou para mim então, e estava mesmo chorando, faixas silenciosas de lágrimas e uma careta borrada.

— Que porra você sabe sobre isso, Micky? É só outra versão de você que fez isso com a gente, caralho. Você é um filho da puta de um destruidor, um ex-Emissário desgastado. Nunca foi um Desarmador. Nunca se encaixou com a gente, não sabe como era fazer parte daquilo. Como éramos próximos. Você não conhece a sensação de perder algo assim.

Por um instante, minha mente voou para o Corpo e Virgínia Vidaura. A fúria após Innenin. Foi a última vez que eu realmente me encaixei em algo, há mais de um século. Senti fisgadas da mesma coisa depois, o brotar de um novo companheirismo e propósito unido — e arranquei a sensação pela raiz, todas as vezes. Essa merda faz gente morrer, faz gente ser usado.

— Então... — falei, brutalmente casual. — Agora que você me rastreou. Agora você sabe. O que vai fazer a respeito?

Ela secou as lágrimas do rosto com gestos duros, quase golpes.

— Eu quero vê-la — disse ela.

CAPÍTULO 42

Jad tinha um deslizador pequeno e surrado, alugado em Ponto Kem. Estava estacionado sob a iluminação austera de uma rampa de aluguel nos fundos do hostel. Fomos até lá, recebendo um aceno alegre da garota na recepção, que pareceu estar comovemente deleitada com seu papel na nossa reunião bem-sucedida. Jad codificou as fechaduras no teto deslizante, se enfiou atrás do volante e nos virou depressa para as trevas da Vastidão. Conforme o cintilar das luzes da Faixa diminuía atrás de nós, ela voltou a arrancar a barba e me passou o volante enquanto tirava o manto.

— Então, por que você se embrulhou desse jeito? — perguntei a ela. — Qual era o sentido?

Ela deu de ombros.

— Disfarce. Imaginei que pelo menos a Yakuza tivesse me procurando e ainda não sabia qual era a sua participação nisso, de que lado você estava. Melhor ficar coberta. Em todo lugar que se vai, as pessoas tendem a deixar os Barbas sozinhos.

— Ah, é?

— É, até os policiais. — Ela levantou a sobrepeliz ocre acima da cabeça. — Negócio engraçado, a religião. Ninguém quer conversar com um padre.

— Especialmente um que pode te declarar um inimigo de Deus pelo jeito como você corta o cabelo.

— É, bem, também tem isso, acho. Mas enfim, convenci uma loja de miudezas em Ponto Kem a montar essa fantasia, disse para eles que era para uma festa na praia. E sabe do que mais? Funciona. Ninguém fala comigo. Além disso... — Ela se livrou do resto do traje com a facilidade de quem já estava acostumada e indicou com um polegar a arma de estilhaços, matadora de mementas, presa debaixo de seu braço. — Cobre muito bem as armas.

Balancei a cabeça, incrédulo.

— Você arrastou essa porra desse canhão o caminho todo até aqui? O que você planejava fazer, me espalhar por toda a vastidão com isso aí?

Ela me deu um olhar sóbrio. Sob as correias do coldre, sua camiseta de Desarmadora exibia a estampa: CUIDADO: SISTEMA DE ARMAMENTOS CARNE INTELIGENTE.

— Talvez — disse ela, dando as costas para guardar seu disfarce nos fundos da minúscula cabine.

Navegar a Vastidão à noite não é muito divertido quando se está pilotando um veículo alugado com um radar de capacidade similar ao de um brinquedo. Tanto eu quanto Jad éramos nativos de Novapeste e tínhamos visto desastres de deslizadores suficientes enquanto crescíamos para ir com calma e desacelerar. Não ajudava muito o fato de Hotei ainda estar baixa e nuvens cada vez mais fechadas esconderem Daikoku no horizonte. Havia uma via de tráfego comercial para os ônibus turísticos, com boias identificadoras de ilumínio marchando pela noite perfumada de erva afora, mas elas não eram de grande ajuda. O esconderijo de Segesvar ficava bem longe das rotas-padrão. Em meia hora, as boias tinham saído do nosso campo de visão e estávamos sozinhos com a esparsa luz acobreada de uma Marikanon elevadíssima, passando veloz.

— É pacífico aqui — disse Jad, como se só agora estivesse descobrindo.

Eu grunhi e nos guiei à esquerda quando os faróis do deslizador captaram um emaranhado de raízes de tepes mais adiante. Os galhos mais longos arranharam o metal da saia, fazendo barulho, quando passamos por eles. Jad fez uma careta.

— Talvez devêssemos ter esperado amanhecer.

Dei de ombros.

— Pode voltar, se quiser.

— Não, acho que...

O radar bipou.

Nós dois olhamos para o painel, e depois um para o outro. A presença reportada bipou de novo, mais alto agora.

— Talvez seja um cargueiro de fardos — falei.

— Talvez. — Mas havia uma antipatia endurecida de Desarmador em seu rosto enquanto observava o sinal ficar mais forte.

Desliguei os propulsores dianteiros e esperei o deslizador reduzir até parar gentilmente no murmúrio dos estabilizadores de elevação. O cheiro de erva nos pressionou. Eu me levantei e me inclinei sobre a borda dos painéis de teto abertos. Muito tenuemente, junto com os odores da Vastidão, a brisa carregou o som de motores se aproximando.

Caí de volta na área do cockpit.

— Jad, acho melhor você pegar a artilharia e se postar perto da popa. Só para garantir.

Ela assentiu, bruscamente, e gesticulou para que eu lhe desse um pouco de espaço. Recuei e ela se girou com tranquilidade para cima do teto, depois soltou o canhão de estilhaços do coldre telado. Olhou para mim.

— Controle de fogo?

Pensei por um momento, depois acionei os estabilizadores. O murmúrio do sistema de elevação se ergueu para um rosnado contínuo, afundando em seguida.

— Isso aqui. Se você ouvir isso, atire em tudo que aparecer.

— Tá bom.

Seus pés se arrastaram na superestrutura, indo para a popa. Tornei a me levantar e a observá-la se ajeitando sob a peça na popa do deslizador, depois concentrei minha atenção de novo no sinal que se aproximava. O radar era básico, o suficiente para garantir o seguro, e não dava detalhe nenhum além da mancha se avizinhando continuamente na tela. Entretanto, alguns minutos depois eu já não precisava de detalhes. A silhueta esquelética e com um torreão se ergueu no horizonte vindo com tudo para cima de nós, e poderia muito bem ter uma placa de ilumínio colada em sua proa.

PIRATA.

Não muito diferente de um cargueiro marítimo compacto, ele não usava nenhuma iluminação para navegar. Esparramava-se na superfície da Vastidão, comprido e baixo, mas volumoso com a blindagem rudimentar de placas e módulos de armas fundida de forma customizada à estrutura original. Aumentei a visão neuroquímica e obtive uma vaga impressão de figuras se movendo sob uma fraca luz vermelha por trás dos painéis de vidro no nariz, mas nenhuma atividade junto às armas. Conforme o navio assomava e virava de lado para nós, vi marcas de arranhões no metal da saia lateral. Um legado de todas as batalhas que tinham terminado em um ataque de embarque, de um casco para o outro.

Um holofote se acendeu e passou por mim, depois voltou e se firmou. Ergui a mão contra o clarão. A neuroquímica espremeu uma visão de silhuetas em um castelinho arrebitado sobre a cabine de proa do pirata. Uma voz masculina jovem, retesada com química, flutuou até nós pela água.

— Seu nome é Kovacs?

— Meu nome é Acaso. O que você quer?

Uma gargalhada seca, sem humor.

— Acaso. Bem, suponho que seja mesmo um grande acaso. Uma ótima coincidência, do meu ponto de vista.

— Eu te fiz uma pergunta.

— O que eu quero. Eu ouvi. Bom, o que eu *quero*, em primeiro lugar, é que a sua colega magrela ali atrás na popa recue e largue a arma. Nós estamos com ela no infravermelho e não seria difícil transformá-la em comida de pantera com a arma vibratória, mas aí você ficaria chateado, né?

Não falei nada.

— Entendeu? E você chateado não me leva a nada. Eu tenho que te manter feliz, Kovacs. Trazer você comigo, mas te mantendo feliz. Então a sua colega ali recua, *eu* fico feliz, não há necessidade de sangue e fogos de artifício, *você* fica feliz, você vem comigo, as pessoas para quem trabalho ficam felizes, elas me tratam direitinho, eu fico ainda mais feliz. Sabe como se chama isso, Kovacs? Círculo virtuoso.

— Quer me contar quem são as pessoas para quem você trabalha?

— Bom, sim, eu *quero*, obviamente, mas não *posso contar,* sabe? Sob contrato, não pode passar nem uma palavra pelos meus lábios sobre essa merda até você estar na mesa fazendo a dancinha da negociação. Então, temo que vai ter que ser tudo na base da confiança.

Ou ser despedaçado tentando ir embora.

Suspirei e me virei para a popa.

— Saia daí, Jad.

Houve uma longa pausa e então ela emergiu das sombras da assembleia da popa, o canhão de estilhaços pendendo ao lado do corpo. Eu ainda estava com a neuroquímica ampliada e a expressão no rosto dela me disse que ela teria preferido lutar.

— Assim é bem melhor — gritou o pirata, alegre. — Agora somos todos amigos.

CAPÍTULO 43

O nome dele era Vlad Tepes, ao que parecia, não em homenagem à vegetação, mas a algum herói de eras pré-coloniais pouco lembrado. Era magro e pálido, usando uma carne que parecia uma versão jovem, barata e de cabeça raspada da de Jack Soul Brasil que tivesse sido jogada fora no estágio de protótipo. Uma carne que, algo me dizia, era a dele mesmo, sua primeira capa, e nesse caso, ele não era muito mais velho do que Isa. Havia marcas de acne em suas bochechas que ele cutucava de vez em quando; ele tremia da cabeça aos pés por excesso de tetrameta. Gesticulava de modo exagerado e ria demais e, em algum ponto de sua jovem vida, o osso de seu crânio tinha sido aberto nas têmporas e recheado com linhas irregulares feito raios de liga de cimento preto arroxeado. O negócio brilhava na luz fraca a bordo do navio pirata conforme ele se movia por ali e, quando se olhava para ele de frente, dava a seu rosto um aspecto levemente demoníaco que era obviamente a intenção. Os homens e mulheres em torno dele na ponte davam espaço com entusiasmo a seus movimentos bruscos alimentados pela tetrameta, e via-se o respeito nos olhos deles quando o fitavam.

Tirando a cirurgia radical, ele me lembrava de Segesvar e de mim mesmo naquela idade; lembrava a ponto de doer.

O navio, talvez de modo previsível, regozijava-se do nome *Empalador*, e corria depressa rumo ao oeste, atropelando imperiosamente obstáculos que deslizadores menores e menos blindados teriam precisado contornar.

— É preciso fazermos assim — nos informou Vlad, sucinto, enquanto algo estalava sob a saia blindada. — Todo mundo tá te procurando na Faixa, e não muito bem, é o meu palpite, porque não te encontraram, né? Rá! Mas enfim, desperdiçaram muito tempo assim e meus clientes parecem meio pressionados na questão do tempo, sabe o que eu quero dizer?

Sobre a identidade dos clientes, ele continuou firmemente calado, o que, com tanta meta, não era um feito fácil.

— Olha, estaremos lá logo, de qualquer jeito — disse ele, nervoso, o rosto tendo espasmos. — Por que se preocupar?

Nisso, ao menos, ele estava dizendo a verdade. Mal havia se passado uma hora depois que havíamos embarcado e o *Empalador* reduziu a velocidade, deslizando com cautela de lado para uma ruína de estação de enfardamento no meio do nada. O oficial de comunicações do pirata rodou uma série de protocolos de interrogatório embaralhados, e seja lá quem estivesse dentro da estação arruinada tinha uma máquina que conhecia o código. A mulher das comunicações levantou a cabeça e assentiu. Vlad estava de pé, os olhos brilhando, diante dos displays de seus instrumentos, disparando instruções como insultos. O *Empalador* ganhou um pouco de velocidade lateral outra vez, disparou linhas de ganchos nas pilastras de concreterno da doca com uma série de estalos de lascas se partindo, e então se puxou para dentro, esticando as cordas. Luzes verdes se acenderam e uma prancha de acesso foi estendida.

— Vamos lá, então. Bora.

Ele nos impulsionou para fora da ponte e de volta à escotilha de desembarque, passando por ela e saindo, flanqueados por uma guarda de honra de dois capangas cheios de meta, ainda mais jovens e cheios de tiques do que ele. Subindo pela prancha caminhando em ritmo quase de corrida, atravessando a doca. Gruas abandonadas erguiam-se, musgosas onde o antibac tinha falhado; pedaços de maquinário confiscados e abandonados jaziam por ali, esperando para rasgar a canela ou o ombro de algum distraído. Abrimos caminho pelos destroços e seguimos uma última linha reta até uma porta aberta na base da torre do supervisor da doca acostável com janelas polarizadas. Degraus metálicos imundos nos levavam para cima, dois lances em ângulos opostos, e uma placa de aço servindo de patamar entre os dois rangeu e estalou de modo alarmante quando todos nós passamos por ela.

Uma luz suave vinha da sala no alto. Eu entrei com Vlad, inquieto. Ninguém tinha tentado tirar nossas armas, e os parceiros de Vlad estavam todos armados com uma notável ausência de sutileza, mas ainda assim...

Eu me lembrei da viagem a bordo do *Flerte com Fogo Angelical,* a sensação de eventos ocorrendo rápido demais para enfrentar de modo eficaz, e me retorci um pouco nas trevas. Entrei na sala da torre como se estivesse entrando ali para brigar.

E aí tudo desmoronou.

— Olá, Tak. Como vai o negócio da vingança ultimamente?

Todor Murakami, esguio e competente em um traje de furtividade e túnica de combate, o cabelo cortado no padrão militar, estava parado ali de pé, as mãos nos quadris, sorrindo para mim. Havia uma arma de interface Kalashnikov em sua cintura, uma faca assassina em uma bainha invertida no lado esquerdo do peito. Uma mesa entre nós sustentava uma lâmpada Angier abafada, uma bobina de dados portátil e um holomapa exibindo as fronteiras orientais da Vastidão da Erva. Tudo, dos equipamentos ao sorriso, fedia a operação de Emissários.

— Te peguei desprevenido, né? — acrescentou ele quando eu não disse nada. Murakami deu a volta na mesa e estendeu a mão. Olhei para ele, depois para seu rosto sem me mover.

— Que porra você tá fazendo aqui, Tod?

— Estou fazendo um pouco de trabalho voluntário, dá pra acreditar? — Ele abaixou a mão e olhou por cima do meu ombro. — Vlad, leve os seus colegas lá pra baixo e espere. A moça das mementas aqui também.

Senti Jad se ouriçar atrás de mim.

— Ela fica, Tod. Ou a gente nem vai ter essa conversa.

Ele deu de ombros e assentiu para os meus novos amigos piratas.

— Você é quem sabe. Mas se ela ouvir demais, talvez eu tenha que matá-la para seu próprio bem.

Era uma piada do Corpo e foi difícil não espelhar seu sorriso quando ele disse isso. Senti, muito de leve, a mesma fisgada nostálgica que havia sentido quando levei Virgínia Vidaura para a cama na fazenda de Segesvar. O mesmo tênue espanto de por que eu teria ido embora.

— Estou brincando — esclareceu ele para Jad, enquanto os outros se afastavam ruidosamente escada abaixo.

— É, eu imaginei. — Jad passou por mim, indo até as janelas, e espiou para o volume do *Empalador* atracado. — E então, Micky, Tak, Kovacs, seja lá quem você for no momento. Quer me apresentar o seu amigo?

— Ah, sim. Tod, essa é a Jadwiga. Como você obviamente já sabe, ela é Desarmadora. Jad, este é Todor Murakami, um colega meu de... bom, dos velhos tempos.

— Sou Emissário — declarou Murakami, casualmente.

Numa reação louvável, Jad nem piscou. Ela apertou a mão estendida com um sorriso levemente incrédulo, recostou-se contra a borda projetada da janela da torre e cruzou os braços.

Murakami captou a dica.

— E então, do que se trata isso tudo?

Assenti.

— Podemos começar por aí.

— Acho que você provavelmente pode adivinhar.

— Acho que você provavelmente pode cortar essa e me contar logo.

Ele sorriu e levou um indicador à têmpora.

— Desculpa, força do hábito. Certo, olha... Eis o meu problema: de acordo com algumas fontes, parece que vocês estão com certo ímpeto revolucionário aqui, talvez o bastante para balançar seriamente o barquinho das Primeiras Famílias.

— Fontes?

Outro sorriso. Nenhuma concessão.

— Isso mesmo. Fontes.

— Eu não sabia que vocês estavam mobilizados por aqui.

— Não estamos. — Um pouco da frieza de Emissário lhe fugiu, como se com essa admissão ele perdesse algo do acesso vital a ela. Ele fechou a cara. — Como eu falei, isso é serviço voluntário. Controle de danos. Você sabe tão bem quanto eu que não podemos nos dar ao luxo de um levante neoquellista.

— Ah, é? — Dessa vez, era eu quem sorria. — Quem é esse *nós*, Tod? O Protetorado? A família Harlan? Algum outro grupo de putos super-ricos?

Ele gesticulou, irritado.

— Tô falando de todos nós, Tak. Você acha mesmo que é disso que esse planeta precisa, outra Descolonização? Outra guerra?

— É preciso dois lados para fazer uma guerra, Tod. Se as Primeiras Famílias quisessem aceitar a agenda neoquellista, instituir reformas, bem... — Espalmei as mãos. — Aí eu não vejo por que haveria necessidade de levante algum. Talvez você devesse estar conversando com elas.

Um franzir de cenho.

— Por que você tá falando assim, Tak? Não me diga que tá acreditando nessa merda.

Fiz uma pausa.

— Não sei.

— Você *não sabe?* Que tipo de filosofia política fodida é essa?

— Não é filosofia nenhuma, Tod. É só uma sensação de que talvez todos nós já estejamos de saco cheio. De que talvez esteja na hora de queimar esses filhos da puta até as cinzas.

Ele franziu a testa.

— Não posso permitir isso. Desculpa.

— Então por que você não chama simplesmente a fúria dos Emissários para cá e para de desperdiçar seu tempo?

— Porque eu *não quero* o Corpo aqui, caralho. — Houve um desespero súbito e breve em seu rosto conforme ele falava. — Eu *sou daqui*, Tak. Essa é a minha casa. Você acha que quero ver o Mundo transformado em outra Adoración? Outra Xária?

— Muito nobre de sua parte. — Jad mudou de posição contra as janelas inclinadas, adiantou-se até a mesa e cutucou a bobina de dados. Vermelho e roxo faiscaram em torno dos dedos onde eles romperam o campo. — Então, qual é o plano de batalha, senhor Escrúpulos?

Os olhos dele passaram rapidamente entre nós dois e acabaram repousando sobre mim. Dei de ombros.

— É uma pergunta justa, Tod.

Ele hesitou por um instante. Isso me lembrou do momento em que tive que soltar meus próprios dedos dormentes do cabo debaixo do ninho marciano em Tekitomura. Ele estava abrindo mão de toda uma vida de comprometimento Emissário aqui, e minha própria afiliação ao Corpo não era lá grande coisa como justificativa.

Finalmente, ele grunhiu e abriu as mãos.

— Certo. Aí vai a novidade. — Ele apontou para mim. — Seu coleguinha Segesvar te vendeu.

Eu pisquei. E então:

— Nem fodendo.

Ele assentiu.

— É, eu sei. Honra de *haiduci*, certo? Ele te deve. O negócio, Tak, você precisa se perguntar *a qual de você* ele acha que deve.

Ah, merda.

Ele viu que o golpe tinha me acertado e tornou a assentir.

— É, eu sei tudo a respeito disso aí também. É aquilo, Takeshi Kovacs salvou a vida de Segesvar há dois séculos, no tempo objetivo. Mas isso é algo que *suas duas cópias* fizeram. O velho Radul tem uma dívida, sim, mas, ao que parece, ele não vê motivo para pagá-la mais de uma vez. E o seu eu mais jovem e mais recente acabou de fechar um acordo com base exatamente nisso. Os capangas de Segesvar mataram a maioria dos seus revolucionários praieiros hoje cedo. Também teriam pegado você, Vidaura e a mulher Desarmadora, se vocês não tivessem saído em missão para a Faixa logo de madrugada.

— E agora? — Os últimos fragmentos teimosos de esperança pegajosa. Analisá-los e enfrentar os fatos com feições esculpidas em rocha. — Eles estão com Vidaura e os outros agora?

— Sim, eles os pegaram na volta. Estão mantendo todos como reféns até que Aiura Harlan-Tsuruoka possa chegar com um esquadrão de limpeza. Se você tivesse voltado com os outros, estaria dividindo uma cela com eles neste exato momento. Então... — Um breve sorriso curvado, uma sobrancelha arqueada. — Parece que você me deve um favor.

Deixei a fúria embarcar como uma inspiração profunda, como um inchaço. Deixei que ela rugisse dentro de mim, depois a sufoquei cuidadosamente como um charuto de belalga fumado até a metade e guardado para mais tarde. Tranque tudo, pense.

— Como é que você sabe de tudo isso, Tod?

Ele gesticulou, autodepreciativo.

— Como eu disse, moro aqui. Vale a pena manter os fios todos ligados. Sabe como é.

— Não, eu não sei como é, caralho. Quem é a porra da sua fonte, Tod?

— Não posso te contar isso.

Dei de ombros.

— Então eu não posso te ajudar.

— Você vai simplesmente abrir mão de tudo? Segesvar te vende e escapa ileso? Seus amigos da praia morrem, e é isso? *Ah, vá,* Tak.

Balancei a cabeça.

— Tô cansado de lutar as batalhas dos outros no lugar deles. Brasil e o pessoal dele se enfiaram nisso, eles podem sair sozinhos. E Segesvar vai continuar por aí. Eu posso chegar até ele depois.

— E Vidaura?

— O que tem ela?

— Ela treinou a gente, Tak.

— É, a gente. Vá lá, salve-a você.

Se eu não fosse um Emissário, não teria percebido. Foi menos do que um lampejo, uma alteração milimétrica na postura, talvez nem isso. Mas Murakami cedeu.

— Eu não consigo fazer isso sozinho — disse baixinho. — Não conheço o interior da fazenda de Segesvar e, sem isso, eu precisaria de um pelotão de Emissários para invadi-la.

— Então chame o Corpo.

— Você sabe o que isso faria com...

— *Então me conta quem é a sua fonte, caralho!*

— É — disse Jad, sardonicamente, no silêncio que se seguiu. — Ou apenas peça para ele vir daquela porta ali.

Ela captou meu olhar e indicou uma portinhola fechada nos fundos da sala na torre com um gesto. Dei um passo na direção dela, e Murakami mal conteve o movimento de bloqueio que quis fazer. Olhou feio para Jad.

— Desculpa — disse ela, batendo com o indicador na têmpora. — Alerta de fluxo de dados. Equipamento de improvisador, bastante básico. Seu amigo ali tá usando um fone e se mexendo bastante. Caminhando de um lado para outro de nervoso, eu diria.

Sorri para Murakami.

— Bem, Tod. Você decide.

A tensão durou mais alguns segundos; em seguida, ele suspirou e fez um gesto para que eu me adiantasse.

— Vá em frente. Você teria decifrado quem era, mais cedo ou mais tarde, mesmo.

Fui até a portinhola, encontrei o painel e o pressionei. O maquinário resmungou um pouco em algum lugar no fundo do prédio. A portinhola se moveu para cima, em espasmos hesitantes e vibrantes. Eu me debrucei no espaço que ela abria.

— Boa noite. E então, quem de vocês é o dedo-duro?

Quatro rostos se voltaram para mim e, assim que os vi, quatro figuras severamente vestidas de preto, as peças se encaixaram em minha mente, como o som da portinhola alcançando seus limites de abertura. Três eram capangas, dois homens e uma mulher, e a pele de seus rostos tinha uma elasticidade plástica onde suas tatuagens faciais tinham sido pintadas por cima. Era uma opção de curto prazo, diária, que não suportava um escrutínio profissional. Mas pela profundidade com que se encontravam no campo *haiduci,* aquilo provavelmente os pouparia de ter que lutar batalhas encarniçadas em cada esquina de Novapeste.

A quarta figura, a que segurava o telefone, era mais velha, mas inconfundível, puramente pelo comportamento. Assenti, compreendendo.

— Tanaseda, presumo. Ora, ora.

Ele fez uma breve reverência. Aquilo combinava com o pacote, os mesmos modos e aparência à moda antiga, bem preparados. Ele não usava nenhuma decoração na pele do rosto porque, nos níveis que tinha atingido, devia ser um visitante frequente nos enclaves da Primeira Família que não veriam isso com bons olhos. Entretanto, ainda era possível ver as cicatrizes de honra onde elas tinham sido removidas sem o benefício das técnicas cirúrgicas modernas. Seu cabelo preto com mechas grisalhas estava bem preso em um rabo de cavalo curto, para melhor revelar a cicatriz na testa e acentuar os ossos longos do rosto. Os olhos eram castanhos e duros como pedras polidas. O sorriso cuidadoso que ele me deu era o mesmo que concederia à morte, se e quando ela viesse lhe buscar.

— Kovacs-san.

— E então, qual é o seu objetivo com isso, cara?

Os capangas se agitaram ao ver meu desrespeito. Eu os ignorei, olhando de novo para Murakami.

— Presumo que você saiba que ele quer me ver morto pra valer, da forma mais lenta e desagradável possível.

Murakami cruzou seu olhar com o do operativo sênior da Yakuza.

— Isso pode ser resolvido — murmurou ele. — Não é, Tanaseda-san?

Tanaseda tornou a se curvar.

— Foi trazido à minha atenção que, embora estivesse envolvido na morte de Hirayasu Yukio, você não foi totalmente culpado.

— E daí? — Dei de ombros para deslocar a raiva que me subia, porque o único jeito de ele ter ficado sabendo desse detalhe era através do interrogatório virtual de Orr ou Kiyoka ou Lazlo, depois que meu eu mais jovem o ajudara a matá-los. — Isso normalmente não faz muita diferença para vocês, quem é de fato culpado ou não.

A mulher no séquito dele emitiu um rosnado baixinho na garganta. Tanaseda a interrompeu com um movimento ínfimo da mão na lateral do corpo, mas o olhar que ele pousou sobre mim contrariava a calma em seu tom de voz.

— Também ficou claro para mim que você está de posse do dispositivo de armazenagem cortical de Hirayasu Yukio.

— Ah.

— É verdade?

— Bem, se você acha que eu vou deixar que me reviste atrás disso, pode...

— Tak. — A voz de Murakami soou preguiçosa, mas não era. — Comporte-se. Você tem ou não tem o cartucho de Hirayasu?

Fiz uma pausa na articulação do momento, mais de metade de mim torcendo para que eles tentassem me convencer pela força. O sujeito à esquerda de Tanaseda se contraiu e eu sorri para ele. No entanto, eles eram bem treinados demais.

— Tenho, mas não está aqui comigo — falei.

— Mas você poderia entregá-lo para Tanaseda, não poderia?

— Se eu tivesse algum incentivo, imagino que poderia, sim.

O rosnado baixinho de novo, dessa vez se alternando entre os três capangas da Yakuza.

— *Ronin* — um deles cuspiu.

Encontrei o olhar dele.

— Isso mesmo, cara. Sem chefe. Então olhe bem onde pisa. Não tem ninguém para segurar minha coleira se eu decidir que não gosto de você.

— Nem ninguém para te apoiar quando você se vir encurralado — observou Tanaseda. — Podemos, por favor, deixar de lado essa infantilidade, Kovacs-san? Você falou de incentivos. Sem a informação que forneci, você agora seria cativo junto com seus colegas, aguardando execução. E ofereci uma revogação do meu próprio mandado para sua eliminação. Isso não basta para o estorno de um cartucho cortical que não tem nenhuma utilidade para você?

Eu sorri.

— Você é um mentiroso de merda, Tanaseda. Não tá fazendo isso pelo Hirayasu. Ele é um desperdício de bom ar marítimo, e você sabe disso.

O mestre Yakuza pareceu se retesar, encolhendo em si mesmo enquanto me encarava. Eu ainda não tinha certeza de por que o estava provocando, qual o sentido daquilo.

— Hirayasu Yukio é o filho único do meu cunhado. — Muito baixinho, mal um murmúrio atravessando o espaço entre nós, mas orlado de uma fúria contida. — Existe um *giri* aqui que eu não espero que um sulista compreenda.

— *Filho da puta* — disse Jad, fascinada.

— Ah, o que você esperava, Jad? — Fiz um ruído no fundo da garganta. — Ele é um criminoso, não difere em nada dos merdas dos *haiduci*. É só uma mitologia diferente e os mesmos delírios de honra antiga.

— Tak...

— Cai fora, Tod. Vamos botar as cartas na mesa. Isso aqui é política, e não qualquer outra coisa remotamente mais limpa. O Tanaseda aqui não está preocupado com o sobrinho de segundo grau. Isso é só um bônus. Ele tá preocupado por estar perdendo o controle, tá com medo de ser punido por uma porra de tentativa de chantagem frustrada. Ele tá vendo Segesvar se preparar para virar amigo da Aiura Harlan e tá apavorado de que os *haiduci* peguem participação em uma ação global séria por isso. E os primos dele em Porto Fabril provavelmente vão jogar tudo isso direto na porta da casa dele, junto com uma espada curta e um conjunto de instruções onde se lê *enfie aqui e corte para o lado*. Né, Tan?

O capanga à esquerda perdeu o controle, como suspeitei que ocorreria. Uma lâmina fina como agulha caiu da manga da camisa para a mão direita. Tanaseda disparou algo para ele, e o sujeito congelou. Seus olhos chisparam para mim e os nós de seus dedos empalideceram em volta do cabo da faca.

— Você vê — eu disse a ele. — Samurais sem mestre não têm esse problema. Não têm coleira. Se você é *ronin*, não precisa assistir a honra ser vendida em troca de vantagens políticas.

— Tak, você pode simplesmente calar a merda da boca? — gemeu Murakami.

Tanaseda caminhou à frente, passando pela tensão prolongada e fremente do guarda-costas furioso. Ele me observava com os olhos estreitados, como se eu fosse algum inseto venenoso que ele precisasse examinar com mais atenção.

— Diga-me, Kovacs-san — falou, baixinho. — Você deseja morrer nas mãos da minha organização, afinal? Está *procurando* a morte?

Sustentei seu olhar por alguns segundos, depois emiti um ruído diminuto de cusparada.

— Você não teria como sequer começar a entender o que estou procurando, Tanaseda. Você não reconheceria nem se arrancassem o seu pau com uma dentada. E se você tropeçasse no que estou procurando por acidente, ia apenas encontrar algum jeito de vender.

Olhei para Murakami do outro lado, cuja mão ainda repousava na coronha da Kalashnikov em sua cintura. Assenti.

— Tudo bem, Tod. Já vi o dedo-duro. Tô dentro.

— Então temos um acordo? — indagou Tanaseda.

Soltei minha respiração num sopro e me virei de frente para ele.

— Só me conte uma coisa. Há quanto tempo Segesvar fez esse acordo com a outra cópia minha?

— Ah, não foi recente. — Eu não soube dizer se havia alguma satisfação em sua voz. — Acredito que ele soubesse da existência de vocês dois há algumas semanas. Seu eu copiado andou bem ativo, procurando antigas conexões.

Pensei na aparição de Segesvar no porto do interior. Sua voz no telefone.

Vamos tomar um porre juntos, talvez até visitar o Watanabe em nome dos velhos tempos. Eu preciso olhar nos seus olhos, meu amigo. Para saber que você não mudou. Eu me perguntei se, mesmo então, ele já estava tomando uma decisão, saboreando a curiosa circunstância de ser capaz de escolher onde depositar a própria dívida.

Se estivesse, eu só tinha me atrapalhado na competição com meu eu mais jovem. E Segesvar havia deixado claro, na noite anterior, quase vindo diretamente e falado na minha cara.

É, não dá mais pra me divertir com você. *Mal consigo me lembrar de ter feito isso nos últimos cinquenta anos, na verdade. Você tá mesmo virando um nortenho, Tak.*

Como eu disse...

É, é, eu sei. Metade de você já é. O negócio, Tak, é que, quando você era mais novo, tentava não demonstrar tanto.

Será que ele estava se despedindo?

Você é difícil de agradar, Tak.

Que tal um esporte coletivo, então? Quer descer para a academia grav com a Ilja e a Mayumi?

Por um segundo, uma tristeza pequena e antiga se acumulou dentro de mim.

Logo a raiva a pisoteou. Olhei para Tanaseda e assenti.

— Seu sobrinho está enterrado debaixo de uma casa de praia a sul do Ponto Kem. Vou desenhar um mapa pra você. Agora me diga tudo o que sabe.

CAPÍTULO 44

— Por que você fez aquilo, Tak?

— Aquilo o quê?

Eu estava com Murakami sob o brilho Angier dos faróis direcionais do *Empalador*, assistindo a Yakuza partir em um elegante Vastidão-móvel preto que Tanaseda havia chamado pelo telefone. Eles se afastaram rumo ao sul, deixando uma esteira ampla e revirada da cor de vômito leitoso.

— Por que você o provocou daquele jeito?

Fitei o deslizador que retrocedia.

— Porque ele é escória. Porque ele é uma porra dum criminoso e não admite.

— Ficando crítico depois de velho, é?

— Estou? — Dei de ombros. — Talvez seja apenas o ponto de vista sulista. Você é de Porto Fabril, Tod, talvez só esteja perto demais para enxergar.

Ele riu.

— Certo. Então, como está a vista aqui de baixo?

— A mesma de sempre. A Yakuza repassa sua fala de "antiga tradição de honra" para qualquer um que lhe dê atenção e, enquanto isso, faz o quê? Gerencia a mesma criminalidade de merda que todos os outros, só que aconchegada com as Primeiras Famílias na barganha.

— Parece que nem tanto, agora.

— Ah, vá, Tod. Você sabe que não é assim. Esses caras são chegadinhos nos Harlan e nos outros desde que nós chegamos aqui, caralho. Tanaseda pode ter que pagar por essa cagada com Qualgrist, mas os outros vão só fazer os ruídos de arrependimento corretos e passar batidos. De volta à mesma linha de mercadorias ilícitas e extorsão refinada que sempre traçaram. E as Primeiras Famílias lhes darão as boas-vindas de braços abertos, porque são mais um fio na rede que elas jogaram por cima de todos nós.

— Sabe... — O riso ainda estava em sua voz. — Você tá começando a soar como ela.

Olhei para ele.

— Como quem?

— Como a Quell, cara. Você soa como a porra da Quellcrist Falconer.

Aquilo pairou entre nós por alguns segundos. Eu lhe dei as costas e encarei as trevas sobre a Vastidão. Talvez reconhecendo as tensões mal resolvidas no ar entre mim e Murakami, Jad havia optado por nos deixar a sós no convés enquanto os Yakuza ainda se preparavam para partir. Da última vez em que a vi, ela estava embarcando no *Empalador* com Vlad e a guarda de honra. Algo sobre pegar um café com uísque.

— Tá certo, então, Tod — falei, calmo. — Que tal você me responder isso: por que Tanaseda veio correndo atrás de você para ajeitar a vida dele?

Ele fez uma careta.

— Você mesmo disse: eu sou de Porto Fabril. E a Yakuza gosta de se conectar no nível alto. Eles ficaram atrás de mim desde que voltei para casa na minha primeira licença do Corpo, há cento e tantos anos. Acham que somos velhos amigos.

— E vocês são?

Senti uma encarada. Ignorei-a.

— Sou um Emissário, Tak — disse ele, por fim. — É bom se lembrar.

— É.

— E sou *seu* amigo.

— Eu já estou no esquema, Tod, não precisa fazer essa dança comigo. Eu vou te fazer entrar pela porta dos fundos do Segesvar, desde que você me ajude a foder com ele. Agora, qual é o seu objetivo?

Ele deu de ombros.

— Aiura tem que morrer pela quebra de diretrizes do Protetorado. Duplo-encape de um Emissário...

— Ex-Emissário.

— Fale por si mesmo. *Ele* nunca foi dispensado oficialmente, mesmo que você tenha sido. E até por manter a cópia, para começo de conversa, alguém na hierarquia Harlan tem que pagar. Isso é caso pra apagamento obrigatório.

Havia um traço estranhamente dissonante em sua voz agora. Olhei para ele mais atentamente. A verdade óbvia me atingiu.

— Você acha que eles também têm uma cópia sua, né?

Um sorriso seco.

— Tem algo especial em você, pra ser o único copiado? Ora, Tak, fala sério. Não faria sentido. Eu conferi os registros. Naquela admissão, havia cerca de uma dúzia de nós recrutados aqui no Mundo de Harlan. Seja lá quem resolveu fazer essa brilhante apólice de seguro na época deve ter copiado todos nós. Precisamos de Aiura viva por tempo suficiente para nos contar em que lugar das pilhas de dados de Harlan podemos encontrar essas cópias.

— Certo. O que mais?

— Você sabe o que mais — disse ele, baixinho.

Voltei a observar a Vastidão.

— Eu não vou te ajudar a matar Brasil e os outros, Tod.

— Não tô te pedindo isso. Pela Virgínia, vou tentar evitar isso. Mas alguém tem que pagar a conta pelos Insetos. Tak, eles assassinaram Mitzi Harlan nas ruas de Porto Fabril!

— Grande merda. Por todo o globo, editores de passarelas choram.

— Certo — disse ele, soturno. — Eles também mataram sabe-se lá quantos inocentes nesse processo. Agentes da lei. Transeuntes. Eu tenho autonomia para selar essa operação depois, marcar como *inquietação de regime estabilizada,* sem necessidade de maiores mobilizações. Mas eu *preciso* de algum bode expiatório, ou os auditores do Corpo vão cair de pau em cima de mim. Você sabe disso, sabe como funciona. *Alguém* tem que pagar.

— Ou parecer pagar.

— Ou parecer pagar. Mas não precisa ser a Virgínia.

— *Ex-Emissária lidera rebelião planetária.* Posso ver como isso não cairia nada bem com o pessoal de relações públicas do Corpo.

Ele parou. Encarou-me com uma hostilidade súbita.

— É isso realmente que você pensa de mim?

Suspirei e fechei os olhos.

— Não. Desculpa.

— Tô fazendo o melhor que posso para amarrar isso tudo causando um mínimo de dor às pessoas que importam, Tak. E você não tá ajudando.

— Eu sei.

— Preciso de alguém para responder pelo assassinato de Mitzi Harlan, e preciso de um líder de facção. Alguém que caia bem no papel de gênio do mal por trás de toda essa merda. Talvez mais alguns para engrossar a lista de prisões.

Se no final eu tiver que lutar e morrer pelo fantasma e pela memória de Quellcrist Falconer e não pela mulher em si, ainda assim isso vai ser melhor do que não lutar.

As palavras de Koi no cargueiro encalhado e estagnado em Vchira. As palavras e a centelha de paixão em seu rosto enquanto as pronunciava; a paixão, talvez, de um mártir que havia perdido a oportunidade uma vez antes e não pretendia perdê-la de novo.

Koi, ex-membro da Brigada Secreta.

Mas Sierra Tres tinha dito basicamente a mesma coisa enquanto nos escondíamos nos canais e ruínas caídas de Eltevedtem. E o comportamento de Brasil dizia isso por ele, o tempo todo. Talvez tudo o que todos eles queriam era se martirizar por uma causa mais antiga e maior e mais elevada do que eles mesmos.

Forcei meus pensamentos para longe, descarrilhando-os antes que pudessem chegar aonde estavam indo.

— E Sylvie Oshima? — perguntei.

— Bom... — Outro dar de ombros. — Pelo que entendi, ela foi contaminada por algo da Obscura. Logo, desde que consigamos resgatá-la do tiroteio, nós a limpamos e devolvemos a vida dela. Isso te parece razoável?

— Parece impossível.

Eu me lembrei de Sylvie falando sobre o software de comando a bordo do *Canhões para Guevara. E não importa o quanto a limpeza que você compre depois seja boa, um pouco dessa merda fica para trás. Resquícios de código duros de matar, traços. Fantasmas de coisas.* Se Koi podia lutar e morrer por um fantasma, quem sabia o que os neoquellistas podiam fazer com Sylvie Oshima, mesmo depois que o equipamento em sua cabeça fosse limpo?

— Acha mesmo?

— Ah, o que é isso, Tod! Ela é um ícone. Seja lá o que for essa coisa dentro dela, ela poderia ser o foco para uma onda neoquellista totalmente nova. As Primeiras Famílias vão querer vê-la liquidada por precaução.

Murakami sorriu, feroz.

— O que as Primeiras Famílias querem e o que elas vão conseguir de mim vão ser duas coisas *radicalmente diferentes*, Tak.

— Ah, é?

— É. — Ele arrastou a palavra, debochado. — Porque se eles não cooperarem plenamente, vou prometer uma mobilização de Emissários com força de ataque.

— E se eles desafiarem o blefe?

— Tak, eu sou um Emissário. Brutalizar regimes planetários é o que *a gente faz*. Eles vão se dobrar como uma cadeira de praia, e você sabe disso. Vão ficar tão agradecidos pela cláusula de exceção que vão enfileirar os filhos para limpar minha bunda com a língua, se eu pedir.

Olhei para ele e, por apenas um instante, foi como abrir uma porta para o meu passado Emissário com um sopro. Ele estava ali, ainda sorrindo no clarão dos faróis Angier, e podia ser eu no lugar dele. E me lembrei de como eu era de fato. Não foi a sensação de estar no lugar certo que voltou a me inundar desta vez, foi o poder brutal da capacitação do Corpo. A selvageria libertadora que se erguia do conhecimento generalizado de que você era temido. De que sussurravam a seu respeito em todos os Mundos Assentados e que até nos corredores da governança na Terra, os mediadores do poder ficavam quietos ao ouvir o seu nome. Era uma onda que batia como um suprimento de tetrameta de grife. Homens e mulheres que podiam destroçar ou simplesmente remover da folha de balanço cem mil vidas com um gesto, esses homens e mulheres podiam aprender a temer de novo, e o instrumento dessa lição era o Corpo de Emissários. Era você.

Forcei um sorriso como resposta.

— Você é encantador, Tod. Não mudou nada, né?

— Nadica.

E do nada, o sorriso deixou de ser forçado. Eu ri e isso pareceu soltar algo dentro de mim.

— Certo, certo. Fala comigo, seu filho da mãe. Como é que a gente vai fazer isso?

Ele só arqueou as sobrancelhas para mim feito um palhaço outra vez.

— Eu tava esperando que você fosse me contar. É você que tem a planta do local.

— Sim, eu queria dizer qual é a nossa força de ataque. Você não tá planejando usar...

Murakami indicou o *Empalador* com o polegar espetado.

— Nossos amigos drogaditos ali? Com certeza sim.

— Caralho, Tod, eles são só um bando de moleques cheios de meta. Os *haiduci* vão acabar com eles.

Ele fez um gesto desdenhoso.

— Trabalhe com as ferramentas à disposição, Tak. Você sabe como é. Eles são jovens, furiosos e cheios de meta, só procurando alguém em quem descontar tudo isso. Vão manter Segesvar ocupado por tempo suficiente para nós entrarmos e causarmos o prejuízo real.

Dei uma espiada no meu relógio.

— Tá planejando fazer isso esta noite?

— Amanhã, ao amanhecer. Estamos esperando por Aiura e, de acordo com Tanaseda, ela só vai chegar amanhã cedo. Ah, sim. — Ele reclinou a cabeça para trás e assentiu para o céu. — E tem o tempo.

Segui o olhar dele. Ameias espessas e escuras de nuvens empilhavam-se lá no alto, caindo constantemente para o oeste por um céu fragmentado e tingido de laranja em que a luz de Hotei ainda lutava para se fazer sentir. Daikoku já havia se afogado havia muito em um brilho abafado no horizonte. E agora que eu reparava, havia uma brisa fresca por toda a Vastidão que carregava o odor inconfundível do mar.

— O que tem o tempo?

— Vai mudar. — Murakami farejou. — Aquela tempestade que deveria se acabar no sul de Nurimono? Não acabou. E agora parece que apanhou um bocado de força de um encontro com o vento noroeste e está formando um gancho. Está dando a volta.

Escuta de Ebisu.

— Tem certeza?

— Claro que não, Tak. É a porra de uma previsão do tempo. Mas ainda que a gente não pegue a tempestade com força total, um pouco de vento forte e chuva horizontal não seriam maus, né? Sistemas caóticos, bem quando a gente precisa deles.

— Isso depende muito — falei, cauteloso — de quanto seu amigo drogado, o Vlad, é bom como piloto. Você sabe como uma volta em gancho dessas é chamada por aqui?

Murakami olhou para mim sem entender.

— Não. Uma dureza?

— Não, eles chamam isso de Escuta de Ebisu. Como na história do anfitrião pescador?

— Ah, sim.

Tão ao sul, Ebisu não é ele mesmo. Nas regiões norte e equatorial do Mundo de Harlan, a predominância cultural japamericaninglesa fez dele o deus do mar no folclore, o padroeiro dos marinheiros e, falando de modo geral, uma divindade bondosa para se ter por perto. Santo Elmo é alegremente cooptado como um deus análogo ou auxiliar, para incluir e não aborrecer os residentes mais influenciados pelo cristianismo. Mas em Kossuth, onde o legado dos trabalhadores do leste europeu que ajudaram a construir o Mundo ainda é forte, essa abordagem de "viva e deixe viver" não tem correspondência. Ebisu emerge como uma presença demoníaca submarina para assustar as crianças e fazê-las irem para a cama; um monstro com quem, nas lendas, santos como Elmo devem travar batalhas para proteger os devotos.

— Você se lembra como essa história termina? — perguntei.

— Claro. Ebisu entrega presentes fantásticos para os pescadores em troca da hospitalidade deles, mas se esquece de sua vara de pescar, certo?

— Sim.

— Então, hã... ele volta para buscar a vara e justo quando está prestes a bater na porta, escuta os pescadores falando mal da higiene pessoal dele. Suas mãos fedem a peixe, ele não limpa os dentes, suas roupas são esfarrapadas. Todo esse negócio que a gente deve ensinar às crianças, certo?

— Certo.

— É, eu me lembro de contar essas coisas para Suki e Markus, quando eles eram pequenos. — O olhar de Murakami ficou distante e enevoado, voltado para o horizonte e as nuvens que se acumulavam por lá. — Deve fazer quase meio século agora. Acredita nisso?

— Termine a história, Tod.

— Certo. Bom, hã, deixa eu ver. Ebisu fica puto, então entra com tudo, pega a vara e, enquanto sai pisando duro, todos os presentes que ele deu viram belalga podre e peixes mortos. Ele mergulha no mar e os pescadores não pescam nada que valha a pena por meses depois disso. Moral da história: cuide da sua higiene pessoal, mas *ainda mais importante, crianças,* não falem das pessoas pelas costas.

Ele olhou para mim de novo.

— Como eu me saí?

— Muito bem, para quem não contava havia cinquenta anos. Mas por aqui, eles contam a história um pouco diferente. Sabe, Ebisu é horrivelmente feio, com tentáculos, bico e presas; uma visão apavorante e os pescadores têm dificuldade para não sair correndo e gritando. Mas eles conseguem controlar seu medo e lhe oferecem hospitalidade de qualquer forma, o que não se deveria fazer para um demônio. Então Ebisu lhes dá todo tipo de presentes roubados de navios que afundou no passado e em seguida vai embora. Os pescadores soltam um imenso suspiro de alívio e começam a conversar a respeito, como ele era monstruoso, como era aterrorizante, como todos eles eram espertos em arrancar todos esses presentes dele e, no meio disso tudo, ele volta para pegar seu tridente.

— Não era uma vara, então?

— Não, isso não era assustador o bastante, acho. É um tridente enorme e cheio de farpas nessa versão.

— É de se pensar que eles teriam reparado quando ele o deixou para trás, né?

— *Cala a boca.* Ebisu os escuta falando mal dele e sai escondido, numa fúria incomensurável, só para voltar na forma de uma tempestade colossal que oblitera todo o vilarejo. Os que não se afogam são arrastados para o fundo do mar por seus tentáculos para uma eternidade de agonia em um inferno aquático.

— Adorável.

— É, a moral é semelhante. Não fale das pessoas pelas costas, mas, *ainda mais importante,* não confie naquelas divindades imundas lá do norte. — Perdi meu sorriso. — Da última vez que eu vi uma Escuta de Ebisu, eu ainda era pequeno. Ela saiu do mar na ponta oriental de Novapeste e arrancou os assentamentos do interior, destroçando tudo por quilômetros ao longo do litoral da Vastidão. Matou centenas de pessoas sem nenhum esforço. Afogou metade dos cargueiros de erva no porto do interior antes que qualquer um pudesse ligar os motores. O vento apanhou os deslizadores leves e os jogou pelas ruas até Harlan Park. Por aqui, a Escuta é muita, muita má sorte.

— Bom, é, para alguém levando o cachorro para passear em Harlan Park, deve ter sido.

— Tô falando sério, Tod. Se essa tempestade vier e o Vlad, seu colega cheio de meta, não conseguir controlar seu timão, provavelmente vamos nos encontrar de cabeça para baixo e tentando respirar belalga antes de sequer chegar perto do esconderijo de Segesvar.

Murakami franziu um pouco a testa.

— Deixa que eu me preocupo com o Vlad — disse ele. — Concentre-se apenas em montar um plano de ataque que funcione para a gente.

Assenti.

— Certo. Um plano de ataque que funcione na melhor fortaleza *haiduci* do hemisfério sul, usando drogaditos adolescentes como tropa de choque e uma tempestade em gancho como cobertura de aterrissagem. Até o amanhecer. Claro. Qual seria a dificuldade disso?

Ele tornou a franzir o cenho por um momento e então, de súbito, riu.

— Colocando as coisas desse jeito, eu mal posso esperar. — Ele me deu um tapa no ombro e se afastou na direção do hovercargueiro pirata, a voz ainda me alcançando. — Vou conversar com o Vlad agora. Essa vai entrar para os anais, Tak. Você vai ver. Eu tô com um bom pressentimento sobre isso. Intuição de Emissário.

— Tá bom.

E no horizonte, o trovão rolou de um lado para outro, como se estivesse preso no espaço estreito entre a base das nuvens e o chão.

Ebisu, voltando para buscar seu tridente, e não gostando muito do que tinha acabado de ouvir.

CAPÍTULO 45

O crepúsculo não era mais do que um respingo cinzento e desbotado lançado sobre a ameaçadora massa negra da frente da tempestade quando o *Empalador* soltou suas amarras e disparou pela Vastidão. Em velocidade de assalto, o veículo fazia um ruído como se estivesse chacoalhando até despedaçar, mas conforme penetrávamos na tempestade, até aquilo foi desaparecendo ante o grito do vento e as pancadas metálicas da chuva nos flancos blindados do navio. Os para-brisas da proa na ponte eram uma massa devastadora de água através da qual os limpadores industriais funcionavam com um zumbido eletrônico de exaustão. Ao longe, dava para ver as águas normalmente paradas da Vastidão se agitando em ondas. A Escuta de Ebisu estava correspondendo às expectativas.

— Igualzinho a Kasengo — gritou Murakami, com o rosto molhado e sorrindo enquanto se espremia pela porta que levava ao convés de observação. Suas roupas estavam ensopadas. Atrás dele, o vento berrava, agarrava a ombreira da porta e tentava segui-lo para dentro. Ele lutou contra isso com esforço e bateu a porta. Autotravas de tempestade fecharam com um estalo sólido. — A visibilidade está caindo até o subsolo. Esses caras nem vão saber o que os atingiu.

— Então não vai ser nada parecido com Kasengo — falei, irritado, me lembrando. Meus olhos estavam ardidos pela falta de sono. — Aqueles caras estavam esperando por nós.

— É verdade. — Ele espremeu água do cabelo com as duas mãos e sacudiu os dedos sobre o piso. — Mas a gente acabou com eles mesmo assim.

— Cuidado com essa deriva — disse Vlad a seu timoneiro. Havia um novo tom curioso em sua voz, uma autoridade que eu não vira antes, e o pior de seus espasmos parecia ter diminuído. — Estamos cavalgando o vento aqui, não cedendo a ele. Apoie-se no navio.

— Apoiando.

O cargueiro estremeceu palpavelmente com a manobra. O convés vibrou sob nossos pés. A chuva bateu no teto e nos para-brisas com um som novo e furioso conforme nosso ângulo de penetração na tempestade mudou.

— Isso aí — disse Vlad, sereno. — Segure o navio desse jeitinho.

Eu fiquei um pouco mais na ponte, depois assenti para Murakami e desci pelo passadiço para o convés das cabines. Fui para a popa, as mãos apoiadas das paredes do corredor para superar as guinadas ocasionais na estabilidade do cargueiro. Uma ou duas vezes, tripulantes surgiram e passaram por mim no espaço reduzido com uma facilidade nascida da prática. O ar estava quente e pegajoso. Depois de passar por um par de cabines, olhei de lado para uma porta aberta e vi uma das jovens piratas de Vlad despida até a cintura e debruçada sobre módulos estranhos de equipamento no chão. Vi seios belos e volumosos, o brilho de suor em sua pele sob a áspera luz branca, o cabelo curto úmido na nuca. Em seguida ela percebeu que eu estava ali e se endireitou. Ela se apoiou com uma das mãos na parede da cabine, dobrou o outro braço sobre os seios e encontrou meu olhar com uma encarada tensa que eu supus dever-se ao fim do barato de meta ou a nervosismo de combate.

— Algum problema, cara?

Balancei a cabeça.

— Desculpe, minha mente estava longe.

— Ah, é? Bom, vai se foder.

A porta da cabine se fechou. Suspirei.

É justo.

Encontrei Jad parecendo similarmente tensa, mas totalmente vestida. Ela estava sentada na cama de cima do beliche na cabine designada para nós, a arma de estilhaços sem o pente e depositada sob o arco de uma perna já calçada com a bota. Em suas mãos estavam as metades brilhosas de uma pistola de carga sólida que eu não me lembrava de estar em posse dela.

Deitei na cama de baixo.

— O que você tem aí?

— Kalashnikov eletromag — disse ela. — Um dos caras mais adiante no corredor me emprestou.

— Já tá fazendo amigos, hein? — Uma tristeza inexplicável me atingiu quando falei isso. Talvez tivesse algo a ver com os feromônios de gêmeos sendo emitidos pelas capas Eishundo. — Eu me pergunto de onde ele roubou isso.

— Quem disse que foi roubado?

— Eu digo. Esses caras são piratas. — Ergui a mão até a cama dela. — Deixa eu dar uma olhada, vai.

Ela remontou a arma e a largou na minha mão. Eu a segurei na frente dos olhos e assenti. A faixa EM da Kal era famosa por todos os Mundos Assentados como a arma secundária silenciosa preferida, e este era um modelo top de linha. Grunhi e devolvi a arma.

— É. Setecentos dólares da ONU, no mínimo. Nenhum pirata viciado em meta vai gastar esse tanto de dinheiro em uma arma silenciosa. Ele a roubou. Provavelmente também matou o dono. Você tem que tomar cuidado com suas companhias, Jad.

— Cara, você tá uma alegria hoje. Não dormiu *nadinha*?

— Com o tanto que você roncava aí em cima? O que você acha?

Nenhuma resposta. Grunhi de novo e perambulei pelas memórias que Murakami havia remexido. Kasengo, um pequeno porto indistinto no hemisfério sul mal assentado de Terra de Nkrumah, recentemente provido com uma guarnição de tropas governamentais quando o clima político piorou e as relações com o Protetorado se deterioraram. Kasengo, por razões mais conhecidas aos habitantes locais, tinha capacidade para transmissão por agulha em amplitude esteˆlar, e o governo da Terra de Nkrumah estava preocupado que as forças militares da ONU pudessem ter acesso a essa capacidade.

Eles estavam corretos nessa preocupação.

Nós chegáramos discretamente em estações de transmissão por agulha por todo o globo ao longo dos seis meses anteriores, enquanto todo mundo ainda fingia que a diplomacia era uma opção viável. Quando o Comando Emissário ordenou o ataque a Kasengo, estávamos tão ajustados à Terra de Nkrumah quanto qualquer um de seus cem milhões de colonos de quinta geração. Enquanto nossas equipes totalmente secretas fomentavam tumultos nas ruas das cidades ao norte, Murakami e eu reunimos um pequeno esquadrão tático e desaparecemos rumo ao sul. A ideia era eliminar a guarnição enquanto eles dormiam e tomar as instalações de transmissão por agulha na manhã seguinte. Algo deu errado, a informação vazou, e ao chegar, encontramos a estação de transmissão cheia de defesa pesada.

Não havia tempo para fazer novos planos. O mesmo vazamento que havia alertado a guarnição de Kasengo significava que reforços estavam a caminho. No meio de uma tempestade congelante, nós atacamos a estação em trajes de furtividade e mochilas gravitacionais, costurando o céu em torno de nós com limalha para simular um número massivo. Na confusão da tempestade, o truque funcionou como um sonho. A guarnição era composta largamente por jovens conscritos com poucos oficiais experientes organizando o rebanho. Dez minutos após o início da luta, eles se separaram e espalharam pelas ruas cobertas pela chuva em grupinhos frenéticos de retirada. Nós os perseguimos, isolamos e acabamos com todos. Alguns caíram lutando; a maioria foi capturada viva e presa.

Mais tarde, usamos seus corpos para encapar a primeira onda do ataque pesado Emissário.

Fechei os olhos.

— Micky? — Era a voz de Jad, vinda da cama de cima.

— Takeshi.

— Tanto faz. Vamos continuar com Micky, tá?

— Tá bom.

— Você acha que aquele merda do Anton vai estar lá hoje?

Abri meus olhos de novo.

— Não sei. Acho que sim. Tanaseda parecia achar que sim. Parece que o Kovacs ainda o está usando, talvez como garantia. Se ninguém sabe o que esperar de Sylvie ou da coisa que ela está carregando, pode ser reconfortante ter outra cabeça de comando por perto.

— É, isso faz sentido. — Ela fez uma pausa. Em seguida, bem quando meus olhos estavam se fechando de novo: — Não te incomoda falar de você mesmo desse jeito? Saber que ele está por aí?

— É claro que me incomoda. — Bocejei cavernosamente. — Eu vou matar aquele porrinha.

Silêncio. Deixei que minhas pálpebras se cerrassem.

— Então, Micky...

— *Que foi?*

— Se o Anton estiver por lá...

Revirei os olhos para a cama acima de mim.

— Sim?

— Se ele estiver lá, eu quero aquele filho da puta. Se você tiver que atirar nele, mire nas pernas ou algo assim. Ele é meu.

— Tá bom.

— Tô falando sério, Micky.

— Eu também — resmunguei, inclinando-me pesadamente sob o peso do sono protelado. — Porra, mate quem você quiser, Jad.

Porra, mate quem você quiser.

Podia ser a declaração de princípios do ataque.

Nós atingimos a fazenda em velocidade de colisão. Transmissões de socorro truncadas nos levaram a um ponto tão próximo que qualquer armamento de longo alcance de que Segesvar dispusesse seria inútil. O timoneiro de Vlad rodou um vetor que parecia "direcionado antes da tempestade", mas era na verdade um desvio controlado em alta velocidade. Quando os *haiduci* se deram conta do que estava acontecendo, o *Empalador* estava em cima deles. O navio entrou com tudo pelas jaulas das panteras do pântano, esmagando barreiras teladas e os molhes antigos de madeira da estação de enfardamento original, invencível, arrancando as tábuas, demolindo paredes antigas deterioradas, carregando adiante consigo a massa crescente de destroços amontoados em seu nariz blindado.

Olha, eu disse a Murakami e Vlad na noite anterior, *não há um jeito sutil de fazer isso.* E os olhos de Vlad se iluminaram com entusiasmo movido a meta.

O *Empalador* lavrou uma parada cheia de tinidos e rangidos em meio aos módulos semi submersos do bunker aquático. Seus conveses se inclinavam acentuadamente à direita e, no nível de desembarque, uma dúzia de alertas de colisão gritavam histericamente nos meus ouvidos enquanto as escotilhas daquele lado se abriram com um estrondo de parafusos explosivos. As pranchas de acesso caíram como bombas, linhas de segurança com cabos de alta tensão nas pontas, contorcendo-se e rasgando o concreterno em busca de um ponto de apoio. Através do casco, ouvi o clangor e o zumbido abafados das principais linhas de agarração disparando. O *Empalador* capturava e se agarrava depressa.

Era um sistema projetado antigamente para uso apenas em emergências, mas os piratas tinham reprogramado cada aspecto de seu navio para um ataque, embarque e agressão, tudo muito veloz. Só que a mente maquinal que rodava isso tudo tinha sido deixada de fora e ainda pensava que éramos um navio em crise.

O clima nos encontrou na rampa. A chuva e o vento correram até mim, esbofeteando meu rosto e me empurrando de ângulos esquisitos. A equipe de ataque de Vlad correu gritando no meio disso tudo. Olhei de relance para Murakami, balancei a cabeça e os segui. Talvez a ideia certa fosse a deles: com o *Empalador* totalmente enganchado em meio ao prejuízo que havia acabado de gerar, não existia um jeito de voltar que não envolvesse vencer ou morrer.

O tiroteio começou no redemoinho cinzento da tempestade. Chiados e sibilos das armas de raios, explosão e latidos das armas de balas. As rajadas irrompiam em azul e amarelo pálidos no lodo. Uma ondulação de trovões pelo céu; relâmpagos claros pareceram responder. Alguém gritou e caiu em algum ponto adiante. Gritaria indistinta. Saí da ponta da rampa, escorreguei no volume de um módulo da fortaleza aquática, recobrei o equilíbrio com a capa Eishundo e saltei para a frente. Descendo pelo esguicho raso de água entre os módulos, subindo na curva da bolha do módulo seguinte. A superfície era áspera e dava boa tração. A visão periférica me disse que eu era a ponta de uma cunha, com Jad no flanco esquerdo e Murakami no direito, com uma arma de fragplasma.

Ampliei a neuroquímica e enxerguei uma escadinha de manutenção adiante, com três dos piratas de Vlad presos na base por causa dos disparos vindos da lateral da doca, mais acima. O corpo esparramado de um camarada flutuava contra o módulo da fortaleza mais próximo, com vapor ainda subindo de seu rosto e do peito onde a rajada lhe tinha calcinado a vida.

Eu me joguei na direção da escadinha com abandono de improvisador.

— Jad!

— Tá, *vai!*

Foi como estar de volta na Obscura. Vestígios da afinação dos Escorregadios, talvez alguma afinidade de gêmeos, por conta da Eishundo. Disparei a toda velocidade. Atrás de mim, a arma de estilhaços abriu a boca — uma lamúria desdenhosa na chuva —, e a beira do cais explodiu em uma nuvem de fragmentos. Mais berros. Alcancei a escada no mesmo instante em que os piratas perceberam que não estavam mais presos. Subi às pressas, com dificuldade, a Rapsodia guardada.

No alto havia cadáveres, destroçados e ensanguentados por causa do disparo de estilhaços, e um dos homens de Segesvar, ferido, mas ainda de pé. Ele cuspiu e se jogou sobre mim com uma faca. Eu fintei, travei o braço com a faca e o joguei para fora da doca. Um grito breve, perdido na tempestade.

Agachei e procurei, a Rapsodia na mão e girando na baixa visibilidade, enquanto os outros vinham atrás de mim. A chuva caía com força, criando um milhão de gêiseres minúsculos na superfície do concreterno. Pisquei para tirá-la dos olhos.

A doca estava deserta.

Murakami me deu um tapa no ombro.

— Ei, nada mal para um aposentado!

Funguei.

— Alguém tem que te mostrar como se faz. Vamos, por aqui.

Caminhamos ao longo do convés na chuva, encontramos a entrada que eu queria e nos esgueiramos para dentro, um de cada vez. O alívio súbito na força da tempestade foi chocante, quase como um silêncio repentino. Ficamos ali pingando água no piso plástico de um corredor curto com portas metálicas dotadas de vigias, portas familiares e pesadas. O trovão bramia lá fora. Espiei pelo vidro de uma das portas só para me certificar e vi uma sala cheia de gabinetes metálicos sem identificação. Câmaras frias para a comida das panteras e, de vez em quando, os cadáveres dos inimigos de Segesvar. No final do corredor, uma escada estreita levava à rústica unidade de reencape e à seção veterinária para as panteras.

Indiquei a escada com o queixo.

— Lá embaixo. Três níveis e estamos no complexo da fortaleza sub-aquática.

Os piratas entraram ali, barulhentos e entusiasmados. Chapados de meta como estavam, e um tanto bravos por terem que me seguir escada acima, teria sido difícil dissuadi-los. Murakami deu de ombros e nem tentou. Eles desceram a escadaria depressa e caíram diretamente em uma armadilha no final dela.

Estávamos um lance de escadas mais atrás, nos movendo com cautela sóbria, e mesmo de lá senti o reflexo das rajadas queimar meu rosto e minhas mãos. Uma cacofonia de berros agudos e repentinos quando os piratas pegaram fogo e morreram como tochas humanas. Um deles deu três passos trôpegos para cima, recuando do inferno, os braços simulando asas de chamas erguidos para nós em súplica. Seu rosto derretido estava a menos de um metro do meu quando ele desabou, chiando e fumaçando, nos degraus frios de aço mais abaixo.

Murakami jogou uma granada de ultravibração no fosso da escada e ela quicou uma vez, retinindo metalicamente, antes que o familiar grito e pipilar começasse. No espaço limitado, aquilo foi ensurdecedor. Levamos as mãos aos ouvidos ao mesmo tempo. Se alguém lá embaixo gritou quando a granada os matou, não ouvimos.

Esperamos por um segundo, e então Murakami disparou o rifle de fragplasma apontando para baixo. Não houve reação. Eu me esgueirei para lá dos cadáveres enegrecidos dos piratas, que agora esfriavam, engasgando com o fedor. Olhei para além dos membros desesperados e encurvados do que tinha recebido o grosso do fogo e vi um corredor vazio. Paredes, piso e teto amarelo-creme, iluminados de forma brilhante com faixas de ilumínio embutidas no teto. Perto do patamar no fim da escada, tudo estava pintado com grossas faixas de sangue e tecido coagulado.

— Limpo.

Abrimos caminho em meio ao sangue e seguimos o corredor com cautela, penetrando no coração dos níveis básicos da fortaleza subaquática. Tanaseda não sabia exatamente onde os cativos estariam sendo mantidos — os *haiduci* ficavam nervosos e agressivos em permitir que a Yakuza tivesse qualquer presença em Kossuth, para começo de conversa. Ocupando de forma precária seu novo papel como chantagista fracassado e penitente, Tanaseda havia insistido mesmo assim; segundo ele mesmo admitira, porque esperava poder recuperar a localização do cartucho de Yukio Hirayasu comigo através de tortura ou extorsão e, assim, reduzir sua perda de status, ao menos entre os próprios colegas. Aiura Harlan-Tsuruoka, por algum motivo bizantino, tinha concordado, e no final foi a pressão dela sobre Segesvar que forjou a cooperação diplomática entre a Yakuza e os *haiduci*. Tanaseda tinha recebido as boas-vindas formais por Segesvar em pessoa, e então sido instruído em termos inequívocos de que seria melhor ele encontrar acomodações para si mesmo em Novapeste ou em Fontenópolis e se manter longe da fazenda, a menos que fosse convocado, e também a manter seus homens na rédea curta. Ele com certeza não recebera um tour do local.

Porém, na verdade, havia apenas um lugar seguro no complexo para pessoas que o dono ainda não queria que fossem mortas. Eu o vira em algumas ocasiões em visitas anteriores, certa vez tinha até observado um viciado em jogo ser colocado lá enquanto Segesvar meditava sobre como, exatamente, fazer dele um exemplo. Para trancafiar alguém na fazenda, era melhor trancafiá-lo num lugar de onde nem um monstro conseguia escapar. Nas celas das panteras.

Paramos em uma encruzilhada, onde os sistemas de ventilação se escancaravam acima de nós. Pelos conduítes, vinham tenuemente os sons da batalha que rugia. Eu gesticulei para a esquerda, murmurando.

— Lá embaixo. As celas das panteras ficam todas à direita na próxima curva; elas dão para os túneis que levam direto para as jaulas. Segesvar converteu algumas delas para prender humanos. Deve ser uma delas.

— Tudo bem então.

Retomamos o ritmo, fizemos a curva à direita e foi quando ouvi o zumbido contínuo, sólido, de uma das portas das celas deslizando para dentro do piso. Passos e vozes urgentes mais além. Segesvar e Aiura e uma terceira voz que eu já tinha ouvido, mas não consegui identificar. Contive o jorro selvagem de alegria, me achatei contra a parede e acenei para que Jad e Murakami recuassem.

Aiura, uma fúria reprimida enquanto eu afinava a audição.

— ... realmente espera que eu fique impressionada *com isso?*

— Não me venha com essa merda — disparou Segesvar. — Isso é coisa daquele porra de Yakuza do olho puxado que você insistiu em trazer a bordo. Eu te disse...

— De alguma forma, Segesvar-san, eu não acho que...

— E não me chame disso também, caralho. Isso aqui é Kossuth, não a porra do norte. Tenha um pouco de sensibilidade cultural, tá? Anton, tem certeza de que não há nenhuma transmissão invasora rolando?

E a terceira voz se encaixou. O cabeça de comando alto e de cabelos espalhafatosos de Drava. O cão de ataque de software para o Outro Kovacs.

— Nada. Isso é estritamente...

Eu deveria ter previsto.

Eu ia esperar mais dois segundos. Deixar que saíssem para a área ampla e bem iluminada do corredor, depois lançar a armadilha. Em vez disso...

Jad passou correndo por mim como um cabo de traineira estourado. Sua voz pareceu tirar ecos das paredes do complexo inteiro.

— *Anton, seu bastardo filho da puta!*

Eu saí da parede, girando para cobrir todos eles com a Rapsodia.

Tarde demais.

Tive um vislumbre dos três, boquiabertos de choque. Segesvar encontrou meus olhos e se encolheu. Jad estava de pé, os pés apartados, a arma de estilhaços no quadril e apontada. Anton viu e reagiu com velocidade Desarmadora. Ele pegou Aiura Harlan-Tsuruoka pelos ombros e a jogou em frente ao seu corpo. A arma de estilhaços tossiu. A executiva de segurança da família Harlan grit...

... e se despedaçou dos ombros até a cintura quando o enxame de monomols a percorreu. Sangue e tecidos explodiram pelo ar ao nosso redor, respingando em mim, me cegando...

No tempo que levei para limpar os olhos, os dois tinham sumido. Voltaram pela cela de onde tinham saído e o túnel mais além. O que restava de Aiura jazia no chão em três pedaços e poças de sangue.

— Jad, *o que caralhos você tá fazendo?* — gritei.

Ela limpou o rosto, manchado de sangue.

— Eu te disse que eu ficava com ele.

Tentei manter a calma. Espetei um dedo indicando a carnificina em torno dos nossos pés.

— Você *não ficou com ele*, Jad. Ele se foi. — A calma me falhou, desabando catastroficamente ante uma fúria desfocada. — *Como é que você pode ser tão burra, caralho! Ele se foi, porra!*

— *Então eu vou atrás dele, porra!*

— Não, nós precisamos...

Mas ela já estava em movimento outra vez, do outro lado da cela aberta no trote ligeiro dos Desarmadores. Abaixando-se para entrar no túnel.

— Bom trabalho, Tak — disse Murakami, sardônico. — Presença de comando. Gosto disso.

— Cala a boca, Tod. Encontre a sala do monitor, cheque as celas. Eles estão todos por aqui, em algum lugar. Eu volto assim que puder.

Eu estava me retirando, movendo-me antes de terminar de falar. Saí correndo de novo, atrás de Jad, atrás de Segesvar.

Atrás de alguma coisa.

CAPÍTULO 46

O túnel dava para um fosso de luta. Laterais íngremes de concreterno com dez metros de altura e desbastadas até a metade disso por décadas de panteras do pântano tentando abrir caminho para sua liberdade com as garras. Uma área com balaustrada para os espectadores contornava o topo, toda aberta para um céu entupido com uma debandada de nuvens esverdeadas correndo. Era impossível olhar diretamente para a chuva lá em cima. Trinta centímetros de lama espessa no fundo do fosso, agora transformada em um caldo marrom pela torrente. As aberturas de drenagem nas paredes não conseguiam dar conta.

Estreitei os olhos contra a água no ar e no meu rosto, enxerguei Jad no meio do caminho da estreita escadinha de manutenção embutida em um canto do fosso. Berrei para ela por cima do som da tempestade.

— *Jad! Espera*, caralho!

Ela fez uma pausa, pendurada em um degrau com a arma de estilhaços apontando para baixo. Em seguida, acenou e continuou subindo.

Eu praguejei, guardei a Rapsodia e fui atrás dela na escada. A chuva cascateava pelas paredes, passando por mim e batucando em minha cabeça. Pensei ter ouvido disparos de rajadas em algum ponto mais acima.

Quando cheguei ao topo, uma mão apareceu e segurou meu pulso. Eu me assustei, dei um pulo e olhei para cima: era Jad, olhando para mim.

— Fique abaixado — disse ela. — Eles estão aqui em cima.

Com cuidado, ergui a cabeça acima do nível do fosso e olhei para a rede de guindastes e galerias de espectadores que entrecruzava os fossos de luta. Correntes espessas de chuva sopravam sobre a vista. A mais de dez metros, a visibilidade ia se apagando em um mar de cinza; a vinte, acabava por completo. Em algum ponto do outro lado da fazenda, era possível escutar o tiroteio ainda em plena força, mas aqui havia apenas a tempestade. Jad estava deitada de barriga para baixo na borda do fosso. Ela me viu procurando e se inclinou mais para perto.

— Eles se separaram — ela gritou em meu ouvido. — Anton está indo para a área de ancoragem do lado mais distante daqui. Meu palpite é que ele tá procurando uma carona para dar no pé, ou talvez o outro você, como reforço. O outro cara atravessou pelas jaulas daquele lado ali, e acho que ele quer brigar. Disparou em mim agorinha mesmo.

Assenti.

— Certo, você vai atrás do Anton, eu cuido do Segesvar. Eu te dou cobertura quando você for.

— Fechado.

Eu a segurei pelo ombro quando ela rolou para se afastar. Puxei-a de volta por um momento.

— Jad, só tenha cuidado, porra. Se você topar comigo por aí...

Ela abriu um sorriso cheio de dentes e a chuva escorreu neles.

— Aí eu acabo com ele para você, sem cobrar nada.

Eu me juntei a ela no espaço achatado da passarela junto à parede, saquei a Rapsodia e a ajustei para dispersão mínima e amplitude máxima. Depois me remexi e me ajeitei em uma posição agachada e semi reclinada.

— Escaneando!

Ela se preparou.

— Vai!

Ela disparou para longe de mim seguindo o corrimão, entrando em uma ponte de conexão e, em seguida, nas trevas. À direita, uma rajada de raios separou a cortina de chuva. Eu apertei o gatilho da pistola de estilhaços por reflexo, mas vi que não estava perto o bastante. Quarenta a cinquenta metros, era o que a armeira em Tekitomura tinha dito, mas ajudava se você pudesse enxergar em que estava atirando.

Portanto...

Eu me levantei. Berrei em meio à tempestade.

— Ei, Rad! Tá me ouvindo? Eu tô chegando pra te matar!

Nenhuma resposta. Mas nenhum disparo de rajada, também. Segui adiante, cauteloso, acompanhando a lateral da galeria do fosso, tentando estimar a posição de Segesvar.

Os fossos de luta eram arenas ovaladas rudimentares, escavadas diretamente no leito sedimentar da Vastidão, seu interior mais profundo do que as águas ao redor por cerca de um metro. Havia nove deles pressionados um contra o outro em fileiras de três, as grossas paredes de concreterno entre cada um cobertas com galerias interligadas onde os espectadores podiam ficar de pé junto à balaustrada e assistir às panteras se despedaçando lá embaixo a uma distância segura. Passadiços de malha de aço para os espectadores tinham sido colocados de um canto para o outro de cada fosso, para fornecer o espaço extra tão necessário para as populares lutas. Em mais de uma ocasião, eu tinha visto as galerias lotadas com até cinco fileiras de profundidade por toda a volta do fosso, as pontes estalando com o peso da turba esticando o pescoço para ver a morte.

A estrutura geral em forma de colmeia formada pelos nove fossos se erguia cinco metros acima das águas rasas da Vastidão e recuava até as bolhas rebaixadas do complexo da fortaleza submersa de um lado. Adjacentes a essa borda dos fossos e entrecruzadas com mais passadiços ligados a pontes de serviço estavam as fileiras de cercados de alimentação e longos corredores retangulares de exercício que o *Empalador* havia atropelado ao entrar. Até onde consegui enxergar, era dessa borda de ruínas desmanteladas que tinha vindo o disparo de raios.

— *Você me ouviu, Rad, seu bosta?*

A arma de raios disparou outra vez. A rajada passou ardendo por mim e eu me joguei no piso de concreterno, respingando água.

A voz de Segesvar rolou vinda do alto.

— Acho que aí já tá bom, Tak.

— Você é quem sabe — gritei de volta. — Já acabou tudo mesmo, só falta a limpeza.

— É mesmo? Não tem muita fé em si mesmo, né? Ele tá lá no novo cais agora mesmo, repelindo seus amiguinhos piratas. Ele vai jogá-los de volta na Vastidão ou usá-los como alimento para as panteras. Não tá ouvindo?

Prestei atenção e captei os sons da batalha de novo. Rajadas e um ou outro grito agonizante. Impossível saber como a coisa estava indo para qualquer um, mas minha própria insegurança a respeito de Vlad e sua tripulação chapada de meta voltou até mim. Fiz uma careta.

— Tá apaixonadinho, é? — gritei. — Qual é, você e ele andam passando muito tempo juntos na academia gravitacional? Andam espetando as duas pontas da sua puta favorita juntos?

— Vai se foder, Kovacs. Pelo menos ele ainda *sabe se divertir.*

A voz dele soou próxima, mesmo na tempestade. Eu me levantei um pouco e comecei a rastejar pelo piso da galeria. Aproxime-se um pouco.

— Certo. E valeu a pena me vender por isso?

— Eu não te vendi. — A risada de guincho de traineira chocalhou até onde eu estava. — Eu troquei você por uma versão melhor. Vou fazer o que é certo por esse cara, em vez de por você. Porque *esse* filho da puta ainda se lembra de onde veio.

Um pouco mais perto. Arraste-se um metro de cada vez em meio às pancadas de chuva e três centímetros de água parada nos passadiços. Saindo de um dos fossos, dando a volta no segundo. Mantenha-se abaixado. Não permita que o ódio e a raiva te coloquem de pé por enquanto. Tente forçá-lo a cometer um erro.

— Então ele se lembra de você choramingando e rastejando em uma vielinha com a porra da coxa toda arrebentada, Rad? Ele se lembra disso, caralho?

— Lembra, sim. Mas sabe de uma coisa? — A voz de Segesvar começou a se elevar. Eu devo ter atingido um ponto fraco. — Ele não *fica me enchendo o saco com isso o tempo todo, porra. E ele não usa isso para tomar liberdades com as minhas finanças.*

Um pouquinho mais perto. Inseri um tom debochado em minha voz.

— É, e ele ainda te enfiou junto com as Primeiras Famílias também. Que é a grande questão disso tudo, na verdade, né? Você se vendeu para um bando de aristos de merda, Rad. Exatamente como a porra da Yakuza. Logo vai estar se mudando para Porto Fabril.

— Ei, *vai se foder, Kovacs!*

A fúria veio acompanhada por outra rajada, mas nem passou perto de onde eu estava. Sorri na chuva e ajustei a Rapsodia para dispersão máxima. Apertei-me para cima, saindo da água. Ampliei a neuroquímica.

— E *fui eu* que me esqueci de onde eu vim? Ah, vá, Rad. Você vai estar usando uma capa de olhos puxados antes que se dê conta.

Perto o bastante.

— *Ei, vai se fo...*

Fiquei de pé e me joguei adiante. A voz dele me deu a dica, e a visão neuroquímica fez o resto. Encontrei-o agachado no lado oposto de um dos cercados de alimentação, protegido em parte pela malha de aço de uma ponte de passadiço. A Rapsodia cuspiu fragmentos de monomols do meu punho enquanto eu corria em torno do passadiço ovalado do fosso de luta. Sem tempo para mirar melhor, eu só podia torcer para que...

Ele ganiu e eu o vi vacilar, segurando um dos braços. Um júbilo selvagem me percorreu, fazendo meus lábios recuarem dos dentes. Disparei outra vez e ele desabou ou mergulhou em busca de cobertura. Saltei por cima do corrimão entre a galeria onde eu estava e o cercado de alimentação mais adiante. Quase tropecei, mas só quase. Oscilei e voltei a me equilibrar, tomei uma decisão repentina. Eu não podia dar a volta na parede. Se Segesvar ainda estivesse vivo, ele já teria se levantado até eu chegar lá e me cozinharia com a arma de raios. O passadiço era uma corrida em linha reta, meia dúzia de metros por cima do topo do cercado. Alcancei-o correndo.

O metal sob os meus pés se inclinou de modo nauseante.

Na jaula mais abaixo, algo saltou e rosnou. O fedor de mar e carne putrefata do hálito da pantera subiu até mim, fervilhando.

Mais tarde eu teria tempo para compreender: o cercado de alimentação tinha levado um golpe de raspão com a chegada do *Empalador,* e o concreterno no lado onde Segesvar esperava tinha se rachado e aberto. Aquela ponta do passadiço estava presa apenas por parafusos, já meio arrancados de das porcas. E de algum jeito, devido a um dano similar em algum outro canto do complexo de compartimentos, uma das panteras do pântano tinha escapado.

Eu ainda estava a dois metros da extremidade do passadiço quando os parafusos se soltaram por completo. O reflexo Eishundo me jogou adiante. Eu perdi a Rapsodia, agarrei a beira do cercado com as duas mãos. O passadiço caiu de debaixo dos meus pés. Minhas palmas se fecharam em concreterno ensopado de chuva. Uma das mãos escorregou. A pegada de lagartixa na outra me manteve seguro. Em algum lugar mais abaixo de mim, a pantera--do-pântano arrancou faíscas da ponte caída com suas garras, depois recuou com um uivo estridente. Lutei para conseguir tração com a outra mão.

A cabeça de Segesvar apareceu acima da borda da parede do cercado. Ele estava pálido e havia sangue empapando o braço direito de sua túnica, mas sorriu quando me viu.

— Ora vejam só, caralho — disse ele, quase simpático. — Meu velho amigo Takeshi Kovacs, seu presunçoso da porra.

Eu me balancei de lado, desesperado. Consegui prender um calcanhar sobre a borda do cercado. Segesvar viu e se aproximou mancando.

— Ah, eu acho que não, viu? — disse ele, chutando meu pé para fora dali.

Oscilei de novo, mas consegui manter as duas mãos me segurando. Ele ficou de pé sobre mim e me encarou por um momento. Em seguida, olhou para o outro lado dos fossos de luta e assentiu com uma satisfação vaga. A chuva batia sobre nós e ao nosso redor.

— Então, pelo menos uma vez eu estou por cima.

Ofeguei.

— Ah, *vai se foder*.

— Sabe, aquela pantera ali embaixo pode até ser um dos seus amigos religiosos. Isso seria irônico, hein?

— Anda logo com isso, Rad. Você é um merdinha vendido e nada do que faça aqui vai provar o contrário.

— Isso mesmo, Takeshi. Assuma sua posição de superioridade moral, caralho. — O rosto dele se contorceu e, por um momento, pensei que ele chutaria minhas mãos naquele exato momento. — Como você sempre faz. *Ah, Radul é um criminoso da porra, Radul não consegue cuidar de si mesmo, eu tive que salvar a merda da vida do Radul uma vez*. Você vem fazendo isso desde que roubou a Yvonna de mim, e você *nunca muda, caralho!*

Eu o encarei na chuva, boquiaberto, a altura da queda sobre a qual meu corpo se encontrava quase esquecida. Cuspi água da minha boca.

— Mas de que diabos você tá falando?

— Você sabe muito bem de que merda eu tô falando! No Watanabe naquele verão, Yvonna Vasarely, a dos olhos verdes.

Uma memória surgiu com o nome. O Recife de Hirata, a silhueta de membros longos acima de mim. Um corpo molhado do mar, com gosto de sal nos trajes de borracha úmidos.

Aguente firme.

— Eu... — Balancei a cabeça, atordoado. — Pensei que ela se chamasse Eva.

— Tá vendo, você tá *vendo, caralho?* — Eu vi a ira escapando dele em borbulhas, como se fosse pus, como se fosse veneno contido por tempo demais. Seu rosto se distorceu de fúria. — Você *não tava nem aí* para ela, ela foi só outra trepada anônima pra você.

Por longos instantes, meu passado me sobrepujou como uma onda me jogando para o fundo. A capa Eishundo assumiu o controle e eu fiquei pendurado em um túnel iluminado com um caleidoscópio de imagens daquele verão. No deque do Watanabe. O calor de um céu de chumbo pressionando sobre nós. A rara brisa soprando pela Vastidão, não o suficiente para balançar os sinos de vento pesadamente espelhados. A carne escorregadia de suor por baixo das roupas, exibindo gotas onde a pele era visível. Conversa e riso lânguidos, o aroma acre de erva do mar no ar. A garota de olhos verdes.

— Isso foi há duzentos anos, Rad. Porra! E você não tava nem *conversando* com ela, na maior parte do tempo. Você tava cheirando meta no decote da Malgazorta Bukovski, como sempre, porra.

— Eu não sabia como... Ela era... — Ele estacou. — Eu *gostava dela, caralho! Seu puto.*

No começo eu não soube identificar o barulho que deixei escapar. Podia ter sido uma tosse engasgada com a chuva que forçava passagem pela minha garganta a cada vez que eu abria a boca. Deu uma sensação parecida com um soluço, uma impressão de algo se soltando lá dentro. Uma escorregada, uma perda.

Mas não era.

Era uma risada.

Ela subiu por mim depois da primeira tosse balbuciada como um calor, exigindo espaço no meu peito e uma saída. Soprou a água para fora da minha boca e eu não consegui impedi-la.

— *Para de rir, seu puto!*

Eu não conseguia parar. Eu gargalhava. Uma energia renovada curvou meus braços com a hilaridade inesperada, penetrando minhas mãos de lagartixa, uma nova força tênsil percorrendo a extensão de cada dedo.

— Rad, seu burrão de merda! Ela era uma grã-fina de Novapeste, nunca ia se envolver com gentinha feito nós. Ela foi embora para estudar em Porto Fabril naquele outono e nunca mais a vi. Ela *me disse* que eu nunca mais a veria. Disse para não ficar preso nisso, que a gente tinha se divertido, mas aquilo não era a nossa vida. — Mal consciente do que eu estava fazendo, descobri que tinha começado a me levantar para a borda do cercado enquanto ele me encarava. A beirada dura do concreterno contra meu peito. Ofegando enquanto falava. — Você acha mesmo... que teria *chegado perto* de alguém assim, Rad? Achou que ela teria os seus... filhos, e se sentaria no Cais Spekny com as outras esposas da gangue? Esperando você voltar para casa... frito do Watanabe, de manhãzinha? Digo... — Entre grunhidos, a risada borbulhou para fora outra vez. — Qual teria que ser o nível de desespero de uma mulher, *qualquer mulher*, para se sujeitar a isso?

— *Vai se foder!* — gritou ele, dando-me um chute no rosto.

Suponho que eu soubesse que isso aconteceria. Eu, com certeza, o provoquei o suficiente. Mas tudo pareceu de súbito muito distante e desimportante, junto com as imagens claras e cintilantes daquele verão. E de qualquer forma, foi a capa Eishundo, não fui eu.

Minha mão esquerda atacou. Agarrou a perna dele em torno da panturrilha conforme ela recuava do chute. Sangue gotejou do meu nariz. A pegada de lagartixa travou. Eu puxei para trás selvagemente e ele fez uma dancinha ridícula com uma perna só na orla do cercado. Olhou para mim, o rosto se movimentando.

Eu caí e o arrastei comigo.

Não foi uma queda muito grande. As laterais do cercado eram recurvadas como as dos fossos de luta, e o passadiço caído tinha ficado emperrado no meio da parede de concreterno, quase nivelado. Atingi a rede metálica, e Segesvar aterrissou em cima de mim. Perdi o ar. O passadiço estremeceu e caiu outro meio metro, escalavrando. Embaixo de nós, a pantera ficou enlouquecida, atacando o corrimão, tentando arrancá-lo e levá-lo para o piso do cercado. Ela podia sentir o cheiro do sangue escorrendo do meu nariz quebrado.

Segesvar se contorceu, a fúria ainda no olhar. Dei um soco. Ele o aparou. Rosnando monossílabos entre os dentes cerrados, ele botou o braço machucado sobre meu pescoço e colocou o peso sobre ele. Isso arrancou um grito de mim, mas ele não diminuiu a pressão nem por um momento. A pantera se jogou contra a lateral da ponte caída, uma baforada de seu hálito fétido atravessando a rede do meu lado. Vi um olho feroz, obliterado por faíscas conforme as garras rasgavam o metal. Ela gritava e babava para nós de maneira insana.

Talvez fosse.

Eu chutei e me debati, mas Segesvar me segurava firme. Quase dois séculos de violência de rua acumulados — ele não perdia esse tipo de briga. Ele me fitou, a cara fechada, e o ódio lhe deu forças para superar a dor do dano causado no braço pelos estilhaços. Eu libertei um braço e tentei lhe dar um soco na garganta de novo, mas ele também tinha se protegido ali. Um bloqueio de cotovelo; meus dedos mal roçaram a lateral de seu rosto. Em seguida, ele segurou meu braço ali, travado, e jogou mais peso no braço machucado com que estava me sufocando.

Ergui a cabeça e mordi seu antebraço, atravessando a túnica e alcançando a carne ferida. O sangue subiu para o tecido e encheu minha boca. Ele gritou e me deu um soco na lateral da cabeça com o outro braço. A pressão em minha garganta começou a fazer efeito: eu não conseguia mais respirar. A pantera golpeou o metal do passadiço e ele se moveu. Eu deslizei minimamente para o lado.

Usei o movimento.

Forcei minha mão espalmada contra o rosto dele. Puxei para baixo, arrastando com força.

As espinhas do gene de lagartixa morderam a pele, afundando e agarrando-se. Onde elas pressionaram mais, nas almofadas das pontas dos dedos e na base deles, o rosto de Segesvar foi rasgado. O instinto do lutador de rua fez com que ele fechasse os olhos assim que o agarrei, mas aquilo não adiantou muito. A pegada dos meus dedos rompeu a pálpebra a partir da sobrancelha, arranhou o globo ocular e o desencaixou do nervo óptico. Ele gritou, um berro vindo das entranhas. Um jato repentino de sangue esguichou vermelho contra o cinza da chuva, respingando morno no meu rosto. Ele não conseguiu me manter preso e cambaleou para trás, as feições desfiguradas, o olho pendurado e ainda bombeando pequenos esguichos de sangue. Eu gritei e fui atrás dele, atingindo um soco no lado ileso de seu rosto que o fez oscilar de lado contra o corrimão do passadiço.

Ele ficou ali esparramado por um segundo, a mão esquerda levantada para me bloquear, atordoado, o punho direito fechado com força apesar do dano que o braço havia sofrido.

E a pantera-do-pântano o apanhou.

Ali, e não mais. Foi um borrão de juba e pelos, um golpe com a pata dianteira e uma abertura do bico. Suas garras o pegaram pela altura do ombro e o arrastaram para fora do passadiço como se fosse uma boneca de trapos. Ele gritou uma vez e então eu ouvi um único ruído de trituração, selvagem, quando o bico se fechou com um estalo. Eu não vi, mas o bicho provavelmente comeu metade dele na mesma hora.

Pelo que deve ter sido um minuto inteiro fiquei parado ali, oscilando no passadiço inclinado, ouvindo o som de carne sendo despedaçada e engolida, ossos sendo quebrados. Finalmente, titubeei até o corrimão e me forcei a olhar.

Era tarde demais. Nada na carnificina em torno da pantera se alimentando lembrava, ainda que remotamente, algo que pudesse ser associado a um corpo humano.

A chuva já levava a maior parte do sangue embora.

* * *

Panteras do pântano não são muito inteligentes. Alimentada, aquela demonstrou pouco ou nenhum interesse em minha existência contínua acima de sua cabeça. Passei alguns minutos procurando pela Rapsodia, não a encontrei e, portanto, comecei a buscar um jeito de sair do cercado. Com as fraturas múltiplas que o *Empalador* tinha provocado na parede de concreterno, não foi muito difícil. Usei a rachadura mais ampla como ponto de apoio, enfiei meus pés e me puxei para cima, uma mão de cada vez. Exceto por um susto quando um pedaço de concreterno se soltou sob minha mão no topo, foi uma escalada rápida e tranquila. Na subida, algo no sistema Eishundo aos poucos conteve o sangramento do meu nariz.

Fiquei no alto, prestando atenção aos ruídos da batalha. Não ouvi nada além da tempestade, e mesmo ela parecia mais quieta. A luta tinha acabado ou se reduzido a perseguições e execuções. Aparentemente, eu havia subestimado Vlad e a tripulação.

Isso, ou os haiduci.

Hora de descobrir qual dos dois.

Encontrei a arma de raios de Segesvar em uma poça do sangue dele perto do corrimão do cercado de alimentação, conferi se estava carregada e comecei a voltar, atravessando as pontes entre os fossos de luta. Lentamente me ocorreu, enquanto eu prosseguia, que a morte de Segesvar não me deixava nada além de uma vaga sensação de alívio. Eu não conseguia me forçar a ligar para o modo como ele tinha me vendido, e a revelação de sua amargura com minha transgressão com Eva...

Yvonna.

... Yvonna, certo, a revelação apenas reforçou uma verdade óbvia. Apesar de tudo, a única coisa que nos manteve juntos por quase duzentos anos foi aquela única dívida de viela, na qual ele incorreu sem querer. Nós nunca havíamos gostado um do outro, no fim das contas, e isso me fez pensar que meu eu mais jovem provavelmente vinha jogando com Segesvar como se ele fosse um baralho cigano.

De volta ao túnel, eu parava de novo de tempos em tempos, prestando atenção ao som de tiros. O complexo da fortaleza subaquática parecia estranhamente silencioso e meus próprios passos ecoavam mais do que eu gostaria. Recuei pelo túnel até a escotilha onde havia deixado Murakami e encontrei os restos de Aiura Harlan ali, com um buraco aberto cirurgicamente no topo da coluna. Sem sinal de mais ninguém. Escaneei o corredor nas duas direções, prestei atenção de novo e só consegui discernir um retinir metálico da escada comum que calculei ser das panteras do pântano confinadas, jogando-se contra as fechaduras das celas, enfurecidas com as perturbações lá fora. Fiz uma careta e comecei a voltar seguindo a linha de portas ressoando de leve, os nervos esticados ao máximo, a arma de raios apontada cautelosamente.

Encontrei os outros meia dúzia de portas mais à frente. A escotilha estava aberta, o espaço no interior da cela impiedosamente iluminado. Corpos caídos jaziam esparramados pelo piso; a parede atrás deles estava tingida com longos espirros de sangue, como se o líquido tivesse sido jogado ali em baldes.

Koi.

Tres.

Brasil.

Quatro ou cinco outros que eu reconhecia, mas cujos nomes não sabia. Todos tinham sido mortos com uma arma de projétil sólido; em seguida, todos tinham sido virados de frente para o chão. O mesmo buraco tinha sido aberto em cada espinha; os cartuchos, desaparecidos.

Nem sinal de Vidaura ou de Sylvie Oshima.

Fiquei ali parado em meio ao massacre, o olhar indo de um cadáver caído para o outro como se em busca de algo que eu tivesse deixado cair. Fiquei ali até que o silêncio na cela bem-iluminada se tornasse um zumbido murmurando constantemente nos meus ouvidos, afogando o mundo.

Passos no corredor.

Virei-me depressa, mirei a arma de raios e quase disparei em Vlad Tepes quando ele meteu a cabeça pela borda da escotilha. Ele deu um pulo para trás, girando o rifle de fragplasma em suas mãos, depois parou. Um sorriso relutante surgiu em seu rosto, e uma das mãos subiu para esfregar a bochecha.

— Kovacs! Caralho, cara, eu quase te matei agora.

— Que porra tá acontecendo aqui, Vlad?

Ele olhou para trás de mim, para os cadáveres. Deu de ombros.

— Não faço ideia. Parece que chegamos aqui tarde demais. Você os conhece?

— *Cadê o Murakami?*

Ele gesticulou para o lado de onde tinha vindo.

— Na outra ponta, subindo para a doca de estacionamento. Ele me mandou procurar você, caso precisasse de ajuda. A luta basicamente acabou, sabe? Agora só sobrou a limpeza e a boa e velha pilhagem para fazer. — Ele tornou a sorrir. — Hora de receber o pagamento. Venha, por aqui.

Entorpecido, eu o segui. Atravessamos a fortaleza subaquática, por corredores marcados pela batalha recente, paredes calcinadas pelas rajadas de raios e borrifos grotescos de tecido humano despedaçado, um ou outro cadáver largado e, ao menos uma vez, um homem de meia-idade absurdamente bem-vestido sentado no chão, fitando, incrédulo e catatônico, as próprias pernas espatifadas bem à sua frente. Ele deve ter sido expulso do cassino ou do bordel no começo do ataque, deve ter fugido para o complexo da fortaleza e sido pego no fogo cruzado. Quando o alcançamos, ele ergueu os dois braços para nós, debilmente, e Vlad lhe deu um tiro com a fragplasma. Nós o deixamos com vapor subindo em espiral a partir do buraco em seu peito e subimos por uma escadinha de acesso para as instalações da velha estação de enfardamento.

Na doca de estacionamento, deparamo-nos com uma carnificina similar. Corpos contorcidos espalhavam-se pelo cais e em meio aos deslizadores atracados. Aqui e ali, ardiam pequenas chamas onde disparos de rajadas tinham encontrado algo mais imediatamente inflamável do que carne e ossos humanos. A fumaça subia entre os pingos de chuva. O vento com certeza estava diminuindo.

Murakami estava junto à água, ajoelhado ao lado de uma Virgínia Vidaura caída, falando com ela com urgência. Uma das mãos aninhava a lateral do rosto dela. Alguns dos piratas de Vlad se encontravam por ali, discutindo amistosamente, com as armas jogadas sobre os ombros. Todos estavam ensopados, mas pareciam ilesos.

Do outro lado da carapaça dianteira de um Vastidão-móvel pintado de verde atracado por ali, o corpo de Anton.

Ele estava de cabeça caída para trás, os olhos congelados abertos, o cabelo de arco-íris do cabeça de comando chegando quase até a água. Havia um buraco por onde dava para passar uma cabeça entre seu peito e sua barriga. Parecia que Jad o pegara bem no meio por trás com o foco da arma de estilhaços regulado para estreito. A arma em si jazia descartada na doca em meio a poças de sangue. De Jad, nem sinal.

Murakami nos viu chegando e soltou o rosto de Vidaura. Ele apanhou a arma de estilhaços e a estendeu para mim com as duas mãos. O pente tinha sido ejetado, a culatra estava vazia. Ela havia sido disparada até o fim, depois descartada. Ele balançou a cabeça.

— Nós procuramos por ela, mas não há nada. O Col aqui diz que acha que a viu entrar na água. Se atirou da parede aqui em cima. Pode ser que ela tivesse asas, mas nessa merda... — Ele gesticulou, indicando o tempo. — Não tem como saber até que a gente faça uma limpeza nos corpos. A tempestade está indo para o oeste, minguando. Podemos procurar quando terminar.

Fiquei olhando para Virgínia Vidaura. Não pude ver nenhum ferimento evidente, mas ela parecia estar semiconsciente, a cabeça frouxa, rolando. Voltei-me para Murakami.

— Mas que porra é...

E a coronha da arma de estilhaços subiu e me atingiu na cabeça.

Fogo branco, incredulidade. Um sangramento novinho no nariz.

Mas o q...

Tropecei, boquiaberto; caí.

Murakami estava de pé acima de mim. Ele jogou a arma de estilhaços longe e sacou um belo atordoador de seu cinto.

— Desculpa, Tak.

Atirou em mim com ele.

CAPÍTULO 47

No final de um corredor muito comprido e escuro, há uma mulher esperando por mim. Estou tentando me apressar, mas minhas roupas estão molhadas e pesadas e o próprio corredor é inclinado em um ângulo, cheio quase até a altura do joelho de um negócio viscoso que acho que é sangue coagulando, só que fede a belalga. Sigo em frente, debatendo-me no piso submerso e torto, mas a porta aberta não parece ficar mais próxima.

Algum problema, cara?

Amplio a neuroquímica, mas tem algo de errado com o bioware, porque tudo o que enxergo é uma imagem ultradistante, como o periscópio de um atirador. É só eu contrair um músculo que a visão dança para todo lado, ferindo meus olhos quando eles tentam manter o foco. Metade do tempo a mulher é a camarada de Vlad, a pirata bem-dotada, despida até a cintura e debruçada sobre os módulos de equipamento desconhecido no chão de sua cabine. Seios grandes pendendo como frutas — posso sentir o vazio no céu da minha boca, ansioso para sugar um dos mamilos escuros. Em seguida, bem quando achei que tivesse assumido o controle da visão, ela se afasta e se transforma em uma cozinha minúscula com venezianas pintadas à mão que bloqueiam a passagem da luz do sol de Kossuth. Também há uma mulher ali, também despida até a cintura, mas não é a mesma, porque eu a conheço.

O escopo oscila novamente. Meus olhos se desviam para o equipamento no chão. Estruturas em um cinza fosco resistente a impactos, discos pretos lustrosos de onde bobinas de dados saltarão quando ativadas. O logotipo em cada módulo é inscrito em caracteres ideográficos que reconheço, em-

bora não saiba no momento ler nada em chinês da Terra ou do Lar Huno. Psicográficos Tseng. Este é um nome que já vi em campos de batalha e unidades de psicocirurgia de recuperação no passado recente, um nome novo. Uma nova estrela na constelação rarefeita de nomes de marcas militares, um nome e uma marca que apenas organizações muito bem financiadas podem custear.

O que você tem aí?

Uma eletromag da Kalashnikov. Um dos caras mais adiante no corredor me emprestou.

Eu me pergunto de onde ele roubou isso.

Quem disse que foi roubado?

Eu digo. Esses caras são piratas.

Abruptamente, minha palma está cheia do peso arredondado e voluptuoso da coronha da Kalashnikov. Ela cintila para mim sob a luz baixa do corredor, implorando para ser apertada.

Setecentos dólares da ONU, no mínimo. Nenhum pirata viciado em meta vai gastar esse tanto de dinheiro em uma arma silenciosa.

Eu tropeço mais alguns passos adiante enquanto uma sensação horrível do meu próprio fracasso em compreender os fatos me penetra. É como se eu estivesse absorvendo essa coisa viscosa no corredor através de raízes em minhas pernas e botas alagadas e eu sei que, quando estiver cheio, ela vai me coagular, forçando uma parada violenta.

E então eu vou inchar e explodir, como um saco de sangue espremido com força excessiva.

Se você entrar aqui de novo, moleque, eu vou te esmagar até você estourar.

Senti meus olhos se arregalarem de choque. Dou uma olhada pelo periscópio de atirador de novo e, dessa vez, não é a mulher com o equipamento, e não é a cabine a bordo do Empalador.

É a cozinha.

E é a minha mãe.

Ela está de pé, um pé em uma bacia de água com sabão, e debruçando--se para esfregar a perna com um pedaço de higiesponja barata, cultivada em fazenda. Ela está vestindo uma saia transpassada de colhedora de belalga na altura das coxas, aberta de um dos lados, e está despida até a cintura, e ela é jovem, mais jovem do que normalmente consigo me lembrar dela. Seus seios pendem, grandes e lisos, como frutas, e minha boca sente um vazio com a memória do sabor deles. Ela olha de lado para mim então e sorri.

E ele entra no recinto com uma pancada, vindo de outra porta que uma lembrança passageira me diz levar ao cais. Entra no recinto com uma pancada e se choca contra ela como algo elementar.

— Sua putinha, sua putinha intriguenta do caralho!

Com o choque dessa cena, meus olhos se ampliam e de repente estou de pé no umbral. O véu do periscópio se foi, isso é agora, é real. Levei os três primeiros golpes para me mover. Um tapa com as costas da mão com toda a força, esse é um golpe que todos nós já havíamos levado dele em um ou outro momento, mas dessa vez ele está mesmo indo com tudo — ela é catapultada para o outro lado da cozinha, para cima da mesa, e cai; ela se levanta e ele a derruba de novo com um soco e há sangue vívido no nariz dela, em um facho perdido de luz do sol passando pela veneziana, ela luta para se levantar, do chão dessa vez, e ele dá um pisão duro em sua barriga; ela convulsiona e rola o corpo de lado, a tigela vira e a água com sabão me alcança, passando pelo umbral, sobre meus pés descalços, e então é como se um fantasma de mim mesmo ficasse na porta, enquanto o resto de mim entrasse correndo na cozinha e tentasse se enfiar entre eles.

Eu sou pequeno, provavelmente não muito mais do que cinco anos, e ele está bêbado, de modo que o golpe sai sem precisão. Mas é o bastante para me derrubar pela porta. Em seguida ele vem e se posta acima de mim, as mãos apoiadas atabalhoadamente nos joelhos, a respiração pesada saindo pela boca frouxa.

Se você entrar aqui de novo, moleque, eu vou te esmagar até você estourar.

Ele nem se incomoda em fechar a porta enquanto volta para ela.

Porém, enquanto fico ali sentado em um montinho inútil, começando a chorar, ela estende a mão pelo piso e empurra o batente da porta, de modo que ela se feche sobre o que estava para acontecer.

Em seguida, apenas o som das pancadas e a porta fechada recuando.

Eu me agito pelo corredor inclinado, perseguindo a porta enquanto a última luz se espreme pela abertura e o choro em minha garganta se modula para cima, na direção de um grito de rasgasa. Uma onda de fúria se ergue em mim e eu cresço com ela, estou mais velho a cada segundo que se passa, em breve terei idade suficiente e vou alcançar a porta, vou entrar lá antes que ele enfim abandone todos nós, vou matá-lo com minhas próprias mãos, armas nas minhas mãos, minhas mãos são armas, e a gororoba viscosa está escoando e eu atinjo a porta como uma pantera-do-pântano, mas não faz diferença, ela ficou fechada por muito tempo, é sólida, e o impacto reverbera por mim como um atordoador e...

Ah, é. Atordoador.

Então não é uma porta, é...

... a doca, e meu rosto está esmagado contra ela, grudento em uma pocinha de cuspe e sangue onde eu aparentemente mordi minha língua quando caí. Não é um resultado incomum quando se usa atordoadores.

Tossi e engasguei. Expeli o catarro, fiz um rápido relatório de danos e desejei não tê-lo feito. Meu corpo todo era uma coleção chocante de tremores e dores devido ao atordoador. A náusea rasgava meus intestinos e o fundo do meu estômago; minha cabeça parecia leve e cheia de ar estrelado. A lateral do meu rosto latejava onde a coronha do rifle tinha me acertado. Fiquei ali por um momento, colocando tudo sob algo parecido com controle, depois descolei o rosto da doca e joguei o pescoço para cima como uma foca. Foi um movimento curto e abortado. Minhas mãos estavam presas atrás das costas com alguma substância, e eu não conseguia enxergar muita coisa acima da linha dos tornozelos. A pulsação quente da biosolda em torno dos meus pulsos. Ela cedia um pouco de forma a não estropiar mãos que ficassem presas por longos períodos e se dissolvia quando se despejava a enzima correta sobre ela, mas era tão impossível retirá-la com movimentos das mãos quanto seria arrancar os próprios dedos.

Uma pressão no meu bolso revelou uma verdade já esperada. Eles tinham levado a faca Tebbit. Eu estava desarmado.

Tive ânsia de vômito e expeli os restos exíguos de um estômago vazio. Voltei a cair e me esforcei para não encostar o rosto nesses restos. Eu podia ouvir disparos de armas de raios a uma grande distância e, muito baixinho, algo que soava como risos.

Um par de botas passou pela poça, respingando. Parou e voltou.

— Ele tá voltando a si — alguém disse e assoviou. — Filho da puta durão. Ei, Vidaura, você falou que treinou esse cara?

Nenhuma resposta. Eu vomitei de novo e consegui rolar de lado. Pisquei para a silhueta de pé acima de mim, confuso. Vlad Tepes olhava para mim de um céu clareando que quase tinha desistido da chuva. A expressão em seu rosto era séria e cheia de admiração, e ele ficou absolutamente imóvel enquanto me observava. Nenhum traço daquela agitação anterior de viciado em meta podia ser visto.

— Bela atuação — rosnei para ele.

— Gostou, hein? — Ele sorriu. — Te enganei, né?

Passei a língua sobre os dentes e cuspi um pouco de sangue misturado com vômito.

— É, bem que pensei que Murakami tinha que ser um maluco do caralho para usar você. E então, o que aconteceu com o Vlad original?

— Ah, bem... — Ele fez uma cara meio irônica. — Você sabe como é.

— É, sei, sim. Quantos mais de vocês tem por aqui? Além da sua especialista em psicocirurgia com peitos lindos, digo.

Ele riu, à vontade.

— É, ela disse que te flagrou olhando. Um belo pedaço de carne, né? Sabe, a última coisa que Liebeck usou antes daquilo foi uma capa atlética de Cabo Limon. Lisa feito uma tábua. Já faz um ano e ela ainda não conseguiu se decidir se gostou ou ficou puta com a mudança.

— Limon, hein? Limon, em Latimer?

— Isso mesmo.

— Onde fica a linha de frente dos Desarmadores.

Ele sorriu.

— Está tudo começando a fazer sentido, né?

Não era fácil dar de ombros quando você está algemado com as mãos para trás, deitado no chão. Fiz o melhor que pude.

— Eu vi o equipamento Tseng na cabine.

— Droga, então você *não tava* olhando para os peitos dela.

— Eu tava, sim — admiti. — Mas sabe como é. Um olho no peixe, o outro no gato.

— Isso é uma verdade, porra.

— Mallory.

Nós dois olhamos na direção do grito. Todor Murakami caminhava pela doca, vindo da fortaleza subaquática. Não fosse pela Kalashnikov no quadril e a faca no peito, ele estaria desarmado. Uma chuva suave caía ao redor dele com uma centelha vinda do céu cada vez mais claro.

— Nosso renegado já consegue sentar e cuspir — disse Mallory, apontando para mim.

— Bom. Agora, já que você é o único que consegue fazer aquela sua tripulação agir de forma coordenada, por que não vai para lá organizá-los? Ainda tem corpos na área do bordel com cartuchos intactos, eu os vi quando vinha para cá. Pode haver testemunhas vivas se escondendo, até onde a gente sabe. Quero uma última varredura, ninguém vivo, e quero cada cartucho derretido até o talo. — Murakami fez um gesto de repulsa. — Deus do céu, eles são *piratas*, era de se imaginar que eles pudessem dar conta do recado, caralho. Em vez disso, a maioria está brincando de soltar as panteras e usá--las para praticar tiro ao alvo. Escuta só.

O disparo de raios ainda estava no ar, longas rajadas indisciplinadas intermeadas com gritos empolgados e risos. Mallory deu de ombros.

— E então, cadê Tomaselli?

— Ainda tá preparando o equipamento com Liebeck. E Wang está te esperando na ponte, tentando garantir que ninguém seja devorado por acidente. O barco é seu, Vlad. Vá fazer com que eles parem de enrolar e, quando tiverem terminado a varredura, traga o *Empalador* até esse lado para ser carregado.

— Tá certo. — Como uma ondulação correndo sobre água, Mallory adotou o personagem Vlad e começou a cutucar as cicatrizes de acne, inquieto. Ele me cumprimentou com um gesto da cabeça. — Te vejo assim que eu te vir, hein, Kovacs? Assim que.

Assisti enquanto ele ia até a curva da parede da estação e dava a volta nela, saindo de vista. Voltei meu olhar para Murakami, que ainda fitava a direção de onde vinham os sons das comemorações pós-operação.

— Porra de amadores — resmungou ele, balançando a cabeça.

— Então... — falei, pessimista. — Você está mobilizado, afinal.

— Acertou *de primeira*. — Enquanto falava, Murakami se agachou e me arrastou até uma posição sentada desajeitada com um grunhido. — Sem ressentimentos, está bem? Não é como se eu pudesse ter te contado ontem à noite e apelado ao seu senso de nostalgia por ajuda, né?

Olhei ao redor a partir de minha nova posição e vi Virgínia Vidaura, frouxa contra um poste de atracagem, os braços presos para trás. Havia um longo hematoma escurecendo seu rosto, e o olho estava inchado. Ela me olhou, embotada, e desviou o olhar. Havia lágrimas manchando a sujeira e o suor no rosto dela. Nem sinal da capa de Sylvie Oshima, morta ou viva.

— Então, em vez disso, você me fez de otário.

Ele deu de ombros.

— Trabalhe com as ferramentas à disposição, sabe como é.

— Quantos de vocês estão nessa? Não a tripulação toda, pelo visto.

— Não. — Ele deu um leve sorriso. — Só cinco. Mallory ali. Liebeck, que você já conheceu. Mais dois, Tomaselli e Wang, e eu.

Assenti.

— Equipe de mobilização infiltrada. Eu devia ter sabido que de jeito nenhum você estaria em Porto Fabril a passeio. Há quanto tempo você está nisso?

— Quatro anos, quase. Isso, eu e Mallory. Viemos antes dos outros. Conseguimos Vlad há dois anos, a gente tava de olho nele havia um tempo. E então Mallory trouxe os outros como novos recrutas.

— Deve ter sido esquisito, assumir o papel do Vlad desse jeito.

— Na verdade, não. — Murakami se apoiou sobre os calcanhares na chuva gentil. Ele parecia ter todo o tempo do mundo para conversar. — Eles não são muito perceptivos, esses viciados em meta, e não forjam nenhum relacionamento importante. Havia apenas uns dois deles próximos o bastante de Vlad para ser um problema quando Mallory começou, e eu os matei antes disso. Periscópio de atirador e fragplasma. — Ele imitou o ato de rastrear e atirar. — Tchauzinho cabeça, tchauzinho cartucho. Derrubamos o Vlad na semana seguinte. Mallory já estava cozinhando o Vlad em banho-maria havia quase dois anos, fingindo ser groupie de piratas, chupando o pau dele, compartilhando cachimbos e garrafas com ele. E então, numa noite bem escura em Fontenópolis, bum! — Murakami socou um punho contra a palma da outra mão. — Aquele negócio portátil da Tseng é uma beleza. Você pode fazer um desencape e reencape em um banheiro de hotel.

Fontenópolis.

— Você esteve observando o Brasil esse tempo todo?

— Entre outros. — Outro dar de ombros. — A Faixa toda, na verdade. É o único lugar do Mundo onde ainda resta qualquer espírito de insurgência sério. Mais ao norte, até na maior parte de Novapeste, é só crime, e você sabe como os criminosos são conservadores.

— E por isso, o Tanaseda.

— Por isso, o Tanaseda. Nós gostamos da Yakuza, eles só querem se aproximar dos poderes existentes. E os *haiduci*, bem, apesar de suas alardeadas raízes populistas, eles são só uma versão genérica e mal educada da mesma doença. Aliás, você pegou o seu colega, o Segesvar? Esqueci de perguntar antes de te derrubar ali atrás.

— Peguei, sim. Uma pantera-do-pântano o comeu.

Murakami riu.

— Fenomenal. Por que diabos você se demitiu, Tak?

Fechei os olhos. A ressaca do atordoador parecia estar piorando.

— E você? Resolveu meu problema de duplo encape para mim?

— Ah... não, ainda não.

Abri meus olhos de novo, surpreso.

— Ele ainda está à solta por aí?

Murakami fez um gesto envergonhado.

— Parece que sim. Parece que você já era difícil de matar, mesmo naquela idade. Mas nós vamos pegá-lo.

— Vão, é? — perguntei, sombrio.

— Vamos, sim. Com Aiura fora do jogo, ele não tem um responsável, não tem para onde correr. E com certeza ninguém nas Primeiras Famílias vai querer retomar o projeto de onde ela parou. Não se quiserem que o Protetorado continue em casa, permitindo que eles sigam com seus brinquedos de oligarcas.

— Ou — falei, casualmente — você poderia apenas me matar, agora que está comigo aqui, e deixar que ele venha até você e proponha um acordo.

Murakami franziu o cenho.

— Isso não foi engraçado, Tak.

— Não era para ser. Ele ainda está se chamando de Emissário, sabe. Provavelmente aproveitaria a chance de voltar ao Corpo, se você oferecesse.

— Eu não tô nem aí, porra. — Havia raiva em seu tom agora. — Não conheço o porrinha e ele vai morrer.

— Certo, certo. Calma lá. Eu só tava tentando facilitar a sua vida.

— Minha vida já está fácil o bastante — rosnou ele. — Duplo encape de um Emissário, mesmo um ex-Emissário, é basicamente um suicídio político irrevogável. Konrad Harlan vai cagar nas calças quando eu aparecer em Porto Fabril com a cabeça de Aiura e um relatório de tudo isso. A melhor coisa que ele pode esperar fazer é negar conhecimento de tudo e rezar para que eu deixe por isso mesmo.

— Você pegou o cartucho da Aiura?

— Sim, a cabeça e os ombros estavam praticamente intactos. Vamos interrogá-la, mas é uma formalidade. Não usaremos o que ela sabe de forma direta. Em situações como essa, tendemos a deixar que a escória presidencial local mantenha intacta sua capacidade de fazer uma negação plausível. Você se lembra do esquema: minimizar a perturbação local, manter uma frente ininterrupta de autoridade com o Protetorado, guardar os dados para uso futuro.

— É, eu me lembro. — Tentei engolir e criar um pouco de umidade na minha boca. — Sabe, Aiura pode não ceder. Como serva da família, ela vai ter um condicionamento de lealdade bem pesado...

Ele sorriu de um jeito desagradável.

— Todo mundo cede no fim, Tak. Você sabe. Com o interrogatório virtual, é ceder ou ficar maluco, e hoje em dia podemos até trazê-los de volta da insanidade. — O sorriso se desvaneceu em algo mais duro e não menos desagradável. — De qualquer forma, não vem ao caso. Nosso amado líder perpétuo Konrad jamais saberá o que conseguimos ou não arrancar dela. Ele só vai presumir o pior, se curvar e obedecer. Ou eu convoco uma força de assalto, incendeio os Penhascos de Rila em torno dele e jogo ele e a porra da família toda no armazenamento.

Assenti, olhando para a Vastidão com o que parecia ser um meio sorriso em minha boca.

— Você soa quase como um quellista. Era quase isso o que eles gostariam de fazer. Parece uma lástima que você não tenha chegado a um acordo com eles. Por outro lado, não é só para isso que você está aqui. — Abruptamente, voltei meu olhar de novo para o rosto dele. — É?

— Como é? — Mas ele nem estava se esforçando, o sorriso rondando o canto da boca.

— Ah, corta essa, Tod. Você aparece com seu equipamento psicográfico de ponta; sua colega Liebeck foi mobilizada pela última vez em Latimer. Você levou Oshima para algum lugar separado. E disse que essa operação está rolando há cerca de quatro anos, o que coincide demais com o começo da Iniciativa Mecsek. Você não está aqui por causa dos quellistas, está aqui para ficar de olho na tecnologia dos Desarmadores.

O sorriso escapou.

— Muito perceptivo. No entanto, você se enganou. Estamos aqui para fazer as duas coisas. É a justaposição de Desarmadores de ponta *mais* a presença quellista residual que deixou o Protetorado cagando nas calças. Isso e os orbitais, claro.

— Os orbitais? — Fiquei mudo, olhando para ele. — O que os orbitais têm a ver com isso?

— No momento, nada. E é assim que gostaríamos que continuasse. Só que... com a tecnologia Desarmadora, não há mais como ter certeza disso.

Balancei a cabeça, tentando me livrar do torpor.

— Mas o qu...? Por quê?

— Porque... — disse ele, sério. — Parece que essa porra funciona.

CAPÍTULO 48

Eles retiraram o corpo de Sylvie Oshima da estação de enfardamento em um volumoso trenó gravitacional cinza com identificações da Tseng e um escudo plástico recurvado para impedir a chuva de entrar. Liebeck guiou o trenó com um controle remoto e outra mulher, que presumi ser Tomaselli, vinha na retaguarda com um sistema de monitoramento carregado no ombro, também com o logotipo da Tseng. Eu tinha conseguido ficar de pé sozinho quando elas saíram e, estranhamente, Murakami pareceu contente em me ver assim. Ficamos lado a lado em silêncio, como enlutados em uma procissão funeral pré-milenar, assistindo à chegada do leito gravitacional e sua carga. Olhando para o rosto de Oshima, eu me lembrei do jardim de pedra ornamentado no topo dos Penhascos de Rila e a maca ali e me ocorreu que, para alguém crucial a uma nova era revolucionária, esta mulher estava passando bastante tempo inconsciente, presa a transportes para inválidos. Dessa vez, sob a cobertura transparente, seus olhos estavam abertos, mas não pareciam estar registrando nada. Se não fosse pelo monitor de sinais vitais em uma tela embutida ao lado da cabeça dela, poderia se passar por um cadáver.

E você está, Tak. Está olhando para o cadáver da revolução quellista logo ali. Isso era tudo o que eles tinham e, sem Koi e os outros, ninguém vai trazê-lo de volta à vida.

Não era realmente um choque que Murakami tivesse executado Koi, Brasil e Tres; em algum nível, eu já esperava por isso desde o momento em que acordei. Eu tinha visto no rosto de Virgínia Vidaura enquanto ela desabava contra o poste de atracagem; quando ela cuspiu aquelas palavras, não foi mais do que uma confirmação. E quando Murakami assentiu, pragmático, e me mostrou o punhado de cartuchos corticais recém-extraídos, tudo o que tive foi uma sensação doentia de fitar em um espelho algo como um dano terminal a mim mesmo.

— Ah, o que é isso, Tak. — Ele enfiou os cartuchos de volta em um bolso de seu traje de furtividade e esfregou as mãos uma na outra com arrogância, fazendo uma careta. — Eu não tinha escolha, você sabe. Eu já te contei que não podemos nos dar ao luxo de um repeteco da Descolonização. Não menos importante, porque esses caras sempre vão perder, e aí a bota do Protetorado cai sobre todo mundo, e quem é que vai querer isso?

Virgínia Vidaura cuspiu na direção dele. Foi um bom esforço, considerando-se que ela ainda estava caída contra o poste de atracagem a três ou quatro metros dele. Murakami suspirou.

— Apenas *pense a respeito* por uma porra de um instante, pode ser, Virgínia? Pense no que um levante neoquellista vai fazer com esse planeta. Você acha que Adoración foi ruim? Acha que Xária foi uma zona? Não foram nada comparados ao que teria acontecido aqui se os seus coleguinhas praieiros tivessem levantado o estandarte revolucionário. Acreditem, a administração Hapeta não está pra brincadeira. Eles são linha-dura, com um mandato sem entraves. Vão esmagar qualquer coisa que lembre uma revolta em qualquer ponto dos Mundos Assentados e, se for necessário um bombardeio planetário para essa repressão, *então é isso o que vai ser.*

— É — disparou ela. — E é isso o que nós devemos aceitar como modelo de governança, né? Suserania oligarca corrupta, reforçada por uma força militar esmagadora.

Murakami tornou a dar de ombros.

— Não vejo por que não. Historicamente, funciona. As pessoas gostam de seguir ordens. E não é como se essa oligarquia fosse tão ruim, certo? Digo, olhe para as condições em que o povo vive. Não estamos mais falando da pobreza e da opressão dos anos da Colonização. Faz três séculos que isso acabou.

— E *por que* acabou? — A voz de Vidaura tinha ficado tênue. Eu comecei a me preocupar que ela tivesse sofrido uma concussão. Capas com especificações para surfista eram duronas, mas não eram projetadas para suportar o tipo de dano facial que ela tinha enfrentado. — Seu idiota do caralho! É porque os quellistas deram um chute na cabeça deles.

Murakami fez um gesto exasperado.

— Certo, então eles já serviram seu propósito, não é? Não precisamos deles voltando.

— Isso é baboseira, Murakami, e você sabe. — Mas Vidaura me fitava com os olhos vazios enquanto falava. — O poder não é uma estrutura, é um sistema de fluxo. Ou se acumula no topo, ou se difunde pelo sistema. O quellismo colocou essa difusão em movimento e aqueles filhos da puta em Porto Fabril estão tentando reverter o fluxo desde então. Agora está cumulativo de novo. As coisas vão continuar piorando, eles vão continuar tirando e tirando do resto de nós, e daqui a outros cem anos você vai acordar e *vamos estar* na porra da Colonização outra vez.

Murakami balançou a cabeça para cima e para baixo durante todo esse discurso, como se cogitasse seriamente a questão.

— É, então, o negócio é que... — disse ele quando ela terminou — ... eles não me pagam, e certamente nunca me treinaram, para me preocupar a respeito de cem anos no futuro. Eles me treinaram... *você me treinou, na verdade...* para lidar com a circunstância presente. E é isso o que estamos fazendo aqui.

Circunstância Presente: Sylvie Oshima. Desarmadora.

— Porra de Mecsek — disse Murakami, irritadiço, indicando a figura deitada no leito gravitacional. — Se a decisão fosse minha, de jeito nenhum o governo local teria tido acesso a essas coisas, quanto mais ter um mandato para licenciar isso para um bando de caçadores de recompensas drogados e disfuncionais. Podíamos ter mandado uma equipe de especialistas Emissários para limpar Nova Hok e nada disso teria acontecido.

— Sim, mas isso teria custado demais, lembra?

Ele assentiu, sombrio.

— Sim. O mesmo motivo que o Protetorado usou para alugar essas coisas para todo mundo, em primeiro lugar. Um retorno percentual sobre o investimento. Tudo gira em torno de dinheiro. Ninguém quer fazer história mais, eles só querem fazer uma pilha de dinheiro.

— Pensei que fosse isso o que você queria — disse Virgínia Vidaura, baixinho. — Todo mundo escarafunchando atrás de dinheiro. Cuidadores oligarcas. Um sistema de controle facílimo. Agora você vai *reclamar disso,* caralho?

Ele lhe lançou um olhar de esguelha, exausto, e balançou a cabeça. Liebeck e Tomaselli se afastaram para dividir um baseado de erva do mar até que Vlad/Mallory aparecesse com o *Empalador*. Descanso. O trenó gravitacional oscilava, desacompanhado, a um metro de mim. A chuva caía suavemente sobre o plástico transparente que o cobria e escorria pela curva. O vento tinha se reduzido a uma brisa hesitante, e os disparos de raios da extremidade oposta da fazenda tinham se silenciado muito antes. Fiquei de pé em um momento cristalino de quietude e fitei os olhos congelados de Sylvie Oshima. Fiapos sussurrantes de intuição arranharam as barreiras da minha compreensão consciente, buscando entrada.

— Que negócio é esse de fazer história, Tod? — perguntei, sem emoção. — O que tá rolando com os Desarmadores?

Ele se voltou para mim e havia uma expressão em seu rosto que eu nunca tinha visto antes. Ele sorriu para mim, incerto. Aquilo o fez parecer muito jovem.

— O que tá rolando? Como eu disse antes, o que tá rolando é que *a coisa funciona*. Eles estão conseguindo resultados lá em Latimer, Tak. Contato com as IAs marcianas. Compatibilidade do sistema de dados, pela primeira vez em quase seiscentos anos de tentativas. As máquinas deles estão conversando com as nossas, e foi esse sistema que cobriu esse vão. Nós deciframos a interface.

Garras geladas deslizaram brevemente sobre minha coluna vertebral. Eu me lembrei de Latimer e de Sanção IV e de algumas das coisas que eu tinha visto e feito por lá. Apenas nunca acreditei que aquilo fosse voltar a mim.

— Mantendo as coisas meio em segredo, né? — falei, calmo.

— Você não estaria? — Murakami indicou a figura deitada no trenó gravitacional com um dedo. — O que aquela mulher tem conectado na cabeça vai conversar com as máquinas que os marcianos deixaram para trás. Com o tempo, isso pode nos dizer para onde eles foram, pode até *nos levar* até eles. — Ele sufocou uma risada. — E a piada é que ela não é uma arqueóloga, nem uma oficial de sistemas treinada pelos Emissários, nem uma especialista nos marcianos. Não. Ela é uma porra de uma caçadora de recompensas, Tak, uma máquina assassina mercenária beirando a psicose. E existem sabe lá deus quantos outros como ela, todos perambulando com esse negócio ativo na cabeça. Você tem alguma ideia de como o Protetorado fodeu tudo dessa vez? Você estava por lá, em Nova Hok. Pode imaginar as consequências se nosso primeiro contato com uma cultura alienígena hiperavançada acontecer através dessa gente? Nós teremos sorte se os marcianos não voltarem e esterilizarem cada planeta que nós colonizamos, só para garantir.

Senti subitamente a vontade de tornar a me sentar. A tremedeira causada pelo atordoador voltou a me dominar, subindo das entranhas e passando pela minha cabeça, deixando-a leve. Engoli a náusea e tentei pensar, superando um clamor de detalhes relembrados repentinamente. Os Escorregadios de Sylvie em ação lacônica e assassina contra o agrupamento do canhão escorpião.

Todo o seu sistema de vida é inimigo do nosso.

É. Além disso, nós queremos a porra da terra.

Orr e seu pé de cabra, de pé sobre o karakuri com defeito no túnel sob Drava. *Então, vamos desligar isso aqui ou o quê?*

A gabolice de Desarmador a bordo do *Canhões para Guevara*, vagamente divertida por sua presunção ridícula, até que se colocasse essa característica em um contexto que pudesse ter significado.

Quando você der um jeito de desarmar um orbital, Las, é só nos avisar.

É, pode contar comigo. Derrube um orbital e faria Mitzi Harlan te pagar um boquete toda manhã pelo resto da vida.

Ah, caralho.

— Você acha mesmo que ela poderia fazer isso? — perguntei, atordoado.

— Acha que ela é capaz de conversar com os orbitais?

Ele mostrou os dentes. Era qualquer coisa, menos um sorriso.

— Tak, até onde eu sei, ela *já está* conversando com eles. Nós a sedamos agora e o equipamento Tseng a está monitorando em busca de transmissões, isso faz parte das instruções, mas não temos como saber o que ela já fez.

— E se ela começar?

Ele deu de ombros e desviou o olhar.

— Aí eu tenho as minhas ordens.

— Ah, que ótimo. Muito construtivo.

— Tak, que porra de escolha eu tenho? — O desespero bordejava sua voz. — Você sabe das merdas esquisitas que têm acontecido em Nova Hok. Mementas fazendo coisas que não deveriam fazer, mementas construídas segundo especificações da Descolonização das quais ninguém se lembra. Todo mundo pensa que é algum tipo de evolução das máquinas, nanotec básica, só que crescida, mas e se não for? E se forem Desarmadores que estão disparando isso tudo? E se os orbitais estiverem acordando porque farejaram o software de comando e estão fazendo alguma coisa com as mementas como resposta? Esse negócio foi projetado para recorrer aos sistemas das máquinas marcianas, até onde as compreendemos, e as notícias vindas de Latimer são de que isso funciona. Então por que não funcionaria aqui?

Fitei Sylvie Oshima e a voz de Jad ecoou pela minha cabeça.

... esse negócio de tagarelar bobagem, os apagões, aparecer em lugares onde alguém já tinha trabalhado, isso tudo veio depois de Iyamon...

... um punhado de vezes a gente encontrava atividade de mementas e, quando chegávamos lá, já estava tudo acabado. Parecia que elas estavam lutando umas com as outras...

Minha mente espiralou pelas vias que a intuição de Emissário de Murakami tinha aberto para mim. E se elas não estivessem lutando umas com as outras? E se...

Sylvie, semiconsciente em uma cama em Drava, resmungando. *Aquilo me conhecia. Aquilo. Como um velho amigo. Como um...*

A mulher que se chamava de Nadia Makita, deitada em outra cama a bordo do *Ilhéu de Boubin.*

Grigori. Tem algo que soa como Grigori lá embaixo.

— Essas pessoas que você tem no seu bolso — falei para Murakami, baixinho. — As que você matou em nome de um amanhã mais estável para todos nós. Todas elas acreditavam que essa aqui era Quellcrist Falconer.

— Bem, a crença é um negócio engraçado, Tak. — Ele fitava muito além do trenó gravitacional e não havia humor nenhum no tom de sua voz. — Você é um Emissário, você sabe disso.

— Sim. E aí, no que *você* acredita?

Por alguns momentos, ele ficou em silêncio. Em seguida, balançou a cabeça e me encarou.

— No que eu acredito, Tak? Acredito que, se estamos prestes a decodificar as chaves para a civilização marciana, então gente que passou por Morte Real voltando à vida vai parecer um evento menor e relativamente banal.

— Você acha que é ela?

— Eu não ligo se for. Não muda nada.

Um grito de Tomaselli. O *Empalador* veio contornando a lateral da fazenda devastada de Segesvar como uma arraia elefante ciborgue, um brutamontes imenso. Correndo o risco de vomitar de novo, ampliei a neuroquímica com cuidado e consegui discernir Mallory de pé no castelo de proa com seu oficial de comunicações e um par de outros piratas que não reconheci. Aproximei-me de Murakami.

— Eu tenho mais uma pergunta, Tod. O que você tá planejando fazer com a gente? Com a Virgínia e comigo?

— Bem... — Ele esfregou vigorosamente seu cabelo curto, fazendo borrifos de água saírem voando. Uma sugestão de sorriso ressurgiu, como se o retorno a assuntos práticos fosse como uma reunião com um velho amigo. — Isso é um pouquinho problemático, mas vamos resolver tudo. Do jeito que as coisas andam na Terra, eles provavelmente iam querer que eu levasse vocês dois para lá ou os matasse. Emissários renegados não pegam muito bem com a administração atual.

Assenti, exausto.

— E aí?

O sorriso aumentou.

— Aí, fodam-se eles. Você é um Emissário, Tak. Assim como ela. Só porque vocês perderam seus privilégios no clubinho, não quer dizer que não façam parte dele. Simplesmente dar as costas ao Corpo não muda o que vocês são. Você acha que vou me esquecer disso porque uma turminha ensebada de políticos da Terra está procurando bodes expiatórios?

Balancei a cabeça.

— É dos seus empregadores que você tá falando, Tod.

— Foda-se. Eu respondo ao Comando Emissário. Nós não entregamos nosso pessoal. Mas vou precisar de um pouco de cooperação, Tak. Ela está levando a coisa toda muito a sério. Não posso soltá-la com essa atitude. No mínimo porque é provável que ela vá tentar meter uma bala de fragplasma na minha nuca assim que eu virar as costas.

O *Empalador* deslizou lateralmente na direção de uma seção não utilizada da doca. Suas garras foram disparadas e abriram buracos no concreterno. Duas delas acertaram trechos apodrecidos e os arrancaram assim que começaram a se esticar. O hovercargueiro recuou de leve em um montinho de belalga picada e água agitada. As garras foram enroladas e disparadas outra vez.

Algo atrás de mim gemeu.

A princípio, uma parte idiota de mim achou que fosse Virgínia Vidaura finalmente dando vazão ao seu luto guardado. Uma fração de segundo depois, me dei conta do tom maquinal do som e o identifiquei como o que era: um alarme.

O tempo pareceu desacelerar até parar por completo. Segundos se transformaram em placas pesadas de percepção; tudo se movia com a calma preguiçosa do movimento subaquático.

... Liebeck, girando para longe da beira da água, o baseado aceso caindo de sua boca aberta, batendo na curva superior de seu seio em uma breve explosão de faíscas...

... Murakami, gritando ao meu ouvido, passando por mim na direção do trenó gravitacional...

... O sistema de monitoração embutido no trenó gritando, uma fileira inteira de sistemas de bobinas de dados ganhando vida, acendendo-se como velas ao longo de um dos lados do corpo de Sylvie Oshima, subitamente se contorcendo...

... Os olhos de Sylvie, arregalados e fixos nos meus enquanto a gravidade de seu olhar atraía o meu...

... O alarme, desconhecido como o novo equipamento Tseng, mas com apenas um significado possível por trás...

... E o braço de Murakami, erguido, a mão cheia com a Kalashnikov enquanto ele a saca de seu cinto...

... Meu próprio grito, esticando-se e se misturando com o dele enquanto eu me jogava adiante para bloqueá-lo, as mãos ainda presas, desesperadamente lento...

E então as nuvens se abriram em um rasgo ao leste e vomitaram fogo angelical.

E a doca se iluminou com luz e fúria.

E o céu desmoronou.

CAPÍTULO 49

Mais tarde, levei algum tempo para perceber que eu não estava sonhando de novo. Havia na cena em meu entorno a mesma sensação de abandono e alucinação que eu tinha sentido no pesadelo de infância que eu tinha recordado após o atordoador, a mesma ausência de sentido coerente. Eu me encontrava caído na doca da fazenda de Segesvar outra vez, mas ela estava deserta, e minhas mãos, subitamente soltas. Uma leve neblina pairava sobre tudo e as cores pareciam desbotadas nos arredores. O trenó gravitacional flutuava pacientemente no mesmo lugar de antes, mas com a lógica distorcida dos sonhos, agora era Virgínia Vidaura quem jazia ali, o rosto pálido dos dois lados do imenso hematoma que se espalhava por suas feições. Penetrando alguns metros na Vastidão, trechos da água ardiam em chamas pálidas, sem explicação. Sylvie Oshima estava sentada observando-as, debruçada adiante sobre um dos postes de atracagem como um rasgasa, congelada no lugar. Ela deve ter me ouvido tropeçar enquanto me levantava, mas não se moveu nem olhou para trás.

Tinha parado de chover, finalmente. O ar cheirava a calcinado.

Caminhei instável até a beira da água e me coloquei ao lado dela.

— Grigori Ishii, caralho — disse ela, ainda sem olhar para mim.

— Sylvie?

E então ela se virou e eu tive minha confirmação. A cabeça de comando Desarmadora estava de volta. Os detalhes da postura, a expressão nos seus olhos, a voz, tinham todos voltado. Ela deu um sorriso débil.

— Isso é tudo culpa sua, Micky. Você me deu Ishii para pensar a respeito. Eu não podia deixar isso para lá. Aí me lembrei de quem ele era, e tive que voltar lá embaixo e procurar por ele. E escavar pelos caminhos que ele usou para entrar, os caminhos que *ela* usou para entrar também, e comecei a procurar. — Ela deu de ombros, mas não foi um gesto tranquilo. — Eu abri a passagem.

— Agora eu me perdi. *Quem é* Grigori Ishii?

— Você não lembra mesmo? Aula de história para crianças, ano três? A Cratera de Alabardos?

— Estou com dor de cabeça, Sylvie, e além disso matei muita aula. Vai direto ao ponto.

— Grigori Ishii era um piloto de jatocóptero quellista trabalhando com o destacamento de retirada em Alabardos. O que tentou tirar a Quell de lá. Ele morreu com ela quando o fogo angelical disparou.

— Então...

— É. — Ela riu, por pouco, um único som muito baixo. — Ela é quem diz ser.

— Foi... — Eu parei e olhei ao meu redor, tentando absorver a enormidade daquilo. — Foi ela quem fez isso?

— Não, fui eu. — Uma correção com um gesto de indiferença. — Eles fizeram, eu pedi que fizessem.

— Você *invocou* o fogo angelical? Você fez ligação direta com um orbital?

Um sorriso vagou pelo rosto dela, mas pareceu ficar preso em algo dolorido nessa passagem.

— Foi. Toda aquela baboseira que a gente falava, e eu fui a pessoa que conseguiu. Não parece possível, né?

Pressionei uma das mãos com força contra o rosto.

— Sylvie, você vai ter que reduzir a velocidade. O que aconteceu com o jatocóptero de Ishii?

— Nada. Quero dizer, aconteceu tudo, exatamente como você leu na escola. O fogo angelical o atingiu, como eles contam para a gente quando a gente é criança. Exatamente como diz a história. — Ela falava mais para si mesma do que para mim, ainda fitando a névoa que o ataque orbital tinha criado ao vaporizar o *Empalador* e os quatro metros de água sob ele. — Não funciona como a gente achava, Micky. O fogo angelical. É uma rajada de raios, mas é mais do que isso. Também é um gravador. Um anjo gravador. Ele destrói tudo o que toca, mas tudo o que ele toca também tem um efeito modificador na energia da rajada. Cada molécula, cada partícula subatômica muda o estado de energia do facho minimamente e, quando termina, ele carrega uma imagem perfeita de seja lá o que foi destruído. E ele preserva as imagens depois disso. Nada é perdido, jamais.

Tossi, um misto de riso e incredulidade.

— Você só pode estar de brincadeira, caralho! Tá me dizendo que Quellcrist Falconer passou os últimos trezentos anos dentro de uma porra de uma base de dados marciana?

— Ela estava perdida, no começo — murmurou ela. — Ela perambulou por muito, muito tempo em meio às asas. Não entendia o que havia acontecido com ela. Não sabia que tinha sido transcrita. Ela teve que ser *forte pra caralho*.

Tentei imaginar como seria isso, uma existência virtual em um sistema construído por mentes alienígenas, e não consegui. Aquilo me deu calafrios.

— Então como é que ela escapou?

Sylvie olhou para mim com uma centelha curiosa nos olhos.

— O orbital a enviou.

— Ah, faça-me o favor!

— Não, é... — Ela balançou a cabeça. — Eu não vou fingir que entendo o protocolo, só o que aconteceu. Aquilo viu algo em mim, ou a combinação de mim e do software de comando, talvez. Algum tipo de analogia, algo que ele achou que compreendia. Eu fui o esqueleto perfeito para essa consciência, aparentemente. Acho que toda a rede orbital é um sistema integrado, e acho que ela vem tentando fazer isso há algum tempo. Todo aquele comportamento modificado das mementas em Nova Hok. Acho que o sistema vem tentando baixar as personalidades humanas que tem guardado, todas as pessoas que os orbitais queimaram no céu ao longo dos últimos quatro séculos, ou o que restou delas. Até agora, ele vem metendo essas consciências na mente das mementas. Pobre Grigori Ishii... ele fazia parte do canhão escorpião que nós derrubamos.

— É, você disse que o conhecia. Quando estava delirando em Drava.

— Não fui eu. *Ela* o conhecia, ela reconheceu algo nele. Eu não acho que restasse muita coisa da personalidade de Ishii. — Ela estremeceu. — Certamente não resta muito dele lá embaixo, nas celas de contenção; é uma casca agora, na melhor das hipóteses, e não está sã. Mas algo disparou as lembranças que ela tinha dele, e ela inundou o sistema tentando sair e lidar com isso. Foi por isso que a batalha deu errado. Eu não consegui dar conta e ela saiu com força total das profundezas, como uma porra de uma bomba detonando.

Estreitei os olhos com força, tentando assimilar essa informação.

— Mas por que os orbitais fariam isso? Por que começar a baixar todo mundo?

— Eu te disse, não sei. Talvez eles não saibam o que fazer com o formato de personalidade humana. Não pode ser algo para que eles tenham sido projetados. Talvez eles tenham aguentado isso por um século, mais ou menos, e aí começaram a procurar por algum lugar aonde depositar o lixo. As mementas tiveram Nova Hok só para elas pelos últimos trezentos anos; isso é a maior parte da nossa história aqui. Talvez isso estivesse acontecendo o tempo todo, não há motivo para que a gente soubesse disso antes da Iniciativa Mecsek.

Eu me perguntei, distraído, quantas pessoas tinham perdido suas vidas para o fogo angelical ao longo dos quatrocentos anos desde que o Mundo de Harlan foi assentado. Vítimas acidentais de erros de pilotagem, prisioneiros políticos soltos em arneses gravitacionais dos Penhascos de Rila e uma dúzia de outros pontos de execução similares no mundo todo, as mortes esparsas que os orbitais tinham causado ao agir de modo estranho e destruído fora de seus parâmetros normais. Eu me perguntei quantas dessas tinham se dissolvido na insanidade, gritando no interior das bases de dados dos orbitais marcianos, quantas mais seguiram esse mesmo caminho quando foram enfiadas sem cerimônia nas mentes das mementas em Nova Hok. Eu me perguntei quantas restavam.

Erro de pilotagem?

Sylvie.

— Sim? — Ela tinha voltado a encarar a Vastidão.

— Você estava consciente quando te tiramos de Rila? Você sabia o que estava acontecendo ao seu redor?

— Porto Fabril? Não muito. Um pouco. Por quê?

— Houve um tiroteio com um precipicóptero e os orbitais o pegaram. Na hora, pensei que o piloto tivesse se enganado no cálculo da velocidade de subida, ou algo assim, ou que os orbitais estivessem inquietos por causa dos fogos de artifício. Mas você teria morrido se ele continuasse atirando na gente. Você acha que...

Ela deu de ombros.

— Talvez. Eu não sei. Não é uma conexão confiável. — Ela gesticulou para seu entorno e riu, um tanto instável. — Não posso fazer esse tipo de coisa à vontade, sabe? Como eu disse, tive que pedir com jeitinho.

Todor Murakami, vaporizado. Tomaselli e Liebeck, Vlad/Mallory e toda sua tripulação, todo o corpo blindado do *Empalador* e as centenas de metros cúbicos de água em que ele flutuava — olhei para meus pulsos e vi uma queimadura ínfima em cada um deles —, até as algemas de biosolda nas minhas mãos e nas de Virgínia. Tudo sumindo em um microssegundo de liberação de uma fúria minuciosamente controlada vinda do céu.

Pensei na precisão de compreensão necessária para que uma máquina realizasse tudo aquilo quinhentos quilômetros acima da superfície do planeta, a ideia de que podia existir uma pós-vida e seus guardiões circulando lá no alto, e então me lembrei do minúsculo quarto ajeitadinho na virtualidade, o panfleto Renunciante se descolando em um dos cantos na parte de trás da porta. Olhei para Sylvie de novo e entendi um pouco do que devia estar acontecendo dentro dela.

— Qual é a sensação? — perguntei gentilmente. — De falar com eles? Ela bufou.

— O que você acha? É uma coisa quase religiosa, como se todas as doutrinações de merda da minha mãe de repente se realizassem. Não é como se eu falasse, é como se... — Ela gesticulou. — É como compartilhar, como derreter a delineação que faz de você quem você é. Eu não sei. É como sexo, talvez, e sexo dos bons. Mas não o... Ah, foda-se, eu não tenho como descrever para você, Micky. Eu mal acredito que tudo aconteceu. É... — Ela deu um sorriso azedo. — União com a divindade. Só que gente como a minha mãe teria saído correndo e gritando do centro de Upload em vez *realmente* encarar algo desse tipo. É um caminho sombrio, Micky, eu abri a porta e o software sabia o que fazer em seguida, ele *queria* me levar para lá, é para isso que ele foi feito. Mas é escuro e frio, ele te deixa... Nu. Exposto. Há coisas para te cobrir, tipo asas, mas elas são frias, Micky. Frias e ásperas e elas cheiram a cerejas e mostarda.

— Mas é o orbital conversando com você? Ou você acha que há marcianos por lá, gerenciando tudo?

Do nada, ela veio com outro sorriso torto.

— Isso seria uma coisa e tanto, né? Resolver o grande mistério da nossa era. Onde estão os marcianos, para onde foram todos eles?

Por um longo instante, deixei que a imagem me encharcasse. Nossos predecessores ráptors com asas de morcego se lançando ao céu aos milhares na esperança de que o fogo angelical piscasse e os transfigurasse, queimando-os até as cinzas e o renascimento virtual acima das nuvens. Vindo em peregrinação, talvez, de todos os outros mundos em sua hegemonia, reunindo-se para seu momento de transcendência irrevogável.

Balancei a cabeça. Imaginário emprestado da escola Renunciante e alguns elementos vestigiais do perverso mito cristão do sacrifício. É a primeira coisa que ensinam aos arqueólogos novatos. Não tente transferir sua bagagem antropomórfica no que não tem nenhuma relação com o humano.

— Fácil demais — falei.

— É. Foi o que pensei. Mas, enfim, é o orbital quem está falando, ele passa a impressão de uma máquina, do mesmo jeito que as mementas, do mesmo jeito que o software. Mas sim, ainda existem marcianos por lá. Grigori Ishii, o que resta dele, balbucia sobre eles quando você consegue tirar algum sentido verbal dele. E eu acho que Nadia vai se lembrar de algo similar quando obtiver distância suficiente. Acho que, quando ela fizer isso, quando enfim se lembrar de como saiu da base de dados deles e entrou na minha cabeça, vai ser capaz de *realmente* falar com eles. E isso vai fazer a conexão que eu tenho parecer código morse em comparação.

— Pensei que ela não soubesse como utilizar o software de comando.

— Ela não sabe. Ainda. Mas eu posso ensinar a ela, Micky.

Havia uma tranquilidade peculiar no rosto de Sylvie Oshima enquanto ela falava. Era algo que eu nunca vira ali antes, em todo o tempo que passamos juntos na Insegura e depois. Fazia eu me lembrar do rosto de Nikolai Natsume no monastério dos Renunciantes antes que nós chegássemos e estragássemos tudo para ele — um senso de propósito, confirmado além de qualquer dúvida humana. Uma sensação de fazer parte do que se faz que eu não sentia desde Innenin e que eu não esperava sentir outra vez. Percebi uma inveja irônica se enredar em mim.

— Vai ser uma *sensei* Desarmadora, Sylvie? É o plano?

Ela fez um gesto impaciente.

— Não tô falando em ensinar no mundo real, tô falando *dela*. Lá embaixo, na caixa-forte de recursos, eu posso ampliar a proporção do tempo real para obter meses de cada minuto, e posso mostrar a ela *como fazer isso*. Não é como caçar mementas, não é para isso que esse negócio serve. Só agora eu percebo isso. Todo o tempo que passei na Insegura, parece que eu estava semiadormecida em comparação a isso. *Isso,* isso parece ser o que eu nasci para fazer.

— Isso é o software falando, Sylvie.

— Talvez seja. E daí?

Não consegui pensar numa resposta. Em vez disso, olhei para o trenó gravitacional onde Virgínia Vidaura jazia no lugar de Sylvie. Eu me aproximei e senti como se algo estivesse me puxando por um cabo preso às minhas entranhas.

— Ela vai ficar bem?

— Sim, acho que sim. — Sylvie, cansada, se afastou do poste de atracagem com um empurrão. — Amiga sua?

— Hã... algo assim.

— É, bom, aquele hematoma no rosto dela tá feio. Acho que o osso deve ter trincado. Eu a enfiei ali com o máximo de gentileza que consegui, ativei o sistema, mas tudo o que ele fez até agora foi sedá-la, acho que por princípio geral. Ainda não obtive um diagnóstico. Vai precisar re...

— Hum?

Eu me virei para incitá-la a continuar e vi a lata com invólucro cinza chegando. Não houve tempo de alcançar Sylvie, não houve tempo para fazer nada exceto me jogar, rolando, para o trenó gravitacional e na parca sombra oferecida por sua extensão. Era um material customizado da Tseng — no mínimo, devia ter resistência de campo de batalha. Cheguei no chão do outro lado e me achatei junto à doca, os braços por cima da cabeça.

A granada explodiu com um baque curiosamente abafado e algo em minha mente gritou com aquele som. Uma onda de choque silenciosa me estapeou, amassou minha audição. Eu já estava de pé no zumbido indistinto deixado por ela, sem tempo para checar ferimentos deixados por estilhaços, rosnando, girando para enfrentá-lo enquanto ele saía da água na beira da doca. Eu não tinha arma alguma, mas contornei a ponta do trenó gravitacional como se minhas mãos estivessem cheias delas.

— Isso foi rápido — gritou ele. — Achei que ia pegar vocês dois ali.

As roupas dele estavam empapadas pelo mergulho e havia um longo corte em sua testa que a água tinha deixado rosado e exangue, mas a postura na capa de pele âmbar não tinha ido a lugar nenhuma. O cabelo preto ainda estava comprido, emaranhado em uma bagunça que chegava até seus ombros. Ele não parecia estar armado, mas sorria para mim mesmo assim.

Sylvie estava caída a meio caminho entre a água e o trenó. Eu não podia ver seu rosto.

— Agora eu vou te matar, caralho — falei friamente.

— Ah, você vai tentar, velhinho.

— *Você sabe o que acabou de fazer? Tem alguma ideia, porra, de quem acabou de matar?*

Ele balançou a cabeça, imitando pesar.

— Você tá mesmo com o prazo vencido, né? Acha que eu vou voltar para a família Harlan com *um cadáver* quando posso levar uma capa viva? Não é para isso que estão me pagando. Aquilo foi uma granada atordoante, minha última, infelizmente. Não ouviu o estalo? Meio difícil de confundir, se você chegou perto de um campo de batalha recentemente. Ah, mas talvez você não tenha chegado. Nocaute por onda de choque e estilhaços moleculares inalados para manter todo mundo no chão. Ela vai ficar desacordada o dia todo.

— Não me dê sermões sobre armamentos de campo de batalha, Kovacs. Eu *fui você*, caralho, e abri mão disso para fazer algo mais interessante.

— É mesmo? — A raiva faiscou nos olhos azuis espantosos. — E o que foi isso, então? Criminalidade de quinta ou política revolucionária fracassada? Me contaram que você experimentou ambas.

Eu dei um passo adiante e observei quando ele assumiu uma postura de combate defensiva.

— Seja lá o que eles *te contaram*, eu vi um século de alvoradas a mais do que você. E agora vou tirá-las de você.

— Ah, é? — Ele fez um ruído revoltado na garganta. — Bem, se todas elas me levam para o que você é agora, seria um favor. Porque seja lá o que ocorra comigo, a única coisa que eu jamais desejo ser é você. Preferiria atirar no meu próprio cartucho do que acabar na posição em que você se encontra agora.

— Então por que não faz isso? Pouparia meu esforço.

Ele riu. Era para ser desdenhoso, acho, mas não chegou lá. Havia um nervosismo no som e emoção demais. Ele fez um gesto de deslocamento.

— Cara, eu quase fico tentado a deixar você escapar, de tanta pena que tenho de você.

Balancei a cabeça.

— Não, você não entendeu. Eu não vou deixar que você a leve de volta para os Harlan. Isso acaba aqui.

— Com certeza, caralho. Não posso acreditar o quanto você fodeu sua própria vida. Olha só pra você, porra!

— Olhe você para mim. Essa é a última cara que você vai ver, seu cretino idiota do caralho.

— Não banque o melodramático pra cima de mim, velhinho.

— Ah, você acha que isso é melodrama?

— Não. — Dessa vez ele conseguiu colocar aquela pitada de desprezo certinho. — É lamentável demais até para isso. É *vida selvagem*. Você parece aqueles lobos velhos que não conseguem mais manter o ritmo da matilha, precisam ficar pelas beiradas e torcer para conseguir pegar um pouco de carne que ninguém mais quer. Eu *não consigo acreditar* que você se demitiu do Corpo, cara. Caralho! Não consigo acreditar, porra!

— É, bom, você não tava lá, porra — disparei.

— É, porque se eu estivesse, isso nunca teria acontecido. Você acha que *eu* teria deixado tudo ir pelo ralo assim? Simplesmente saído andando, como papai?

— *Ei, vai se foder!*

— Você os deixou do mesmo jeito, seu bosta! Você deu as costas para o Corpo e deu as costas para a vida deles.

— Você não sabe de que porra tá falando. Eles precisavam de mim na vida deles como alguém precisa de uma teia de geleia em uma piscina. Eu era *um criminoso*.

— Isso mesmo, é isso que você era. O que você quer, uma porra de uma medalha?

— Ah, e o que *voce* teria feito? Você é um ex-Emissário. Sabe o que isso significa? Barrado do serviço público, das fileiras militares ou de qualquer posto corporativo acima do mais insignificante. Nenhum acesso a instalações de crédito legal. Se você é tão esperto, o que teria feito com essas opções?

— Eu não teria me demitido, para começo de conversa.

— *Você não tava lá, caralho!*

— Ah, tá bom. O que eu teria feito como ex-Emissário? Não sei. Mas o que eu sei é que eu não teria acabado como você, depois de quase duzentos anos, porra. Sozinho, quebrado e dependendo de Radul Segesvar e de um punhado de *surfistas de merda*. Você sabe que eu te rastreei até Rad antes que você mesmo chegasse lá? Sabia disso?

— Claro que sabia.

Ele tropeçou por um momento. Não sobrou muita postura de Emissário em sua voz; ele estava zangado demais.

— É, e você sabia que tínhamos projetado praticamente cada movimento seu desde Tekitomura? Você sabia que preparei a armadilha em Rila?

— Sim, essa parte especialmente pareceu dar certo.

Um novo incremento de fúria distorceu seu rosto.

— Não importa, porra, porque já tínhamos Rad mesmo! Nós estávamos garantidos desde o início. Por que você acha que escapou fácil daquele jeito?

— Hã, porque os orbitais derrubaram o seu precipicóptero e o resto de vocês era incompetente demais para nos rastrear no braço norte, talvez?

— Vai se foder! Você acha que a gente procurou? A gente sabia para onde você estava indo, cara, desde o princípio. Estamos no seu rastro desde o começo, porra.

Já chega. Era um grânulo duro de decisão no centro do meu peito que me levou adiante, as mãos erguidas.

— Bem, então... — falei baixinho. — Tudo o que você precisa fazer agora é terminar tudo. Acha que consegue fazer isso sozinho?

Houve um longo instante em que nós nos encaramos e a inevitabilidade da luta gotejou por trás dos olhos dele. Em seguida, ele me atacou.

Golpes demolidores na garganta e na virilha, soltando-se de uma linha de ataque tecida com força que me jogou dois metros para trás antes que eu pudesse contê-la. Transformei o ataque à virilha em um bloqueio amplo para baixo com um braço e soltei o corpo para baixo, o que fez com que a pancada na garganta atingisse a minha testa. Meu próprio contra-ataque explodiu ao mesmo tempo, diretamente para cima e entrando na base do peito dele. Ele oscilou, tentou prender meu braço com um movimento preferido de aikidô que reconheci tão bem que quase ri. Eu me libertei e espetei os olhos dele com os dedos esticados. Ele fintou, executando um círculo apertado à direita, e soltou um chute lateral contra minhas costelas. Foi alto demais e insuficientemente rápido. Agarrei o pé e o torci com violência. Ele rolou com o pé, levou o tombo e chutou, tentando acertar minha cabeça com o outro pé conforme o impulso o fez girar no ar. A parte interna de seu pé fez contato com meu rosto — eu já estava recuando rapidamente para evitar a força total do chute. Seu pé se soltou da minha mão e minha visão se separou por um instante do que ocorria. Vacilei para trás contra o trenó gravitacional enquanto ele chegava ao chão. O trenó oscilou em seus campos e me manteve de pé. Chacoalhei a cabeça para me livrar da leveza indesejada.

Não foi tão brutal quanto deveria ter sido. Estávamos os dois cansados e dependendo inevitavelmente dos sistemas condicionados das capas que usávamos. Estávamos os dois cometendo erros que, sob outras circunstâncias, podiam ter sido letais. E talvez nenhum de nós estivesse de fato certo do que estávamos fazendo ali no silêncio e na irrealidade tingida pela névoa da doca vazia.

— *Os aspirantes acreditam...*

A voz de Sylvie, pensativa na caixa-forte de recursos.

— *Tudo o que existe lá fora é uma ilusão, uma pantomima de sombras criada pelos deuses ancestrais para nos aninhar até que possamos construir nossa própria realidade sob medida e fazer nosso upload para lá.*

Reconfortante, não?

Cuspi e respirei fundo. Saí da curva da cobertura do trenó gravitacional.

Se você permitir que seja.

Do outro lado da doca, ele voltou a se por de pé. Eu investi depressa, enquanto ele ainda se recuperava; invoquei tudo o que me restava. Ele viu o ataque chegando e se virou para me enfrentar. Dei um chute de lado com uma perna erguida e curvada, os punhos roçando de lado por seu peito e sua cabeça em um bloqueio duplo em eixo. Passei por ele seguindo o impulso desviado e ele me seguiu, o cotovelo se enganchando na parte de trás do meu pescoço. Caí antes que ele pudesse causar mais danos, rolei e me debati em uma tentativa de lhe dar uma rasteira. Ele se esquivou em uma dança, tomando o tempo para abrir um sorriso rosnado e voltou a se aproximar, pisando duro.

Pela segunda vez naquela manhã, minha sensação de tempo se dissolveu. O condicionamento de combate e o sistema nervoso excitado da capa Eishundo deixou tudo arrastado, uma movimentação borrada rabiscada em torno do ataque que se aproximava e logo atrás, os dentes expostos do sorriso dele.

Para de rir, seu puto!

O rosto de Segesvar, longas décadas de amargura se contorcendo em fúria e então desespero, conforme minhas provocações penetravam a armadura de ilusões que ele tinha construído para si mesmo ao longo de uma vida de violência.

Murakami, um punhado de cartuchos extirpados de forma sangrenta, dando de ombros para mim como em um espelho.

Minha mãe e o sonho e...

... e ele dá um pisão duro em sua barriga; ela convulsiona e rola o corpo de lado, a tigela vira e a água com sabão me alcança...

... uma onda de fúria se ergue...

... Estou mais velho a cada segundo que se passa, em breve terei idade suficiente e vou alcançar a porta...

... vou matá-lo com minhas próprias mãos, há armas nas minhas mãos, minhas mãos são armas...

O pé dele desceu. Pareceu levar uma eternidade. Eu girei no último instante, me aproximando dele. Comprometido com o movimento, ele não tinha para onde ir. O golpe atingiu meu ombro erguido e o desequilibrou. Eu continuei girando, e ele tropeçou. A sorte colocou um calcanhar dele contra algo caído na doca. A silhueta imóvel de Sylvie. Ele caiu para trás por cima dela.

Eu me endireitei, saltei sobre o corpo de Sylvie e, dessa vez, o peguei antes que ele pudesse recuperar o equilíbrio. Acertei um chute feroz na lateral da cabeça dele. Sangue saltou no ar quando seu couro cabeludo se rompeu. Outro, antes que ele pudesse rolar. Sua boca se rasgou e jorrou mais sangue. Ele desmoronou, tentou se levantar, tonto, e eu caí sobre seu braço direito e seu peito com todo meu peso. Ele grunhiu e achei ter sentido o braço se quebrar. Ataquei sua têmpora com a mão aberta. A cabeça dele pendeu para trás, os olhos se fecharam. Ergui o braço para o golpe na garganta que esmagaria sua laringe.

... pantomima de sombras...

O ódio autodirigido funciona pra você, porque dá para canalizá-lo como fúria contra qualquer alvo que surja para ser destruído.

Mas é um modelo estático, Kovacs. É uma escultura de desespero.

Eu olhei para baixo, para ele. Ele mal se movia; seria fácil matá-lo.

Eu o encarei.

Ódio autodirigido...

Pantomima de sombras...

Mãe...

Do nada, uma imagem de mim mesmo, pendurado debaixo do ninho marciano em Tekitomura de um punho que havia se fundido fechado. Paralisado e suspenso. Vi minha mão travada no cabo, me segurando. Mantendo-me vivo.

Travando meu corpo no lugar.

Eu vi a mim mesmo soltando aquela pegada, um dedo dormente de cada vez, e me movendo.

Eu me levantei.

Saí de cima dele e dei um passo para trás. Fiquei ali a encará-lo, tentando decifrar o que eu tinha acabado de fazer. Ele piscou, acordando.

— Sabe — falei, e minha voz soou presa, enferrujada. Tive que começar de novo, baixinho, exaurido. — Sabe, vai se foder. Você não tava em Innenin, não tava em Loyko, não tava em Sanção IV nem no Lar Huno. Você nem ao menos foi à Terra. De que porra você sabe?

Ele cuspiu sangue. Sentou e limpou a boca arrebentada. Eu ri, sem achar graça nenhuma, e balancei a cabeça.

— Sabe do que mais? Vamos ver se você faz melhor. Acha que consegue driblar todas as minhas cagadas? Vá em frente, então. Tenta, porra. — Eu me pus de lado e acenei para as fileiras de deslizadores atracados junto à doca. — Tem que haver alguns desses que você não destruiu completamente. Escolha um e dê o fora daqui. Ninguém vai estar te procurando, dê no pé enquanto você ainda tem essa vantagem.

Ele se levantou uma parte de cada vez. Seus olhos nunca deixaram os meus; as mãos tremiam de tensão, flutuando em uma posição de guarda. Talvez eu não tenha quebrado seu braço, afinal de contas. Ri de novo, e a sensação foi melhor dessa vez.

— Tô falando sério. Vamos ver se você consegue guiar minha vida melhor do que eu, caralho. Vamos ver se você não vai acabar como eu acabei. *Vai lá.*

Ele passou por mim, ainda receoso, o rosto sombrio.

— Eu vou — disse ele. — Não vejo como eu poderia me sair pior.

— Então *vai, caralho! Cai fora daqui, porra!* — Agarrei a raiva renovada, o ímpeto de derrubá-lo outra vez e acabar com aquilo. Sufoquei tudo de novo. Foi preciso um esforço surpreendentemente pequeno. Minha voz saiu tranquila outra vez. — Não fique aí me enchendo o saco, *vamos ver você fazer melhor.*

Ele me lançou mais um olhar cauteloso e então se afastou, indo até a beira da doca e na direção dos deslizadores menos estragados.

Eu o observei ir embora.

A uma dúzia de metros de distância, ele fez uma pausa e se virou para trás. Pensei que ele estava começando a levantar uma das mãos.

E uma rajada de raios disparou do lado oposto da doca. O disparo o pegou na área da cabeça e do peito, queimando tudo em seu caminho. Ele ficou ali por um instante, sem nada do peito para cima, e então as ruínas fumegantes de seu corpo caíram de lado, sobre a borda da doca, quicando na carapaça do nariz do deslizador mais próximo, deslizando para dentro da água com um respingo fraco.

Algo minúsculo me apunhalou sob as costelas. Um ruído baixo me penetrou e eu o contive, cerrando os dentes. Girei, desarmado, na direção de onde tinha vindo a rajada.

Jadwiga saiu de uma passagem na estação de enfardamento. De algum lugar, ela tinha botado as mãos no rifle de fragplasma de Murakami, ou um muito parecido. Ela o segurava de pé, apoiado no quadril. A névoa de calor ainda flutuava em volta da boca do cano.

— Presumo que você não tenha problemas com isso — gritou ela na brisa e no silêncio mortal entre nós.

Fechei os olhos e fiquei ali de pé, só respirando.

Não ajudou.

EPÍLOGO

Do convés do Filha de Haiduci, *a linha do litoral de Kossuth se dissipa até uma linha baixa em carvão à popa. Nuvens altas e feias ainda são visíveis mais ao sul, onde a tempestade golpeia a extremidade ocidental da Vastidão, perdendo força nas águas rasas e morrendo. As previsões são de mar calmo e sol brilhando por todo o caminho rumo ao norte. Japaridze acredita que pode nos levar a Tekitomura em tempo recorde, o fará bem feliz pelo que lhe pagamos. Mas uma súbita disparada para o norte vinda de um hovercargueiro já idoso provavelmente faria com que fôssemos notados, e não é disso que precisamos nesse momento. O ritmo comercial, lento e comum, da rota que sobe fazendo várias paradas pelo Arquipélago Açafrão é uma cobertura muito melhor. E o cronograma é essencial.*

Em algum lugar, eu sei que há uma investigação devastando os corredores do poder em Porto Fabril. Os auditores de operações dos Emissários foram transmitidos por agulha para cá e estão revistando os parcos destroços da operação secreta de Murakami. Mas, assim como a tempestade que desvanece na Vastidão, eles não tocarão em nós. Temos tempo; se tivermos sorte, todo o tempo de que precisamos. O vírus Qualgrist está se espalhando constantemente pela população global e a ameaça que ele representa vai fazer a família Harlan fugir da carne aristo e voltar para os cartuchos de dados com seus ancestrais. O vácuo no poder que esse recuo criará no centro das coisas vai sugar o resto da oligarquia das Primeiras Famílias para um redemoinho político com que eles não saberão lidar e então as coisas começarão a se esboroar. A Yakuza, os haiduci e o Protetorado vão começar a cercá-las como os costas-de-garrafa cercam uma arraia elefante enfraquecida, esperando pelo resultado e vigiando uns aos outros. Mas eles não vão se mover ainda, nenhum deles.

É nisso que Quellcrist Falconer acredita, e, apesar de às vezes isso soar um pouco elegante demais, como a retórica de Soseki Koi sobre a "marcha da história", estou inclinado a concordar com ela. Eu já vi este processo em outros mundos, em alguns lugares trabalhei para colocá-lo em movimento, e há o ressoar da verdade em suas projeções. Além disso, ela estava aqui durante a Descolonização, e isso faz dela uma especialista em mudanças políticas no Mundo de Harlan melhor do que qualquer um de nós.

É estranho estar perto dela. Já é bem ruim saber que está falando com uma lenda histórica com alguns séculos de idade — esse conhecimento é um negócio flutuante, às vezes, vago, às vezes estranhamente imediato. Mas além disso, há a fluidez cada vez maior com que ela vem e vai, trocando de lugar com Sylvie Oshima como Japaridze troca de vigia na ponte com seu primeiro oficial. Às vezes você vê a coisa acontecer e é como um lampejo de estática no rosto dela — em seguida, ela pisca, afasta a estática, e então você está lidando com uma mulher diferente. Em outras ocasiões, não tenho certeza de com quem estou falando. Tenho que observar o jeito como o rosto se move, ouvir as cadências da voz de novo.

Eu me pergunto se, nas décadas que virão, esse novo tipo escorregadio de identidade vai se tornar uma realidade humana comum. Pelo que Sylvie me diz quando está no comando, não há motivo para que não se torne. O potencial dos sistemas Desarmadores é quase ilimitado. Será preciso um tipo mais forte de humanos para lidar com isso, mas sempre foi assim, a cada grande passo que damos no conhecimento ou na tecnologia. Não se pode seguir em frente com modelos passados, é preciso continuar movendo-se adiante, construindo mentes e corpos melhores. Isso, ou o universo chega como uma pantera-do-pântano e te devora vivo.

Eu tento não pensar muito em Segesvar e nos outros. Sobretudo no outro Kovacs. Lentamente, estou voltando a falar com Jad porque, no fim das contas, não posso culpá-la pelo que ela fez. E Virgínia Vidaura, na noite em que deixamos o porto de Novapeste a bordo do Filha de Haiduci, *me deu uma lição objetiva sobre aprender a deixar essas coisas para trás. Nós trepamos gentilmente, com cuidado devido a seu rosto se curando devagar, e então ela chorou e conversou comigo sobre Jack Soul Brasil a noite toda. Eu escutei e absorvi tudo, do jeito que ela havia me treinado um século atrás. E de manhã, ela pegou minha ereção que despertava em suas mãos, massageou-a e a levou à boca e deslizou-a para dentro de si e nós trepamos de novo, e aí nos levantamos para enfrentar o dia. Ela não mencionou Brasil desde então e, quando o fiz, ela piscou, muda, e sorriu, e as lágrimas nunca chegaram a sair de seus olhos e rolar sobre seu rosto.*

Estamos todos aprendendo a guardar essas coisas no passado, a viver com nossas perdas e a nos preocupar, em vez disso, com algo que podemos mudar.

Oishii Eminescu me disse certa vez que não fazia sentido derrubar as Primeiras Famílias porque isso só traria o Protetorado e os Emissários para o Mundo de Harlan com força total. Ele achava que o quellismo teria fracassado se os Emissários existissem durante a Descolonização. Acho que ele provavelmente estava certo, e até a própria Quell tem dificuldades para argumentar o contrário, embora, quando o sol está se pondo sobre um oceano noturno lustroso e nós estamos sentados no convés com copos de uísque, ela goste de tentar.

Não importa, na verdade. Porque lá no fundo, na caixa-forte de recursos, esticando minutos em meses, Sylvie e Quell estão aprendendo a conversar com os orbitais. Quando chegarmos a Tekitomura, Sylvie, pelo menos, acha que elas terão dominado essa prática. E de lá, ela acha que pode ensinar o mesmo truque para Oishii e talvez outros Desarmadores com as mesmas inclinações.

E então estaremos prontos.

O clima a bordo do Filha de Haiduci *é quieto e sombrio, mas há uma corrente subterrânea de esperança por entre cujas bordas desconhecidas ainda estou abrindo caminho às apalpadelas. Não vai ser glorioso e não vai ser isento de sangue. Mas estou começando a acreditar que pode ser feito. Acho que, dadas as circunstâncias e um pouco de fogo angelical, nós podemos conseguir derrubar as Primeiras Famílias, expulsar a Yakuza e os haiduci ou, no mínimo, fazer com que se submetam. Acho que podemos até evitar o Protetorado e os Emissários e então, se sobrar alguma coisa, podemos dar uma chance à nanotec demodinâmica de Quell.*

E não consigo evitar crer — torcer, talvez — que uma plataforma orbital que pode alcançar aqui embaixo e apagar da existência ao mesmo tempo um cargueiro cheio de gente e as amarras diminutas de duas mãos humanas individuais, que pode destruir e gravar ao mesmo tempo, que pode decantar mentes inteiras de volta em sistemas de dados no solo —, não posso evitar crer que esse mesmo sistema pode, algum dia, ser capaz de olhar para as franjas do Oceano Nurimono aqui embaixo e encontrar um par de cartuchos corticais abandonados há décadas e cobertos de ervas.

E trazer de volta à vida o que eles contêm.

AGRADECIMENTOS

A maioria deste livro eu simplesmente inventei. Nos poucos pontos em que isso não era possível, agradeço às seguintes pessoas por toda a ajuda:

Dave Clare forneceu inestimáveis conselhos e conhecimentos sobre alpinismo, tanto nas páginas quanto nas rochas. Tanto o excelente livro *Tapping the Source*, de Kem Nunn, quanto os e-mails de Jay Caselberg ofereceram uma percepção inestimável sobre o mundo do surf. E Bernard, da Diving Fornells, me ensinou a existir em segurança debaixo d'água. Qualquer erro cometido por mim é meu, não deles.

Um obrigado especial também a Simon Spanton e Carolyn Whitaker, que esperaram com paciência infinita e nunca sequer mencionaram o fim do prazo.

Impresso no Brasil pelo
Sistema Cameron da Divisão Gráfica da
DISTRIBUIDORA RECORD DE SERVIÇOS DE IMPRENSA S.A.
Rua Argentina, 171 – Rio de Janeiro, RJ – 20921-380 – Tel.: (21)2585-2000